Andrea Wolz 1996

BASTEI
LÜBBE

DAVID FEINTUCH

Sternenkadett NICK SEAFORT

Science Fiction Roman

Ins Deutsche übertragen
von Thomas Schichtel

BASTEI LÜBBE

BASTEI-LÜBBE-TASCHENBUCH
Band 23 169

Erste Auflage:
Oktober 1995

Deutsche Lizenzausgabe 1995
Bastei-Verlag
Gustav H. Lübbe GmbH & Co.,
Bergisch Gladbach
Originaltitel:
Midshipman's Hope
Lektorat:
Michael Schönenbröcher/
Stefan Bauer
Titelbild: Stephen Youll
Umschlaggestaltung:
Quadro Grafik, Bensberg
Satz: Fotosatz Steckstor,
Bensberg
Druck und Verarbeitung:
Brodard & Taupin,
La Flèche, Frankreich
Printed in France

ISBN 3-404-23169-4

Für Ragtime Rick aus Toledo,
und für Ardath Mayhar, der es möglich machte,
und für Jettie, um derentwillen es sich lohnt.

ERSTER TEIL

Die erste Reise von Nicholas Seafort
mit der U.N.S. *Hibernia*.
12. Oktober im Jahr unseres Herrn 2194

1. Kapitel

»Achtung!« brüllte ich, aber es war zu spät. Gerade als Alexi und Sandy Haltung annahmen, kamen die beiden Seniorleutnants der *Hibernia* um die Ecke spaziert.

Wir erstarrten zu einer Szenerie der Benommenheit: Ich, der Oberfähnrich, rot vor Zorn. Mrs. Donhauser, eine wohlbeleibte Passagierin, den Mund weit aufgerissen vor Schreck über den Klecks Rasierschaum auf ihrer Bluse. Meine beiden Fähnriche steif vor dem Schott, die Augen geradeaus, Handtücher und Rasierschaumtuben noch in der Hand. Und schließlich die Leutnants Cousins und Dagalow, völlig perplex angesichts der Ungeheuerlichkeit, daß Fähnriche auf den Korridoren eines U.N.-Sternenschiffes Kapriolen schlugen, selbst wenn das Schiff noch an der Ganymed-Orbitalstation festgemacht hatte.

Wäre ich nur ein paar Sekunden früher von der Brücke heruntergekommen, hätte ich die peinliche Situation noch verhindern können, aber ich hatte mich damit aufgehalten, Mrs. Dagalow dabei zu helfen, die letzten Lieferungen unserer neuen Vorräte in die Manifeste des Schiffsrechners einzugeben.

Leutnant Cousins gab sich barsch. »Auch Sie, Mr. Seafort! Vor das Schott!«

»Aye aye, Sir.« Ich nahm Haltung an, die Augen geradeaus, wütend über den Unfug eines Freundes, auf dessen gesunden Menschenverstand ich glaubte mich verlassen zu können.

Alexi Tamarow, der schwitzende Fähnrich an meiner Seite, war sechzehn und der dritte in unserer Rangfolge. Als ich mich das erste Mal an Bord gemeldet hatte, hatte er mich erst herausfordern wollen, es dann aber doch nicht getan, und wir waren gute Kameraden geworden. Jetzt hatten seine Kapriolen mit Sandy uns alle in Schwierigkeiten gebracht.

Ms. Dagalows Blick verriet einen Hauch von Erheiterung, als sie die Tube Rasierschaum aus Sandy Wilskys widersträubendem Griff löste. Sie reichte das Beweisstück an Leutnant Cousins weiter. Wieder einmal ertappte ich mich bei dem Wunsch, sie wäre die Dienstältere der beiden; Mr. Cousins schien sich an der Durchsetzung der Disziplin an Bord über Gebühr zu ergötzen.

»Ist das Ihre, Fähnrich?« bellte Cousins. »Sind Sie schon alt genug dafür?« Aufgrund meiner Beobachtungen während der fünf Wochen, seit ich auf Earthport Station eingetroffen war, wußte ich, daß der vierzehnjährige Sandy noch nicht die Bekanntschaft eines Rasierers gemacht hatte. Was bedeutete, daß er sich die Tube »ausgeliehen« hatte. Vielleicht sogar von mir. Mit meinen siebzehn Jahren rasierte ich mich bereits, wenn auch selten.

»Nein, Sir.« Sandy blieb keine andere Wahl, als zu antworten. »Sie gehört Mr. Holser.« Ich biß mir auf die Unterlippe. Herr im Himmel, das war wirklich alles, was dieses Fiasko noch zur Perfektion benötigte: Krach mit Fähnrich Vax Holser!

Vax, der fast neunzehn war, hatte etwas gegen mich, und es machte ihm nichts aus, das auch zu zeigen, denn ihm fehlten nur noch wenige Wochen zum Rang eines Oberfähnrichs. Er rasierte sich täglich und trainierte mit Hanteln. Sein mürrisches Gebaren und seine bedrohliche Körperkraft waren Anlaß für uns, ihm weiträumig auszuweichen.

Leutnant Cousins nickte Mrs. Donhauser zu, deren Empörung einer widerwilligen Erheiterung Platz gemacht hatte. »Madame, ich muß mich aufrichtig entschuldigen. Ich versichere Ihnen, daß diese Kinder ...« Er spie dieses Wort aus wie Gift. »... Sie nie wieder belästigen werden.« Die unterdrückte Wut in seinem Gesicht verhieß nichts Gutes.

»Es ist ja nichts passiert«, antwortete Mrs. Donhauser besänftigend. »Sie haben doch nur gespielt ...«

»Würden Sie es so nennen?« Mr. Cousins' Finger spannten sich um die Tube. »Offiziere eines Sternenschiffes der Flotte, die sich gegenseitig mit Rasierschaum hetzen?«

Mrs. Donhauser ließ sich nicht aus der Ruhe bringen. »Ich möchte Ihnen nicht vorschreiben, wie Sie Ihre Dienstpflichten auszuführen haben, aber ich möchte mit aller Deutlichkeit feststellen, daß ich nicht geschädigt wurde und den Jungen nichts nachtrage. Guten Tag!« Damit wandte sie sich in Richtung der Passagierkabinen, wahrscheinlich, um die Bluse zu wechseln.

Für einen Moment war Leutnant Cousins sprachlos. Dann hatte er sich gefangen. »Sie sind die armseligsten Grünschnäbel, die ich je gesehen habe!« schnarrte er los. »Eine siebzehnmonatige Kreuzfahrt nach Hope Nation, und ich muß mit *Ihnen* fahren!«

Ich holte tief Luft. »Tut mir leid, Sir. Ich bin für die Sache verantwortlich.«

»Wenigstens ist Ihnen das klar.« Cousins' Worte kamen mit beißender Schärfe. »Ist das der Stil, mit dem Sie Ihren Stab führen, Mr. Seafort?«

»Nein, Sir!«

Ich wußte nicht genau, ob die Antwort stimmte. Vielleicht ermutigte mein freundschaftliches Verhalten ja Sandy und Alexi, über die Stränge zu schlagen. Das hätten sie unter Vax Holsers Leitung nie getan.

»Bei diesen jungen Idioten rechne ich mit Dummheit, aber es ist Ihre Aufgabe, sie unter Kontrolle zu halten. Was, wenn der Kapitän vorbeigekommen wäre?«

Das Herrgott bewahre! Hätten sie Kapitän Haag vollgespritzt statt Mrs. Donhauser, hätten Alexi und Sandy dem Faß entgegengesehen, wenn sie nicht gar im Schiffsgefängnis gelandet wären. Zu allem Überfluß hätte der Alte mich vielleicht zum Schiffsjungen degradiert. Mr. Cousins hatte recht. Mir fiel nichts ein, um ihn zu besänftigen, also hielt ich den Mund.

Das war ein Fehler. »Antworten Sie gefälligst, Sie unverschämter Grünschnabel!«

Zu meiner Überraschung mischte sich jetzt Leutnant Dagalow ein. »Mr. Cousins, Nick hatte Wache. Er konnte gar nicht wissen ...«

»Es ist seine Aufgabe, die Disziplin seiner Untergebenen sicherzustellen!«

Das tat ich auch, wenn ich da war. Was hätte ich mehr tun können?

Aus irgendeinem Grund blieb Ms. Dagalow beharrlich. »Aber sie sind noch so jung, wir sind an der Ganymed-Station angedockt, und sie haben einfach nur Dampf abgelassen ...«

»Lisa, nehmen Sie die Nase nur mal lange genug aus dem Computer, um sich an den Rest Ihres Jobs zu erinnern! Wir müssen diesen Jungspunden beibringen, sich wie Erwachsene zu benehmen!« Von jedem anderen Offizier wäre das eine scharfe Zurechtweisung gewesen, aber Mr. Cousins' ätzendes Gebaren war allgemein bekannt, und so machte sie sich nichts daraus.

»Sie lernen es noch.«

»Wenn uns der Rasierschaum ausgeht?« Cousins funkelte uns mit abgrundtiefer Verachtung an, ehe er sich wieder Ms. Dagalow zuwandte. »Bedenken Sie bitte, daß am Ende unserer Reise wenigstens einige von ihnen zu Offiziersanwärtern herangereift sein sollten. Eins garantiere ich Ihnen – es ist unwahrscheinlich, daß auch nur einer dieser Idioten es jemals zum Leutnant bringt. Was, wenn einer von uns auf Hope Nation versetzt wird? Möchten Sie, daß dann alberne Jungs auf Wache sind, nachdem sie sich gerade mit Rasierschaum bespritzt haben?«

»Wir haben genug Zeit, sie auszubilden. Nick wird reichlich Minuspunkte verteilen.« Das würde ich ganz gewiß. Und jeder dieser Minuspunkte würde mit zwei Stunden intensiven Turnens abgearbeitet werden müssen. Damit wären Alexi und Sandy eine Zeitlang vor Schwierigkeiten sicher.

Leutnant Cousins' Tonfall wurde eisig. »Ach ja?« Ein kalter Schauer der Vorahnung lief mir den Rücken hinunter. »Nicky hätte niemals Oberfähnrich werden dürfen, das wissen wir alle.« Selbst Leutnant Dagalow runzelte über diese grobe Untergrabung meiner Autorität die Stirn, aber Mr.

Cousins bekam es nicht mit. »Er wird sie mit erhobenem Finger mahnen, wie stets.« Das war nicht fair! Ich sorgte dafür, daß andere Offiziere von den Belangen meines Zuständigkeitsbereiches verschont blieben, wie es von mir erwartet wurde. Von diesem Vorfall abgesehen.

»Haben Sie also vor, die beiden mit dem Stock zu züchtigen? Schließlich ist es eine Frage der Offiziersdisziplin.«

»Nein, ich überlasse die Angelegenheit Nicky.« Im Augenwinkel bemerkte ich, wie Alexis Schultern erleichtert herabsanken. Dann setzte Mr. Cousins mit honigsüßer Stimme hinzu: »Aber vielleicht kann ich Mr. Seafort zu mehr Eifer bewegen.« Er spazierte in Richtung seiner Kabine. »Kommen Sie mit, Fähnrich.«

Eine halbe Stunde später stand ich wieder vor unserer Kabine, und mein Unterkiefer schmerzte vor lauter Anstrengung, nicht laut zu schreien. Meine Augen brannten vor stechendem Schmerz und der schlimmen Demütigung, die mir Mr. Cousins über dem verhaßten Faß zugefügt hatte.

Ich drückte die Luke auf. In dem engen Raum hockten Sandy und Alexi auf ihren Betten und wagten nichts zu sagen.

Ich ging langsam zu meiner Koje, zog die Jacke aus und legte sie über den Stuhl. Vorsichtig ließ ich mich dann aufs Bett sinken.

Nach einer Weile sagte Alexi leise: »Mr. Seafort, es tut mir leid. Wirklich.« Wie es üblich war, redete mich Alexi mit meinem Nachnamen an, selbst innerhalb unserer Kabine. Schließlich war ich Oberfähnrich. Lediglich Vax Holser verfügte über die Mittel, diese Tradition zu ignorieren und damit durchzukommen.

Ich rang eine schwelende Wut nieder; Alexi hätte den Stock schmecken sollen, nicht ich. »Danke.« Meine Schenkel strahlten einen scharfen Schmerz aus. »Ihr hättet es besser wissen sollen, alle beide.«

»Ist mir klar, Mr. Seafort.«

Ich schloß die Augen und versuchte die Schmerzen mit dem Willen zu bezwingen. Auf der Akademie hatte es gelegentlich funktioniert. »Wer hat damit angefangen?«

»Ich war es«, sagten beide gleichzeitig.

Meine Finger verkrampften sich im Kopfkissen. »Dandy, du zuerst.«

»Wir waren im Bad und haben uns gewaschen. Alexi hat mich vollgespritzt, und ich habe zurückgespritzt.« Er blickte auf, sah mein Gesicht und schluckte.

Herumtoben, wie Kadetten auf der Akademie! »Weiter.«

»Nachdem er mich mit dem Handtuch geschlagen hatte, schnappte ich mir die Tube Rasierschaum. Er verfolgte mich, und ich bin hinausgelaufen. Ich habe ihn gerade mit dem Schaum bespritzt, als Mrs. Donhauser aus dem Salon kam.« Ich schwieg. Nach einem Moment platzte es aus ihm heraus: »Mr. Seafort, es tut mir leid, wenn ich Sie in Schwier ...«

»Es wird dir bald noch mehr leid tun!« Ich richtete mich auf, sank aber fast sofort wieder in die Rückenlage zurück. »Kein Offizier würde je einen Blick in den Waschraum der Fähnrichs werfen, um nachzusehen, wie ihr euch benehmt. Aber hinaus auf den Korridor zu laufen ... Mr. Cousins hat recht; ihr seid wirklich Idioten.«

Alexi wurde rot. Sandy betrachtete konzentriert seine Fingernägel.

Trotz meiner Wut war es für mich keine Überraschung, daß sie wie die Kinder herumgetobt hatten, die sie nun einmal waren. Was konnte man schon anderes erwarten, selbst an Bord eines Sternenschiffs? Man mußte früh in den Weltraum gehen, wenn man sein Leben als Raumfahrer verbringen wollte, da andernfalls ein zu hohes Risiko bestand, ein T-Melanom zu bekommen. Unglücklicherweise war an Bord eines so riesigen und wertvollen Schiffes wie der *Hibernia* kein Platz für die Torheiten der Jugend.

»Vier Minuspunkte für jeden«, knurrte ich, »weil ihr eurer Albernheit freie Bahn gelassen habt.« Das war eine strenge Strafe, aber Mr. Cousins hätte ihnen mehr verpaßt, und mein Hintern brannte noch wie Feuer. »Ich werde es als mangelnde Hygiene vermerken. Alexi, zwei zusätzliche für dich.«

»Aber ich habe damit angefangen!« Sandys Protest kam von Herzen.

»Du bist auf den Korridor gelaufen, was die Sache hätte beenden müssen. Mr. Tamarow entschloß sich jedoch, dir zu folgen. Alexi, welchen Stand hast du damit erreicht?«

»Neun, Mr. Seafort.« Er war bleich.

»Arbeite sie möglichst rasch ab«, knurrte ich, »denn ich bin nicht in Stimmung, noch irgendeine weitere Übertretung zu dulden.« Mit zehn Punkten hätte er sich eine Tracht mit dem Stock verdient, wie ich sie gerade erhalten hatte; Alexi würde vorsichtig sein müssen, solange er die Minuspunkte abarbeitete. »Fangt gleich an; ihr habt noch zwei Stunden Zeit bis zum Mittagessen.«

»Aye aye, Mr. Seafort.« Sie sprangen auf, hatten schon einen Augenblick später Schuhe und Jacken angezogen und machten sich auf den Weg zum Trainingsraum. Ich blieb in der Einsamkeit zurück, nach der mir jetzt zumute war. Ich drehte mich auf den Bauch und überließ mich meinem Elend.

»Es wird Zeit, Mr. Seafort.« Alexi Tamarow riß mich aus einem verdrießlichen Traum, in dem Vaters öde Küche vorgekommen war, der knarrende Stuhl und ein Physiktext, den ich unter Vaters wachsamen Blick zu begreifen versuchte.

Ich schob Alexis beharrliche Hand fort. »Wir legen nicht vor der Mittelwache ab.« Benommen blinzelnd kam ich langsam zu mir.

Von der Luke aus sah Vax Holser mit sardonischem Grinsen zu. »Laß ihn schlafen, Tamarow. Es wird Leutnant Malstrom schon nichts ausmachen, wenn er zu spät kommt.«

Schwindelig und verwirrt sprang ich aus dem Bett. Sich zu spät zum Dienst zu melden, das wäre wieder etwas für Mr. Cousins, und nach dem Zwischenfall von vor zwei

Tagen ... Gott bewahre, wenn ich erneut aufgefallen wäre! Ich sah auf die Uhr. Ich hatte sechs Stunden geschlafen!

In rasender Eile schnappte ich mir die blaue Jacke vom Stuhl und schob die Arme hinein, während ich die Schuhspitzen am Hosenbein polierte.

»Warum machen wir uns überhaupt die Mühe, dich zu wecken?« fragte Vax angewidert. Ich gab keine Antwort. Er verschwand, um seinen Dienst im Funkraum anzutreten, gefolgt von Sandy Wilsky.

»Danke, Alexi«, brummte ich und prallte in der Luke fast mit ihm zusammen. Ich hastete in den äußeren Korridor, lief an der Ostleiter vorbei, strich mir das Haar glatt und rückte die Krawatte zurecht, während ich um die Ecke zur Luftschleuse rannte. Ich hatte gerade meinen Posten erreicht, als auch schon Käpten Haags Stimme aus dem Lautsprecher tönte:

»Leinen los!«

Leutnant Malstrom erwiderte lässig meinen Salut, hielt aber den Blick auf den Matrosen im Raumanzug gerichtet, der die Bugsicherungsleine vom Stationspfosten löste.

»Leine gesichert, Sir«, sagte der Matrose, und ich wiederholte die Meldung vorschriftsmäßig gegenüber Mr. Malstrom, als hätte er sie nicht gehört. Er gab mir mit einem Wink zu verstehen, die Prozedur weiterzuführen.

»Die Innenschleuse schließen, Mr. Howard. Vorbereiten zum Abschwenken!« Ich bemühte mich, den Befehlston zu imitieren, der den Offizieren der *Hibernia* so mühelos von den Lippen kam.

»Aye aye, Sir.« Matrose Howard drückte den Schalter, und die dicken Transplexluken glitten leise zu und trafen sich in der Mitte zur Verschlußstellung.

Leutnant Malstrom öffnete ein Wandfach und legte einen Hebel darin nach unten um. Aus der Luftschleuse ertönte ein Summen und ein Klicken. Malstrom stellte die Verbindung zur Brücke her. »Vordere Innenschleuse versiegelt, Sir. Halteriegel gelöst.«

»Sehr gut, Mr. Malstrom.« Käpten Haags normalerweise

schroffe Stimme wirkte aus dem Lautsprecher gleichgültig. Die Schiffspfeife gab dreimal kurz Laut. Nach einem Moment ertönte wieder die ferne Stimme des Kapitäns: »Ablegen!«

Da unsere Aufgaben erledigt waren, hatten Leutnant Malstrom und ich wenig anderes zu tun als zuzusehen, wie die Seitentriebwerke abwechselnd in kurzen Stößen winzige Strahlen Treibstoff ausstießen, was das Schiff in leicht schaukelnde Bewegung versetzte. Die Saugventile unserer Luftschleuse trennten sich zögernd von ihren Gegenstücken an der Stationsschleuse. Die U.N.S. *Hibernia* löste sich langsam von der Ganymed-Station. Als wir uns zehn Meter weit entfernt hatten, warf ich einen Blick auf Leutnant Malstrom. »Sichern, Sir?« Er nickte.

Ich erteilte den Befehl.

Die Außenluken aus Alulegierung schlossen sich und versperrten den Blick auf die zurückfallende Station. Leutnant Malstrom schaltete die Sprechverbindung ein. »Vordere Luke gesichert, Sir.«

»Gesichert; sehr gut.« Der Käpten klang beschäftigt, und das war nur zu verständlich. Auf der Brücke waren er und der Pilot sicher schon dabei, die *Hibernia* auf die Fusionszündung vorzubereiten. Mir wurde ein bißchen übel, als unser Gewicht abnahm. Wir gerieten langsam außer Reichweite der Stations-Gravitronen, und der Käpten hatte unsere eigenen noch nicht eingeschaltet.

Wir warteten schweigend, jeder in die eigenen Gedanken vertieft. »Sag auf Wiedersehen, Nicky.« Leutnant Malstroms Stimme klang weich.

»Das habe ich bereits, Sir, in Lunapolis.« Ich würde Cardiff natürlich vermissen und vor allem das übervölkerte Labyrinth von Lunapolis. Ich würde sogar die Farside-Akademie vermissen, wo ich vor drei Jahren als Kadett angefangen hatte. Die Ganymed-Station war schon eine ganz andere Sache. Vor über einem Monat bereits hatte ich meinen Abschiedsschmerz im heimlichen Winkel einer Raumfahrerkneipe in den unteren Bereichen von Lunapolis ausgeweint, und inzwischen war ich längst bereit, auf große Fahrt zu gehen.

Der Fusionsantrieb schaltete sich ein. Im runden Bullauge wurden die Sterne erst rot, dann blau. Als der Antrieb volle Stärke erreichte, verblaßten sie langsam zu Schwarz.

Wir waren in Fusion.

Mit blinden Außensensoren raste die *Hibernia* auf der Schaumkrone der von unserem Antrieb erzeugten N-Welle aus dem Sonnensystem hinaus.

»Alle Mann Startpositionen verlassen.« Die Stimme des Käptens klang belegt.

Ich brachte den Sender von Matrose Howard sicher im Safe der Luftschleuse unter.

»Schach, Nicky?« fragte Leutnant Malstrom, als der Matrose gegangen war.

»Klar, Sir!« Wir schritten den Korridor hinauf zu den Offiziersunterkünften. In der öden Kabine des Leutnants, einem fensterlosen grauen Raum von vier mal vier Metern Grundfläche und zweieinhalb Metern Höhe, warf Mr. Malstrom das Schachbrett auf sein Bett. Ich setzte mich auf die graue Schiffsdecke am Fußende, während er neben dem gestärkten weißen Kopfkissen am Kopfende Platz nahm.

»Ich werde noch lernen, dich zu schlagen«, sagte er, während er die Figuren aufstellte. »Wenigstens etwas, worauf ich mich neben der Schiffsroutine konzentrieren kann.« Ich lächelte höflich. Ich hatte nicht vor, ihn gewinnen zu lassen. Schach gehörte zu den wenigen Dingen, auf die ich mich wirklich verstand. Zu Hause in Cardiff hatte ich das Halbfinale in meiner Altersgruppe erreicht, ehe Vater mich mit dreizehn auf die Akademie schickte.

Wir spielten nach der Dreißig-Sekunden-Regel, hielten uns aber nicht streng daran. In den Wochen, seit die *Hibernia* Earthport Station verlassen hatte, hatte ich dreiundzwanzigmal gewonnen, Malstrom nur zweimal. Diesmal brauchte ich fünfundzwanzig Züge. Wie gewohnt, schüttelten wir uns nach dem Spiel ernst die Hände.

»Wenn wir von Hope Nation zurückkommen, bin ich

fünfunddreißig.« Er seufzte, vielleicht ein bißchen traurig. »Und du zwanzig.«

»Ja, Sir.« Ich wartete.

»Was bedauerst du mehr?« fragte er unvermittelt. »Die Jahre, die du verlierst, oder daß du die ganze Zeit über im Schiff eingesperrt bist?«

»Ich betrachte es nicht als verlorene Zeit, Sir. Wenn wir wieder zurück sind, habe ich genug Schiffszeit angesammelt, um Leutnant zu werden, wenn ich die Prüfungen bestehe. Falls ich zu Hause bliebe, würde ich das nicht mal annähernd schaffen.«

Ich wagte ihm nicht zu sagen, wie stark der Ehrgeiz in mir brannte.

Er sagte nichts, und ich überlegte kurz. »Eine Rundreise von vierunddreißig Monaten. Ich bin mir nicht sicher, Sir, aber ich habe bei den Klaustrophietests gut abgeschnitten, wie wir alle.« Ich riskierte ein Lächeln. »Es kommt darauf an, ob ich in dieser Zeit mit Ihnen Schachspielen oder von Leutnant Cousins bearbeitet werde.« Für einen Moment befürchtete ich, ich wäre zu weit gegangen, aber es war okay.

Leutnant Malstrom atmete lange und gründlich aus. »Ich möchte keinen Offizierskameraden kritisieren, besonders nicht gegenüber einem niedrigeren Rang wie dir. Ich frage mich nur, wie er es jemals auf die Akademie geschafft hat.«

Oder wie er sie bestanden hat, ergänzte ich schweigend. Wäre doch nur Mr. Malstrom damit beauftragt worden, uns in Navigation auszubilden! Seine wichtigsten Aufgaben waren jedoch die Sicherheit an Bord und die Verbindung zu den Passagieren. Klugerweise hielt ich den Mund.

Ich spazierte zurück zur Fähnrichskabine. Drinnen saß Sandy Wilsky mit gekreuzten Beinen auf dem Boden und schaute konzentriert drein. Von seinem Bett aus betrachtete ihn Vax Holser finster. »Nun?«

Mit einem verzweifelten Achselzucken platzte Sandy heraus. »Ich weiß nicht, Mr. Holser!«

Vax' Augen wurden schmal. »Du bist doch nicht zufällig

noch Kadett? Haben wir hier einen waschechten Fähnrich, der den Waffenschrank nicht finden kann?«

Ich ging zu meiner Koje hinüber und kümmerte mich nicht um den flehentlichen Blick des Jungen. Vax hatte das gute Recht, ihn ein bißchen zu schikanieren. Das hatten wir alle; Sandy war der Jüngste und kam gerade von der Akademie.

»Tut mir leid.« Sandy sah mich hilfesuchend an, aber ich mischte mich nicht ein. Ein Fähnrich sollte solche Sachen wissen. Ich schlüpfte aus meinen Schuhen und warf mich aufs Bett.

»Worin besteht der Auftrag der Flotte?« wollte Vax wissen.

Sandy holte hoffnungsvoll Luft. »Der Auftrag der Flotte der Vereinten Nationen besteht darin, die Regierung der Vereinten Nationen unter dem Segen Gottes zu bewahren und die Kolonien und Außenposten der menschlichen Zivilisation zu schützen, wo immer sie bestehen. Die Flotte hat den Auftrag, die Vereinten Nationen und ihre ... ihre ...« Er wußte nicht weiter.

Vax funkelte ihn an und machte für ihn weiter. »... Und ihre Gebiete gegen alle Feinde zu verteidigen, innere wie äußere, alle interstellaren Waren und Güter zu transportieren und alle Personen von und zu den Kolonien zu befördern, die dort rechtmäßige Aufgaben zu erfüllen haben, sowie alle rechtmäßigen Befehle auszuführen, wie sie die Admiralität immer und jederzeit erteilen mag. Abschnitt 1, Artikel 5 der Vorschriften.«

»Ja, Mr. Holser.«

»Das ist einen oder zwei Minuspunkte wert, Nicky«, meinte Vax.

Ich sagte nichts dazu. Wäre es nach Vax gegangen, hätten die jüngeren Fähnriche ihr ganzes Leben im Trainingsraum verbracht. Innerhalb unseres Stabes konnte nur ich Minuspunkte verteilen, obwohl Vax die Möglichkeit hatte, den übrigen Fähnrichen das Leben auf andere Art und Weise zu versauern.

»Wo befindet sich die Lasersteuerung?«

»Im Waffen ... Ich meine, im Funkraum.« Der Junge runzelte die Stirn. »Nein, sie müssen ... Ich meine ...«

Vax machte ein finsteres Gesicht. »Wie viele Liegestützen bringt es, wenn ...«

Ein paar Liegestützen konnten Sandy nicht schaden – wir alle hatten schon schlimmere Schikanen erduldet –, aber Vax ging mir allmählich auf die Nerven. Er ließ sich von dem Jungen sogar »Mr. Holser« nennen, was ich gar nicht vertragen konnte. Der Tradition zufolge wurde nur der Oberfähnrich von seinen Untergebenen mit »Mister« angesprochen.

»Die Lasersteuerung befindet sich im Funkraum!« schnauzte ich Sandy an. »Das solltest du eigentlich wissen – oder hast du bei den Schießübungen geschlafen?«

»Nein, Mr. Seafort!« Schweiß schimmerte leicht auf seiner Stirn; jetzt waren wir beide sauer auf ihn.

Ich nahm die Schärfe in meinem Tonfall zurück. »Auf manchen Schiffen sind die Laser in einer eigenen Kabine, die Waffenraum genannt wird, identisch mit dem, was auf altmodischen Schiffen den Titel Fähnrichsraum trägt.«

»Danke.« Sandy klang angemessen demütig.

»Er hätte es wissen müssen«, knurrte Vax.

»Da hast du recht. Es ist eine Schande, wenn man sich auf dem Schiff nicht auskennt, Sandy. Das macht zwanzig Liegestützen.« Damit erwies ich mich als großzügig. Vax hätte fünfzig daraus gemacht.

Das Abendessen fand wie üblich im Speisesaal des Schiffes statt, nicht in der Offiziersmesse. Ich saß auf meinem Platz und trank Eiswasser, während ich auf den Klang des Glases wartete. Als es ertönte, erhob ich mich mit dem Rest der Offiziere und Passagiere, den Kopf gesenkt. Kapitän Haag, stämmig, schon teilweise ergraut und distinguiert, leitete das allabendliche Ritual ein.

»Allmächtiger Gott, heute ist der 19. Oktober 2194 an Bord der U.N.S. *Hibernia*. Wir bitten um Deinen Segen für uns und unsere Reise und um die Gesundheit und das Wohlergehen aller an Bord.«

»Amen.« Stuhlbeine scharrten über den Boden, als wir uns setzten. Das Schiffsgebet wurde seit hundertsiebenundsechzig Jahren jeden Abend auf jedem Schiff der Vereinten Nationen gesprochen, das durch die Leere des Weltraums fuhr, und stets vom Kapitän als Vertreter des Staates und damit auch der Wiedervereinigten Kirche. Wie alle Raumfahrer betrachteten auch unsere Besatzungsmitglieder einen Pastor an Bord als Unglücksboten, und jeder Priester, der auf der *Hibernia* mitfuhr, tat dies als Privatperson. Nur auf wenigen Schiffen wurde es anders gehalten.

»Guten Abend, Mr. Seafort.«

»Guten Abend, Ma'am.« Mrs. Donhauser, die in ihrem eleganten und doch praktischen Overallanzug aus Satin richtig eindrucksvoll wirkte, war die Abgesandte der Wiedertäufer zu unserer Kolonie Hope Nation. »Lief es heute gut mit dem Yoga?«

Mit einem Lächeln drückte sie ihre Anerkennung für meine Aufmerksamkeit aus. Mrs. Donhauser glaubte, daß tägliche Yogaübungen sie körperlich und geistig gesund nach Hope Nation bringen würden. Ihr offizieller Auftrag bestand darin, jeden einzelnen der zweihunderttausend Einwohner zu ihrem Glauben zu bekehren. Ich kannte sie und zweifelte nicht daran, daß sie es schaffen konnte.

Unsere Staatsreligion war eine Mischung aus protestantischem und katholischem Ritus, ausgearbeitet in der Großen Jahrvistischen Wiedervereinigung, nachdem die Heere des Allmächtigen Gottes die Häresie der Pfingstler niedergeworfen hatten. Nichtsdestotrotz tolerierte die UN-Regierung Splittergruppen wie die von Mrs. Donhauser. Ich fragte mich allerdings, wie der Gouverneur von Hope Nation reagieren würde, falls sie mit ihrer Mission zu großen Erfolg hatte. Wie Käpten Haag war der Gouverneur von Amts wegen Repräsentant der wahren Kirche.

Die *Hibernia* hatte auf ihrer langen interstellaren Reise elf Offiziere an Bord: vier Fähnriche, drei Leutnants, den Chefingenieur, den Piloten, die Schiffsärztin und den Kapitän. Wir alle nahmen Frühstück und Mittagessen in der spartanischen, schlichten Offiziersmesse ein, aber zum Abendessen setzten wir uns mit den Passagieren zusammen.

Die hundertdreißig Passagiere, unterwegs zur blühenden Hope-Nation-Kolonie oder nach Detour, unserem zweiten Zielhafen, nahmen ihr Frühstück und Mittagessen zwanglos in der Fahrgastkantine ein.

Auf dem Unterdeck speiste unsere siebzigköpfige Besatzung in der Matrosenkantine. Die Leute gehörten zur Triebwerkscrew, den Funkspezialisten, den Recyclermaaten, den Hydroponikern sowie den weniger ausgebildeten Leuten, die in der Kombüse und dem Zahlmeisterbüro für das Wohl unserer zahlreichen Fahrgäste sorgten. Dazu kam der Schiffsjunge.

Die Plätze für das Abendessen wurden jeden Monat vom Zahlmeister neu verteilt, abgesehen vom Kapitänstisch, an dem man nur auf Käpten Haags persönliche Einladung hin Platz nehmen durfte.

Diesen Monat war ich für Tisch 7 eingeteilt. In meinem vorschriftsmäßigen Blauen – marineblaue Hose, weißes Hemd, schwarze Krawatte, mit Spucke polierte schwarze Schuhe, blaue Jacke mit Abzeichen und Medaillen und Schirmmütze – fühlte ich mich beim Abendessen immer steif und unbehaglich. Wieder einmal wünschte ich mir, ich hätte die Uniform in Vax Holsers selbstbewußter Manier tragen können.

Am Nachbartisch schwatzte Chefingenieur McAndrews zwanglos mit einem Passagier. Der ergraute, phlegmatische Chief leitete den Triebwerksraum mit unauffälliger Tüchtigkeit. Mir gegenüber gab er sich freundlich, aber reserviert, wie anscheinend auch allen Offizieren gegenüber.

Die Stewards brachten nun jedem Tisch seine Terrine mit dicker, heißer Pilzsuppe. Wir mußten uns die Teller selbst füllen. Ayah Din, der pakistanische Kaufmann mir direkt gegenüber, schlürfte seine Suppe gierig. Fast alle anderen taten so, als würden sie es nicht merken. Nur Mr. Barstow, ein vitaler Sechzigjähriger, funkelte mich an, als wollte er mich bewegen, den Pakistani zu tadeln. Ich entschied mich dagegen.

Der in seinem teuren Pastellanzug tadellos herausgeputzte, athletische Randy Carr lächelte höflich, blickte dabei aber durch mich hindurch, als gäbe es mich gar nicht. Sein aristokratischer Sohn Derek ähnelte ihm stark und ahmte auch sein Verhalten nach. Der arrogante Sechzehnjährige ließ sich nicht dazu herab, Besatzungsmitglieder mit einem Lächeln zu grüßen. Was er an höflichen Manieren besaß, war für andere Passagiere reserviert.

»Ich habe mit einem Tagebuch angefangen, Nicky.« Amanda Frowel schenkte mir ein freundliches Lächeln. Die Leiterin unserer zivilen Ausbildung war zwanzig, hatte ich erfahren. Ursprünglich hatte ich geglaubt, sie würde ihr Lächeln nur mir schenken, bis ich dann erlebte, wie es auch den übrigen Fähnrichen und zwei der Leutnants zuteil wurde. Na gut.

Ich ging auf ihre Bemerkung ein. »Was haben Sie hineingeschrieben?«

»Den Beginn meines neuen Lebens«, antwortete sie schlicht. »Das Ende meines bisherigen.« Amanda war unterwegs nach Hope Nation, um dort Naturwissenschaften zu lehren. Es war übliche Praxis, einen Passagier auf den Posten des Bildungsdirektors zu berufen.

»Sind Sie auch ganz sicher, was das angeht?« fragte ich. »Beginnt Ihr neues Leben im Grunde nicht erst, wenn Sie eintreffen, anstatt mit dem Aufbruch?« Ich nahm ein wenig Salat.

Theodore Hansen mischte sich ein, ehe sie antworten konnte. »Exakt! Der Junge hat recht.« Er war ein Sojahändler, der drei Jahre seines Lebens in die Aufgabe investierte, mit dem Hybridsamen in unseren Frachträumen neue Sojaplantagen anzulegen. Wenn alles gut lief, würde er vielfacher Millionär sein, nicht nur ein paarmal wie bislang.

»Nein, Mr. Hansen.« Der Ton war ruhig. »Das würde nur zutreffen, wenn die Reise eine Lücke im Leben wäre, nur eine Wartezeit, bis ich auf Hope Nation eintreffe und das Leben wieder aufnehme.«

Der junge Derek Carr schnaubte verächtlich. »Was soll die Reise denn sonst sein? Ist die hier etwa das ...« Er wedelte affektiert mit der Hand. »... Was Sie Leben nennen?«

Ich fand seinen Tonfall beleidigend, war aber nicht in der Position, um Einwände zu erheben. Miss Frowel schien es gar nicht zu bemerken. »Ja, ich nenne es Leben«, informierte sie ihn. »Ich habe eine behagliche Kabine, habe Unterricht zu geben, einen Koffer voller Holovid-Chips zu lesen, gutes Essen und eine angenehme Gesellschaft für die Reise.«

Randy Carr knuffte seinen Sohn nachdrücklich in die Rippen. Der Junge sah ihn böse an; der Vater funkelte zurück. Irgendein Signal wurde zwischen ihnen gewechselt. Einen Moment später sagte Derek kühl: »Verzeihen Sie mir, wenn ich unhöflich war, Miss Frowel.« Es klang jedoch nicht sehr betroffen.

Sie lächelte, und das Gespräch wandte sich anderen Themen zu. Als ich mit meinem Brathühnchen fertig war, schloß ich die Augen und stellte mir uns beide allein in ihrer Kabine vor. Na ja, wir hatten eine lange Reise vor uns. Wir würden ja sehen!

»Sie haben also endlich mal etwas richtig gemacht, Mr. Seafort!« Leutnant Cousins studierte meine Lösung auf dem Kursplanungsbildschirm und rieb sich dabei die Glatze. »Aber Herr im Himmel, kann Mr. Tamarow nicht mal die Grundlagen begreifen? Sollte er je auf eine Brücke losgelassen werden, wird er das Schiff vernichten!«

Mr. Cousins hatte uns die Aufgabe gestellt, zu berechnen, wann wir defusionieren mußten, um das Wrack der U.N.S. *Celestina* ausfindig zu machen, die vor hundertzwölf Jahren mit Mann und Maus verlorengegangen war. Im Augenwinkel überprüfte ich Alexis Rechnung. Er hatte bei der Bestimmung der stellaren Geschwindigkeiten einen Rechenfehler gemacht. Sein Ansatz war im Grunde korrekt, von diesem einen Fehler abgesehen, aber der hätte sich im Ernstfall katastrophal auswirken können. Vielleicht war die *Celestina* einem aus Sorglosigkeit begangenen Navigationsfehler zum Opfer gefallen. Niemand wußte es.

»Es tut mir sehr leid, Sir«, sagte Alexi demütig.

»Das sollte es auch, Mr. Tamarow!« kam es vom Leutnant. »Von allen Fähnrichen der Flotte habe ich ausgerechnet Sie zugeteilt bekommen! Vielleicht werden Mr. Seafort und Mr. Holser Sie noch dazu inspirieren, Ihre Navigationsunterlagen zu studieren. Wenn sie es nicht tun, übernehme ich das!«

Das war gar nicht gut; es war eine offene Einladung an Vax Holser, seine Schikanen zu verstärken, und es herrschte bereits böses Blut zwischen beiden.

Ich hatte nichts gegen Schikanen. Wir alle mußten sie durchstehen, und sie stärkten den Charakter – zumindest behauptete man das –, aber Vax fand ein sadistisches Vergnügen daran, das mich beunruhigte. Natürlich hatte ich als Oberfähnrich Alexi und Sandy selbst schon schikaniert. Hin und wieder mußte einer von ihnen in Unterhose stundenlang auf einem Stuhl in unserer Kabine stehen und Dienstvorschriften rezitieren, oder sie erhielten für kleinste Übertretungen zusätzlichen Reinigungsdienst aufgebrummt. Als Untergebene mußten sie mit Derartigem rechnen und taten es auch. Ich beschloß, die Augen offenzuhalten. Ich konnte Alexi nicht komplett vor Vax schützen, der zweiter in der Rangfolge war, aber ich konnte wenigstens versuchen, den finsteren Fähnrich daran zu hindern, daß er zu weit ging.

»Zurück an die Arbeit.« Mit einer gereizten Handbewegung löschte Mr. Cousins Alexis Bildschirmdarstellung und rief eine andere Kursplanung auf.

Natürlich waren unsere Berechnungen nur simuliert, und das mit Hilfe Darlas, des Schiffscomputers. In Wirklichkeit blieben die *Hibernia* im fusionierten Zustand und alle Außensensoren deaktiviert.

Unser erster Halt war bei der Position der *Celestina* geplant, vorausgesetzt, wir konnten sie ohne übermäßige

Verzögerung finden. Sie war nur ein kleines Objekt in der Tiefe des interstellaren Raumes. Viele Monate später würden wir Vorräte auf Miningcamp abliefern, das dreiundsechzig Lichtjahre entfernt war, ehe wir unsere Reise nach Hope Nation abschlossen. Aber ob Simulation oder nicht, Leutnant Cousins verlangte Perfektion, und das mit Recht.

Obwohl der Fusionsantrieb die interstellare Raumfahrt ermöglichte, wies er eine bauartbedingte Abweichung von bis zu sechs Prozent der in Fusion zurückgelegten Distanz auf. Also nahmen wir jeweils einen Punkt aufs Korn, der mindestens sechs Prozent unserer Reisestrecke vom Zielsystem entfernt lag, hielten dort an, berechneten den Kurs neu und gingen wieder in Fusion. Das war zur Absicherung gedacht, um nicht blindlings in eine Sonne zu fusionieren, was in der Frühzeit mindestens einmal geschehen war. Während der Fusion waren die Außeninstrumente nutzlos. Wir konnten unsere Position erst bestimmen, wenn wir den Antrieb abschalteten.

Ich tippte auf den Tasten herum. So viele Variablen! Unsere N-Wellen durchquerten die Galaxis schneller als jedes bekannte Funkverfahren. Obwohl man in Kreisen der Flotte davon sprach, Nachrichtensonden mit Fusionsantrieben hinauszuschicken, funktionierte das in der Praxis nicht besonders. Die Sonden verschwanden häufig, und niemand wußte genau, warum. Man sollte eigentlich glauben, daß ein Computer ebensogut mit einem Schiff umgehen konnte wie ein schlichter Mensch, aber ...

»Passen Sie auf, Seafort!«

»Aye aye, Sir!« Ich blickte mit zusammengekniffenen Augen auf den Bildschirm und korrigierte meinen Fehler.

Jedenfalls waren Fusionsantriebe so teuer, daß es für die Flotte mehr Sinn ergab, sie jeweils in ein bemanntes Schiff zu stecken und außer bloßen Nachrichten auch Fahrgäste und Versorgungsgüter zu unseren Kolonien zu befördern.

Vielleicht würde unser Beruf eines Tages, wenn die Sonden einmal perfekt funktionierten, veraltet sein. Und das wäre eine Schande! Wir hatten eine glanzvolle Karriere zu erwarten, trotz des geringen Risikos, ein T-Melanom zu entwickeln, das bösartige Karzinom, das durch langes Einwirken von Fusionsfeldern hervorgerufen werden konnte.

Zum Glück erwiesen sich Menschen, deren Zellen fünf Jahre während der Pubertät N-Wellen ausgesetzt waren, als beinahe immun dagegen, obwohl es Ausnahmen gab. Selbst für Erwachsene, die das erstemal in den interstellaren Raum fuhren, war das Risiko nicht übertrieben groß, aber es stieg mit jeder weiteren Reise an. Also starteten Offiziere sehr jung in ihre berufliche Laufbahn, und Besatzungsmitglieder wurden nur für kurze Zeit rekrutiert ...

»Wieder mal beim Tagträumen, Mr. Seafort? Wenn es dabei um eine junge Dame geht, könnten Sie in Ihrer Kabine die nötige Privatsphäre finden.«

»Nein, Sir. Tut mir leid, Sir.« Mit rotem Kopf beugte ich mich über die Konsole, und meine Finger flogen über die Tasten.

Eine Möglichkeit, unsere Position zu bestimmen, bestand darin, unsere relative Position zu drei bekannten Sternen nachzumessen und dann die Sternkarten im Schiffscomputer zu konsultieren. Wir konnten auch die während der Fusionszeit aufgetretenen Energieschwankungen berechnen und den Prozentsatz der Abweichung schätzen, der sich daraus ergab. Diese Methode lieferte einen möglichen Rahmen, innerhalb dessen wir uns an einer belieben Stelle befinden konnten. Dann mußten wir einfach kalkulieren, wie unser Ziel aussah, und nachschauen, ob wir irgendwas fanden, was dazu paßte.

Mir ist es egal, was in den Lehrbüchern steht. Navigation ist mehr Kunst als Wissenschaft.

Als der Navigationsdrill endlich vorüber war, nahm ich mir Alexi vor, drückte ihm einen Chip mit Lambert und Greeleys *Elementen der Astronavigation* in die Hand und schickte ihn in unsere Kabine, um das Buch in seinem Holovid zu lesen.

2. Kapitel

Die Uhr arbeitete gegen mich. Behindert durch eine Augenbinde, tastete ich nach den Schotts und hoffte dabei, nicht über ein unerwartetes Hindernis zu stolpern. Ich hangelte mich zu einer Luke. Sie war von innen verschließbar und hatte einen großformatigen Griff, was bedeutete, daß ich in einer Passagierkabine war. Ich tastete mich hinaus auf den Korridor, beschloß, mich nach links zu wenden, und ging langsam los, wobei ich mit dem Arm am Wandschott entlangscharrte. Ich spürte, daß es aufwärts ging, wenn auch kaum merklich. Es bedeutete, daß ich mich einer Leiter näherte.

Zu unseren Ausbildungsübungen gehörte es, auch dann herauszufinden, wo wir uns befanden, wenn wir nichts sehen konnten. Man gab uns ein Narkotikum, und wir erwachten einige Minuten später weiß Gott wo. Wenn wir zu lange brauchten, um uns zu orientieren, erhielten wir Minuspunkte. Ich vermutete, daß sich der Drill als nützlich erweisen könnte, wenn einmal die Energiereservesysteme des Schiffes und die komplette Notbeleuchtung gemeinsam ausfielen. Ich konnte mir aber nichts vorstellen, was solche Folgen nach sich ziehen würde.

Ich stieß gegen ein Leitergeländer. Es verlief sowohl aufwärts wie abwärts, was bedeutete, daß ich auf Deck 2 war, im Passagierbereich. Amandas Kabine lag irgendwo in der Nähe. Unsere Freundschaft hatte sich weiterentwickelt, und ich war schließlich von ihr eingeladen worden.

Wo steckte ich – im Osten oder Westen? Wenn es der Osten war, befand sich ein Trainingsraum zwanzig Schritte jenseits der Leiter. Ich konnte mich nicht erinnern, was man im Westen dort vorfand, außer daß es kein Trainingsraum war. Ich verzichtete auf Vorsicht, um meine Zeit zu verbessern, und stolperte weiter durch den Gang. Falls Mr. Cousins einen Stuhl im Korridor plaziert hatte, war ich erledigt.

Kein Trainingsraum. »Passagierunterkunft, Deck 2 West, etwa fünfzehn Meter westlich der Leiter, Sir.«

»Sehr gut, Nicky.« Es war die Stimme von Leutnant Malstrom. Ich nahm die Augenbinde ab und blinzelte im Licht. Ich lächelte, und er erwiderte es. Ich konnte mir lebhaft vorstellen, wie unser erster Leutnant dasselbe ausgedrückt hätte.

Wenn man drei Schaumgummischeiben von einem Zoll Dicke ausschnitt, sie aufeinanderlegte, einen kurzen Bleistift durch die Mitte hindurchsteckte und ihn auf eine Spitze stellte, hatte man ein grobes Modell unseres Schiffes. Der Maschinenraum lag innerhalb des Bleistiftes, unterhalb der Scheiben. Darunter befand sich das Triebwerk selbst, das am stumpfen Ende des Bleistiftes in der sich trichterförmig ausweitenden Wellenemissionskammer endete.

Wir, die Besatzung und die Passagiere, wohnten und arbeiteten in den drei Scheiben. Der Abschnitt des Bleistiftes über den Scheiben enthielt die Frachträume, voll mit Ausrüstung und Vorräten für die Kolonie auf Hope Nation und Miningcamp.

Ein kreisförmiger Gang, Umfangskorridor genannt, zog sich um jede Scheibe und teilte sie in Innen- und Außensegmente. Zu beiden Seiten führten Luken in die Kabinen und Abteile der Scheibe. In bestimmten Abständen befanden sich Druckschotts im Korridor, die sich im Fall einer Dekompression schlossen und jede Sektion luftdicht von allen anderen trennten.

Zwei Leitern – Treppenhäuser, in ziviler Ausdrucksweise – führten von den Ost- und Westsektionen von Deck 3 bis hinauf in die luftigen Höhen von Deck 1. Die Brücke lag auf dem obersten Deck, zusammen mit den Offizierskabinen und dem sakrosankten Kapitänsquartier, das ich mir noch nie hatte ansehen dürfen.

Auf Deck 2 befanden sich die meisten Passagierkabinen. Ein paar Passagiere waren auf Deck 1 untergebracht, und die Räume der übrigen lagen auf Deck 3, wo die Besatzung zu Hause war.

Eine Passagierkabine war etwa doppelt so groß wie die eines Leutnants. Die Crewunterkünfte auf Deck 3 ließen dagegen sogar unseren überfüllten Fähnrichsraum als luxuriös erscheinen. Die Politik der Flotte war es, uns zum Schlafen eng zusammenzupferchen, uns aber andererseits reichlich Auslauf zu gewähren. Die Crew hatte einen Sportraum, ein Theater, einen Freizeitraum, Privatkabinen und ihre eigene Kantine.

Jetzt, wo die Übung vorüber war, stiegen Leutnant Malstrom und ich zu Deck 1 hinauf.

Mir blieb gerade genug Zeit, um rechtzeitig zu meinem Andockdrill auf der Brücke zu erscheinen. Ich duschte gründlich, ehe ich mich bei Käpten Haag meldete. Bislang mußte ich mich nur einmal die Woche rasieren, also bereitete mir das jetzt keine Probleme.

Ich zog mich an, und langsam verknotete mir die zunehmende Spannung den Bauch. Ich war noch ein gutes Stück davon entfernt, es zum Leutnant zu bringen, aber ich hatte überhaupt keine Chance, einmal befördert zu werden, solange ich dem Kapitän gegenüber nicht wenigstens Grundfertigkeiten im Pilotieren demonstriert hatte.

Ich zog die Uniform noch einmal zurecht, holte tief Luft und klopfte kräftig an die Brückenluke. »Bitte um Erlaubnis, auf die Brücke zu kommen, Sir.«

»Erteilt.« Der Kapitän stand vor der Navkonsole und machte sich nicht die Mühe, sich umzudrehen. Er hatte nach mir geschickt und kannte meine Stimme.

Ich trat ein. Leutnant Lisa Dagalow, die mit Käpten Haag Wache hatte, nickte höflich. Obwohl sie nie übertriebene Anstalten gemacht hatte, mir zu helfen, ging sie auch nie derart auf mich los wie der erste Leutnant Cousins.

Der Anblick der Brücke überwältigte mich immer wieder, da konnte ich mir nicht helfen. Der riesige Simultanschirm auf dem geschwungenen Frontschott gewährte einen atemberaubenden Ausblick in Bugrichtung des Schiffes – natürlich nur, wenn wir nicht in Fusion waren. Jetzt waren auch die kleineren Bildschirme beiderseits außer Betrieb. Diese von unserem Computer Darla gesteuerten Monitore konnten jeden Umstand simulieren, der in den Speicherbänken enthalten war.

Der schwarze Ledersessel des Kapitäns war hinter der linken Konsole fest auf dem Deck montiert. Der Sitz des wachhabenden Offiziers, den ich einzunehmen hatte, war rechts davon. Niemand außer dem Käpten saß jemals in dessen Sessel, nicht einmal zu Übungszwecken.

»Fähnrich Seafort meldet sich zum Dienst, Sir.« Natürlich kannte mich der Alte. Ein Käpten, der in einer Besatzung von elf Offizieren die eigenen Fähnriche nicht kannte, hatte Probleme. Aber Vorschriften waren nun mal Vorschriften.

»Setzen Sie sich, Mr. Seafort.« Käpten Haag deutete überflüssigerweise auf den Platz des Wachhabenden. »Ich rufe eine Simulation des Hope-Nation-Systems ab. Sie werden das Schiff an der Orbitalstation anlegen.«

»Aye aye, Sir.« Das war die einzige erlaubte Antwort auf einen Befehl des Kapitäns. Kadetten oder Fähnriche, die frisch von der Akademie kamen und noch grün hinter den Ohren waren, begriffen manchmal nicht den Unterschied zwischen »Ja, Sir« und »Aye aye, Sir.« Dabei war es ganz einfach. Wurde eine Frage gestellt, die positiv zu beantworten war, sagte man »Ja, Sir.« Erhielt man einen Befehl, bestätigte man mit »Aye aye, Sir.« Es erforderte gar nicht viele Ausflüge zum Faß des ersten Leutnants, bis man das richtig hinbekam.

Käpten Haag tippte auf seinen Bildschirm. »Zudem müssen Sie Hope Nation erreichen.« Mir sank das Herz in die Hose. »Wir starten beim Wrack der *Celestina*, Mr. Seafort. Fangen Sie an!« Er lehnte sich im Sessel zurück.

Ich nahm das Sprechgerät zur Hand. »Brücke an Maschinenraum, bereitmachen für Defusion.« Meine Stimme war piepsig, und ich wurde rot.

»Bereitmachen zur Defusion, aye aye, Sir«, ertönte Chief McAndrews' rauhe Stimme aus dem Maschinenraum. »Steuerung an Brücke übergeben.« Natürlich handelte es sich bei den Anzeigen, die meine Konsole von der Maschine lieferte, nur um eine Simulation. Käpten Haag dachte gar nicht daran, für eine simple Übung zu defusionieren.

»An Brücke übergeben, aye aye.« Ich legte den Zeigefinger an den oberen Rand des Triebwerksmonitors und zog eine Linie von »Voll« bis »Aus«.

Die Simultanschirme erwachten mit einer Flut von Lichtern zum Leben, und ich schnappte nach Luft, obwohl ich drauf vorbereitet gewesen war. Sterne leuchteten überall, und das in weit größerer Zahl, als ich es mir am Erdboden je hatte vorstellen können.

»Überprüfen Sie, ob Hindernisse vorhanden sind, Leutnant«, sagte ich und setzte hinzu: »Bitte.« Schließlich war sie nach dem Ende der Übung weiterhin mein vorgesetzter Offizier. Leutnant Dagalow beugte sich über ihre Konsole.

Die wichtigste Aufgabe nach dem Auftauchen aus der Fusion bestand darin, sicherzustellen, daß keine planetaren Körper oder Schiffe in der Nähe waren. Das Risiko betrug eins zu Milliarden, aber es war trotzdem keins, das wir auf die leichte Schulter nahmen. Darla führte stets einen Sensorencheck durch, aber trotz der in jedes ihrer Systeme eingebauten dreifachen Redundanz verließen wir uns nicht auf ihre Sensoren. Die ganze Navigation beruhte auf einem alles überragenden Prinzip: Vertraue keiner Maschine! Alles wurde von Hand nachgeprüft.

»Keine Hindernisse, Mr. Seafort.« Technisch gesehen hätte Ms. Dagalow mich während des Drills, solange ich als Kapitän agierte, mit »Sir« ansprechen müssen, aber ich hatte keinesfalls vor, sie daran zu erinnern.

»Bitte zeigen Sie unsere Position, Ma'am. Ich meine, Leutnant.«

Leutnant Dagalow wies den Computer an, unsere Position auf der Sternkarte anzuzeigen. Der Bildschirm füllte sich mit Zahlen, während eine fröhliche weibliche Stimme verkündete: »Position ist bestimmt, Mr. Seafort.«

»Danke, Darla.« Der Computer reduzierte zur Antwort kurz die Bildschirmhelligkeit. Ich habe nicht vor, an dieser Stelle auf die uralte Frage einzugehen: War sie wirklich lebendig? Diese Frage löste mehr Kneipenschlägereien aus als alle anderen Ursachen zusammengenommen. Meine persönliche Meinung ist – egal, es spielt keine Rolle. Auf dem Schiff war es Brauch, den Computer als Person anzusprechen. Alle korrekten Antworten auf höfliche Floskeln und Neckereien waren in Darla einprogrammiert. Auf der Akademie hatte man uns erzählt, Raumfahrern fiele es leichter, mit einem Computer umzugehen, der menschliche Reaktionen zeigte.

»Berechnen Sie bitte die neuen Koordinaten«, sagte ich. Leutnant Dagalow beugte sich vor, um den Befehl auszuführen.

Kapitän Haag mischte sich ein. »Der Leutnant ist krank. Sie werden die Bestimmung selbst vornehmen müssen.«

»Aye aye, Sir.« Ich brauchte fünfundzwanzig Minuten, und als ich fertig war, war ich durchgeschwitzt. Ich war mir ziemlich sicher, keinen Fehler gemacht zu haben, aber ziemlich sicher ist nicht gut genug, wenn der Kapitän vom Nachbarplatz aus zusieht. Ich gab die neuen Fusionskoordinaten für den kurzen Sprung ein, der uns nach Hope Nation bringen würde.

»Koordinaten erhalten und verstanden, Mr. Seafort«, meldete Darla.

»Chefingenieur, Fusion bitte.«

»Aye aye, Sir. Fusionsantrieb ist ... eingeschaltet.« Die Bildschirme fielen abrupt aus, als Darla den Wiedereintritt in die Fusion simulierte.

»Sehr gut, Mr. Seafort«, sagte der Kapitän ruhig. »Auf wie lange schätzen Sie die zweite Fusion?«

»Zweiundachtzig Tage, Sir.«

»Zweiundachtzig Tage sind vergangen.« Er tippte eine Sequenz in seine Konsole. »Fahren Sie fort.«

Erneut holte ich das Schiff aus der Fusion. Nach Ausblendung der enormen Strahlungsenergie der Sonne von Hope Nation, eines Sterns vom G-Typ, konnten wir die Orbitalstation orten, die den Planeten umkreiste. Leutnant Dagalow bestätigte, daß keine Hindernisse vorlagen. Dann wurde sie wieder krank, und ich mußte in zunehmender Gereiztheit erneut einen manuellen Anflug planen.

»Maschinenhilfsenergie, Chief.« Mein Tonfall war barsch, und ich hielt den Rufer so fest, daß das Handgelenk schmerzte.

»Aye aye, Sir. Energie hoch!« Mr. McAndrews hatte anscheinend nur auf das Signal gewartet. Natürlich hatte er das; der allmächtige Gott allein wußte, mit wie vielen Fähnrichen er im Lauf der Jahre diese Übung schon durchgeführt hatte.

»Kurs null drei fünf Grad, voraus zwei Drittel.«

»Zwei Drittel, aye aye, Sir.« Die Konsole zeigte an, daß die Triebwerksenergie anstieg. Nervös erinnerte ich mich daran, daß die *Hibernia* nach wie vor in Fusion reiste und all das nur ein Drill war.

Ich warf einen Blick auf den Simultanschirm. »Neigung zehn Grad.«

»Zehn Grad, aye aye, Sir.«

Ich näherte mich vorsichtig der Orbitalstation. Sie war auf den Bildschirmen bereits mühelos zu erkennen und wurde laufend größer. Ich bremste das Schiff für die letzte Anflugsphase ab.

»Kurs null vier null, Leutnant.«

»Aye aye, Sir.«

»Sir, Orbitalstation meldet: Schleusen bereit.«

»Bestätigt Bereitschaft«, wiederholte ich und versuchte, die Informationsflut zu verdauen, die von den Instrumenten auf mich eindrang.

»Relative Geschwindigkeit zweihundert Stundenkilometer, Mr. Seafort«, meldete Dagalow.

»Zweihundert, verstanden. Manövrierdüsen, fünfzehn abbremsen.« Treibmittel sprühten aus den Düsen, um die Vorwärtbewegung des Schiffes zu verlangsamen.

»Relative Geschwindigkeit einhundertfünfzehn Stundenkilometer, Entfernung einundzwanzig Kilometer.«

Immer noch zu schnell. »Bremsdüsen, achtzehn.« Wir wurden erneut langsamer, aber das Bremsmanöver warf uns aus dem Anflugkurs. Ich korrigierte das, indem ich die seitlichen Manövrierdüsen betätigte.

Unsere konventionellen Triebwerke verbrannten Flüssigwasserstoff und Flüssigsauerstoff; Wasser war billig, und die Fusionsmaschinen der *Hibernia* lieferten reichlich Energie für die Umwandlung, aber unsere Transportkapazität war begrenzt, was diesen Treibstoff anging. Um schneller zu fahren, mußten wir mehr Wasser verbrauchen. Das Abbremsen erforderte die gleiche Treibstoffmenge; nichts war umsonst. Theoretisch konnten wir mit ein paar Löffeln voll Flüssigwasser- und -sauerstoff nach Hope Nation gondeln, aber nicht vor Ablauf unserer Lebenserwartung. Welcher Zeitgewinn lohnte welchen Treibstoffverbrauch? Das hing davon ab, wie viele Manöver man noch vor sich hatte. Ein nettes logistisches Problem mit vielen Variablen.

Mein Anflug verlief nicht glatt. Ich lavierte und verschwendete kostbaren Treibstoff, während ich versuchte, das Schiff passend für die beiden bereitgehaltenen Luftschleusen zu positionieren. Kapitän Haag sagte nichts. Endlich war ich in Position, die Luftschleusen zweihundert Meter auseinander, unsere Geschwindigkeit relativ null zur Orbitalstation.

»Kurs zwei sieben null, zwei Stöße.« Das würde unseren Bleistift nach links schwenken, immer noch parallel zur nahe gelegenen Station. Ich tat es viel zu schnell. Ich hatte vergessen, wie wenig Treibstoff man für Korrekturen auf engem Raum benötigt. Der Bug der *Hibernia* schwenkte gefährlich nah an die Luftschleuse der Station heran.

Ich geriet in Panik. »Bremsdüsen neunzig, ein Stoß!«

Leutnant Dagalow instruierte den Computer mit dem Befehl. Ihr Gesicht war ausdruckslos.

Herr im Himmel! Ich hatte meinen Fehler noch verschlimmert, indem ich das Heck des Schiffs zurückzog statt den Bug! »Abbremsung zwei sieben null, alle Düsen!«

Der Bildschirm wurde dunkel, als sich die Orbitalstation in unserem Schatten rapide vergrößerte.

Alarmsirenen heulten. Der Bildschirm ruckte plötzlich zur

Seite. Meine Hand flog zur Konsole, um mich gegen einen Stoß abzustützen, der nie erfolgte.

Darlas schrille Stimme übertönte den heulenden Alarm. »Verschluß der vorderen Frachtabteilung aufgeplatzt!«

»Tangentialschaden mittschiffs!« rief Ms. Dagalow.

Der Hauptbildschirm machte einen Satz. Darlas Stimme klang drängend: »NOTFALL! Die Scheibe ist aufgeprallt! Dekompression auf Deck 2!«

Mir war schlecht vor Entsetzen. Käpten Haag drückte den Zentralschalter, und der Alarm wich einer wundervollen Stille. »Sie haben die Hälfte unserer Passagiere umgebracht,« sagte er ernst. »Über ein Drittel Ihrer Besatzung befindet sich in der Dekompressionszone und ist höchstwahrscheinlich tot. Ihr Schiff ist außer Kontrolle. Der Riß in der Hülle ist größer als die vordere Luftschleuse.«

Ich hatte mein Schiff stärker beschädigt, als es selbst der *Celestina* widerfahren war. Ich schloß die Augen und bekam keinen Ton hervor.

»Nehmen Sie Haltung an, Mr. Seafort.«

Schwankend stand ich auf und schaffte es, Habachtstellung einzunehmen.

»Sie haben sich bis zum Andockmanöver gar nicht übel geschlagen«, sagte der Kapitän nicht unfreundlich. »Sie waren langsam, haben das Schiff aber in die richtige Position gebracht. Sie haben es allerdings nicht geschafft, Entscheidungen frühzeitig zu treffen, und mußten dann in kurzer Zeit zu viel tun. Als Folge davon haben Sie Ihr Schiff verloren.«

»Ja, Sir.« Ich hatte mein Schiff verloren, das war es. Und damit jede Chance, es vor Erreichen des Heimathafens bis zum Leutnant zu bringen.

Der Alte überraschte mich. »Lesen Sie noch einmal das Handbuch, Seafort. So oft wie nötig. Bei der nächsten Übung erwarte ich von Ihnen, daß Sie es richtig machen.«

»Aye aye, Sir.«

»Sie sind entlassen.« Ich schlich hinaus.

Es war der schlimmste Tag meines Lebens.

»Ich möchte nicht darüber reden, Amanda.« Sie saß in ihrer voluminösen Kabine auf Deck 2 auf dem Bett, während ich in ihrer Nähe auf dem Boden Platz genommen hatte.

Ich hatte dienstfrei, und die Schiffsbestimmungen erlaubten es Offizieren, mit Passagieren gesellschaftlichen Umgang zu pflegen. Vernünftigerweise hatten die Führungsgremien der Flotte genehmigt, was sie ohnehin nicht verhindern konnten.

»Nicky, jeder macht Fehler. Bestrafe dich nicht selbst, sondern mache es nächstes Mal besser.«

Mein Tonfall war bitter. »Vax und Alexi können mit dem Schiff andocken und den Vorgang überleben. Ich bin der Oberfähnrich und bringe es nicht zustande!«

»Das wirst du noch«, beruhigte sie mich. »Studiere weiter, dann schaffst du es.«

Ich erzählte ihr nicht, daß Leutnant Cousins mich komplett neu auf die Übung vorbereiten mußte. Nachdem er damit fertig war, konnte ich mich glücklich schätzen, wenn ich noch wußte, wie man sich allein anzog. Ich wand mich vor Abscheu. Normalerweise geriet ich nicht in Panik. Mit manchen Problemen kam ich gut zurecht, andernfalls hätte ich den Abschluß der Akademie nicht geschafft. Aber zu wissen, daß aller Leben von mir abhing, war zuviel. Ich wußte, daß ich damit nie fertig werden würde.

Verdrossen setzte ich mich auf einen Stuhl. »Tut mir leid, daß ich dich damit belästigt haben, Amanda.«

»Oh, Nicky, sei nicht albern! Wir sind doch Freunde, oder nicht?« Ja, aber das war auch schon alles, was man über uns sagen konnte. Ich wäre gerne mehr gewesen, aber drei lange Jahre trennten uns voneinander, und sie schien nicht interessiert. »Warum quält man überhaupt Fähnriche mit solchen Drills? Für diese Dinge ist doch der Pilot zuständig.«

»Der Kapitän ist für das Schiff verantwortlich«, erklärte ich ihr geduldig. »Immer. Pilot Haynes ist wie der Chefingenieur und die Ärztin nur Decksoffizier und damit nicht kommandobefugt.«

»Was soll das bedeuten?«

»Es bedeutet, daß er keinen Platz in der Befehlsrangfolge hat. Sollte der Käpten krank werden, würde der erste Leutnant das Kommando übernehmen, dann Ms. Dagalow, dann Leutnant Malstrom.«

»Aber trotzdem hat man immer noch den Piloten, um das Schiff anzudocken. Es kann doch nicht jeder krank oder sonstwie außer Gefecht sein.«

»Aber der Pilot ist nie im letzten Sinne verantwortlich. Es ist nicht sein Schiff.«

»Trotzdem ist es albern, von Jungen, die gerade die Kadettenakademie hinter sich haben, zu erwarten, daß sie das Schiff fliegen.«

»Fahren. Mit einem Schiff fährt man.«

»Wo liegt der Unterschied? Du weißt, was ich meine.«

Ich versuchte es ihr zu erklären. »Amanda, wir Fähnriche sind hier, um zu lernen, die Aufgaben der Leutnants und des Kapitäns auszuführen. Die Übungen dienen diesem Zweck.«

»Ich halte es trotzdem für albern«, versetzte Amanda stur. »Und grausam.« Ich ließ es dabei bewenden.

3. Kapitel

»Stell das Ding leiser, Alexi.« Ich machte mich fürs Bett zurecht. Es war ein in jeder Beziehung übler Tag gewesen, und ich war gereizt.

»Tut mir leid, Mr. Seafort.« Rasch drehte er die Lautstärke seines Holovid herunter. Alexi Tamarow war nur ein Jahr jünger als ich und verkörperte alles, was ich sein wollte: Er war schlank, elegant, gutgelaunt und tüchtig. Aber er war süchtig nach seiner Slapmusik, während ich die klassischen Komponisten bevorzugte: Lennon, Jackson und Biederbeck.

Ich bedauerte meine schlechte Laune, dankte dem allmächtigen Gott aber trotzdem für meinen höheren Rang und dafür, daß ich das Recht hatte, Alexi zu befehlen, daß er die Lautstärke herunterdrehte. Ich wäre schon irgendwie zurechtgekommen, auch ohne Chef zu sein, aber das Leben brachte schon genug Prüfungen mit sich. Als Vorgesetzter durfte ich mir die Koje aussuchen und wurde morgens und nachmittags in der Messe als erster bedient. Angeblich leitete ich die Fähnrichsabteilung, aber ich war mir bewußt, daß man meine Autorität bestenfalls als prekär bezeichnen konnte.

Auf den Schiffen der Flotte wurden Fähnrichsgruppen ohne große Überlegung zusammengestellt. Egal, ob wir frisch von der Akademie kamen oder bereits mehrere Dienstjahre auf dem Buckel hatten, man erwartete einfach von uns, daß wir problemlos zusammen lebten und arbeiteten. Nach den Schiffsbestimmungen oblag dem Oberfähnrich die Verantwortung für seine Abteilung, aber die Tradition gewährte jedem Fähnrich das Recht, dessen Position in Frage zu stellen.

In einem solchen Fall mußten die beiden die Sache auskämpfen. Da Konflikte unvermeidlich und ihre Lösung zwingend waren, übersahen Offiziere geflissentlich die Kratzer, blauen Augen oder Quetschungen, die sich ein Fähnrich beim Umgang mit seinesgleichen zuziehen konnte.

Vax Holser und ich hatten eine unausgesprochene Übereinkunft: Er schubste die anderen Fähnriche herum, und wir ließen einander in Ruhe. Wir beide wußten, daß ich der Sache Nachdruck verleihen mußte, wollte ich jemals meinen Rang gegen ihn ausspielen. Ich meinerseits ignorierte es, daß er mich mit kaum verhohlener Verachtung ›Nicky‹ nannte. Darüber hinaus stellten wir beide unser Verhältnis nicht auf die Probe.

Vax rührte sich jetzt, öffnete ein Auge und betrachtete Alexi damit böse. Ich hoffte, daß er nichts vom Zaun brach, aber er knurrte: »Du bist ein Arschloch.«

Alexi gab keine Antwort.

»Hast du mich verstanden?«

»Ich habe dich verstanden.« Alexi wußte, daß er es nicht mit Vax aufnehmen konnte.

»Sag mir, daß du ein Arschloch bist.« Das Problem bei Vax war, daß er einfach nicht mehr lockerlassen konnte, wenn er einmal etwas angefangen hatte.

Alexi sah mich an. Ich blieb ausdruckslos.

»Mir ist nicht danach, die Sache auf sich beruhen zu lassen, Tamarow. Sag es mir!«

»Ich bin ein Arschloch!« Alexi schaltete das Holovid heftig ab und warf sich auf das Bett, das Gesicht zur Trennwand gerichtet. Seine Schultern waren gespannt.

»Das wußte ich bereits.« Vax klang verärgert.

In der unangenehmen Stille, die eintrat, erinnerte ich mich düster an meine Ankunft vor ein paar Wochen. Mit meinem ganzen Gepäck hatte ich mich auf Earthport Station, der riesigen Station im Orbit über Lunapolis City, an Bord der *Hibernia* gemeldet. Der mit der Verladung der eintreffenden Vorräte beschäftigte Leutnant Cousins warf nur einen flüchtigen Blick auf meine Papiere und überließ es mir, den Fähnrichsraum selbst zu finden.

Als ich mich ungeschickt bückte, um die Kabinenluke zu öffnen, kam eine Gestalt wie eine Kanonenkugel daraus hervorgeschossen und stieß mich quer durch den Korridor. Ich stolperte über die eigene Reisetasche, und meine Papiere flogen durch die Luft. Ich landete in einem Durcheinander am gegenüberliegenden Schott. Meine Schulter fühlte sich an, als wäre sie gebrochen.

»Wilsky, beweg deinen Arsch gleich wieder rein!« Das Gebrüll kam aus der Kabine.

Der junge Fähnrich sah starr vor Schreck zu, wie ich hilflos zwischen meinen Papieren herumscharrte. Er sprang herbei und bückte sich, um mir beim Auflesen der Dokumente zu helfen. »Bist du Wilsky?« war alles, war mir einfiel.

»Ah, ja, Sir«, sagte er und mustere meine Palette an Dienstnadeln. Er wußte gleich, daß ich sein Vorgesetzter war.

»Wer ist das?« Ich deutete auf die wieder zugefallene Luke.

»Das ist Mr. Holser, Sir. Er ist der Boß. Er wollte ...« Wilsky zog eine Grimasse, als die Luke aufgerissen wurde. Eine riesige Gestalt ragte über uns auf.

»Für was zum Teufel hältst du dich eigentlich ...« Der muskulöse Fähnrich betrachtete mich finster, wie ich da im Korridor hockte und Papiere wieder in ihre Mappen stopfte. »Bist du der neue Fähnrich?«

»Ja.« Ich stand auf. Automatisch sah ich mir seine Dienstnadelnpalette an. Als ich meine Befehle erhalten hatte, hatte es geheißen, ich würde der erste Fähnrich sein, aber Fehler passieren nun mal.

»Du kannst deinen ...« Er wurde bleich. »Verdammter Mist!« Bestürzt erkannte ich, daß es ihm niemand gesagt hatte. Er hatte geglaubt, *er* wäre der Oberfähnrich.

Ich seufzte. Der erste Monat war nicht einfach gewesen, und mir standen noch siebzehn weitere bis zur Landung bevor. Körperlich war ich Vax Holser nicht gewachsen. Unglücklicherweise wußte ich aber auch nicht, wie ich ihn ertragen sollte.

»Genau daran liegt es, Mrs. Donhauser. Weil die Entfernungen so groß und die Reisen so lange sind, werden Autorität und Disziplin so streng durchgesetzt.«

Mrs. Donhauser hörte aufmerksam dem zu, was Khali Ibn Saud ihr erläuterte, unser Amateursoziologe, der von Beruf eigentlich interplanetarer Banker war.

Es war ein stiller Nachmittag etwa zwei Monate nach Beginn unserer Reise, und ich saß im Passagiersalon auf Deck 2.

»Ich denke, daß die Distanzen eher den gegenteiligen Effekt haben«, erwiderte sie. »Je weiter entfernt die Leute vom Sitz der Regierung leben, desto mehr schwächt sich deren Autorität ab.«

»Ja!« Er hörte sich ganz aufgeregt an, als hätte Mrs. Donhauser seine Meinung bewiesen. »Das würde sicherlich geschehen, wenn man alles sich selbst überließe. Aber unsere Regierung, die Zentralgewalt, reagiert darauf, sehen Sie? Um die Kontrolle aufrechtzuerhalten, legt sie Regeln und Normen fest, an die wir uns halten müssen, ungeachtet der Umstände. Und die Regierung ist willens, Zeit und Anstrengung zu investieren, um sie durchzusetzen.«

Der Salon war blaßgrün dekoriert, angeblich eine beruhigende Farbe. Nach dem Anblick von Mr. Barstow zu schließen, der in einem Lehnstuhl schlummerte, erzielte der Dekor die gewünschte Wirkung. Mit den Ausmaßen zweier Passagierkabinen bot der Salon mindestens fünfzehn Personen bequem Platz. Er war mit gepolsterten Stühlen, Sesseln, einer Bank, zwei Spieltischen und einem intelligenten Kaffee/Sahne-Automaten ausgestattet.

Ich war an der Debatte nicht sonderlich interessiert. Mr. Ibn Sauds Theorie war nicht neu. Auf der Akademie hatte man sie uns sogar besser erklärt.

Mrs. Donhauser wandte sich an mich. »Sagen Sie es ihm, junger Mann. Stimmt es nicht, daß der Kapitän hier mitten im Weltraum selbst die Gewalt ausübt? Daß er niemandem Rechenschaft schuldig ist?«

»Das sind zwei Fragen«, antwortete ich. »Ja und nein. Der Kapitän ist die höchste Autorität auf einem Schiff, sobald es abgelegt hat. Er ist niemandem an Bord Rechenschaft schuldig, aber er muß sich nach den Vorschriften richten. Sollte er davon abweichen, würde er bei seiner Rückkehr von seinem Posten entfernt oder Schlimmeres.«

»Sehen Sie!« triumphierte Ibn Saud. »Die Zentralgewalt setzt sich sogar mitten im Weltraum durch.«

»Pah!« schleuderte sie ihm entgegen. »Der Kapitän kann langsamer oder schneller fahren und sogar Umwege machen, wenn er möchte. Die Zentralregierung hat in dieser Beziehung nichts zu sagen.«

Er zuckte die Achseln und sah mich antwortheischend an. »Wie ist es Brauch?«

»Mrs. Donhauser«, sagte ich. »Ich denke, Sie haben einen

Fehler gemacht, als Sie die Befugnisse des Kapitäns mit der Autorität der Vereinten Nationen verglichen. Der Kapitän steht nicht im Gegensatz zur Autorität der Regierung. Er *verkörpert* diese Autorität. Er kann Personen verheiraten oder scheiden, über sie zu Gericht sitzen und sie hinrichten. Er hat die absolute, uneingeschränkte Macht über das Schiff.« Das letztere war ein Zitat aus einem offiziellen Kommentar zu den Vorschriften; ich fügte es ein, weil es sich gut anhörte. »Es gab mal ein Schiff namens *Cleopatra*. Haben Sie davon gehört?«

»Nein. Sollte ich?«

»Es war vor etwa fünfzig Jahren. Der Kapitän – ich kann mich nicht mehr an den Namen erinnern – . . .«

»Jennings«, warf Ibn Saud ein und nickte erwartungsvoll.

»Kapitän Jennings verhielt sich sehr merkwürdig. Die Offiziere konsultierten den Arzt und enthoben den Kapitän aufgrund geistiger Unzurechnungsfähigkeit seines Kommandos. Sie sperrten ihn in seinem Quartier ein und fuhren direkt nach Earthport Station.« Ich legte eine Pause ein, um es dramatischer zu gestalten.

»Und?«

»Sie wurden gehängt. Sie alle. Ein Kriegsgericht befand, sie hätten sich geirrt, als sie den Kapitän für unfähig hielten, sein Kommando auszuüben. Obwohl sie in gutem Glauben handelten, wurden sie alle gehängt.« Es wurde still. »Sehen Sie, die Regierung ist absolut entschlossen, ihre Autorität durchzusetzen, selbst im Weltraum«, fügte ich hinzu. »Der Kapitän ist Vertreter der Regierung wie auch der Kirche, und er darf nicht abgesetzt werden.«

»Ein bizarrer Fall!«

»Es könnte jederzeit wieder geschehen, Mrs. Donhauser.«

»Und abgesehen davon muß es sich um ein Schiff der Flotte gehandelt haben«, sagte sie, »nicht um ein Passagierschiff.«

Das war zuviel für mich. Man sollte eigentlich glauben, daß Leute wußten, worauf sie sich einließen. »Ma'am, es verwirrt Sie vielleicht, daß die *Hibernia* eine Flottenbesatzung hat, voll mit zivilen Passagieren belegt ist und den Frachtraum voller privater Lieferungen hat. Was zählt, ist, daß der Kapitän und jedes Mitglied der Besatzung zur Flotte gehören. Bei der *Hibernia* handelt es sich um ein autorisiertes Flottenschiff. Nach dem Gesetz werden alle Transporte für die Kolonien von der Flotte durchgeführt, aber rechtlich ist die Fracht nur Ballast. Und die Passagiere sind, technisch gesehen, nur zusätzliche Fracht. Sie haben keine Rechte an Bord dieses Schiffes und kein Wort über das mitzureden, was hier geschieht, egal was.« Ich befleißigte mich natürlich eines höflichen Tonfalles. Ein Fähnrich, den man dabei erwischte, wie er einen Passagier beleidigte, würde das wahrscheinlich nie wieder tun.

»Ach wirklich?« Mrs. Donhauser ließ sich nicht erschüttern. Ich kam zu dem Schluß, daß sie eine tüchtige Missionarin sein würde. »Nun, wie es sich trifft, bestimmen wir unsere Menüs, haben wir Komitees für soziale Aufgaben, wählen wir den Passagiersrat und haben wir sogar dafür gestimmt, nächste Woche am Wrack der *Celestina* haltzumachen. Also, wo ist Ihre Diktatur?«

»Alles nur Fassade«, sagte ich. »Sehen Sie mal, Sie müssen eine VIP sein, wenn Sie sich eine interstellare Reise leisten können, richtig? Die Flotte legt es nicht unbedingt darauf an, es sich mit wichtigen Leuten zu verderben. Wir alle, Offiziere und Besatzungsmitglieder, sind aufgefordert, den Passagieren höflich zu begegnen und ihren Wünschen nachzukommen, wo immer es möglich ist. Da Sie wichtig sind, erhalten Sie die beste Unterkunft, das beste Essen, unsere besten Dienstleistungen. Aber das ändert nichts. Der Kapitän kann jede Ihrer Abstimmungen jederzeit übergehen, wenn er das möchte.« Ich fragte mich, ob ich damit zu weit gegangen war.

Das lebhafte alte Schlachtroß beruhigte mich. »Sie verstehen sich darauf zu argumentieren, junger Mann. Ich denke darüber nach. Wenn ich Sie das nächste Mal treffe, werde ich Ihnen erklären, warum Sie sich irren.« Ich grinste.

»Ich freue mich schon auf die Lektion, Ma'am.«

Ich streckte mich, entschuldigte mich und kehrte auf Deck 1 und zum Fähnrichsraum zurück. Egal, welche Argumente Mrs. Donhauser ins Feld führen würde, es änderte nichts. Die UN wußten, daß unsere Welt genug Anarchie erlebt hatte. Die Zentralgewalt wurde keinesfalls von der Regierung einer widerwilligen Bevölkerung aufgezwungen, sondern vielmehr von der überwältigenden Mehrheit der Bürger geschätzt und respektiert. Aufflackernde Kleinkriege und chaotische Revolutionen hatten endlich aufgehört. Der daraus resultierende Wohlstand hatte es uns wiederum ermöglicht, in den Weltraum aufzubrechen und Planeten wie Hope Nation und Detour zu kolonisieren. Die Flotte und der ältere UN-Militärdienst waren das Bollwerk der UN gegen die Kräfte der Auflösung, die jeder Kolonialordnung eigen waren.

Ich zog die Uniform aus und kroch in meine Koje, wobei ich mir Mühe gab, Alexi nicht aufzuwecken. Leutnant Cousins hatte ihn gestern übers Faß gelegt. Alexi mußte jetzt im Stehen essen und schlief auch nicht gut. Man lernte, mit dem Rohrstock zu leben, aber ich kannte Alexi zu gut, um glauben zu können, daß er unverschämt und ungehorsam gewesen war, wie der Leutnant behauptete. Cousins hatte einfach einen schlechten Tag gehabt oder eine Ausrede gesucht, um seine Autorität zu unterstreichen.

Den Vorschriften zufolge durfte jeder Fähnrich den Stock verabreicht bekommen, aber die Tradition zog eine Grenze. Mit seinen sechzehn Jahren hätte Alexi bereits über diese Grenze hinaus sein müssen, außer für schwere Vergehen. Nach den Statuten war Leutnant Cousins im Recht, nicht jedoch nach dem Brauch. Alexi ging es schlecht, aber er hatte sich nicht beschwert, was korrekt und angemessen war.

Ich schlief ein.

4. Kapitel

Zwei Wochen später mußte ich eine weitere Andockübung absolvieren. Ich brauchte ewig für die Kursbestimmung. Eine Stunde lang mühte ich mich allein mit der Berechnung unserer Position ab, bis selbst der Kapitän vor Ärger ganz zappelig wurde. Als ich die Brücke schließlich verließ, war ich klatschnaß, aber ich hatte das Schiff diesmal nicht zu Schrott gefahren, lediglich die Luftschleusen ziemlich heftig aneinandergeknallt.

Ich machte mich auf die Suche nach Amanda, um ihr von meinem Erfolg zu erzählen. Ich fand sie im Passagiersalon, wo sie sich ein Holovid-Epos anschaute. Sie schaltete es ab und höre sich meine aufgeregte Erzählung von den Manövern an, die ich durchgeführt hatte.

Obwohl ich im Speisesaal nicht mehr an ihrem Tisch saß, wurden wir allmählich gute Freunde. Wir machten ausgiebige Spaziergänge durch den Umfangskorridor. Wir lasen gemeinsam in ihre Kabine. Sie erzählte mir vom Textilunternehmen ihres Vaters, und ich erzählte ihr von meiner Zeit auf der Akademie. Der Körperkontakt zwischen uns beschränkte sich aufs Händchenhalten. Ich hätte mit ihr schlafen können; es verstieß nicht gegen die Vorschriften, und ich stellte mich zusammen mit den übrigen Fähnrichen jeden Monat für die Sterilitätsspritze bei Doc Uburu an. Amanda forderte mich jedoch nicht auf, und ich konnte sie nicht drängen – einen Passagier auf keinen Fall!

Ein paar Tage nach meinem Erfolg auf der Brücke entspannte ich mich in meiner Koje und sah zu, wie Sandy unseren Schiffsjungen Ricky Fuentes aufzog.

»Darf ich's mal versuchen? Bitte, Sir, bitte!« Der Schiffsjunge streckte die Hand nach dem Orchestrion aus, das Sandy grinsend über einen Kopf hielt. Wir alle mochten Ricky, einen gutgelaunten Zwölfjährigen. Selbst Vax verhielt sich ihm gegenüber freundschaftlich. Die vertrauensselige

Gutartigkeit des Burschen ermutigte das. Der Schiffsjunge durfte ungestraft in Besatzungs- und Offiziersquartieren sowie den Passagiersalons umherstreifen. Das gehörte zu seinen Aufgaben als Laufbursche. Ricky überbrachte Botschaften, holte Werkzeug, das Matrosen oder Offiziere vergessen hatten, und machte sich auch sonst ganz allgemein nützlich. Jedes große Sternenschiff hatte einen Schiffsjungen, in der Regel die Waise eines Berufs-matrosen. Es entsprach der Tradition, daß er schließlich zum Matrosen erster Klasse und normalerweise noch vor dem zwanzigsten Lebensjahr zum Bootsmann befördert wurde.

Sandy gab Ricky das Orchestrion. Der Junge wählte Spinett, Waldhorn und Tuba aus, stellte einen Bongotakt ein und klimperte dann eine simple Melodie auf den winzigen Tasten. Er stellte sie auf Wiederholung ein und ergänzte sein Arrangement um einen Kontrapunkt, wobei er verschiedene Instrumente benutzte.

Ricky hörte zu, wie das Orchestrion das von ihm geschaffene Thema entwickelte. »Zarky, echt zarky!« Ich denke, er wollte damit sagen, daß es ihm gefiel. Ich war nur fünf Jahre älter als er, aber die Sprache der Jugend verändert sich schnell. Die Maschine kam brummelnd zum Stillstand. »Danke, Sandy, ich muß wieder los! Ich helfe heute abend in der Küche. Ich meine, der Kombüse. Bye, Sir!« Und er rannte los.

In Rickys Alter hatte ich noch für Vater Holz gehackt. Ich war nicht extravertiert und gesellig wie der Schiffsjunge und würde es nie sein. Vater und ich hatten zu Hause nicht viel geredet, und ganz sicher hatten wir nicht gelacht.

Sandy ging, und ich schlief ein.

Einige Zeit später kam Vax und schaltete das Licht ein, wodurch er mich aus einem schönen Traum riß.

»Schalte es aus, ja?« brummte ich.

Er ignorierte mich und zog sich bedächtig aus.

»Vax, mach das verdammte Licht aus!«

»Klar, Nicky.« Er klatschte auf den Schalter und brachte es fertig, sogar mit dieser Geste Verachtung auszudrücken.

Vielleicht lag es am schweren Abendessen oder an mangelnder Bewegung. Benommen und lethargisch schlief ich sofort wieder ein.

Irgendwann später hörte ich, wie sich jemand beschwerte. »Es ist kalt. Dreh die Heizung hoch, Wilsky.« Ich hörte Bettzeug rascheln, als Sandy sich aufrappelte, um den Heizungsregler hochzudrehen.

Ein paar Minuten später fing Vax wieder an. »Sandy, es ist zu warm. Dreh sie runter.« Wieder stand der Junge auf, und diesmal schaltete er die Heizung aus. Ich brauchte länger als vorher, wieder in meinem Traum zu versinken.

»Stell die Heizung an, Wilsky!«

Ich fuhr hoch und tobte innerlich. Alexi stöhnte. Sandy, der geschlafen haben mußte, gab keine Antwort.

»Wilsky, du verdammtes Arschloch, steh auf und sorg dafür, daß es warm wird!« jetzt ergänzte Vax seine Flegelhaftigkeit noch um Flüche. Ich hörte wieder Bettzeug rascheln, als Sandy aufstand und die Temperatur einstellte.

Ich lag wach und haderte mit mir. Ich hatte nicht vor, Sandy vor allen Schikanen zu schützen, die Vax ihm zumutete, aber es gab einen Punkt, wo er genug hatte. Was darüber hinausging, würde ihm emotionelle Probleme bereiten. Und was das anging, es würde auch mir emotionelle Probleme bereiten! Wo sollte ich die Grenze ziehen? Und wie konnte ich das erreichen, ohne daß mir der muskulöse Gorilla in der nächsten Koje den Kopf abriß und ich für immer die Verantwortung über den Fähnrichsraum verlor?

»Jetzt dreh sie wieder runter.«

»Es ist gut so«, hörte ich mich selbst sagen.

»Es ist heiß. Dieser Trottel weiß nicht, wie man die Heizung richtig einstellt.«

»Steh auf und mach es selbst, Vax.«

Er ignorierte mich. »Wilsky, beweg deinen hübschen kleinen Arsch an Deck und stell die Temperatur ein!«

Ich hatte genug. »Bleib, wo du bist, Sandy. Das ist ein Befehl!«

»Aye aye, Mr. Seafort.« Er hörte sich dankbar an.

»Was zum Teufel möchtest du hier durchziehen, Nicky?«

Ich bemühte mich um Befehlston. »Es reicht, Vax.«

»Was du nicht sagst!« Soviel zu meinem Befehlston.

»Vax, schalte das Licht ein.« Ich wartete, aber er rührte sich nicht. Er wollte es also wissen. An den leisen Atemzügen erkannte ich, daß alle in der Kabine wach waren. »Alexi, steh auf und schalt das Licht ein.«

»Aye aye, Mr. Seafort.« Alexi hieb auf den Schalter. Er schaute verschlafen drein und hatte zerzaustes Haar. Rasch verzog er sich wieder ins Bett, um sich aus der Gefahrenzone zu bringen. Vax richtete sich auf. Sein Blick verhieß nichts Gutes.

Ich legte mich auf meiner Koje zurück, einen Arm hinter dem Kopf. »Vax, zeig mir bitte zwanzig Liegestützen.« Ich war in großen Schwierigkeiten.

»Besorg's dir selbst, Nicky.«

Ich hörte, wie Alexi scharf Luft holte.

»Vax, zwanzig Liegestützen. Das ist ein Befehl!«

»Sei doch kein größeres Arschloch, als du unbedingt sein mußt!« Damit hatte mir Vax den Fehdehandschuh offen hingeworfen. Mir Befehle erteilen? Setz sie doch durch – wenn du kannst! Nach den Bräuchen hatte er das Recht dazu. Aber ein Oberfähnrich war nicht ganz ohne Ressourcen.

»Das ist ein ausdrücklicher Befehl, Vax. Zwanzig Liegestützen auf dem Deck.«

»Nein. Du bist nicht Manns genug, um Befehle zu geben. Nicht innerhalb des Fähnrichsraum.« Eine kluge Unterscheidung. Er stellte also lediglich meine Autorität unter uns in Frage, nicht die Schiffsautorität insgesamt.

»Mr. Holser, machen Sie sofort Meldung über sich.« Was bedeutete: Klopf an die Luke des ersten Leutnants und sag ihm, ich melde dich wegen Insubordination. Das würde ihn höchstwahrscheinlich aufs Faß bringen, selbst in seinem Alter.

»Du machst doch wohl Witze! Du weißt, was dir das einbringt.«

Ich wußte es. »Mr. Holser, gehen Sie unverzüglich zum Dienstoffizier und machen Sie Meldung über sich!«

»Das werde ich nicht tun.« Vax ging ein Risiko ein, aber kein großes. Er wußte so gut wie ich, daß die Karriere eines Fähnrichs, der einen Offizier in Belangen des eigenen Stabes zu Hilfe rief, erledigt war.

»Alexi!«

»Ja, Mr. Seafort?«

»Zieh die Hose an, geh zum diensthabenden Offizier und sage ihm, der Oberfähnrich meldet eine Meuterei im Fähnrichsstab. Mr. Holser hat eine disziplinarische Erwähnung erhalten, verweigert aber einen ausdrücklichen Befehl, sich zu melden. Ich ersuche um ein Kriegsgerichtsverfahren, um die Stichhaltigkeit meiner Anschuldigung zu erweisen.«

»Aye aye, Sir.« Alexi warf die Bettdecke zur Seite und griff nach seiner Hose.

»Warte mal, Alexi. Du kannst das nicht machen, Nick!« Vax' Tonfall war drängend. »Damit ruinierst du auch dich selbst! Du erhältst nie ein Kommando, wenn du nicht einmal aus eigener Kraft mit dem Fähnrichsstab fertig wirst. Du kriegst nicht mal mehr einen weiteren Schiffsposten!«

»Das braucht Sie nicht mehr zu bekümmern, Mr. Holser.« Ich wahrte eine eisige Förmlichkeit. Das war meine einzige Chance. »Mr. Wilsky.«

»Ja, Sir?«

»Ziehen Sie sich an. Suchen Sie das Besatzungsquartier auf. Wecken Sie den Schiffsprofos. Veranlassen Sie ihn, mit einer Eskorte zum Fähnrichsraum zu kommen. Was dich angeht, Vax, du stehst unter Arrest.«

»Aye aye, Sir.« Sandy war so nervös, daß sein Tonfall ganz schrill wurde. Überstürzt zog er sich die Kleider an.

Der bereits angezogene Alexi war auf dem Weg zur Luke. Vax packte ihn mit seiner riesigen Hand am Arm. »Nick, blas es ab! Das ist eine Angelegenheit des Fähnrichsstabes. Klären wir das hier, unter uns!«

Ich hatte ihn am Wickel.

»Dafür ist es zu spät, Vax. Du hast meinen Befehl mißachtet. Laß Alexi los!« Ich blieb reglos unter meiner Decke liegen.

»Jetzt warte aber mal, Nick. Laß uns drüber reden!« Er zögerte. »Bitte.« Vax wußte, daß meine Karriere erledigt war, falls die beiden Juniorfähnriche sich auf den Weg machten. Er wußte aber auch, daß er selbst kurz vor einem Kriegsgerichtsverfahren stand und fast mit Sicherheit auch einem Aufenthalt im Schiffsgefängnis, wenn nicht gar dem endgültigen Ausschluß aus der Flotte.

Ich wechselte zu einem zögernden Tonfall. »Alexi, Sandy, setzt euch.« Ich wandte mich Vax zu. »Ich drehe die Uhr zurück, Mr. Holser. Zwanzig Liegestützen!«

Er starrte mich an und versuchte aus mir schlau zu werden. Ich wandte den Blick ab. Mir war egal, was er in meinem Gesicht zu lesen glaubte. Meine demonstrierte Gleichgültigkeit überzeugte ihn anscheinend: Er legte sich auf den Boden. »Das klären wir später noch, Nick«, knurrte er.

»Ja, das tun wir.« Ich sprach mit einer Zuversicht, die ich gar nicht fühlte.

Er brachte seine zwanzig Liegestützen hinter sich. Er absolvierte sie gut, wie man es auf der Akademie in der Grundausbildung lernte. Schließlich richtete er sich auf ein Knie auf.

»Jetzt noch einmal zwanzig.« Diesmal blickte ich ihm fest in die Augen.

Da er schon einmal nachgegeben hatte, blieb ihm jetzt keine große Wahl mehr. Starr vor Zorn brachte er weitere zwanzig Liegestützen hinter sich.

»Danke.« Ich betrachtete die beiden Juniorfähnriche. »Zurück ins Bett mit euch.«

Keiner wagte ein Wort zu sagen. Vax verkörperte weiterhin eine Macht in ihrem Leben, mit der zu rechnen war. Er stand auf und zog sich mit heftiger Bewegung die Hose an. »Es ist die richtige Zeit für einen Spaziergang, Nicky«, fauchte er mich an. »Macht's dir was aus, mitzukommen?«

In diesem Moment bedauerte ich es, nicht zugelassen zu haben, daß er Sandy die ganze Nacht lang immer wieder aus dem Bett scheuchte, falls ihm danach zumute war. Vax war zwanzig Kilo schwerer, einen Kopf größer und viel stärker als ich. Und darüber hinaus zwei Jahre älter. Ich stand im Begriff, windelweich geprügelt zu werden, und hatte keine andere Wahl, als dabei mitzuspielen. Ich stand auf und zog mir Hose, Socken und Schuhe an, beließ es aber ansonsten beim Unterhemd. Es hätte keinen Sinn gemacht, ein Uniformhemd oder eine Uniformjacke zu ruinieren.

Schweigend gingen wir zum Trainingsraum der Passagiere auf Deck 2. Zu dieser Uhrzeit, nach Mitternacht, war er verlassen. Vax betrat ihn als erster.

Ich wußte, daß es am besten war, ihn zu umkreisen, während er auf mich eindrang, und nach besten Kräften seinen Schwingern auszuweichen. Ihm war klar, daß ich das wußte. Also stürzte ich mich, kaum daß ich durch die Luke war, direkt auf ihn und drosch mit den Fäusten nach seinem Gesicht. Ich landete ein paar gute Treffer, ehe er seine Deckung hoch hatte und mich auf Distanz brachte. Ich wich zurück.

Er setzte nach, bleich vor Wut. Ich wich weiter zurück. Er beschleunigte seinen Angriff, und wieder ging ich mit hämmernden Fäusten auf ihn los. Er traf mich seitlich am Kopf, und mir wurde schwindelig. Der Schwung trug mich jedoch durch seine Deckung, und ich deckte ihn kräftig ein, auf Bauch, Brust und Kiefer. Dann ließ ich mich unerwartet fallen und rollte zur Seite weg.

Er war aus der Fassung, wie ich es gehofft hatte. Meine einzige Chance bestand darin, das zu tun, was er am wenigsten erwartete. Diesmal ging er mit größerer Vorsicht zu Werke und behielt die Deckung oben. Ich nahm die Karatestellung ein. Er tat das gleiche. Wir beide finteten. Ich wehrte ihn ab, aber er drang stetig vor und trieb mich auf eine Ecke zu. Mir blieb keine Wahl, als zurückzuweichen.

Die nächsten Minuten waren schlimm. Er landete eine Menge Schläge, unter denen ich zu Boden ging. Er prügelte meinen Kopf hin und her, rammte mich gegen die Trennwand, und es hagelte Schläge auf Brust und Arme. Ich war nicht stark genug, um ihn mir vom Leib zu halten, also konzentrierte ich mich darauf, ihn davon zu überzeugen, daß er mir stärker weh tat, als tatsächlich der Fall war. Das war nicht leicht, denn er tat mir *sehr* weh.

Ich taumelte, anscheinend halb bewußtlos, und Blut strömte mir aus Mund und Nase. Die Knie gaben nach. Er packte mich mit beiden Händen unter den Armen und hielt mich fest, während ich zu Boden sackte. Genau darauf hatte ich gewartet. Mit aller Kraft, die ich noch aufbrachte, schlug ich ihm die Faust in die Beingabelung.

Vax klappte reflexartig zusammen und ließ mich los. Ich wich zurück und wischte mir Blut aus dem Gesicht. Verdammt, konnte der zuschlagen! Vax lehnte sich ans Schott, die Augen halb geschlossen, das Gesicht weiß.

Meine Arme schmerzten nach den Hieben, die sie eingesteckt hatten. Ich hatte nicht genug Kraft, um ihn hart zu treffen. Also klammerte ich die Hände ineinander, bückte mich und ging wie eine Ramme direkt auf ihn los. Mit der Schulter krachte ich in seine Seite. Er ging zu Boden. Ich ebenfalls. Er war wie ein Felsen.

Vax rappelte sich wieder auf, einen mörderischen Blick in den Augen, die Fäuste geballt. Ich stand auf, senkte den Kopf und rammte ihn erneut. Diesmal prallte er von einem Schott ab. Meine Schulter war taub geworden. Beide erhoben wir uns schwankend wieder. Seine Nase blutete vom Zusammenprall mit dem Schott. Ich stürzte erneut auf ihn los. Er hielt beide Hände ausgestreckt und wehrte mich ab. Ich senkte eine Schulter, um ihn ein weiteres Mal zu rammen.

»Warte!« Sein Atem ging heftig.

Ich wich zurück. »Mach dich auf was gefaßt, Junge!« Ich senkte den Kopf und griff an. Er versuchte mir das Knie ins Gesicht zu rammen, war aber zu langsam. Ich knallte in seinen Bauch, und er klappte zusammen. Ich fragte mich, ob ich mir wohl das Genick gebrochen hatte, aber nach einem Moment konnte ich mich aufrappeln. Vax tat es mir gleich.

»Es reicht!« Er hielt sich den Bauch mit beiden Händen.

Ich lehnte mich an die Trennwand und bemühte mich, nicht das Bewußtsein zu verlieren.

»Waffenstillstand.« Er hob beide Hände, als wollte er mich wegschieben. Ich versuchte wieder genug Luft zu bekommen, um zu antworten. »Ich werde nicht mit dir fertig, Nick, und du nicht mit mir. Waffenstillstand!«

»Nein.« Ich griff erneut an. Viel Kraft hatte ich nicht mehr, aber er war zu sehr damit beschäftigt, sich die schmerzenden Rippen zu halten, als daß er sich wehren konnte. Er rutschte auf den schlüpfrigen Boden hinunter, rappelte sich dann aber wieder auf.

»Um Gottes willen, Nicky, es reicht! Keiner von uns gewinnt!«

Ich nickte. »Laß Sandy in Ruhe«, keuchte ich. »Du schikanierst ihn zu sehr.«

»Schikanieren gehört dazu.«

»Nicht derart. Schikaniere ihn ein bißchen, aber laß es gut sein, wenn ich es sage.«

Er nickte zögernd. »In Ordnung. Abgemacht.«

»Ich laß' dich in Ruhe«, sagte ich. »Und du suchst keinen Streit mit mir.«

»Abgemacht.« Er schluckte. Vorsichtig versuchte er, seinen Bauch loszulassen.

»Und nenne mich in unserer Kabine nicht Nicky.« Falls ich das jetzt nicht durchbekam, würde ich nie wieder eine Chance dazu erhalten.

»Nein.« Er machte ein verstocktes Gesicht. »Das nicht!«

Ich warf mich auf ihn. Er streckte die Arme aus, um mich abzublocken, aber mein Angriff knallte ihn gegen das Schott. Statt loszulassen, rammte ich ihn in einem fort mit der Schulter und ramponierte ihm dabei Rippen und Rücken. Ich richtete keinen großen Schaden an, aber er war zu erschöpft, um mich zu Boden zu schlagen.

Ich sah nur noch rot. Ich hörte ein Grunzen, wußte nicht, ob von ihm oder mir, während ich spürte, wie ich in völliger Erschöpfung versank. Dann merkte ich, daß er meine Arme mit seinen großen Händen umklammert hielt und mich auf

Armeslänge von sich wegstemmte. Ich stieß mich mit den Füßen ab in dem Versuch, erneut zu ihm durchzudringen.

»Waffenstillstand«, sagte er wieder. »Ein Waffenstillstand – Mr. Seafort.«

Ich wurde schlaff. »Wie heiße ich?« brachte ich hervor.

»Sie heißen Mr. Seafort.« Er musterte mich nicht gerade mit Sympathie, aber in seinem Gesicht entdeckte ich einen vorsichtigen Respekt, den ich dort noch nie gesehen hatte.

»Waffenstillstand«, willigte ich ein.

Wir stolperten aus dem Raum und kehrten auf Deck 1 zurück, ohne ein Wort zu sagen. Ich ging sofort unter die Dusche, stand unter dem warmen Strahl und sah zu, wie das Blut durch den Abguß in den Recycler der Fusionsantriebskammer weit unter uns lief. Ich gab nicht vor, gesiegt zu haben.

Ich hatte überlebt. Das war genug.

5. Kapitel

Zu meiner Überraschung bestand die größte Veränderung unter uns Fähnrichen nicht darin, wie sich Vax gegenüber den beiden Junioren aufführte – er verhielt sich weiterhin mürrisch, und sie blieben in seiner Gegenwart vorsichtig. Sie bestand auch nicht darin, wie sich Vax mir gegenüber benahm. Er sprach so wenig wie möglich mit mir und verwendete selten meinen Namen, aber wenn er es tat, hieß es Seafort und nicht Nicky.

Nein, der größte Unterschied kam darin zum Tragen, wie die beiden Jungen mir begegneten. Weil ich mich Vax entgegengestellt und das überlebt hatte, führte ich, soweit es sie anbetraf, fraglos das Kommando, und sie bemühten sich voller Eifer um mein Wohlwollen.

Besonders Alexi schien an akuter Heldenverehrung zu leiden. Er und Sandy machten mein Bett, bügelten meine Hosen zusammen mit ihren und begegneten mir mit unerwarteter Ehrerbietung. Obwohl ich mich sehr darum bemühte, es nicht zu zeigen, gefiel es mir doch ausgesprochen.

Was Vax anbetraf, so steckte er mit Schikanen zurück. Eines Tages erwischte ich ihn dabei, wie er Alexi zwang, nackt unter der eiskalten Dusche zu stehen. Als ich ihm befahl, damit aufzuhören, tat er es ohne Widerrede. Alexi stolperte rasch aus der Dusche, blau vor Kälte und zitternd vor Demütigung. Vielleicht fand Vax, daß er sein Wort halten mußte, nachdem er es einmal gegeben hatte, aber die Einmischung führte auch nicht dazu, daß er mir gegenüber freundlicher wurde.

Ich meldete mich jeden Tag auf Wache, manchmal mit Mr. Cousins, gelegentlich mit Ms. Dagalow. Bei Leutnant Cousins saß ich steif da und hoffte, nicht in Schwierigkeiten zu geraten. Ms. Dagalow dagegen schwatzte wie so häufig über Computer, auch wenn sie kein Dosman war. Obwohl ich ihr Interesse nicht teilte, genoß ich ihre Gesellschaft und tat mein Bestes, um ihr zu gefallen, indem ich von ihr lernte, was ich nur konnte.

Die Woche darauf wurde ich zur Wache in den Maschinenraum versetzt. Dort bemühte sich Chief McAndrews darum, mir die komplizierten Details des Fusionsantriebes zu vermitteln. Ich entdeckte, daß ich dafür nicht sehr geeignet war. Bislang hatte ich mich bei der Astronavigation als unmöglich langsam erwiesen, beim Pilotieren als gründlich konfus und in Fragen der Antriebstechnik als hoffnungslos untauglich. Vax war älter, größer und stärker. Sowohl Vax als auch Alexi waren besser geeignet, die Besatzung zu führen. Ich dagegen erwies mich in der Navigation als ebenso inkompetent wie im Pilotieren, der Technik und der Menschenführung. Ein idealer Fähnrich!

Nur im Schach sah es anders aus. Darauf konnte ich mich konzentrieren; ich empfand auch unser Dreißig-Sekunden-Limit nicht als Druck. Ich freute mich jedesmal auf mein

Nachmittagsspiel gegen Leutnant Malstrom. Eines Tages, als wir gerade das Brett aufstellten, wirkte er niedergeschlagen. Ich begann mit dem Damenbauern, und noch bevor ich es richtig mitbekam, hatte ich Malstrom in fünf Zügen matt gesetzt. Er war alles in allem kein guter Spieler, aber so schlecht bei weitem nun auch wieder nicht.

Wir machten uns daran, die Figuren wegzupacken. »Was ist los, Sir?« Ich kannte und mochte diesen Mann bereits seit Monaten, aber nichtsdestoweniger unternahm ich jetzt einen mutigen Schritt. Ein Fähnrich stellt einem Leutnant keine persönlichen Fragen. Das macht man einfach nicht.

Leutnant Malstrom musterte mich wortlos. Er knöpfte sich das Hemd auf, zog es aus der Hose und rollte es von der Taille aus hoch. Er drehte sich um und zeigte mir die Seite. Direkt über der Hüfte saß ein häßlicher blaugrauer Klumpen.

Ich blicke ihm in die Augen. »Was ist das, Mr. Malstrom?« Indem ich seinen Rang nicht nannte, kam ich ihm so nahe, wie es nur ging. Wir waren Freunde.

Er sprach die Worte so leise aus, daß ich ihn kaum verstand. »Ein bösartiges Melanom.«

»Ein T-Melanom?«

»Doc hält es für möglich.«

Mein Atem zischte. Diese Krankheit war ein Berufsrisiko. Es war unmöglich, uns während der Fusion von den N-Wellen abzuschirmen, die das Schiff antrieben, und übermäßige N-Wellen verwandelten gewöhnliche Karzinome in die virulente T-Form, die mit erstaunlicher Geschwindigkeit wuchs.

Wie wir alle war Mr. Malstrom bereits als Heranwachsender auf interstellare Fahrt gegangen und hätte nahezu immun sein müssen.

»Zumindest ist sich die Ärztin noch nicht sicher, Sir.« Ich versuchte, den hoffnungsvollen Aspekt zu sehen. Die meisten Formen des Krebses konnten heutzutage leicht geheilt werden und waren kaum noch schlimmer als eine stake Erkältung. Aber die neue Spielart von Melanomen reagierte nicht gut auf Medikamente. Die wirkungsvollste Behandlung bestand nach wie vor in der Amputation der befallenen Stelle, wo das möglich war.

»Sind Sie schon behandelt worden?« fragte ich.

»Morgen früh. Strahlung und Krebsmedikamente. Sie haben es frühzeitig entdeckt; Doc Uburu sagt, ich hätte eine gute Chance.«

»Es tut mir sehr leid, Sir.«

»Harv.« Er hielt meinen Blick fest. »Hier in meinem Quartier heißt es Harv.« Die Sache mußte ihn wirklich erschüttert haben. Ich zwang mich, den unvertrauten Namen auszusprechen.

»Es tut mir leid, Harv. Sie werden schon wieder, das weiß ich.«

»Ich hoffe es, Nicky.« Er stopfte das Hemd wieder in die Hose. »Sag den anderen nichts davon.«

»Natürlich nicht.« Der Kapitän würde es natürlich erfahren. Vielleicht auch die übrigen Leutnants. Aber weder die Fähnriche noch die Matrosen mußten es mitbekommen.

»Ich bin für ein paar Tage krankgeschrieben, für den Fall, daß die Medikamente mir zu schaffen machen. Du kannst aber kommen und mir Schachunterricht geben.«

Ich lächelte, als ich an der Luke stand. »Jeden Tag, Sir.« Ich salutierte zackig. Es war ein Zeichen der Zuneigung, und er wußte es. Er erwiderte es, und ich ging.

»Allmächtiger Gott, heute ist der 2. Januar 2195 an Bord der U.N.S. *Hibernia*. Wir bitten um Deinen Segen für uns und unsere Reise und um die Gesundheit und das Wohlergehen aller an Bord.«

»Amen«, sagte ich inbrünstig. Leutnant Malstrom war nicht da. Amanda und ich saßen wieder am selben Tisch. Diesmal befanden wir uns in Gesellschaft einer fünfköpfigen Kolonistenfamilie, die unterwegs zu einem neuen Anfang auf Detour war, unserem nächsten Hafen nach Hope Nation. Die noch unverdorbenen Ressourcen dieser neuen

Kolonien zogen viele Leute wie die Treadwells an, die nur zu gerne der Verschmutzung und Reglementierung entkamen, wie sie auf der übervölkerten Erde herrschten. Zu Hause hatten wir natürlich noch Luna und die Marskolonie, aber manche Leute fanden das Leben in einer Kuppel oder einem übervölkerten Labyrinth nicht attraktiv. Sie sehnten sich nach freier Landschaft und frischer Luft, Dingen, die immer schwieriger zu finden waren.

Sicher, nicht jeder konnte auswandern. Nur die Wohlhabenden brachten die erforderlichen Mittel auf. Obwohl ich das Streben bewunderte, das die Treadwells neunundsechzig Lichtjahre weit von zu Hause wegführte, fragte ich mich doch, wie sie es geschafft hatten. Ms. Treadwell war eine hagere, spröde Frau, deren Hände unruhig herumzuckten. Ihr untersetzter, dunkelhäutiger und muskulöser Mann sah mehr wie ein Arbeiter aus denn wie ein Habitatingenieur, der er laut Manifest war.

Die ältesten Kinder waren Zwillinge an der Schwelle zur Pubertät. Paula, die einen Hauch zuviel Lidschatten aufgetragen hatte, und Rafe, der ganz aus ungeschickten Knien und Ellbogen zu bestehen schien, wirkten so verletzlich, daß sie mich an das eigene schmerzliche dreizehnte Lebensjahr erinnerten, als ich mit meinem besten Freund Jason durch Cardiff gestreift war.

Ich rutschte unbehaglich hin und her, als ich mich an den Griff seiner Hand auf meiner Schulter erinnerte, mir seiner eingestandenen sexuellen Neigung wohl bewußt und meiner eigenen noch nicht sicher. Ich erinnere mich auch an Vaters schweigenden Blick zu diesem Vorfall, der ganze Bände voller Tadel gesprochen hatte.

Sowohl Rafe als auch Paula schienen regelrecht Ehrfurcht vor dem Flottenleben zu empfinden und in jeden verliebt zu sein, der die Uniform trug. Rafe quäle mich mit Fragen, wie er es zuvor schon mit Doc Uburu und Ms. Dagalow gemacht hatte. Paula fragte mich nach der Aufnahme in die Flotte, danach, wie es auf der Akademie war und wie alt man dafür sein mußte.

Ms. Treadwell runzelte die Stirn. »Die Flotte ist kein Platz für eine Dame.«

»Ach, Irene!« Paulas Stimme troff vor Herablassung. »Was ist mit Leutnant Dagalow am Nachbartisch?«

Ich versuchte, nicht merklich zusammenzuzucken. Ich konnte mir nicht vorstellen, meinen Vater anders anzusprechen als mit »Vater« oder »Sir«.

»Überlege es dir noch mal, sobald wir auf Detour sind.« Ihre Mutter bat mich mit einem Lächeln um Verzeihung. »Du kannst nicht während einer Fahrt in die Flotte aufgenommen werden.« Die Gesichter der Kinder wurden lang. Ein weiterer Traum war dahin.

Ich bemühte mich, sie wieder aufzumuntern. »Das stimmt nicht ganz, Ms. Treadwell. Der Kapitän ist berechtigt, Zivilisten als Offiziere oder Besatzungsmitglieder in Dienst zu nehmen. Es geschieht fast nie, aber es ist möglich.« Der Kapitän war auch berechtigt, in einem Notfall Zivilisten zwangsweise zu rekrutieren, aber das erwähnte ich nicht.

Die Zwillinge redeten miteinander. Sie beschlossen, Kapitän Haag um Aufnahme zu bitten, mit oder ohne Erlaubnis ihrer Eltern. Die jüngere Schwester Tara sagte nicht viel. Wir Erwachsenen nahmen ein anderes Thema auf. Jared Treadwell fragte mich: »Mr. Seafort, ist dieses Schiff wirklich bewaffnet?«

»Alle UN-Schiffe sind bewaffnet, Mr. Treadwell.« Ich lächelte. »Das ist eine seltsame, althergebrachte Vorsichtsmaßnahme. Es ist niemand da, auf den man schießen könnte, außer hin und wieder ein paar planetare Banditen, und die Schiffslaser sind nicht für die Guerillabekämpfung geeignet. Sie gleichen männlichen Brustwarzen: Standartausstattung, aber nutzlos.«

Seine Frau reagierte mit einem nervösen Lachen auf meine launige Bemerkung. Die Einstellungen der planetaren Bevölkerung waren ziemlich sittenstreng. Es war witzig, sich alte Holovids über das Rebellische Zeitalter anzusehen, aber ich konnte mir heutzutage kein junges Paar vorstellen, das unverheiratet war und trotzdem ein Baby präsentierte oder auch nur nackt an einem Strand zu schwimmen versuchte. Natürlich hat die moderne Geburtenkontrolle die beiläufige Kopulation, die in jeder Geschlechterkombination geduldet wird, von der beiläufigen Fortpflanzung, die nicht geduldet wird, abgekoppelt.

Am nächsten Tag hatten alle vier Fähnriche Astronavigationsdrill bei Leutnant Cousins. Ich bearbeitete meine Aufgaben, so gut ich konnte, während Mr. Cousins voller Abscheu über meine Fehler den Kopf schüttelte. Vax bekam wie üblich alles richtig hin. Dann verpfuschte Alexi eine wirklich leichte Aufgabe und versetzte damit das Schiff mitten ins Zentrum einer hypothetischen Sonne.

Leutnant Cousins funkelte Alexis Konsole an, und abgrundtiefe Verachtung lag in jedem seiner Worte: »Sie inkompetentes Kind! Gott verdamme Sie, Mr. Tamarow, Sie sind ein hoffnungsloser Fall!«

Das war zuviel. Alexi wußte es. Das galt mit etwas Verspätung auch für Cousins. Selbst Vax sah mich kurz an und schüttelte leicht den Kopf.

Alexi stand auf und nahm nervös Haltung an. Er öffnete schon den Mund, um etwas zu sagen, als ihm Mr. Cousins zuvorkam. »Ich entschuldige mich, Mr. Tamarow.« Er sah uns andere an. »Bei Ihnen und allen Anwesenden. Ich war wütend und wollte das nicht. Ich wollte dem allmächtigen Gott gegenüber nicht respektlos sein.«

Alexi setzte sich erleichtert hin, und Schweigen herrschte im Raum. Ich wußte, daß Leutnant Cousins trotz seiner schikanösen Art Alexi den Einwand nicht nachtragen würde. Blasphemie wurde an Bord eines Schiffes auch nicht eher toleriert als auf dem Erdboden. Für solches Gerede konnte der Leutnant vom Dienst suspendiert werden.

Drei Tage lang zeigte Leutnant Malstrom nicht, daß er krank war. Dann mußte er mit verbundener Seite das Bett hüten. Wir spielten täglich Schach, manchmal zwei oder drei Spiele. Ich schenkte ihm nicht gerade den Sieg, probierte aber einige ungewöhnliche Variationen aus. Sonst hätte ich das nicht riskiert. Gelegentlich hatte ich keinen Erfolg damit.

Eine Woche späte krempelte er das Hemd hoch, um mir seine Seite zu zeigen. Die bedrohliche blaue Masse war verschwunden. An ihrer Stelle sah ich einen roten Striemen, der stellenweise zu Weiß verblaßte. Ohne zu überlegen, schlug ich dem Leutnant auf die Schulter. »Es hat geklappt!«

Er lächelte. »Ich denke auch, Nicky. Der Doc sagt, ich müßte eigentlich wieder in Ordnung kommen.«

»Phantastisch!« Ich sprang auf, zu erregt, um ruhig dasitzen zu können. »Oh, Harv, Sir, das ist wundervoll!«

»Ja. Ich habe das Leben zurückerhalten.«

Wir waren zu aufgeregt für Schach. Statt dessen unterhielten wir uns darüber, was wir auf Hope Nation zu erwarten hatten. Wir hatten beide die Holovids gesehen, aber ich war noch nie zuvor auf interstellare Fahrt gegangen, und Mr. Malstrom war noch nie auf Hope Nation gewesen. Er versprach, mich während unseres Aufenthalts mit zu einem Ausflug in die berühmten Venturaberge zu nehmen. Ich versprach ihm einen doppelten Asteroiden mit Eis in der ersten Kneipe, die wir entdeckten.

Glücklich und gelöst kehrte ich in die Fähnrichskabine zurück, um mich umzuziehen. Vax lag die ganze Zeit über auf der Seite und musterte mich finster. Ich sagte nichts; er ebenfalls nicht. Als ich ging, war meine gute Laune dahin.

Alexi hatte Fähnrichswache, als wir defusionierten, um nach der *Celestina* zu suchen. Wir hatten Glück; obwohl sie weit entfernt war, registrierten unsere Sensoren gleich beim ersten Versuch ihre Signale. Unter Lisa Dagalows wachsamem Blick bestimmte Alexi einen Kurs zu dem Wrack. Der Leutnant rechnete seine Zahlen noch einmal nach. Sie stimmten mit denen Darlas überein. Wir gingen wieder in Fusion und unternahmen einen kurzen Sprung zum Standort des aufgegebenen Schiffes.

Ich hatte gerade Wache, als wir zwei Tage später wieder

defusionierten. Leutnant Cousins und ich waren auf der Brücke, als der Kapitän die Steuerung übernahm.

»Brücke an Maschinenraum, bereitmachen zur Defusion.«

»Bereitmachen zur Defusion, aye aye, Sir.« Ein Augenblick verstrich. »Maschinenraum bereit für Defusion, Sir. Kontrolle an Brücke übergeben.«

»An Brücke übergeben, aye aye.« Kapitän Haag warf einen Blick auf seine Instrumente und fuhr dann mit einem Finger über den Kontrollschirm. Millionen Sterne erstrahlten auf den Simultanschirmen der Brücke. Ich wußte, daß ich die *Celestina* ohne Instrumentenunterstützung nicht sehen konnte, suchte aber trotzdem unwillkürlich nach ihr.

»Suchen Sie nach Hindernissen, Leutnant.« Der Kapitän wartete.

Leutnant Cousins wandte sich an mich. »Machen Sie das, Mr. Seafort.« In seinem Ton schwang eine Spur Ungeduld mit.

Ich kontrollierte die Instrumente, wie man es mir beigebracht hatte. Dann sah ich erschrocken erneut hin. »Ein Hindernis, Sir! Kurs eins drei fünf, Abstand zwanzigtausend Kilometer!«

»Das ist die *Celestina*, Sie Idiot.« Cousins' Tadel trieb mir die Röte ins Gesicht.

Der Pilot meldete sich. »Manövrierenergie, Chief.«

»Aye aye, Brücke. Energie rauf!«

Der Kapitän sah nur zu und mischte sich nicht ein. Er konnte das Schiff natürlich selbst steuern, aber Pilot Haynes war genau zu dem Zweck an Bord, ihm diese Aufgabe abzunehmen. Mit kurzen Stößen der Manövrierdüsen führte er uns näher heran.

Leutnant Cousins rief eine Vergrößerung auf die Simultanschirme. Ein dunkler Punkt wurde zum breiten Klecks, dann zu einem Klumpen. Auf einmal war die *Celestina* deutlich zu erkennen, und ich erblickte zum erstenmal das tragische Wrack, das zweihundertsiebzig Menschen das Leben gekostet hatte.

Das Schiff rotierte träge um seine Längsachse.

In der zerknitterten Alulegierung war ein klaffendes Loch im Fusionsantriebsschaft zu erkennen. Zerrissenes Metall ragte aus beiden Ebenen der Scheibe; die Passagiere und Besatzungsmitglieder hatten keine Chance gehabt.

Ich spürte einen Kloß im Hals. Hunderte von Kolonisten waren auf dem Unglücksschiff gewesen. Ein Kapitän wie unserer. Matrosen, Ingenieure, Fähnriche wie wir. Meine Augen wurden feucht.

»Zurück an die Arbeit!« Leutnant Cousins ragte über mir auf. »Behalten Sie Ihre Bildschirme im Auge, Sie – Sie Heulsuse!«

»Lassen Sie das, Leutnant!« Die Stimme des Käptens brachte ihn zum Schweigen.

Hin und wieder blickte ich von meiner Konsole zum großen Simultanschirm auf, auf dem das Wrack langsam größer wurde. Bald wurden winzige Bullaugen auf der weißen Scheibe erkennbar, die sich vor dem Hintergrund der Dunkelheit zwischen den Sternen abzeichnete. Nach einer Weile schien der Anblick sogar Leutnant Cousins zu fesseln. Er fummelte an der Vergrößerung herum, bis er plötzlich die Beschriftung auf der Flanke des Schiffes erkannte. Er schaltete auf maximale Vergrößerung, und die Buchstaben ›U.N.S. *Celestina*‹ füllten den Bildschirm aus. Mir stockte der Atem. Wir alle schwiegen jetzt.

Pilot Haynes lenkte unser Schiff bis auf einen halben Kilometer an die *Celestina* heran. Dann übergab er die Steuerung wieder dem Käpten, der den Rufer aufnahm und sich an die Passagiere wandte, die sich jetzt bestimmt an den Bullaugen drängten, um den außergewöhnlichen Anblick zu bestaunen.

»Achtung, an alle. Wir haben defusioniert und befinden uns in einer stabilen Position relativ zur U.N.S. *Celestina*, die gemäß dem Willen Gottes zerstört wurde, was diesen Monat einhundertzwölf Jahre her ist. Viele von uns werden niemals wieder hier vorbeikommen. Auf Schiffen, die diese Strecke befahren, ist es Brauch geworden, dem Gedächtnis der *Celestina* Respekt zu erweisen. Alle Passagiere, die dies wünschen, dürfen an Bord gehen. Unsere Barkasse wird Sie in Sechsergruppen hinüberbringen. Der Ausflug dauert ungefähr zwei Stunden. Der Zahlmeister wird die Reihenfolge bekanntgeben. Das ist alles.« Kapitän Haag stellte den Rufer weg, trat vor seine Kommandokonsole und betrachtete ernst das Bild auf dem Simultanschirm, die Hände hinter dem Rücken verschränkt.

»Gehen Sie ebenfalls an Bord, Sir?« fragte Leutnant Cousins.

»Nein«, antwortete Käpten Haag ruhig. »Ich bleibe auf dem Schiff.« Er räusperte sich. »Ich bin auf meiner letzten Fahrt hinübergegangen, vor vier Jahren. Ich kann mich gut erinnern, auch ohne es mir noch einmal anzusehen.« Sein Blick ruhte jedoch unverwandt auf dem Wrack.

Der Verteilungsplan wurde bekanntgegeben. Unsere Barkasse nahm normalerweise zehn Personen auf. Jede Fahrt stand unter der Leitung eines Leutnants, begleitet von einem Fähnrich und zwei Matrosen. Leutnant Malstrom fiel die erste Fahrt zu. Vax begleitete ihn. Zweieinhalb Stunden später kehrte eine bedrückte Gruppe von Passagieren zurück, traurig und still. Auf der zweiten Fahrt begleitete Sandy Wilsky Leutnant Cousins. Ich wurde für die dritte Fahrt mit Leutnant Dagalow eingeteilt und während der vierten erneut für die Schiffswache.

Als es soweit war, zog ich den Raumanzug an und gesellte mich zu den Matrosen, die den Passagieren in die unvertrauten Monturen halfen. Aus praktischen Gründen fuhr die Barkasse ohne Luft. Mrs. Donhauser gehörte zu unserer Gruppe, aber ich war zu sehr damit beschäftigt, den anderen zu helfen, um irgend etwas zu ihr zu sagen.

Die Barkasse hatte ihren Liegeplatz im Schaft der *Hibernia*, unmittelbar vor der Scheibe. Wir marschierten in die Luftschleuse, die die beiden Sektionen des Schiffes miteinander verband, und stiegen unbeholfen in den Schaft, sobald die Schleuse den Druckausgleich hergestellt hatte. Ich spürte, wie mein Gewicht sank, als ich auf das Deck des Schaftes sprang. Etwa hundert Meter vor mir befand sich der Laderaum, vollgestopft mit medizinischer Ausrüstung, Präzisionswerkzeugmaschinen, einer High-Tech-Chipfabrik und anderen Versorgungsgütern für die Hope-Nation-Kolonie.

Wir brachten die Passagiere im Beiboot unter. Die Transplex-Sichtluken der Barkasse boten klare Sicht, und die Passagiere drängten sich zusammen, um einen Blick hinauszuwerfen. Leutnant Dagalow meldete sich auf der Brücke, und einen Augenblick später öffnete sich die Hangarschleuse.

Ich musterte hoffnungsvoll die Steuerkonsole der Barkasse. Leutnant Dagalow schüttelte mit freundlichem Lächeln den Kopf. »Wir haben nicht genug Zeit, Nick.« Bei dieser Erinnerung an meine Inkompetenz wurde ich rot, nickte aber nur.

Mit einem kurzen Schub der Manövriertriebwerke beförderte Ms. Dagalow uns aus dem Hangar der *Hibernia*. Die starken Triebwerke der Barkasse hämmerten, und die Stutzen gaben der Reaktionsmasse aus Flüssigsauerstoff und Flüssigwasserstoff, die für unseren Antrieb sorgte, die gewünschte Richtung.

Leutnant Dagalow machte sich nicht die Mühe, einen Kurs zu berechnen, wie ich es hätte tun müssen; statt dessen faßte sie das riesige Wrack ins Auge und fuhr einen über den Daumen gepeilten Kurs. Das war nicht ganz nach Vorschrift, aber ich beneidete sie um ihr Können, und ein Teil von mir war nur froh, daß ich nicht versuchen mußte, vor so vielen Zuschauern ein Fahrzeug zu steuern.

Wir kamen dem antriebslosen Schiff nähe. Ms. Dagalows Stimme meldet sich knackend in unseren Anzuglautsprechern. »Die U.N.S. *Celestina* legte am 23. Mai 2083 mit einer Besatzung von fünfundsiebzig Männern und Frauen, darunter zwölf Offizieren, von der Marx-Orbitalstation ab. Sie beförderte hundertfünfundneunzig Passagiere, allesamt Kolonisten für Hope Nation.« Sie legte eine Pause ein. »Zu ihnen gehörte Jethro Narzul, Sohn des Generalsekretärs.« Sie drosselte die Triebwerksleistung. Wir näherten uns dem Wrack mit hoher Geschwindigkeit, und es wurde Zeit für den Einsatz der Bremsdüsen.

Mit reduzierter Geschwindigkeit schwebten wir dicht an den verlassenen Koloß heran. Mit einer eingeübten Geschicklichkeit, um die ich sie beneidete, bediente Leutnant Dagalow die Manövrierdüsen und brachten uns damit in eine feste Position relativ zur offenen Schleuse der *Celestina*. Unsere Luke aus Alulegierung glitt auf, und ein Matrose sprang die paar Meter zum Schiff hinüber, ein zusammengerolltes Kabel über der Schulter. Er band uns fest an den Sicherungsleinenpfosten der *Celestina*-Schleuse. Da es auf dem Wrack keine Energie mehr gab, konnten wir uns nicht an seine Schnappriegel setzen, aber da jeder bei uns an Bord in einem Raumanzug steckte, benötigten wir auch keinen luftdichten Verschluß.

Leutnant Dagalow und ein Matrose stiegen auf die *Celestina* um, um unseren Passagieren hinüberzuhelfen. Der andere Matrose und ich blieben in der Barkasse, um dort beim Aussteigen zu helfen. Als sich alle sicher auf dem Wrack befanden, schloß ich mich der düsteren Tour an.

Ungefähr alle zwanzig Meter waren Lampen angebracht. Wir stolperten den Korridor auf dem zweiten Deck der *Celestina* entlang.

Das Schiff entstammte einer älteren Baureihe, und seine Scheibe umfaßte nur zwei Decks. Trümmer mußten während der explosiven Dekompression quer durch das Wrack gewirbelt sein; viele hingen dort fest, wo die Trägheit sie hingeführt hatte.

So etwas wie die *Celestina* hatte ich noch nie gesehen. Ein Großteil der Scheibe war überraschend sauber und ordentlich. Leutnant Dagalow öffnete eine Kabinenluke; darinnen wartete ein ordentlich gemachtes Bett auf den längst verschiedenen Bewohner. Ein zusammengefalteter Anzug lag noch unangetastet auf der Kommode.

»Das Schiff ging gerade in Fusion, als es zu dem Unfall kam. Der Antrieb explodierte ohne Vorwarnung. Schaft und Scheibe erlitten schwere Beschädigungen. Die Dekompression trat fast augenblicklich ein.« Sie brach ab. »Heute unterteilen rasch schließende Luken die Scheibe in Sektionen. Wir glauben, daß viele von ihnen heutzutage einen ähnlichen Unfall überleben würden.«

Mrs. Donhauser meldete sich. »Was hat die Explosion verursacht?«

Ms. Dagalow schüttelte den Kopf. »Um die Wahrheit zu sagen: Wir wissen es nicht.« Mir lief es kalt über den Rücken. »Der Fusionsantrieb wurde seit dem Start der *Celestina* mehrfach überarbeitet. Auf keinem weiteren Schiff kam es je zu einem ähnlichen Versagen.«

Sie öffnete die Luke zur angrenzenden Kabine. Ein Schaukelpferd und eine Wandschrankladung voller Kleidung für kleine Mädchen umrahmten den Durchgang. Betroffen wandte ich mich ab.

»Was ist aus den Leuten geworden?« fragte ein Passagier.

»Sie erhielten ein anständiges Raumbegräbnis, als die *Armstrong* das Schiff wiederentdeckte.« Die legendäre U.N.S. *Neil Armstrong* unter dem Kommando Kapitän Hugo von Walthers.

Das Suchschiff, das die schon lange vermißte *Celestina* gefunden hatte, öffnete später zwei neue Kolonien für die Besiedlung. Sein Kommandant hatte ein Duell mit einem Kolonialgouverneur ausgefochten, als Admiral der Flotte gedient und war schließlich zum Generalsekretär gewählt worden.

Unsere Matrosen hatten eine Seilbarriere gespannt, damit wir nicht die beschädigten Bereich betraten, wo schartige Stücke zerrissenen Metalls in gefährlichen Stellungen hingen. Wir stiegen die Leiter zu Deck 1 hinauf. Mein Atem rasselte im Helm. Die Luftreinigungsanlage meines Anzuges hatte schwer zu arbeiten.

Am oberen Ende der Leiter sammelten wir uns und folgten als Gruppe dem Umfangskorridor der *Celestina*. Ein bleiches Licht schimmerte vor uns und spiegelte sich auf den grauen Korridorschotten. »Die Brücke liegt direkt vor uns«, sagte Leutnant Dagalow.

Wir erreichten den offenen Durchgang, der den Blick auf die geisterhafte, verlassene Brücke freigab. Mir stockte der Atem. Auf dem Schott außerhalb der Brücke hingen die Hunderte von Papierzetteln, die man so oft in den Holozinen sah. Wir drängten uns davor, um sie zu lesen.

»Robert Vysteader, Kolonist auf dem Weg nach Hope Nation, zum Gedenken an dieses arme Schiff, dank der Gnade Gottes am fünfzehnten Tag im August 2116.« – »Mary Helene Braithwaite, Kolonistin in Gottes Hand, zum Gedenken an unsere Brüder, die hier gestorben sind. 11. Dezember 2151.« – »Achmed Ismail im Gedenken an die *Celestina*, 11. Dezember 2151.«

Und so ging es weiter. Jeder Raumfahrer, der diesen einsamen Weg gegangen war, hatte eine respektvolle Bemerkung zu Ehren seiner Vorgänger hinterlassen, die der Katastrophe zum Opfer gefallen waren. Viele der Besucher waren nach Hope Nation oder Detour weitergefahren, hatten dort lange gelebt und waren doch längst in hohem Alter gestorben.

»Hier rüber! Seht mal!« Wir drängten uns dort zusammen. Der Zettel hing direkt hinter der Luke. »Hugo von Walther, Kapitän, U.N.S. *Neil Armstrong,* im Gedenken an unser Schwesterschiff *Celestina.* Gott schenke ihrer Seele Frieden, und auch allen, die mit ihr gefahren sind. 3. August 2114.« Wir folgten also tatsächlich den Fußstapfen Kapitän von Walthers. An genau dieser Stelle hatte er gestanden, als er die *Celestina* vor einundachtzig Jahren entdeckt hatte. Ich versuchte mir sein Bild zu vergegenwärtigen. Was für ein Mann mußte er gewesen sein!

»Diejenigen von Ihnen, die es wünschen, können selbst eine Nachricht des Gedenkens für künftige Generationen hinterlassen.« Leutnant Dagalow fischte eine Schachtel mit winzigen runden Magneten aus einer Tasche ihres Raumanzuges. Wir fummelten in den eigenen Taschen nach Schreibern und Zetteln. Mit den Schotts, unseren Knien und dem Deck als Unterlage verfaßten wir unsere Grüße an die Toten. Ich überlegte lange, was ich selbst schreiben wollte.

»Nicholas Ewing Seafort, siebzehn Jahre, vier Monate und zwölf Tage alt, von Gottes Gnaden Offizier in Dienste der Vereinten Nationen, grüßt die Erinnerung an diejenigen, die ihm vorausgegangen sind. 16. Januar 2195.« Ich nahm einen Magneten aus Leutnant Dagalows ausgestreckter Hand und heftete meinen Zettel ans Schott, vier Meter vom Eingang zur Brücke entfernt.

Unsere Rückkehr erfolgte in gedrückter Stimmung. Ich war froh, daß niemand sich bemüßigt fühlte, etwas zu sagen. Wir fuhren wieder in die *Hibernia* ein. Ich ging nach achtern, um den Raumanzug auszuziehen und die Kleider zu wechseln. Anschließend meldete ich mich wieder auf der Brücke. Kapitän Haag wartete teilnahmslos ab, während die nächste Gruppe Passagiere auf die Barkasse stieg. Auf Wache hatten Leutnant Cousins und ich wenig zu tun.

Es erforderte elf Fahrten, alle hinüberzubringen, die das wollten. Vax nahm am vierten Ausflug teil, dann kam Alexi Tamarow an die Reihe. Als Alexi zurückkehrte, berichtete er aufgeregt: »Mr. Cousins hat mich an die Steuerung gelassen!« Ich hoffte, daß man mir meine Gefühle nicht ansah.

Ich fuhr beim siebten Mal erneut mit, blieb aber zurück, als die Gruppe sich auf den Weg zur Brücke machte. Wie der Käpten hatte ich nicht den Wunsch, die Erfahrung zu wiederholen.

Nach dem Abendessen wurden die Touren fortgesetzt. Ich war mit dem Kapitän und Leutnant Malstrom zur Wache eingeteilt. Sandy und Leutnant Cousins sollen die Barkasse fahren. Ehe ich mich auf der Brücke meldete, schloß ich mich Alexi an, um den Passagieren beim Anlegen der Raumanzüge zu helfen.

Leutnant Dagalow führte Aufsicht in der Umkleidekabine. Sandy und Alexi waren in verspielter Stimmung, vielleicht als Reaktion auf den grimmigen Anblick des zerstörten Schiffes längsseits. Sandy hatte gerade einem älteren Herrn dabei geholfen, in die ungewohnte Montur zu steigen, als er Alexi die Zunge herausstreckte, während er nach dem eigenen Anzug griff. Alexi knuffte ihm in die Rippen.

Sandy fuhr hoch, verlor das Gleichgewicht und stolperte über die Ankleidebank. Eingewickelt in den schlaffen Raumanzug krachte er zu Boden. Er blutete leicht am Handrücken, aber schlimmer war, daß er sich die Hose weit aufgerissen hatte.

Entsetzt blickte Sandy von einem der beiden aufgebrachten Offiziere zum anderen. Leutnant Cousins brüllte. Ms. Dagalow bedachte mich mit einem finsteren Blick, der Bände sprach. Ich war der Oberfähnrich; das Fiasko fiel in meine Verantwortung.

»Mr. Tamarow!« Leutnant Cousins' Stimme knallte wie eine Peitsche. »Es ist Ihre Schuld, also kommen Sie an seiner Stelle mit. Ziehen Sie den Raumanzug an! Sie haben sich beide zu melden; ich werde mich später mit Ihnen befassen!«

»Aye aye, Sir!« Alexi schnappte sich seine Montur.

Leutnant Dagalow mischte sich ein. »Mr. Tamarow hat die letzte Fahrt mitgemacht, Mr. Cousins. Ich könnte an Stelle des Fähnrichs mitkommen. Es macht mir nichts aus; ich würde mir gerne noch mal den Rumpfschaden ansehen.« Cousins runzelte die Stirn. Er war der Dienstältere und konnte Dagalows Ersuchen ablehnen, was ihm die Höflichkeit jedoch verbot. Er nickte zustimmend. Ms. Dagalow meldete sich auf der Brücke, um die erforderliche Genehmigung einzuholen. Alexi und ich halfen den restlichen Passagieren in die Anzüge, und die Gruppe brach auf.

Kaum hatte sich die Luke der Luftschleuse geschlossen, drehte ich mich heftig zu Sandy um. »Wechseln Sie die Hose, Fähnrich Wilsky!«

»Aye aye, Sir!«

Ich hielt ihn am Arm fest, als er loslaufen wollte. »Wenn Sie denken, Leutnant Cousins wird der einzige sein, der sich mit Ihnen befaßt, denken Sie lieber noch mal nach! Herumalbern im Dienst! Mein Gott ...« Ich faßte mich rechtzeitig wieder. »Mein Gott, Mr. Wilsky! Mr. Holser und ich werden uns ebenfalls um Sie kümmern.« Er wurde bleich. Vax auf ihn zu hetzen, war wirklich eine Drohung. Ich ließ ihn los. Mit doppelter Geschwindigkeit verschwand er Richtung Fähnrichskabine, nur zu froh, von mir loszukommen.

Kochend befahl ich Alexi, vor dem Schott Haltung anzunehmen, baute mich direkt vor ihm auf und beschimpfte ihn ausgiebig und gründlich. Am Schluß stand er kurz davor, in Tränen auszubrechen. Mein Gedächtnis ist ausgezeichnet; das meiste, was ich gesagt hatte, ging auf Sergeant Trammel von der Akademie zurück. Ich erinnerte mich noch, wie wirkungsvoll es war.

Ich entließ Alexi und machte mich auf den Weg zur Brücke. »Bitte um Erlaubnis einzutreten, Sir.«

Der Kapitän war immer noch auf Wache. »Gewährt.« Schlief er eigentlich niemals?

»Fähnrich Seafort meldet sich zum Dienst, Sir.«

Er nickte nur. Vielleicht wurde er allmählich doch müde. Ich setzte mich vor meine Konsole. Es gab nichts weiter zu tun, als den Simultanschirm im Auge zu behalten.

»Was war das für ein Aufruhr in der Umkleidekabine, Mr. Seafort?«

Das war jetzt heikel! Der Kapitän hatte irgendwas mitbekommen. Leutnant Dagalow hatte schließlich seine Erlaubnis benötigt, um das Schiff zu verlassen. Ich durfte keinen Offizier anlügen, egal, worum es ging. Gleichzeitig oblag es mir jedoch, den Kapitän nicht mit Angelegenheiten meines Stabes zu belästigen. Vorsichtig antwortete ich: »Mr. Wilsky ist hingefallen und hat sich dabei die Hand aufgeschnitten, Sir.«

»Ah. Wird er medizinisch betreut?« Sein Ton war dermaßen trocken, daß es meinen Argwohn erregte. Andererseits war der Kapitän nicht dafür bekannt, mit Fähnrichen Scherze auszutauschen.

»Es ist nur ein Kratzer, Sir.«

Kapitän Haag winkte wegwerfend. »Egal.« Leutnant Malstrom blinzelte mir zu.

Er wußte also Bescheid.

»Noch drei Touren nach dieser, Sir«, sagte er zum Kapitän.

»Ja.« Nach einem Augenblick setzte Haag hinzu: »Danach

geht die Fahrt richtig los.« Keine weiteren Stopps für neun Monate, bis wir Miningcamp errichten, von routinemäßigen Navigationschecks einmal abgesehen.

Kapitän Haag lehnte sich im Sessel zurück und schloß die Augen. Leutnant Malstrom gähnte. Ich gab mir Mühe, seinem Beispiel nicht zu folgen. Es war ein langer Tag voller Gefühle gewesen.

»*Hibernia*, Mayday, Mayday!« Es mußt ein Matrose sein, denn ich kannte die Stimme nicht.

Der Kapitän fuhr kerzengerade hoch und hieb auf den Rufschalter. »Hier *Hibernia*!«

»Ein Passagier hat sich etwas getan! Raumanzug beschädigt!«

Der Kapitän fluchte. »Was ist passiert?«

»Einen Moment, Sir!« Wir konnten hören, wie er die Frage über den Raumanzugsender weitergab. »Leutnant Dagalow hat ein Notpflaster aufgesetzt und den Anzug wieder unter Druck gesetzt. Mrs. ... Der Passagier ist bewußtlos, wahrscheinlich aber noch am Leben, Sir.«

»Sagen Sie Mr. Cousins, er soll alle wieder auf die Barkasse schicken.«

»Aye aye, Sir. Die Frau steckt in der Luke zur Brücke fest. Sie ist an den Notschalter gekommen, und die Luke hat sie beim Zufahren eingeklemmt. Ihr Körper versperrt uns den Zugriff auf den Kontrollschalter!«

Ich hatte keine Ahnung gehabt, daß die Energiereserven einer Brücke so lange erhalten bleiben konnten. Die Brücke jedes großen Raumschiffs gleicht einer Festung. Sobald der Kapitän den mattroten Notschalter innerhalb der Luke betätigt, fährt diese fast blitzartig mit großer Kraft zu. Danach ist es beinahe unmöglich, den Kommandostand noch zu betreten.

Die durch den bewußtlosen Passagier blockierte Luke der *Celestina* hatte sich nicht ganz geschlossen, aber der Körper behindert den Zugriff auf die Schalttafel. Jemand hatte einen bösen Fehler gemacht, als er der Frau erlaubt hatte, die Brücke zu betreten.

Der Käpten drückte die Ruftaste. »Maschinist Perez, melden Sie sich auf der Brücke!«

Einen Augenblick später ertönte eine Stimme: »Hier der Maschinist, Sir.«

»Brechstangen und Laserschneider sofort auf das Gig des Käptens. Sie und ein weiterer Matrose, Raumanzüge anlegen!«

»Aye aye, Sir.«

»Soll ich das Gig hinüberfahren, Sir?« Leutnant Malstrom stand auf.

»Nein, ich fahre selbst. Übernehmen Sie die Wache.« Kapitän Haag macht sich auf den Weg zur Luke.

»Aye aye, Sir. Aber, Käpten ...

»Ich bin verantwortlich!« Haags Ton war schärfer geworden. »Ich muß sehen, was passiert ist. Wenn die Frau nicht überlebt ...« Passagiere galten vielleicht als Fracht, aber trotzdem erfolgte eine Untersuchung, wenn einer ums Leben kam. Käpten Haag schüttelte den Kopf. »Es sollte nicht mehr als eine Stunde dauern. Sie haben die Brücke!«

»Aye aye, Sir.«

Der Kapitän hieb auf die Schalttafel. Die Luke glitt auf. Er ging hinüber zur Leiter.

Leutnant Malstrom und ich sahen uns an. Er schnitt eine Grimasse. Ich bedauerte Leutnant Dagalow und sogar Mr. Cousins; wenn der Kapitän bei ihnen eintraf, würden Köpfe rollen.

Ein paar Minuten später startete das Gig. Wir sahen auf dem Simultanschirm zu, wie es zur *Celestina* hinüberschoß. Das Gig war kleiner und viel wendiger als die Barkasse und wirkte wie eine Kribbelmücke vor der dräuenden Masse des großen, verunglückten Schiffes.

Die Schleuse der *Celestina* war bereits mit der Barkasse belegt. Das Gig fuhr so nahe heran, wie es ging, und der Matrose feuerte ein Magnetkabel in die Schleuse ab. Der Kapitän hangelte sich daran entlang, wie ein Kadett auf der Akademie.

Eine halbe Stunde später schaltete sich der Lautsprecher

ein. »Brücke, hier *Hibernia.*« Der Kapitän bezeichnete sich instinktiv mit dem Namen seines Schiffes.

»Wir hören, Sir.«

»Es war einfacher, als wir dachten.« Kapitän Haag klang erleichtert. »Perez erreichte den Schalter mit der Spitze einer Brechstange. Die Frau atmet wenigstens noch. Wir bringen sie mit der Barkasse zurück; das geht schneller. Machen Sie den nächsten Schwarm Passagiere bereit. Schicken Sie mit der nächsten Tour einen zusätzlichen Fähnrich für das Gig mit.«

»Aye aye, Sir.«

»Soll ich das Gig holen, Sir?« Ich versuchte meinen Eifer zu verhehlen. Der Fähnrich, den er schickte, würde für die Passage zwischen den beiden Schiffen das Kommando führen, egal, wie kurz das war.

Leutnant Malstrom lächelte. Vielleicht fühlte er sich an die eigene Zeit als Fähnrich erinnert. »Klar, Nicky.«

Mit auf Null eingestellter Vergrößerung sahen wir die Passagiere und Besatzungsmitglieder in der Barkasse warten. Sobald der Kapitän und der verletzte Passagier an Bord waren, ging die Schleuse zu. Matrosen lösten die Sicherungsleine.

Der Kapitän klang besorgt: »Ihre Gesichtsfarbe sieht gar nicht gut aus. Dr. Uburu soll sich an der Schleuse bereithalten. Vergessen Sie die Berechnung, Mr. Cousins, die Zeit reicht nicht. Darla, füttere unseren Computer mit den Koordinaten!«

»Aye aye, Sir.« Darla wußte, wann sie sich ganz sachlich zu geben hatte.

Leutnant Malstrom und ich beobachteten auf dem Simultanschirm, wie sich die Barkasse rasch von der *Celestina* entfernte. Mit voller Kraft hielt sie auf unsere Schleuse zu. Als sie die halbe Strecke hinter sich hatte, stand ich auf, um zu ihrem Liegeplatz zu gehen, und warf dabei noch einen kurzen Blick über die Schulter auf den Bildschirm.

Der Lautsprecher trompetete los: »*Die Maschine überhitzt sich! Wir drosseln ... Die Abschaltung klappt nicht ...*« Der

Lautsprecher wurde stumm, als die Barkasse sich in einem Blitz weißen Lichts auflöste.

»Allmächtiger Gott!« Leutnant Malstrom erstarrte an seiner Konsole. Ich hörte mich selbst irgendein Geräusch von mir geben. Brocken verdrehten Metalls und andere Trümmerstücke wirbelten träge über den Aufnahmebereich des Bildschirms hinaus. Ich erhaschte einen kurzen Eindruck eines zerfetzten Raumanzugs.

Der Leutnant drückte rasend schnell die Tasten für die diversen Raumanzugfrequenzen, bekam aber lediglich das kaum vernehmbare Zischen der Hintergrundstrahlung herein.

Ich stand wie festgewurzelt auf halbem Weg zwischen der Konsole und der Luke. In Mr. Malstroms Augen stand das Entsetzen. Zusammen starrten wir auf die Stelle, die vor kurzem noch von der Barkasse eingenommen worden war.

Endlich funktionierte Leutnant Malstrom wieder normal.

Wir konnten nicht nach Überlebenden suchen, selbst wenn es welche gegeben hätte, denn wir verfügten nun weder über die Barkassen noch das Gig. Mr. Malstrom befahl Vax und einer Gruppe Matrosen, hinüberzuschweben und das Gig aus der Schleuse der *Celestina* zu bergen. Mit Hilfe von an den Schubanzügen befestigten Treibstofftanks segelten sie durch die Leere zwischen der *Hibernia* und dem Wrack. Schließlich erreichten sie das Gig, und Vax fuhr damit zurück in die bereitstehende Schleuse der *Hibernia*. Er dockte so gut an, wie es irgendeiner der Leutnants getan hätte, und weit besser als ich.

Mehr konnten wir nicht tun.

Mr. Malstrom übernahm es, den betäubten Passagieren und Besatzungsmitgliedern den Vorfall zu melden. Aus irgendeinem inneren Reservoir brachte er förmliche Würde hervor: »Ladies und Gentlemen, durch den Ratschluß Gottes fiel Kapitän Justin Haag, kommandierender Offizier der U.N.S. *Hibernia*, der Explosion der Schiffsbarkasse zum Opfer. Mit ihm starben Leutnant Abraham Cousins, Leutnant Lisa Dagalow, Maschinist Jorge Perez, Vollmatrose

Mikhail Arbatow und sechs Passagiere. Ich, Leutnant Harvey Malstrom, ranghöchster Offizier an Bord, übernehme hiermit das Kommando über dieses Schiff.«

Er legte den Kopf auf die Konsole. Dann fuhr er fort: »Bei den sechs Passagieren handelt es sich um Ms. Ruth Davies, Mr. Edward Hearnes, Mr. Ayah Dinh, Ms. Indira Etra, Mr. Vance Portright und Mr. Randolph Carr.«

Nach einem Moment griff er wieder nach dem Sprechgerät. »Chief McAndrews, Dr. Uburu und Pilot Haynes, erscheinen Sie auf der Brücke.« Verzweifelt schwenkte er den Sitz zu mir herum. »Gott, Nicky, was mache ich jetzt?«

»Bitte um Erlaubnis, den Rufer benutzen zu dürfen, Sir.«

»Nur zu.«

Ich rief in Dr. Uburus Quartier an. »Hier ist die Brücke. Bitte nehmen Sie einen Krug medizinischen Alkohol mit zu Ihrer Konferenz bei Kapitän Malstrom.«

Der Kapitän sah mich dankbar an. Als ihm dann die Tragweite meiner Worte bewußt wurde, verschwand jede Farbe aus seinem Gesicht. »Kapitän Malstrom. Lieber Gott!«

»Aye aye, Sir.« Ich schnitt in den praktischen Lektionen nicht gut ab, aber dafür war ich mit den Vorschriften vertraut. Der kommandierende Offizier eines Flottenschiffs war immer ein Kapitän. Sein Rang mußte zwar nach der Rückkehr von der Admiralität bestätigt werden, aber nur ein Kapitän durfte ein Schiff kommandieren. Die Tatsache, daß Leutnant Malstrom der ranghöchste verbliebene Offizier der *Hibernia* war, machte ihn automatisch zum Kapitän.

Nach kurzem Nachdenken faßte er mich erneut ins Auge und brummte: »Geh jetzt lieber, Nicky. Ich muß mit ihnen reden.«

»Aye aye, Sir.« Ich nahm Haltung an und salutierte förmlich. Der Kapitän würde jede Unterstützung brauchen, die er kriegen konnte. Er erwiderte den Salut, und ich überließ ihn seinem persönlichen Kummer.

Müde suchte ich unsere Kabine auf. Sandys Augen waren rot. Auch Vax wirkte diesmal still und in sich gekehrt. Ich jagte beide hinaus, legte mich im Dunkeln hin und weinte mich in den Schlaf. Mit siebzehn war ich an Grauen und Verlust noch nicht gewöhnt.

Als ich am nächsten Morgen erwachte, war Sandy Wilsky im Schiffsgefängnis, um die offizielle Untersuchung der Katastrophe abzuwarten. Schiffsprofos Vishinsky hatte ihn auf Befehl des Kapitäns festgenommen. Ich wußte, daß er unschuldig war, und sicherlich wußte es auch Mr. Malstrom, aber ohne Sandys Herumalbern wäre er und nicht Leutnant Dagalow auf der Barkasse gewesen, als sie detonierte.

Besorgt ging ich auf die Suche nach Amanda und fand sie in ihrer Kabine. Als sie mein Gesicht sah, trat sie wortlos zur Seite und schloß die Luke hinter uns.

Wenig später saß sie auf ihrem Bett, meinen Kopf auf dem Schoß. »Ich verstehe das nicht, Nicky. Wieso kann er die *Hibernia* nicht kommandieren, ohne den Rang zu wechseln? Er ist doch immer noch der alte Leutnant Malstrom.«

Ich zeigte mich geduldig. »Betrachte den Kapitän mal als rechtliche Position, weniger als Rang. Du denkst, daß Kapitän Haag das Schiff geführt hat, richtig? Er hatte einen höheren Rang als die Leutnants, also trug er die Verantwortung.«

»Richtig.«

»Nun ja, ganz so ist es nicht. Der Kapitän ist die Regierung der Vereinten Nationen. Er steht für alle ihre Dienststellen, den Generalsekretär, den Sicherheitsrat, die Vollversammlung, den Weltgerichtshof. Alles, was die UN tun können, kann er auch tun. Er besitzt im Weltraum uneingeschränkte Vollmacht.« Aus irgendeinem Grund fühlte ich mich besser, wenn ich ihr das Offensichtliche erklärte.

»Und?«

»Ein Leutnant ist nur ein Offizier, aber der Kapitän ist die Regierung. Nur der Kapitän kann für sie stehen. Und nur die Regierung darf das Schiff führen. Also ist die Person, die das Schiff führt, Kapitän. Ihr Wort ist Gesetz.«

Amanda hatte sich bereits einem anderen Thema zugewandt. »Jedenfalls ist Chefingenieur McAndrews älter. Er sollte Kapitän werden.«

»Süße, so läuft das nicht.« Sie reagierte auf mein Kosewort, indem sie mir das Haar streichelte. »Das Schiff hat drei Leutnants. Ihnen unterstehen vier Fähnriche. Es sind noch drei weitere Offiziere an Bord – Decksoffiziere.«

»Ich habe schon davon gehört. Was heißt das?«

»Ein kommandobefugter Offizier gehört zu einer Rangfolge, deren Angehörige das Schiff befehligen dürfen. Decksoffiziere kommandieren die Fähnriche und Matrosen herum, können aber nicht zum Kommandanten aufsteigen. Sie sind da, um eine bestimmte Arbeit zu erledigen, und das ist dann auch alles.«

»Aber das ist nicht fair! Chiefie hat mehr Erfahrung als Mr. Malstrom.«

Ich frage mich, seit wann sie Chief McAndrews ›Chiefie‹ nannte. Ich überlegte, ob ich selbst ihn auch mal so bezeichnen sollte, entschied mich aber rasch dagegen. »Das Leben ist nicht fair, Amanda. Chiefie wird nie das Schiff führen.« Sie beugte sich zu mir herab und küßte mich. Sie war schon wieder bei einem anderen Thema.

Am Abend berief der Kapitän einen Untersuchungsausschuß ein. Alexi und ich wären dafür in Frage gekommen – ein Fähnrich ist, egal wie jung, per Gesetz der Vollversammlung ein Offizier und Gentleman und damit volljährig –, und der Kapitän hatte nur noch wenige Offiziere, die zu Gericht sitzen konnten. Alexi und ich hatten uns jedoch mit Sandy in der Umkleidekabine aufgehalten; wir waren Zeugen. Falls eine Intrige vorlag, könnten wir darin verwickelt sein, was ein zweiter Grund war, warum wir nicht in Frage kamen.

Doc Uburu, Pilot Haynes und Chief McAndrews bildeten den Ausschuß. Sie setzten sich im jetzt unbenutzten Gesellschaftsraum der Leutnants zusammen, als wollten sie damit den Zweck der Ermittlungen unterstreichen.

Zwei Tage lang sichteten sie Darlas Aufzeichnungen, hörten sich immer wieder den letzten Funkspruch der Barkasse an, stellten eine Liste sämtlicher Besatzungsmitglieder zusammen, die die Barkasse betreten hatten, seit die *Hibernia* von Earthport Station abgelegt hatte, und begutachteten die mageren Informationen, die der primitive Bordrechner der Barkasse während der Fahrten zur und von der *Celestina* an Darla übermittelt hatte.

Der Barkassenhangar der *Hibernia* war normalerweise verschlossen. Darla hatte es jedesmal seit dem Aufbruch von Earthport Station aufgezeichnet, wenn einer aus der Besatzung für Wartungsarbeiten Einlaß gefunden hatte. Zählte man die verschiedenen Arbeitsgruppen mit, die für den Transport der Passagiere zum Wrack verantwortlich gewesen waren, waren siebzehn Besatzungsangehörige zum einen oder anderen Zeitpunkt im Hangar gewesen. Sämtliche Fähnriche waren mit zur *Celestina* gefahren und jeder der Offiziere, von den Ausschußmitgliedern abgesehen.

Einer nach dem anderen wurden die betreffenden Personen verhört. Alexi, Vax und ich saßen steif auf den im Korridor aufgestellten Stühlen, die Knie eng zusammen, die Mützen in der Hand, und warteten darauf, daß wir an die Reihe kamen.

Sandy wurde zum Verhör aus dem Schiffsgefängnis geholt. Er widmete uns kaum einen Blick, als er an uns vorbeiging. Zwei Stunden später kam er blaß und erschüttert wieder zum Vorschein. Es sah so aus, als hätte er geweint.

Ich war der nächste. Ich strich mir die Jacke glatt, rückte die Krawatte zurecht und betrat die überfüllte Messe. Mein Salut kam so dicht an die Idealvorstellungen der Akademie heran, wie ich es nur zuwege brachte.

Chefingenieur McAndrews führte den Vorsitz. »Nehmen Sie Platz, Mr. Seafort.« Er warf einen Blick auf sein Holovid, in das er Notizen eingetippt hatte. »Erzählen Sie uns, was Sie im Barkassenhangar vor der letzten Fahrt des Bootes gesehen haben, und zwar alles.«

»Aye aye, Sir.«

Ich furchte die Stirn und begann meinen Bericht. Ich hatte nichts Verdächtiges gesehen, also konnte ich lediglich detailliert Sandys alberne Spielereien mit Alexi, seine zerrissene Hose und Mr. Cousins' Zorn schildern.

»Was geschah dann?«

»Leutnant Cousins befahl Alex ... Fähnrich Tamarow, Mr. Wilskys Platz einzunehmen. Ms. Dagalow bat darum, an seiner Stelle fahren zu dürfen.«

»Sind Sie sicher, daß Mr. Cousins Dagalow nicht den Befehl gegeben hat, an Bord zu gehen?«

»Vollkommen sicher, Sir.«

Pilot Haynes räusperte sich. »Hat Mr. Tamarow den Vorschlag gemacht, mit Leutnant Dagalow den Platz zu tauschen?«

»Allmächtiger Gott, natürlich nicht!«

Ich schluckte, als ich erkannte, womit ich da herausgeplatzt war. Trotzdem – die Frage war einfach lächerlich! Würde ein Fähnrich einem Leutnant – egal welchem – einen solchen Vorschlag unterbreiten, würde er eine Woche lang nicht sitzen können. Und das, wenn er Glück hatte. Eine derartige Bemerkung wäre so deplaziert gewesen wie das, was ich gerade gesagt hatte.

Ich steckte tief in Schwierigkeiten. »Ich bitte vielmals um Entschuldigung.«

Chief McAndrews' Ton wurde eisig, aber ansonsten ignorierte er meine Unverschämtheit. Statt dessen stellte er mir eine Reihe bohrender Fragen nach meinen vorigen Aufenthalten im Barkassenhangar und nach der Wachrotation, der zufolge ich auf der Brücke hätte sein sollen.

»Aber ich *war* ja auf der Brücke, Sir! Der Unfug passierte vor meiner Wache. Ich leistete meinen Beitrag dazu, den Passagieren in die Raumanzüge zu helfen.«

Der Pilot legte die Finger wie zum Gebet zusammen. »Wer hat Ihnen den Befehl dazu erteilt?«

»Niemand, Sir.«

»Warum haben Sie sich dann eingemischt?«

Ich wurde rot, denn ich wußte, daß sich die Antwort selbst für meine Ohren albern anhören würde. »Ich wollte hilfreich sein.«

»Indem Sie übereifrig waren, anstatt auf Ihren Posten zu gehen?«

»Nein, Sir, ich ... Ja, Sir.« Es gab darauf keine richtige Antwort, und ich wurde still.

Ich konnte die Frustration der Ausschußmitglieder verstehen. Ein Hydrozin-Triebwerk überhitzt sich nicht ohne Grund. Und falls das doch geschehen war, hätte die Barkassencrew in der Lage sein müssen, es in Sekunden abzuschalten, ehe es die kritische Temperatur erreichte. Unfälle passierten, aber unerklärliche Unfälle sorgten allgemein für Nervosität. Ein Blick zum Bullauge hinaus auf die klaffende Wunde im Rumpf der *Celestina* war ausreichend Grund dafür.

Der Chefingenieur warf einen Blick auf Doc Uburu und gab schließlich dem Piloten noch Gelegenheit, mir eine Frage zu stellen, aber beide schüttelten den Kopf. Der Chief schürzte die Lippen.

»Mr. Seafort, hatten Sie etwas gegen Mr. Cousins?«

Meine Uniform war klatschnaß, mein Hals unmöglich trocken. Die Antwort konnte mich ruinieren, aber mir blieb nur wenig Spielraum, wenn mir jemand eine direkte Frage stellte. Ich richtete mich auf und knirschte mit den Zähnen. »Ja, Sir.«

Unbarmherzig forderte er mich auf, die Gründe dafür zu nennen. Als ich fertig war, brannten meine Ohren vor Scham. Endlich durfte ich benommen und erschöpft wieder hinausgehen. Zitternd setzte ich mich.

Der Schiffsprofos erschien in der Luke. »Mr. Holser.« Teilnahmslos schritt Vax vor die Untersuchungskommission.

Die Befragung nahm ihren Fortgang.

Obwohl wir noch nicht wieder in Fusion gegangen waren, mußte die *Hibernia* ungeachtet des Aufruhrs weiter bemannt und geführt werden. Selbst mit dem wieder freigelassenen Sandy waren wir knapp an Personal. Vier Stunden, nachdem ich durch den Wolf gedreht worden war, meldete ich mich mit einem Schlafdefizit und ausgefransten Nerven auf der Brücke, um meine Wache anzutreten.

Auf mein Klopfen hin schwenkte Käpten Malstrom erst die Kamera auf mich ein, öffnete dann die Luke und deutete auf meinen Platz.

Die halbe Wache verstrich, ehe er das unbehagliche Schweigen brach. »Haben sie schon irgendwas herausgefunden?«

Es war offenkundig, wen er meinte. »Nicht, daß ich wüßte, Sir.«

»Es konnte nicht einfach so passieren. Wir müssen die Ursache feststellen.«

»Ja, Sir.« Es stand mir nicht zu, mehr zu sagen. Mein Freund Harv war für immer verschwunden. Jetzt hatte ich es mit dem Kapitän in all seiner Machtvollkommenheit zu tun. Ich war nur ein Fähnrich.

6. Kapitel

Selbst auf einem so großen Schiff wie der *Hibernia* verbreiteten sich wahre und falsche Gerüchte mit mehr als Lichtgeschwindigkeit. Innerhalb von Minuten erfuhr jeder, daß der Ausschuß auf die beharrliche Forderung des Chiefs hin den Fall jedes einzelnen Matrosen untersuchen wollte, der seit Ausfahrt aus dem Hafen zum Kapitänsmast geschickt worden war. Das konnte keine große Aufgabe sein; insgesamt hatte auf der *Hibernia* eine gute Stimmung geherrscht und es nur wenige Probleme gegeben, mit denen die Bootsmänner auf dem Unterdeck nicht allein fertig wurden.

Vax trat die Wache an. Als ich gerade auf meiner Koje lungerte, dankbar dafür, daß Alexi nicht wieder seine Slapmusik plärren ließ, platzte Sandy Wilsky herein. Er bebte vor Entrüstung. »Malstrom hat vor, mit uns allen eine P und D zu machen!«

»Was?« Alexi fuhr in sitzende Position hoch.

»Mit allen Fähnrichen und allen Matrosen, die im Barkassenhangar waren!«

»Wieso?«

»Um jede Möglichkeit einer Sabotage auszuschließen, hat er zum Doc gesagt.«

Alexi schlug mit der Faust auf die Matratze. »Das ist nicht fair!«

»Ihr werde es schon überleben«, knurrte ich. Die Polygraph- und Drogenbefragung war nicht angenehm, aber die Nachwirkungen hielten auch nicht übertrieben lange vor.

»Aber keiner von uns wurde unter Anklage gestellt«, wandte Alexi ein.

Sandys Ton war verdrossen. »Der Kerl hat einfach nicht das Recht ...«

Ich sauste aus der Koje und platzte mit dem erstbesten heraus, was mir in den Sinn kam: »Wilsky, schauen Sie sich mal die abgenutzten Stellen an diesen Stiefeln an! Ein Minuspunkt! Und diese Decke ...« Meine Hand krachte auf das Bett und entdeckte eine winzige Falte. »Noch einen!«

Alexi schnappte nach Luft. »Warum gehst du auf einmal ...«

Ich wirbelte herum. »Und Sie! Wie viele Minuspunkte inzwischen?« Ich wußte, daß Alexi sie nur langsam abarbeitete.

»Neun, Mr. Seaf ...«

»Zwei weitere für Ihre Unverschämtheit!« Da ich wußte, daß er damit auf dem Faß landen würde, ergänzte ich nach einer bedrohlichen Pause: »Ich trage sie erst am Morgen ein. Fangt an!«

»Aber ich ...«

»Sofort!«

Sie hasteten zur Luke.

»Keine Unterhaltung während des Trainings! Ein Wort, und die Minuspunkte werden verdoppelt!«

»Aye aye, Mr. Seafort!« Die Luke fiel krachend zu. Ich setzte mich zitternd auf die Bettkante und barg den Kopf in den Händen.

Ihre Heldenverehrung gehörte der Vergangenheit an. Von jetzt an würden sie mich hassen. Aber mir war keine Wahl geblieben. Es war knapp gewesen!

Ihr Widerwillen gegen eine P und D konnte nicht überraschen. Polygraph- und Drogenverhöre waren an Bord eines Schiffes zugelassen, wie in jedem Verfahren. Seit dem Zeugnisgesetz von 2026 hatte ein Angeklagter nicht mehr das Recht zu schweigen. Falls andere Beweise gegen ihn vorlagen, konnte er zur P und D geschickt werden und wurde es gewöhnlich auch. Erwiesen die Tests, daß er die Wahrheit gesagt hatte, wurden die Anklagen niedergeschlagen. Gestand er dagegen unter dem Zwang der ausgefallenen Drogenmixtur, wurde dieses Geständnis natürlich als Beweis zugelassen.

Zwei Sicherheitsvorschriften galten jedoch dabei. Die Versuchsperson mußte eines Verbrechens beschuldigt sein, und sie mußte ihre Schuld geleugnet haben.

Ohne diese Einschränkungen wäre die P und D zum Werkzeug des Despotismus oder, schlimmer noch, der Folter geworden. Das Gesetz erlaubte jedoch einem Gericht keine Fischfangexpedition in eines beliebigen Menschen Bewußtsein, um herauszufinden, was er womöglich an Verbrechen verübt hatte.

Ich behielt den Zeitablauf im Auge und war nicht im geringsten besorgt, weil ich Alexi und Sandy sich selbst überließ. Ich hatte einen ausdrücklichen Befehl erteilt, den sie bestätigt hatten. Sie würden kein Wort miteinander wechseln, solange sie im Trainingsraum schufteten.

Ich döste ein.

Als sich die vierte Stunde dem Ende näherte, rappelte ich mich müde auf und trottete hinunter auf Deck 2.

Alexi turnte gerade auf dem Barren, während Sandy einen Dauerlauf auf der Stelle absolviere. Ihre Unterhemden waren schweißnaß, das Haar klebte ihnen am Kopf. Sandys Atem ging schwer. Es erforderte große Anstrengungen, einen Minuspunkt zu löschen, was ich sehr gut wußte. »Rühren, ihr beide.«

Alexi sprang zu Boden. Sandy hielt langsam an.

»Aufstellung vor dem Schott.« Eine Weile ging ich auf und ab, dann baute ich mich mit finsterem Blick vor ihnen auf. »Irgendwas zu sagen?«

»Nein, Mr. Seafort.« Sandys ganze Jugend und Angst kamen unverfälscht zum Vorschein.

»Und du?«

Trotz seiner physischen Erschöpfung schwelte es in Alexi. »Warum bist du auf uns losgegangen?«

Innerlich stöhnte ich. Mit meiner typischen Ungeschicklichkeit hatte ich es Alexi ermöglicht, ein Gespräch zu eröffnen, das ich uns beiden auf keinen Fall zugestehen durfte. »Mr. Wilsky, hinaus!« Ich folgte ihm auf den Korridor und erklärte ihm so ruhig, wie ich konnte: »Meckerei ist unter deiner Würde, Sandy. Du bist jetzt Offizier, kein Kadett mehr. Falls du Einwände gegen die Art der Schiffsführung hast, wird von dir erwartet, sie für dich zu behalten.«

Er wurde rot. »Ja, Mr. Seafort.«

»Versprich mir, daß du es in Zukunft so halten wirst.«

»Aye, aye, Mr. Seafort. Es tut mir leid.« Trotz meiner Brutalität schien er mitleiderregend bestrebt, mir zu gefallen.

»Es war für mich schon ärgerlich genug, dir die Minuspunkte zu verpassen. Geh jetzt duschen.« Ich berührte ihn an der nassen Schulter. »Guter Junge.«

In der Hoffnung, den richtigen Ton gefunden zu haben, kehrte ich in den Trainingsraum zu Alexi zurück. Mein Ton war hart. »Idiot!«

Ich beugte mich dicht an ihn heran und flüsterte kaum hörbar: »Ich versuche dein Leben zu retten!«

Er sagte nichts, sah aber verwirrt aus.

»Kapitän Malstrom hat das gute Recht, den Tod seiner Offiziere zu untersuchen, wie er es für richtig hält.«

»Aber das Gesetz schreibt vor ...«

»Alexi!« Schon indem ich ihm den Mund verbot, riskierte ich unsere Sicherheit. Konnte er das nicht begreifen? »Er ist *Kapitän*!«

Damit war alles gesagt. Die willkürlichen Prüfungen, die

Käpten Malstrom angeordnet hatte, verstießen klar gegen das Zeugnisgesetz. Sobald er die *Hibernia* wieder nach Hause gebracht hatte, konnte ihn die Admiralität dafür vom Dienst suspendieren, wenn nicht Schlimmeres.

Aber bei uns an Bord spielte das keine Rolle. Das Wort des Kapitäns war Gesetz. Meine Pflicht bestand darin, seine Befehle auszuführen und ihm aufwieglerisches Gerede zu melden. Alles andere wäre Verschwörung zur Meuterei gewesen.

Ich sagte nichts weiter und wartete ab. Endlich zeigte Alexis Gesichtsausdruck, daß er kapiert hatte. Er stand immer noch bequem und nickte jetzt leicht.

Ich seufzte erleichtert. »Für Sandy sollte jetzt ebenfalls alles klar sein, aber wenn du ihn auch nur dabei erwischst, wie er laut über dieses Thema nachdenkt, setz ihm kräftig den Kopf zurecht! Zögere nicht!«

»Klar.«

»Entlassen.«

Beim Gehen flüsterte er: »Danke.« Ich gab vor, es nicht gehört zu haben.

Am folgenden Tag gingen wir zur P und D, zuerst die Fähnriche, dann die Matrosen. Als ich aus Doc Uburus Kabine kam, war mir schwindelig und schlecht, und ich wußte nicht so recht, was ich unter dem unwiderstehlichen Einfluß der Drogen geplappert hatte. Ich kroch unter meine Decke und versuchte nicht zu kotzen.

Tags darauf spürte ich immer noch Nachwirkungen, obwohl sie schon stark nachgelassen hatten.

Es war zu hören, daß wir uns alle als unschuldig erwiesen hatten, von den Fähnrichen hinab bis zum untersten Mannschaftsrang. Sandy lag in seiner Koje; es ging ihm schlechter als dem Rest von uns. P und D machte manchen stärker zu schaffen als anderen.

Der Untersuchungsausschuß trat abschließend zusammen und gab seinen Bericht ab. Man hatte keinen Hinweis auf Sabotage gefunden; der Ausschuß folgerte daraus, daß der Unfall wahrscheinlich aus einem undicht gewordenen Treibstoffventil resultierte, das der zuständige Sensor aufgrund einer Fehlfunktion nicht entdeckt hatte.

Für zwei weitere Tage, in denen wir uns erholten, trieb das Schiff mit abgeschaltetem Antrieb durch den Weltraum.

Kapitän Malstrom konferierte mehrfach mit dem Chief, mit Pilot Haynes und Dr. Uburu darüber, ob es nicht besser wäre, nach Earthport Station zurückzukehren. Als ich das nächste Mal Wache hatte, gab er sich wieder so schroff wie zuvor. Dann entspannte er sich.

»Tut mir leid, Nicky. Ich mache mir schreckliche Sorgen. Ich weiß nicht, was ich tun soll!«

»Ich verstehe das, Sir.«

»Inzwischen habe ich mich praktisch entschlossen weiterzufahren. Wenn keine Sabotage vorliegt, besteht kein übertriebenes Risiko, und Miningcamp und Hope Nation sind verzweifelt auf unsere Ladung angewiesen. Wenn wir umkehrten, würde es fast ein Jahr dauern, bis ein Ersatzschiff soweit käme, wie wir schon sind.«

»Ja, Sir.«

»Nicky, ich möchte aufrichtig zu dir sein. Wir haben keine Leutnants mehr, und du bist der Dienstälteste. Aber ich kann dich noch nicht ernennen. Du bist noch nicht qualifiziert.«

»Ich weiß, Sir. Was ist mit Vax?« Die Worte schmeckten bitter in meinem Mund, aber ich mußte sie äußern. Vax war viel eher bereit als ich.

»Nein, noch nicht. Er hat nicht den richtigen Charakter. Ich setze weiterhin auf dich. Wenn wir Hope Nation erreicht haben, wirst du qualifiziert sein, das verspreche ich dir. Ich helfe dir. Zunächst bleibt ihr beide Fähnriche. Wenn ich kann, sorge ich dafür, daß du den Abschluß vor den anderen schaffst.« Wenn es dazu kam, würde ich ihnen für den Rest unserer Tage in der Flotte übergeordnet sein, es sei denn, einer von uns brachte es schließlich zum Kapitän.

»Das ist nicht nötig, Sir.«

Ich schluckte den üblen Geschmack des Ehrgeizes hinunter.

»Vielleicht nicht, aber es ist das, was ich vorhabe.« Er holte tief Luft. »Wir gehen morgen in Fusion, direkt nach dem Gedächtnisgottesdienst.«

»Ja, Sir.«

Der Gottesdienst war eine traurige und förmliche Angelegenheit. Wir Offiziere trugen unsere weißen Paradeuniformen. Die weißen Hosen schimmerten im Kontrast zu den schwarzen Schuhen, und der rote Streifen, der sich jedes Hosenbein entlangzog, stach leuchtend und kraß hervor. Über weißem Hemd und schwarzer Krawatte trugen wir makellos weiße Galajacken und schwarze Trauerschärpen über der rechten Schulter. Die Reihen unserer Dienstmedaillen glitzerten.

Auf einer Fernreise wurden Begräbnisse im All vorgenommen, in versiegelten Särgen, die durch die Luftschleuse ins All gestoßen wurden. Auch die Toten der *Celestina* hatte man auf diese Weise bestattet, und bis zum heutigen Tag folgen sie ihrer endlosen Bahn durch den Kosmos.

Was wir veranstalteten, war kein Begräbnisgottesdienst, da es nichts zu begraben gab. Es war ein Gedächtnisgottesdienst, der im Speisesaal des Schiffes stattfand.

Jede Person an Bord der *Hibernia* drängte sich in die Messe, und die Besatzung war ganz verlegen hier im ungewohnten Reich der Offiziere. Verwandte von zweien der umgekommenen Passagiere, Mr. Rajiv Etra und Derek Carr, waren Trauernde und standen bei den Offizieren, die stellvertretend für das Schiff ihren Kapitän betrauerten. Die übrigen vier Passagiere waren allein gereist. Mr. Etra wirkte verloren, aber würdevoll. Derek Carr, dessen Augen rot waren, sprach mit niemandem und stand steif da.

Käpten Malstrom leitete das traditionelle Ritual der Jahwistischen Wiedervereinigung. »Wir empfehlen die Seelen unserer Verstorbenen Deiner Obhut, allmächtiger Gott«, sagte er, »wie wir ihre Leichen Deiner Leere überlassen, bis zum Jüngsten Tag, wenn Du sie wieder hervorrufst . . .«

Wir wahrten ein paar Augenblicke Schweigen, und es war vorbei.

Nach dem Gottesdienst trat Alexi mit Pilot Haynes die Wache an. Normalerweise wurde der Pilot nur gerufen, wenn wir an einer Station andockten oder durch stark befahrenes Gebiet navigierten. Ab jetzt würde er allerdings mit uns anderen zusammen regelmäßig Wache haben.

In der Fähnrichskabine verhielt Vax sich unfreundlich. Wenn Sandy ihm in den Weg kam, schob er den Jungen einfach zur Seite. Ich kümmerte mich nicht darum, denn ich war nicht darauf vorbereitet, mich schon wieder mit einem Problem herumzuschlagen. Ungefähr eine Stunde später gingen wir in Fusion.

Pilot Haynes war ein mürrischer, glatzköpfiger Mann, der kaum ein Wort sagte, wenn ich Routinebefehle während der Wache nicht mitzählte. Wir Fähnriche fragten uns, warum er kahlköpfig blieb, wo sich doch die meisten Leute einer simplen Follikelstimulation unterzogen hätten. Natürlich traute sich keiner von uns, ihn zu fragen.

Eine mit dem Piloten verbrachte Wache war wirklich eine stille Zeit. Jetzt, wo wir wieder in Fusion waren, fiel es mir schwer, in der lang anhaltenden Stille wach zu bleiben. Nicht, daß sich der Pilot durch Bemerkungen eines Fähnrichs beleidigt gefühlt hätte; er erstickte sie einfach durch einsilbige Antworten, bis man es müde wurde.

»Die Energieschwankungen kommen mir ein bißchen hoch vor, Sir.« Ich las gerade meinen Monitor ab.

»Soso.«

Ich unternahm einen neuen Anlauf. »Welches ist die größte normale Variation, Sir?«

»Frag Darla.« Es war kaum mehr als ein Grunzen.

Ich wandte mich an den Computer. »Darla, wie hoch ist unsere größte normale Energieschwankung?«

»Beim Fusionsantrieb?« Manchmal war sie darauf angewiesen, daß wir uns etwas deutlicher ausdrückten.

»Ja, Darla.«

»Zwei Prozent über und unter dem Nennwert, Mr. Seafort.« Eine lange Pause trat ein. »Versuchen Sie, auf Konversation zu machen?« Ich weiß nicht, wie sie ihr das einprogrammiert hatten.

Nach der Wache kehrte ich müde und gereizt in meine Koje zurück. Vax putzte gerade Alexi herunter. Ich wies ihn an, damit aufzuhören. Er tat es, musterte mich aber mit einem verächtlichen Lächeln, bis ich aufstand und aus der Kabine marschierte.

»Als Cheel und Vorhees 2046 entdeckten, daß N-Wellen sich schneller als Licht bewegen, und sie daraufhin die Gesetze der Physik überarbeiteten, legten sie damit die Grundlage für den Fusionsantrieb und die überlichtschnelle Raumfahrt.« Mr. Ibn Saud brach ab und musterte sein Publikum aus Passagieren, Offizieren und Besatzungsmitgliedern im Speisesaal der *Hibernia*.

»Auf den Kämmen von N-Wellen, durch Wellenemissionen statt durch Partikelemissionen angetrieben, gleiten unsere großen Schiffe durch die Galaxis und erforschen und kolonisieren sie.« Ich saß ganz hingerissen da und wünschte mir, Sandy würde nicht so herumzappeln. Die Vortragsreihe der Passagiere war eine willkommene Abwechslung von der Schiffsroutine, und Sandy hätte vernünftig genug sein sollen, das einzusehen.

»Die Fusion eröffnete uns den Weg zu dringend benötigten Ressourcen, zum Beispiel Metallen von Miningcamp. Aber der eigentliche Vorteil des Fusionsantriebes war ein Sicherheitsventil. Er ermöglichte es gebildeten, intelligenten, ruhelosen Menschen, die fernen Kolonien zu besiedeln und damit den schwindenden Ressourcen sowie der Umweltverschmutzung und Bevölkerungsexplosion auf der Erde zu entrinnen.«

Ibn Saud nahm einen Schluck Wasser.

»Der Fusionsantrieb verkörpert jedoch auch unser

Dilemma, die ständig komplexer werdende Technologie aufrechtzuerhalten. Die Kolonien benötigen unsere besten und gescheitesten Leute, während gleichzeitig die neuen Industrien im Gefolge des Fusionsantriebes auf hohe Zahlen an hochqualifizierten Arbeitern angewiesen sind.

Derweil hat die Gesellschaft erkannt, daß die Schulpflicht ein völliger Fehlschlag war. Freiwilliger Schulbesuch führt zu einer besseren Bildung, wenn auch für weniger Menschen. Demzufolge ist die Masse der Bevölkerung heute unglücklicherweise weniger gebildet als vor zwei Jahrhunderten. Manche – wie die Transpops, die sich wie die Pest im Unterfutter unserer Städte ausbreiten, verfügen über keinerlei Ausbildung und sind für keinerlei Arbeit geeignet.«

Ibn Saud lächelte entschuldigend. »Nirgendwo tritt der Mangel an qualifizierten Arbeitskräften mehr zutage als in den Streitkräften. Die Offiziersklasse, die sich aus der gebildeten, technologisch versierten Minderheit rekrutiert, fühlt sich zu einem Leben der Ehre hingezogen, zur aufregenden Aufgabe, die Galaxis zu erforschen.« Ich nickte, ohne nachzudenken.

»Zum größten Teil besteht jedoch das Personal der Flotte – wie das der UN-Bodentruppen – zwangsläufig aus Angehörigen der ungebildeten Unterschicht. Und daraus resultiert der Anachronismus eines großen Sternenschiffes, des Gipfelpunktes der Technologie, das von einem autoritären System gelenkt wird, nicht unähnlich dem der Seestreitkräfte des achtzehnten Jahrhunderts. Wir haben sogar die körperliche Züchtigung wieder eingeführt, zumindest für junge Offiziere. Strikte Hierarchien sorgen für Ordnung, während wir zu den Sternen reisen. Aber diese Erfahrung wird die Menschheit verändern – in welcher Hinsicht, das wissen wir noch nicht. Es wird Generationen dauern, ehe wir es erfahren. Sicherlich werden es Veränderungen zum Besseren sein. Wenn wir davon ausgehen, daß der allmächtige Gott über uns wacht, wie Er es immer getan hat, wird die Rettung der Zivilisation durch den Fusionsantrieb verständlich. Wenn der Mensch zur Größe bestimmt ist, wenn unser Schicksal darin besteht, die Galaxis zu kolonisieren, dann wurden uns die Werkzeuge dazu in die Hand gegeben. Was wir aus ihnen machen und was sie aus uns machen, liegt bei uns.«

Ibn Saud setzte sich unter enthusiastischem Beifall. Amanda, als Bildungsdirektorin, lobte ihn für seinen Vortrag und dankte dem Publikum für sein Erscheinen. Als wir uns verstreuten, fing ich ihren Blick auf und freute mich über ihr kurzes Lächeln.

Beim Abendessen sah ich, wie sie am Nachbartisch Vax neckte, dem es nichts auszumachen schien. An meinem Tisch diskutierte Yorinda Vincente, Vorsitzende des Passagiersrates, mit Johan Spiegel und Mrs. Donhauser über Ratssitzungen. Ich langweilte mich zu Tode.

Danach legte ich mich voll bekleidet aufs Bett und versuchte zu lesen, denn ich hatte bis nächsten Mittag dienstfrei und war noch nicht bereit zu schlafen. Als Vax hereinkam, stellte er sein Holovid an und steckte einen schrillen, nervtötenden Slapchip hinein. Er ignorierte meinen verärgerten Blick. Sandy erschien mit einem glücklichen Lächeln. Er hatte mit einem Mädchen seines Alters am selben Tisch gesessen.

Vax, der auf seinem Bett lag, fragte: »Hast du vor, sie zu vögeln?«

Sandys Grinsen verschwand. »Ich möchte nicht über sie sprechen.« Es klang fast trotzig.

»Sie wäre gut darin. Wenn du sie nicht fragst, mache ich es.«

»Laß das, Vax«, sage ich.

»Ich habe ihn nicht schikaniert.« Holser zeigte sich streitsüchtig. »Das war nur Konversation.«

»Schluß damit!«

Mit selbstgefälligem Grinsen gab Vax nach.

Eine halbe Stunde später bemerkte ich, daß ich immer wieder dieselbe Bildschirmseite gelesen hatte, ohne daß ich mich an ein Wort erinnern konnte. Ich stand auf. »Komm mit, Vax.« Ich ging hinaus auf den Korridor. Einen Moment später kam er nach. Ich machte mich auf den Weg zur Leiter.

»Wohin?«

Ich ignorierte ihn völlig. Ich stieg die Leiter hinunter auf Deck 2 und stellte ihn damit vor die Wahl, entweder zurückzubleiben oder mir zu folgen. Er folgte mir. Ich ging den Korridor entlang zum Trainingsraum und schob die Luke auf. Der Raum war leer.

Vax stand unter der Tür. »Was hast du vor?«

Ich zog mir die Jacke aus und legte sie ordentlich zusammengefaltet über das Turnpferd. Dann zerrte ich an meiner Krawatte.

»Seafort – *Mr.* Seafort, was zum Teufel treiben Sie da?«

»Komm rein und schließ die Luke. Das ist ein Befehl.« Ich zog das Hemd aus und legte es zusammengefaltet auf die Jacke. Vax nickte langsam. Er schloß die Luke hinter sich. Ich leerte meine Hosentaschen.

»Worin besteht Ihr Problem, *Mr.* Seafort?«

»Mach dich lieber bereit, Vax!«

»Wozu?«

»Wir werden die Sache klären, ein für allemal.«

»Wir haben einen Waffenstillstand, erinnerst du dich?«

»Jetzt nicht mehr.« Ich zog die Schnürsenkel fest.

»Wieso nicht?« Er trug nach wie vor die komplette Uniform und traf keinerlei Anstalten, sich bereitzumachen.

»Ich kann dich nicht ertragen!« Ich trat furchtlos direkt vor ihn und packte seine Jacke. »Es ist deine Uniform, Vax. Möchtest du sie schmutzig machen oder nicht?«

Zögernd befreite er sich aus der Jacke. Ich nahm eine Karatestellung ein, hochgradig gespannt, die Deckung hoch.

Vax wich zurück und schüttelte den Kopf. »Die Fähnriche sollen sich zur Zeit nicht prügeln, Nick. Nicht bei all den Problemen, die es auf dem Schiff gibt.«

»Ich werde kämpfen. Du brauchst doch dort stehenzubleiben.«

»Nick, tu es nicht! Nicht jetzt, wo der Käpten tot ist!«

Ich schlug ihn mit der flachen Hand. Das gefiel ihm nicht, und er nahm die Deckung hoch. Wir umkreisten einander.

»Sag mir, was du möchtest, Nick, ehe wir uns schlagen.« Er machte einen Schritt zurück und senkte die Fäuste.

»Was ich möchte?« Meine Stimme bebte vor Haß. »Du bist ein gemeiner Kerl, Holser. Du bist brutal. Du verhöhnst die Jungen. Du tust ihnen weh!« Mit erhobenen Händen suchte ich nach einer Lücke in seiner Deckung. »Ich habe nie erlebt, daß du freundlich gewesen wärst. Du bist gut in deinem Job, aber du bist der gemeinste Mensch, den ich je erlebt habe!«

Er überraschte mich mit dem Aufschrei: »Ich weiß!« Er rammte die Hände in die Taschen. »Ich kann mir nicht helfen, Nick. Ich war immer so. So bin ich nun mal.«

»Kämpfe mit mir!«

»Wieso?«

»Wir müssen die Sache klären, Vax. Wenn du gewinnst, bitte ich den Kapitän, mich vier Monate lang vom Dienst zu suspendieren. Damit wirst du Oberfähnrich. Du bekommst alles so, wie du es haben möchtest.« Der Kapitän hatte das Recht, mein Patent für jede Zeitspanne aufzuheben, die ihm beliebte. Ich würde so lange kein Dienstalter akkumulieren, während für Vax die Dienstzeit weiterlief.

»Und wenn du gewinnst?«

»Dann bin ich der Boß. Den ganzen Weg bis Detour und zurück. Weißt du, was dein Problem ist? Du denkst, ich wäre der Oberfähnrich und du der zweite. Darin irrst du dich!«

»Dann sag mir, wie es richtig ist.« Er hatte die Deckung wieder gesenkt. Er wollte sich heute abend nicht prügeln.

»Ich bin der Oberfähnrich, und du bist es nicht!« Ich ging zu ihm hin und versetzte ihm einen Stoß gegen die Brust, nicht weit unter meiner Augenhöhe. »Es gibt keinen zweiten Fähnrich! Nur den ersten und einen Haufen weiterer. Ich kann nichts daran ändern, daß du nicht der erste bist. Du kämpfst dagegen an, seit wir an Bord gekommen sind, Holser, und ich habe jetzt die Nase voll. Ich hasse dich dermaßen, daß ich deinen Anblick nicht ertragen kann!«

»Ich weiß, daß ich nicht nett bin, Nicky«, sagte er leise. »Was meinst du, soll ich dagegen machen?«

»Ist mir egal!« schrie ich. »Ich habe kein Interesse an dir. Ich möchte nur, daß du meinen Befehlen gehorchst, wie die übrigen Juniorfähnriche! Weißt du, was mir das wert ist? Heute abend umzukommen!« Ich holte mehrmals Luft. »Ich bin fertig mit Reden, du Mistkerl!«

»Und wenn ich tue, was du mir sagst?«

»Was denkst du eigentlich, Vax? Nach dem, wie du alle anderen behandelt hast?«

»Du wirst deine Genugtuung haben.«

»Da hast du verdammt recht! Für alles!«

»Warte eine Minute, bitte.« Ich verstand einfach nicht, warum er zögerte. Er konnte mich pulverisieren. Letztes Mal hatte ich nur Glück gehabt.

Ich durchquerte den Raum und stemmte mich auf den Barren. »Du hast dreißig Sekunden. Dann knöpfe ich dich mir vor.« Ich begann lautlos zu zählen.

Er ließ die Zeit verstreichen. Ich sprang vom Barren herunter und ging rasch auf ihn los. »Ich werde Ihren Befehlen gehorchen, Mr. Seafort«, sagte er.

Rutschend kam ich zum Stehen. »Wie lange?«

»Solange Sie mein vorgesetzter Offizier sind.« Alle Streitsucht war aus seinem Ton verschwunden.

»Ich glaube dir nicht! Es wird wieder passieren! Bringen wir es lieber jetzt hinter uns!«

»Ich gebe Ihnen mein Wort.« Vax blickte mir fest in die Augen.

»Wieso, Holser?«

Er schüttelte den Kopf. »Ich weiß nicht. Vielleicht kommt es mir jetzt, wo der Käpten tot ist, nicht mehr so wichtig vor, der Oberfähnrich zu werden. Vielleicht liegt es daran, wie Alexi dich manchmal ansieht, wenn er glaubt, daß du es nicht merkst.« Er funkelte mich an, als rechnete er damit, ich würde ihn verspotten. »Was scheren dich meine Gründe? Ich habe dir gesagt, daß ich es tun werde, also tue ich es auch.«

Ich war hilflos. »Wir werden ja sehen! Einhundert Liegestützen!«

»Aye aye, Mr. Seafort.« Er lockerte seine Krawatte, legte sich auf den Boden und fing an.

Na ja. Sah so aus, als wollte er tatsächlich meinen Befehlen Folge leisten.

Ich ließ nicht locker. Ich arbeitete zwei Stunden lang mit ihm, bis er schweißnaß war. Dann ging ich hinaus, ohne ein Wort zu sagen.

Einen ganzen Monat lang sprang ich rauh mit Vax um. Er mußte unsere Kabine vom Boden bis zur Decke putzen. Ständig hatte ich Extraaufgaben für ihn. Er tat, was ihm gesagt wurde. Er begegnete mir nicht freundschaftlich, und sein Verhalten war so bedrohlich, daß die anderen ihm sorgsam aus dem Weg gingen. Aber er widersetzte sich mir niemals.

Seit dem Verlust der Leutnants mußten wir alle doppelt so viele Wachen schieben. Ich war ständig müde, wie alle anderen auch. Meine freien Nachmittage verbrachte ich bei Amanda. Schach spielte ich nicht mehr; gegen den Kapitän wäre es undenkbar gewesen, und niemandem sonst stand ich nahe genug. Ich war unglücklich; wir alle waren es.

Auch Kapitän Malstrom war unglücklich, obwohl er sich darum bemühte, es nicht zu zeigen. Wir alle hatten zu kämpfen. Ich hatte furchterregende Träume. Alexi suchte in seiner Slapmusik Trost. Sandy hielt mit seine neuen jungen Freundin Händchen.

In der Kabine ließ ich es an Vax aus. Ich mutete ihm all die Schikanen zu, die die anderen durch ihn jemals hatten erdulden müssen, und mehr. Ich jagte ihn die ganze Nacht über immer wieder aus dem Bett, um die Heizung neu einzustellen. Ich befahl ihm, in Habachtstellung in der Kabine zu stehen, wenn er sich auf seiner Koje ausruhen wollte. Nachts ließ ich ihn bis zu einer halben Stunde lang unter der eiskalten Dusche stehen. Danach hörte ich ihn im Dunkeln mit den Zähnen klappern, wenn er versuchte, im Bett wieder warm zu werden.

Er beschwerte sich nie. Er gehorchte meinen Befehlen. Langsam gelangte ich zu der Erkenntnis, daß Vax jemand war, der hielt, was er versprach. Ich respektierte ihn allmählich dafür, aber ich ließ nicht locker. Ihm stand ganz schön was bevor.

Das alltägliche Leben an Bord versank in der düsteren Monotonie der Fusionsfahrt. Amanda half den anderen Passagieren dabei, Stücke zu inszenieren und Wettbewerbe zu veranstalten. Der Pilot und der Chefingenieur setzten die Ausbildung von uns Fähnrichen fort. Der Käpten befahl, daß das Faß im Maschinenraum beim Chief aufgestellt wurde, aber es kam nicht zum Einsatz. In der Freizeit widmete ich Vax meine Aufmerksamkeit. Er hatte Stubenarrest, außer wenn er Dienst hatte oder Sport trieb. Er blieb jedoch fügsam und befolgte meine Anweisungen buchstabengetreu.

Eines Abends, als Sandy und Alexi nach unten gingen, befahl ich Vax, in der Mitte der Kabine Haltung anzunehmen. Ich ließ ihn dort eine Stunde lang stehen, während ich auf meinem Holovid las. Dann fragte ich ruhig: »Möchtest du, daß ich damit aufhöre?«

Er brauchte lange, um darüber nachzudenken. Endlich sagte er: »Ja, Mr. Seafort, das möchte ich.«

Ich schickte ihn in seine Koje.

Er lag dort auf einen Ellbogen gestützt, während er mir zuhörte. »Ich erwarte von dir, ein Offizier und Gentleman zu sein. Besonders ein Gentleman. Ich erwarte, daß du im besten Interesse des Fähnrichsstabes und in meinem besten Interesse handelst. Daß du uns allen gegenüber freundlich auftrittst. Daß du deine Schikanen einstellst, außer auf meinen ausdrücklichen Befehl hin. Daß du dich um deine eigenen Angelegenheit kümmerst und nicht um die andere. Daß du mich in meinen Pflichten unterstützt. Wenn du dazu bereit bist, jeden einzelnen dieser Punkte zu erfüllen, Holser, dann höre ich auf. Eher nicht.«

Während er darüber nachdachte, wandte ich mich wieder dem Holovid zu.

Eine halbe Stunde später meldete er sich. »Ich bin dazu bereit, Mr. Seafort.«

»Was war das?« Ich hatte nicht mit einer Kapitulation gerechnet.

»Ich bin dazu bereit. Zu all den Dingen, die Sie aufgezählt haben.« Ich wußte, daß er es ernst meinte. Holser hielt sein Wort. Darauf konnte ich mich verlassen.

Ich nickte. »Sehr gut.«

Als Alexi und Sandy zurückkehrten, befahl ich allen dreien, vor der Wand Aufstellung zu nehmen. »Was früher in unserem Stab geschehen ist, gehört der Vergangenheit an«, sagte ich. »Vergeßt es oder ignoriert es. Von jetzt an werdet ihr alle im Geist der freundschaftlichen Zusammenarbeit handeln. Es wird keine Schikanen mehr geben und keine Disziplinarmaßnahmen, es sei denn von mir. Ihr werdet jetzt euch gegenseitig und mir die Hand schütteln, um die Haltung zu finden, mit der wir künftig unsere Pflicht tun werden. Das ist alles.« Wir schüttelten einander ringsum die Hände.

Der Fähnrichsstab gehörte mir.

7. Kapitel

Zwei Nächte später liebten Amanda und ich uns zum erstenmal. Sie war nicht meine erste Frau, aber eine der ersten. Sanft und liebevoll praktizierten wir die Künste, die ich beherrschte, und ich lernte von ihr Fähigkeiten, die ich bislang nicht gekannt hatte.

Ich war überrascht zu entdecken, wie dringend ich ihrer Nähe bedurfte. Ich hatte geglaubt, ohne Zärtlichkeit, Berührungen und Fürsorge leben zu können, zumindest, solange ich mit dem Schiff unterwegs war. In unserer ersten Nacht konnte ich gar nicht mehr von ihr weggehen. Ich blieb in ihrer Kabine und hielt ihren warmen und beglückenden Körper umfangen, wobei ich ihre Intimität wie Wein trank.

Am Morgen küßten wir uns und trennten uns, beide schüchtern in unserer neuentdeckten Verletzlichkeit.

In einem Zustand der Benommenheit ging ich meinen Pflichten nach und dachte mehr an meine Freiwachen als an meine Pflichten während der Wache, bis es selbst der Pilot merkte und eine Frage äußerte. Ich riß mich zusammen und konzentrierte mich wieder auf die Arbeit. Eine lange, langsame Reise lag vor uns. Es blieb Zeit genug für alles.

Ein paar Tage später kam ich von einem heimeligen Abend in Amandas Kabine zurück und schälte mich gerade aus der Jacke, als Käpten Malstroms Stimme aus dem Lautsprecher dröhnte: »Mr. Seafort, Mr. Holser, sofort auf die Brücke!« Vax und ich sahen uns erschrocken an und sprinteten in Richtung Leiter.

Der Kapitän erwartete uns ungeduldig am Eingang zur Brücke. »Schnell!« Er schob uns hinein und schlug mit der Hand auf die Steuertaste. Die Luke knallte zu. »In der Mannschaftsunterkunft drei tobt ein Kampf. Der Stabsbootsmann wurde am Kopf getroffen. Ich weiß nicht, wie viele an dem Aufruhr beteiligt sind und worum es eigentlich geht.«

Ich sperrte den Mund auf. Der Kapitän scherte sich nicht darum. »Mr. Holser, suchen Sie Unterkunft eins und zwei auf und verschließen Sie die Luken. Sperren Sie alle Matrosen in den Quartieren ein. Nick, du triffst den Schiffsprofos am Waffenschrank. Betäubungswaffen und Gas. Stell sicher, daß die Matrosen in seiner Begleitung zuverlässig sind, ehe du den Schrank öffnest. Mach dem Kampf ein Ende! Trenne die Leute und sperre die Aufrührer ins Schiffsgefängnis. Nimm die mit!« Er öffnete den Safe der Brücke und reichte mir eine Laserpistole und die Schlüssel zum Munitionsschrank. »Ich halte die Brücke. Los!« Er öffnete die Luke wieder.

»Aye aye, Sir!« Wir rasten davon, Vax die Leiter hinunter zu Unterkunft eins und zwei, während ich bugwärts zum Waffenschrank lief.

Ich fand den Schiffsprofos, der zwei nervöse Matrosen überragte und nervös einen Knüppel umklammerte. Er machte einen grimmigen Eindruck. »Die beiden sind okay«, sagte er.

»Namen?«

Die Frau trat vor. »Geschützmaat Edwards, Sir.« Sie salutierte. Der andere sagte: »Maschinenmaat Tsai Ting, Sir.« Beide nahmen Haltung an.

»Rühren.« Ich öffnete den Schrank. Auf das Urteil von Schiffsprofos Vishinsky konnte man sich verlassen; ich hätte mein Leben darauf gesetzt. In seiner Empörung hatte er nur ein Ziel: die Ordnung wiederherzustellen und die Schurken in die Hand zu bekommen.

Ich holte vier schlanke Betäubungspistolen hervor und verteilte sie. Dann schnappte ich mir eine Handvoll Gasgranaten und warf sie Ms. Edwards zu. Nachdem ich den Schrank wieder sicher verschlossen hatte, lief ich zur Leiter. Die anderen folgten mir auf den Fersen. Ich hangelte mich auf Deck 2 hinunter, lief um den Leiterschacht herum und stieg auf das unterste Deck hinab. Dort, auf Deck 3, stürmte ich durch den grauen Korridor Richtung Mannschaftsunterkünfte. Hinter der Biegung drängelte sich ein Haufen Matrosen vor einer Luke. Jeder schubste den anderen, um einen besseren Blick zu erhalten.

»Achtung, Sie alle!« Meine Stimme klang schriller, als mir recht war. »Stillgestanden!« Ein paar weiter hinten bemerkten, daß ein Offizier aufgetaucht war, und nahmen Haltung an. Vishinsky drängelte sich zwischen die anderen und stach sich den Weg mit dem Knüppel frei, den Stunner schußbereit in der linken Hand. Innerhalb weniger Augenblicke hatte er den Haufen geteilt, und die Leute bildeten zwei Reihen beiderseits des Durchgangs.

Ich schnarrte los: »Edwards, ziehen Sie Ihre Waffe! Matrosen, Haltung annehmen! Ting, Edwards, Sie betäuben jeden, der sich rührt!« Ich drehte mich wild von einer Seite auf die andere und beruhigte mich dann etwas, als ich bemerkte, daß die Lage im Korridor unter Kontrolle war.

Aus der Unterkunft drangen Schreie und sonstige Geräusche eines Tumults.

»Los, rein!« Ich stürmte auf den Durchgang los.

Mr. Vishinsky hielt mich fest und riß mich dabei fast von den Füßen. »Immer mit der Ruhe, Sir.« Für einen Moment hielt er meinen Blick fest. Dann steckte er vorsichtig den Kopf durch die Luke, den Stunner schußbereit. Nachdem er in beide Richtungen geblickt hatte, ging er hindurch.

Ich folgte ihm beschämt. Drinnen droschen ein Dutzend Matrosen aufeinander ein. Stabsbootsmann Terrill lag quer über einer Koje, und Blut sickerte aus seiner Kopfhaut. Weitere Matrosen lagen kampfunfähig auf dem Boden. Stühle, Kojen und Reisetaschen waren wild in der Gegend verstreut. Es stank nach Schweiß und Enge.

Vishinsky holte tief Luft. *»Alle Mann, zuhören! Haltung annehmen!«* Sein Gebrüll durchdrang die ganze Kabine. Die schiere Lautstärke sorgte dafür, daß die Prügelei für einen Augenblick nachließ. *»Laßt sofort voneinander ab, ihr minderwertigen Kretins! Nehmt Haltung an!«* Ich hätte mir am liebsten die Ohren zugehalten. Der Mann war eindrucksvoll.

Die meisten Streithähne ließen voneinander ab. Benommen sahen sie sich um und nahmen Haltung an. Ich hielt sie mit dem Stunner in Schach. Vier Männer kümmerten sich nicht um den Schiffsprofos und prügelten weiter aufeinander ein.

Kalt trat Vishinsky an das erste Paar heran und drückte einem der beiden den Stunner in den Rücken. Sein Finger zuckte. Der Matrose fiel wie ein Stein zu Boden. Sein Sparringspartner zielt mit einem heftigen Schwinger nach dem Profos. Vishinsky schoß erneut. Der Angreifer fiel rückwärts über eine Koje und blieb auf dem Boden liegen.

Ich sah mit offenem Mund zu, wie Vishinsky lässig zu den letzten beiden Kämpfern hinüberschlenderte, einem der beiden die Waffe an die Schulter hielt und abdrückte. Der Matrose ging zu Boden. Sein Gegner wich zurück und hob die Hände, während er heftig und abgehackt atmete. Vishinsky bedeutete ihm mit einem Wink, sich zu den anderen zu gesellen. Als der Mann sich umdrehte, trat Vishinsky ihm so heftig in den Hintern, daß er stolperte.

Ein dumpfer Aufprall ertönte im Korridor. Ich blickte hinaus. Ein Matrose lag bewußtlos auf dem Deck. »Er hat sich bewegt, Sir!« Edwards schluckte.

»Sehr gut.« Ich sprach so ruhig ich konnte. Was jetzt? Da ich nicht recht wußte, wie es weitergehen sollte, befahl ich sämtlichen Matrosen draußen, sich auf der gegenüberliegenden Seite des Korridors auf den Boden zu setzen, die Hände auf den Knien. »Halten Sie sie mit dem Stunner in Schach, Edwards.« Ting schickt ich in die Unterkunft, um die Waffe auf die restlichen Leute zu richten.

Vom Rufer am Schott aus wähle ich die Brücke an. »Hier Mr. Seafort, Sir. Der Aufruhr ist beendet. Wir benötigen die Ärztin für ein paar von den Leuten. Mindestens ein Dutzend haben sich hier geprügelt.«

»Was um Gottes willen war der Grund?« Ich konnte die Erleichterung aus Kapitän Malstroms Stimme heraushören.

»Das weiß ich noch nicht, Sir.«

»Ich schicke Chief McAndrews, damit er Ihnen hilft, die Lage zu klären. Entspannen Sie sich!«

Als der Chief eintraf, schloß er die Unterkünfte eins und zwei auf und suchte sich sechs zuverlässige Leute aus. Er hatte Handschellen und Fußeisen mitgebracht. Schon nach wenigen Minuten konnte ich die Stunner und Granaten wieder einsammeln und zum Waffenschrank zurückbringen. Als ich dann erneut bei den Mannschaftsunterkünften eintraf, durchsuchten der Chief und der Schiffsprofos gerade das Durcheinander an Deck und warfen dabei Habseligkeiten zur Seite.

Mr. Vishinsky nutzte einen günstigen Moment, um mich zur Seite zu nehmen. »Tut mir leid, daß ich mit dem Arm an Ihrer Jacke hängenblieben bin«, sagte er ruhig.

»Danke, Mr. Vishinsky. Sie haben mich davor bewahrt, zu Tode geprügelt zu werden.«

»Kein Problem.« Ein guter Mann, der Schiffsprofos. Es gab Zeiten, zu denen man sich lieber nicht an die Vorschriften hielt, und er wußte, wann es soweit war.

»Da haben wir es!« Chief McAndrews hielt eine Flasche

mit bernsteinfarbener Flüssigkeit hoch. Eine kleine Schachtel zu seinen Füßen enthielt mehrere ähnliche Flaschen.

Ich blinzelte. »Glückssaft?« Ich benutzte den Slangbegriff für diese allgegenwärtige Droge.

»Schauen Sie mal, wieviel die davon haben. Ich frage mich, ob sie das alles mit an Bord gebracht haben.« Der Chief sah sich argwöhnisch um.

»Natürlich haben sie es mitgebracht Sir«, meinte ich. »Sie haben es doch nicht vorgef . . .« Ich brach ab. »Eine Destille auf dem Schiff?« Das war unmöglich. Niemand hätte das gewagt!

»Vielleicht.« Er machte Vishinsky auf sich aufmerksam. Der Profos zuckte wütend mit dem Knüppel. Sie gingen entschlossen an die Arbeit und holten jeden einzelnen Gegenstand aus dem Spind jedes einzelnen Matrosen. Sie brauchten zwei Stunden, bis sie fündig wurden. Die Rückseite eines Spinds war locker, und dahinter entdeckten sie einen Hohlraum im Schott.

»Der Herrgott verdamme diese Leute!« Vishinsky hatte keine Blasphemie im Sinn; ich war sicher, daß er es wörtlich meinte. Arnolf Tuak, der unselige Besitzer des Spinds, wurde ins Schiffsgefängnis gebracht.

Es wurde spät an diesem Abend, bis die Ordnung vollständig wiederhergestellt war und alle entlarvten Übeltäter sicher hinter Schloß und Riegel saßen. Müde kehren wir zu den Offiziersunterkünften zurück. »Ein übler Sumpf«, war alles, was Chief McAndrews zu dem Vorfall zu sagen hatte.

»Ja, Sir.« Wirklich übel!

»Geschmuggelte Drogen auf der *Hibernia.*« Kapitän Malstrom wiederholte sich.

»Ja, Sir.« Ich stand in Habachtstellung. Er hatte vergessen, ›Rühren‹ zu sagen.

Er verzog die Lippen vor Abscheu. »Ich würde ja erwarten, daß sie ein bißchen Alkohol an Bord schmuggeln, Nicky. Alle Matrosen tun das. Aber Glückssaft . . .«

Glückssaft war schon eine ganz andere Geschichte. Man hatte zunächst gar nicht das Gefühl, süchtig zu werden, aber sobald man im Griff der Droge war, konnte man ihn fast unmöglich wieder abschütteln. Das unkontrollierte Verhalten, das sie bewirkte, war für den Süchtigen selbst kein Problem; unter dem Einfluß des Zeugs befand er sich ständig im Zustand der Glückseligkeit. Wir waren jedoch gerade Zeugen des Chaos geworden, das für andere daraus resultierte.

»Ja, Sir. Wenigstens haben wir die Quelle gefunden.«

Die Herstellung des Safts war nicht besonders schwierig. Ein paar Teströhrchen, eine Retorte, Stärke, Magnesiumsalze und noch andere verbreitete Zutaten.

»Wenn die Admiralität davon erfährt ...« Er schüttelte den Kopf. Ich bezweifelte allerdings, daß es allzu schlimm werden würde. Hätte Käpten Haag noch das Kommando geführt, hätte er eine Menge zu erklären gehabt, aber Käpten Malstrom war noch nicht verantwortlich gewesen, als die Mannschaft an Bord kam.

Er blickte auf. »Rühren, Nicky. Es tut mir leid.«

»Danke, Sir.« Ich entspannte mich. »Wie werden Sie mit der Sache umgehen, Sir? Der Kapitänsmast?« Eigentlich war das keine Frage, die einem Fähnrich zustand, aber Mr. Malstrom wollte offenkundig darüber reden, und früher einmal war er mein Freund Harv gewesen.

»Nein.« Sein Gesicht wurde hart. »Ein Kriegsgericht.« Als er meine Überraschung bemerkte, fügte er hinzu: »Dieser Abschaum wußte, was er tat. Sie haben ein Dutzend Bestimmungen gebrochen, schon indem sie das Zeug mit an Bord brachten. Dann lösten sie noch einen schweren Aufruhr unter der Besatzung aus. Was, wenn sie im Dienst ausgeflippt wären anstatt in den Kojen? Im Maschinenraum oder der Luftschleuse?«

Er hatte recht, bis zu einem gewissen Punkt. Die Dummheit der Matrosen hätte das Schiff vernichten können. Aber es war nicht dazu gekommen; wir waren noch in der Mannschaftsunterkunft mit ihnen fertig geworden. Der Kapitänsmast – außergerichtliche Bestrafung – buchstabierte sich wie Degradierung, Soldkürzung oder Extradienst. Ein Kriegsgerichtsverfahren wog viel schwerer. Solange die *Hibernia* weit von Zuhause im interstellaren Raum unterwegs war, konnten die Leute auf diese Weise mit dem Schiffsgefängnis, sofortiger Entlassung oder sogar der Hinrichtung bestraft werden.

Anstatt den Vorfall hinter uns zu lassen, würde ein Kriegsgerichtsverfahren ihn formalisieren und vergrößern. Und schlimmer noch, die Sache würde sich unbewältigt hinziehen, bis das Kriegsgericht zusammentrat, und die Beziehung zwischen Mannschaft und Offizieren vergiften.

»Ja, Sir. Ich verstehe.«

Es stand mir nicht zu, ihm meine Vorbehalte auseinanderzusetzen.

»Ich werde Pilot Haynes zum Vorsitzenden ernennen. Alexi wird die Angeklagten verteidigen.«

»Alexi?« Ich war so verblüfft, daß ich die Disziplin vergaß. »Sir«, setzte ich dann rasch hinzu, um den Fehler zu korrigieren.

»Wer sonst? Es muß ein Offizier sein. Chief McAndrews hat das Zeug gefunden und ist damit ein Zeuge wie du und Vax. Sandy muß die Anklage vertreten. Damit bleibt niemand übrig.«

»Doc Uburu?«

»Sie hat die Verletzten behandelt und die Verhöre durchgeführt.« Der Kapitän hatte recht; es blieb kein Offizier mehr übrig, den er noch hätte berufen können.

»Aye aye, Sir.« Ich überlegte mir bereits, wie ich Alexi von Wachen befreien konnte, damit er mehr Zeit fand, die Vorschriften zu studieren.

Das Gericht trat drei Tage später im ungenutzten Gesellschaftsraum der Leutnants zusammen, wo auch schon der Untersuchungsausschuß getagt hatte. Alles in allem standen fünfzehn Personen unter Anklage. Drei wurden des Betreibens der Destille beschuldigt, der Teilnahme am Aufruhr und des Angriffs auf einen Vorgesetzten. Sie steckten also am tiefsten im Schlamassel. Fünf weitere beschuldigte man des Gebrauchs geschmuggelter Rauschmittel, vier davon auch des Aufruhrs. Sieben Personen waren angeklagt, sich an dem Handgemenge beteiligt zu haben.

Die Sache erwies sich als weniger kompliziert, als sie sich angehört hatte. Stabsbootsmann Terrill kannte die beiden Matrosen, die ihn in die Mangel genommen hatten: Einer gehörte zu den des Gebrauchs von Glückssaft Beschuldigten, einer zu den drei Verteilern. Mehrere des Aufruhrs angeklagte Personen bekannten sich in allen Punkten für schuldig und lieferten sich damit der Gnade des Kapitäns aus. Auch zwei der des Gebrauchs von Glückssaft Angeklagten bekannten sich schuldig.

Der Kapitän war nicht nachsichtig. Er verurteilte vier der Leute zu sechs Monaten Schiffsgefängnis und degradierte drei weitere gleich hinab zum Matrosenanwärter. Dann nahmen die Verfahren der acht übrigen ihren Lauf.

Die drei Lieferanten des Glückssaftes kamen als erste an die Reihe. Pilot Haynes hörte hinter dem erhobenen Richtertisch ungerührt zu, wie Alexi Tamarow stockend zugunsten seiner Mandanten sprach. Aber dies war kein Scheingericht; wenn der Pilot jeweils das Gefühl hatte, daß der Fähnrich keinen wirklich relevanten Punkt zur Verteidigung vorzubringen hatte, verzichtete er auf seine liebgewordene Zurückhaltung und befragte den Zeugen selbst.

Die drei unglücklichen Matrosen flüsterten hin und wieder mit Alexi und unterbrachen damit seine Befragung von Chief McAndrews.

»Lag die Flasche unter einer bestimmten Koje, als Sie sie fanden, Sir?«

»Nicht ganz«, antwortete der Chief ungerührt. »Die Schachtel stand auf dem Boden, halb unter einer Koje geschoben.«

»Also wissen Sie nicht mit Sicherheit, daß sie Mr. Tuak gehörte, Sir?« Alexi tat in einer hoffnungslosen Sache sein Bestes. Tuak hatte unter P und D bereits gestanden. Er hatte das Geständnis zwar widerrufen, was sein gutes Recht war, aber es würde ihm natürlich trotzdem zur Last gelegt werden. Alexi suchte nach Beweisen, um es zu entwerten.

»Ich weiß es nicht, Mr. Tamarow.« Der Chief blieb unerschütterlich. Andere Zeugen hatten die Schachtel bereits als Tuaks Besitz identifiziert.

»Sir, haben Sie irgend etwas gefunden, was der Behauptung widerspricht, daß Mr. Tuak von einem anderen Matrosen aufs Kreuz gelegt wurde?«

»Ja.« Alexi wirkte überrascht und besorgt, aber ihm blieb keine Wahl, als den weiteren Ausführungen des Chiefs zuzuhören. »Als Mr. Tuak sich von der Betäubungsladung erholte, versuchte er Mr. Vishinsky das Gesicht zu zerkratzen.«

»Könnte das nicht aus Wut darüber geschehen sein, daß man ihn ungerechtfertigt betäubt hatte?«

»Das könnte es«, sagte de Chief, aber sein Ton machte deutlich, daß er es nicht glaubte.

Die Verhandlung schleppte sich dahin. Ich wurde als Zeuge aufgerufen, hatte aber wenig zu bieten, was über eine Schilderung hinausging, wie Mr. Vishinsky den Aufruhr erstickt hatte. Weder Sandy noch Alexi schienen an meiner Aussage sonderlich interessiert.

Eine Verhandlung, überlegte ich, bestand größtenteils aus ritualisierten Abläufen. Das konnte zur Aufdeckung der Wahrheit beitragen, was aber nur noch selten erforderlich war, seit P und D zur Norm wurde. Trotzdem befolgten wir auch weiterhin die alten Formen der Zivil- wie der Militärgerichte – Verteidiger, Ankläger, Zeugen. In fast allen Fällen kannten wir den Ausgang jedoch schon.

Während einer Verhandlungspause spazierte ich in den Passagiersalon, um vielleicht einen Gesprächspartner zu finden, der mich ablenkte. Möglicherweise hatten Mrs. Donhauser und Mr. Ibn Saud wieder eine Diskussion. Ich fand zwei ältere Passagiere vor, die ich kaum kannte und die gerade Holovids lasen. Einer der Treadwell-Zwillinge, das Mädchen, schrieb ein Spieleprogramm und testete es gelegentlich auf dem Passagiersbildschirm. Derek Carr, mager, groß und aristokratisch, studierte die holographische Darstellung der Galaxis auf dem Schott, die Hände hinter dem Rücken verschränkt.

Ich trat zu ihm hin und sprach ihn mit gesenkter Stimme an. »Mein Beileid, Mr. Carr. Ich fand seit dem Tod Ihres Vaters noch nicht die Gelegenheit, mit Ihnen zu sprechen.«

»Danke«, sagte der Junge abwesend. Sein Blick blieb auf die Holographie gerichtet. Das kam einer Entlassung gleich.

»Falls es etwas gibt, was ich für Sie tun kann, teilen Sie es mir mit.« Ich entfernte mich.

»Fähnrich.« Er kannte nicht mal meinen Namen, und das nach einem Monat am selben Tisch. Ich wartete. »Sie können etwas für mich tun. Reden Sie mit mir.« Er zögerte. »Ich muß mit jemandem sprechen. Das können genausogut Sie sein.«

Reizend ausgedrückt, aber ich räumte ihm aufgrund seines Verlustes Freiheiten ein. »In Ordnung. Wo?«

»Gehen wir spazieren.« Wir wanderten ziellos durch den Umfangskorridor und kamen dabei am Speisesaal, den Leitern und den Passagierkabinen von Deck 2 vorbei.

»Mein Vater und ich haben Grundbesitz auf Hope Nation. Einen großen sogar. Deshalb waren wir auf dem Weg nach Hause.«

»Dann ist ja für Sie gesorgt.« Ich redete nur, um das Gespräch in Gang zu halten.

»O ja!« Er hörte sich bitte an. »Treuhandvermögen und Vormundschaft; mein Vater hat alles ausgearbeitet. Er zeigte mir auch sein Testament. Die Banken und die Plantagenmanager werden den Besitz noch über Jahre hinaus bewirtschaften. Ich erhalte gar nichts, bis ich zweiundzwanzig bin. Sechs Jahre noch! Ich meine, ich werde nicht verhungern, aber es ist auch nicht wie . . .«

Nach einer Weile hakte ich nach: »Wie was, Mr. Carr?«

Er blickte in die Ferne, durchs Schott hindurch. »Er hat mich in der Führung der Plantagen ausgebildet. Er brachte mir Buchhaltung bei und alles über Erntezeiten. Wir trafen gemeinsam Entscheidungen. Ich dachte . . .« Sein Blick trübte sich. »Mein Vater und ich . . . Wir hatten Geld, wir hatten ein gutes Leben. Ich dachte, es würde immer so bleiben.«

Er steckte die Hände in die Taschen, drehte sich zu mir um und musterte mich trostlos. »Und jetzt ist alles dahin. Man wird mich wieder wie einen kleinen Jungen behandeln. Niemand wird auf mich hören. Niemand wird sich etwas aus mir machen. Es dauert noch Jahre, bis ich daran etwas ändern kann.«

Ich sagte nichts, sondern dachte darüber nach. »Haben Sie eine Mutter?«

»Nein, ich bin ein monogenetischer Klon. Ich hatte nur Vater.« Das war in letzter Zeit kein ungewöhnliches Arrangement mehr, aber ich fragte mich, wie man sich dabei fühlte. Zu Hause in Cardiff waren wir konservativer; ich trug die Gene meiner Gastmutter ebenso wie die meines Vaters in mir, auch wenn ich Mutter nie gesehen hatte. Nach einem Moment fügte Derek hinzu: »Ich dachte, Sie würden mich vielleicht verstehen, da Sie in meinem Alter sind und alles. Und Verantwortung tragen.«

»Ja, ich verstehe. Bitte erklären Sie mir etwas, Mr. Carr.«

»Was?«

Wahrscheinlich hätte ich es nicht sagen sollen, aber ich war übermüdet und mit den Nerven am Ende. »Vermissen Sie Ihren Vater?« Er wurde steif, als er meinen Tonfall hörte. Ich fügte hinzu: »Sie haben nicht erwähnt, welche Gefühle Sie für ihn hatten, lediglich, welche Vorteile er Ihnen verschaffte.«

Er war wütend. »Ich vermisse ihn! Mehr, als jemand wie Sie jemals begreifen wird! Vergessen Sie das Gespräch!« Er schritt in Gegenrichtung davon.

Ich beeilte mich, ihn einzuholen. »Wie soll ich es denn erfahren, wenn Sie es mir nicht sagen?«

Er machte noch mehrere Schritte, ehe er wieder langsamer wurde. Endlich blieb er stehen und stützte sich mit der Hand am Schott ab. »Ich trage meine Gefühle nicht vor jedermann zur Schau«, sagte er kalt. »Das wäre ungebührlich.«

Ich fand, daß ich ihm für meine Aggressivität etwas schuldete. »Als ich auf die Akademie in Dover kam, war ich dreizehn. Vater brachte mich in die Stadt. Ich führte meine Habseligkeiten in einer Reisetasche mit. Vater brachte mich zum Tor des Campus, die Hände in den Taschen, und sprach kein Wort. Am Tor blieb ich stehen, um ihm Auf Wiedersehen zu sagen. Er packte mich an den Schultern, drehte mich um und schob mich auf den Eingang zu. Ich ging los. Als ich mich wieder umdrehte, entfernte er sich bereits, ohne noch einen Blick für mich übrig zu haben.« Ich machte eine Pause. »Ich träumte häufig davon. Der Psychiater meint, ich würde wahrscheinlich darüber hinauswachsen.« Ich atmete mehrmals tief durch, um mich wieder zu beruhigen. »Es ist nicht das gleiche, Mr. Carr, aber auch ich weiß, was Einsamkeit ist.«

Nach einer Weile sagte Derek. »Tut mir leid, daß ich Sie angefaucht habe, Fähnrich.«

»Ich heiße Seafort. Nick Seafort.«

»Ich entschuldige mich, Fähnrich Seafort. Mein Vater hat immer gesagt, wir wären etwas Besonders, und ich habe ihm geglaubt. In gewisser Weise sind wir es auch. Es ist schwer, nicht zu vergessen, daß andere Leute ebenfalls Gefühle haben.«

Schweigend kehrten wir zum Salon zurück. An der Luke blieben wir stehen, und nach einem Augenblick der Verlegenheit schüttelten wir uns die Hände.

8. Kapitel

Dem Ritual entsprechend stand Mr. Tuak zusammen mit seinem Verteidiger Alexi vor dem Tisch des vorsitzenden Offiziers. Die beiden behielten Haltung, während Pilot Haynes das Urteil verlas.

»Mr. Tuak, das Gericht befindet Sie des Besitzes einer illegalen Substanz an Bord eines Flottenschiffes für schuldig, namentlich einer Magnesiumstärke, die unter dem volkstümlichen Begriff Glückssaft bekannt ist. Das Gericht verurteilt Sie dafür nominell zu zwei Jahren Freiheitsentzug.« Das Gericht verhängte stets die vorgeschriebene Höchststrafe, eine nominelle Strafe, die noch der Prüfung und Herabsetzung durch den Kapitän unterlag.

»Mr. Tuak, das Gericht befindet Sie des Aufruhrs an Bord eines in Fahrt befindlichen Schiffes für schuldig. Das Gericht verurteilt Sie nominell zu sechs Monaten Freiheitsentzug und dem Verlust aller Ränge und Vergünstigungen.« Pilot Haynes unterbrach sich, um Luft zu holen. Es war die längste Rede, die ich je von ihm gehört hatte.

»Das Gericht befindet Sie darüber hinaus für schuldig, Vorgesetzte geschlagen zu haben, namentlich Mr. Vishinsky und desgleichen Mr. Terrill, in dem Versuch, sie an der Erfüllung ihrer Pflichten zu hindern. Das Gericht verurteilt Sie nominell dazu, am Hals aufgehängt zu werden, bis der Tod eintritt, und übergibt Sie zur Vollstreckung des Urteils dem Schiffsprofos.«

Obwohl dieses Urteil erwartet worden war, ließ Alexi Kopf und Schultern hängen. Tuak blieb reglos, als hätte er es gar nicht gehört.

Später, in der Fähnrichskabine, versuchte ich Alexi zu trösten. Er weinte und hörte nicht auf meine tröstenden Worte. Vax sah zu, wie ich an Alexis Arm herumfummelte und leere Worte murmelte. Nach einer Weile tippte mir der kräftige Fähnrich auf die Schulter und winkte mich zur Seite. Dann setzte er sich neben Alexi aufs Bett, legte dem jüngeren Fähnrich die große Hand in den Nacken und drückte sanft den Muskel.

»Laß los; ich bin okay.« Alexi versuchte sich Vax´ Griff zu entziehen.

»Nicht, ehe du mir zugehört hast.« Die Hand blieb, wo sie war. »Mein Onkel ist Rechtsanwalt. Ein Strafverteidiger in Sri Lanka.«

»Und?«

»Er erzählte mir einmal, was in seinem Beruf das härteste wäre. Er mochte seine Mandanten, wenigstens einige davon.« Vax wartete, aber Alexi sagte nichts dazu.

»Wenn es ihm nicht gelang, einen Mandanten freizubekommen, war für ihn das schwierigste, nicht zu vergessen, daß der Mandant aus eigener Schuld in Schwierigkeiten war und es nicht der Fehler des Anwalts war. Er steckte nicht deshalb im Gefängnis, weil der Anwalt ihn im Stich gelassen hatte, sondern weil er selbst eine Straftat begangen hatte.«

»Es muß eine Möglichkeit gegeben haben, ihn freizubekommen.«

Alexis Stimme klang gedämpft, aber wenigstens hörte er jetzt zu.

»Nicht in dieser Flotte.« Vax sprach mit Bestimmtheit. Er zog den jüngeren Fähnrich hoch und drückte ihn dann auf den Rücken. Wieder einmal beneidete ich ihn um seine Kraft. »Lies dir die Vorschriften durch, Alexi. Sie sind dazu gedacht, die Autorität zu schützen, und sollten keineswegs als Ermutigung dienen, sie zu verhöhnen.«

»Aber ihn hinzurichten ...«

»Die Entscheidung darüber liegt beim Kapitän. Jedenfalls ist er ein Drogendealer. Ich habe kein Mitleid mit ihm. Warum solltest du welches haben?«

Ich setzte mich auf meine Koje. Ich wurde nicht mehr gebraucht.

»Aber sie hängen ihn vielleicht auf!« Alexi stemmte sich auf einen Ellbogen hoch. »Sieh mal, ich weiß, daß du mir helfen möchtest, mich besser zu fühlen. Aber sag mir, daß Leutnant Dagalow nicht irgendwas hätte tun können, um ihn zu retten!«

»Leutnant Dagalow hätte überhaupt nichts tun können, um ihn zu retten«, sagte Vax gelassen. »Ein Schiff in Fahrt unterliegt den strengsten militärischen Regeln. Das muß so sein, um die Ordnung zu bewahren und Menschenleben zu schützen. Die Regeln sind eindeutig. Was in Unterkunft drei passiert ist, war beinahe Meuterei. Du findest doch nicht, daß Meuterer davonkommen sollten, oder?«

»Natürlich nicht!« antworte Alexi entrüstet. Das war für uns alle undenkbar.

»Tuak hat einen Vorgesetzten in Ausübung seiner Pflicht geschlagen. Das ist eine Form der Meuterei. Du hast wirklich Nerven, wenn du Sympathie für ihn aufbringst, Tamarow!«

Alexi war klug genug, den Unterschied zu erkennen. »Ich habe keine Sympathie für das, was er getan hat, aber er tut mir wegen der Strafe leid. Manchmal haben auch wir was verpfuscht, weißt du. Du hast doch gegen Mr. Seafort gemeutert, oder nicht?«

»Ja, und er hat mich leicht davonkommen lassen. Mr. Seafort hätte mich einen Kopf kürzer machen sollen, soviel ist mir heute klar.« Oh! Gut zu wissen!

»Dann haben wir also einfach mehr Glück als Tuak«, meinte Alexi bitter.

»Nein«, mischte ich mich ein. »In der Fähnrichskabine die große Klappe zu riskieren, ist nicht damit vergleichbar, der Besatzung Drogen zu geben oder den SBM zu schlagen, und du weißt das!«

Nach einem Moment seufzte Alexi. »Ich weiß.« Er setzte sich auf. »Ist euch Jungs eigentlich klar, daß ich das alles noch mal mitmachen muß? Bei den übrigen Verfahren?«

Wir hatten Mitleid mit ihm. Die Krise war vorüber.

Die übrigen Verfahren begannen am nächsten Tag. Nach ihrem Abschluß hatten zwei weitere unglückliche Matrosen das Todesurteil erhalten, weil sie ihre Vorgesetzten geschlagen hatten. Eine Vielzahl geringerer Strafen war über die restlichen Beteiligten verhängt worden.

Der Pilot legte seine Urteile förmlich dem Kapitän vor. Dem Käpten blieben dreißig Tage für seine Entscheidungen; sofern er die Urteile nicht milderte, wurden sie automatisch vom Schiffsprofos vollstreckt.

Während der folgenden Tage hielten die Offiziere nach Zeichen von Spannungen bei der Besatzung Ausschau. Es herrschte eine gewisse Verbitterung, aber insgesamt beruhigten sich die Besatzungsmitglieder. Ihnen war klar, daß das Schiff eine starke Befehlsgewalt am Ruder brauchte, genau wie es für den Rest von uns galt. Falls Käpten Malstrom die Entscheidung, vor der er stand, Kopfzerbrechen bereitete, zeigte er es nicht. Er entspannte sich sichtlich, als deutlich wurde, daß die Unruhe vorüber war. Er lachte leicht, scherzte den jüngeren Passagieren gegenüber und arrangierte an mehreren Abenden für mich einen Platz am Kapitänstisch, obwohl es nicht üblich war, einen Offizier zu begünstigen.

Einmal forderte er mich sogar zu einer Partie Schach auf. Er wußte, daß ich mich im Kapitänsquartier unwohl fühlen würde; es war so unzugänglich, daß ich es bislang nicht einmal hatte sehen dürfen. Statt dessen begaben wir uns in den verlassenen Gesellschaftsraum der Leutnants.

Zum erstenmal seit vielen Wochen stellten wir die Figuren auf. Ich spielte schlecht, nicht freiwillig, sondern aus Nervosität. Der Kapitän war als Schachpartner nicht mit einem zweiten Leutnant vergleichbar. Er schien meine Stimmung zu spüren und schwatzte mit mir, damit ich mich entspannen konnte.

»Sind Sie bereits zu einer Entscheidung gelangt, Sir, was die Aufrührer anbetrifft?« Das war anmaßend von mir, aber mein Versuch, Nähe herzustellen, schien Käpten Malstrom zu gefallen. Vielleicht brauchte er sie.

Sein Gesicht wurde düster. »Ich weiß einfach nicht, wie ich sie gleichzeitig davonkommen lassen und die Disziplin auf dem Schiff aufrechterhalten kann.« Er seufzte. »Ich suche nach einer Rechtfertigung dafür, die Todesurteile abzumildern. Die Vorstellung, diese armen Leute zu töten, macht mich krank. Aber ich weiß nicht, wie ich mit gutem Gewissen darauf verzichten kann.«

»Ihnen bleibt noch Zeit für die Entscheidung.«

»Ja, fünfundzwanzig Tage. Wir werden sehen.« Er wechselte das Thema und sprach über Hope Nation. Er wollte wissen, ob ich immer noch vorhatte, ihm einen Drink zu spendieren. Ja, sagte ich, wohl wissend, daß es wahrscheinlich nicht dazu kommen würde. Ein Kapitän auf Landurlaub zecht nicht mit Fähnrichen. Und sei es nur, weil er dazu zu beschäftigt ist.

Nach diesem Tag stimmte irgend etwas nicht mehr. Ich wußte nicht, was, aber der Kapitän hatte kein Lächeln für mich, wenn wir uns im Speisesaal trafen. Er wirkte gedankenverloren und grimmig. Ich hatte eine vierstündige Wache mit ihm und dem Piloten. Er sagte kaum etwas. Ich vermutete, daß die Entscheidung über die Todesurteile auf seine Stimmung schlug.

Zwei Tage später defusionierten wir für eine routinemäßige Navigationsüberprüfung. Je größer die Distanz, die man in Fusion zurücklegte, desto mehr akkumulierte sich eine mögliche Abweichung. Es war üblich, auf eine langen Fahrt wie der unseren zwei- oder dreimal zu defusionieren und jedesmal die Koordinaten neu festzulegen.

Tief im einsamen interstellaren Raum kamen wir aus der Fusion. Sowohl Darla als auch der Pilot machten sich an die Kursplanung. Ihre Zahlen stimmten mit denen von Vax überein, der als wachhabender Fähnrich ebenfalls einen Check durchführte. Aber statt gleich wieder in Fusion zu gehen, ließ der Kapitän uns eine weitere Nacht antriebslos durchs All gleiten.

An diesem Tag saß ich beim Abendessen zwei Tische vom Käpten entfernt. Er schien um gute Laune bemüht. Ich sah, wie er Yorinda Vincente neckte, die unsicher lachte, als wüßte sie nicht recht, wie sie reagieren sollte. Ich hielt Ausschau nach Amanda und entdeckte sie auf der anderen Seite des Raumes mit Dr. Uburu an Tisch sieben. Ich versuchte sie mit dem Willen zu bewegen, daß sie in meine Richtung blickte. Endlich tat sie es, lächelte freundlich und wandte sich wieder ab.

Ich hatte gerade eine Gabel voll Rindfleisch auf halbem Weg zum Mund geführt, als ich sah, wie der Kapitän nach seinem Glas Wasser griff. Er hielt inne, einen verdutzten Ausdruck im Gesicht. Er winkte dem Steward und sagte etwas zu ihm, und der Steward eilte zu Tisch sieben. Einen Augenblick später kniete Dr. Uburu neben dem Stuhl des Käptens, dessen Oberkörper nach vorne gesunken war.

Zwei Matrosen, die in der Messe bedienten, halfen ihm auf die Beine. Sie stützten ihn von beiden Seiten, während er mit unsicheren Schritten zum Korridor ging. Dr. Uburu folgte ihm. Ich glotzte mit offenem Mund hinterher.

Kein Vorgesetzter war mehr da, der mich hätte aufhalten können. Ich entschuldigte mich, verließ kühn den Speisesaal und trat auf den Korridor hinaus, der zur Leiter führe. Ich sauste jeweils zwei Sprossen gleichzeitig zu den Unterkünften der Offiziere hinauf. Niemand hielt sich in der Krankenstation auf, vom diensthabenden Meditechniker einmal abgesehen. Ich lief weiter zur Kapitänskabine. Natürlich war die Luke geschlossen. Es wäre inakzeptabel gewesen zu klopfen, also wartete ich.

Nach einigen Minuten kam Dr. Uburu heraus und schloß die Luke hinter sich. »Was machen Sie denn hier?« Ihr Ton war herausfordernd.

Der Ausdruck in ihrem dunklen, breiten Gesicht beruhigte mich nicht gerade. »Ist er in Ordnung, Ma'am?«

Sie ignorierte meine Disziplinlosigkeit. »Ich darf nicht über die persönlichen Angelegenheiten des Kapitäns sprechen.« Sie machte sich auf den Weg zur Krankenstation.

Ich beeilte mich, mit ihr Schritt zu halten. »Kann ich irgendwas tun? Ich meine ...« Ich hatte selbst keine Ahnung, was ich meinte.

Dr. Uburu bürstete mich ab. »Kehren Sie in den Speisesaal zurück. Das ist ein Befehl.«

Mit dieser Formulierung ließ sie mir keine Wahl. Sie war ein Offizier, dessen Rang einem Leutnant entsprach, und ich war Fähnrich. »Aye aye, Ma'am.« Ich drehte mich um und ging.

Den ganzen nächsten Tag über erschien der Kapitän nicht auf Wache. Ich fragte den Piloten, wann wir wieder in Fusion gehen würden. Er zuckte die Achseln und beließ es dabei, und mir war klar, daß ich von ihm keinerlei Information erwarten konnte. Als meine Wache endlich vorbei war, ging ich in unsere Kabine zurück. Keiner der anderen Fähnriche hatte aus der Gerüchteküche des Schiffes irgendwas Verläßliches erfahren.

Ich überlegte, mich auf die Suche nach Amanda zu machen; ich brauchte ihre tröstliche Anerkennung. Da klopfte jemand an die Kabinenluke. Der Meditechniker stand draußen und trat nervös von einem Fuß auf den anderen. »Mr. Seafort, Sir, Sie werden in der Krankenstation verlangt.«

»Wieso in der Krankenstation?« Falls überhaupt etwas, hatte ich mir einen Ruf in die Kapitänskabine erhofft.

»Es ist der Kapitän, Sir. Er wurde dorthin verlegt.« Vax und ich wechselten einen Blick. Ich zog mir die Jacke an und eilte hinter dem Techniker her. Dr. Uburu deutete auf eine Krankenkabine. Allein trat ich ein.

Kapitän Malstrom lag unter einer losen weißen Decke auf der Seite, den Kopf auf einem Kissen. Das Halogenlicht schmerzte in meinen Augen. Er begrüßte mich mit einem schwachen Lächeln, als ich eintrat und Haltung annahm. »Rühren.«

»Wie geht es Ihnen, Sir?«

Zur Antwort schlug er die Decke zurück. Er trug nur eine Unterhose. Die Seite und der Rücken waren mit blaugrauen Klumpen übersät.

Ich schloß für einen Moment die Augen und versuchte, die Geschwüre mit dem Willen zu vertreiben. »Wie lange wissen Sie es schon, ich meine, sind Sie . . .«

»Vier Tage. Sie haben sich gerade erst vor ein paar Tagen entwickelt.« Er bemühte sich, wieder zu lächeln.

»Ist es . . .«

»Es ist T.«

»O Harv!« Tränen liefen mir über die Wangen. »O Gott, es tut mir so leid!«

»Danke.«

»Kann sie – unternehmen Sie irgend etwas, Sir? Bestrahlung, Antikarzinogene?«

»Da ist noch mehr, Nicky. Sie hat Geschwüre in meiner Leber gefunden, den Lungen, dem Magen. Heute konnte ich auch nicht allzugut sehen. Sie meint, daß auch im Gehirn was sein könnte.«

Mir war egal, was man mit mir machen würde. Ich ergriff seine Hand. Hätte es irgend jemand gesehen, hätte ich schnurstracks erschossen werden können.

Er drückte meine Finger. »Ist schon gut, Nicky. Ich habe keine Angst. Ich bin ein guter Christ.«

»Aber *ich* habe Angst, Sir!« Allmählich wurde mir die ganze Situation klar. »Deshalb sind Sie nicht in Fusion gegangen!«

»Ja. Ich denke ... Ich bin mir nicht sicher – ob wir vielleicht umkehren sollten.« Er legte sich zurück und schloß die Augen. Er atmete langsam, schonte seine Kräfte. Wir warteten beide mehrere Minuten reglos ab. Allmählich wurde mir klar, was geschehen mußte.

»Kapitän«, sagte ich langsam und deutlich. »Sie müssen Vax sein Patent geben. Sofort.«

Er wurde wach. »Es ist mir zuwider, Nicky. Er kann ein solcher Grobian sein. Wenn er das Kommando führt und niemand da ist, der ihn aufhalten könnte ...«

»Er hat sich verändert, Sir. Er wird es gut machen.«

»Ich weiß nicht ...« Er schloß die Augen.

»Kapitän Malstrom, um der Liebe des allmächtigen Gottes willen, für das Schiff, erteilten Sie Vax das Patent, solange Sie noch können!«

Er öffnete wieder die Augen. »Denkst du, ich sollte es?«

»Es ist absolut notwendig.« Was sonst geschehen konnte, war einfach zu schrecklich, um darüber nachzudenken.

»Ich schätze, du hast recht.« Er wurde schläfrig. »Ich trage es ins Logbuch ein. Gleich morgen früh.«

»Ich könnte das Logbuch sofort holen, Sir.«

»Nein, ich möchte darüber schlafen. Führe Vax morgen früh her, dann mache ich es.«

»Aye aye, Sir.« Er schlief bereits, als ich die Luke erreichte.

Dr. Uburu erwartete mich im Vorraum. »Er hat mir befohlen, das Schiff über seine Krankheit zu informieren«, sagte sie. »Überall kursieren Gerüchte.«

»Ich weiß«, sagte ich. Ich hatte selbst einige gehört.

Sie lächelte warmherzig. Ihr Gesicht erhellte sich dabei, und ich war dankbar. »Ich wache heute nacht bei ihm.«

»Danke, Ma'am.« Ich verstand ihr Nicken als Entlassung und ging.

In unserer Kabine erwarteten mich die übrigen Fähnriche voller wortloser Fragen. Ich hatte nichts zu sagen; auf keinen Fall konnte ich Vax erzählen, daß er Leutnant werden würde, ehe Kapitän Malstrom sich dazu entschlossen hatte. Als die ernste Durchsage der Ärztin aus dem Lautsprecher kam, hörten wir schweigend zu. Danach schaltete ich das Licht aus. Keiner von uns sagte etwas.

Am Morgen sorgte ich als erstes dafür, daß Sandy Vax' Wache übernahm. Nach einem kurzen Frühstück in der Offiziersmesse unterrichtete ich Vax darüber, daß der Kapitän uns in der Krankenstation zu sehen wünschte.

Dr. Uburu döste am Tisch im Vorraum. Sie erwachte, als wir eintraten. Sie sagte, daß der Chief auf Kapitän Malstroms Anweisung hin bereits den Logchip von der Brücke geholt hatte. »Er ist wach und möchte Sie sehen. Es geht ihm nicht allzu gut.« Ihr Ton war düster.

Wir betraten die Krankenkabine und nahmen Haltung an. Der Kapitän döste in seiner Koje. Er hörte, wie die Luke zuging, und schlug die Augen auf. »Vax, Nicky, hallo«, sagte er undeutlich. Das Schiffslogbuch steckte im Holovid auf einem kleinen Nachttisch in seiner Reichweite.

»Guten Morgen, Sir«, sagte ich. Er gab keine Antwort. »Kapitän, wir sind hier, wie wir es gestern abend besprochen hatten.«

»Ich hatte gerade zu Abend gegessen«, sagte er auf einmal laut.

»Das war, als Sie krank wurden, vor zwei Tagen, Sir.« Ich zerbrach mir den Kopf darüber, wie ich ihn dirigieren sollte. Vax sah verwirrt zu. »Käpten, gestern abend sprachen wir über Mr. Holser. Erinnern Sie sich?«

»Ja.« Kapitän Malstrom lächelte mich an. »Vax, der Schläger.« Mir lief es kalt den Rücken hinunter. Ich wollte an seine Seite kommen, aber wir standen nach wie vor in Habachtstellung; er hatte uns nicht erlaubt, uns zu rühren.

Ich war so verzweifelt, daß ich ihm das Stichwort gab. »Sir, wir sprachen über Vax' Patent. Erinnern Sie sich nicht mehr?«

Er wurde jetzt ganz wach. »Nicky.« Er musterte mich. »Wir haben miteinander gesprochen. Ich sagte, ich würde – ihn zum Leutie machen. Natürlich!« Ich war schwach vor Erleichterung. Er wandte sich an Vax. »Mr. Holser, warten Sie draußen, solange wir reden.«

»Aye aye, Sir.« Vax drehte sich zackig um und verließ die Kabine.

Ich nahm das als Erlaubnis, mich zu rühren, und wählte die aktuelle Seite im Logbuch an. »Sir, gestatten Sie mir, Ihnen zu helfen. Ich kann schreiben, dann brauchen Sie es nur noch zu unterzeichnen.«

Kapitän Malstrom fing an zu weinen. »Es tut mir leid, Nicky. Ich schätze, ich muß es ihm geben. Er ist qualifiziert. Du bist es nicht. Ich habe keine ... Es ist die einzige Möglichkeit!«

»Ich weiß, Sir. Ich möchte ja auch, daß Sie es tun. Hier, ich trage es ein.« Ich nahm den Laserstift zur Hand. »Ich, Kapitän Harvey Malstrom, erteilte hiermit von Gottes Gnaden Fähnrich Vax Stanley Holser das Offizierspatent im Flottendienst der Regierung der Vereinten Nationen und ernenne ihn zum Leutnant.« Ich kannte die Worte auswendig, wie jeder Fähnrich.

Ich reichte ihm den Laserstift. Er starrte ihn an, als wäre es ein wildes Tier. »Nicky, ich fühle mich nicht gut.« Er war käseweiß.

»Bitte, Sir, nur unterschreiben, und ich hole sofort Dr. Uburu. Bitte!«

Er fing an zu zittern. »Ich ... Nicky, Ich habe ... *Nicky!*« Sein Kopf fuhr zurück, die Kiefer fest zusammengepreßt, und er zitterte am ganzen Körper.

»Dr. Uburu!«

Auf meinen Schrei kam sie hereingelaufen. Ein Blick nur, und sie packte sich ein Hypo und füllte es aus einer Medizinflasche im nahen Wandschrank. »Weg da, Junge.« Sie schob mich zur Seite und entblößte Malstroms Arm. Als sie ihm die Spritze verabreicht hatte, entspannten sich die starren Muskeln langsam. Er öffnete die Hand. »Gib mir das Logbuch«, flüsterte er. Er konnte den Stift jedoch nicht festhalten.

»Kapitän Malstrom«, sagte ich, »erteilen Sie ihm mündlich das Patent. Dr. Uburu ist Zeuge!« Die Worte rutschten mir im Befehlston heraus.

Er murmelte irgend etwas. Ich verstand es nicht. Dann versank er allmählich im Schlaf. »Heute nachmittag«, sagte er deutlich, womit er mich überraschte. »Nachdem ich geschlafen habe.« Ich wartete, aber sein Atem ging in kurzen, raspelnden Zügen. Das Gesicht war gerötet.

Ich packte die Ärztin am Arm. Ich hatte bereits den Kapitän angefaßt, da konnte ich es genausogut mit Dr. Uburu machen. Jeder Sinn für Formen war mir abhanden gekommen. Ich zog sie mit mir in eine Ecke. »Ist Ihnen klar«, flüsterte ich, »was passiert, wenn er nicht Vax das Patent erteilt?«

»Ja«, sagte sie kalt und entzog mir ihren Arm.

»Er muß den Logbucheintrag unterzeichnen! Wird er heute nachmittag dazu in der Lage sein?«

»Vielleicht. Ich kann es auch nicht vorhersagen.«

»Ich habe gehört, wie er Vax mündlich das Patent erteilte. Sie ebenfalls.« Ich blickte ihr fest in die Augen und hoffte, sie würde erkennen, was jetzt getan werden mußte.

»Ich habe nichts dergleichen gehört«, entgegnete sie barsch. »Und Sie sind per Gesetz der Vollversammlung ein Gentleman! Ein Gentleman lügt nicht!«

Ich wurde rot bis über beide Ohren. »Doktor, er *muß* den Logbucheintrag unterzeichnen!«

»Dann wollen wir hoffen, daß er dazu in der Lage ist, wenn er aufwacht.« Dann fügte sie hinzu: »Ich bin Ihrer

Meinung. Es ist für die Sicherheit des Schiffes unumgänglich, daß er Vax das Patent erteilt.«

»Aber Sie sind nicht bereit ...«

»Nein, ich bin nicht dazu bereit, und Sie werden es auch nicht mehr andeuten! Das ist ein ausdrücklicher Befehl, den Sie nur auf eigene Gefahr mißachten können! Bestätigen Sie ihn!« Sie hatte Stahl in sich. Das hatte ich gar nicht gewußt.

»Aye aye, Ma'am. Ich werde nicht mehr andeuten, der Kapitän hätte Vax mündlich das Patent erteilt. Ich akzeptiere Ihre Aussage, daß er es auch nicht getan hat. Sonst noch etwas, Ma'am?«

»Ja, Nick. Manchmal ist nicht klar, was Pflicht bedeutet. In diesem Moment ist es Ihre Pflicht, den Vorschriften zu gehorchen, deren Einhaltung Sie geschworen haben. Und zwar allen! Ich vertraue darauf, daß der Kapitän dank Gottes Gnaden tun wird, was er tun muß. Es wäre besser, wenn Sie beteten, als zu intrigieren, junger Mann!«

»Ja, Ma'am.« Sie hatte recht.

Vax wartete vor dem Krankenzimmer. »Worum ging es dort eigentlich?« wollte er wissen.

Wir gingen durch den Korridor zurück Richtung Fähnrichskabine. Vax hatte ein Recht, es jetzt zu erfahren. »Ich habe den Kapitän gebeten, dich zum Leutnant zu befördern. Er sagte, er würde es heute morgen tun. Ich habe es für ihn ins Logbuch eingetragen.«

»Und?«

»Er hat es nicht unterzeichnet. Er ist verwirrt. Ich bat Dr. Uburu um die Bestätigung, daß er dir mündlich das Patent erteilt hätte, aber sie sagte, das hätte er gar nicht. Und das ist die Wahrheit.«

Vax packte mich am Arm. Auf der *Hibernia* grassierte das Anfassen. »Warum wolltest du, daß er es tut?«

»Vax, was zum Teufel passiert denn, wenn der Kapitän stirbt? Erwartest du wirklich, daß *ich* versuche, das Schiff zu führen?«

Ich glaube nicht, daß es ihm bis zu diesem Zeitpunkt klar gewesen war.

Es war auch mir erst vor zwei Tagen eingefallen. »O mein Gott!«

»So ist es.« Wir sahen uns an. »Wir gehen in ein paar Stunden wieder hin. Er wird es unterschreiben. Er muß einfach!« Den restlichen Weg legten wir in unbehaglichem Schweigen zurück.

Nach dem Mittagessen erschienen wir wieder auf der Krankenstation. Auf meine Bitte hin kam auch Chief McAndrews. Die Ärztin, der Chief, Vax und ich warteten im Krankenzimmer darauf, aß der Kapitän erwachte. Er schlief unruhig und warf sich dabei hin und her. Die Stille in dem grell erleuchteten Raum wurde unerträglich.

Stunden vergingen. »Können Sie ihm irgendwas geben?« fragte ich Dr. Uburu. »Ein Stimulans?«

»Ja, falls ich ihn umbringen wollte«, knurrte sie. »Der Körper versagt allmählich. Er verkraftet nicht mehr viel.«

»Er muß lange genug wach werden, um das Logbuch zu unterzeichnen oder es uns wenigstens mündlich zu sagen!«

Sie schüttelte den Kopf, aber nach einer Weile füllte sie eine Spritze und verabreichte sie Kapitän Malstrom. Chief McAndrews saß unweit des Bettes auf einem Stuhl. Die Ärztin wartete an einem Tisch in der Nähe ab. Vax stand ungerührt vor dem Schott. Ich schritt mit zunehmender Nervosität auf und ab.

»Nicky.« Der Kapitän hatte die Augen geöffnet und sah mich an.

»Ja, Sir.« Ich eilte ans Bett und hob das Holovid mit dem Logchip darin auf.

Der Kapitän schluckte mühsam. Als ich mich hinunterbeugte, kniff er die Augen zusammen, um mich richtig zu sehen. »Nicky – du bist mein Sohn«, sagte er schwach.

»Was?« quiekte ich. Ich mußte mich verhört haben! Ich beugte mich tiefer zu ihm hinab.

Er hob eine Hand und berührte meine Wange. Sein Atem ging unregelmäßig. »Du bist – wie ein Sohn für mich gewesen. Ich hatte nie einen anderen.«

»O Gott!« Das war zuviel für mich. Ich weinte. Er berührte

mich erneut; seine Hand fuhr unsicher vor meinem Gesicht hin und her, ehe er mich fand. »Ich sterbe«, sagte er erstaunt.

Volle Abscheu vor mir selbst drängte ich ihn: »Sir, tun Sie Ihre Pflicht! Sagen Sie Chief McAndrews und Dr. Uburu, daß Vax Leutnant ist. Sagen Sie es ihnen!«

»Mein Sohn«, sagte er. Die Hand fiel herab. Er hörte auf zu atmen. Ich drehte mich heftig zur Ärztin um, aber der Atem des Käptens setzt mit unregelmäßige, Keuchen wieder ein. Er starrte mich aus einem ungesund blauen Gesicht heraus an. Langsam wich das Verstehen aus seinem Blick, und die Augen gingen zu.

Dr. Uburu verabreichte ihm intravenös Flüssigkeit. Während wir hilflos zusahen, tropfte ihm das Zeug auf die uralte Art und Weise in den Arm. Der Kapitän war bewußtlos, und sein Mund stand leicht offen.

»Tun Sie doch etwas! Helfen Sie ihm doch mit all Ihren Geräten!« Meine Worte klangen fordernd.

»Das kann ich nicht!« fauchte sie. »Ich kann sein Herz für ihn pumpen, ich kann es sogar austauschen. Ich kann das Blut anstelle seiner Lungen mit Sauerstoff anreichern. Ich kann das Blut mit Dialyse reinigen. Ich kann sogar die Leber replizieren. Wir sind wirklich begabt, nicht wahr? Aber ich kann nicht all das auf einmal tun! Er liegt im Sterben! Die Innereien des armen Mannes sind verfault. Wie eine überreife Melone steht er kurz davor zu platzen. Das Melanom ist einfach überall!«

Sie brach ab, um Luft zu holen, und ihre Wut nagelte mich regelrecht ans Schott. »Es hat seinen Magen befallen, die Leber, die Lungen, den Dickdarm. Ein Gehirntumor raubt ihm das Sehvermögen. Es ist so schlimm, wie T nur werden kann. Manchmal – Gott sei Dank nur gelegentlich – wächst es so schnell, daß man es sehen kann. Ich soll etwas tun? *Etwas tun?* Ich kann bei ihm bleiben und ihn in Jahwes Hand befehlen. Das ist es, was ich tun kann!« Ihre Wangen waren feucht.

»Und ich kann ihn in Frieden und Ruhe sterben lassen.« Chief McAndrews erhob sich schwerfällig. »Nick, bleiben

Sie bei ihm. Wenn er zu sich kommt, wird er unterschreiben. Oder er wird es mit Dr. Uburu als Zeugin aussprechen. Es hat keinen Sinn, wenn ich bleibe.« Er ging.

»Vax, bleibst du bei mir?«

Vax Holser, dessen aufgestaute Gefühle durchbrachen, funkelte mich mit solcher Wut an, wie ich sie noch nie bei einem Menschen erlebt hatte. Zweimal öffnete er den Mund, als wollte er etwas sagen. Dann ging er mit heftigen Schritten hinaus und schlug die Luke hinter sich zu.

Ich blieb während des Abendessens auf der Krankenstation und saß auf dem Stuhl, den der Chief verlassen hatte. Der Atem des Kapitäns schwankte, ging manchmal regelmäßig und tief, manchmal ungleichmäßig. Spät am Abend drückte ihm Dr. Uburu eine Sauerstoffmaske auf Nase und Mund. Sie fügte gasförmige Medikamente zur Sauerstoffmischung hinzu; ich konnte nicht erkennen, ob es ihm half. Sie schickte den Meditechniker zur Kombüse, um ein Tablett für mich zu besorgen.

Ich aß auf meinem Stuhl, ohne den Blick von der reglosen Gestalt in der Koje zu wenden.

»Ich passe auf ihn auf, Nick«, sagte sie, als ich allmählich einnickte. »Gehen Sie schlafen.«

»Erlauben Sie mir zu bleiben.« Es war irgend etwas zwischen einer Forderung und einer Bitte. Vielleicht erkannte sie es an meinem Blick. Sie nickte. Sie kontrollierte noch einmal die Warnanzeigen auf den Monitoren am Bett und kehrte in den Vorraum zurück. Ich döste ein, erwachte und sackte erneut weg. Die hellen Lichter betonten noch die Stille. Endlich rollte ich mich auf dem Stuhl zusammen und schlief ein.

Gegen Morgen wurde ich wach und bemerkte, daß die mühsamen Atemgeräusche des Käptns aufgehört hatten. Ich rief Dr. Uburu; sie kam herein und trat neben mich. Wir betrachteten seine reglose Gestalt unter der sauberen weißen Decke.

»Die Alarmsignale. Warum sind sie nicht . . .«

»Ich habe sie abgestellt.« Ich machte ein Gesicht, als wäre

ich verraten worden, und sie ergänzte: »Ich konnte nichts mehr für ihn tun, außer ihn in Frieden sterben lassen.«

Wie betäubt sank ich auf den Stuhl zurück. Ich weiß nicht, wie lange ich dort allein saß; mechanisch stand ich auf, als ich den Wachwechsel nach dem Frühstück mitbekam. Ich ging hinaus in den Vorraum, wo Dr. Uburu wartete.

Sie erhob sich. »Ich werde mich mit dem Chief und Pilot Haynes treffen.« Ich gab keine Antwort.

Ich verließ die Krankenstation und folgte dem Korridor zur Fähnrichskabine. Sandy und Alexi waren drinnen. Alexi, der gerade von der Wache gekommen war, lag im Bett. Sandy stand auf, als ich eintrat.

»Raus, beide.« Sie hasteten zur Luke. Ich zog mir die Jacke aus und legte mich in meine Koje. Mein Kopf wirbelte, aber der Schlaf wollte nicht kommen. Ich hörte Geräusche auf dem Flur. Ich versuchte sie auszublenden, aber es gelang mir nicht. Ich lag wach und war wie im Schock.

Stunden später klopfte Alexi an die Luke. »Mr. Seafort ...«

»Bleib draußen, bis ich die Erlaubnis erteile einzutreten!«

»Aye aye, Sir.«

Ich vergrub das Gesicht im Kopfkissen und hoffte, weinen zu können, aber keine Träne wollte kommen.

Später am Tag erwachte ich mit ungeheurem Durst. Ich stand auf, fand meine Jacke und ging in den Waschraum. Ich schaufelte Wasser mit den Händen zum Mund und musterte dabei mein Spiegelbild. Das Haar war zerzaust, die Augen wirkten hohl. Es war erschreckend.

Ich spritzte mir kaltes Wasser ins Gesicht und ging in die Kabine zurück, wo ich mir frische Kleider anzog und mir das Haar kämmte. Dann suchte ich die Schiffsbibliothek auf Deck 2 auf und trug mich für die Entnahme der Holovidchips mit den Flottenbestimmunen und dem Verhaltenskodex in der revidierten Fassung von 2087 ein. Ich nahm sie mit in die Kabine und setzte mich auf meine Koje.

Ich brauchte etwa zwanzig Minuten, um zu finden, wonach ich suchte.

»Paragraph 121.2. Der Kapitän darf sich selbst des Kommandos entheben, wenn er aufgrund einer Geisteskrankheit oder körperlicher Krankheiten oder Verletzungen dienstuntauglich geworden ist. Nach seiner Beglaubigung einer solchen Maßnahme im Logbuch wird sein Kapitänsrang suspendiert und geht das Kommando an den nächstniedrigeren Offizier in der Befehlsrangfolge über.«

Auf der Suche nach weiteren, kaum noch erinnerten Paragraphen blätterte ich durch die Vorschriften. Ich sprang vor und zurück und studierte sorgfältig Definitionen und Begriffe.

Die Luke wurde vorsichtig geöffnet. Vax riskierte erst einen Blick und kam dann herein. Wir musterten uns.

»Er ist gestorben, ehe er es unterzeichnet hat.« Es war halb Feststellung, halb Frage.

»Ja«, sagte ich.

»Was wirst du unternehmen?«

»Ich habe keine Ahnung.« Ich sah keinen Sinn darin, es zu verheimlichen.

»Nicky – Mr. Seafort . . .«

»Du kannst mich Nicky nennen.«

». . . du kannst das Schiff nicht befehligen.«

Ich schwieg.

»Du kannst es nicht steuern. Du kannst keinen Kurs planen. Du hast keine Ahnung vom Antrieb.«

»Ich weiß.«

»Tritt zur Seite, Nicky. Nur, bis wir nach Hause zurückgekehrt sind. Sie schicken uns dann mit neuen Offizieren wieder los.«

»Ich habe mir überlegt, genau das zu tun«, sagte ich.

»Um der Sicherheit des Schiffes willen. Bitte!«

»Du würdest sie führen?«

»Ich oder das Offizierskomitee. Doc und der Chief und der Pilot. Es spielt keine Rolle. Sie sitzen gerade zusammen, um sich zu überlegen, was zu tun ist.«

»Ich verstehe.« Ich schaltete das Holovid ab.

»Du bist einverstanden?«

»Nein. Ich verstehe.« Ich stand auf. »Vax, ich wollte, daß

du das Kommando übernimmst. Ich habe ihn schon am ersten Abend nach seiner Erkrankung angefleht, dein Patent auszustellen.«

»Ich weiß. Danach, wie ich dich behandelt habe, kann ich dir kaum noch in die Augen sehen.« Er zögerte. »Es ist nur Zufall, daß ich nicht Dienstältester bin«, sagte er bitter. »Vier Monate Unterschied!«

»Ja.« Ich steckte mir das Holovid in die Tasche und ging zur Luke. »Ich wünschte, ich wäre mit Kapitän Haag auf der Barkasse gewesen, Vax. Wenn ich jetzt noch die Wahl hätte, würde ich mich genau dafür entscheiden.«

»Rede nicht so, Nick.«

»Ich bin verzweifelt.« Damit ging ich hinaus.

Auf der Krankenstation fand ich nur den Meditechniker vor. Die Leiche des Kapitäns befand sich bereits in einem Kühlfach. Ich probierte es mit der Kabine der Ärztin, aber niemand antwortete. Ich ging nach unten und folgte dem Umfangskorridor zum Quartier des Chiefs und begegnete dort dem Piloten, der eben zur Luke herauskam.

»Ich wollte Sie gerade holen.« Er winkte mich hinein. Die Kabine des Chiefs hatte dieselbe Größe wie jene, in der Leutnant Malstrom und ich Schach gespielt hatten. Dr. Uburu und der Chief saßen an einem kleinen Tisch. Ich fand einen Stuhl und gesellte mich zu ihnen.

»Nick.« Die Ärztin sprach in sanftem Ton. »Jemand muß entscheiden, was zu tun ist.«

»Das ist korrekt«, meinte ich.

»Die Besatzung muß wissen, wer die Verantwortung trägt. Wir müssen das Schiff nach Hause bringen. Wir müssen die Passagiere beruhigen. Der Passagiersrat hat einstimmig dafür votiert, nach Earthport zurückzukehren, und möchte, daß das Offizierskomitee das Kommando übernimmt.«

Chief McAndrews zögerte und warf einen Blick auf die anderen. »Die Vorschriften geben keine eindeutige Antwort auf die Frage, ob ein Fähnrich Kapitän werden kann. Wir denken, daß er es nicht kann. Und selbst wenn doch, möchten wir, daß Sie darauf verzichten. Und wenn Sie das nicht tun, setzen wir Sie wegen Unfähigkeit ab.«

»Gut«, sagte ich. »Zeigen Sie mir einen Weg aus dieser Geschichte, bitte. Fangen wir mit Ihrem ersten Punkt an. Auf welche Vorschriften beziehen Sie sich?« Sie alle entspannten sich sichtlich, als sie meine Antwort hörten.

Der Chief warf einen Blick auf seine Notizen. »Paragraph 357.4. Jede Wache, die nicht vom Kapitän befehligt wird, untersteht nach seiner Maßgabe einem Offizier mit Patent.« Er räusperte sich. »Ein Fähnrich hat kein Offizierspatent. 357.4 stellt fest, daß Sie ein Patent haben müssen, um eine Wache zu kommandieren.«

»Als Fähnrich kann ich keine Wache kommandieren. Da bin ich Ihrer Meinung.«

»Damit wäre die Sache geklärt«, meinte Dr. Uburu.

»Nein. Ich bin kein Fähnrich mehr.«

»Warum nicht?«

Ich griff nach einem Holovid und steckte meinen Chip ein. »Paragraph 323.8. Im Falle des Todes oder der Dienstunfähigkeit des Kapitäns gehen seine Pflichten, seine Autorität und sein Titel an den nächstniedrigeren Offizier in der Befehlsrangfolge über.«

»So?«

»Paragraph 98.3. Die folgenden Personen sind keine Offiziere in der Befehlsrangfolge im Sinne der vorliegenden Bestimmungen: Schiffsarzt, Kaplan, Pilot und Ingenieur. Alle anderen Offiziere gehören im Sinne der vorliegenden Bestimmungen der Befehlsrangfolge an.«

»Paragraph 101.9.«, konterte der Chief. »Der Kapitän eines Schiffes kann von Zeit zu Zeit einen Fähnrich für Aufgaben berufen, die der Kapitän und seine Offiziere von Zeit zu Zeit für ihn haben könnten. 101.9 deutet also an, daß ein Fähnrich vielleicht nicht mal Offizier ist.«

Ich scrollte mein Holovid zu Paragraph 92.5. »Der Befehl über eine Arbeitsgruppe kann vom Kapitän oder dem wachhabenden Offizier jedem Leutnant, Fähnrich oder sonstigen Offizier seines Kommandos übertragen werden.« Ich blickte mich am Tisch um und wiederholte die tödliche Wendung: »Leutnant, Fähnrich oder sonstigen Offizier.« Dann durchbrach ich das eingetretene Schweigen mit den Worten: »Ein Fähnrich wird Offizier genannt. Offizier der Befehlsrangfolge.«

Der Pilot regte sich. »Es ist immer noch nicht eindeutig. Ein Fähnrich hat kein Patent. Die Bestimmungen sagen nicht, daß ein Fähnrich Kapitän werden kann.«

»Niemand hat damit gerechnet, daß es einmal dazu kommen würde.« Ich blätterte zum Definitionsabschnitt zurück. »12. Offizier. Ein Offizier ist eine von der Regierung der Vereinten Nationen mit entsprechendem Patent ausgestattete oder berufene Person im Flottendienst und dadurch bevollmächtigt, alle Personen von niedrigerem Rang in der Ausübung ihrer Pflichten anzuleiten.«

Ich blickte auf.

»Ein Offizier muß also nicht unbedingt ein Patent haben. Sehen Sie, ich möchte gerne zu derselben Schlußfolgerung gelangen wie Sie. Aber die Bestimmungen sind eindeutig. Sie sagen nicht, daß die Kapitänswürde auf den nächstniedrigeren Offizier mit Patent übergehen soll. Sie sprechen von einem Offizier der Befehlsrangfolge. Ich bin ein Offizier. Ich gehöre nicht zu den Offizieren, die aus der Befehlsrangfolge ausgeschlossen sind. Ich bin höchster Offizier der Befehlsrangfolge an Bord.«

»Es ist nach wie vor nicht eindeutig«, meinte der Chief. »Wir müssen uns überlegen, wie wir die verschiedenen Passagen interpretieren wollen, wenn wir sie als Ganzes betrachten. Wir können dabei zu dem Schluß gelangen, daß ein Fähnrich niemals die Nachfolge des Kommandanten antritt.«

»Daraus ergeben sich zwei Probleme. Zum einen: Sobald wir nach Hause kommen, würden Sie dafür gehängt.«

Längere Zeit herrschte Schweigen.

»Und das andere Problem?« fragte Dr. Uburu schließlich.

»Ich würde es als Meuterei betrachten.«

Sie wechselten Blicke.

Ich konnte daraus ersehen, daß sie an diese Möglichkeit schon gedacht hatten, ehe ich hier eingetroffen war.

»Soweit sind wir nicht«, stellte der Chief fest. »Sagen wir, daß wir alle zu dem Schluß gelangt sind, Sie als nächsten in der Rangfolge zu betrachten. Treten Sie zurück. Sie sind nicht darauf vorbereitet, das Kommando zu führen.«

»Das täte ich zu gerne. Zeigen Sie mir nur, wo es mir erlaubt ist.«

»Seien Sie nicht albern«, sagte Dr. Uburu. »Verzichten Sie auf den Anspruch, Kapitän zu werden. Setzen Sie jemand anderen ein.«

»Auf welcher Grundlage?«

»Inkompetenz.«

»Sprechen Sie damit meinen Mangel an Fähigkeiten und sonstigen Qualifikationen an, oder möchten Sie damit andeuten, ich wäre geisteskrank?«

»Niemand hat behauptet, Sei wären geisteskrank!« protestierte sie.

»Paragraph 121.2. Der Kapitän darf sich selbst des Kommandos entheben, wenn er aufgrund einer Geisteskrankheit oder körperlicher Krankheiten oder Verletzungen dienstuntauglich geworden ist.« Ich setzte das Holovid ab. »Ich bin nicht körperlich krank oder verletzt. Ich halte mich auch nicht mehr für geisteskrank, als Sie es tun.«

»Haben wir es hier nicht mit einer inhärenten Vollmacht zu tun?« fragte sie. »Der Kapitän kann andere ihres Postens entheben. Sicherlich hat er damit doch das inhärente Recht, es auch mit sich selbst zu tun.«

»Daran habe ich auch gedacht und es demzufolge nachgeschlagen«, sagte ich. »Paragraph 204.1. Der Kapitän eines Schiffes hat die Befehls- und Regierungsgewalt an Bord, bis er ihrer durch Beschluß einer vorgesetzten Dienststelle enthoben wird, oder bis zu seinem Tod oder bis zur Beglaubigung seiner Dienstunfähigkeit, wie an anderer Stelle im Rahmen dieser Bestimmungen festgelegt. Ich denke nicht, irgend jemand wollte, daß Kapitäne sich reihenweise selbst des Kommandos entheben.«

»Das ist lächerlich!« meinte der Pilot. »Wir alle sind uns einig, sogar Sie selbst, daß Sie nicht Kapitän werden sollten. Trotzdem versuchen Sie uns zu erklären, daß wir uns mit Ihnen abfinden müssen, daß Sie nicht selbst verzichten können, obwohl es das beste für das Schiff wäre.«

»Es gibt einen Grund dafür«, erklärte ich ihm. »Sie alle wissen, daß der Kapitän nicht einfach nur Offizier ist. Er verkörpert während der Fahrt die Regierungsgewalt der Vereinten Nationen. Die Regierung kann nicht abdanken.«

»Tun Sie es trotzdem, Nick«, sagte Dr. Uburu sanft. »Tun sie es einfach.«

»Nein.« Ich faßte jeden einzelnen von ihnen ins Auge. »Das wäre eine Pflichtversäumnis. Ich habe einen Eid geschworen. Ich werde die Charta der Vereinten Nationen und die gemäß dieser Charta verkündeten Gesetze und Verordnungen nach besten Kräften aufrechterhalten, so wahr mir der allmächtige Gott helfe. Mir bleibt also keine Wahl.«

»Sie sind siebzehn Jahre alt«, sagte Chief McAndrews. »Einhundertneunundneunzig Menschenleben hängen vom sicheren Betrieb dieses Schiffes ab. Wir müssen Sie Ihres Postens entheben.«

»Sie können mich nur auf derselben Grundlage meines Postens entheben, wie ich mich selbst«, stellte ich fest. »Schlagen Sie es nach. Ich bin mit meiner Amtsenthebung einverstanden, wenn eine rechtliche Grundlage dafür besteht. Andernfalls muß ich mich widersetzen.« Der Chief wählte auf seinem Holovid den Paragraphen über Dienstunfähigkeit an. Nach einigen Augenblicken schob er das Gerät widerwillig zur Seite.

Wir steckten in einer Sackgasse. Wir saßen rings um den Kleinen Tisch und hofften, daß uns eine Lösung einfiel.

»Was ist mit Vax?« fragte die Ärztin.

»Vax ist besser qualifiziert. Aber Vax ist nicht Kapitän. Er ist Fähnrich. Ich habe das höhere Dienstalter.«

»Obwohl er weit besser geeignet wäre, das Schiff zu führen«, sagte sie.

»Ja. Sie wissen, wie sehr ich versucht habe, den Kapitän

zur Ausstellung seines Patents zu bewegen.« Ich schloß die Augen. Ich war völlig zerschlagen. »Es gibt eine Lösung.« Sie betrachtete mich abwartend. »Unterzeichnen Sie das Logbuch und bezeugen Sie damit, daß Kapitän Malstrom vor seinem Tod Vax zum Leutnant ernannt hat. Ich wäre damit einverstanden.«

Aller Augen richteten sich auf die Schiffsärztin. Sie blickte lange auf die Tischplatte. Die Spannung im Raum war fühlbar. Nach mehreren Minuten hob sie den Blick und sagte: »Ich werde das Logbuch nicht unterzeichnen. Kapitän Malstrom hat Vax Holser nicht das Patent erteilt, ehe er starb.« Der Pilot stieß alle Luft auf einmal hervor.

Sie fuhr fort: »Ich sehe nun ein, daß es ein Fehler war, uns hier zu versammeln. Der Kapitän hatte reichlich Gelegenheit, nicht erst auf dem Krankenbett, sondern auch in all den Wochen seit Übernahme des Kommandos, Vax zu befördern. Er entschied sich dagegen, wohl wissend, daß Mr. Seafort Oberfähnrich war. Ich weiß, wie Sie alle, daß Kapitän Malstrom Mr. Seafort als Nachfolger im Kommando bestätigen würde. Kapitän Malstrom hatte das Recht, Nick im Amt des ranghöchsten verbliebenen Offiziers zu belassen, und tat es. Wir hatten in dieser Frage nichts zu sagen, solange er lebte. Wir haben auch jetzt nichts dazu zu sagen.«

Mir blieb noch eine Hoffnung. »Chief, Sie waren ebenfalls bei Käpten Malstrom auf der Krankenstation. Wenn Sie aussagen, daß Sie hörten, wie er Vax beförderte ...«

Der Chief zögerte nicht eine Sekunde lang. »Der Tag, an dem ich eine Lüge ins Logbuch eintrage, Mr. Seafort, ist der Tag, an dem ich ohne Raumanzug zur Luftschleuse hinausgehe. Nein. Ich habe nichts dergleichen gehört.« Er fingerte am Holovid herum. »Wir alle sind vereidigte Offiziere. Wir alle unterstützen die Regierung. Es scheint, daß die Regierung in ihrer unerforschlichen Weisheit Sie mit dem Kommando betraut hat. Sie wissen ja: Ich wünschte mir, es wäre anders. Aber meine Wünsche zählen nicht. Sir, ich bin ein loyaler Offizier, und Sie können sich auf mich verlassen.«

Ich schluckte. »Ich wollte, daß Sie mir einen Ausweg aufzeigen; ich wollte es nicht so herum. Für den Augenblick bin ich designierter Kapitän. Ich werde Kapitän sein, wenn ich erklärt habe, daß ich das Kommando über das Schiff angetreten habe, wie es auch Kapitän Malstrom tat. Zunächst gehe ich in meine Koje, um über einen Ausweg nachzudenken. Belassen wir zunächst alles so, wie es ist. Wir treffen uns zum Abendessen.« Ich stand auf, um zu gehen.

Automatisch erhoben sich alle drei ebenfalls.

9. Kapitel

Vax und Alexi nahmen sofort Haltung an, als ich die Schwelle unserer Kabinenluke überschritt. Zumindest sie betrachteten mich nicht mehr nur als den Oberfähnrich.

»Ich führe noch nicht das Kommando«, teilte ich ihnen mit. »Das ist immer noch meine Koje, und ich möchte allein sein. Geht die Passagiere quälen oder poliert meinethalben den Fusionsantriebsschaft. Verschwindet!«

Alexi grinste erleichtert über meinen Ausbruch; er war ebenso verunsichert wie wir anderen auch. Er und Vax eilten hinaus.

Ich legte mich aufs Bett und fummelte am Holovid herum, bis ich es schließlich angewidert zur Seite warf. Ich steckte in der Falle. Ich trauerte um meinen Freund Harv, aber ich war wütend, weil er nicht vernünftig genug gewesen war, Vax schon am Tage, als er das Kommando antrat, das Patent auszustellen. Vax konnte pilotieren, navigieren, verstand den Fusionsantrieb und hatte die kraftvolle Persönlichkeit eines Kapitäns.

Ich mußte eingenickt sein. Als die Nachmittagswache endete, kam ich mit einem Bärenhunger wieder zu mir. Ich konnte mich nicht erinnern, wann ich zum letzten mal etwas gegessen hatte. Ich wusch mich und eilte zum Abendessen in den Speisesaal. Schiffsprofos Vishinsky und vier seiner Matrosen standen vor der Luke, Knüppel in der Hand. Vishinsky salutierte.

»Was hat das zu bedeuten?« Ich wies auf die Matrosen.

»Chief McAndrews hat uns aus Sicherheitsgründen befohlen, hier Stellung zu beziehen. Von seiten der Passagiere kam eine Art Forderung, und von der Besatzung eine – äh, Anfrage.«

Ich entdeckte den Chief an seinem üblichen Tisch. Er stand auf, als ich näherkam. Ich zeigte mit dem Daumen auf den Profos und zog eine Brause hoch. »Eine schriftliche Forderung wurde auf der Brücke eingereicht, Sir.« Sein Ton war ruhig. »Verfaßt von dieser Vincente und von fast allen Passagieren unterschrieben.«

»Was möchten sie?«

»Umkehren. Das ist noch der leichte Teil; wir können jederzeit in Fusion gehen. Darüber hinaus wird verlangt, daß baldmöglichst verantwortungsbewußte und kompetente Offiziere die Schiffsführung übernehmen. Volljährige Offiziere mit Patent.«

»Ah.«

»Ja, Sir.« Er brach ab. »Auch von der Besatzung wurden Fragen gestellt«, ergänzte er behutsam. »Die Leute möchten wissen, wer jetzt das Kommando hat.«

»Ach du liebe Güte!«

»Ja. Je schneller Sie erklären, daß Sie den Befehl übernommen haben, desto besser.«

»Sehr gut. Nach dem Abendessen. Die Offiziere gesellen sich auf der Brücke zu mir.«

»Aye aye, Sir.« Er blickte sich im Saal um, der sich rasch füllte. »Das Abendgebet, Sir. Möchten Sie es sprechen?«

»Und am Kapitänstisch sitzen, auf dem Platz des Kapitäns?« Der Gedanke war mir zuwider.

»Dort sitzt der Kapitän üblicherweise.« Eine gewisse Schärfe klang darin durch.

»Nicht heute abend. Ich spreche das Gebet als Senioroffizier, aber von meinem üblichen Platz aus.«

Ich begab mich dorthin. Mehrere Passagiere, die ihre Plätze am selben Tisch hatten, betrachteten mich feindselig. Niemand sagte etwas. Ich beschloß, daß ich es ignorieren konnte.

Als der Saal voll war, stand ich auf und schlug an mein Glas, um Aufmerksamkeit zu finden. »Ich bin der dienstälteste anwesende Offizier«, erklärte ich. Danach sprach ich zum erstenmal das Schiffsgebet, das ich schon so oft gehört hatte: »Allmächtiger Gott, heute ist der 12. März 2195 an Bord der U.N.S. *Hibernia*. Wir bitten um Deinen Segen für uns und unsere Reise und um die Gesundheit und das Wohlergehen aller an Bord.« Ich sprach die Worte mit klopfendem Herzen.

»Amen.« Chefingenieur McAndrews durchbrach damit das Schweigen. Ein paar Passagiere sprachen ihm leise nach.

Dieses Abendessen würde ich nicht als fröhliche Angelegenheit bezeichnen; kaum jemand kümmerte sich um mich. Ich war jedoch dermaßen hungrig, daß ich mich nicht darum scherte. Gierig verzehrte ich Salat, Fleisch und Brot und nahm anschließend Kaffee und Dessert zu mir. Die Passagiere an meinem Tisch sahen erstaunt zu. Ich schätze, sie hatten auch Grund dazu: Am Tag nach dem Tode des Kapitäns saß sein Nachfolger auf dem Platz eines Fähnrichs und verschlang alles, außer dem Besteck.

Nach dem Essen kehrte ich zurück in die Fähnrichskabine. Ich holte frische Kleider hervor, duschte gründlich und zog mich mit besonderer Sorgfalt an. Ich rasierte mich sogar, obwohl es im Grunde nicht nötig war.

Zögernd ging ich auf die Brücke. Sandy, der hier allein nominell die Wache gehabt hatte – das Schiff stand nicht unter Antrieb –, sprang auf und nahm Haltung an, als ich eintrat.

»Weitermachen.« Ich schlug einen barschen Ton an, um meine Unsicherheit zu überspielen. Dann sagte ich: »Mr. Wilsky, rufen Sie sämtliche Offiziere herauf.«

»Aye aye, Sir.« Der junge Fähnrich drückte die entsprechende Taste auf dem Schiffsrufer. »Alles herhören.« Seine

Stimme versagte, und er wurde rot. »Alle Offiziere, melden Sie sich auf der Brücke.«

Voller Energie schritt ich auf der Brücke auf und ab, untersuchte die Instrumente und sah doch keines richtig. Doc Uburu erschien und bat um die Erlaubnis zum Eintreten. Der Pilot folgte kurz darauf. Ein paar Augenblicke später kam der Chief. Die Fähnriche waren die letzten. Vax und Alexi eilten herein – saubere Uniformen, Haar frisch gekämmt, ganz wie bei mir –, und ich mußte unwillkürlich lächeln. Wir alle standen da wie für eine offizielle Fotografie.

Ich nahm den Rufer zur Hand und holte tief Luft, atmete aus und holte erneut Luft. »Ladies und Gentlemen, nach Gottes Ratschluß verstarb Kapitän Harvey Malstrom, kommandierender Offizier der U.N.S. *Hibernia*, an einer Krankheit. Ich, Fähnrich Nicholas Ewing Seafort, Senioroffizier an Bord, übernehme hiermit das Kommando.«

Es war vollbracht.

»Meinen Glückwunsch, Kapitän!« Alexi war der erste. Dann drängten sich alle anderen mit Zuspruch und Unterstützung um mich, selbst der Chief und der Pilot. Es war jedoch keine freudige Angelegenheit; der Tod von Kapitän Malstrom verhinderte das. Die Offiziere entboten mir eher Beileid als tatsächliche Glückwünsche.

Nach einem Moment wandte ich mich ab, um mich zu setzen. Ich riß mich zusammen; beinahe hätte ich mich auf den Platz des ersten Offiziers gesetzt. Bemüht, mir nichts anmerken zu lassen, nahm ich links davon im Sessel des Kapitäns Platz. Kein Laserstrahl traf mich. Ich wandte mich an meine Offiziere.

»Pilot, wir benötigen eine neue Wachrotation. Sorgen Sie bitte dafür. Die Fähnriche werden jetzt immer allein auf Wache sein müssen; daran ist nichts zu ändern. Dr. Uburu, kümmern Sie sich um die Moral der Passagiere, ehe sich die Situation verschlechtert. Chief, ich bin darauf angewiesen, daß Sie die Crew im Auge behalten. Sollte es ernsthafte Unzufriedenheit geben, erwarte ich von Ihnen, im Bilde zu sein. Geben Sie die Nachricht weiter, daß wir die Lage unter

Kontrolle haben. Vax, Sie werden mir dabei helfen, daß alles in geordnete Bahnen kommt. Beauftragen Sie eine Arbeitsgruppe, meine Sachen in die Kapitänskabine zu bringen und die Streifen auf meine Uniformen zu nähen. Programmieren Sie Darla um, damit sie mich als Kapitän anerkennt.«

Als ich fertig war, hieß es im Chor: »Aye aye, Sir.« Es war ein berauschendes Gefühl. Kein Argumentieren, keine Einwände. Allmählich wußte ich zu würdigen, was Schiffsdisziplin bedeutet.

»Hat jemand noch etwas zu bemerken?«

»Wir können Earthport Station mit zwei Sprüngen erreichen.« Das war der Pilot. »Ich nehme heute abend noch die Berechnung vor.«

Der Chief sagte: »Machen Sie sich keine Sorgen wegen der Besatzung. Die Leute werden sich beruhigen, sobald ich sie informiere, daß sie frühzeitig Landurlaub erhalten. Sie werden so glücklich darüber sein, Lunapolis anzufahren, daß ihnen egal ist, wer das Kommando führt.«

»Wann gehen wir heimwärts in Fusion, Sir?« fragte Alexi.

»Ich habe nie etwas davon gesagt, daß wir nach Hause fahren«, antwortete ich.

Entsetztes Schweigen trat ein. Dann redeten alle durcheinander.

»Ruhe!« bellte ich. Sofort wurden sie wieder still. Das überraschte mich nicht; ich hätte nicht mal zu atmen gewagt, wenn Käpten Malstrom einen solchen Befehl erteilte, Freund hin, Freund her. »Chief, haben Sie etwas zu sagen?«

»Mit der Erlaubnis des Kapitäns, ja, Sir.« Er wartete auf mein Nicken. »Sie haben doch bestimmt nicht vor weiterzufahren! Wir haben unsere vier erfahrensten Offiziere verloren. Die Besatzung ist verängstigt. Ich kann keine Verantwortung dafür übernehmen, wie sie reagiert, wenn wir weiter Kurs nach Hope Nation halten. Die Schiffsbarkasse ist zerstört, sechs Passagiere sind tot. Sir, wir hätten nie gedacht ... Bitte! Das einzig vernünftige wäre es, umzukehren.«

»Pilot?«

»Ich kann uns mit zwei Sprüngen nach Hause bringen, Kapitän. Sechs Monate. Bis Hope Nation sind es elf Monate.«

»Das wußte ich bereits. Sonst noch etwas?«

»Ja, Sir. Das Risiko ist offensichtlich. Es wäre unverantwortlich von Ihnen, weiterzufahren.«

Ich zögerte nicht. »Pilot, Sie erhalten einen Eintrag für Unverschämtheit. Ich werde einen Tadel ins Logbuch eintragen. Sie werden um zwei Besoldungsstufen zurückgesetzt und erhalten für eine Woche Arrest in Ihrem Quartier, ausgenommen nur, wenn Sie Wache haben.«

Mit vor Wut rotem Gesicht knirschte Pilot Haynes: »Verstanden, Sir.« Er hatte die Fäuste an den Seiten geballt.

»Wer noch?« Natürlich traute sich jetzt niemand mehr zu sprechen.

»Ich denke über Ihre Vorschläge nach. Morgen früh informiere ich Sie über meine Entscheidung. Sie sind alle entlassen. Mr. Holser, Sie bleiben hier.«

Sobald sich die Brückenluke hinter dem letzten geschlossenen hatte, wandte ich mich an Vax, der ohne Haltung dastand. Ich freute mich nicht auf das Gespräch. »Du bist jetzt Oberfähnrich, Vax.«

»Ja, Sir.« Er blickte stur geradeaus.

»Erinnerst du dich noch an die Unannehmlichkeiten, die wir letzten Monat hatten?«

»Ja, Sir.«

»Das war nichts im Vergleich mit den Unannehmlichkeiten, die ich Ihnen jetzt bereiten werde, Mr. Holser.« Vax hatte sich gut in seine Rolle als zweiter Fähnrich gefügt, aber ich mußte die Fähnrichskabine jetzt verlassen, und sein Temperament würde dazu führen, daß die übrigen Fähnriche innerhalb einer Woche die Schotten hinauf und hinunter kletterten. Das heißt, wenn ich dem nicht rechtzeitig einen Riegel vorschob.

Mein Tonfall war heftig. »Sie werden bis auf weiteres täglich zwei Stunden lang harte Gymnastik betreiben – ich wiederhole, *harte* Gymnastik! Sie werden sich alle zwei Stunden in einer frischen Uniform zur persönlichen Inspektion beim wachhabenden Offizier melden, Tag und Nacht.« Das schien ihn zu treffen. »Sie werden einen fünftausend Worte umfassenden Bericht über die Pflichten des Oberfähnrichs nach den Flottenbestimmungen und den Schiffsgebräuchen einreichen. Bestätigen Sie das!«

»Befehle erhalten und verstanden, Sir!« Sein Ausdruck grenzte an Panik.

Ich baute mich Gesicht an Gesicht vor ihm auf und wurde noch lauter: »Vielleicht denken Sie, in der Privatsphäre der Fähnrichskabine wieder zu Ihrem alten schikanösen Verhalten zurückkehren zu können, und ich würde es nicht erfahren, da die übrigen Fähnriche es mir nicht sagen würden! Aber sie brauchen es mir auch gar nicht zu sagen, Mr. Holser. Ich war selbst gestern noch Fähnrich. Ich weiß, was man da zu erwarten hat!« Ich wartete auf seine Reaktion.

»Ja, Sir!«

»Mr. Holser!« brüllte ich. »Wenn Sie sich auch nur einmal in der Fähnrichskabine brutal aufführen, schneide ich Ihnen die Eier ab! Habe ich mich deutlich ausgedrückt?«

»Aye aye, Sir!« Ein dünner Schweißfilm erschien auf seiner Stirn. Ich wußte, daß er die letzte Drohung nicht wörtlich nahm, aber wir beide dienten schon lange genug an Deck, um zu wissen, daß die Feindschaft des Kapitäns die schlimmste Katastrophe war, die einen Besatzungsangehörigen treffen konnte. Daran erinnerte ich ihn jetzt.

»Sehr gut. Entlassen! Sorgen sie dafür, daß meine Uniformen bis zum Morgen die nötigen Streifen haben.«

»Aye aye, Sir!« Er rannte praktisch, als er die Brücke verließ. Ich machte mir in Gedanken eine Notiz, die disziplinarischen Maßnahmen in ein paar Tagen zu lockern. Das sportliche Training würde ihm nicht schaden – Vax trieb gerne Sport –, aber sich alle zwei Stunden zur Inspektion zu melden, wurde mit der Zeit richtig brutal, da das Schlafdefizit anwuchs. Auf der Akademie hatte Sergeant Trammel mich einmal gezwungen ...

Ich seufzte und verbannte die Erinnerung.

Ich ging auf der Brücke herum, denn die grimmige Stille ging mir auf die Nerven. Noch nie zuvor war ich ganz allein auf Wache gewesen, schon gar nicht ohne einen Vorgesetzten, an den ich mich im Notfall wenden konnte. Ich spielte mit den Sensoren herum, begutachtete den stillen Simultanschirm und starrte auf die Lichtpunkte der Sterne, bis mir die Augen weh taten. Meine Beine wurden müde, aber noch zögerte ich, mich zu setzen.

Ich nahm den Brückensafe in Augenschein und stellte fest, daß er nicht abgeschlossen war. Die Laserpistole des Kapitäns lag darin, ebenso die Schlüssel zum Waffenschrank. Vorsichtshalber wechselte ich die Kombination.

Als ich schließlich wieder auf meinem Platz saß, schaltete ich das Logbuch ein und blätterte müßig hindurch, bis zurück zum Start unserer Fahrt. Ich rief die Befehle der Admiralität auf den Bildschirm, wie Käpten Haag sie vor Äonen eingetragen hatte: *»Unter angemessener Berücksichtigung der Sicherheit des Schiffes werden Sie von Earthport Station zur Ganymed-Station fahren ... Anschließend werden Sie zügig mit Fusionsantrieb Kurs auf Miningcamp nehmen und von dort nach Hope Nation und anschließend nach Detour fahren ... Sie werden alles an Fracht an Bord nehmen, was die Regierung dort ... neue Vorräte aufnehmen und neuen Treibstoff tanken, wie Sie es für nötig halten ...«* Ich schaltete das Logbuch ab.

Müßig durchsuchte ich unsere Ladeliste. Geräte zur Medikamentenherstellung, Farmtraktoren, eingefrorene Gemüsesaat, Kataloge und Muster für die neueste Mode auf der Erde, Luftflaschen für Miningcamp ... Ich schloß die Augen und schaukelte leicht mit dem Kapitänssessel, dessen weiche Polsterung sehr einladend war.

»Erlaubnis zum Eintreten, Sir.« Ich wachte abrupt auf. Alexi wartete respektvoll auf dem Korridor. Hatte er mich schlafen gesehen? Allmächtiger Gott, ich hoffte, nicht! Auf Wache zu schlafen war eines der schwersten Vergehen.

»Komm rein.« Ich bedeutete ihm, sich auf seinen Platz zu setzen. Er hatte wenig zu tun außer die reglosen Instrumente im Auge zu behalten, aber wie ich hatte Alexi noch nie allein die Wache gehabt und wollte unbedingt damit beginnen. Was mich anbetraf, ich freut mich richtig, der Langeweile zu entrinnen.

Ich folgte dem Umfangskorridor in östlicher Richtung zur Kapitänskabine. Es stand kein Posten davor. Käpten Haag hatte schon während der ersten Woche unserer Fahrt die Ehrenwache abgeschafft.

Ich unterdrückte das Bedürfnis anzuklopfen und trat ein.

Die Kabine war atemberaubend. Sie war mehr als viermal so groß wie die Fähnrichskabine und maß mindestens acht mal fünf Meter. Sie enthielt nur eine Koje, was den räumlichen Verhältnissen eine noch großartigere Wirkung verlieh. Soviel Platz für nur eine Person. Und diese Person war ich!

Eine geschickte Unterteilung gab bestimmten Bereichen der Kabine den Anschein, als wären es eigene Räume. In einer Ecke entdeckte ich eine Luke. Ich öffnete sie und blickte in ein Bad. Der Kapitän hatte tatsächlich ein eigenes Bad mit Dusche! Ich war wie betäubt. Schon der Gedanke an ein Leben in solchem Luxus, während die Fähnriche in ihrem winzigen Quartier ständig aneinanderstießen, vermittelte mir ein Schuldgefühl.

Die wenigen Sachen, die ich besaß, waren bereits in einem in die Wand eingebauten Toilettentisch verstaut. Vax hatte sich rangehalten; meine Uniformen mit den frisch aufgenähten Schulterstücken hingen ordentlich in einem Eckwandschrank. Auf dem Tisch neben der Koje entdeckte ich einen Schiffsrufer. Dem Bett gegenüber standen bequeme Sessel, ein Bürostuhl und sogar ein kleiner Konferenztisch. Oder Eßtisch. Ich war mir da nicht ganz sicher.

Ich setzte mich unbehaglich und fühlte mich wie ein Eindringling, obwohl Kapitän Malstroms Sachen nirgendwo mehr zu sehen waren. Die Habseligkeiten Kapitän Haags mußten schon lange in einen Lagerraum gebracht worden sein. Düster fragte ich mich, wann ihnen meine eigenen folgen würden. Mein Blick schweifte über die Schotten. Bilder; jemand hatte sich die Mühe gemacht, die Kabine zu dekorieren. Ich entdeckte einen Wandsafe. Er war verschlossen, und ich machte mir eine Notiz, die Kombination zu suchen.

Ich zog mich aus und ging zu Bett; die Matratze war erstaunlich weich. Ich schaltete das Licht aus. Es war sehr still. Ich drehte mich von einer Seite auf die andere und fand trotz aller Erschöpfung keinen Schlaf. Die Gedanken wandten sich dem zu, was ich erreicht hatte. Innerhalb des ersten Tages hatte ich mich jedem entfremdet, auf dessen guten Willen ich angewiesen war. Dem Chief. Dem Piloten. Dem Oberfähnrich. Ein schlechter Start, aber ich wußte nicht, was ich hätte besser machen können.

Während ich mich ruhelos auf dem weichen Bett hin und her warf, erkannte ich, was mir zu schaffen machte. Es war zu still. Ich fühlte mich einsam.

10. Kapitel

Am Morgen fühlte ich mich unbehaglich dabei, das Bad allein zu benutzen, so sehr war ich an die mangelnde Privatsphäre des Fähnrichsstabes gewöhnt. Ich war ein bißchen besorgt, als jemand an die Luke klopfte. Ein Brauch, der schon fast Gesetzeskraft hatte, untersagte es jedermann, den Kapitän in seiner Kabine zu stören. In einem Notfall oder falls der Kapitän eine stehende Order erteilt hatte, ihn zu informieren, meldete man sich per Schiffsrufer bei ihm. Solange kein Notfall vorlag, wurde er nicht belästigt. Alle Besatzungsmitglieder wußten das, und Passagiere hatten überhaupt keinen Zutritt zu der Sektion von Deck 1, zu der die Brücke und das Kapitänsquartier gehörten.

Vorsichtig öffnete ich die Luke. Ricardo Fuentes, der Schiffsjunge, wartete draußen mit einem Tablett, das mit einem Tuch zugedeckt war. Er ging um mich herum und stellte es auf den Eßtisch. Anschließend nahm er steif Haltung an, die Arme reglos an den Seiten, den Bauch fest eingezogen.

Ich war dankbar für das vertraute Gesicht. »Hallo, Ricky!«

»Guten Morgen, Kapitän, Sir!« Seine Stimme klang hoch und schrill.

Ich warf einen Blick unter das Tuch. Kaffee, Rührei, Toast, Obstsaft. Es schien, als wäre sein Besuch allmorgendliche Routine. »Danke.«

Der Zwölfjährige blieb steif. »Keine Ursache, Sir!« Er hatte eindeutig nicht vor, sich zu entspannen.

»Entlassen, Matrose.«

»Aye aye, Sir!« Er drehte sich um und marschierte hinaus. Ich seufzte. Ähnelte ich inzwischen einem Oger? Gehörte das zum Job?

Pilot Haynes und Vax Holser standen auf der Liste für die Vormittagswache. Als ich vor der Brücke eintraf, öffnete ich den Mund und wollte schon um Erlaubnis zum Eintreten bitten. Alte Gewohnheiten sind zäh. Ich kam mir albern vor und trat ein. Vax sprang auf und nahm Haltung an; der Pilot folgte seinem Beispiel langsamer.

»Weitermachen.« Sie setzten sich wieder, während ich zu meinem neuen Platz hinüberging. Vax' Uniform, stellte ich fest, war präzise gebügelt. Ich warf einen Blick auf die Konsole. Die Werte, die ich ablas, schienen korrekt; ich wußte, daß Vax oder der Pilot es mir sagen würden, wenn das einmal nicht der Fall war.

»Chefingenieur, bitte erscheinen Sie auf der Brücke.« Ich stellte den Rufer wieder weg. Als Chief McAndrews eintraf, sagte ich: »Chief, Pilot, ich habe beschlossen, daß wir unseren Weg nach Miningcamp und Hope Nation fortsetzen.« Der Chief schürzte die Lippen, sagte aber nichts.

»Ich brauche Ihnen keine Gründe zu nennen, werde es aber trotzdem tun. Schlicht ausgedrückt: Die Weiterfahrt bringt Fusions- und Andockmanöver mit sich, die Rückkehr ebenfalls. Das Risiko ist also gleich.

Wir wissen auch, daß, sobald wir Hope Nation erreichen, der kommandierende Admiral uns einen neuen Kapitän und neue Leutnants zuweisen wird. Das bedeutet, elf Monate mit unerfahrenen Offizieren zu fahren anstatt nur sechs Monate wie im Fall der Rückkehr. Die *Hibernia* befördert jedoch zu viele Versorgungsgüter, die unsere Kolonien benötigen, um unsere Fahrt leichtfertig abzubrechen. Die Versorgungsschiffe treffen ohnehin nur zweimal im Jahr ein.«

Der Chief sagte nur: »Aye aye, Sir.« Der Pilot blieb schweigsam.

»Gentlemen, wir werden Kapitän Malstrom heute vormittag beisetzen, und wir gehen heute nachmittag nach dem Begräbnisgottesdienst in Fusion.«

Brücke und Maschinenraum waren unbemannt und verschlossen. Wir versammelten uns um die vordere Luftschleuse und standen sieben Reihen tief im überfüllten Korridor. Alle verbliebenen Offiziere waren anwesend und sahen prachtvoll aus in den weißen Galauniformen mit den schwarzen Trauerschärpen über der Schulter; auch fast die gesamte Crew war anwesend und wie zur Inspektion gekleidet. Leutnant Malstrom war bei den einfachen Besatzungsangehörigen so beliebt gewesen wie bei den Fähnrichen.

Den Rest des Korridors füllten die Passagiere aus: Yorinda Vincente, die den Passagiersrat vertrat, stand in der ersten Reihe; hinter ihr entdeckte ich Mr. Barstow, Amanda Frowel, die Treadwell-Zwillinge und viele andere, die ich kannte. Sie warteten auf den Beginn des Gottesdienstes. Auch Derek Carr war anwesend, dessen Vater bereits auf der Barkasse gestorben war, das scharf geschnittene Adlergesicht gezeichnet durch eingesunkene Augen und einen Ausdruck des fernen Kummers. Er nickte mir zu, sagte aber nichts.

Der in die Flagge gehüllte Sarg aus Alulegierung stand hinter mir in der bereits luftleeren Schleuse und war durch die Transplex-Innenluke zu sehen. Ich schaltete das Holovid ein und begann die Totenandacht nach dem Ritus der

Christlichen Wiedervereinigung zu lesen, wie im Flottendienst der Regierung der Vereinten Nationen üblich.

»Asche zu Asche, Staub zu Staub ...« Leutnant Malstrom und ich hatten beim Ablegen gemeinsam genau an dieser Luftschleuse gestanden. Jetzt würde ich weiterfahren, während er von Bord ging. »Im Vertrauen auf die Güte und Gnade des ewigen Gottes übergeben wir diesen Leichnam der Tiefe ... um den Jüngsten Tag abzuwarten, wenn die Seelen der Menschen vor den allmächtigen Gott gerufen werden ... Amen.«

Ich schaltete das Holovid ab. »Stabsbootsmann Terrill, öffnen Sie die Außenluke!«

Stabsbootsmann Robert Terrill trat vor. »Aye, aye, Sir.« Er nahm die Steuerung der Luftschleuse von mir entgegen, wirbelte auf den Fersen herum, marschierte zur Schleusenschalttafel und drückte den Transmitter an die Außensteuerung. Die Alarmglocke läutete; die Außenluke der *Hibernia* glitt auf. Ich erschauerte unwillkürlich; die Leere des interstellaren Raumes lud meinen Mentor und Freund ein. Ich sprach lautlos ein persönliches Gebet, auf daß der allmächtige Gott Harvey Malstrom für seine Verdienste belohnen möchte.

»Befördern Sie den Sarg hinaus, Mr. Terrill.«

Er drückte einen Schalter an dem kleinen Transmitter, der an seinem Gürtel befestigt war. Der mehrgliedrige, metallene Greifarm am Schott der Luftschleuse entfaltete sich und stieß sanft gegen den Behälter. Kapitän Malstroms Sarg rutschte gleichmäßig zur Außenluke. Als der Arm ganz ausgefahren war, schwebte der Sarg zur Schleusenkammer hinaus in die Leere des Alls.

Wie hypnotisiert blickten wir hinterher. Die Dunkelheit verschlang ihn, lange ehe er so weit entfernt war, daß man ihn ohnehin nicht mehr hätte sehen können. Ich schluckte den Kloß in meinem Hals hinunter. »Mr. Terrill, sichern Sie die Außenluke.«

»Aye aye, Sir.« Der Stabsbootsmann drückte den Transmitter wieder an die Außensteuerung der Schleuse. Die

Luke fuhr lautlos zu. Die Andacht war beendet. Mein Freund Harv war für immer gegangen.

Die Menge zerstreute sich. Ich mache mich auf den Rückweg zu meiner Kabine. Ich spürte eine Hand auf meinem Arm, die sofort wieder weggerissen wurde. Ich drehte mich um. Amanda Frowel machte ein wütendes Gesicht, denn Alexi Tamarow hielt ihren Arm fest und hatte seine Schulter zwischen uns geschoben. »Tut mir leid, Ma'am«, sagte er und versperrte ihr den Weg. Sie versuchte ihn abzuschütteln, aber er hielt sie fest.

»Ist schon in Ordnung, Alexi.« Er ließ sie los und zog sich zurück.

»Was hatte das zu bedeuten?« wollte sie wissen.

»Ein Schiffsbrauch. Man faßt den Kapitän nicht an. Für Besatzungsangehörige ist das ein schweres Vergehen.« Ich ergriff ihre Hand und kümmerte mich nicht um die Zivilisten, die sich ihren Weg an uns vorbei bahnten. »Was ist, Amanda?«

»Ist alles in Ordnung mit dir, Nicky?«

»Ich denke schon.« Ich musterte ihr Gesicht. »Tut mir leid, daß ich dich nicht besucht habe. Ich war ziemlich beschäftigt.«

Sie warf einen Blick auf meine neue Uniform. »Das glaube ich gerne. Bist du sicher, daß das klug war?«

»Nein. Ich bin mir nur sicher, daß es meine Pflicht war.« Ich zögerte. »Darf ich heute abend zu dir kommen?«

»Wenn du möchtest.« Zu meiner Bestürzung klang sie kühl. Sie erschien mir beinahe gleichgültig.

»Das möchte ich gerne. Wenn du auch möchtest.« Zögernd nickte sie. Wir trennten uns.

»Wir gehen in Fusion, sobald wir bereit sind, Gentlemen.«

Vax und Pilot Haynes hatten ihre Plätze eingenommen. Ich aktivierte den Rufer. »Brücke an Maschinenraum – vorbereiten auf Fusion.«

»Vorbereiten auf Fusion, aye aye, Sir.« Das war der Chief.

Ich mußte lächeln; dem Rotationsplan zufolge hatte gerade der Maschinenmaat dort unten Wache, aber eindeutig traute uns der Chief nicht zu, in Fusion zu gehen, außer unter seinem wachsamen Blick.

Einen Moment später meldete sich der Rufer erneut. »Maschinenraum bereit zur Fusion, Sir.«

»Sehr gut, bereithalten.« Ich warf einen Blick zum Bildschirm hinauf. »Darla, bitte die Fusionskoordinaten.«

»Aye aye, Kapitän Seafort.« Die Koordinaten erschienen auf dem Schirm.

»Die manuellen Koordinaten, Pilot.« Meine Bitte war eine reine Formalität. Hätten seine Zahlen nicht mit denen Darlas übereingestimmt, hätte er sie sofort neu kalkuliert. Fehlerhafte Fusionskoordinaten konnten zur Vernichtung des Schiffes führen. Pilot Haynes schickte die eigenen Werte auf den Bildschirm. Sie stimmten mit denen Darlas überein.

»Vax, haben Sie ebenfalls eine Berechnung vorgenommen?«

»Ja, Sir.«

»Zeigen Sie sie mal.« Im Augenwinkel bemerkte ich, wie der Pilot in schlecht verhohlener Ungeduld den Kopf schüttelte. Ich sah mir Vax' Zahlen an; sie waren mit den anderen identisch.

Ich war bereit, den Befehl zu geben. Während das Schiff normalerweise von der Brücke aus defusioniert wurde, indem man mit einem Finger an der Fusionssteuerkonsole hinabfuhr, verlief die Zündung komplizierter. Der Kapitän gab den Fusionsbefehl an den Maschinenraum, und die Fusion wurde von dort eingeleitet.

»Ist alles korrekt, Kapitän?« Der Tonfall des Piloten enthielt nicht eine Spur Unverschämtheit. Das war auch nicht nötig; die Frage drückte bereits seine Verachtung für meine übertriebene Vorsicht aus.

»Bislang. Ich führe noch eine eigene Berechnung durch, nur um sicherzugehen.« Das war kindisch, aber es würde ein windiger Tag im Weltraum sein, an dem ich eine solche Bemerkung ignorierte. Ich gab die Variablen ein.

In dieser Disziplin war ich nicht gut, wie mir Leutnant Cousins im Rahmen unserer letzten Übung immer wieder ins Gedächtnis gerufen hatte, aber ich verbannte alle Ablenkungen aus meinen Gedanken und ackerte mich Schritt für Schritt durch die Formeln. Endlich hatte ich den abschließenden Wert und verglich ihn mit dem des Piloten. Er wich um fast sieben Prozent davon ab.

Die Erheiterung des Piloten war zwar kaum merklich, entging mir aber nicht völlig. Kühl löschte ich meine Berechnung wieder und begann erneut damit. Eine halbe Stunde später und mit naßgeschwitztem Hemd hatte ich erneut dieselbe abweichende Zahl. Ich war mir bewußt, wieviel Gesicht ich bereits verloren hatte. Selbst wenn ich es endlich richtig hinbekam, würde ich wie ein Idiot dastehen.

Der Pilot saß abwartend auf dem Platz des wachhabenden Offiziers und gab keinen Mucks von sich, von einem gelegentlichen langen Atemzug abgesehen, der einem lautlosen Seufzen nicht unähnlich war. »Pilot, bitte sehen Sie zu, während ich es erneut versuche.« Mein Ton war brüsk. Haynes kam herüber und bezog hinter meinem Sessel Stellung wie ein leidgeprüfter Leutnant, der die Aufsicht über einen Fähnrichsdrill führte. »Unterbrechen Sie mich, sobald Sie den Fehler erkennen«, sagte ich.

Ich führte die einzelnen Rechenschritte noch einmal durch und fügte die Parameter ein, die ich durch vorangegangene Berechnungen bestimmt hatte. Das Ergebnis entsprach wieder den vorangegangenen Versuchen, und der Pilot hatte mich nicht unterbrochen. »Nun?«

»Ich habe keinen Fehler bemerkt, Sir«, stellte er widerwillig fest. »Sie sind korrekt mit den Zahlen umgegangen.«

Interessant! »Überprüfen Sie noch einmal Ihre eigene Berechnung.«

Ich sah zu, wie er die Ausgangswerte eingab und seine Kompensationen mit einer geübten Geschicklichkeit durchführte, die zu erreichen ich mir sehnlichst wünschte – wie er unsere gegenwärtige Position, Masse und Ziel in Faktoren auflöste und die Antriebskraft und die Koordinaten kalkulierte. Das Ergebnis stimmte mit seinen vorherigen Zahlen überein.

Vax starrte den Bildschirm an. Ich vermutete, daß seine Gedanken mechanisch abliefen; dank meiner Grausamkeit war er erschöpft. Damit war er sicher nicht der einzige; die Besatzung war jetzt seit zwei Stunden in Bereitschaft.

Egal. Ich beugte mich über meine Konsole. »Wir führen alle drei unsere Berechnungen Schritt für Schritt durch. Nein, wir vier – Darla, du rechnest ebenfalls mit. Wir führen jeweils nur einen Schritt aus, bis wir alle übereinstimmenden Werte haben.« Ich gab die Initialwerte ein. Wir saßen über unsere Bildschirme gebeugt, während Darla ihre Ergebnisse auf dem Simultanschirm über uns einblendete.

Langsam arbeiteten wir uns durch die Basiskalkulationen. Kein Problem. Dann verglichen wir die Stellardaten und kompensierten nach Vorschrift. Bislang stimmten wir alle überein. Wir benutzten dasselbe Diagramm für unsere aktuelle Position. Die Zielposition entnahmen wir direkt den Karten. Wir gaben die Masse des Schiffs ein.

»Heh!« entfuhr es Vax. Drei der Zahlen auf dem Bildschirm stimmten überein. Die vierte, meine, wich davon ab.

»Da ist Ihr Fehler, Kapitän.« Der Tonfall des Piloten war nicht direkt höhnisch, aber auch nicht weit davon entfernt. »Sie haben da eine komische Zahl als Schiffsmasse. 213,5 Einheiten.«

»Ich dachte, ich hätte das richtig ausgerechnet.« Ich spürte regelrecht, wie mich Leutnant Cousins' abgründige Verachtung traf, von wo immer er jetzt zusah. »Ich habe sie so berechnet, wie wir es immer machen, Grundgewicht minus . . .«

»Sie haben die Schiffsmasse jedesmal neu berechnet?« Der Pilot schien überrascht. Wahrscheinlich wollte er nicht respektlos ein; er war so verblüfft, daß er einfach seine Manieren vergaß. »Wir entnehmen die Masse Darlas automatischem Logbucheintrag. Vax, haben Sie es nicht auch so gemacht?«

»Ja, Sir.« Vax bemühte sich, nicht aufzufallen.

»Darla?«

»Die Masse ist ein programmierter Parameter«, antwortete Darla. »Wie Sie wissen, wird im Schiff alles wiederaufbereitet. Ich kann die modifizierte Masse nicht variieren, es sei denn, Sie geben Befehl für eine allgemeine Neuberechnung.«

Ich starrte meine Zahlen an und versuchte daraus schlau zu werden, wie ich mich dermaßen verrechnet haben konnte. Offensichtlich wußten die drei anderen etwas, was mir nicht klar war. Ich zerbrach mir den Kopf, versuchte mich an den Fusionstheorieunterricht auf der Akademie zu erinnern. »Ich habe mit der Grundmasse angefangen und die Masse der Barkasse und das geschätzte Gewicht der damit verschwundenen Passagiere vom ...«

Der Pilot frohlockte. »Das ist alles in den Programmparametern enthalten, die Sie von Darla bekommen.«

»Auf der Akademie wurde verlangt, daß wir jedesmal alles neu berechnen, und Leutnant Cousins hat nie verlangt ...«

Mr. Haynes gab sich großmütig. »Sir, das diente nur der Übung. Sonst müssen wir jedesmal, wenn wir einen Navigationscheck machen, eine Woche lang rechnen. Erinnern Sie sich an Ihren Drill bei Kapitän Haag? Er wies Sie an, programmierte Parameter zu benutzen.«

»Ich ging davon aus, daß wir nur Zeit sparen sollten. Er war nervös, und ich konnte anscheinend nicht ...« Ich verbannte die Erinnerung. Mit roten Ohren durchsuchte ich das Logbuch nach den programmierten Parametern. »Also fangen wir mit Darlas Grundmasse an ...«

»Nein, Sir, der Computer rechnet auch mit der modifizierten Masse. Dabei handelt es sich um die Grundmasse abzüglich der Passagiere oder Fracht, die seit der letzten allgemeinen Neuberechnung von Bord gingen.«

Ich hatte mich für einen Tag bereits ausreichend zum Trottel gemacht. »Sehr schön; kein Wunder, daß ich danebenlag. Ich mache es jetzt auf Ihre Weise. Darla, bestätige modifizierte Ma ...«

Es knackte im Lautsprecher. »Brücke, hier Maschinenraum.« Es war der Chief. »Halten wir uns weiterhin zur Fusion bereit?«

Wie lange ließ ich sie jetzt schon warten? Ich biß mir auf die Unterlippe; über drei Stunden! Kein Wunder, daß ich erschöpft war und schweißnaß. »Wir sind gleich soweit, Chief.« Wo war ich?

Wir hatten drei übereinstimmende Zahlensätze und hatten meinen Fehler gefunden. Zeit, von dort an weiterzumachen. Ich begann meine Zahlen zu löschen und sah, wie der Pilot selbstgefällig grinste. Ich knirschte mit den Zähnen, fest entschlossen, meine Berechnungen zurückzuverfolgen und zu korrigieren. Es war eindeutig, daß ich die Übung gut gebrauchen konnte, und mit dieser Einstellung konnte er verdammt gut warten, bis ich damit fertig war.

»Hier, wo ich das gesamte Gewicht der Barkasse abgezogen habe ... Ich gebe Darlas modifizierte Masse ein, richtig?«

Vax versteckte ein Gähnen.

»Jetzt kann ich meine Subtraktion bereinigen ... Nebenbei, welche Grundmasse hatten wir, als die *Hibernia* Earthport Station verließ?«

Die Stimme des Computers klang leicht verärgert. »Fragen Sie mich? Wenn ja, benötige ich ein Pronomen als Bezugspunkt.«

»Gib mir einfach den Parameter, Darla.«

»215,6 Standardeinheiten.«

»Ich meinte die Grundmasse.«

»215,6 Standardeinheiten sind die Grundmasse, Kapitän. Wie oft müssen wir das noch durchkauen?«

Vax döste vor sich hin. Ich löschte meine Berechnung bis zur Fehlerstelle. Der Pilot trat ungeduldig von einem Fuß auf den anderen. Mir drehte sich der Kopf. Ich ließ sie alle schon lange genug warten. Trotzdem ...

»Nun, Sir?«

Mein Ton war barsch. »Pilot, lesen Sie unsere modifizierte Masse und unsere Grundmasse aus dem Logbuch vor.«

»Um Himmels … Aye aye, Sir.« Seine Finger fuhren über die Tasten. »Die modifizierte Masse beträgt 215,6 Einheiten. Die Grundmasse beträgt zweihun …« Er gab einen furchtbaren Laut von sich. Sein Gesicht wurde grau.

»Es scheint nicht ganz richtig zu sein, nicht wahr?« bemerkte ich. »Ich meine, die beiden Zahlen sollten voneinander abweichen.«

»Sie haben einen Fehler entdeckt«, flüsterte Pilot Haynes. »Wir haben falsche Werte benutzt!«

Vax fuhr bestürzt hoch. Wenn der Pilot sich geirrt hatte, dann galt dasselbe für ihn.

Ich war wie vom Donner gerührt. »Aber Darla hat auf Ihre Weise gerechnet! Computer vergessen doch keine Parameter!«

Der Pilot meldete sich als erster wieder zu Wort. »Wir müssen ihr die falsche Frage gestellt haben. Darla, wie lautet die um den Verlust der Barkasse und der Passagiere modifizierte Masse?«

»Die modifizierte Masse beträgt 215,6«, wiederholte sie.

Ich befahl: »Modifiziere deine programmierte Grundmasse um die Masse der Schiffsbarkasse. Sie ist nicht mehr an Bord.«

»Die Masse wurde aufgrund feststehender Berechnungskriterien modifiziert«, versetzte sie steif. »Das ist ein automatischer Vorgang.«

»Heilige Mutter Gottes!« flüsterte Vax. »Darla hat eine Macke!«

»Habe ich nicht!« Darla war empört. »Hüten Sie Ihre Zunge, Fähnrich!«

»Er meinte die altmodische Bedeutung, Darla«, sagte ich rasch. »Einen Ein/Ausgabefehler.« Es hatte Darla beleidigt, als hirngeschädigt bezeichnet zu werden.

»Aber sie …«

»Halten Sie die Klappe, Vax.« Wie alle hatte ich dunkle Gerüchte über Schiffe gehört, die mit verärgerten Computern auf interstellare Fahrt gegangen und nie zurückgekehrt waren.

Wir wurden still. Darla schleuderte zufällige Interferenz-Wellenlängen auf den Simultanschirm, ihr Äquivalent zu einem leisen Murmeln. Etwas auf der gegenüberliegenden Seite des Raumes fand Vax' ganzes Interesse. Ich erkannte, daß er mir nicht in die Augen blicken wollte.

»Wie ist es uns denn gelungen, so dicht an der *Celestina* zu defusionieren, wenn Darlas Zahlen ...« Ich senkte die Stimme. »... Fehlerhaft waren?«

»Vielleicht waren sie es da noch nicht.« Der Pilot tippte etwas in seine Konsole ein und betrachtete die aufgerufenen Werte. »Das sind die Koordinaten, die wir benutzt haben, um die *Celestina* zu finden. Die modifizierte Masse entsprach dem Grundwert. Aber denken Sie daran, daß das vor dem Verlust der Barkasse auch zu erwarten war.«

»Hat Kapitän Malstrom keine Neuberechnung angeordnet, ehe wir in Fusion gingen?«

»Ich denke doch.« Er zuckte die Achseln. »Überprüfen Sie das Logbuch.«

»Überprüfen Sie es gefälligst selbst!« Ich zwang mich wieder zur Ruhe, ehe ich mich in eine Tirade hineinsteigerte. Jetzt war nicht der richtige Zeitpunkt, um einen anderen Offizier zu provozieren.

»Aye aye, Sir.« Es klang leicht unfreundlich. Seine Tasten klickten. »Ja, es hat ganz den Anschein. Am Tag der Gedächtnisandacht.« Er runzelte die Stirn. »Aus irgendeinem Grund wurden die neuen Zahlen nicht eingegeben, oder Darla hätte sie jetzt.«

»Darla, kannst du die Parameter neu berechnen?«

»Natürlich!« Ich wartete ab, aber sie sagte nichts weiter.

»Dann tue es.«

»Befehl erhalten und bestätigt, Kapitän. Ich benötige Ihren speziellen Autorisierungscode.«

»Wo ist er?«

Ihre Stimme klang honigsüß.

»Wenn man mir das gesagt hätte, würden Sie keinen benötigen.«

»Pilot, wo finde ich meine Codes?«

»Ich habe nicht die leiseste Ahnung.« Sein Ton war besänftigend. »Sir, warum übergehen wir nicht einfach die Computerlösung mit Ihrem manuellen Kurs, um in Fusion zu gehen, und führen die Neuberechnung anschließend durch?«

»Ist das sicher?«

»Ja, Sir.«

Damit würden wir wenigstens endlich weiterkommen. »Also gut.«

Es blieb für einen Moment ruhig, dann platzte es aus dem Piloten heraus: »Sir, die Zahlen, die ich Ihnen gab, waren unbrauchbar. Sie hatten als einziger die richtige Lösung. Ich entschuldige mich aufrichtig für meinen Fehler.«

»Vergessen Sie es«, knurrte ich. »Sehen wir zu, daß wir in Fahrt kommen.« Es ging einfach nicht an, der Besatzung zu sagen, alles wäre in Ordnung, und dann stundenlang die Fusion nicht zustande zu bringen.

»Kapitän, könnte ich von der Wache entbunden werden und die Erlaubnis erhalten, die Brücke zu verlassen?«

»Nein, Pilot.« Nach seinem höhnischen Gebaren war mir nicht nach Großzügigkeit. »Nach Einleitung der Fusion durchsuchen Sie das Logbuch und die Datenbanken, bis Sie meinen Autorisierungscode für eine Neuberechnung gefunden haben.«

Ich wandte mich an Vax. »Berechnen Sie noch einmal Ihre Koordinaten, und fangen Sie dabei mit der Grundmasse an.« Er, Darla und der Pilot hatten sich vielleicht geirrt, aber ich mußte trotzdem sichergehen, daß meine eigenen Koordinaten stimmten.

»Aye aye, Sir.« Seine Finger flogen über die Tasten. Innerhalb weniger Minuten hatte er die Lösung. Meine Lösung. Ich gab die neuen Zahlen ein. »Darla, übergehe deine Koordinaten. Speichere diese.«

»Manuelle Koordinaten erhalten und bestätigt, Mr. Seafort«, sagte Darla. »Ich speichere sie.«

Ich nahm den Rufer zur Hand und wählte den Maschinenraum an. »Chief?«

»Ja, Sir?« Die Antwort erfolgte prompt. Er mußte mit dem Rufer in der Hand dagestanden haben.

Ich bemühte mich um einen lockeren Tonfall. »Was ist, wenn, sagen wir mal, Dalas vorprogrammierte Parameter einen Fehler aufwiesen? Würde eine fehlerhafte Eingabe durch Darla, nachdem wir Ihnen die Fusionskoordinaten übermittelt haben, uns aus der Bahn werfen?«

»Nur wenn Sie uns befehlen würden, uns auf die Wellenüberwachung der Brücke zu verlassen, und ich habe seit meiner ersten Fahrt nie einen solchen Befehl vernommen. Der Maschinenraum überwacht und modifiziert den Energieausstoß immer selbst.« Eine Pause. »Liegt ein Problem vor, Sir?«

Ja. Wir befanden uns tief im interstellaren Raum, mit einem Kapitän, der keine Idee hatte, was er tat, und einem sturen Computer. »Natürlich nicht.« Mein Ton war fröhlich. »Maschinenraum, Fusion bitte.«

»Aye aye, Sir. Fusionsantrieb ist – eingeschaltet.« Die Bildschirme wurden plötzlich leer.

Ich schluckte und überwachte sorgfältig die Instrumente. Ich wußte, daß Chief McAndrews das gleiche tat, bereit, auf jede Abweichung von der Norm zu reagieren. Die Anzeigen blieben jedoch gleichmäßig. Ich ließ den Atem langsam entweichen.

»Erlaubnis zum Betreten der Brücke, Sir.« Es war Sandy, der seine Wache antreten wollte.

»Erteilt. Vax, Sie haben frei.«

»Aye aye, Sir.« Vax stand auf und salutierte, und er widmete mir einen Blick, wie ich ihn noch nie bei ihm gesehen hatte. Es war Respekt und noch etwas anderes. Ehrfurcht vielleicht. Ich erkannte, daß die Schikanen, die ich ihm aufgebrummt hatte, und die scheinbare Zauberei mit den Berechnungen mich in seinen Augen von einem ärgerlichen Jugendlichen, der irrtümlich zu seinem Vorgesetzten gemacht worden war, in einen Kapitän verwandelt hatten, der nichts falsch machen konnte. Beide Vorstellungen waren irrig, aber ich konnte nichts dagegen unternehmen.

Während Sandy seinen Platz aufsuchte, erkannte ich mit einem Gefühl der Niedergeschlagenheit, daß ich mich auf niemanden verlassen konnte, wenn der Pilot, ein Fähnrich und der Computer sich alle auf einmal geirrt hatten. Jedesmal, wenn ich von der Wache ging, riskierte ich das ganze Schiff. Jetzt wußte ich, warum Kapitän Haag praktisch auf der Brücke gewohnt hatte. Ich war nicht gescheiter als die anderen und auch nicht mehr auf Draht. Aber ich trug die Verantwortung für die *Hibernia*, niemand sonst.

Ich wußte auch, warum der Pilot bleich geworden war. Eine Abweichung von sieben Prozent hätte sich nach ausgedehnter Fusion ungeheuer ausgeweitet. Wir hätten ins Zentrum der Sonne von Hope fahren können. Und es war einfach nur blindes Glück gewesen, daß ich die Sache entdeckt hatte.

11. Kapitel

Es wurde zum Abendessen gerufen. Am Kapitänstisch waren nur drei Plätze besetzt. Ich machte den Zahlmeister auf mich aufmerksam und wies mit hochgezogenen Brauen auf die leeren Stühle.

Mr. Browning beugte sich diskret an mein Ohr. »Es gab Anträge mehrerer Passagiere auf neue Plätze. In Anbetracht der Umstände dachte ich …«

»Völlig korrekt.« Das Abendessen mit dem Kapitän war eine Ehre. Es würde niemals, beim allmächtigen Gott, zur Pflicht werden.

Nicht, solange ich das Amt innehatte. Ich pflegte Konversation mit den drei Passagieren, die mir treu geblieben waren, bei einer davon handelte es sich um Mrs. Donhauser, die wie gewöhnlich keine Hemmungen hatte, ihre Meinung zu sagen.

»Sie sind ziemlich unpopulär geworden, junger Mann.« Sie musterte mich mit erkennbare Mißbilligung.

»Es scheint ganz so.« Ich tat unbekümmert, während ich ein Brötchen mit Butter bestrich.

»Der Passagiersrat findet, daß Sie umkehren sollten. Und er verzeiht Ihnen Ihre Jugend nicht.«

»Sagen Sie ihnen, daß das vorübergehen wird.« Ich hatte genug Probleme mit der Crew und den Offizieren, da brauchte ich mich nicht auch noch mit den Passagieren herumzuärgern. Das schien Mrs. Donhauser zu kränken, und wir beendeten das Mahl schweigend.

Auf dem Weg nach draußen blieb ich stehen, um mit dem Chief zu sprechen. »In meiner Kabine befindet sich, nebenbei, ein Safe. Ich schätze, Sie wissen auch nicht, wie ich ihn öffnen kann?«

Sein Ton war ausdruckslos. »Ich glaube, Kapitän Haag hat die Kombination im Brückensafe aufbewahrt. Falls nicht, kann ich einen Maschinisten schicken, um ihn aufzubohren.«

»Ich sehe nach. Danke.« Er starrte mich immer noch an, als ich mich bereits abwandte.

Ich stieg auf Deck 1 hinauf und schaute kurz auf der Brücke vorbei. Vax und Alexi schienen alles unter Kontrolle zu haben. Pilot Haynes hatte Nachricht hinterlassen, daß er die Autorisierungscodes für eine Neuberechnung bislang nicht gefunden hatte, aber während seiner nächsten Wache weitersuchen würde.

Ich ging zu Amandas Kabine. Wir trafen uns verlegen an der Luke. Ich küßte Amanda; sie erduldete es passiv, ohne jede Reaktion. Wir setzten uns auf Stühle, statt auf die Koje oder den Boden. Es schien eine eher förmliche Begegnung zu werden. Ich sagte ihr, daß ich sie vermißt hatte.

Sie blockte meinen Versuch in Konversation gleich ab. »Was hast du eigentlich vor, Nicky?«

»Wie meinst du das?«

»Diese Uniform. Wieso spielst du Kapitän? Du weißt, daß du kein Kapitän bist.«

Ich versuchte es mit einem Lächeln. »Wir kommen alle an die Reihe, Amanda. Als nächsten trifft es Vax.«

Sie erwiderte das Lächeln nicht. »Mach dich nicht über mich lustig. Was du tust, erschreckt mich.«

»Was tue ich denn so Erschreckendes?«

»Die Weiterfahrt nach Hope Nation. Die Leute denken, daß wir es vielleicht nicht schaffen. Sie sind besorgt und beunruhigt und sagen häßliche Dinge. Nicht nur wir – auch die Besatzung.«

»Wie hast du das erfahren?«

»Von den Messestewards.« Ich nahm mir vor, mich darum zu kümmern. »Nicky, es könnte irgend etwas passieren. Es könnte jemand zu Schaden kommen.«

Ich gab den Versuch mit dem Lächeln auf. »Was weißt du?«

»Nichts Spezielles. Du versucht es mit allen aufzunehmen, und das kannst du nicht. Nicht, wenn die Besatzung und die Passagiere soviel Angst haben. Man sagt, selbst die Offiziere würden dich am liebsten loswerden.«

»Wo hast du das gehört?«

»Das sage ich nicht.« Das war schlimm! Ich hätte sie gerne auf meiner Seite gehabt, aber sie vergrößerte die Kluft zwischen uns. »Ich weiß, was du denkst«, setzte sie hinzu. »Das Gesetz ist Gesetz, und wenn es sagt, daß du Kapitän sein sollst, dann ist es halt deine Pflicht. Aber denke doch mal an das Wohl des Schiffes! Wenn du zurücktrittst, bekommen die anderen Offiziere keine Schwierigkeiten dafür, daß sie das Kommando übernehmen. Mach ihnen den Weg frei, Nicky!«

»Ist das die Ansicht der meisten Passagiere?«

»Ich bekomme es überall zu hören. Und ich halte es auch für richtig.«

»Ich brauche dich, Amanda«, sagte ich einfach, und ich meinte es ernst. »Wenn du dich gegen mich wendest, stehe ich völlig allein da.«

Auf diese Worte hin kam sie sofort zu mir und kniete an meiner Seite nieder. »Ich bin nicht gegen dich, Nicky. Ich möchte nur in Sicherheit sein. Ich möchte, daß auch du in Sicherheit bist.«

Ich streichelte ihr das Haar. »Ich bin Kapitän der *Hibernia*. Das zumindest ist geklärt. Wenn ich nicht mehr mit dir reden kann, dann kann ich es mit niemandem. Wenn ich dich nicht berühren und festhalten kann, dann niemanden. Bitte!« Ich hielt die Luft an, war völlig von ihrer Gunst abhängig.

Sie beugte sich herüber und küßte mich. »Ich bin da, Nicky. Ich bin bei dir.«

Den größten Teil der Nacht blieb ich bei ihr. Wir liebten uns nicht; statt dessen streichelten und küßten wir uns und hielten uns in den Armen. Früh am Morgen verließ ich ihre Kabine und kehrte still und leise in meine eigene zurück. Dort traf mich Ricky an, als er das Tablett mit meinem Frühstück brachte. Wieder salutierte er und behielt starr Haltung, bis ich ihn entließ.

Ich suchte die Brücke auf. Sandy und der Chief hatten Wache. Ich setzte mich und überprüfte das Logbuch. Vax hatte sich zweimal zur persönlichen Inspektion gemeldet und war wieder zu Bett gegangen.

Ich warf einen Blick auf den leeren Simultanschirm und fragte mich, wie vertraut mir dieser Anblick wohl werden würde, bis wir endlich Hope Nation erreichten. Als ich den Chief ansah, fiel mir wieder etwas ein; ich ging zum Safe hinüber und fand darin tatsächlich die Kombination für den Kabinensafe. Gelangweilt setzte ich mich wieder. Halb zum Spaß fragte ich: »Spielst du Schach, Darla?«

Als Antwort erschien ein Schachbrett auf dem Simultanschirm. Ich sperrte den Mund auf. »Da will ich doch verd ... Na ja, gut.« Ich blickte kurz zum Chief hinüber, in dessen Augen eine leichte Erheiterung glitzerte. »Lösche das wieder. Auf Wache darf ich sowieso nicht spielen.«

»Entscheiden Sie sich mal«, sagte sie verdrossen und schaltete den Bildschirm ab.

Nach einer Weile sagte ich: »Chief, ich habe nachgedacht.«

»Ja, Sir?«

»Ich sehe nicht ein, warum wir den ganzen Weg nach Hope Nation ohne Brückenoffiziere fahren sollten. Vax wird es bald zum Leutnant bringen; das wissen Sie. Warum sollen wir nicht weitere Fähnriche rekrutieren?«

Sandy begutachtete seine Konsole, aber seine Ohren wuchsen von Minute zu Minute. Na ja, ich verkündete hier keine Geheimnisse. Er wischte mit dem Ärmel Staub vom Bildschirm.

»Woher sollen wir sie denn rekrutieren, Sir?« fragte der Chief. Eine gute Frage. Die meisten Besatzungsangehörigen waren zu alt, um noch eine Offiziersausbildung zu beginnen.

»Wir haben Teenager unter den Passagieren. Etliche. Und was ist mit Ricky?«

»Möchten Sie meine Meinung hören, Sir?«

»Ja.«

»Dann rate ich davon ab. Wir haben schon zu sehr gegen alle Bräuche verstoßen. Es ist legal, Passagiere zu rekrutieren, aber hochgradig ungebräuchlich. Die Admiralität könnte es als, nun, anmaßend betrachten.« Er hatte recht. Andererseits war es nicht die Admiralität, die neun Lichtjahre tief im Nirgendwo knapp an Personal war und versuche, ein Sternenschiff zu fahren.

»Na ja, es war nur ein Gedanke. Mr. Wilsky, ist dieser Bildschirm inzwischen nicht sauber genug?«

»Ja, Sir. Ich meine, nein, Sir. Ich meine, aye, aye, Sir!« Sandy riß sich zusammen und wurde tiefrot. Er war ein zu netter Bursche, als daß es Spaß gemacht hätte, ihn übertrieben zu necken. Aber trotzdem ...

»Wenn Sie damit fertig sind, wären sie dann so freundlich, meinen zu polieren?«

»Aye aye, Sir.« Er sah vorsichtig auf, denn er hatte allmählich den Verdacht, daß man ihn zum besten hielt. Langsam entspannte er sich.

»Erlaubnis zum Betreten der Brücke, Sir?«

Ich drehte mich um. Vax wartete in Habachtstellung auf dem Korridor.

»Erteilt.«

Er kam hereinmarschiert. »Fähnrich Holser meldet sich zur persönlichen Inspektion, Sir!« Nun, wenn ich es überhaupt machte, dann richtig. Ich stand auf und machte eine richtige Schau daraus, seine saubere, frisch gebügelte Uniform zu begutachten, die Gürtelschnallen, die ganze Pracht. Natürlich zeigte ich mich einverstanden. Vax hatte es gut gemacht, und selbst wenn nicht, wäre ich nicht bereit gewesen, irgendeinen Makel zu entdecken.

»Zufriedenstellend, Mr. Holser. Reichen Sie Ihren schriftlichen Bericht spätestens morgen ein. Entlassen.« Er salutierte und verließ die Brücke. Chief McAndrews sagte nichts; sein Gesicht war eine Maske. Ich verstand; es stand ihm nicht zu, einen Kommentar darüber abzugeben, wie der Kapitän seine Fähnriche behandelte. Ich fragte mich jedoch, was in seinem Kopf vor sich ging.

Ich lehnte mich im Sessel zurück. Ich hätte mit Darla Schach spielen sollen. Statt dessen döste ich ein, was schlimmer war. Leutnant Cousins hätte mich dafür übers Faß gelegt.

Ich gab die Kombination ein, die ich vom Zettel in meiner Hand ablas. Es klickte, und die Tür ging auf. Ich warf einen Blick in den Safe. Ein Klassenring von der Akademie – die Klasse von 2162. Er mußte Kapitän Haag gehört haben. Anscheinend hatte sich Kapitän Malstrom nicht die Mühe gemacht, nach Mr. Haags Tod den Kabinensafe aufzuräumen. Eine Ledermappe. Sie enthielt Bilder von einem jüngeren Kapitän Haag, eine hübsche Frau an seiner Seite. Hastig legte ich sie zur Seite und schämte mich für dieses Eindringen in seine Privatsphäre. Die bloße Tatsache seines Todes gab mir nicht das Recht dazu. Ein Chipkasten mit drei Chips. Ich stellte ihn für späteres Studium zur Seite.

Dann holte ich einen Gegenstand hervor, der so lang war wie meine Hand. Ein gebogenes hölzernes Rohr, in der Mitte auf ganzer Länge aufgebohrt. Es hatte eine hölzerne Schale am Ende, deren Innenseite angekohlt war. Verdutzt betrachtete ich das Ding von allen Seiten. Ein primitives Stück aus Afrika? Neuseeländische Volkskunst? Touristen-plunder vom Caltech-Planeten? Ich konnte mir nicht vorstellen, was Kapitän Haag mit so etwas hätte anfangen können. Ich legte es zur Seite. Der einzige weitere Inhalt des Safes war ein nicht etikettierter Behälter. Ich öffnete ihn. Er war voller Flocken einer mattbraunen Substanz. Irgendeine Art pflanzlicher Materie.

Ich breitete die Gegenstände auf dem Nachttisch aus und setzte mich hin, um mir Gedanken darüber zu machen. Endlich gab ich auf und ließ meine Gedanken treiben. Ich erinnerte mich an einen Abend, den wir Fähnriche mit dem Chief in einer billigen Kneipe in Lunapolis verbracht hatten – eine der seltenen Gelegenheiten geselligen Umgangs mit unseren Offizieren. Wir hatten spekuliert, wie sich die Kolonie möglicherweise weiterentwickelten. Ich sprach damals eine alte Geschichte an, die ich in einem Holodrama gesehen hatte. Das war Anlaß für den Chief gewesen, uns von ungewöhnlichen primitiven Bräuchen zu erzählen.

Ich setzte mich kerzengerade auf. Jetzt wurde es mir klar! Das Ding auf dem Tisch war ein Gerät, um die pflanzliche Materie darin zu verbrennen. Takab. Wie hatte sich der Chief ausgedrückt? »Vor den Reformen von 2024, Junge, waren sie allgemein in Gebrauch. Die Leute stopften sie voll und zündeten sie dann an.«

»Und was dann, Chief?« fragte ich in dem Bewußtsein, daß er sich einen Spaß mit mir erlaubte. »Haben sie die Feuerwehr gerufen?«

»Nein. Sie haben daran gesaugt, bis der Rauch aus dem anderen Ende kam. Es war ein Stimulans.«

Wir lachten. Er stand offensichtlich unter Alkoholeinwirkung. »Und haben sie den Rauch dann gegessen?« spottete ich. Ich mußte betrunken gewesen sein; schließlich war er der Chefingenieur und konnte mich aufs Faß schicken.

»Nein, sie haben ihn eingeatmet.« Er funkelte mich an, wütend über meinen Spott.

»Chief, das haben Sie sich doch ausgedacht«, meinte Alexi. »Niemand könnte so was wirklich tun!«

»Sei dir da nicht zu sicher, solange du es nicht probiert hast.« Er zwang ihn, den Blick abzuwenden.

»Haben Sie – ich meine, ist es legal? Könnte man es heute noch tun?«

»Oh, es ist legal! Man darf zwar weder Werbung für das Zeug machen noch es gewinnträchtig verkaufen, aber ich habe gehört, daß man es an bestimmten Stellen bekommt. Natürlich dürfte man es nicht mit auf ein Schiff nehmen. Es wäre Konterbande wie andere Drogen.«

»Wenn es legal ist«, wollte ich wissen, »wie kommt es dann, daß ich noch nie davon gehört habe?«

Der Chief nahm die Frage ernst.

»Aufgrund der Reformen von 2024 sind eine Menge Laster sozusagen verschwunden. Zum Beispiel Frauen, die sich öffentlich für außerehelichen Geschlechtsverkehr anboten, um damit Geld zu verdienen; jemals was davon gehört? Auch Krebs war damals, vor den Antikarzinogenen, noch ein großes Problem. Also wurde das Rauchen einfach unterbunden. Das dauerte eine Zeitlang, denn die Leute rauchten, um sich zu entspannen. Aber nachdem es in der Öffentlichkeit verboten worden war, starb es mehr oder weniger aus. Leute konnten die Pflanze zwar weiterhin anbauen, aber niemand scherte sich darum.«

»Heh, Chief, haben Sie es jemals selbst probiert?« fragte Sandy Wilsky.

Der Chief warf einen Blick auf die Uhr. »Zeit zu gehen. Wir starten morgen in aller Frühe.«

Jetzt schnupperte ich in meiner Kabine an der Schale des Artefakts. Sie roch nach Kohle und einem anderen Aroma. Vielleicht der Takab. Ich war erschüttert. Sich Kapitän Haag vorzustellen, wie er in seiner Kabine saß und heimlich Konterbande aus diesem qualmenden Unding einatmete! Wie wenig wir ihn doch gekannt hatten! Uns war er auf der Brücke wie der leibhaftige Gott erschienen.

Vor meiner Übernahme des Kommandos hatte ich diese

Kabine nie von innen gesehen. Keiner von uns Fähnrichen hatte das. Und auch nur wenige Offiziere, wenn überhaupt welche, wurden ins Kapitänsquartier eingeladen. Er mußte ein einsamer Mann gewesen sein, dem nur Chief McAndrews gelegentlich Gesellschaft leistete. Die Schiffsgerüchte hatten behauptet, der Chief, ein alter Freund Mr. Haags, hätte den Käpten von Zeit zu Zeit an ruhigen Abenden in seine Kabine besucht. Zusammen saßen sie dann da und tauschten Erinnerungen aus, oder was immer alte Freunde gemeinsam tun.

Ich zog mich zur Nacht aus. Kaum hatte ich die Hose halb herunter, erstarrte ich und fluchte lauthals über meine eigene Dummheit. Das Holzrohr im Safe hatte gar nicht dem Kapitän gehört. Natürlich nicht! Er hatte die Konterbande für seinen alten Freund aufbewahrt. Der Chief mußte mit einem Kriegsgerichtsverfahren rechnen, wenn die Sachen an Bord gefunden wurden, also verstaute Kapitän Haag sie am einzigen sicheren Ort an Bord der *Hibernia*: in seinem eigenen Safe. Und an den erwähnten Abenden mußte der Chief ... Ich versuchte ihn mir vorzustellen, wie er Rauch aus Mund und Nase ausstieß, ähnlich einem Drachen.

Ich zog mir die restlichen Kleider aus und legte mich in die Koje. Zu Hause in Lunapolis hatte der Chief gesagt: »Die Leute rauchten, um sich zu entspannen.« Der arme Chief McAndrews. Seit dem Tod des Kapitäns fehlte ihn nicht nur die Gesellschaft seines Freundes, sondern auch eine bevorzugte Entspannung. Und die ganze Zeit über wußte er auch nicht, ob die Konterbande gefunden wurde und seine Karriere gefährdet war.

Auf eine plötzliche Eingebung hin nahm ich den Rufer zur Hand und wählte den Maschinenraum an. »Chefingenieur zur Kapitänskabine.« Ich wartete nicht auf Antwort. Wenn er nicht dort war, würden sie ihn finden. Ich zog mich rasch wieder an und machte das Bett. Das Rohr und den Behälter plazierte ich auf dem Konferenztisch.

Bald darauf klopfte jemand. »Chief McAndrews meldet sich, Sir.«

»Kommen Sie herein, Chief. Setzen Sie sich.« Ich wollte ihm gleich klarmachen, daß dies kein offizieller Anlaß war.

Er setzte sich auf den angebotenen Platz am Tisch. Sein Blick zuckte zu den Gegenständen, die darauf lagen. Sein Ausdruck verriet nichts.

»Ich habe den Safe ausgeräumt, Chief, und dabei ein paar komische Sachen gefunden. Kapitän Haags Album, seinen Ring und diese Gegenstände – worum immer es sich dabei auch handelt.«

»Ja, Sir.«

Ich mußte vorsichtig sein, damit ich ihn nicht zu dem Eingeständnis zwang, daß die Artefakte ihm gehörten.

»Ich habe versucht, aus den Sachen schlau zu werden, Chief. Ich denke ... haben Sie vielleicht etwas mit diesem Rauchstimulans zu tun, von dem Sie mir erzählt haben? Dem Takab?«

»Tabak, Sir. Sieht ganz danach aus.«

»Ich finde es faszinierend. Ich kann mir nicht vorstellen, weshalb Kapitän Haag sie mit an Bord brachte.« Er sagte nichts dazu. »Wen man sich vorstellt, daß der Kapitän so was benutzt hat«, fuhr ich fort. »Das hätte ich nie gedacht. Finden Sie, ich sollte es mal probieren?«

»Das ist verboten, Sir. An Bord eines Schiffes jedenfalls.« Er blieb ungerührt.

»Könnten Sie mir zeigen, wie es funktioniert, bitte?«

»Ich würde damit gegen viele Vorschriften verstoßen, Kapitän.«

»Egal«, sagte ich großzügig. »Ich setze die Vorschriften für diesen Anlaß außer Kraft.« Ich reichte ihm das Rohr. »Chief, ich möchte sehen, wie es funktioniert. Haben Sie eine Vorstellung, wie man es in Gang setzt?«

»Ja, Sir, ich denke doch.«

Gute Antwort. Er hatte sich nach wie vor nicht verraten. Vielleicht argwöhnte er weiterhin eine Falle. Das konnte ich leicht vom Tisch bringen. »Zünden Sie es an. Das ist ein Befehl.«

»Aye aye, Sir.« Damit war er nicht nur vom Haken, sondern hatte auch keine Wahl mehr. Er konnte straffrei an dem Ding saugen, durch meinen ausdrücklichen Befehl vor Verfolgung geschützt.

Der Chief öffnete den Behälter. Er grub einen kleinen Löffel aus Metall hervor und füllte die Schale mit den Flocken, dem Tabak. Mit dem stumpfen Ende des Löffels klopfte er sie in der Schale fest. »Ich benötige Feuer, Sir.«

»Wieviel? Eine Lötlampe?« Ich war bereit zu befehlen, daß eine heraufgebracht wurde.

»Nein, Sir. Ein Kerzenanzünder wird reichen. Ich habe einen dabei.« Ich wartete, während er die Flamme an die Schale setzte. Er steckte das andere Ende des Rohrs in den Mund und saugte daran, ganz wie er es erläutert hatte. Nach einer Weile atmete er aus. Grauer Rauch kam aus seinem Mund. Wortlos reichte er mir das Rohr.

»Nein, ich möchte zusehen. Machen Sie weiter.«

»Das ist alles, Sir. Man fährt einfach so fort, bis der Tabak verbraucht ist.«

»Oh. Ist das ein schönes Gefühl?«

»Manche Leute behaupten es.« Es klang vorsichtig.

»Rauchen Sie zu Ende und erzählen Sie es mir«, sagte ich. »Wir könnten solange ein bißchen plaudern.«

»Aye aye, Sir.« Er musterte mich aus dem Augenwinkel. Nach einer Weile produzierte er weiteren Rauch. Ich sah zu, wie sich die Kringel auf die Ventilatoren zubewegten. Das Reinigungssystem würde sie aus der Luft entfernen, ehe sie sie wiederaufbereitete.

»Wie steht es um die Moral auf Deck 3, Chief?«

»Hat sich verbessert. Sie wird sich noch weiter verbessern, sobald sich das Problem der Verurteilten erledigt hat.«

»O Gott, die hatte ich ganz vergessen.« Wie viele Tage waren seitdem vergangen? Mir stand immer noch die Entscheidung bevor, was mit den Männern geschehen sollte, die im Schiffsgefängnis auf ihre Hinrichtung warteten.

»Ja, Sir. Wenn Sie mir die Bemerkung gestatten: Je schneller die Entscheidung erfolgt, desto besser.« Der Rauch schien eine entspannende Wirkung auf ihn zu haben.

»Sie haben recht. Ich werde sie bald treffen. Wird dieses Rohr in Ihrer Hand nicht heiß?«

»Pfeife, Sir. Man nennt es eine Pfeife.« Einen Jugendlichen zu korrigieren war für den Chief ein ganz automatischer Vorgang; es machte mir auch nichts aus. »Der Kopf wird heiß, aber nicht der Stiel.« Der ganze Raucherjargon war ihm vertraut.

Wir machten Konversation. Nach einer Weile gewöhnte ich mich an das Aroma des Rauchs. Als der Chief sich endlich keine Sorgen mehr machte, daß ich ihm eine Falle stellen wollte, entspannte er sich gänzlich. Er streckte die Beine aus und stützte den Ellbogen auf dem Tisch ab.

»Wie lange kannten Sie Kapitän Haag?« fragte ich.

»Einundzwanzig Jahre.« Er wußte es auswendig. »Mit ihm als erstem Leutnant fuhren wir gemeinsam auf der alten *Prince of Wales*. Danach waren wir stets auf dem gleichen Schiff.« Er paffte an dem Rohr. Der Pfeife. »Er saß immer genau dort, wo Sie jetzt sitzen, Sir.« Sein Blick ruhte auf dem Deck oder in noch weiterer Ferne. Er paffte mechanisch, bis wieder Rauch hervorquoll.

»Es tut mir leid, Chief«, sagte ich sanft. »Wir alle vermissen ihn. Sie mehr als wir anderen.«

»Ja, Sir. Wir haben nicht viel miteinander gesprochen, wissen Sie? Oft saßen wir auch einfach nur zusammen.«

Vielleicht entspannte der Rauch auch mich. Spontan streckte ich die Hand nach dem Arm des Chiefs aus. »Chief, ich weiß, daß ich ihm nie werde das Wasser reichen können. Ich versuche einfach, über den jeweiligen Tag zu kommen. Ich weiß, daß es für Sie nicht dasselbe wäre, aber wenn Sie manchmal kommen möchten, damit wir zusammensitzen . . .«

»Sie brauchen sich nicht zu entschuldigen, Sir.« Er blickte an mir vorbei aufs Schott. »Es ist ganz okay, was Sie machen.«

»Im Grunde nicht. Sie können es zwar nicht laut sagen, aber ich habe alles verpfuscht. Habe es mit dem Piloten verdorben, mit Vax. Wahrscheinlich einfach mit jedem.«

»Ich habe gehört, daß Sie ein ganz schön scharfer Navigator sind, Kapitän.« Seine Mundwinkel zuckten.

»Sie haben davon gehört?«

»Das ganze Schiff hat davon gehört. Ihre Aktien sind beträchtlich gestiegen.«

Ich war nicht sonderlich überrascht. Die Gerüchte drangen schneller von der Brücke bis zum Fusionsantrieb vor, als der Schiffsjunge laufen konnte. Vielleicht hatte Darla dafür gesorgt. »Es war purer Zufall.«

»Sie sind als Kapitän aufgetreten. Dafür sind Sie da.« Er paffte wieder, versuchte für eine gleichmäßige Glut zu sorgen. »Ich würde mich gerne mit Ihnen zusammensetzen, Sir«, sagte er rauh. »Wenn es hilfreich ist.«

»Danke, Chief.« Wir blieben friedlich sitzen, bis die Pfeife ausging.

12. Kapitel

Ich tippte an mein Glas. Es wurde still im Raum. »Allmächtiger Gott, heute ist der 14. März 2195 an Bord der U.N.S. *Hibernia.* Wir bitten um Deinen Segen für uns und unsere Reise und um die Gesundheit und das Wohlergehen aller an Bord.«

Nach dem ›Amen‹ blieb ich stehen. »Ehe wir essen, möchte ich ein paar Worte sagen.« Einige der Passagiere wechselten Blicke. »Wie Sie wissen, sind wir wieder in Fusion gegangen und unterwegs nach Hope Nation.« Sie wußten es, aber es gefiel ihnen nicht. Ich hörte kurz unzufriedenes Gemurmel.

»Meine Offiziere und ich ...« Das gefiel mir. Es klang so selbstbewußt. »Meine Offiziere und ich erwarten, daß wir Hope Nation planmäßig erreichen. Uns fehlen jedoch vier Offiziere, was zusätzliche Wachen für alle bedeutet, die wir noch haben. Aus diesem Grunde habe ich mich entschlossen, die Verpflichtung eines oder mehrerer Kadetten aus den Reihen der Passagiere zu genehmigen.«

Ich hob die Stimme, um das ärgerliche Gerede zu übertönen, das sich auf einmal ausbreitete. »Ein Kadett beginnt die Ausbildung zum Fähnrich, zu einem Offizier im Flottendienst. Er oder sie verpflichtet sich für fünf Jahre. Letztlich ist eine Beförderung zum Leutnant oder Kapitän möglich. Die Laufbahn eines Offiziers im Flottendienst ist ein ehrbarer Beruf. Wer von Ihnen sich näher informieren möchte, wende sich bitte an den Zahlmeister, der dann ein Gespräch zwischen Ihnen und einem Offizier vermittelt.«

In der Stille, die daraufhin eintrat, setzte ich mich. Heute abend saßen nur zwei Passagiere an meinem Tisch: Mrs. Donhauser und Mr. Kaa Loa, ein Mikronesier, der selten redete. Ich hatte ihn noch nicht kennengelernt.

»Guten Abend, Madam.«

»Hallo, Kapitän.« Sie betrachtete mich nachdenklich. »Werden Fähnriche nicht schon als Kinder rekrutiert?«

»Kadetten werden es, ja. Fähnriche gelten per Gesetz der Vollversammlung als Erwachsene.«

»Rechnen Sie wirklich mit dem Einverständnis von Eltern, daß Sie ihre Kinder nehmen, Kapitän Seafort?« Mir fiel auf, wie selten bislang mein Name und Titel zusammen benutzt worden waren. Der Klang gefiel mir.

»Wohl nicht.«

»War dies dann nicht eine nutzlose Geste?« Sie wich niemals einem Streitpunkt aus. Sie war offen und ehrlich. Ich hatte Achtung vor ihr.

»Eigentlich nicht«, sagte ich. »Ich benötige gar nicht die Einwilligung der Leute.«

Sie beugte sich zu mir herüber und packte mich am Arm. »Nicky, Sie können doch nicht Kinder für den Dienst shanghaien!« Sie sagte es nachdrücklich, aber leise. »Vielleicht wissen Sie es noch nicht, aber der Schutz der Kinder gehört zu den grundlegendsten Trieben des Menschen. Bringen Sie ihn nicht gegen sich auf! Damit würden Sie sich ernste

Schwierigkeiten einhandeln!« Sie drohte mir nicht, sondern sprach eine Warnung aus, und ich wußte das zu schätzen.

»Ich denke darüber nach, Mrs. Donhauser.« Ich wechselte das Thema, so schnell ich konnte.

Ich hatte die Abendwache mit Alexi zusammen. Er war in besserer Laune als ich. Ich wollte nur dasitzen und nachdenken, während er sich vorgenommen hatte, alle möglichen Fragen zu stellen. Er war ausreichend respektvoll, wollte aber einfach nicht den Mund halten. Das war einer der Nachteile im Gefolge der Tatsache, daß wir Kabinengefährten gewesen waren; sobald er die anfängliche Schüchternheit überwunden hatte, übertrieb es Alexi auf der anderen Seite und wurde zu vertraulich. Ich mußte jedoch entscheiden, was mit meinen Gefangenen geschehen sollte.

Außer Mr. Tuak waren Leichtmatrose Rogoff und Maschinenmaat Herney zum Tode verurteilt worden – Rogoff, weil er Stabsbootsmann Terrill mit dem Knüppel geschlagen hatte, und Herney, weil er sich mit Mr. Vishinsky geprügelt hatte. Der letztgenannte Fall bereitete mir den meisten Kummer. Ich hatte den Aufruhr selbst miterlebt und glaubte nicht, daß Mr. Herney sich in irgendeiner Form darüber im klaren gewesen war, wen er eigentlich schlug. Ich las mir noch einmal durch, was die Vorschriften dazu sagten, wenn jemand einen Vorgesetzten schlug.

»Glauben Sie, daß Darlas Problem behoben werden kann?« Das war Alexis vierter Versuch, ein Gespräch zu beginnen.

»Ich weiß es nicht.« War das Schlagen eines Vorgesetzten erst dann ein Verbrechen, wenn man wußte, daß man es mit einem Vorgesetzten zu tun hatte? Vielleicht nicht; Schlägereien waren an sich schon ein Verbrechen, und wenn man einen Vorgesetzten traf, war das eine unglückliche Konsequenz daraus. Andererseits ...

»Wir könnten sie zur Neuprogrammierung auseinandernehmen, solange wir in Fusion sind, Sir.«

In Anbetracht der Umstände hielt ich meine Reaktion darauf für zurückhaltend. »Seien Sie eine Zeitlang still, Alexi.«

Wenig später bemerkte ich, daß er das vorwurfsvolle Gesicht eines gezüchtigten Hündchens zeigte. Er sagte nichts, aber sein Schweigen war lauter als Worte.

Ich seufzte innerlich, wohl wissend, was Kapitän Haag getan hätte. Aber ich mochte Alexi. Ich suchte nach einer Möglichkeit, ihn abzulenken. »Berechnen Sie die Antriebskorrekturen für ein Ladungsungleichgewicht, unter der Annahme, daß wir keine Fracht mit nach Detour nehmen. Das wird eine gute Übung sein.«

»Aye aye, Sir.« Wenigstens blieb er für eine Zeitlang still.

Auf seiner nächsten Wache meldete Pilot Haynes, daß er meine Autorisierungscodes in keiner unseren Dateien finden konnte. Ich nickte und sagte nichts, in der Hoffnung, daß er nicht gesehen hatte, wie ich plötzlich rot geworden war. Sobald ich mich unauffällig verabschieden konnte, verließ ich die Brücke und eilte in meine Kabine. Ich holte den schon vergessenen Chipbehälter aus meinem Safe und steckte einen der Chips ins Holovid.

Er enthielt Kapitän Haags persönliche Soldbelege und Auszüge seines Sparkontos auf der Bank von Neuschottland und Luna. Der zweite war ein Text, den er sich aus der Schiffsbibliothek ausgeliehen hatte.

Der dritte enthielt eine Reihe von Autorisierungscodes für einen speziellen Zugriff auf den Computer.

Da ich mich noch nicht ganz sicher genug fühlte, um mit der Sache allein fertig zu werden, rief ich den Chief auf die Brücke, damit er dabeisaß, wenn ich Darla anwies, neue Berechnungen vorzunehmen.

Es war wirklich ganz einfach. Nachdem ich die Codes eingegeben hatte, schwieg sie für fast eine Minute, während der Bildschirm blitzte. Schließlich läutete sie eine Glocke, so als wollte sie sich räuspern. »Neuberechnungen abgeschlossen, Kapitän.«

Ich seufzte richtig vor Erleichterung. »Sehr schön! Wie hoch ist die Schiffsmasse, Darla?«

»215,6 Standardeinheiten.«

»Und die modifizierte Masse?«

Sie klang ganz zuversichtlich. »215,6 Standardeinheiten. Berechnen wir eine weitere Fusion?«

»O Gott!« Ich warf einen Blick auf den Chief. Er schluckte. Darla hatte immer noch eine Macke.

Zwei Tage vergingen, während wir debattierten, was zu tun war. Ich verpflichtete den Chief und den Piloten auf Geheimhaltung; die Nerven waren an Bord schon strapaziert genug, auch ohne daß Gerüchte von einem verrückten Computer kursierten, der uns vielleicht in eine andere Galaxis schickte.

Ich verfluchte meine Dummheit, daß ich nicht umgekehrt war, als ich noch die Chance gehabt hatte. Leutnant Dagalow war kein Dosman gewesen, aber sie hatte eine weiterführende Computerausbildung absolviert und hätte uns sagen können, wie das Parameterproblem korrigiert werden konnte. Wohl wissend, daß die Aufgabe über meine Kräfte ging, wies ich den Piloten an, sich in unsere Computerhandbücher zu vertiefen, bewegt von der Hoffnung, daß er uns anschließend durch die nötigen Programmierungsarbeiten führen konnte.

Da die *Hibernia* sich bereits in Fusion befand, sah ich keinen Sinn darin zu defusionieren, bis Mr. Haynes sich für seine Aufgabe bereit fühlte. Obwohl ein richtiger Kapitän das selbst entschieden hätte, fragte ich den Chief nach seiner Meinung. Er stimmte mir zu.

Derweil berichtete Zahlmeister Browning, daß sich niemand in Sachen einer Verpflichtung an ihn gewandt hatte. Ich ließ Kopien meines Aufrufs in der Passagiersmesse und den Salons aushängen. Einige wurden heruntergerissen.

Auch die Todesurteile machten mir zu schaffen. Ich besuchte Amanda und erzählte ihr, wie mir davor graute, über Hinrichtungen zu entscheiden. Wäre ich bereits zum Zeitpunkt des Aufruhrs Kapitän gewesen, wäre die Sache nie über den Kapitänsmast hinausgelangt. Inzwischen hatte jedoch das Kriegsgericht vollendete Tatsachen geschaffen.

Was sollte ich nun machen? Amanda musterte mich mit seltsamem Ausdruck. »Natürlich solltest du sie begnadigen. Wie könntest du irgend etwas anderes tun?«

»Welches Signal gebe ich der Besatzung, wenn ich Meuterei verzeihe?« fragte ich.

»Nicky, das war keine Meuterei, sondern eine Schlägerei. Das weißt du doch!«

Ich versuchte, es ihr begreiflich zu machen. »Es war eine Art Meuterei, Liebes. Sie haben gegen die verschiedensten Vorschriften verstoßen, Vorschriften übers Schmuggeln, über Drogen, über Schlägereien. Schlimmer noch, sie haben die Vorgesetzten geschlagen, die Kapitän Malstrom schickte, um die Sache zu beenden.«

»Sie haben sich geprügelt. Du sagtest doch bereits, daß du kein Kriegsgericht einberufen hättest.«

»Ja, aber ...« Wie sollte ich das bloß einer Zivilistin erklären? »Sieh mal. Sagen wir, ich bin Fähnrich und die ganze Nacht auf Mannschaftsdrill gewesen und melde mich anschließend mit unordentlicher Uniform beim Kapitän. Wenn er das sieht, muß er einen Fall daraus machen, und ich bekomme Schwierigkeiten mit dem ersten Leutnant.« Ich legte eine Pause ein, um Luft zu holen. »Vielleicht beschließt er jedoch, es nicht zu sehen. Dann muß er sich auch nicht damit befassen.«

»Dann beschließe doch, es nicht zu sehen«, sagte sie prompt.

»Das Problem ist: Es wurde bereits gesehen. Hätte Kapitän Malstrom nicht mit förmlichen Anklagen offiziell Notiz davon genommen, könnte ich sie davonkommen lassen. Wenn ich das jetzt noch tue, drücke ich damit aus, daß Meuterei ungestraft bleibt.«

Sie war besorgt. »Ich dachte, ich würde dich kennen, Nicky. Du kannst doch nicht so grausam sein, diese armen Kerle zu töten!« Das war nicht ganz fair. Ich war ja nicht der, der sie töten würde. Diese Entscheidung hatten bereits die Admiralität, Kapitän Malstrom und der vorsitzende Offizier des Kriegsgerichts getroffen. Ich würde es nun nur noch zulassen, was etwas ganz anderes war. Falls ich nicht eingriff, nahm einfach der von anderen eingeleitete Prozeß seinen Fortgang. Ich beschloß, sie an dieser Stelle nicht weiter zu bedrängen. Als wir uns trennten, stand das Problem weiterhin zwischen uns.

Am nächsten Tag traf mal eine gute Nachricht ein. Sie kam vom Zahlmeister; ein Passagier wünschte nähere Informationen über eine Verpflichtung. Ich rief Mr. Browning auf die Brücke, wo ich gemeinsam mit dem Chief Wache hatte. »Einer der jungen Treadwells«, vermutete ich. »Rafe oder Paula.«

»Nein, Sir.« Der Zahlmeister schien sich in Habachtstellung nicht ganz wohl zu fühlen. »Mr. Carr.«

»Derek? Sie machen Witze!«

Die Vorstellung, dem Kapitän einen Streich zu spielen, schien ihm komplett fremd zu sein. »Nein, Sir«, versicherte er mir ernsthaft. »Er bat, mit einem Offizier über Ihre Verlautbarung sprechen zu können. Dabei wiederholte er immer wieder, daß er sich noch nicht endgültig entschlossen hätte.«

»Wen sollte man am besten zu ihm schicken?« fragte ich den Chief.

»Sind Sie sicher, daß Sie ihn aufnehmen möchten, Sir?« Eine gute Frage.

»Nein.« Damit war es geklärt. »Ich spreche selbst mit ihm.«

Nach der Wache und einem Nickerchen ging ich hinunter auf Deck 2 zur Kabine, die Derek mit seinem Vater geteilt hatte. Die Umgebung dort war zwangloser als auf der Brücke.

»Hallo, Kapitän.« Seit meiner Beförderung hatten wir uns nicht mehr unterhalten. Er trat zur Seite, damit ich eintreten konnte. Ich suchte mir einen Stuhl aus. Die Kabine war sauber und ordentlich; alle seine Habseligkeiten waren sicher verstaut. Gut.

»Mr. Carr.« Ich hatte das Recht, ihn mit seinem Vornamen anzusprechen – er war noch minderjährig –, aber das hätte er als gönnerhaft empfunden. Mich beschäftigte die Frage: War er aus dem Holz geschnitzt, aus dem Offiziere waren? Konnte ein Junge mit seiner Herkunft im Fähnrichsstab klarkommen? Ich wartete. Er würde das Thema schon ansprechen, sobald er dafür bereit war.

»Ich vermute, Sie sind aufgrund dessen gekommen, was ich Mr. Browning sagte.«

»Das ist richtig.« Unaufgefordert setzte ich mich. Schließlich war ich der Kapitän.

»Das war nur so eine Idee.« Er setzte sich ebenfalls, auf seine Koje.

»Wenn Sie es nicht ernst gemeint haben, gehe ich wieder.« Ich war nicht bereit, in der Kabine eines reichen Jungen Zeit zu verschwenden – nicht angesichts all der Probleme, die ich noch lösen mußte.

»Nein, es war ernst gemeint!« sagte er rasch. »Und ich meine es immer noch ernst.«

»Wie kommt jemand wie Sie dazu, Fähnrich werden zu wollen?« wollte ich wissen. Vielleicht stand ich schon zu lange unter Mrs. Donhausers Einfluß. Ich lernte es, gleich zur Sache zu kommen.

Derek musterte seine Fingernägel. »Erinnern Sie sich noch, was ich Ihnen über das Testament meines Vaters erzählte? Die Manager kontrollieren unseren Besitz, bis ich zweiundzwanzig bin.«

»Ja?«

»Ich kenne diese Leute. Sie schicken mich irgendwo auf eine Schule. Schaffen mich aus dem Weg. Vielleicht sogar zurück auf die Erde, so daß ich weitere siebzehn Monate auf einem blöden Schiff festsitze.«

»Danke.«

Er hatte immerhin den Anstand, rot zu werden. »Tut mir leid, wie sich das angehört hat. Jedenfalls möchte ich nicht hilflos sein. Ich bin alt genug, um selbst Entscheidungen zu treffen. Und Sie haben gesagt, man würde sich für fünf Jahre verpflichten ...«

»Und?«

»In fünf Jahren bin ich zweiundzwanzig.« Er sagte es in einem Tonfall, als wäre das schon Grund genug, um sich zu verpflichten.

»Hatten Sie eine Schulausbildung, Mr. Carr?« Die Frage war unumgänglich, denn auf der Erde stand es Eltern frei, ob sie ihre Kinder zur Schule schicken wollten oder nicht.

»Natürlich! Ich bin doch kein Bauer.«

»Mathe?«

»Ein bißchen. Algebra, Geometrie, Trigonometrie.«

»Höhere Analysis?«

»Nein. Ich könnte sie allerdings lernen.« An Selbstbewußtsein fehlte es ihm nicht.

Als ich nichts weiter sagte, erkundigte er sich: »Finden Sie, ich sollte es tun?«

»Nein.« Während unseres ganzen Gesprächs hatte er mich nicht einmal mit ›Sir‹ angesprochen und nur einmal als ›Kapitän‹. Meinen Namen benutzte er überhaupt nicht. Und mal von der Frage der Höflichkeit abgesehen – sehr motiviert klang er nicht.

»Warum nicht?«

»Zum einen sind Sie ziemlich alt, um noch als Kadett anzufangen.«

»Ich würde die nächsten beiden Jahre ohnehin nur verschwenden.«

»Vielleicht. Ich denke auch nicht, daß Sie das richtige Temperament haben, Mr. Carr.«

Er sah mich böse an. »Erklären Sie das!«

Ich war müde und frustriert. »Sie haben keine Manieren. Sie erwarten, daß man Ihnen die Welt auf einem Löffel serviert. Sie besaßen nie Disziplin, und Sie kämen damit auch nicht klar. Im Fähnrichsraum würde man Sie lebendig fressen und die Knochen wieder ausspucken.« Ich stand auf. »Kadetten werden schikaniert, Mr. Carr. Ich wurde es; wir alle wurden es, und manchmal ist es brutal. Man muß es verkraften können. Sie können es nicht. Danke für Ihr Interesse.« Ich drehte den Lukengriff.

»Sie haben keine Vorstellung davon, was ich verkraften

kann«, erwiderte er kalt. »Ich hätte es besser wissen müssen, als mit Ihnen zu sprechen.«

»Guten Abend.« Ich kehrte steifen Schritts auf Deck 1 zurück. Als ich mich etwas abgekühlt hatte, fragte ich mich, ob ich zu hart mit ihm umgesprungen war. Ich hatte nach seinen Gründen gefragt, und er hatte sie mir genannt. Ich durfte nicht erwarten, daß er sich aus Liebe zur Flotte verpflichtete. Er verfügte über die mathematischen Kenntnisse, die Intelligenz ...

Und er war ein abscheulicher Snob. Ich konnte mir Besseres vorstellen.

Ich betrat die Brücke.

Vax und Alexi erhoben sich. Ich ließ jetzt Fähnriche gemeinsam auf Wache, um den Piloten und den Chief nicht zu überfordern. Was mich selbst anbetraf, rechnete ich mit Überforderung. Ich hatte Mitleid, als ich die dunklen Ringe unter Vax' Augen sah. »Mr. Holser, Sie sind entlassen. Gehen Sie etwas schlafen.«

Das ließ er sich nicht zweimal sagen. »Aye aye, Sir.« Er salutierte und eilte hinaus, ehe ich es mir anders überlegen konnte.

»Weitermachen, Alexi.«

»Ich habe doppelte Wache heute nacht, Sir. Sandy kommt zum Wachwechsel dazu.«

»Ich weiß.« Das war einer der Gründe für meine Anwesenheit. Vax und Alexi waren eine Sache, Sandy und Alexi schon eine ganz andere. Aber für uns Wachhabende gab es nicht viel zu tun; wir hielten uns nur für den Fall bereit, daß irgendwas schiefging. Die meisten Schiffssysteme liefen automatisch: Hydroponik, Wiederaufbereitung, Energie. Mit gezündetem Fusionsantrieb konnten wir nicht navigieren, und die einzige Gefahr bestand in Langeweile. Schweigend suchte ich im Logbuch herum. Dankenswerterweise unterbrach mich Alexi nur wenige Male.

Sandy meldete sich eine Stunde später gutgelaunt zum Dienst. Ich entschied, ihm nicht zu sagen, daß er einen Fleck Lippenstift am Hals hatte. Beklagenswerterweise übernahm das Alexi, und das Ergebnis war ein Kicheranfall der beiden Jungen, der sogar mich ansteckte.

»Zurück zur Pflicht«, wies ich sie an, und sie beruhigten sich wieder. Die Stille der Nachtwache zog sich hin und wurde immer unangenehmer. Auf einmal schluckte Alexi einen Lachanfall hinunter – der Versuch, eine ganze Wache voller akkumulierter nervöser Energie im Zaum zu halten. Das griff auf Sandy über, aber unter meinem finsteren Blick beherrschte er sich rasch.

Auch Alexi bekam sich wieder unter Kontrolle. Mein Ton war kalt. »Mr. Tamarow, Sie sind hier auf Wache. Kontrollieren Sie Ihre Instrumente, und sparen Sie sich das Herumalbern für später auf.« Als ich fertig war, war ich rot im Gesicht, denn die Fassung entglitt mir beinahe; hätte ich nicht mit aller Macht an mich gehalten, wäre meine kleine Ansprache von explosivem Gelächter unterbrochen worden. Es war ansteckend. Aber ich war auch verärgert. Der Geist von Kapitän Haag schwebte über der Brücke. Kichern auf Wache? Er hätte uns zur Luftschleuse hinausgeworfen!

Ich wandte mich erneut dem Logbuch zu; ich hatte schon angefangen, die Einträge seit Beginn unserer Reise zu lesen. Ich erreichte gerade die Stelle, wo wir an der Ganymed andockten, als Alexi erneut die Beherrschung verlor. Er hielt sich den Mund zu, aber ein Schnauben entrang sich ihm trotzdem, und sein Körper zuckte.

Das war mehr, als ich ertragen konnte. *»Mr. Tamarow!«* Er sprang auf und nahm Haltung an. »Meine besten Grüße an den Chefingenieur, und ob er mir bitte einen Rat geben könnte, wie man mit einem Fähnrich verfährt, der es ablehnt, sich auf seine Arbeit zu konzentrieren. Wegtreten!«

»Aye aye, Sir!« Sein Ausdruck war eine Mischung aus Verlegenheit und Bestürzung. Er salutierte und eilte davon.

Sandy war intensiv in Rechenübungen auf seinem Monitor vertieft.

Zwanzig Minuten später hörte ich eine gedämpfte Stimme.

»Erlaubnis zum Betreten der Brücke, Sir.« Alexi wartete

auf dem Korridor, die Hände fest an den Seiten. Tränen schimmerten in seinen Augen.

»Erteilt.«

Er ging vorsichtig und nahm zwei Schritte von meinem Sitz entfernt Haltung an. »Fähnrich Tamarow meldet sich, Sir.« Es war fast nur ein Flüstern. »Beste Grüße vom Chefingenieur, und falls es dem Kapitän gefällt, kann er den Fähnrich jederzeit zu ihm schicken, wenn es nötig wird.« Er schaute verwirrt und elend drein.

»Danke, Mr. Tamarow. Sie sind von der Wache befreit.«

»Aye aye, Sir. Danke, Sir.« Er salutierte, machte kehrt und verschwand auf dem Korridor. Ich wand mich vor Scham. Ich hatte bewiesen, daß ich auch nicht besser war als Vax. Schlimmer noch, ich hatte mir gerade einen weiteren Freund zum Feind gemacht. Alexi hatte nichts Böses im Sinn gehabt.

Leise ging ich zur Luke hinüber und spähte hinaus. Alexi lehnte schluchzend am Schott, die Hand auf den Hintern gedrückt. Ich zog mich zurück. Ich hatte ihm seine Würde geraubt; jetzt konnte ich ihm wenigstens die Privatsphäre lassen. Auf der Brücke tippte Sandy emsig auf seiner Tastatur herum.

Statt einen Aufstand von Mr. Vishinsky zu riskieren, gestattete ich es dem Schiffsprofos, einen mit einem Knüppel bewaffneten Matrosen mit mir ins Schiffsgefängnis zu schicken. Die Zelle enthielt weder Stuhl noch Tisch, lediglich Herneys Matratze auf dem Fußboden. Ich erteilte Anweisung, mir einen Stuhl zu bringen. Der Matrose stand vor der Luke, den Schlagstock vor sich fest umklammert.

»Mr. Herney, ich bin jetzt der Kapitän.«

»Ja, ich weiß, Sir, Mr. Seafort.« Der Gefangene, ein hagerer, müde wirkender Mann von Fünfzig, stand bequem. Der Ansatz seiner Matte aus dunkelbraunem Haar war schon weit zurückgewichen.

»Ich habe ein paar Fragen zu dem, ehm, Zwischenfall. Wie ist es dazu gekommen?«

Er legte einen mitleiderregenden Eifer an den Tag, mir gefällig zu sein. »Mr. Tuak und die anderen, die haben sich alle geprügelt. Ich hatte nichts mit Drogen zu tun, ehrlich! Ich wußte nicht mal, daß sie welche hatten!«

Wenn das seine Strategie war, hatte es keinen Sinn, ihm weiter zuzuhören. »Mr. Herney, jetzt passen Sie mal gut auf. In ein paar Tagen werden wir Ihnen Handschellen anlegen, Sie knebeln und aufhängen. Dann stoßen wir Ihre Leiche zur Luftschleuse hinaus.« Er würgte. »Ich bin der einzige, der das aufhalten kann. Ich rede nur dieses eine Mal mit Ihnen. Wenn sie noch einmal lügen, gehe ich gleich wieder hinaus.«

»Es tut mir leid, Käpten, Sir«, stammelte er. »Nur die Wahrheit! Ich schwöre es!«

»Fangen Sie noch mal an.«

»Ich wußte von dem Glückssaft, viele von uns wußten davon. Es tut mir leid, Kapitän. Tuak, der gab das Zeug allen. Ich habe es probiert, aber nur einmal, ehrlich! Es kostete zuviel und war es nicht wert. Es tut mir leid, Kapitän, ehrlich! Danach bin ich ihnen aus dem Weg gegangen. Weiznisci, der hat sich kräftig was reingezogen, und Sie wissen ja, bei dem Zeug, da kann man nicht mehr mit den Leuten reden, die's genommen haben. Er war glücklich wie nur was, aber er prügelte die Scheiße aus zwei Typen raus, und wir sind alle sozusagen auf ihn los. Und damit brachten wir Fraser gegen uns auf, der hing auch an dem Zeug. Tuak überlegte sich, daß er den Saft loswerden wollte, ehe die hohen Tiere herunterkamen, aber er schaffte es nicht mehr, weil zuviel auf einmal los war.« Er kratzte sich und überlegte für einen Moment.

»Mr. Terrill ging dann dazwischen und sagte uns, wir sollten die Schläger trennen. Ich wollte mich nur raushalten, bin dann aber reingewatet, wie er es sagte, und zack! Ich kriegte einen an den Kopf und wurde echt wütend. Ich wußte nicht, mit wem ich's zu tun hatte, ich hab' einfach zugeschlagen, wissen Sie? Mir war egal, wen ich traf, ich versuchte nur, mehr auszuteilen, als ich verpaßt kriegte. Dann gehen bei mir die Lichter aus, und ich wache wieder auf und hab'

Handschellen an, und sie sagen, ich hätte Mr. Vish was verpaßt.«

Er fing an zu wimmern, und Tränen liefen ihm über das Gesicht. »Ich weiß nichts davon, Käpten, Sir. Vielleicht hab' ich's ja getan. Ich behaupte ja nicht, ich wär's nicht gewesen. Aber ich hatte es ja nicht vor! Es war ein Fehler. Es ist alles ein Fehler, das muß es einfach sein!« Er schluchzte. »Bitte, Käpten, sagen Sie, daß es ein Fehler war! Holen Sie mich hier raus, ich mache auch keine Schwierigkeiten, das verspreche ich. Ich ...«

Ich hämmerte an die Luke. Diese Stimme mußte einfach aufhören. Ich hätte alles dafür gegeben, daß sie aufhörte.

»O bitte, Sir, ich werde mich auch nicht wieder schlagen! Ich habe solche Angst! Auch den Saft nehm' ich nie wieder, wenn Sie nur ...«

Die Luke ging auf. Ich lief hinaus. Ich konnte sein Betteln noch den halben Korridor lang hören.

Ricky Fuentes behielt Haltung, während er darauf wartete, entlassen zu werden. Mein Frühstückstablett stand bereits auf dem Tisch neben ihm.

»Guten Morgen, Ricky.«

»Guten Morgen, Kapitän, Sir!« Ich wußte, daß er albern sein und lachen konnte, aber in meiner Kabine war er angespannter als eine Sprungfeder.

»Ricardo, ich möchte gerne, daß du dir etwas überlegst.«

»Ja, Sir, Kapitän!« Sein Blick ruhte starr auf dem Schott vor ihm.

Ich spürte, wie ich die Geduld verlor. Er war so überdreht, daß er nicht mal richtig zuhören konnte. »Ricky, laß das. Benimm dich wie der junge Bursche, als den ich dich kenne.«

»Aye aye, Sir!« Der Ton blieb steif.

»Beim allmächtigen Gott!« brüllte ich. »Hör endlich auf mit diesem verdammten Unfug!« Ricky sperrte den Mund auf und fing an zu zittern.

»Steh endlich bequem!« schrie ich. »Benimm dich gefälligst, Junge!«

Seine Lippen bebten. Eine einsame Träne schimmerte im Auge und rollte dann langsam die Wange hinab. Seine Haltung sackte in sich zusammen, und er wischte sich das Gesicht mit dem Ärmel ab. »Was habe ich getan?« fragte er verloren. »Ich wollte Sie nicht böse machen, Kapitän.«

»Lieber Himmel, Ricky!« Ich zog einen Stuhl heran. »Hier, setz dich.« Ich drückte ihn darauf und wartete ab, während er sich um Beherrschung bemühte. Als ich sicher war, daß er nicht in Tränen ausbrechen würde, sagte ich freundlicher: »Jetzt kannst du endlich zuhören. Setz dich bequem hin, wie du es in unserer Kabine immer gemacht hast, und dann reden wir. Okay?«

»Jasir.« Er musterte mich besorgt.

»Hast du meine Verlautbarung über neue Fähnriche gelesen?«

»Jasir!« Er ging kein Risiko ein, mich erneut gegen sich aufzubringen.

»Du weißt, wie es in der Fähnrichskabine zugeht. Würdest du gerne dort einziehen?«

»Ich, Sir? Ich bin nur Matrose.«

»Wärst du gerne Kadett?«

»Sie meinen, in der Fähnrichskabine wohnen und Offizier werden?« Er versuchte mit diesem Gedanken fertig zu werden.

»Ja.«

»Und Mr. Holsers Schuhe polieren und die Vorschriften aushalten und eiskalte Duschen, und all die anderen Schikanen?«

Nun, es war besser, wenn er es gleich erfuhr. »Ja, Ricky. Das gehört dazu.«

»Zarky!«

Gütiger Himmel, der Gedanke gefiel ihm! Vielleicht kam ihm all das sehr erwachsen vor. Am liebsten hätte ich ihn davon abgehalten, um seinetwillen. »Muß ich jetzt ja sagen, Kapitän, oder kann ich darüber nachdenken?«

»Du kannst darüber nachdenken.«

Der Schiffsjunge sprang auf und salutierte. »Danke, Kapitän! Wissen Sie ...« Er sprach jetzt in vertraulichem Ton. »... Ich habe die Notiz selbst gelesen, wirklich! Ich kann lesen! Ich dachte aber nicht, daß es auch für mich gelten würde. Bin ich entlassen? Kann ich es meinen Freunden sagen?«

»Sie sind entlassen, Mr. Fuentes.« Er rannte jetzt sicher zum Zahlmeister oder dem Stabsbootsmann und fragte sie auf seine Art, ob er die vertrauliche Atmosphäre des Unterdecks verlassen und in die schwindelerregende Luft der Offiziersunterkünfte wechseln sollte. Sie würden ihm sagen, daß er sich bewerben sollte, nicht, weil wir Offiziere brauchten, sondern um zu sehen, wie einer der ihren es bis ganz nach oben schaffte.

Auf der Brücke war alles in Ordnung. Das wußte ich; wäre es nicht so gewesen, hätte man mich gerufen. Ich war zur Nachmittagswache eingeteilt und würde wahrscheinlich auch für die Abendwache bleiben. Wenn ich also Amanda sehen wollte, mußte es jetzt sein.

Sie war in ihrer Kabine und las bei offener Luke ein Holovid. Als ich ans Schott klopfte, schaltete sie blitzschnell das Gerät aus, erhob sich rasch und kam zum Eingang. »Tritt ein, Nicky.« Sie war die einzige Person an Bord, die mich noch so nannte.

Wir setzten uns aufs Bett. Ich sagte ihr, was ich mit dem armen Alexi angestellt hatte. Sie schien gleichgültig. Ich erzählte ihr, wie ich dem kleinen Ricky erst eine Heidenangst eingejagt und ihn dann ermutigt hatte, sich zu bewerben. Damit entlockte ich ihr ein Lächeln, aber sie sagte wenig.

Nach einiger Zeit stand sie auf und schloß die Luke. Dann legte sie sich aufs Bett und zog mich zu sich herunter. Gemeinsam lagen wir da. Sie war sanft und freundlich zu mir, und doch erschien sie mir irgendwie distanziert, als bewegten sich ihre Gedanken ganz woanders. Wir liebten uns, taten es langsam und kosteten die Augenblicke intensiver Erfahrung voll aus. Danach war Amanda ganz reglos. Sie öffnete nur gelegentlich die Augen, um mein Gesicht zu betrachten, und schloß sie dann wieder.

»Was ist, Liebes?« Ich streichelte ihr das Haar. Sie kuschelte sich in meinen Arm.

»Ich mag dich, Nicky.« Sie schwieg für einen Moment. »Du bist sanft und galant, und du bist freundlich zu mir. Ich bin gern mit dir zusammen.«

»Ich auch mit dir«, sagte ich, aber sie unterbrach mich gleich wieder.

»Ich habe dich wirklich gern als Geliebten. Und als Freund. Aber ... Nicky, es tut mir leid. Du mußt es erfahren. Wenn du diese Männer tötest, werde ich nicht mehr deine Freundin sein. Wir werden uns weder noch einmal lieben noch uns je wieder treffen. Ich wollte, daß du von selbst zur richtigen Entscheidung gelangst, aber es wäre nicht fair, dir zu verschweigen, was ich vorhabe.«

»Wie kannst du ...«

Sie hielt mir den Mund zu. »Es ist nur so, daß ich dich vielleicht falsch eingeschätzt habe. Ich halte dich für einen Menschen, der so etwas Barbarisches nicht über sich bringt. Deshalb mag ich dich ja. Solltest du es aber doch tun, habe ich mich in dir getäuscht und ist es aus zwischen uns.« Sie küßte mich auf die Stirn. »Ich mußte es dir sagen.« Sie legte den Kopf wieder in meine Armbeuge.

Ich wußte nicht, was ich dazu sagen sollte. Wir lagen in bittersüßem Elend zusammen, bis es für mich Zeit wurde, meine Wache anzutreten.

Ich betrat die Brücke und löste Vax und den Piloten ab. Vax reichte mir einen Holovidchip.

»Der Aufsatz, den Sie haben wollten, Sir.«

Ich warf ihn in die Schublade. »Sehr gut, Mr. Holser.« Ich betrachtete ihn gründlich. »Rücken Sie Ihre Krawatte zurecht, ehe ich Sie eintrage.«

Er wurde bleich. »Aye aye, Sir!« Rasch rückte er sich die

Krawatte zurecht, zupfte die Jacke nach unten und warf einen kurzen Blick auf seine Schuhe. »Bin ich entlassen, Sir?«

»Ja.« Auf einmal gelangte ich zu einer Entscheidung. »Kommen Sie heute um Mitternacht im Hangar der Barkasse zu mir!«

»Im Barkassen- ... Aye aye, Sir!« Er warf sich auf den Fersen herum und ging.

Auf dieser Wache würde ich alleinbleiben. Niemand würde meine Gedanken stören. In der Stille dachte ich über Tuak und Rogoff nach, unsere zwei übrigen Verdammten. Einen weiteren Besuch im Schiffsgefängnis konnte ich nicht ertragen, aber ich mußte mit ihnen sprechen. Amandas Überzeugung, daß der Vollzug der Hinrichtungen ein barbarischer Akt wäre, machte mir Kummer. Ich vermutete, daß sie recht hatte. Ich wählte Mr. Vishinsky an. »Schiffsprofos, führen Sie Mr. Tuak auf die Brücke.«

Seine Stimme tönte aus dem Rufer: »Aye aye, Sir. Kapitän, dürfte ich auch ...«

»Nein. Nur Tuak.«

Eine Pause trat ein. »Aye aye, Sir. Mit allem Respekt möchte ich aus Gründen der Sicherheit des Kapitäns protestieren ...«

»Protest abgewiesen. Schaffen Sie ihn herauf.« Ich schaltete den Rufer ab.

Ein paar Minuten später traf Tuak ein, die Hände mit Handschellen vor sich gefesselt, den Oberarm fest im Griff Mr. Vishinskys. Er stolperte, als der Schiffsprofos ihn vorwärtsschubste.

»Nehmen Sie ihm die Handschellen ab.«

Das fand nicht Mr. Vishinskys Beifall. »Aye aye, Sir.« Sein Zorn war kaum verhüllt.

»Warten Sie draußen.« Ich schlug die Luke hinter ihm zu. Dann drehte ich mich zu dem Matrosen um, der sich nervös die abgeschabten Handgelenke rieb. »Ich überlege, ob ich Ihr Leben schonen soll«, sagte ich. »Erzählen Sie mir, was auf dem Unterdeck passiert ist, und keine Lügen!«

»Aye aye, Sir.« Tuak schluckte. Er wirkte abgezehrt und ausgemergelt. Er war groß und dünn und von blasser Gesichtsfarbe. Der Blick fuhr ständig hin und her, als würde er sich mit einer inneren Stimme besprechen.

Seine Geschichte hörte sich scheußlich an. Er gab zu, den Glückssaft an Bord versteckt zu haben, behauptete aber, zwei seiner Kameraden hätten die Destille aufs Schiff geschmuggelt.

Das war albern; unter Drogen hatte er bereits gestanden, daß er die Anlage selbst an Bord gebracht und aufgestellt hatte, und er wußte es. Ich kümmerte mich jedoch nicht darum. Die Destille war nicht das Hauptthema.

»Wodurch wurde die Schlägerei ausgelöst?«

»Weiznisci fing an, sich zu prügeln. Wir anderen haben alle nur versucht, ihn aufzuhalten.«

»Die Wahrheit, Mr. Tuak!«

»Das ist die Wahrheit, Kapitän, Sir.« Er blickte mir kurz in die Augen. »Ich hatte vor, keinen Saft mehr herzustellen; wir haben nur zum Spaß mit der Destille angefangen. Wir wollten gar nicht solche Schwierigkeiten machen. Ich mußte aber weitermachen; die anderen haben's verlangt.« Erneut überzeugte er sich davon, was ich für ein Gesicht machte. »Als Weiznisci durchdrehte, kriegten ein paar Kerle die Panik. Sie wollten die Destille sofort abreißen, ehe sie bei einer Inspektion entdeckt wurde.«

»Also haben Sie versucht, sie aufzuhalten.«

»O nein, Sir! Ich half ihnen. Es waren die anderen, die sie aufzuhalten versuchten.« Das war offenkundig die Unwahrheit.

»Und dann kam Mr. Terrill herein.«

»Ja, Sir! Er sagte, wir sollten mit der Schlägerei aufhören, aber es ging schon zu wild zur Sache, und niemand hat ihm zugehört.«

»Also haben Sie Mr. Terrill festgehalten, während Rogoff mit dem Stock auf ihn einschlug.«

»Das habe ich nicht! Ich habe versucht, ihm zu helfen. Ich habe ihn festgehalten, damit er nicht hinfiel.«

»Ach, kommen Sie! Mr. Terrill sagte aus, Sie hätten ihn um den Hals gepackt, damit er sich nicht mehr rühren konnte.«

»Nein, Sir! O nein, Kapitän! Er hat das verwechselt, der Mr. Terrill, ich sah, wie er geschlagen wurde, und habe versucht, ihn auf den Beinen zu halten. Das ist alles!«

Mittlerweile hätte seine Geschichte wahrscheinlich sogar einem Polygraph- und Drogentest standgehalten; er hatte sie so oft wiederholt, daß er sie selbst schon glaubte. Er schwatzte weiter und gab sich Mühe, mich von seinen guten Absichten zu überzeugen.

Jemand wie Tuak illustrierte die Fußangeln der garantierten Verpflichtung. Wären einfache Besatzungsangehörige so rigoros ausgewählt worden wie wir Offiziere, wäre Tuak gar nicht an Bord gelangt. Die Gefahren der Raumfahrt erschwerten es jedoch, Matrosen für die riesigen Sternenschiffe zu rekrutieren, besonders, da die Regierung aus Furcht vor dem T-Melanom auf einer Zehn-Jahres-Frist für Dienstverhältnisse bestand, die von Erwachsenen eingegangen wurden.

Regierung, Industrie und Universitäten hatten ständig Bedarf an ausgebildeten Arbeitern, während die Kolonie für einen Abfluß an Fachkräften sorgten. Unsere explosive Ausbreitung im Weltraum bewirkte, daß die Admiralität eine Menge Schiffe zu bemannen hatte, und interstellare Reisen dauerten jahrelang. Auf den Unterdecks bedeutete das Jahre in überfüllten Quartieren, Mangel an Privatsphäre, harten Dienst und tyrannische Disziplin. Egal, wie gut die Besoldung war, die Matrosen mußten immer Jahre warten, bis sie das Geld endlich ausgeben konnten.

Die garantierte Einstellung half dabei, die Mannschaften aufzufüllen, und damit kamen wir auch an Männer wie Mr. Tuak, kaum zivilisierter als die Transpops und angelockt sowohl von der Garantie, daß man sie aufnehmen würde, als auch von der Halbjahresheuer, die sie als Einstellungsbonus vorab ausbezahlt bekamen.

Trotzdem hatte Tuak nichts weiter getan, als bei der Teilnahme an einem Aufruhr erwischt zu werden. Na ja, ein wenig mehr war es schon; er hatte die Destille eingeschmuggelt, die den Aufruhr ausgelöst hatte. Und er hatte die Destille gegen die Leute verteidigt, die sie abbauen wollten. Sollte er deswegen jedoch zu Tode gebracht werden?

»Mr. Tuak.« Ich wartete, bis ihm keine weiteren Ausflüchte mehr einfielen. »Mr. Tuak, der Schiffsprofos wird Sie ins Schiffsgefängnis zurückbringen. Man wird Sie informieren.« Ich öffnete die Luke.

»Ich wollte niemandem schaden, Käpten. Hören Sie, Kapitän! Ich habe zwei verkrüppelte Schwestern zu Hause bei meiner Mutter. Fragen Sie den Zahlmeister – meine ganze Heuer geht dorthin, bis auf den letzten Heller! Sie brauchen mich! Hören Sie, ich kann mich aus Ärger raushalten, ehrlich Kapitän!«

Vishinsky schloß ihm die Handschellen um die Gelenke und schaffte ihn hinaus auf den Korridor.

»Ich prügle mich auch nicht mehr!« rief Tuak verzweifelt über die Schulter. »Das schwöre ich!«

Ich war einer Entscheidung wieder nicht nähergekommen.

Als ich nach dem Abendessen den Speisesaal verließ, übergab mir der Zahlmeister einen verschlossenen Umschlag aus Papier. Das war ungewöhnlich in dieser Zeit der Chipnotizen. Ich nahm ihn mit auf die Brücke, um ihn dort zu öffnen. Ein Brief, abgefaßt in einer schwerfälligen Handschrift, offensichtlich mehr als einmal ganz von vorne begonnen.

An den Ehrenwerten Kapitän Nicholas Seafort,
U.N.S. Hibernia
Lieber Sir,
bitte akzeptieren Sie meine Entschuldigung für die Art, wie ich mich benahm, als Sie mich in meiner Kabine besuchten. Sie haben die Befehlsgewalt an Bord dieses Schiffes. Ich hätte Ihnen Respekt geschuldet, was ich verabsäumte. Es war unentschuldbar grob von mir, den Tonfall anzuschlagen, den Sie von mir hörten.

Ich wußte nicht, was ich damit anfangen sollte. Ich las weiter:

Als ich über meine Unhöflichkeit nachdachte, erkannte ich, warum Sie mich für den Flottendienst ungeeignet halten. Ich bitte Sie, mir zu vergeben. Ich versichere Ihnen, daß ich in der Lage bin, mich anständig zu betragen, und werde nie wieder beleidigend zu Ihnen sein.
Hochachtungsvoll, Derek Carr.

Nun, damit trug er ein bißchen dick auf. Ich konnte durchaus glauben, daß Mr. Carr zu der Erkenntnis gelangt war, sich unhöflich benommen zu haben. Es war sogar möglich, daß er sich wirklich dafür entschuldigen wollte. Aber daß er auf dem Bauch kroch, war schwer zu verdauen. Ich fragte mich, warum er das getan hatte, und verschloß den Brief in der Schublade unter meiner Konsole.

Ein paar Stunden später wartete ich im leeren, matt erleuchteten Barkassenhangar auf Vax. Die Luke ging auf, und ein Kopf wurde hereingesteckt.

»Hier drüben, Mr. Holser!«

Vax sah sich in der riesigen Halle um. Als er mich entdeckte, nahm er gleich Haltung an. »Fähnrich Holser meldet sich zur Stelle, Sir!«

»Sehr schön.« Ich wies auf die kalten, freien Flächen. »Was ist das, Vax?«

Verdutzt antwortete er: »Das ist der Liegeplatz für die Schiffsbarkasse, Sir.«

»Stimmt. Jetzt, wo er leer ist, wäre der richtige Zeitpunkt, hier alles sauberzumachen.« Ich zog einen kleinen Lappen und eine Tube Alulegierungs-Politur aus meiner Jackentasche. »Ich habe Arbeit für Sie. Säubern und polieren Sie die Schotten, Mr. Holser. Und zwar alle.«

Vax starrte mich besorgt und ungläubig an. Der Hangar war riesig; ihn zu polieren hätte den größten Teil eines Jahres in Anspruch genommen. Es war eine völlig unnötige Arbeit; man polierte die Trennschotten eines Barkassenhangars einfach nicht von Hand.

»Sie sind ausschließlich für diese Arbeit eingeteilt, bis sie erledigt ist. Dazu werden Sie vom Wachplan gestrichen, und es ist Ihnen verboten, die Brücke zu betreten. Sie können jetzt anfangen.« Ich drückte ihm Politur und Lappen in die Hände.

Ich hatte es absichtlich so schwierig gestaltet wie nur möglich. Indem ich ihn vom Wachplan strich und ihm den Zugang zur Brücke verwehrte, nahm ich ihm jede Möglichkeit, zu protestieren oder um Nachsicht zu bitten. Andererseits hatte ich ihm einen ausdrücklichen Befehl erteilt. Ich hoffte, daß er den Test bestand.

Seine Stimme schwankte, aber er wandte sich der Wand zu und drückte die Tube an der Alulegierung aus. Danach polierte er die Fläche mit dem Lappen. Alulegierung läßt sich nicht sehr gut polieren; es war harte Arbeit. Nach ein paar Minuten hatte Vax einen Flecken von ein paar Zoll Umfang geschafft. Er drückte die Tube daneben aus und faltete den Lappen so, daß er eine saubere Oberfläche bekam. Mit gespannten Muskeln schrubbte er dann die harte Wand.

Ich schaute einige Minuten lang zu. »Melden Sie sich für weitere Aufträge, wenn Sie alle vier Schotten geschafft haben.« Ich drehte mich um und ging auf die Luke zu, die zwanzig Meter von der Stelle entfernt war, wo er begonnen hatte. Ich blickte zurück; er arbeitete hart. Ich öffnete die Luke und traf Anstalten hindurchzugehen. Er polierte weiter.

Ich kehrte in den Hangar zurück. »Vergessen Sie diesen Befehl, Mr. Holser.«

»Aye aye, Sir.« Seine Augen huschten vom Schott zu mir und wieder zurück, während er langsam die Tatsache seiner Begnadigung verdaute.

Ich trat wieder zu ihm. »Vax, was habe ich dir demonstriert?«

Er überlegte eine Weile, ehe er antwortete: »Der Kapitän

übt die absolute Gewalt über das Schiff und die Personen an Bord aus, Sir. Er kann einen Fähnrich zu allem zwingen.«

»Aber das wußtest du bereits.«

»Ja, Sir.« Er zögerte. »Aber nicht so gut, wie ich es jetzt weiß.«

Danke, allmächtiger Gott! Ich hatte darum gebetet, das zu hören. »Ich nehme den Befehl zurück, daß du dich alle zwei Stunden zu melden hast. Du kannst deine üblichen Pflichten wiederaufnehmen. Du weißt, was ich von dir erwarte?«

»Ja, Sir. Keine Schikanen, unter keinen Umständen.«

»Sei nicht albern!« Ich war wütend. Wenn er nichts weiter gelernt hatte, war alles eine Zeitverschwendung gewesen.

»Ich dachte, das wäre es, was Sie von mir wollten, Sir. Daß ich mich beherrsche.« Er war verwirrt.

»Ja, das und mehr. Komm, gehen wir die Kombüse plündern.« Darüber mußte er lächeln. Zu Anfang der Reise hatten wir vier uns gelegentlich spät abends in die Kombüse geschlichen und die Kühlschränke geplündert. Wir hätten tief in der Patsche gesessen, wären wir dabei erwischt worden, aber das machte es um so spannender.

Inzwischen konnte ich die Kombüse ungestraft betreten. Die Metallflächen glänzten vor Sauberkeit; die Lebensmittel waren sicher eingepackt und verstaut. Ich öffnete den Kühlschrank und entdeckte Milch darin. Natürlich synthetische. Im Brotfach war noch ein Rest Kuchen, der am nächsten Tag zum Mittagsimbiß gereicht worden wäre. Na ja, man würde ihn nicht vermissen. Ich stellte etwas für meinen Fähnrich und mich selbst hin.

Ich bedeutete Vax, sich auf einen Schemel zu setzen, und wir aßen direkt vom Tisch. »Geklaut hat es besser geschmeckt«, bemerkte ich.

»Ja, Sir, aber ich bin jetzt dankbar dafür«, sagte er höflich. Unser Vax hatte einen weiten Weg zurückgelegt.

»Also, Vax, sprechen wir mal über Schikanen. Du bist der Oberfähnrich. Du warst zu beschäftigt, um Zeit in der Fähnrichskabine zu verbringen, also konntest du dort noch nicht die Verantwortung übernehmen. Ich möchte jedoch, daß du es tust. Das wird einigen Aufwand erfordern. Du wirst sicherstellen müssen, daß sie beide wissen, wer die Nummer eins ist.«

»Ja, Sir.« Er hörte aufmerksam zu.

»Du darfst deine Befehlsgewalt also selbst durchsetzen. Deine Untergebenen schikanieren, wie wir das nennen. Womit du für meinen Geschmack aufhören sollst, sind nicht die Schikanen, sondern deine Grobheiten. Du hast soviel Spaß am Schikanieren, daß du jedesmal dabei verlierst. Das Vergnügen daran ist, was du beherrschen lernen sollst. Hör auf, über die Stränge zu schlagen und grausam zu sein. Du hast mir einmal erzählt, du wärst nicht nett, und es gäbe nichts, was du daran ändern könntest. Wenn das immer noch der Fall ist, dann geh zurück und poliere weiter den Barkassenhangar, bis du endlich etwas daran ändern kannst. Ich warte solange.«

Er schluckte. Ich denke, niemand hatte jemals so mit ihm geredet.

Ich fuhr fort: »Mit dem Lappen und der Politur bist du besser bedient, Vax, wenn du dir nicht sicher bist, ob du dich beherrschen kannst. Es war ernst gemeint, daß ich solange warte. Wenn du mir sagst, daß ich dir vertrauen kann, und ich dich dann doch wieder dabei erwische, wie du dich so grausam wie früher aufführst, dann mache ich dich fertig. Ich mache dir das Leben zur Hölle, solange ich das Kommando führe, bis du nichts mehr weiter aushalten kannst. Das schwöre ich beim allmächtigen Gott!«

»Bitte erlauben Sie mir, darüber nachzudenken, Sir«, sagte Vax ganz demütig.

Ich räumte ihm alle Zeit ein, die er brauchte. Er begutachtete seine Fäuste, die er auf der metallenen Arbeitsfläche geballt hatte. Vax war langsam. Nicht dumm oder zurückgeblieben; vielmehr brauchte er einfach Zeit, um Entscheidungen zu treffen. Ich war dankbar für die logische Folgerung daraus. Sobald er sich einmal entschlossen hatte, war er absolut zuverlässig.

»Kapitän Seafort, Sir, ich denke, ich kann dem gerecht

werden, was Sie von mir erwarten. Ich meine, ich weiß, daß ich es kann, wenn ich um einen Gefallen bitten darf.«

»Was für einen Gefallen?« Jetzt war eigentlich nicht die Zeit zum Feilschen.

»Ich weiß, daß vom Oberfähnrich erwartet wird, mit Angelegenheiten seines Stabes selbst fertig zu werden und die anderen Fähnriche daran zu hindern, daß Sie Ihnen in die Quere kommen. Falls ich aber mal nicht sicher bin, dürfte ich dann kommen und Sie fragen, ob Sie einverstanden sind? Ich meine, mit einer Schikane?«

Ich hätte ihn am liebsten umarmt. Ich fühlte mich, als hätte man mir eine Fusionsmaschine von den Schultern genommen. »Ich denke doch«, sagte ich ernst, nachdem ich kurz nachgedacht hatte. »Ich erlaube das, ja.«

»Danke, Sir. Ich verspreche, daß ich mich beherrschen werde. Ich werde die anderen Fähnriche nur schikanieren, wenn ich der Ansicht bin, daß es für ihre Disziplin förderlich ist. Ich werde mich nicht zu mehr hinreißen lassen, Sir.«

»Vax, die Fähnrichskabine gehört dir. Ich werde nicht hinter dir herspionieren; ich verlasse mich auf dein Wort. Du hast einen Job zu erledigen, und du fängst besser bald damit an. Deinetwegen ist der arme Alexi auf dem Faß gelandet, als er eigentlich nur einen Vortrag und ein paar Stunden Gymnastik verdient gehabt hätte.« Das war nicht fair; es war eher meine Schuld gewesen als die Vax'.

»Es tut mir sehr leid, Sir. Sie können sich ab jetzt auf mich verlassen.«

Ich hätte ihn jetzt grüßen und entlassen sollen. Statt dessen verstieß ich gegen die Vorschriften, den Brauch und alle Anstandsformen. Die Ereignisse hatten wohl ihre Spuren an mir hinterlassen. Ich blickte ihm in die Augen und reichte ihm langsam die Hand. Genauso langsam ergriff er sie mit seiner großen Tatze und drückte sie fest. Wir schüttelten uns die Hände.

13. Kapitel

»Allmächtiger Gott, heute ist der 30. März 2195 an Bord der U.N.S. *Hibernia*. Wir bitten um Deinen Segen für uns und unsere Reise und um die Gesundheit und das Wohlergehen aller an Bord.« Ich setzte mich und nickte meinen beiden Tischgefährten zu. Nach Wochen, die ich jetzt schon das Kommando führte, leisteten mir weiterhin nur Mrs. Donhauser und Mr. Kaa Loa zum Abendessen Gesellschaft.

Der Zahlmeister kam herüber und beugte sich zu meinem Ohr herab. »Sir, einer der Passagiere fragt, ob er sich mit an den Kapitänstisch setzen darf.« Meine Popularität war gerade auf das Anderthalbfache gestiegen.

»Das ist akzeptabel, Mr. Browning. Um wen handelt es sich?«

»Den jungen Mr. Carr, Sir.«

In den Wochen seit Dereks Brief hatte ich noch nicht wieder mit ihm gesprochen. Ich war neugierig. »Fragen Sie ihn, ob er schon heute abend gerne dazustoßen möchte.«

Einen Moment später näherte sich uns Derek Carr schüchtern. »Guten Abend, Kapitän. Guten Abend, Mrs. Donhauser. Und auch Ihnen, Sir.« Der letzte Satz war an Mr. Kaa Loa gerichtet, den er anscheinend nicht kannte.

»Bitte setzen Sie sich, Mr. Carr.« Ich stellte den Jungen dem Mikronesier vor.

Nachdem er mit dem älteren Mann Höflichkeiten ausgetauscht hatte, wandte sich Derek an mich. »Sir, ich entschuldige mich noch einmal für mein Verhalten in meiner Kabine. Ich verspreche Ihnen, daß es nicht wieder vorkommen wird.«

Worauf lief all das hinaus? »Es spielt keine Rolle, Mr. Carr. Die Sache ist vorbei und vergessen.« Derek setzte sich. Ich plauderte mit Mrs. Donhauser. Sie sprach das Thema Religion an, ein heikles Thema an Bord eines Schiffes. Ihre Wiedertäuferlehren wurden ebenso toleriert wie die meisten

Kulte, aber der Flottendienst und auch die übrigen Regierungsinstitutionen waren der Großen Jahwistisch-Christlichen Wiedervereinigung verpflichtet. Mrs. Donhauser wußte sehr gut, daß ich als Kapitän Vertreter des Einen Wahren Gottes war, und sie hätte mich nicht mit dem Thema plagen sollen. Ich vermutete, daß sie einfach schlecht gelaunt war, denn normalerweise handelte es sich bei ihr um eine angenehme, wenn auch streitlustige Gesellschafterin.

Um eine Auseinandersetzung zu vermeiden, wandte ich mich an Derek. »Womit haben Sie sich in letzter Zeit beschäftigt, Mr. Carr?«

»Ich habe gelesen und Sport getrieben, Sir.«

Das war definitiv neu für ihn. Ich versuchte es mit einer anderen Eröffnung. »Haben Sie vor der Reise die Schule besucht?«

»Nein, Sir, ich hatte Privatlehrer. Mein Vater bevorzugte die Einzelerziehung.«

»Wir sollten die Schulpflicht wieder einführen«, grollte Mrs. Donhauser. »Das freiwillige System funktioniert nicht; uns stehen nicht genug Technokraten für die Leitung von Regierung und Industrie zur Verfügung. Es mangelt uns ständig an gebildeten Leuten.«

»Die Schulpflicht hat auch nicht funktioniert«, sagte ich. »Die Beherrschung der Schriftsprache ging ständig zurück, bis man das System dann ganz aufgab.«

Mrs. Donhauser, die einen guten Streit genoß, leitete einen vehementen Gegenangriff ein, um zu demonstrieren – wenigstens sich selbst –, daß die Schulpflicht die einzige Möglichkeit zur Rettung der Gesellschaft war. »Sind Sie nicht auch dieser Meinung, Mr. Carr?« wollte sie am Schluß ihrer Rede wissen.

»Ja, Ma'am, ich stimme Ihnen darin zu, daß die Masse ungebildeter Menschen eine Gefahr für die Gesellschaft darstellt. Was Ihre übrigen Punkte angeht ...« Er drehte sich zu mir um. »Hat sie recht, Sir?« Jetzt war ich wirklich verdutzt. Das klang gar nicht mehr nach dem hochmütigen jungen Mann, der an Bord gekommen war. Und ich war mir gleichermaßen sicher, daß kein grundlegender Wandel seiner Einstellung vorliegen konnte. Seine Höflichkeit diente einem Zweck. Ich entzog mich einer Antwort auf seine Frage und behielt ihn im weiteren Verlauf des Essens sorgsam im Auge.

Als ich mir am Abend in meiner Kabine die Wachrotation ansah, stellte ich fest, wie wenig Zeit mir noch blieb, über das Schicksal der drei unglückseligen Matrosen zu entscheiden, die unter Todesurteil standen. Ich wollte auf jeden Fall einen klaren Beschluß fassen; ihr Schicksal sollte sich nicht durch Unterlassung entscheiden. Kurz und bündig: Ich mußte sie entweder freilassen oder gestatten – nein, anordnen –, daß die Hinrichtungen vollstreckt wurden.

Ich hatte mit Tuak und Herney gesprochen, aber es hinausgeschoben, auch Rogoff zu sehen, da ich diese Gespräche unerträglich fand. Jetzt nahm ich mir jedoch vor, den Mann nach der Vormittagswache zu besuchen.

Ich zog mich aus, kroch in die Koje und schlief fast sofort ein. In den ersten Morgenstunden wachte ich auf und warf mich anschließend hin und her, bis ich es nicht mehr aushalten konnte. Ich schnappte mir mein Holovid und las in den Schiffsvorschriften. Wenn ich darüber nicht wieder einschlief, würde auch nichts anderes helfen.

Erneut schloß ich die Augen und versuchte zu schlafen; in der Fähnrichskabine hatte ich nie mit Schlaflosigkeit zu tun gehabt. Um drei Uhr früh schaltete ich die Nachttischlampe ein. Der Spannungsknoten im Bauch löste sich langsam auf, als ich mich wieder ankleidete.

Ich ging durch die verlassenen Korridore bis auf Deck 3 hinunter. Einer von Mr. Vishinskys Matrosen hielt Wache vor dem Schiffsgefängnis. Er sah sich ein Holovid an und hatte dabei die Füße auf dem Tisch liegen, als ich unter der Luke auftauchte. Entsetzt sprang er auf und nahm Haltung an. Ich überging seinen Verstoß. Zu dieser Stunde brauchte man nicht unbedingt auf eine Inspektion durch den Kapitän vorbereitet zu sein. »Ich möchte Mr. Rogoff sprechen, Matrose.«

»Aye aye, Sir. Er sitzt in Zelle vier. Wenn der Kapitän mir erst gestatten möchte, ihm die Handschellen ...«

»Nicht nötig. Öffnen Sie die Luke. Und leihen Sie mir Ihren Stuhl aus. Auf Wachdienst sitzt man ohnehin nicht.«

»Aye aye, Sir. Nein, Sir.« Er beeilte sich zu gehorchen.

Rogoff, der nur die Unterhose anhatte, schlief auf seiner schmutzigen Matratze, als das Licht anging. Aus verschwommenen Augen blickte er auf, als ich eintrat und den Stuhl hinstellte.

»Mr. Rogoff.«

»Mr. Seafort? Ich meine, Käpten, Sir? Ist es ... O Gott, ich meine, Sie sind doch nicht hier ...« Er bekam die Worte nicht hervor.

»Nein. Noch für ein paar Tage nicht. Ich möchte mit Ihnen sprechen.«

»Jasir!« Hastig stand er auf. »Alles, was Sie sagen, Kapitän. Alles!«

Ich drehte den Stuhl mit der Lehne in seine Richtung und setzte mich rittlings darauf. »Falls ich Ihr Urteil nicht abmildere, werden Sie gehängt. Sagen Sie mir, warum ich Sie begnadigen sollte.«

Er rieb sich die Augen, während er unbehaglich vor mir stand. »Kapitän, bitte, um Gottes willen, lassen Sie mich davonkommen! Stecken Sie mich für den Rest der Fahrt in den Knast, oder was immer Sie möchten. Aber lassen Sie nicht zu, daß die mich hängen! Ich wollte doch nichts Böses!«

»Nichts Böses?« fragte ich. »Sie haben den Stabsbootsmann mit dem Knüppel bewußtlos geschlagen, während Mr. Tuak ihn an den Armen festhielt.«

»Es war nicht kaltblütig, Sir. Wir haben uns doch geprügelt, wir alle!«

»Man darf sich nicht mit einem Vorgesetzten prügeln, auch nicht mit einem Bootsmann.«

»Nein, Sir, da haben Sie recht, Sir. Aber die Sache ist die, der Kampf hat einfach angefangen. Man wird richtig heißblütig dabei, man kapiert gar nicht mehr, was eigentlich los ist, man denkt nicht mehr nach. In dem Augenblick war Mr. Terrill einer von all den anderen Typen, wissen Sie? Er war nicht der Stabsbootsmann, sondern einfach jemand, nach dem man schlagen konnte. Es ist nicht so, daß ich eine Meuterei vorgehabt hätte, Sir!« Mit wenigen Worten hatte er ausgedrückt, warum die ganze Angelegenheit vor dem Kapitänsmast hätte abgehandelt werden sollen.

Was für ein Mist, daß Kapitän Malstrom mir diesen Schlamassel hinterlassen hatte! Ich fühlte mich schuldig für meine Wut darüber, und das machte mich unfreundlich. »Vielleicht gilt das für den ersten Schlag, Mr. Rogoff, aber Sie haben ihm mehrfach eine übers Gesicht gezogen. Zu dem Zeitpunkt wußten Sie doch, auf wen Sie einschlugen!«

»Verzeihen Sie, Kapitän, ich möchte Sie nicht beleidigen, aber waren Sie jemals in eine Schlägerei verwickelt?«

»Ja.« Ich hatte nicht gewonnen.

»Haben Sie angehalten und über die Folgen nachgedacht, solange Sie zuschlugen? Haben Sie überlegt, wie fest Sie zuschlagen oder ob Sie einen Kerl schlagen sollten?«

»Ich habe niemals nach einem Vorgesetzten geschlagen, Mr. Rogoff.« Außer meinen Oberfähnrich, als ich in Helsinki stationiert war, und er hatte mir zwei blaue Augen verpaßt und mich dermaßen mit dem Knie gerammt, daß ich zwei Tage lang nicht aufrecht gehen konnte. Aber das zählte doch nicht, oder? Den Oberfähnrich herauszufordern war ein anerkanntes Verfahren. Das machte mich doch nicht zu jemandem wie Rogoff, oder? »Sie haben ihm immer wieder ins Gesicht geschlagen. Ihrem Vorgesetzten.«

»Sir, sehen Sie mich an! Stellen Sie sich vor, Sie selbst wären hier unten an diesem schrecklichen Ort. Sie hätten eine Schlägerei gehabt, und man wollte Sie dafür hängen. Bitte, machen Sie das nicht mit mir!«

Ich antwortete mit betont harter Stimme: »So einfach war das nicht, Matrose! Sie haben sich geprügelt, um diese verdammte Destille zu schützen, um sicherzustellen, daß die Offiziere sie nicht fanden. Sie wollten ein Verbrechen decken, das aufzudecken Mr. Terrill im Begriff stand.«

Rogoff umklammerte sich mit den Armen. Er blickte zu Boden, schüttelte den Kopf und wackelte nervös mit den Zehen der nackten Füße. »Käpten«, sagte er und hob wieder den Blick. »Ich bin kein Engel. Ich mache Sachen, die nicht richtig sind. Ich gebe zu, daß ich auch schon früher in Schwierigkeiten gewesen bin. Aber was die Destille angeht, das bedeutet Knast oder Entlassung. Wäre mir klar gewesen, was ich da mache, hätte ich Mr. Terrill nicht angerührt. Das müssen Sie mir einfach glauben!«

»Ich glaube Ihnen gerne, daß Sie nicht an ein Kriegsgericht gedacht haben, Mr. Rogoff. Ich glaube Ihnen jedoch nicht, daß Sie nicht gewußt haben, Stabsbootsmann Terrill zu schlagen. Reicht allein die Tatsache Ihrer Erregung, um Sie zu begnadigen?«

»Kapitän, ich bitte Sie. Ich bitte Sie um mein Leben.«

»Bitte, tun Sie das nicht!« Ich wollte nicht diese Macht über ihn haben.

»Sehen Sie mich an!« Er fiel vor mir auf die Knie. »Bitte, Sir, ich flehe Sie an! Hängen Sie mich nicht! Schenken Sie mir das Leben, geben Sie mir noch eine Chance!«

Schwitzend rappelte ich mich auf. Ich mußte hier raus! »Wache!«

»Sir, ich bin kein schlechter Mensch!« Er legte die Handflächen auf den Boden, erniedrigte sich. »Bitte schenken Sie mir das Leben! Bitte!«

Ich rannte nicht aus der Zelle. Ich ging. Ich ging aus dem Vorraum des Schiffsgefängnisses. Ich ging bis zur Biegung des Korridors draußen. Dann stürmte ich los, als wären mir alle Teufel der Hölle auf den Fersen. Ich raste die Leiter hinauf, vorbei an den Offiziersquartieren auf Deck 2, vorbei an der Brücke bis zu meiner Kabine. Ich fummelte am Lukengriff herum und schlug die Luke hinter mir zu. Ich schaffte es kaum bis ins Bad, ehe ich das unverdaute Abendessen ins Klosett würgte. Zitternd vor Angst und Ekel blieb ich dort hocken.

Erst als mir auffiel, daß ich auf Händen und Knien lag, fing ich an zu weinen.

Ich wurde zum Einsiedler und verließ die Kabine nicht mehr, von kurzen Ausflügen auf die Brücke abgesehen. Ich wies den Chief an, mich von den Wachplänen zu streichen. Ich machte ein Gesicht, daß niemand mich mehr anzusprechen wagte. Ich aß in der Kabine, wollte nicht einmal mehr das Abendessen mit den Passagieren zusammen im Speisesaal einnehmen. Ich versuchte mir weiszumachen, daß ich krank wäre, daß ich mich fiebrig fühlte. Ich lag in meiner Koje und stellte mir vor, daß ich in Sicherheit wäre, im Haus meines Vaters.

In den stillsten Stunden der zweiten Nacht hatte ich einen Traum. Ich war wieder ein Junge und ging auf das Tor der Akademie zu. Meine Reisetasche war sehr schwer, so schwer, daß ich sie kaum schleppen konnte. Ich hatte das Bedürfnis, Vater unbedingt etwas zu sagen, bekam es aber nicht heraus. Er ging neben mir her, mürrisch und unansprechbar wie stets. Und doch begleitete er mich dorthin. War das nicht ausreichend Beweis dafür, daß er mich liebte?

Ich nahm die Reisetasche mit der anderen Hand, damit ich meine Hand in die Vaters schieben konnte. Vater wechselte auf die andere Seite. Ich packte die Reisetasche wieder mit der ursprünglichen Hand, aber auch Vater ging auf diese Seite zurück. Ich legte mir meine Abschiedsworte zurecht. Ich ging sie immer wieder durch, bis sie sich endlich richtig anhörten.

Das Tor ragte vor uns auf. Wir hatten den breiten Weg vor dem Eingang zum Akademiegelände erreicht. Der Wachtposten stand reglos da.

Ich drehte mich um, denn ich wußte, daß es Zeit war, Auf Wiedersehen zu sagen. Vater packte meine Schultern mit festem Griff und drehte mich zum bereitstehenden Tor um. Er schob mich weiter.

Benommen schritt ich durch das Tor und spürte dabei, wie sich mir ein Eisenring um den Hals schloß. Ich drehte mich um. Vater entfernte sich. Mit einem ganzen Willen wünschte ich mir, daß er sich zu mir umwandte. Ich winkte ihm hinterher. Ohne auch nur noch einen Blick für mich verschwand er über der Anhöhe. Der Eisenring hing schwer an meinem Hals.

Zitternd erwachte ich. Endlich beruhigte sich mein Atmen wieder. Scharfer Schweißgeruch stieg mir aus dem Unterhemd in die Nase. Ich zog mich ganz aus, ging schwankend zur Dusche und blieb lange Zeit reglos unter dem heißen Strahl stehen.

Als ich mich endlich zurück ins Bett traute, schlief ich ungestört. Am Morgen verzehrte ich das Frühstück, das Ricky mir brachte, und verließ die Kabine, um wieder ein menschliches Wesen zu werden.

14. Kapitel

»Sir, entschuldigen Sie. Eine Frage.«

»Was ist, Vax?« Wir waren auf Wache. In der langen Stille hatte ich mich bemüht, meinen Verstand von allem freizumachen, an nichts zu denken. Erfolg hatte ich nicht.

»Einer der Passagiere, Mr. Carr, fragte, ob ich ihm heute nachmittag die Sportdrills der Akademie zeigen würde. Ich dachte mir, daß ich dazu erst Ihre Erlaubnis haben sollte.«

Ich sah keinen Grund, das abzulehnen. »Wenn Sie möchten, Vax, habe ich keine Einwände.« Ich lächelte. »Haben Sie vor, Spieß zu werden?«

»Nein, Sir. Ich hatte mir überlegt, das Programm mit ihm zusammen zu absolvieren.« Das hätte ich mir gleich denken können. Die Zeit verstrich. Auch weiterhin traf ich keine Entscheidung bezüglich der Gefangenen.

Am nächsten Tag bat Yorinda Vincente um ein Treffen. Ich willigte ein. Allerdings wollte ich sie nicht auf der Brücke oder in meiner Kabine haben, also traf ich mich im Passagiersalon mit ihr.

»Ich spreche im Namen des Passagiersrates.« Ihr Ton war

steif. »Wir möchten erfahren, was aus dem Schiff wird, ich meine, der Besatzung, wenn wir Hope Nation erreichen.«

»Sie möchten also wissen, ob die *Hibernia* einen neuen Kapitän bekommt?«

»Und weitere Offiziere, ja.«

»Die meisten von Ihnen werden auf Hope Nation aussteigen, Ms. Vincente. Wieso bekümmert Sie das dann?«

»Einige von uns haben bis Detour gebucht, Kapitän Seafort. Da müßten dann andere Planungen vorgenommen werden.« Sie meinte damit, daß die betreffenden Passagiere nicht auf dem Schiff bleiben wollten, falls ich es weiter befehligen würde. Ich verstand das. *Ich selbst* würde nicht auf dem Schiff bleiben wollen, wenn ich es steuerte.

»Die *Hibernia* hat Befehle seitens der Admiralität in Lunapolis erhalten«, erklärte ich. »Meine Autorität als Kapitän gründet sich auf diese Befehle. Die Admiralität hat einen Repräsentanten auf Hope Nation, Admiral Johanson. Sobald ich mich bei ihm melde, wird er mich des Kommandos entheben, einen patentierten Kapitän einsetzen und dem Schiff Leutnants zuweisen.«

»Sind auf Hope Nation erfahrene Offiziere verfügbar?«

»Auf jeden Fall welche mit mehr Erfahrung, als ich sie habe, Ms. Vincente. Und selbst wenn nicht – der Admiral ist mein vorgesetzter Offizier. Ich bin sicher, daß er mich durch einen Kapitän eigener Wahl ablösen wird. Die *Hibernia* wird in guten Händen sein, wenn sie Hope Nation verläßt.«

Sie erwog sämtliche Möglichkeiten. »Ich könnte mir vorstellen, daß tüchtige Offiziere nicht einfach auf Hope Nation herumsitzen und auf einen Posten warten. Was wird der Admiral tun, wenn ihm nicht genügend Leutnants zur Verfügung stehen?«

»Es ist unwahrscheinlich, daß überhaupt Flottenoffiziere herumsitzen und warten, Ms. Vincente. Die Flotte sucht ständig Personal. Was ich mir aber vorstellen kann, ist, daß er sich Offiziere aus dem örtlichen Dienst ausleiht und sie gegen einige unserer eigenen Offiziere austauscht. Vielleicht sogar gegen mich.«

»Also Leute ohne interstellare Erfahrung?«

»Nicht jeder Leutnant geht auf interstellare Fahrt, ehe er sein Patent erhält, Ma'am. Solange es sich beim Kapitän um einen erfahrenen Offizier handelt, ist das Schiff in guten Händen.« Ich fuhr mit meinen beruhigenden Worten fort, bis sie endlich zufrieden schien.

Als ich Vax am nächsten Tag auf der Brücke traf, fragte ich: »Was macht Ihr Training?«

»Gar nichts.« Ich zog eine Braue hoch. »Derek tauchte am ersten Tag auf«, erklärte er, »und wir absolvierten das ganze Trainingsprogramm. Ein leichtes allerdings, wie das für die Kadetten im ersten Jahr. Gestern kam er wieder, verschwand dann aber nach einer halben Stunde.«

»Was hat er gesagt?«

»Nichts, Sir. Er stolzierte einfach hinaus und knallte die Luke hinter sich zu.« Soviel zu Mr. Carr.

Auf dem Weg zum Speisesaal traf ich Amanda auf dem Korridor. Sie blieb stehen und wartete ab, daß ich als erster etwas sagte.

»Ich habe es mir noch nicht überlegt, Amanda.«

»Läuft die Zeit nicht langsam ab?«

»Übermorgen. Auf die eine oder andere Art ist es dann vorüber.«

»Höre auf dein Gewissen«, sagte sie. »Begnadige sie. In künftigen Jahren wirst du dich selbst verabscheuen, wenn du es nicht tust.«

»Ich überlege noch.« Ich sagte nichts von meinem Gespräch mit Rogoff. Wir betraten den Speisesaal. Als ich den Teil des Schiffsgebetes erreichte, wo es heißt »... die Gesundheit und das Wohlergehen aller an Bord«, verhaspelte ich mich.

Am gleichen Abend noch senkte sich Chief McAndrews schwer in den Sessel neben dem Tisch in meiner Kabine. Die Pfeife lag zwischen uns. »Chief, ich befehle Ihnen, dieses Gerät wieder zu entzünden«, sagte ich. »Wir müssen es weiter untersuchen.«

»Aye aye, Sir.« Es war sein dritter Besuch in der Kabine;

wir standen im Begriff, so eine Art Ritual zu begründen. Er öffnete den Tabakbehälter und zog seinen Kerzenanzünder hervor.

Ich trat mir die Schuhe von den Füßen. Schließlich war das hier meine Privatkabine. »Ich hatte gehofft, inzwischen hätten wir einen weiteren Fähnrich.« Ich gähnte. »Wir alle sind zu häufig auf Wache.«

»Auf der Brücke oder im Barkassenhangar, Sir?« Allmählich wurde er in meiner Gesellschaft lockerer, ein bißchen wenigstens.

»Oh, Sie haben davon gehört?«

»Jemand hat gesehen, wie Sie Mr. Holser dorthin mitnahmen und später mit einem sehr stillen Fähnrich wieder zum Vorschein kamen.«

»Wer hat es gesehen?«

»Ich erinnere mich nicht mehr, Sir.«

Hätten wir das Schiff mit Klatsch und Tratsch antreiben können, wären wir schneller gewesen als mit dem Fusionsantrieb. Vielleicht war es wirklich Darla, die immer alles herumerzählte. »Ich denke, mit Vax ist alles in Ordnung, Chief. Ich habe die Sache mit ihm geklärt.«

»Mit einem Knüppel?«

Ich lächelte. »Man muß Vax einfach hin und wieder die Fakten demonstrieren. Dann glaubt er auch daran. Er wird einen guten Oberfähnrich abgeben.«

Er paffte an dem Artefakt. »Was Sie benötigen, Käpten, ist ein vierter Fähnrich. Vielleicht sogar ein fünfter.« Das war mir klar. Dann hätte ich Vax zum Leutnant befördern können. Wahrscheinlich auch Alexi, vorausgesetzt, ich hatte ihn mir nicht fürs Leben zum Feind gemacht.

»Der einzige, der seine Fühler ausgestreckt hat, ist dieser junge Carr, und ich habe ihn abgelehnt.«

»Da wäre noch Ricky.« Der Chief wußte einfach alles.

»Bis er alt genug ist, um eine nennenswerte Hilfe zu sein, sind wir bereits an Detour vorbei. Dann haben wir längst neue Offiziere und brauchen ihn nicht mehr.«

»Warum haben Sie ihn dann aufgefordert, Käpten?«

»Ich habe nicht behauptet, er wäre überhaupt keine Hilfe. Und ich mag ihn.«

»Er wird einverstanden sein. Er braucht noch mehr Zeit, um darüber nachzudenken, aber Sie können sich auf ihn verlassen.«

»Da bin ich mir nicht so sicher«, sagte ich. »Ich habe einfach nicht den Dreh heraus, wie man Leute überredet, ohne sie zu terrorisieren. Erst Vax, dann den Piloten, dann Alexi. Jetzt ist Ricky an der Reihe. Ich mußte ihn aus Leibeskräften anbrüllen, damit er endlich bequem stand. Ich hatte Glück, daß er sich nicht in die Hosen machte.«

Der Chief lächelte. »Sie haben ihn nicht terrorisiert. Sie haben ihn etwas erschreckt, aber er hat auf dem Unterdeck jedem verkündet, daß der Kapitän ihn zum Fähnrich machen möchte. Er streckt dabei richtig die Brust raus. Ich glaube nicht, daß Sie sich in diesem Punkt Sorgen machen müssen.«

»Dann hatte ich Glück. Eine Folge des Problems, daß ich über keine persönliche Autorität verfüge, besteht darin, daß ich den wilden Mann markiere, um die Würde des Amtes zu wahren. Wie ich es bei Alexi tat.«

Der Chief zuckte die Achseln. »Das Faß? Er kommt darüber hinweg. Ich habe ihm ein halbes Dutzend verabreicht, und das nicht mal übertrieben fest. Er hat es früher schon schlimmer abbekommen.«

»Aber nicht von mir. Ich war sein Freund.«

Chief McAndrews zog mehrfach an seiner Pfeife, ehe er sich zu einer Antwort entschloß. »Das sind Sie weiterhin«, meinte er. »Sie haben ihm einen Gefallen getan, ob ihm das nun bewußt ist oder nicht. Einen großen Gefallen. Wenn wir Hope Nation erreichen, wird er wahrscheinlich versetzt. Was würde mit ihm passieren, wenn er auf dem Schiff eines anderen Kapitäns einen Anfall von Albernheit bekäme?«

Mir schauderte. Entweder würde er einen Monat lang nicht sitzen können oder sich im Schiffsgefängnis wiederfinden. Falls der Kapitän nicht gleich an einem Schlaganfall starb.

»Ich hätte trotzdem eine andere Möglichkeit finden sollen.«

Der Chief schwenkte die Pfeife. »Mal vorausgesetzt, Sie haben recht, Käpten. Vielleicht hätten Sie eine bessere Möglichkeit finden sollen. Trotzdem wird er darüber hinwegkommen. Weder er noch irgend jemand sonst kann von Ihnen Perfektion erwarten. Sie tun Ihr Bestes.«

»Und es ist nicht gut genug, Chief.« Ich starrte verdrossen in seinen Rauch. »Innerhalb von zwei Tagen muß ich jetzt eine Entscheidung über diese armen Teufel im Schiffsgefängnis fällen. Ich habe zwei Möglichkeiten, und beide sind falsch. Lasse ich sie davonkommen, bleibt Meuterei ungestraft. Die Admiralität hätte sie niemals begnadigt, wäre die Sache zu Hause in Earthport passiert. Man hätte die drei ohne jedes Bedauern gehängt. Aber ich habe das Gefühl, ein herzloser Killer zu sein, wenn ich sie exekutiere.«

Ich brütete vor mich hin. »Von mir Perfektion erwarten? Wenn ich auch nur annähernd kompetent wäre, würde mir eine dritte Lösung einfallen. Ich habe es versucht; mir fällt einfach nichts ein. Also nehme ich entweder die eine oder die andere Alternative. Mein Bestes ist nicht gut genug.«

Klugerweise sagte der Chief nichts.

Am nächsten Tag war ich unruhig und reizbar. Um mich abzulenken, führte ich unangekündigte Drills auf dem ganzen Schiff durch und sagte mir selbst, es diente dazu, die Wachsamkeit der Besatzung zu steigern. *»Feuer im Barkassenhangar!« »Überhitzung der Fusionsmaschine!« »Alle Mann auf Gefechtsstation!«*

Und die Besatzung galoppierte los. Ich verkündete, Darla hätte einen Nervenzusammenbruch gehabt, und beauftragte die Fähnriche damit, alle Schiffsfunktionen von Hand zu berechnen. Sie taten es, obwohl niemand, besonders Darla nicht, die Sache komisch fand. Ich gab die Reaktionszeiten ins Logbuch ein, um sie mit denen künftiger Drills vergleichen zu können. Insgeheim nahm ich mir vor, auch in Zukunft solche Übungen durchzuführen. Alles in allem sorgte ich für bleibende Unbeliebtheit meiner Person.

Ich erwachte am Morgen mit einem Gefühl des Grauens vor dem, was mir bevorstand, ehe der Tag endete. Nachdem ich geduscht und mich angezogen hatte, setzte ich mich und wartete auf das übliche Klopfen. Innerhalb weniger Augenblicke traf Ricky mit meinem Frühstück ein. Er setzte das Tablett ab, salutierte und wartete darauf, entlassen zu werden. Obwohl er Haltung behielt, versuchte der Bauch nicht länger, das Rückgrat zu berühren.

»Stehen Sie bequem, Mr. Fuentes.«

»Danke, Kapitän. Es gab Waffeln und Sahne, deshalb habe ich Ihnen was zusätzlich gebracht. Die Sache ist echt zarky.« Er warf einen sehnsüchtigen Blick auf das Tablett. Die Mannschaftsrationen hielten keinen Vergleich mit dem aus, was Offiziere und Passagiere erhielten.

Mir gefiel der neue Ricky viel besser. Oder war es der alte? »Danke. Was halten Sie inzwischen von der Idee, Kadett zu werden?«

»Mr. Browning sagt, ich sollte es tun. Mr. Terrill ebenfalls. Es ist nur so, daß ich ein bißchen Angst habe, Kapitän, Sir.«

»Das kann ich verstehen.« Ich nahm eine Waffel. Sie war köstlich. Ich überlegte, ob ich ihm etwas anbieten sollte, aber es gab Grenzen. Ein Matrose frühstückte einfach nicht mit dem Kapitän. »Du kannst also lesen, hm?«

»O ja! Ich kann auch schreiben, sogar mit der Hand.« Er war sehr stolz darauf.

»Ricky, ich werde veranlassen, daß du etwas Unterricht erhältst. Mathematik, Physik, Geschichte. Ich möchte, daß du so hart arbeitest, wie du kannst. Wirst du mir diesen speziellen Gefallen tun?« So standen meine Chancen viel größer, seine Kooperation zu erhalten, als wenn ich ihm einen Befehl gegeben hätte.

Er schwoll regelrecht an vor Stolz. Die Schultern gingen hoch, und die Brust kam heraus. »O ja, Sir! Ich werde mein Bestes tun!«

»Sehr gut. Entlassen, Mr. Fuentes.« Er salutierte, warf sich auf den Fersen herum und ging zur Luke. Jemand mußte ihm bereits körperlichen Drill verabreicht haben. Ich vermutete, der Schiffsjunge wußte inzwischen mehr über das Flottenleben und den Betrieb der *Hibernia*, als die meisten Leute erwarten. »Oh, Mr. Fuentes!«

»Ja, Sir?« Er blieb im Durchgang stehen.

»Begeben Sie sich in die Kombüse. Meine Grüße an den Koch, und ob er Ihnen bitte eine Portion Waffeln und Sahne servieren würde?«

Seine Augen leuchteten auf. »O danke, Kapitän, Sir! Sie sind echt gut. Er hat mir bereits was gegeben, aber ich nehme sehr gern noch mehr!« Er stürmte davon. Soviel zu meiner Großzügigkeit.

Sandy war mit dem Piloten auf Wache, als ich zu einer kurzen Inspektion auf der Brücke hereinschneite. Mr. Haynes nickte artig. Seit dem Vorfall mit unseren Koordinaten hatte er nicht mehr viele Worte für mich übrig gehabt.

Ich warf einen Blick auf Sandy, und meine Brauen stiegen in die Höhe. Der Bursche saß schlafend auf seinem Platz. Das ging nun überhaupt nicht an. Ich entließ ihn und schickte ihn zu Vax, mit der Bitte, den Jungen zu ermutigen, daß er im Dienst wach blieb.

Vax, der selbst Fähnrich war, konnte Sandy nicht aufs Faß schicken, aber er hatte trotzdem Möglichkeiten, ihm das Gewünschte klarzumachen. Diesmal fühlte ich mich nicht schuldig; auf Wache zu schlafen war ein fürchterliches Vergehen. Ich mußte Sandy soweit bringen, daß er auch allein Wache halten konnte. Mir fiel ein, daß ich gerade erst vor ein paar Wochen selbst auf der Brücke eingeschlafen war. Ich wandte ein, daß ich eigentlich nicht wachhabender Offizier gewesen war; ich war nur geblieben, um die Lage im Auge zu behalten. Als ein Teil von mir anfing, wiederum dagegen Einwände zu erheben, verließ ich die Brücke.

Ich folgte dem Umfangskorridor auf Deck 1, vorbei an den Kabinen, in denen einst die Leutnants Dagalow und Cousins gewohnt hatten. Vorbei an Leutnant Malstroms Kabine, wo ich vor einem Lebensalter Schach gespielt hatte. Durch die Passagiersektion, wo ich jedem kurz zunickte, der mich bemerkte. Ich warf einen Blick in die Krankenstation hinein. Der Meditechniker im Vorraum nahm Haltung an. Dr. Uburu befand sich mit einem Passagier in der kleinen Kabine, wo die Untersuchungen vorgenommen wurden.

Ich verspürte ein unerklärliches Bedürfnis, das ganze Schiff zu besuchen. Ich ging hinunter auf Deck 2. Der Trainingsraum, wo ich mich mit Vax geschlagen hatte, war verlassen. Ein paar Leute hielten sich im Passagiersalon auf – die Treadwell-Kinder, Mr. Barstow, Derek Carr. Ich entfernte mich rasch wieder, denn ich war nicht in Stimmung für Konversation.

Ich spazierte in den Speisesaal. Leere Tische, gedeckt mit glitzerndem Glas- und Porzellangeschirr auf gestärkten weißen Decken, bereit für die abendlichen Besucher. Ich verstand, wie vernünftig die Konstrukteure des Schiffes gewesen waren; dadurch, daß Offiziere und Passagiere zweimal am Tag getrennt speisten und wir zum Abendessen als Gemeinschaft erschienen, war gleichzeitig für ständige Abwechslung im Tagesablauf und für eine Mahnung an den unterschiedlichen Status gesorgt.

Ich schloß die Augen und stellte mir Kapitän Haag vor und wie kompetent und beruhigend er in seiner weißen Paradeuniform gewirkt hatte, wenn er für eine aufmerksame Versammlung das Schiffsgebet sprach. Ich entdeckte den Tisch, wo ich beklommen auf mein erstes Abendessen gewartet hatte, als ich vor gerade mal ein paar Monaten an Bord der *Hibernia* gekommen war.

Mürrisch verließ ich den Speisesaal und wanderte an der Reihe der Luken vorbei, die zu den Passagierskabinen führten. In der Passagiersmesse setzte der Steward, erschrocken über das Auftauchen des Kapitäns an einer Stelle, die er nur selten besuchte, rasch das Tablett mit Besteck auf den Tisch und nahm Haltung an. Ich entließ ihn mit einem Wink.

Die Messe bot jeweils dreißig Passagieren Platz; sie kamen nach einem strikten Plan hierher zum Frühstück und Mittagessen.

Die Kabine wirkte schlicht, fast düster, ganz im Gegensatz zum Speisesaal weiter oben.

Ich nahm die Leiter hinunter auf Deck 3, und mein Gewicht nahm dabei spürbar zu. Hier eilten Besatzungsangehörige einher, um diverse Aufträge zu erledigen, und nahmen jeweils Haltung an, als ich an ihnen vorbeischritt, ohne von ihnen Notiz zu nehmen. Ich blieb am Vorführraum der Besatzung, dem Theater, stehen; die Reihen aus praktischen, robusten Sitzen deprimierten mich. Ein Stück weiter am Korridor lag der Tainingsraum der Crew, eine exakte Kopie des Gymnastikraums der Passagiere weiter oben.

»Entschuldigen Sie, Kapitän, Sir, kann ich Ihnen dabei behilflich sein, jemand Bestimmtes zu finden?« Zimmermannsmaat Tsai Ting, den Mr. Vishinsky mit zum Waffenschrank gebracht hatte, nahm Haltung an.

»Nein. Weitermachen, Matrose.«

»Aye aye, Sir.« Er wandte sich wieder seinen Pflichten zu. Jetzt würde es nicht mehr lange dauern, bis die gesamte Mannschaft erfuhr, daß ich in ihrem Territorium herumschnüffelte.

Ich warf einen Blick in Unterkunft eins, wobei mir klar war, daß ich gegen geltenden Brauch verstieß. Die Crew hatte nirgendwo einen Platz für sich, außer in ihren Unterkünften und Privatkabinen, und nur wenig Zeit für sich. Allgemein wurde anerkannt, daß der Kapitän sie nicht mit unangekündigten Inspektionen in ihren Kojen belästigen sollte.

Ein Dutzend Matrosen schlief gerade dort. Ein junger Bursche, der auf seiner Koje saß, entdeckte mich und wollte schon aufspringen. Ich legte einen Finger an die Lippen und schüttelte den Kopf. Er blieb, wo er war, den Blick fest auf mich gerichtet, während ich mich vom Eingang aus umsah. Es roch nach zu vielen Menschen auf engem Raum. Der Raum war sauber, ohne reinlich zu sein. Kalender hingen an einigen Spinden; die unbenutzten Kojen waren ordentlich gemacht. Es war nicht mehr und nicht weniger, als ich erwartete.

Ruhelos suchte ich die angrenzende Toilette auf. Der Mangel an Privatsphäre auf ihren großen, freien Flächen ließ unsere Fähnrichstoilette direkt luxuriös erscheinen. Dieser Raum wenigstens war peinlich sauber. Die Bootsmänner achteten darauf.

Achtern befanden sich nur noch der Maschinenraum und der Schaft. Ich stieg die Leiter in den Maschinenraum an der Basis der Scheibe hinunter. Das beharrliche Pochen der Fusionstriebwerke durchdrang alle meine Sinne. Die Außenkabine war leer; der Chief hielt sich also weiter achtern in der Antriebssteuerkammer auf. Ich spazierte Richtung Steuerbord zur Hydroponikanlage.

»Es wird schon alles gutgehen mit ihnen.« Die Stimme kam von jenseits der Korridorbiegung vor mir.

Ich blieb stehen.

»Ich weiß nicht. Er ist ein Mistkerl; guck dir nur mal an, wie er den Chief zur Seite geschubst hat, um ganz nach oben zu kommen.«

»Klar, Käpten Kid ist ehrgeizig und hat seine Chance erkannt. Aber er wird sie davonkommen lassen; er wartet damit nur bis zur letzten Minute.«

»Yeah? Wieso?«

Mit klopfendem Herzen drückte ich das Ohr ans Schott, um meine Mannschaft auszuspionieren.

»Er möchte uns zeigen, daß er es könnte, wenn er wollte. Aber er kann sie eigentlich nicht hängen. Es würde eine Meuterei geben, und er weiß das. Er wäre zur Luftschleuse hinaus, ehe sie es auch nur mit einem gemacht hätten.«

Eine Pause trat ein. »Ich mache bei keiner Meuterei mit«, sagte die Stimme vorsichtig. »Keinesfalls. Wir unterhalten uns einfach nur.«

»Heh, ich habe nicht behauptet, daß ich selbst irgendwas tun würde. Ich sagte nur, der Käpten würde es nicht wagen. Du kennst doch die Jungs; ein paar von ihnen sind echt harte Brocken. Denkst du vielleicht, Käpten Kid würde es mit ihnen aufnehmen wollen? Warum sollte er so einen Aufstand machen? Es ist doch nicht mehr passiert, als daß ein paar Jungs ein bißchen geschubst wurden. Niemand ist umgekommen.«

Eine weitere Pause. »Sie haben die Todesstrafe erhalten, oder vielleicht nicht?«

»Ach, das ist nur ein Haufen Scheiße. Wir sind doch hier nicht in den Offiziersunterkünften mit all ihren jungen Gentlemen. Wir bereinigen unsere Probleme auf unsere Art. Was ist schon dabei, wenn Terrill ein bißchen was abgekriegt hat? Geschah ihm nur recht dafür, daß er sich eingemischt hat. Er wußte es besser.«

»Was ist, wenn Käpten Kid die Sache durchzieht, Eddy? Was, wenn sie Rogoff und Tuak und Herney den Strick umlegen?«

Ich strengte mich an, um die Antwort zu verstehen. »Wer sollte das denn machen, heh? Welcher Matrose wird einem Kumpel den Strick umlegen? Schau mal, sie glauben, sie würden das Schiff führen. Aber im Grunde tun wir es. Wir machen die Arbeit. Wir fahren die Maschinen, kochen das Essen, bereiten die Luft wieder auf. Wir sind Symbionten. Weißt du, was das heißt? Es heißt, daß sie uns ebenso brauchen wie wir sie. Er wird sie nicht aufhängen. Er ist schlau genug, es nicht zu tun, obwohl er noch so 'n junger Kerl ist.«

Ich zog mich zurück, bis ich die Leiter erreichte, und eilte hinauf auf Deck 3. Mir war auch dort noch unwohl, und ich hielt nicht eher an, als bis ich die Sicherheit von Deck 1 erreicht hatte.

Zeit fürs Mittagessen. In der Offiziersmesse setzte ich mich allein an einen kleinen Tisch und brütete vor mich hin. Wie es Brauch war, nahmen ringsherum die Gespräche ihren Fortgang, aber niemand belästige mich. Wenn der Kapitän am langen Tisch Platz nahm, gehörte er zur Gemeinschaft. Wenn er für sich saß, blieb er allein und unsichtbar.

Nach dem Essen begab ich mich auf Deck 2 hinunter und folgte dem Korridor, bis ich die Luke fand, nach der ich gesucht hatte. Ich klopfte an.

Mr. Ibn Saud schien überrascht, mich zu sehen. »Oh! Kommen Sie herein, Kapitän.« Er trat zur Seite. Sein Gebetsteppich lag ordentlich zusammengefaltet neben dem Bett.

Am Schott entdeckte ich einen großen Farbdruck der goldenen Al-Aksa-Moschee in Jerusalem. Die glitzernde Kuppel war nach dem Letzten Krieg originalgetreu wiederhergestellt worden.

»Könnten wir miteinander reden, Mr. Ibn Saud?«

»Ich stehe zu Ihrer Verfügung.« Er bot mir seinen einzigen Stuhl an und setzte sich mir gegenüber aufs Bett.

»Ich muß eine Entscheidung treffen. Ich weiß, was meine Vorgesetzten erwarten würden, aber es ist nicht ihre Entscheidung, sondern meine. Ich halte es für willkürlich und streng, unsere verurteilten Matrosen für eine Schlägerei hinzurichten. Andererseits reichte der Aufruhr fast an eine Meuterei heran. Wäre es nicht ein Zeichen von Schwäche und Nachlässigkeit unsererseits, wenn wir sie begnadigten?«

»Haben Sie Geschichte studiert, Mr. Seafort?«

»Nicht bei einem Lehrer.« Vater hatte mich zu Hause unterrichtet. Eine abgenutzte Enzyklopädie und die Bibel waren der Lehrplan gewesen, zusammen mit Mathe- und Physiktexten fürs Holo.

Mr. Ibn Saud runzelte die Stirn. »Die gesellschaftliche Entwicklung unterliegt einer Pendelbewegung. Erst Repression, dann Rebellion; erst rigide Herrschaft, dann Anarchie. Wir sind gegenwärtig an einem Pendelausschlag eingefroren.«

Ich setzte mich. »Wie meinen Sie das?«

»Blicken Sie zurück, sagen wir mal, ins zwanzigste Jahrhundert. Es begann konservativ, pendelte dann in den Zwanzigern zu nachlässigeren sozialen Normen und entwickelte sich eine Generation später wieder in die konservative Richtung.«

»Ja, und?« Das klang grob, und ich bedauerte es sofort. Er gab sich Mühe.

»Als die östlichen Diktaturen zusammenbrachen, blieb Amerika als vorherrschende Macht zurück, die allerdings gerade in ihre liberale oder anarchische Phase eintrat.«

Ich wartete ab und fragte mich, inwieweit mir diese Betrachtungen helfen würden.

»Im festen Willen, neue Formen zu erproben, setzte Amerika die UN-Regierung ein und übertrug ihr ein paar Vollmachten. Dadurch war das Skelett einer Weltregierung vorhanden, als die amerikanisch-japanische Finanzstruktur schließlich zusammenbrach. Wer weiß schon, welches Chaos die Welt andernfalls hätte ertragen müssen?« Ihn schauderte.

Ich versuchte meine Ungeduld zu verbergen. Was hatte alte Geschichte mit der *Hibernia* zu tun?

»Wußten Sie schon, Nicky ...« Er brach ab, spürte vielleicht mein Unbehagen über die beiläufige Verwendung meines Namens. »...Kapitän, daß die UN einmal eine Kraft des liberalen Wandels war? Im frühen einundzwanzigsten Jahrhundert nahmen die meisten großen Reformen ihren Ausgangspunkt in der UNO.«

»Sie bezeichnen die Reformen von 2024 als liberal? Sie bannten die meisten Stimulanzien, öffentliches Glücksspiel, Pferderennen, sogar einige sexuelle Praktiken!«

»Konservative Impulse gibt es auch in liberalen Zeiten«, wies er mich zurecht. »Die Grundstruktur der UNO war permissiv: ein lockerer Föderalismus auf globaler Ebene.«

»Das Rebellische Zeitalter.« Die Torheit der Permissivität.

»Und dann die Reaktion«, fuhr er fort. »Die Ära der Gesetze. Sie begann nach dem Letzten Krieg, als Amerika und Japan die Fähigkeit verloren hatten, die Welt durch schiere Finanzkraft zu dominieren. Die Verwüstung Japans, Chinas und eines Großteils von Afrika veränderte die weltweite Machtbalance. Die UNO blieb als einzige starke globale Institution zurück.«

Meine Verärgerung nahm zu. Noch ehe der Tag endete, mußte ich über das Leben dreier Menschen entscheiden.

»Die Christliche Wiedervereinigung fegte über Europa hinweg, das zur einflußreichsten Region auf dem Globus geworden war. Die UNO wurde konservativ und autoritär. Sie gab den Unidollar aus, mischte sich in lokale Konflikte ein und stattete sich mit den Attributen einer echten Regierung aus. Die Einbeziehung der britischen Marine ins UN-Militär war dabei ein entscheidender Schritt.«

Ich nickte. Die Flotte war unsere älteste militärische Macht, und ich war stolz darauf. Ich hatte zu keinem Zeitpunkt daran gedacht, in die UN-Bodentruppen einzutreten.

»Die UNO erließ auch universelle Standards für die Bildung, für Löhne ... Okay, ich übergehe die Details.« Er lächelte entschuldigend. »Die liberale Reaktion erfolgte genau zu dem Zeitpunkt, als wir mit der Kolonisierung des Weltraums begannen.«

Ich wollte wissen: »Wenn wir gerade gegen die Zentralgewalt rebellierten, als die Kolonien entstanden, wären letztere dann nicht praktisch unabhängig geworden?«

»Nicht ganz, Nick ... ähm, Kapitän. Die Rebellion steckte im Impuls zur Kolonisation, der körperlichen Flucht vor der Autorität. Aber die Kolonien konnten nicht auf eigenen Füßen stehen. Die Reaktion bestand dann darin, sie voll unter die Regierungsgewalt zu stellen. Die Flotte ist das wichtigste Instrument dieser Gewalt; das ist auch der Grund, warum Frachten und Passagiere nur an Bord von Flottenschiffen zwischen der Heimatwelt und den Kolonien befördert werden dürfen. Und es ist der Grund, weshalb Kolonialgouverneure häufig Admirale sind.«

»Ich dachte, es läge daran, daß sie die meiste Erfahrung haben.«

»Ja, als autokratische Führungspersonen. Es besteht im Grunde kein Unterschied zwischen einem Kolonialgouverneur und einem Kapitän. Beides sind autokratische Symbole der Regierung.«

Ich versuchte ihm zu folgen. »Und was meinen Sie damit, daß wir an einem Pendelausschlag eingefroren seien?«

»Die Kolonien stemmen sich gegen den Zug der Zentralregierung. Die UNO, die in die Gegenrichtung zieht, ist damit in Repression erstarrt, um die Kontrolle zu behalten.«

»Das klingt diktatorisch.« Ich hatte in der Woche, nachdem ich Fähnrich geworden war, eine Stimmkarte erhalten, und ich nahm unsere Demokratie ernst.

»Die Regierungsautorität beruht auf der Wiedervereinigung. Die Jahwistische Kirche führte religiöse Kräfte zusammen, die über Jahrhunderte hinweg auseinandergelaufen waren. Die UN-Regierung repräsentiert und vertritt unsere Staatsreligion, die ihrerseits die Autorität der Zentralregierung unterstützt.«

Ich regte mich unbehaglich; ich war nicht bereit, Häresie zu tolerieren, wenn es das war, worauf er hinauswollte.

Wie um mich zu beruhigen, ergänzte er: »Die beiden Kräfte vereinigen sich in Ihrer Person; Sie sind sowohl leitender Magistrat als auch Kaplan. Unser System ist erstarrt: Die Kolonien stemmen sich gegen die Autorität, und Staat und Kirche bemühen sich durch willkürliche Entscheidungen, die bürgerliche Kontrolle zu erhalten. Das geht seit siebzig Jahren so.«

Ich stand auf und ging hin und her, aufgewühlt durch seine Andeutungen. »Wie kann man es rechtfertigen, eine repressive Regierung zu unterstützen, wenn Männer wie Tuak und Rogoff nur aufgrund der Starrheit ihrer Regeln gehängt werden sollen?«

»Vergleichen Sie das Unheil, das die Repression anrichtet, mit dem Unheil, das ohne sie angerichtet würde«, antwortete Ibn Saud ernst. »Der Letzte Krieg war schlimm genug. Stellen Sie sich jetzt einen interplanetaren Krieg vor.«

»Würde ein Liberaler nicht sagen, die Freiheit wäre das Risiko wert?«

»Und würde ein Konservativer nicht sagen, die Zivilisation wäre den Preis wert?« Ibn Saud, der aus den Saudi-Scheichtümern stammte, war von wirklich konservativem Schlag.

Ich verabschiedete mich von ihm, kehrte auf Deck 1 zurück und stellte fest, daß auf der Brücke alles ruhig war. Ich überließ den Piloten und Vax ihrer Langeweile und setzte meine ruhelose Wanderung fort.

Der Barkassenhangar war kalt, düster und leer. Ich stieg in einen Raumanzug und informierte die Brücke darüber, daß ich die Laderäume aufsuchen würde.

Mit hart arbeitendem Antibeschlagssystem stieg ich die Leiter zu dem schmalen Durchgang hinauf, der neben den riesigen Ladebuchten für Angehörige der menschlichen Spezies reserviert war, vorbei an Kisten, Containern, schweren Maschinen und landwirtschaftlichem Gerät. Der Anzug mußte mich nicht vor dem Vakuum schützen, sondern garantierte nur eine ausreichende Atemluft. Der Laderaum stand unter Druck, aber die Luft hier wurde nicht durch die Wiederaufbereitungsanlage geführt.

Ich arbeite mich langsam zur Bleistiftspitze voran, weit entfernt von den Gravitronen im Maschinenraum. Während ich hinaufstieg, fühlte ich mich leichter; als Kadetten hatten wir uns die inverse Quadratregel einprägen müssen, nach der unsere Gravitation schwankte, aber nichts verdeutlichte diese Regel so gut wie die praktische Demonstration.

Die Außenhülle kam mir auf allen Seiten immer näher; ich näherte mich dem spitz zulaufenden Bug der *Hibernia*. Am oberen Ende der Leiter stand ich in der vordersten Spitze und schwebte mangels Gewicht fast über dem Absatz dort. Mit dem Blick folgte ich dem gerippten Skelett des Schiffes bis zurück zur Scheibe.

In der Scheibe, umgeben vom Gedränge menschlichen Lebens auf der *Hibernia*, konnte ich nur die Konflikte und Forderungen erkennen, zwischen denen zu vermitteln die Aufgabe des Kapitäns war.

Aber hier im Bug der *Hibernia* wurde ich mir des gewaltigen, vielfach verflochtenen Netzwerks von Metall und Elektronik bewußt, aus dem das Schiff bestand, zusammengehalten von Energieleitungen, die sich kreuz und quer durch den Stoff des Schiffes zogen, und angetrieben durch die Fusion.

Wir bildeten eine merkwürdig ritualisierte Gesellschaft, dichtgedrängt in der Scheibe untergebracht. Wir vergaßen leicht, daß der Zweck unserer Reise letztlich darin bestand, diese gewaltige Ansammlung aus Fracht und Personen in den Hafen zu steuern, damit sie dort von den rasch wachsenden Kolonien absorbiert werden konnte.

Ich setzte mich auf den Absatz und ließ die Füße von der Leiter baumeln.

Die zahlreichen Regeln, die unser Verhalten an Bord bestimmten – die Restriktionen, die Passagiere und Besatzung trennten, die rigide Hierarchie von Mannschaftsdienstgraden und Offizieren, die Isolation des Kapitäns –, waren dazu gedacht, unser Leben zu vereinfachen und so viele Entscheidungen wie möglich zu eliminieren, damit wir verwirrten, von unseren Begierden getriebenen Menschen in die Lage versetzt wurden, dieses prachtvolle, komplizierte und ungeheuer teure Schiff sicher in den nächsten Hafen zu steuern.

Ohne unsere Bestimmungen und Gebräuche hätten wir zu viele Entscheidungen treffen müssen. Entscheidungen über die menschliche Hierarchie: Wer war gerissener, stärker, klüger? Entscheidungen über ethisches Verhalten, darüber, welche Verhaltensweisen dazu beitrugen, daß alles an Bord richtig lief. Entscheidungen über die Selbstbeherrschung, darüber, welche Wünsche und Begehrlichkeiten befriedigt werden sollten und welche nicht.

Die *Hibernia*, dieses gewaltige Maschinensystem, das mit unvorstellbarer Geschwindigkeit durch die unendliche Leere raste, konnte nicht von Menschen gesteuert werden, die sich fortwährend an sich selbst und aneinander rieben.

Mr. Ibn Sauds Theorie, daß Repression sich mit Nachsicht abwechselte, war irrelevant. Damit die *Hibernia* überlebte, mußte das soziale System aufrechterhalten werden, andernfalls wir alle dazu verdammt waren, uns immer wieder einen neuen Platz in der Hierarchie an Bord zu erkämpfen. Wir waren eine zu kleine Welt, um Außenseitern, Nichtangepaßten und Einzelgängern Platz zu bieten. Wir mußten lernen, uns anzupassen. Ein einzelner Mensch, der das System bekämpfte, konnte das Schiff in den Untergang führen.

Und obwohl es nie jemand erfahren würde, war der *Celestina* vielleicht genau das widerfahren, jenseits der Grenzen der Zivilisation.

Die Hierarchie aus Kapitän, Offizieren und Mannschaft war unabdingbar für die Erhaltung der Struktur, in deren Rahmen wir funktionierten. Hier, weit entfernt vom Licht unserer Sonne, mußten wir die Gesellschaft ohne Hilfe von außen bewahren.

Jetzt, wo ich wußte, was ich zu tun hatte, machte ich mich langsam auf den Weg die Leiter hinunter.

15. Kapitel

»Chief McAndrews, erscheinen Sie bitte auf der Brücke.« Ich schritt auf und ab. Der Chief würde meinen Befehl erfahren, wo immer er gerade steckte. Ich nahm den Rufer wieder zur Hand und bestellte auch Dr. Uburu zu mir.

Vax und der Pilot, die die Wache hatten, sahen mir kommentarlos zu.

»Vax, rufen Sie die Fähnriche zusammen. In aller Stille bitte. Niemand sonst soll erfahren, daß wir uns alle auf der Brücke versammeln.«

»Aye aye, Sir.« Er machte sich auf den Weg.

Ich wartete mit zunehmender Ungeduld, bis die Offiziere eintrafen.

Als alle da waren, warf ich die Luke zu. »Nehmen Sie Haltung an, Sie alle.«

Sie bildeten eine Reihe, die Augen nach vorn, die Hände steif an den Seiten, und Doc Uburu unterwarf sich ebenso unverzüglich der Schiffsdisziplin wie alle anderen. Ich baute mich ihnen gegenüber auf und nahm das Holovid zur Hand, das das Logbuch enthielt.

»Es wird keine Diskussion geben und keine Bemerkung zu dieser Angelegenheit, von keinem von ihnen, weder hier noch privat. Ich habe Sie gerufen, um als Zeugen einem Logbucheintrag beizuwohnen.« Ich tippte schnell, während ich redete. »Die gegen Maschinenmaat Herney verhängte Todesstrafe wird abgemildert und in fünf Monate Freiheitsentzug umgewandelt. Ich bin zu dem Schluß gelangt, daß er sich nicht bewußt war, einen Vorgesetzten zu schlagen, und demzufolge als Strafe für seine Tat auch nicht den Tod erleiden sollte.«

Keiner der Offiziere zeigte irgendeine Reaktion. »Die gegen Matrose Tuak verhängte Todesstrafe wird bestätigt. Er nahm wissentlich an einem Angriff auf einen Offizier dieses Schiffes teil und hat demzufolge die Hinrichtung verdient. Daß seine Tat dem Zweck diente, die Aufdeckung eines kriminellen Planes zu verhindern, ist dabei irrelevant. Seine Hinrichtung dient einzig und allein als Strafe für den Angriff.« Ich wurde mit dem Eintippen des Absatzes fertig.

»Die gegen Matrose Rogoff verhängte Todesstrafe wird bestätigt. Er nahm wissentlich an einem Angriff auf einen Offizier dieses Schiffes teil und hat demzufolge die Hinrichtung verdient. Daß er seine Tat im Eifer des Gefechts beging, ist dabei irrelevant. Die Tatsache des Angriffs selbst rechtfertigt das verhängte Urteil.«

Ich stellte das Holovid weg. »Stehen Sie bequem.« Sie wechselten schneidig in die bequeme Haltung, die Hände auf dem Rücken verschränkt. »Wir besprechen jetzt das Hinrichtungsverfahren.«

»Mr. Pearson, Mr. Loo: Bringen Sie den Gefangenen Tuak. Bestätigen Sie!«

»Befehl erhalten und verstanden. Aye aye, Sir!«

»Erhalten und verstanden. Aye aye, Sir!« Die beiden wechselten nervöse Blicke, ehe sie die Leiter zu Deck 3 hinaufstiegen.

Äußerlich ruhig begutachtete ich noch einmal das Arrangement, das ich getroffen hatte. Der Pilot und Mr. Vishinsky hatten das Schiffsgefängnis aufgesucht, den Gefangenen die Hände mit Handschellen auf den Rücken gebunden und sie mit nicht mehr entfernbarem Hautband geknebelt. Kurz darauf hatte ich das Schiff aus der Fusion genommen; wir schwebten antriebslos im All, Lichtjahre von einem Planetensystem entfernt.

Auf meinen Befehl hin wurde danach die Brücke verschlossen. Wir schickten alle Passagiere in ihre Kabinen und schlossen die Kabinenluken ab. Alexi und Sandy überwachten diesen Vorgang persönlich.

Allen Besatzungsangehörigen wurde befohlen, die jeweilige Unterkunft aufzusuchen und sich für eine Inspektion bereitzuhalten. In weißer Galauniform und begleitet vom Stabsbootsmann und einem Fähnrich inspizierte ich jede Mannschaftsunterkunft und ihre Belegschaft. Die Leute bewahrten Haltung, während ich kaltblütig Spinde, Kojen und die Leute selbst in Augenschein nahm und großzügig Minuspunkte für Verstöße verteilte.

Nachdem ich das in allen Unterkünften getan hatte, mußten die Bewohner in absolutem Schweigen zum Unterdeck des Maschinenraums marschieren. Drei Reihen tief mußten sie dort rings um das klaffende Loch des Fusionsantriebsschaftes Aufstellung beziehen.

Über dem Abgrund lag eine Planke. Eine Kette lief von einem Bolzen durch ein Ende der Planke zu einem elektrisch betriebenen Fördergestell. Drei Meter oberhalb der Planke führte eine Stange quer über den Schacht, und von dieser Stange hing ein Strick herab. Die Schlinge am Ende berührte fast die Planke.

Die Ärztin, der Pilot, der Chief und meine drei Fähnriche, alle in weißen Galauniformen, standen bequem den Reihen der Matrosen gegenüber. Wir warteten auf die beiden Helfer und den Gefangenen.

Ein Matrose bewegte sich.

»Mr. Tamarow! Tragen Sie diesen Mann ein!« Vielleicht hatte er nur einen verkrampften Muskel dehnen wollen. »Schreiben Sie seinen Namen auf! Ich erwarte ihn am nächsten Kapitänsmast!«

»Aye aye, Sir!« Alexi machte eine richtige Show daraus, den Namen des Mannes zu notieren. Der Matrose betrachtete uns mürrisch, ehe er wieder die Augen geradeaus richtete.

»Mr. Tamarow! Eskortieren Sie diesen Mann nach Entlassung ins Schiffsgefängnis! Brot und Wasser bis zum Kapitänsmast!«

»Aye aye, Sir!« Alexi baute sich direkt vor dem Missetäter auf, der jetzt niedergedrückt war und wieder korrekt Haltung behielt.

Von der Leiter drang ein Geräusch herüber. Pearson und Loo hielten je einen Arm des unglücklichen Mr. Tuak, während sie ihn in den Maschinenraum hinunterschleppten, wobei er halb ging, halb geschleift wurde.

Tuak war fest geknebelt. Seine Augen zuckten wild zwischen den versammelten Leuten und dem Schaft mit der entsetzlichen Vorrichtung hin und her. Dann sah er mich an. Er schrie durch den Knebel hindurch.

Die Gruppe erreichte das Unterdeck. »Mr. Holser, Mr. Vishinsky, fesseln sie die Füße des Gefangenen, und schaffen Sie ihn an den Galgen.«

»Aye aye, Sir.« Der Fähnrich und der Schiffsprofos lösten sich aus der Reihe und übernahmen den Gefangenen von den beiden Matrosen. Tuak strampelte verzweifelt. Vishinsky bückte sich, packte einen der heftig tretenden Füße, schloß die Fessel darum und befestigte sie dann am anderen Fuß.

»Mr. Pearson, Mr. Loo, zurück ins Glied!« Sie gehorchten.

Vax und Vishinsky zerrten den Verurteilten auf die Planke. Tuak versuchte zu treten, wurde aber von den Fußfesseln daran gehindert. Ich nickte; Vax kehrte ins Glied zurück. Tuak rollte heftig mit den Augen. Erstickte Laute drangen durch den Knebel, als die Schlinge festgezogen wurde.

Es mußte schnell geschehen. Ich war dankbar für die Tabletten, die mir die Ärztin verabreicht hatte; mir war weder schlecht, noch drohten mir die Sinne zu schwinden. »Mr. Tuak, ich überantworte Ihre Seele dem allmächtigen Gott.« Ich drückte den Stromschalter. Das Fördergestell entfernte sich langsam vom Schaft und spannte dabei die an der Planke befestigte Kette.

Die Planke scharrte übers Deck, bis ihr anderes Ende über den Schaftrand geriet. Sie stürzte in den Schaft, gefolgt von Tuak. Das Seil straffte sich, sprang zurück und wurde wieder stramm. Ein Ächzen ertönte hinter mir.

Ich warf mich herum. »Ruhe!« Mehrere Besatzungsangehörige waren bleich geworden. Einer schwankte, als würde er gleich ohnmächtig, aber sie hielten ihre Formation.

»Mr. Browning, Ms. Edwards, holen Sie den Gefangenen Rogoff. Bestätigen Sie!« Der Zahlmeister und die Geschützmaatin entfernten sich. Ich wußte, daß Mr. Browning gehorchen würde; er hatte zuviel in seinen Status investiert, um jetzt einen Schläger zu retten, selbst wenn das überhaupt möglich gewesen wäre. Ms. Edwards war jemand, den Vishinsky für zuverlässig hielt; das war für mich genug.

»Mr. Vishinsky, Mr. Holser, entfernen Sie die Leiche und legen Sie die Planke wieder zurecht.« Sie holten den Strick ein, an dem Tuaks sterbliche Überreste hingen. Ich behielt die Mannschaft im Auge, sowohl um die Disziplin sicherzustellen, als auch um nicht besinnungslos umzukippen, denn die Wirkung von Dr. Uburus Pillen hatte sich erschöpft.

Die Leiche kam aus dem Schaft zum Vorschein. Etliche Mannschaftsangehörige fuhren zusammen.

Ich wußte ja, daß es nötig gewesen war aufzupassen.

Tuaks Kleider waren beschmutzt, wo seine Schließmuskeln versagt hatten. Das rot angelaufene Gesicht und die vorquellenden Augen reichten, um mir schier die Seele zu zerreißen.

Ein leises, wütendes Murmeln breitete sich hinter mir aus. Ich reagierte mit scharfem Ton darauf: »Der erste, der aus dem Glied bricht, wird aufgehängt wie dieser Mann!« Wir waren nur Sekunden davon entfernt, daß sie uns überrannten. Sobald ein Matrose losstürzte, würden es alle tun. Ich bedauerte jetzt, daß ich mich geweigert hatte, Waffen auszugeben.

Ich marschierte die Reihe der mürrischen Mannschaftsangehörigen entlang, die Hände auf dem Rücken verschränkt. »Augen geradeaus! Schultern hoch! Sie da! Sie erhalten einen Eintrag wegen nachlässiger Haltung!« Was in Gottes Namen hielt nur Browning und Edwards auf?

Ich schritt in Gegenrichtung wieder die Formation ab. Sandy Wilsky war ganz blaß und atmete flach. »Fähnrich, Bauch rein! Brust raus! Geben Sie ein Beispiel, oder ich lege Sie persönlich aufs Faß!« Das war nicht nett gegenüber Sandy, aber nötig. Der Junge zog den Bauch ein, und er bekam wieder etwas Farbe ins Gesicht, als er sich an seine Pflicht erinnerte.

Endlich kamen sie. Rogoff trat um sich, versuchte die beiden Matrosen zu Fall zu bringen und sich mit den Beinen an den Leiterpfosten festzuklammern. Ich konnte seine Schreie durch den Knebel hören, wie alle anderen auch. Auf halbem Weg die Leiter herunter entdeckte er mich. Er blickte mir in die Augen, entsetzt und flehend.

»Mr. Holser, Mr. Vishinsky, fesseln Sie die Füße des Gefangenen, und schaffen Sie ihn an den Galgen.« Jemand zog plötzlich die Luft ein. Ich wirbelte herum, rechnete schon damit, niedergeknüppelt zu werden. Ein Matrose hatte seine Haltung aufgegeben. Er stand mit aufgerissenem Mund da, und seine Brust hob und senkte sich heftig. Seine Kameraden sahen ihn an.

Ich hatte keine andere Wahl, als die Sache durchzuziehen. »*Sie!* Zwei Schritte vortreten!« Meine Stimme klang so scharf und schrill, daß sie sogar mich erschreckte. Die Aufmerksamkeit der versammelten Besatzung entfernte sich von dem unglücklichen Gefangenen und richtete sich statt dessen auf mich.

Der benommene Matrose stolperte vorwärts. Mit aller Kraft, die ich aufbringen konnte, versetzte ich ihm eine Ohrfeige. In der Stille des Entsetzens knallte sie wie ein Schuß. Der Mann taumelte und stürzte beinahe.

»*Zurück ins Glied!*« Ich führte mein Gesicht so dicht an seines, daß wir uns fast berühren. Meine Wut drang durch seine Benommenheit. Er nahm Haltung an, und ein roter

Fleck breitete sich auf seiner Wange aus. Meine Hand brannte wie Feuer.

Mit gefesselten Händen und Füßen schwankte Rogoff auf der Planke und flehte mich mit den Augen an. Der Knebel dämpfte seine unzusammenhängenden Laute. Für einen Moment war ich versucht, ihm Gnade zu erweisen, aber dann erinnerte ich mich wieder an meine Pflicht.

»Mr. Rogoff, ich überantworte Ihre Seele dem allmächtigen Gott.« Ich drückte den Schalter des Fördergestells. Einen Moment später war er dahin.

Ich ließ die Besatzung in Reih und Glied stehen, bis die beiden Leichen aus dem Raum entfernt waren. Wie verrückt rezitierte ich in Gedanken Vorschriften, um nicht vor versammelter Mannschaft kotzen zu müssen. »Besatzung von Unterkunft eins, zwei Schritte vor! Rechts um! Marsch! Mr. Vishinsky, begleiten Sie die Männer zu ihrem Quartier.«

Eine Gruppe nach der anderen marschierte zu ihrer Unterkunft zurück. Schließlich blieben nur die Offiziere und ich zurück. Wir blickten einander an, aber niemand wollte etwas sagen. Es war knapp gewesen.

Ich schickte Vax und Alexi los, um die Passagierskabinen wieder aufzuschließen, und machte mich auf den Weg zur Brücke. Auf der Leiter von Deck 2 mußte ich anhalten und das Geländer packen, damit niemand sah, wie mir die Beine zitterten. Chief McAndrews packte mich wortlos unter dem Arm und half mir die Stufen hinauf. Ich nahm es nicht zur Kenntnis, denn sonst wäre es ein schwerer Verstoß gewesen.

Am Nachmittag führte ich eine Gefechtsübung durch, gefolgt von Dekompressionsübungen. Ich machte damit gegenüber der Mannschaft klar, daß ich mich nicht davor fürchtete, ihr Befehle zu geben, und gleichzeitig hielt ich damit ihre Gedanken beschäftigt. Ich versuchte mich selbst gedanklich zu beschäftigen, aber es gelang mir nicht.

Am selben Nachmittag noch gab ich Anweisung, die beiden Leichen in aller Stille aus der Luftschleuse zu befördern.

Das Abendessen rückte näher. Ich war mir nicht sicher, ob ich das Essen würde im Magen behalten können, aber ich wußte, daß ich auf jeden Fall im Speisesaal erscheinen mußte. Die Passagiere, denen ich auf dem Korridor begegnete, hielten Distanz, und ihre Blicke waren feindselig.

Ich traf Amanda vor der Luke. Ich ging sofort auf sie zu, um ihr zu erklären, was ich getan hatte.

Sie gab mir keine Gelegenheit, sie anzusprechen. Ihr Blick ging glatt durch mich hindurch. Ich hatte mit ihrem Zorn gerechnet, aber trotzdem stand ich bestürzt da und sah ihr hinterher.

Im Saal herrschte Schweigen, als ich mich erhob, um das Schiffsgebet zu sprechen. Im Anschluß daran waren die einzigen Personen, die »Amen« sagten, meine Offiziere, Mrs. Donhauser und Derek Carr.

Nachdem ich auf dem Teller herumgestochert hatte, zog ich mich auf die Brücke zurück. Alexi teile die Wache mit mir, und diesmal war er klug genug zu schweigen. Ich saß im Sessel des Kapitäns, in erbarmungsloser Stille gebannt, während Tuaks purpurrotes Gesicht über den Schaftrand hinaufgezogen wurde. Sein blickloses Starren galt allein mir.

Der Rufer summte. »Hier spricht Pilot Haynes, Sir. Gehen wir heute abend in Fusion?«

»Nein. Am Morgen.« Der Pilot hatte erklärt, er fühlte sich noch nicht bereit, sich an Darlas Neuprogrammierung zu versuchen, und in meiner gegenwärtigen Verfassung traute ich mir die manuellen Berechnungen nicht zu.

»Aye aye, Sir.«

Um Mitternacht übergab ich die Wache an Vax und Alexi und machte mich auf den Rückweg in meine Kabine. Ich stolperte vor Müdigkeit, und mir graute vor der Einsamkeit. Ich zog die Jacke aus, band die Krawatte los und knöpfte das Hemd auf.

Jemand klopfte an die Luke. Halb angezogen öffnete ich. Chief McAndrews. Dr. Uburu begleitete ihn.

Sie hielt eine Flasche und zwei Gläser hoch. »Das ist für medizinische Zwecke gedacht. Als Offizier des medizinischen Dienstes befehle ich Ihnen, etwas davon einzunehmen. Der Chief wird bei der Verabreichung der Verschreibung helfen.« Sie überreichte ihre Sachen dem Chief und verschwand.

Der Chief blickte mir reglos in die Augen. Ich seufzte. »Kommen Sie rein.«

»Danke, Kapitän.« Sein Ton war förmlich.

Ich ging zum Safe und holte seine Pfeife und den Tabak hervor. »Nur zu. Ich befehle Ihnen, sie anzuzünden.« Ich schnupperte an der Flasche. Eine Art Whiskey. Ich füllte die beiden Gläser jeweils zur Hälfte.

Nach der Akademie, in meinem ersten Urlaub, hatte ich gelernt zu trinken. Ich trank, weil wir alle es zur einen oder anderen Gelegenheit taten. Es war mir nicht zuwider, aber ich genoß es auch nicht sonderlich. Heute abend jedoch war ich ein Trinker. Ich stürzte das halbe Glas mit dem ersten Zug hinunter und erledigte den Rest nur einen Moment später. Wortlos schenkte mir der Chief nach.

Im Qualm seines Artefaktes saßen wir da, meist schweigend, und nippten an unseren Drinks. Ich erzählte ihm von meinem Besuch im Laderaum am selben Tag. Ich erklärte, wie mir zumute gewesen war, als ich dem erschreckten Matrosen ins Gesicht geschlagen hatte. Ich erzählte ihn von Vater. Er hörte zu, er nickte, gab mir manchmal ein Stichwort. Gelegentlich fügte er selbst eine Anekdote ein.

Mir wurde leichter ums Herz, während der Abend dahinging. Aus geteilten Mitleid entwickelte sich eine Diskussion und schließlich eine richtige Nachtwache. Zum Schluß fand ich die Stimme wieder und redete merkwürdig laut. Ich erinnere mich noch daran, wie ich aufstand, um ins Bad zu gehen, wie die Wand auf mein Gesicht zustürzte und der Chief mich mit dem Arm auffing.

Ich weiß nicht mehr so recht, was darauf folgte, obwohl ein undeutliches Bild mir den Chief zeigt, wie er mir die Schuhe auszog und den Gürtel öffnete. Ich scheine mich an jemandes Stimme zu erinnern, eine sehr alberne Stimme. »Danke, Chiefie. Was für ein netter Name für einen großartigen Mann, aye, Chiefie?« Jemand kicherte. Dann schlief ich ein.

Am nächsten Morgen gingen wir in Fusion, jedoch erst nach mühsamen Kalkulationen, die auf meine Forderung hin mehrfach wiederholt wurden. Meine kolossalen Kopfschmerzen machten es auch nicht leider. Vax sagte irgend etwas mit zu lauter Stimme. Ich knurrte, aber es schien ihm nichts auszumachen. Tags darauf hatte ich mich wieder gefaßt und überlegte sogar, Vax mit besonderer Herzlichkeit zu entschädigen, als er die Wache verließ.

»Gehen Sie schlafen, Mr. Holser?«

»Nein, Sir. Ich gehe trainieren.«

»Hätte ich mir denken sollen. Nehmen Sie irgendwelche Fähnriche mit?«

»Nein, Sir, ich treffe mich mit Mr. Carr.« Ich zog eine Braue hoch. »Er hat um Entschuldigung gebeten und gefragt, ob er das Training wiederaufnehmen dürfe, Sir. Wir trainieren jetzt seit vier Tagen zusammen.«

»Ah.«

»Ja, Sir. Gestern haben wir uns von einer Stunde auf zwei Stunden gesteigert. Wäre das alles, Sir?«

»Weitermachen.« Interessant. Ich glaubte zu wissen, was als nächstes kommen würde. Ich fragte mich nur, wann.

Die Woche verging ereignislos. Die Crew verdaute diszipliniert ihren Anschauungsunterricht und kehrte zur alltäglichen Routine zurück. Ich entdeckte keine Verdrossenheit und keine Insubordination. Der unglückliche Matrose, der Alexi böse angesehen hatte, erhielt eine Geldstrafe und Zusatzpflichten für einen Monat aufgebrummt. Mr. Herney, ergreifend dankbar für seine Begnadigung, saß seine Zeit im Bau ab.

Amanda hörte sich meine Entschuldigung ungerührt an. Sie duldete es, daß ich ihr meine Gründe darlegte. Dann wandte sie sich wortlos ab. Ich beschloß, sie in Ruhe zu lassen. Als Kapitän konnte ich mich einem Passagier nicht aufzwingen.

Ein paar Tage später, am Schluß des Abendessens, erfolgte die Ouvertüre.

Ich blickte auf die Uhr. »Danke für den interessanten

Abend, Mrs. Donhauser, Mr. Kaa Loa, Mr. Carr.« Ich stand auf, um mich zu verabschieden.

Derek erhob sich ebenfalls. »Sir, dürfte ich Sie privat sprechen, wenn es Ihnen paßt?«

»Es paßt mir in etwa einer Stunde auf der Brücke.«

»Danke, Sir.« Er wartete höflich ab, daß ich mich entfernte.

Ich saß gerade an meiner Konsole, als es klopfte. Es war Sandy, der Mr. Carr hereinführte. Als Passagier durfte Derek die Brücke nicht allein betreten.

Ich schwenkte den Sessel herum. Derek näherte sich mir zögernd und hielt dabei ein Holovid in der Hand. Er betrachtete sich die Vielzahl an Instrumenten und Bildschirmen und wirkte beeindruckt. »Danke, daß Sie mich hier empfangen.«

»Was möchten Sie, Mr. Carr?« Mein Ton war kühl.

Er musterte mich unsicher und stand wie ein fehlgegangener Schuljunge vor mir.

»Kapitän Seafort, ich war wütend, als Sie sagten, ich käme mit dem Leben eines Fähnrichs nicht zurecht. In unserer Familie sind wir davon ausgegangen, daß wir in der Lage sind zu tun, was wir uns vorgenommen haben. Sir, ich denke, daß Sie sich irren.«

Ich blieb reglos. Ein leichter Hoffnungsschimmer regte sich in mir.

»Kapitän, ich kann Fähnrich sein. Ich weiß, es reicht nicht, das nur zu sagen, also habe ich versucht, es Ihnen zu zeigen. Keine Disziplin? Bis jetzt habe ich mein Leben lang nie irgend jemanden mit ›Sir‹ angesprochen, meinen Vater eingeschlossen. Ich nenne Sie jetzt ›Sir‹. Ich werde das auch weiterhin tun. Ich möchte nur, daß Sie mir gegenüber unvoreingenommen sind. Mich nicht vorschnell beurteilen. Bitte ... Sir.«

Er hatte jetzt meine uneingeschränkte Aufmerksamkeit. »Fahren Sie fort.«

»Ich habe Geometrie und Trigonometrie gelernt, aber nicht höhere Analysis. Sie haben mir nicht geglaubt, als ich sagte, ich könnte es lernen. Bitte sehen Sie sich das an.« Er reichte mir das Holovid, und ich schaltete es ein.

»Die Schiffsbibliothek hat einen Text über höhere Analysis. Ich habe alle Aufgaben in Kapitel eins gelöst und die meisten aus Kapitel zwei. Ich verstehe jetzt Differentialgleichungen. Das Differential der Geschwindigkeit im Hinblick auf die Zeit ist die Beschleunigung. Das Differential der Ortsverändeung im Hinblick auf die Zeit ist die Geschwindigkeit.«

Gar nicht schlecht für einen Anfänger ohne Lehrer. »Sie haben wirklich Fortschritte gemacht, Mr. Carr. Warum?«

»Niemand hatte mir je gesagt, ich wäre nicht gut genug, Kapitän. Sie sollen wissen, daß ich gut genug bin.«

»Also haben Sie sich selbst einer Disziplinierung unterzogen.«

»Ja, Sir.«

»Wie gefällt es Ihnen?«

»Ich verabscheue es!« Seine Vehemenz erschreckte mich. »Ich hasse es, mich zu erniedrigen! Ich hasse es einfach!« Er schluckte. »Aber das bedeutet nicht, daß ich aufhören werde, Sir. Ich kann schaffen, was ich mir vorgenommen habe!«

»In Ordnung, Mr. Carr, aber warum?«

»Nachdem Sie meine Kabine verließen, habe ich nachgedacht. Zunächst wollte ich mich melden, weil ich so wütend war. Ich mußte es Ihnen einfach zeigen.«

Er mußte meinen Ausdruck gesehen haben. »Ich sagte, zunächst, Sir. Ich bin noch nicht fertig. Als ich meine Wut überwunden hatte, erkannte ich, daß das kein ausreichender Grund für eine Verpflichtung war. Fünf Jahre in einem Schiff eingesperrt, weil jemand mich verspottet hatte? Nein. Was sollte ich jedoch sonst mit diesen Jahren anfangen? Der Plantagenmanager würde mich nicht um sich haben wollen, und er kontrolliert das Vermögen. Bis zu meiner Volljährigkeit müßte ich mit winzigen Zuwendungen auskommen und müßte als Minderjähriger stets um Erlaubnis fragen, für alles, was ich vorhätte.«

Er legte eine Pause ein, um seine Gedanken zu ordnen. »Vielleicht hat mir der Flottendienst auch nichts Besseres zu bieten. Ich muß ebenfalls dorthin, wohin man mich schickt, und tun, was mir gesagt wird. Aber ich wäre volljährig. Und ich hätte eine eigene Entscheidung gefällt.«

»Ist das alles?« Seine Motive beeindruckten mich nicht übermäßig.

»Nein, das ist nicht alles. Ich meine, nein, Sir. Tut mir leid. Ich dachte an einige der Offiziere, die ich an Bord getroffen hatte. Leutnant Cousins, das war ein ... Na ja, entschuldigen Sie, ich hätte das nicht sagen sollen. Aber Mr. Malstrom – ich saß einen Monat lang bei ihm am Tisch. Er war ein Gentleman wie mein Vater. Wenn ein Mann wie er in der Flotte Karriere machen konnte, dann könnte ich es ebenfalls.«

»Ist es das, was Sie möchten, Mr. Carr? Eine militärische Karriere?«

»Nein, Kapitän Seafort. Wahrscheinlich nicht. Aber wenigstens würde ich herumkommen. Etwas lernen. Auf einem Schiff leben.«

»Ist das hier ...« Ich wedelte verächtlich mit der Hand. »... Das, was Sie Leben nennen?«

Er starrte mich lange an, ehe es ihm wieder einfiel. Seine Ohren wurden rot. Er blickte zu Boden. »Es tut mir leid, Sir«, sagte er leise. »Es tut mir wirklich leid, daß ich das gesagt habe.«

»Sie haben eine Menge gesagt, wofür es Ihnen leid tun sollte.« Ich quälte ihn, aber wenn er das nicht verkraftete, würde er ganz sicher nicht mit dem fertig werden, was mein Oberfähnrich für ihn auf Lager hatte.

»Ich denke auch, daß ich das habe, Sir.« Jetzt waren auch seine Wangen rot.

»Wie alt sind Sie?«

»Sechzehn. In sechs Monaten werde ich siebzehn.«

»Ich bin nur ein Jahr älter als Sie.«

»Ich weiß. Das ist einer der Gründe, warum es so schwer fällt, Sie ›Sir‹ zu nennen.«

»Und doch bin ich Kapitän der *Hibernia*, und Sie wären ein Kadett und stünden damit auf der untersten Sprosse der Kommandoleiter. Auf der alleruntersten.«

»Ja, Sir, das ist mir klar.«

»Das möchte ich bezweifeln. Kennen Sie den Unterschied zwischen einem Kadetten und einem Fähnrich?«

»Ein Kadett befindet sich noch in der Ausbildung, nicht wahr? Ein Fähnrich ist Offizier.«

»Ein Kadett hat einen besonderen Status, Mr. Carr. Er ist praktisch ein Mündel seines kommandierenden Offiziers. Der Kommandant übernimmt die Rechte, die bislang seine Eltern hatten. Der Kadett gilt solange als nicht erwachsen, bis er Fähnrich geworden ist. Er hat keinerlei Rechte und kann auf jede Art bestraft werden, die sein Kommandant für angemessen hält.«

Ich studierte sein Gesicht; bislang hatte ich es ihm nicht ausreden können. Ich legte mich mehr ins Zeug. »Für einen Kadetten gibt es keine Zuflucht, egal, wozu er aufgefordert wird. Es ist ein brutales Leben. Es gibt auch einen Grund dafür: Er muß lernen, Widrigkeiten standzuhalten. Nach der Kadettenausbildung erscheint einem das Leben an Bord einfach. Man hat bereits Schlimmeres durchgemacht. Und man hat gelernt, daß die Macht des Kapitäns absolut ist, wie die des Kadettenkommandeurs.«

Derek wirkte nachdenklich. »Ich verstehe.«

»Die meisten Kadetten treten mit dreizehn in die Akademie ein, manche mit vierzehn. Ganz wenige mit fünfzehn. In Ihrem Alter ist es gewöhnlich zu spät; man empfindet Widerwillen gegen eine so strenge und despotische Autorität, wie Kadetten sie ertragen müssen. Sie sind zu alt dafür, Derek.«

»Nicht, wenn ich beschließe, es zu ertragen, Sir.« Sein Ton klang bestimmt.

Ich war geduldig; er hatte es verdient. »Glauben Sie vielleicht, mich ›Sir‹ zu nennen wäre schon Disziplin? Sind Sie in Ihrem ganzen Leben schon einmal von jemandem angebrüllt worden, den Sie nicht leiden konnten?«

»Nein, Sir.« Er wand sich vor Unbehagen.

»Sagen Sie mir – haben Sie je mit anderen in einem Zimmer geschlafen?«

Er schluckte. »Nein. Außer mit meinem Vater in der Kabine.«

»Wie hat es Ihnen behagt?«

»Ich konnte nicht schlafen.« Er wurde rot. »Ich hatte Tabletten. Einschlafhilfen und Stärkeres. Das hat geholfen.«

Ich wartete ab, ließ mehr Zeit ins Land gehen. »Ich weiß, daß es nicht einfach wird«, sagte er. »Aber wenn ich mich erst mal entschieden habe, kann ich es schaffen.«

»Derek ...« Ich schüttelte frustriert den Kopf. »Sie begreifen es wirklich nicht, oder? Haben Sie jemals in Gegenwart eines anderen das Bad benutzt?«

»Himmel, nein!« platzte es aus ihm heraus. Das hatte ich mir gedacht.

»Hat ein Fremder Sie jemals ohne Kleider gesehen?«

»Nein.« Bei dieser Vorstellung wurde er wieder rot.

»Trotzdem möchten Sie Fähnrich werden?«

»Ja, Sir.« Er klang entschlossen.

»Ziehen Sie sich die Hose aus.«

»Was?« Die Verblüffung wich erst dem Argwohn, dann der Bestürzung. Er schluckte, als ihm seine Zwangslage klar wurde. Er zeigte mir entweder, daß er so etwas ertragen konnte, oder er gab seinen Plan auf. Den Blick fest auf die Wand gerichtet löste er seinen Gürtel und stieg aus der Hose. Er zögerte, weil er nicht recht wußte, was er mit ihr anfangen sollte. Dann bückte er sich verlegen und legte sie auf den Boden.

Ich schwieg und ließ ihn eine Zeitlang in Unterhose dastehen. Nach einer Weile gab er sich sichtlich Mühe und entspannte die Fäuste. Ich wartete weiter, und das Schweigen zog sich hin. Er sah sich um, erinnerte sich, daß er sich auf der Brücke des Schiffes befand, und wurde knallrot. Aber er rührte sich nicht vom Fleck.

»Derek, sind Sie sich immer noch sicher, daß Sie es ertragen können?«

»Ja«, knirschte er. »Ich kann ertragen, was immer Sie austeilen, verdammt!«

Ich war nicht beleidigt, aber es wurde Zeit, den Druck zu erhöhen. Besser, er zerbrach jetzt gleich, statt erst den Eid zu leisten. »Entschuldigen Sie sich dafür!«

Er schluckte. Tief im Innern rang er mit sich und blickte in die Ferne. Einen Moment später sagte er in ganz anderem Tonfall: »Kapitän Seafort, Sir, bitte verzeihen Sie mir meine Unhöflichkeit.«

»Entschuldigen Sie sich in aller Demut!« Das war noch gar nichts im Vergleich zu Fähnrichsschikanen.

»Sir! Sir, es tut mir sehr leid, daß ich derartig mit Ihnen geredet habe! Es war ein Zeichen mangelnder Reife. Es tut mir sehr leid, daß ich mich nicht beherrschen kann. Ich wollte nicht respektlos sein, Sir, und werde es nie wieder tun!«

Ich blickte auf. Seine Augen waren feucht. Ich gab nach. »Wie ich höre, trainieren Sie.«

»Ja, Sir, mit Vax Holser.«

»Für Sie Mr. Holser.«

»Ich entschuldige mich, Sir. Mit Mr. Holser, um mich vorzubereiten.«

»Als Teil Ihrer Gesamtstrategie?«

»Ja, Sir. Der erste Schritt war mein Brief an Sie.«

Ich seufzte. Wahrscheinlich konnte er es überleben. Knapp. Andererseits war er gebildet und fähig, sich einem Vorhaben zu verschreiben. Und ich brauchte Fähnriche.

»Es funktioniert folgendermaßen, Derek. Sie legen den Eid ab und verpflichten sich für fünf Jahre. Es besteht keine Möglichkeit, es sich danach noch anders zu überlegen. Der einzige Ausweg wäre eine unehrenhafte Entlassung, und die würden Sie auch nicht erhalten, ohne erst im Schiffsgefängnis zu brummen. Ist Ihnen klar, was eine unehrenhafte Entlassung bedeutet?«

»Nicht ganz, Sir.«

»Sie dürfen niemals wählen, ein Wahlamt bekleiden oder für irgendeine Regierungstätigkeit berufen werden. Sie verwirken jeden Sold und jede militärische Vergünstigung. Es ist die äußerste Schande.«

»Ich verstehe, Sir.«

»Sie treten als Kadett in Dienst. Sie sind kein Offizier. Theoretisch können Sie für fünf Jahre Kadett bleiben, und Sie bleiben es auf jeden Fall so lange, bis Ihr Disziplinarvorgesetzter beschließt, Sie zum Fähnrich zu ernennen. Sie selbst haben in dieser Frage kein Mitspracherecht. Sie schulden der Flotte ohne Rücksicht auf Ihren Status Gehorsam und Pflichterfüllung.«

»Ja, Sir.« Er betrachtete mich aufmerksam und wartete auf die Erlaubnis, die jetzt kommen mußte.

»Derek, ich möchte Sie warnen. Glauben Sie, daß ich Sie gerade schikaniert habe?«

»Ja, Sir. Ein bißchen.«

»Das habe ich nicht. Sie sind sehr empfindlich; es wird viel, viel schlimmer! Daran sollten Sie denken.«

Er überraschte mich. »Das habe ich, Sir, während ich hier so stehen mußte.«

»Und?«

»Ich möchte in den Dienst der Flotte treten, Sir.«

»Ich denke darüber nach. Warten Sie auf dem Korridor, bis ich Sie rufe. Machen Sie sich nicht die Mühe, sich anzuziehen.«

»Was?« Wut und ein Gefühl des Verrats blitzten in seinem Gesicht auf. »Sie ... ich habe Ihnen vertraut!« Er bückte sich und hob die Hose auf.

Ich sagte nichts.

Er klopfte Staub von der Hose und traf Anstalten hineinzusteigen, das Gesicht weiß vor Zorn. Er hob einen Fuß. Dann erstarrte er.

Eine ganze Zeit lang starrte er die Hose an. Endlich hob er sie verächtlich hoch. Er hielt sie mit zwei Fingern und streckte den Arm aus. Er öffnete die Finger. Die Hose fiel aufs Deck. Er ging zur Luke und trat hinaus auf den Korridor. Ich schlug die Luke hinter ihm zu.

Ich gab ihm eine halbe Stunde. Das würde reichen. Als ich

ihm einen Wink gab, kam er herein, bleich, aber schweigsam. Ich reiche ihm die Hose. Dankbar stieg er hinein. »Derek, Mr. Holser wird eine echte Prüfung für Sie sein. Halten Sie durch. Ich mache Sie zum Fähnrich, sobald ich Sie für qualifiziert halte.«

»Ich verstehe.« Die Gesichtsfarbe normalisierte sich.

Ich rief Vax und den Chief als Zeugen. Ich nahm Derek gleich dort auf der Brücke den Eid ab und trug das Ereignis ins Logbuch ein.

»Er gehört Ihnen, Vax. Zeigen Sie ihm, wo es langgeht.«

Vax grinste wie ein Wolf und leckte sich langsam die Lippen. Dann ging er auf Derek los: »Kadett, wir suchen jetzt den Fähnrichsraum auf. Ich zeige Ihnen Ihre Koje. Es ist leicht, Kadett zu sein. Sie werden alles, was sich bewegt, ›Sir‹ oder ›Ma'am‹ nennen, Kinder eingeschlossen. Und Sie werden alles tun, was irgendein Offizier Ihnen sagt, ohne jede Ausnahme!«

»Ja, Sir«, antwortete Derek schwach.

»Es heißt ›aye aye, Sir‹, und das macht zwei Minuspunkte. Zehn Minuspunkte bedeuten das Faß.«

»Aye aye, Sir!«

»Nein, das heißt ›ja, Sir‹. Ich habe Ihnen keinen Befehl gegeben, sondern eine Tatsache erklärt. Weitere zwei Minuspunkte.« Jeder einzelne davon mußte durch zwei Stunden harter Gymnastik abgearbeitet werden.

»Ah, ja, Sir.« Derek sah allmählich besorgt aus.

Ich folgte ihnen durch den Korridor zur Fähnrichskabine, und ich hatte ein bißchen Mitleid mit Mr. Carr.

Vax legte ihm eine Hand auf die Schulter und steuerte ihn in die Kabine. »Derek, erzähle uns mal von deinem Sexleben«, schnurrte er. Die Luke glitt hinter ihnen zu.

Ich kehrte auf die Brücke zurück. Ich hatte jetzt vier Fähnriche. Na ja, drei und einen Kadetten. Beinahe.

16. Kapitel

»Allmächtiger Gott, heute ist der 4. Mai 2195 an Bord der U.N.S. *Hibernia*. Wir bitten um Deinen Segen für uns und unsere Reise und um die Gesundheit und das Wohlergehen aller an Bord.«

»Amen.« Wir setzten uns.

Während ich die Suppe löffelte, zählte ich in Gedanken meine Segnungen zusammen. Die Mannschaft hatte sich wieder beruhigt. Wir blieben in Fusion und ritten auf dem Kamm der N-Welle Richtung Hope Nation. Der Chief und ich untersuchten von Zeit zu Zeit an stillen Abenden sein Artefakt. Alexi absolvierte unter Leitung von Pilot Haynes einen rigorosen Navigationskurs; ich freute mich schon auf den Tag, an dem er es zum Leutnant brachte.

Andererseits hatten wir uns noch nicht mit Darlas Parametermacke auseinandergesetzt. Obwohl ich den Piloten bedrängte, den Zustand ihrer Berechnungsschemata zu untersuchen, wandte er ein, wir sollten warten, bis wir Hope Nation erreicht hatten, wo wir nach seiner Überzeugung einen kenntnisreicheren Computermenschen finden würden. Solange wir unsere modifizierte Masse selbst berechneten, war Darlas fehlerhafter Parameter keine Gefahr. Ich fühlte mich dabei nicht wohl, war aber auch nicht bereit, in der Sache am Drücker zu bleiben.

Derweil war Derek Carr in der Fähnrichskabine untergetaucht, wo er der sanften Führung durch Vax Holser ausgesetzt war. Da der Kapitän außer zu einer Inspektion niemals die Fähnrichskabine aufsuchte und ein Kadett die Brücke nicht betreten durfte, konnte ich nicht feststellen, wie Derek zurechtkam.

Gelegentlich erwischte ich einen kurzen Blick auf ihn, wie er einen Korridor entlangeilte, makellos herausgeputzt in der grauen Kadettenuniform ohne Rangabzeichen, das Haar kurzgeschnitten, Hände und Gesicht sauber geschrubbt, einen furchtsamen Ausdruck im Gesicht. Immer, wenn er mich sah, nahm er Haltung an, zunächst auf eher nachlässige Art. Innerhalb einer Woche jedoch zog er den Bauch ein, nahm die Schultern zurück und hielt das Rückgrat aufrecht, eine in jedem Detail perfekte Haltung. Wie Vax es so schnell geschafft hatte, ihn im körperlichen Drill auf Vordermann zu bringen, das fürchtete ich mich zu fragen.

Meine Verantwortung bestand darin, sie sich selbst zu überlassen und Vax zu vertrauen, daß er seine Arbeit tat. Derek lernte Schiffsroutine, Flottenvorschriften, Sauberkeit, Disziplin und wie er mit einer Kabine voller ausgelassener Jungs zurechtkam, die ihm alle vorgesetzt waren. Letzteres war der schwierige Teil. Entweder schaffte er es oder nicht, und ich konnte ihm nicht helfen.

Trotzdem gab ich Vax einen Warnhinweis. »Diese Minuspunkte, die du ihm gibst – achte darauf, daß er auch Gelegenheit erhält, sie abzuarbeiten. Er sollte keine zehn zusammenbekommen, jedenfalls noch nicht in den nächsten paar Monaten.«

»Aye aye, Sir. So hatte ich mir das auch gedacht.« Damit ließ ich sie in Ruhe.

Gelegentlich kam ich vorbei, wenn Amanda mit diversen jungen Männern aus den Reihen der Passagiere flirtete und lachte. Falls sie mich jemals sah, zeigte sie es nicht. Ich vermißte die Vertraulichkeit zwischen uns, die körperliche Nähe, die Sorge füreinander.

Nach Dereks Abschied vom Kapitänstisch verbrachte ich den April mit nur zwei Gefährten. Am ersten Mai ergab die normale Rotation eine Überraschung. Zehn Passagiere hatten den Zahlmeister darum gebeten, zu mir an den Tisch kommen zu dürfen.

Der Belagerungszustand wurde allmählich aufgehoben.

Ich wählte sieben Gäste für die verbleibenden Plätze an meinem Tisch aus. Ich speiste jetzt mit voller Besetzung und inmitten angeregter Gespräche.

Aber ich mußte auch schlafen.

Die Kabinenluke wollte einfach nicht geschlossen bleiben.

Ich knallte sie ins Schloß; sie wölbte sich und platzte auf. Ich mußte mich mit dem ganzen Gewicht dagegenstemmen, um sie zuzudrücken. Jemand hielt dagegen. Ich wich zurück und stolperte an das Schott hinter mir.

Auf dem dunklen Korridor jenseits der aufgerissenen Luke bewegte sich etwas. Matrose Tuak kam hereingeschlurft, das Gesicht knallrot, die Augen hervorgequollen. Er rasselte mit den Ketten an Händen und Füßen. Die geschwärzte Zunge durchstieß das aufgerissene Band, das seinen verfaulenden Mund bedeckte.

Ich duckte mich an die Wand. Ein kalter, feuchter Arm griff hindurch und schlang sich um meinen Hals. Matrose Rogoff zog sich in die Kabine, um mich festzuhalten, während Tuak näherkam.

Schreiend erwachte ich. Dann gab ich nur noch ein kaum hörbares Wimmern von mir. Ich stolperte aus dem Bett, fiel in meinen Sessel und wiegte mich hin und her, die Arme um den Rumpf geklammert, bis die Korridore zu Tagesbeginn heller erleuchtet wurden.

Mir fiel nur eine Möglichkeit ein, damit umzugehen. Ich vergrub mich in Arbeit und versuchte mich dermaßen zu erschöpfen, daß ich den Schlaf nicht mehr fürchtete. Ich teilte mich für zwei Vier-Stunden-Wachen pro Tag ein. Ich durchforschte das ganze Schiff von Bug bis Heck, prägte mir jeden Raum ein, jedes Lager und jede einzelne Luftschleuse.

Ich beunruhigte Alexi und den Piloten, indem ich mich ihrem Navigationskurs anschloß. Im hinteren Bereich des Raumes beschäftigte ich mich selbst mit den Aufgaben, die Mr. Haynes dem Fähnrich stellte. Alexi löste sie rascher und genauer, aber ich blieb hartnäckig, bis ich ebenfalls besser wurde.

Zunächst fühlte sich der Pilot in meiner Gegenwart unwohl; eine beiläufige Bemerkung hatte ihm bereits eine Ermahnung und eine harte Bestrafung eingehandelt, und jetzt verlangte ich von ihm, daß er meine Fehler korrigierte. Mit der Zeit fand er das Gleichgewicht zwischen penibler Höflichkeit und Verachtung und wurde ein ausgezeichneter

Lehrer. Auf meine hartnäckige Bitte hin lieh mir Chief McAn-drews Holovids, die die Prinzipien des Fusionsantriebes erklärten. Sie blieben mir ein Geheimnis, egal, wie hart ich sie auch studierte. Ich veranlaßte den Chief, sie mit mir gemeinsam durchzugehen, Schritt für Schritt, bis selbst der Tonfall dieses phlegmatischen Mannes eine gewisse Schärfe gewann.

Ich inspizierte alle Nischen und Winkel des Schiffes: den Maschinenraum, die Mannschaftsunterkünfte, die Krankenstation, die Fähnrichskabine. Während die Fähnriche und der Kadett dort steif Haltung behielten, tat ich so, als würde ich auf einem Regal nach Staub oder auf einem Bett nach einer Falte suchen, und hatte für ein paar Augenblicke das Gefühl, daß ich aus einem Alptraum ohne Ende erwacht war.

Ich fühlte mich versucht, wegen meiner Träume Dr. Uburu zu konsultieren. Vielleicht fand sie ausreichend Grund, mich unter Hinweis auf meinen Geisteszustand des Kommandos zu entheben. Ich verzichtete jedoch auf den Versuch, denn ich wußte sehr gut, daß meine Träume ein Zeichen von Anspannung waren, nicht einer Geisteskrankheit. Ich fürchtete, die Ärztin würde meine Feigheit durchschauen.

Endlich nahm ich die Arbeit in Angriff, die ich die ganze Zeit vor mir hergeschoben hatte. Ich rief den Chief und den Piloten zu mir – natürlich nicht auf der Brücke –, um eine Neuprogrammierung Darals zu diskutieren, mit dem Ziel, ihre Macke zu kurieren.

Zögernd umriß der Pilot die Aufgabe, vor der wir standen. Wir mußten ihre Persönlichkeitsprogramme entfernen, die unrichtige Einspeisung des Parameters für die modifizierte Masse ausfindig machen und übergehen.

Ich verlangte nach den technischen Handbüchern und blätterte sie durch. Sie erklärten die einzelnen Schritte deutlich genug. Hätte ich gewußt, wie deutlich, hätte ich Mr. Haynes eine so lange Verzögerung gar nicht zugestanden. Trotzdem hatte ich Verständnis für seine Vorsicht; ein Irrtum unsererseits konnte alles noch verschlimmern. Die Neuprogrammierung eines Computers war keine Aufgabe für einen Amateur; darum verfügte die Admiralität ja auch über Dosmen.

Der Pilot erklärte seine Vorbehalte. »Darla hat sich an dem Massenwert festgebissen, den wir im Dock hatten, aber solange wir sie mit manuellen Berechnungen füttern, können wir auch in Fusion gehen. Lieber einen Teufel, den wir kennen, als einen unbekannten.«

»Mr. McAndrews?«

»Ich bin kein Dosman, Sir. Bei allem gebührenden Respekt: Sie sind auch keiner. Ich bin besorgt, daß wir mehr Probleme erzeugen könnten, als wir beheben. Wir können von Hand rechnen; ich würde Darla in Ruhe lassen.«

»Sie haben beide recht, soweit Ihre Argumente reichen. Wir haben jedoch keine Ahnung, wie tief Darlas Macke reicht. Was, wenn die Schiffsmasse nicht der einzige vermurkste Parameter ist? Wenn wir ihre Eingaben abrufen, müssen wir jeden einzelnen prüfen, um sicherzugehen.«

Der Pilot schnaubte. »Sir, sind Sie sich bewußt, wie viele Parameter sie hat? Sicher, ein paar sind einfache Werte, wie die Schiffsmasse. Bei anderen dagegen handelt es sich um komische Ecken und Enden wie die Länge des Fusionsantriebsschaftes, die Kapazität der Hydroponikkammer, die Pumpgeschwindigkeiten der Luftschleusen ... Mein Gott, wir könnten das niemals alles überprüfen!«

»Das hat sie alles gespeichert?«

»Und sie agiert auf dieser Grundlage. Jedesmal, wenn wir ein Glas Wasser wiederaufbereiten, eine Tomate züchten, Energiefluktuationen messen, verlassen wir uns ganz auf Darlas Parameter. Wenn wir sie unabsichtlich ändern ...« Er sprach den Satz nicht zu Ende. Die Risiken waren offensichtlich und furchterregend.

Die Entscheidung lag bei mir, und ich mußte darüber schlafen.

In der folgenden Nacht erwischte mich der Alptraum mit entsetzlicher Kraft. An der Stelle, an der ich normalerweise zitternd aufwachte, kämpfte ich mich wie stets daraus hervor. Matt kroch ich aus dem Bett, um mich in den Polstersessel zu werfen. Dort war es dann, wo mich die eisige Hand von Mr. Rogoff ertastete, so daß ich zu Boden stürzte und vor Grauen kreischte.

Keuchend und bebend wachte ich im Bett auf und erkannte, daß ich noch geschlafen hatte. Ich blickte auf. Mr. Tuak öffnete die Luke und kam hereingestolpert. Der Blick seiner verfaulenden Augen bohrte sich in meine, und mit den gefesselten Füßen schlurfte er auf das Bett zu. Ich wachte erneut auf, gelähmt vor Angst.

Es dauerte lange, bis ich endlich überzeugt war, wirklich wach zu sein. Ich zog mir die Hose an, streifte mir die Jacke übers Unterhemd und eilte zur Krankenstation, voller Angst, ich könnte unterwegs Mr. Tuak begegnen. Stolz stand jetzt nicht mehr zur Debatte; ich weckte Dr. Uburu und verlangte eine Schlaftablette. Auf ihre Frage antwortete ich ihr, daß ich Alpträume gehabt hatte.

Sie gab mir eine Tablette, warnte mich aber davor, sie einzunehmen, ehe ich tatsächlich im Bett lag und ausschlafen konnte, solange ich wollte. Den Hinweis auf meine Alpträume überging sie gnädig.

Als ich vor der Kabine eintraf, konnte ich nicht verhindern, daß mir kalte Schauer über den Rücken liefen. Vorsichtig öffnete ich die Luke und trat ein. Ich wußte zwar, daß hier niemand auf mich lauerte, aber wie ein Kind war ich nicht in der Lage, durch festes Vertrauen auf dieses Wissen meine persönlichen Dämonen zu bannen.

Ich schluckte das Sedativum. Ein paar Minuten später verschwand die Kabine.

Jemand attackierte die Luke mit einem Vorschlaghammer. Verärgert versuchte ich die Augen zu öffnen, aber sie waren verklebt. Ich sprang aus dem Bett und ertastete mir den Weg zur Luke. Jemand hatte das Schott zwei Schritte näher herangefahren; ich prallte von der kalten Metallwand ab und riß die Luke auf, entschlossen, den Vorschlaghammer in kleine Trümmer zu zerbrechen.

Ich zwängte die Augen offen, und ein Knurren und ein Schrei kämpften im Hals um die Vorherrschaft. Der Schiffsjunge stand geduldig im Korridor.

»Ricky! Was in Gottes Namen machst du mitten in der Nacht hier? Und hör mit dem Gehämmer auf!« Vorsichtig stützte ich mich an der Wand ab.

»Es ist Morgen, Kapitän, Sir. Die gleiche Zeit, zu der ich immer komme.« Der Schiffsjunge hielt das Frühstückstablett erwartungsvoll in beiden Händen.

»Ahng. Komm rein.« Ich stolperte rückwärts und setzte mich aufs Bett. »Du hast doch niemanden mit einem Strick um den Hals gesehen, oder?«

Ricky stellte das Tablett auf den Tisch. »Nein, Sir. Falls ich ihn noch sehe, soll ich ihm dann etwas ausrichten?«

Ich konzentrierte mich auf den Nachttisch und versuchte, ihn mit dem Blick festzuhalten. »Sag ihm, es täte mir leid.« Der Tisch wurde langsamer, rotierte jedoch weiter. »Wenn ich es mir recht überlege, sage ihm lieber gar nichts; versuche einfach, ihn gar nicht wahrzunehmen.« Ich legte mich hin. Nicht nur die Decke wirbelte im Kreis. »Egal. Ich bin mir nicht mal sicher, ob diese Szene real ist. Das wäre alles, Ricky.«

»Aye aye, Sir. Oh, nebenbei, Sir, ich habe beschlossen, daß ich Fähnrich werden möchte.«

»Sehr gut, Ricky; komm wieder, sobald du erwachsen bist. Ich werde den Kapitän fragen. Ich bin jetzt müde.«

»Aye aye, Sir«, sagte er unsicher und ging.

Ich erwachte einige Stunden später entspannt und erfrischt und erinnerte mich an einen komischen Traum, in dem der Schiffsjunge vorgekommen war. Langsam stand ich auf. Vorsichtige Tests ergaben, daß der Bewegungsapparat richtig funktionierte.

Nach einer Dusche kehrte ich in die Kabine zurück. Zwei kaltgewordene Eier starrten mich vorwurfsvoll an. Ich beschloß, mich heute um eine sachgerechte Unterscheidung zwischen Phantasie und Wirklichkeit zu bemühen. Eine kleine morgendliche Routineaufgabe für den Kapitän.

Auf dem Weg zur Brücke suchte ich die Krankenstation auf. »Doc, was haben Sie mir da gegeben?« fragte ich klagend.

»Sind Nebenwirkungen eingetreten?« fragte Dr. Uburu kühl.

»Ich denke doch. Ich konnte zum Frühstück einfach nicht wach werden. Jemand anderes ist statt dessen aufgewacht.«

»Sie hätten das nicht versuchen dürfen«, tadelte sie mich. »Ich habe Sie angewiesen, im Bett zu bleiben, bis Sie von allein aufwachen.« Sie untersuchte mein Gesicht. »Ich denke, Sie haben überlebt, Kapitän. Sie brauchten den Schlaf.«

Ich mußte zugeben, daß sie damit recht hatte.

Später am Tag rief ich Chief McAndrews und Pilot Haynes zu einer Konferenz in die Offiziersmesse. »Ich habe darüber nachgedacht«, sagte ich und nahm einen Schluck Kaffee. »Wir werden Darla zur Neuprogrammierung auseinandernehmen. Ich vertraue meinen eigenen Fusionskalkulationen nicht, und ich muß mich einfach auf Darla verlassen können. Wenn wir schon dabei sind, überprüfen wir auch ihre übrigen Parameter.«

»Es sind Hunderte«, erinnerte mich der Pilot.

»Wir brauchen noch Monate bis Miningcamp. Wir haben also Zeit genug.«

Schweigen machte sich breit. »Kapitän«, sagte dann der Pilot vorsichtig. »Ich protestierte im Interesse der Sicherheit gegen Ihre Entscheidung. Ich ersuche darum, daß mein Protest ins Logbuch eingetragen wird.«

»Sehr schön.« Das war sein gutes Recht. Ich erinnerte ihn nicht daran, daß, sollte er recht haben, nur eine geringe Chance bestand, daß jemals jemand den Eintrag lesen würde.

Chief McAndrews räusperte sich. »Sir, ich ersuche darum, daß Sie auch meinen Protest ins Logbuch eintragen, ohne respektlos sein zu wollen.« Er hatte den Mut, mir in die Augen zu blicken.

»Haben Sie solch starke Befürchtungen, Chief?«

»Ja, Sir, die habe ich. Es tut mir leid.« Er sah auch ganz danach aus.

»Sehr schön.« Mein Ton war scharf. Ich versuchte ein Gefühl zu verbannen, als hätte man mich verraten. »Ich trage Ihre Proteste ein. Bringen Sie die Computerhandbücher auf die Brücke. Wir fangen heute nachmittag an.« Ich verließ die Messe und wußte dabei, daß meine gemeinsamen Abende mit dem Chief nie wieder dieselben sein würden. Ich schob das Gefühl der Einsamkeit zur Seite; hätte ich mich zu sehr damit aufgehalten, wäre ich in die Messe zurückgekehrt und hätte meine Befehle zurückgenommen.

Wir versammelten uns auf der Brücke. »Mr. Holser, Sie sind entlassen. Gehen Sie bitte.« Ich war hochgradig angespannt. Ich warf die Luke ins Schloß. Damit waren der Chief, Pilot Haynes und ich mit Darla allein. Ich schaltete den Schiffsrufer aus, tippte einen Befehl in die Konsole und sprach ihn gleichzeitig laut aus: »Nur noch Tastatureingaben, Darla.« In diesem kritischen Augenblick konnten wir nicht mehr riskieren, daß zufällige Laute den Computer verwirrten. Wer wußte schon, welche Macke ein mißverstandenes Husten hervorrufen würde, solange Darla im tiefsten Programmiermodus steckte?

»Verstanden, Kapitän«, sagte Darla. »Möchten Sie mir etwas Besonders mitteilen?«

»Nur noch alphanumerische Antworten auf dem Bildschirm, Darla«, tippte ich ein.

Ein Satz blitzte dort auf. »NUR NOCH TASTATUR, KAPITÄN. WAS IST LOS?«

»Persönlichkeitsprogramm übergehen«, tippte ich.

»BESTÄTIGE ABKOPPLUNG DER PERSÖNLICHKEITS-PROGRAMME.« Darlas Antwort las sich langweilig und maschinenhaft und gab nichts mehr von ihrer sonst üblichen munteren Art zu erkennen.

Ich deutete auf das Handbuch, das der Pilot aufgeschlagen auf dem Schoß liegen hatte. »Was kommt zuerst?«

Drei Stunden später waren wir soweit; wir hatten die Warnungen und Sicherheitsvorkehrungen umgangen, meine Zugangscodes eingetippt und auch die dazwischenliegenden Schichten aus Manipulationssicherungen entfernt, die von den Dosmen eingebaut worden waren. Darla lag bewußtlos auf unserem Operationstisch, und ihr pulsierendes Gehirn war offengelegt.

»Liste die festen Eingabeparameter in logischer Reihenfolge auf«, tippte ich. »Halte dich nach jedem Parameter für eine Eingabe bereit.«

»STARTE EINGABEPARAMETERLISTE, UNTERBRECHE NACH JEDEM ABRUF.«

Der erste Parameter erschien auf dem Bildschirm.

»LICHTGESCHWINDIGKEIT: 299792,518 KILOMETER PRO SEKUNDE.«

Ich sah den Piloten an. »Irgendein Problem damit, Mr. Haynes?«

»Nein, Sir.«

Im Verlauf der langen Liste wurde mir klar, daß man sie nicht komplett im Zuge eines solchen Durchgangs überprüfen konnte. Während ich tippte, blendete Darla einen Parameter nach dem anderen auf dem Bildschirm ein. Nach einer Weile warf ich nur noch einen kurzen Blick auf jeden und wartete auf das Stichwort »SCHIFFSMASSE«. Es dauerte anderthalb Stunden, und mir taten bereits die Handgelenke weh, als die Zahl endlich auftauchte.

»SCHIFFSGRUNDMASSE: 215,6 STANDARDEINHEITEN.«

»Da!« sagte ich erleichtert. »Zeige Parameterzahl und -ort.«

»PARAMETER 2613, SEKTOR 71198, GRANULE 1614.«

»Setze Parameterliste fort«, tippte ich ein.

»LISTE DER FESTPARAMETER VOLLSTÄNDIG.«

Ich fluchte. Die Schiffsmasse war der absolut letzte Eintrag. Hätte ich am hinteren Ende angefangen und mich zum Anfang vorgearbeitet, hätte ich mir stundenlanges Tippen erspart.

»Das war der letzte, Pilot.«

»Das kann nicht sein!«

»Wieso nicht?«

»Auch bei der modifizierten Masse müßte es sich um einen Parameter handeln.«

»Nicht, wenn sie sie aus der Grundmasse ableitet«, wandte der Chief ein.

»Wir wissen, daß sie einen falschen Wert für die Grundmasse benutzt«, sagte ich. »Wie korrigieren wir ihn?«

»Eine Schnellreparatur bestünde darin, die Grundmasse als Festparameter zu löschen und als Variable einzugeben, Sir.« Der Pilot hatte das Holovid mit dem Handbuch auf dem Schoß. »Anschließend instruieren wir Darla, diese Variable nicht zu modifizieren, außer nach einer Neuberechnung.«

Das Handbuch erklärte Schritt für Schritt, wie das zu tun war. »Lesen Sie mir die Instruktionen genau vor.«

»Aye aye, Sir.« Der Pilot vergrößere die Seite so, daß wir alle sie lesen konnten. »Der Löschvorgang umfaßt vierzehn Schritte, Sir, die Eingabe sechs.«

»Irgendwelche Gründe, jetzt nicht damit fortzufahren, Gentlemen?« fragte ich. Sie zögerten ein paar Sekunden. »Außer denen, die bereits im Logbuch stehen?«

»Keine, Sir«, antwortete Pilot Haynes widerwillig. Der Chief schüttelte nur den Kopf.

Wir gingen bei jedem Schritt mit großer Vorsicht zu Werke. Sowohl der Pilot als auch der Chief verglichen jeden meiner eingetippten Befehle mit dem Handbuch, ehe ich die Eingabetaste drückte, um sicherzustellen, daß ich ja keinen Fehler machte. Ich war so nervös, daß ich mich kaum beherrschen konnte; wir waren Urzeitwilde, die sich mit Gehirnchirurgie befaßten. Allmählich wünschte ich mir, ich wäre dem Ratschlag meiner Offiziere gefolgt.

Endlich waren wir fertig. »VARIABLENEINGABE VOLLSTÄNDIG«, hieß es auf dem Bildschirm. Ich stieß jede Menge Luft hervor.

»Erstelle eine Hardcopy der Eingabeparameter und Eingabevariablen«, tippte ich, und das Eprom klicke. Einen

Moment später purzelte ein Holochip in den Auffangkorb. Ich reichte ihn dem Piloten, der ihn in sein Holovid steckte. Wir riefen die Parameter ab. Die Grundmasse fehlte. Wir kontrollierten die Variablen und fanden den Wert dort am Ende der Liste.

»Um Darla wieder zusammenzusetzen, kehren wir einfach die Schritte der Demontage um«, sagte der Pilot, der gerade sein Handbuch konsultierte. »Hier kommt die Liste.«

»Nein.« Die beiden Offizier blickten erstaunt auf. »Darla bleibt ausgeschaltet«, sagte ich mit Bestimmtheit. »Wir kontrollieren jeden einzelnen Eingabeparameter, ehe sie wieder on-line geht.«

»Kapitän«, sagte Chief McAndrews, »Darla überwacht unser Wiederaufbereitungsprogramm. Wir benötigen die entsprechenden Informationen täglich, um Korrekturen vorzunehmen.«

»Das gleiche gilt für die Hydroponik«, ergänzte der Pilot. »Wir sind jetzt schon den ganzen Tag auf Handbetrieb. Falls ein Matrose eine Konzentrationsschwäche hat, könnte er sämtliche Systeme verpfuschen. Wir müssen wieder auf Automatik schalten.«

»Wir haben manuelle Sicherheitsverfahren.« Ich versuchte meine Verärgerung zu unterdrücken. »Die Hydroponikmaate werden Zusatzwachen halten, ebenso die Recyclingmaate. Wir schaffen es auch ohne Darla.«

Der Pilot meinte: »Kapitän, je länger das dauert, desto ...«

»Darla bleibt ausgeschaltet! Das ist ein Befehl!« Die Nerverei machte mich wütend.

Der Pilot stand auf. »Aye aye, Sir.« Er hörte sich kalt an. »Ich protestiere gegen diesen Befehl und ersuche Sie darum, meinen Protest ins Logbuch einzutragen.«

Ich schluckte eine heftige Erwiderung hinunter. »Abgelehnt. Ihr vorheriger Protest gilt weiterhin und ist ausreichend. Sie beide kennen Ihre Befehle. Rufen Sie die Fähnriche zusammen, teilen Sie die Liste unter ihnen auf und beginnen Sie damit, jeden einzelnen Eintrag zu prüfen. Entnehmen Sie die astrophysikalischen Daten den Lehrbüchern. Überprüfen Sie alle Maße und Werte des Schiffs manuell.«

»Aye aye, Sir.« Ihnen blieb keine Wahl. Einwände gegen einen ausdrücklichen Befehl wären Insubordination gewesen.

»Noch etwas. Ich erwarte Sie alle, einschließlich der Fähnriche, auf der Brücke, ehe Sie anfangen. Entlassen.« Ich schloß die Luke hinter ihnen und sank in meinen Sessel. Mit meinem üblichen Feingefühl hatte ich mir nun den Chief ebenso wie den Piloten entfremdet. Jetzt war ich wirklich allein.

Ich ging auf und ab, während die Bildschirmdarstellung auf Darlas letzter Ausgabe eingefroren war. Ich steckte bis über beide Ohren in Schwierigkeiten. Mein Befehl, die Anlagen der *Hibernia* manuell zu betreiben, konnte unsere Besatzung für einen Monat oder länger auf Notwachen festhalten, während wir auch noch den letzten Parameter kontrollierten. Die Mannschaft würde erst ermüden und dann verbittert sein. Derweil mußten die Offiziere ihre geistigen Kräfte durch das mechanische Durchackern von Daten erschöpfen. Endlose Zusatzarbeit würde an ihren Kräften zehren. Ihre Beziehung zur Mannschaft würde sich verschlechtern.

Mein Befehl brachte das Schiff in größere Gefahr als Darlas Macke.

Als sich die Offiziere eine Stunde später auf der Brücke versammelten, war ich fast schon in Panik. »Gentlemen, wir stehen im Begriff, sämtliche Informationen in Darlas Parameterbanken zu kontrollieren. Einige von Ihnen werden mit diesem Vorgehen nicht einverstanden sein. Sie halten es vielleicht für Zeitverschwendung. Das ist mir egal. Sie werden persönlich jede einzelne Angabe auf Ihre Liste so lange prüfen, bis Sie ihre Genauigkeit anhand andere Quellen verifiziert haben.«

Das war noch akzeptabel, aber ich konnte es damit einfach nicht bewenden lassen. »Gestatten Sie mir, Ihnen klarzumachen, was geschieht, wenn Sie irgendwelche Angaben übergehen. Chief, Pilot, Sie werden wegen Pflichtversäumnisses angeklagt und aus dem Dienst entlassen. Mr. Holser, Mr. Tamarow, Mr. Wilsky, ich werde Sie persönlich mit dem Stock fast zu Tode prügeln und Sie dann wegen Pflichtversäumnisses belangen. Mr. Holser, der Kadett darf Ihnen bei den Vermessungen helfen, aber nicht selbständig und ohne Überwachung eine der Aufgaben ausführen.« Ich kümmerte mich nicht über den erschrockenen Ausdruck in ihren Gesichtern. »Bestätigen Sie das, Sie alle!«

Einer nach dem anderen antwortete: »Befehle erhalten und verstanden, Sir. Aye aye, Sir!« Die Fähnriche waren ganz aufgeregt; sie hatten einen Offizier noch nie so reden gehört. Ich ebenfalls nicht, was das anging. Nachdem ich sie entlassen hatte, fiel ich in meinen Ledersessel, selbst bestürzt über das, was ich mich hatte sagen hören.

Manche Daten waren Standard und daher leicht nachzuprüfen; man brauchte dazu nur einmal die Schiffsbibliothek aufzusuchen und Standardwerke zu konsultieren. Andere Fälle erwiesen sich als schwieriger, beispielsweise das Luftvolumen in jeder Luftschleuse.

Alexi entnahm die Dimensionen den Blaupausen des Schiffes und bestätigte sie, indem er selbst nachmaß. Ich wußte es, denn ich sah ihm dabei zu.

Ich versuchte überall zu sein. Ich sah dem Chief über die Schulter, als er die Antriebsschaftöffnung nachmaß. Ich beobachtete Vax und Derek dabei, wie sie das Volumen an Nährstoff in einem Hydrotank maßen und das Ergebnis mit der Anzahl identischer Tanks multiplizierten. Ich hielt die elektrischen Meßgeräte, während der Chief und Vax sie schwitzend und fluchend mit den Hauptenergieleitungen des Schiffes verbanden, um den Energieverbrauch zu messen.

Am Ende des zweiten Tages konnte ich mich selbst nicht mehr ertragen. Während unserer Ruhezeit lenkte ich meine widerstrebenden Schritte die Leiter hinunter zur Kabine des Chiefs auf Deck 3, unweit des Maschinenraumes. Ich klopfte an. Er öffnete die Luke. Er hatte die Jacke ausgezogen und die Krawatte gelockert.

»Weitermachen«, sage ich rasch, ehe er Haltung annehmen konnte. Er trat zur Seite, damit ich hereinkommen konnte, aber ich blieb auf dem Korridor stehen. Ganz besonders jetzt hatte ich nicht das Recht, seine Kabine zu betreten. »Ich bin hier, um mich zu entschuldigen«, sagte ich steif. »Ich hatte nie Grund zu der Annahme, Sie würden Ihre Pflichten nicht erfüllen. Meine Bemerkungen auf der Brücke waren abscheulich.«

»Sie brauchen sich nicht bei mir zu entschuldigen«, sagte er mit unbewegter Stimme. »Sie haben Ihre Befehle erteilt, wie es Ihr Recht war.«

»Es tut mir trotzdem leid. Ich habe Sie beleidigt. Ich weiß, daß Sie mir das nicht vergeben werden, aber Sie sollen trotzdem wissen, wie sehr ich meine Worte bedaure.« Ich drehte mich abrupt um und entfernte mich wieder, denn ich wollte nicht, daß er sah, wie sich meine Augen mit Tränen füllten.

Wir machten Fortschritte, aber die Prozedur schleppte sich hin. Die Crew bediente alle Systeme weiterhin manuell. Im Verlauf der nächsten Wochen stellte ich fest, daß ein wachsende Zahl Matrosen zum Kapitänsmast geschickt wurden. Es kam zu Wutausbrüchen, als sich die Verärgerung der Besatzung meiner Verärgerung anglich. Auch die Matrosen litten an zuwenig Schlaf. Lediglich die Fähnriche schienen unter der zusätzlichen Bürde aufzublühen.

Während die aufreibende Arbeit ihren Fortgang nahm und aus Tagen Wochen wurden, führte Vax Holser phlegmatisch alle Arbeiten aus, die ich ihm auf die breiten Schultern packte. Er erhob weder Einwände noch zeigte er sich – was wichtiger war – über mein Verhalten gekränkt.

Allmählich lernte ich es, mich auf ihn zu verlassen. Wenn ich sichergestellt haben wollte, daß eine schwierige Vermessung ohne Beschwerden durchgeführt und immer wieder kontrolliert wurde, war es Vax, an den ich mich wandte. Was immer er in der Privatsphäre ihrer Kabine zu den übrigen Fähnrichen sagte, es brachte sie dazu, willig und in guter

Laune zu arbeiten – eine Leistung, zu der ich nie imstande gewesen wäre.

Sandy und Alexi krochen jeweils stundenlang in den beengenden Druckanzügen in den Laderäumen herum, um Position und Masse der verschiedenen Güter zu bestimmen. Wenn Derek nicht gerade über seinen Navigationstexten saß oder das anstrengende sportliche Training absolvierte, das Vax von ihm verlangte, hielt er gehorsam Meßbänder, schrieb Zahlen auf und machte sich auch ansonsten für die Fähnriche nützlich.

»Kapitän auf die Brücke, bitte!« Ich lag gerade völlig erschöpft in der Koje, als dieser Ruf ertönte. Noch nie zuvor war ich aus der Kabine gerufen worden; nachdem ich den Kopf geschüttelt hatte – ein vergeblicher Versuch, ihn wieder klar zu bekommen –, brauchte ich Sekunden, um mir hastig die Kleider überzustreifen und zur Luke hinauszustürmen, und die Vorahnung beschleunigte meine Schritte.

Alexi stand in Habachtstellung. Der Chief sah wütend aus. Pilot Haynes schritt auf und ab, ein Holovid in der Hand.

»Was ist los?« wollte ich wissen. Ich rechnete mit einem klaffenden Loch im Rumpf, wenn nicht Schlimmerem.

»Mr. Tamarow«, fauchte der Pilot, »hat einige merkwürdige Messungen vorgenommen. Die Ergebnisse sind falsch; sie kommen einfach nicht hin. Das können sie gar nicht!«

»Alexi, berichten Sie!«

»Aye aye, Sir. Danke, Sir. Ich erhielt den Auftrag, die Gasaustauschraten der Atmosphäre-Recycler zu kontrollieren. Ich nahm Recyclermaat Quezan mit in die Wiederaufbereitungsabteilung, und er brachte wie befohlen Gasmeßgeräte mit. Wir testeten die Sauerstoff-/Kohlendioxid-Austauschrate, den Stickstoffrecycler und die Reinigungsanlagen, Sir. Die Austauschraten waren niedriger als angegeben, also befahl ich Mr. Quezan, jede einzelne Messung zu wiederholen. Wir erhielten erneut dieselben Zahlen, Sir.«

Der Pilot wandte ein: »Ich sagte es Ihnen ja. Er muß . . .«

»Lassen Sie ihn ausreden.«

»Ich ging in die Schiffsbibliothek und suchte mir die technischen Angaben des Herstellers heraus. Die darin enthaltenen Modellnummern stimmen nicht mit den tatsächlichen Nummern auf unseren Geräten überein. Soweit ich feststellen konnte, weisen die entsprechenden Modelle im Buch Austauschraten auf wie die, die wir gemessen haben, nicht solche, wie Darla sie in ihren Bänken hat, Sir.« Alexi trat unbehaglich von einem Fuß auf den anderen, ehe er auf meinen wütenden Blick hin wieder Haltung annahm.

Ich setzte mich, um nachzudenken. Die Raten der Luftwiederaufbereitungsanlage waren voreingestellt, also feste Parameter. Darla sorgte für das Gleichgewicht der Atmosphäre, indem sie die Anlagen in Übereinstimmung mit diesen Raten ein- und ausschaltete. »Chief, äußern Sie sich bitte zur Wiederaufbereitung.«

»Sir, der Computer reguliert die Atmosphäre. Darla schaltet den Sauerstoff-Kohlenstoff-Wandler zu festgesetzten Zeiten ein, abhängig davon, wie schnell die Maschine die Atmosphäre austauscht. Ähnlich läuft es mit dem Stickstoff und den Spurenelementen. Wenn diese Raten nicht stimmen, müßten wir eigentlich inzwischen tot sein. Die wahrscheinlichere Erklärung ist, daß Mr. Tamarow schlecht gemessen hat . . .«

Alexi wurde rot.

Der Chief ergänzte: »Wir haben Sie vor einer erneuten Prüfung gerufen, da Ihre stehende Order lautet, wir sollten Sie sofort rufen, wenn wir eine Inkonsistenz fänden.«

»Sir, ich habe nichts falsch gemacht. Darla hat noch eine Ma . . .«

»Seien Sie still!« knurrte ich. Alexi hätte es besser wissen sollen, als sich mit dem Chief zu streiten. Trotzdem, seine Integrität wurde in Frage gestellt, und ich hatte Verständnis für seine Entrüstung. »Wir werden es bald herausfinden. Chief, Sie und Mr. Haynes führen den Test durch, während Alexi und ich zusehen.«

Wir marschierten hinunter zu Deck 3 und drängten uns in die Wiederaufbereitungskammer. Alexi sah mit bleichem

Gesicht zu, wie der Chief die Meßinstrumente zur Hand nahm, denn er wußte, daß es eine Katastrophe für ihn bedeutete, wenn sich sein Bericht als falsch erwies. Der Pilot stellte die Verbindungen her und schaltete das System ein. Nach ein paar Minuten lasen wir das Ergebnis ab. Die tatsächlich Co_2-Austauschrate war niedriger, als der Computerparameter besagte.

Alexi schloß die Augen, schwach vor Erleichterung.

»Jetzt die übrigen.«

Der Pilot schloß die Instrumente an die Sauerstoffleitungen an. Wir warteten ab, bis die Anlage voll in Betrieb war. Die Sauerstoffrate lag ebenfalls unterhalb des Wertes, den Darla als Parameter benutzte. Das gleiche galt, wie wir einen Augenblick später wußten, für die Stickstoffrate, wenn auch in geringerem Ausmaß.

Angespannt und wortlos kehrten wir auf die Brücke zurück. »Chief, melden Sie mir bis heute abend noch, warum diese Diskrepanzen uns nicht umgebracht haben. Die anderen machen weiter. Alexi, einen Moment noch.« Als sie gegangen waren, trat ich dicht vor ihn hin. »Guter Mann.« Meine Stimme war sanft. »Danke.« Ich legte ihm die Hand auf die Schulter. »Entlassen.«

Er zeigte mir den Akademie-Paradesalut und warf sich auf den Fersen herum Richtung Luke. Dem ehrfürchtigen Blick, den er gar nicht zu verbergen versuchte, entnahm ich, daß ich endlich mal etwas richtig gemacht hatte.

Der Bericht des Chiefs, der ein paar Stunden später eintraf, fiel kurz aus.

Die Diskrepanzen in den Austauschraten hatten unsere Atmosphäre deshalb nicht verdorben, weil wir die Anlage nie auf Maximallast gefahren hatten. Erst im späteren Verlauf der Reise, nachdem die letzten Sauerstoffreserven ins System eingespeist worden wären und die Recycler auf volle Kapazität hätten gehen müssen, um für gesunde Luft zu sorgen, hätte sich Darlas Macke als tödlich erweisen können.

Darla wäre dann davon ausgegangen, daß die Austauschraten die Atemluft ausreichend erneuerten, während wir allmählich mit überschüssigem Kohlendioxid vergiftet wurden.

Unsere Sensoren sollten eigentlich Abweichungen von den normalen atmosphärischen Werten anzeigen, aber Darla würde ihre Angaben als fehlerhaft einstufen, solange die Maschinen anscheinend richtig arbeiteten.

Nur die manuelle Redundanz hätte zwischen uns und dem Erstickungstod gestanden. Ein Matrose hätte es wahrscheinlich gemerkt – vorausgesetzt, er ignorierte die Sensorangabe nicht, statt sie zu melden, damit er nicht das ganze System auseinandernehmen mußte, wo er doch wußte, daß der Computer ein Auge auf die Dinge hielt.

In der folgenden Woche entdeckten wir sieben weitere Macken, von denen zwei mit dem Navigationssystem zu tun hatten. Andere schienen weniger bedeutsam, wie fehlerhafte Werte über verschiedene Abteilungen und die Barkasse oder falsche Farben im Anstrich. Ungeduldig wartete ich darauf, daß die Überprüfung der Parameterliste abgeschlossen wurde, damit ich endlich erfuhr, wie schlecht die Lage wirklich aussah.

Einige der schwierigeren Berechnungen hatten mit der Kalibrierung der elektronischen Ausrüstung zu tun, und wir brauchten dazu die Hilfe von Arbeitsgruppen der Mannschaft. Wir defusionierten, damit Matrosen auf der Außenhülle herumklettern konnten; während der Fusion hätte jedes Objekt, das aus dem das Schiff umgebenden Feld gestoßen wurde, zu existieren aufgehört. Während sie dort draußen herumstampften, richteten die Arbeitsgruppen ihre primitiven elektronischen Instrumente auf ferne Sterne, um eine absolut saubere Grundlage für die Kalibrierung zu erhalten.

Eines Abends klopfte jemand an meine Luke. Besorgt mußte ich daran denken, daß außer Ricky mit dem Frühstückstablett noch nie jemand bei mir angeklopft hatte. Außer in meinen Träumen.

Chief McAndrews stand phlegmatisch im Korridor und

nahm Haltung an, als ich öffnete. »Kommando zurück, Chief«, sagte ich. »Was gibt es?«

»Ich bin hier, um ein Geständnis abzulegen, Kapitän.« Er blickte mir in die Augen.

»Kommen Sie herein«, sagte ich und wandte mich ab. Er hatte keine Wahl, als mir zu folgen.

Er räusperte sich unbehaglich. »Kapitän Seafort, ich entschuldige mich für meine Dummheit, einen Protest ins Logbuch einzutragen. Sie hatten recht, und ich lag völlig daneben; ich hätte besser den Mund gehalten. Ich mache mir jetzt seit zwei Wochen Vorwürfe. Ich habe mich einer Insubordination schuldig gemacht. Man sollte glauben, ich wäre schon lange genug in der Flotte, um es besser zu wissen.«

»Sie hatten jedes Recht auf einen Protest.«

»Bitte um Entschuldigung, Sir, aber den Teufel hatte ich. Sie tragen die Verantwortung, und Sie wußten, was Sie taten. Ich war nicht aufgerufen, den Meckermatrosen zu spielen. Ich schäme mich dafür.«

Ich seufzte. »Ich hatte Glück, Chief.« Er schien skeptisch. »Sehr schön, tauschen wir unsere Entschuldigungen aus. Meine gegen Ihre. Und da Sie gerade hier sind, bleiben Sie doch ein Weilchen und helfen Sie mir, das Ding im Safe zu untersuchen.«

»Ich denke, ich sollte eigentlich nicht, ich meine, nach ...«

»Bleiben Sie.« Ich gab die Kombination ein. Manchmal war es ein richtig gutes Gefühl, seine Befehlsgewalt auszuspielen.

17. Kapitel

Die Alpträume gingen zurück, aber meine Einsamkeit blieb. Eines Abends nach dem Abendessen ertappte ich mich dabei, wie ich die Leiter zu Deck 2 hinabstieg und dem Ostkorridor zu Amanda Frowels Kabine folgte. Ich klopfte zögernd an. Drinnen kamen Geräusche aus einem Holovid.

Sie öffnete, und abrupt sahen wir uns Auge in Auge gegenüber.

»Was ist, Kapitän Seafort?« Ihre kalte Förmlichkeit trug noch zu meinem Unbehagen bei.

»Ich hatte gehofft, wir könnten miteinander reden.«

Sie überlegte kurz. »Ich kann Sie nicht daran hindern einzutreten, Kapitän, aber ich möchte nicht mit Ihnen sprechen.«

»Ich werde nicht gewaltsam eindringen, Amanda.«

»Warum nicht? Gewalt ist doch das erste Mittel, zu dem Ihre Flotte greift.«

Ich seufzte. Es war auch ohne das schon schwierig genug. »Kann dieser Zwischenfall nicht vergessen sein? Ich wollte ... Ich brauche jemanden, mit dem ich reden kann.«

Ihr Ton wurde härter. »Der Zwischenfall wird niemals vergessen sein, Kapitän. Jetzt nicht, und nicht, solange ich lebe.«

»Sind Sie so sicher, daß ich falsch gehandelt habe?«

»Ich bin so sicher, wie Sie es auch hätten sein sollen. Ich würde jetzt gerne die Tür zumachen, bitte.« Sie starrte die Hand an, die ich auf der Luke liegen hatte, bis ich sie entfernte. Sie schlug die Luke vor meinem Gesicht zu. Ich blieb noch für einen Moment wie betäubt stehen, bevor ich mich umdrehte und entferne. Da ich nicht auf die Brücke zurückkehren wollte und das Alleinsein in meiner Kabine fürchtete, spazierte ich den Korridor entlang. Auf einen Gedanken hin stieg ich die Leiter zu Deck 3 hinunter, wobei ich mir vage überlegte, den Maschinenraum aufzusuchen, um die beruhigende Stimme des Chiefs zu hören.

Als ich dem Umfangskorridor auf Deck 3 folgte, hörte ich auf einmal Lachen vor mir. Ein Fußball kam um die Biegung gehüpft. Die Besatzungsangehörigen versammelten sich manchmal abends vor den Unterkünften und traten einen Ball hin und her. Es verstieß gegen die Vorschriften, das auf dem Korridor zu tun, aber im allgemeinen wurde es ignoriert. Ohne zu überlegen, trat ich den Ball gegen ein Schott, so daß er dorthin zurückprallte, woher er gekommen war. Dann folgte ich ihm.

»Lang richtig zu, Morrie! Stell dir vor, es wäre Käpten Kids Kopf!« Jemand lachte.

»Laßt das lieber, ehe er euch was anhängt.« Es war eine andere, höhnische Stimme.

»Achtung!« Irgend jemand brüllte diesen Befehl, als ich in Sicht kam. Der Ball rollte an die Wand und kullerte dann sachte auf mich zu. Ich setzte einen Fuß darauf.

»Weitermachen.« Die Gruppe entspannte sich, wartete aber in stummer Feindseligkeit darauf, daß ich wieder verschwand. Ich hätte sie nicht unterbrechen sollen. Wäre ich dem Umfangskorridor in Gegenrichtung gefolgt, hätte ich den Maschinenraum erreichen können, ohne an ihnen vorbeizukommen.

»Ich habe das früher auch mal gespielt.« Ich wünschte mir, jemand hätte die Verwegenheit gehabt, mich zum Mitspielen aufzufordern, wußte aber, daß niemand es tun würde.

Peinliche Stille herrschte, bis jemand höflich fragte: »Wirklich, Kapitän?«

»Damals, als ...« Ich brach ab. »Weitermachen«, wiederholte ich und ging an ihnen vorbei, so schnell es meine Würde erlaubte. Ich hörte bis zum Maschinenraum nichts weiter. Chief McAndrews war unten im Fusionsschaft und überwachte eine Arbeitsgruppe, die Ventile wartete, also suchte ich wieder Deck 1 auf, wobei ich diesmal dem Westkorridor folgte, um nicht wieder an den Mannschaftsunterkünften vorbeizukommen.

Ich war immer noch ruhelos, schenkte der Brücke keine Beachtung und ging weiter in Richtung der leerstehenden Leutnantskabinen und der Fähnrichskabine. Während ich noch herumstand und mich nicht entschließen konnte anzuklopfen, riß ein grinsender Sandy die Luke auf. Bei meinem Anblick prallte er unwillkürlich einen Schritt zurück, und das Grinsen verschwand aus seinem Gesicht. Er nahm Haltung an. Alexi rollte sich aus dem Bett und nahm ebenfalls Haltung an.

Derek saß mit gekreuzten Beinen auf dem Boden. Er hatte ein Paar Schuhe auf dem Schoß, und drei weitere standen neben ihm bereit. Er legte Creme und Bürste weg und erhob sich unbeholfen.

»Weitermachen, Sie alle.« Sandy und Alexi entspannten sich. Derek fuhr damit fort, einen Stiefel zu polieren. »Wie geht es euch Jungs?« fragte ich.

»Gut, Sir.« Ich sehnte mich danach, daß Alexi mich wieder »Mr. Seafort« nannte wie früher.

»Was treibt Vax gerade?« Ich redete irgendwas, nur um Konversation zu machen.

»Mr. Holser hat den Passagiersalon aufgesucht, Sir.« Im Vergleich zu Alexis Steifheit wirkte Sandys Ton fast freundlich.

»Was ist mit dem Kadetten?«

Eine unbehagliche Pause trat ein. Ich hatte gegen die Tradition verstoßen, daß Offiziere Kadetten gar nicht zur Kenntnis nahmen. Schließlich antwortete Sandy: »Mr. Holser war nicht mit der Politur seiner Schuhe einverstanden. Der Kadett übt jetzt mit unseren.« Das bewegte sich absolut innerhalb akzeptabler Grenzen.

»Sehr gut.« Ich sah mich um. Die Fähnrichskabine kam mir nach meinem Aufenthalt in der geräumigen Kapitänsunterkunft klein vor, aber trotzdem unterdrückte ich das Bedürfnis zu befehlen, daß meine alte Koje für mich bereitgemacht wurde.

Alexis Blick wanderte zu seiner zerknautschten Decke und zuckte wieder zurück. »Machen Sie sich keine Sorgen, Mr. Tamarow. Ich führe keine Inspektion durch.« Ich schuldete ihm mehr, also setzte ich hinzu: »Mir gefällt Ihr Auftreten in letzter Zeit, Mr. Tamarow. Das von Ihnen allen, was das angeht.«

»Danke, Sir«, sagte Alexi prompt und höflich.

Selbst Derek konnte vielleicht eine Ermutigung vertragen. »Ihres ebenfalls, Mr. Carr.«

Er blickte rasch auf und musterte mein Gesicht, vielleicht um zu prüfen, ob ich ihn verhöhnte. Anscheinend besänftigt sagte er: »Danke, Sir.« Eine Spur Dankbarkeit klang darin durch.

Zeit zu gehen. Es würde ohnehin zu keinem Gespräch kommen, das über die oberflächlichsten Scherze hinausging. »Weitermachen.« Ich öffnete die Luke.

»Danke für Ihren Besuch, Sir«, platzte Alexi hervor.

Das war immerhin etwas.

»Das war der letzte.« Ich fuhr mit dem Blick über die Parameterliste mit ihren Prüfmarkierungen und Notizen.

Der Pilot nickte. »Ja, Sir. Alles in allem neun Macken bei circa vierzehnhundert Parametern.«

Mir schaudert noch beim Gedanken an die Luftwandler. Darla hätte uns leicht umbringen können. »Sehr schön, wir bringen sie morgen früh wieder in Ordnung. Sie, ich und der Chief.« Ich strich uns für die kommende Nacht aus dem Wachplan; es sollte lieber keiner von uns übermüdet sein, wenn wir gegenseitig unsere Tastatureingaben kontrollierten.

An diesem Abend kämpfte ich gegen den Drang, mir aus der Krankenstation eine weitere Tablette zu holen. Selbst wenn die Ärztin mir nicht gerne ein Beruhigungsmittel gab, konnte ich es befehlen, und sie mußte gehorchen. In diesem Wissen fühlte ich mich sicher genug, um wie ein Baby zu schlafen.

Als Ricky mir das Frühstück brachte, sagte ich: »Sie können den Eid ablegen, sobald wir die Reparaturen abgeschlossen haben, Mr. Fuentes.«

Seine Augen leuchteten auf. Ein Grinsen breitete sich in seinem jungen, eifrigen Gesicht aus. »Wow, zarky! Danke, Kapitän! Wird das bald sein?«

»Morgen werden Sie Kadett wie Mr. Carr. Ich erwarte, daß Sie es in einem Monat zum Offizier bringen!«

Er wußte, daß das absurd war. »So schnell bekomme ich

das nicht hin, Sir, aber ich werde mir furchtbar viel Mühe geben. Vielleicht werden Sie in ein paar Monaten sagen, daß ich mich qualifiziert habe.« Er zögerte. »Muß jeder weinen, Sir?«

Das verwirrte mich. »Was meinen Sie damit, Ricky?«

»So wie Derek. Wenn er allein zum Vorratsschrank geht, weint er. Muß ich das auch tun?«

»Nein, das glaube ich nicht. Sie sind zu glücklich, um zu weinen.« Meine Gedanken rasten. »Woher wissen Sie das mit Derek?«

»Ich habe ihn gesehen, Sir, und es gehört. Ich habe es ihm aber nicht gesagt.«

»Tun Sie es auch nicht. Das ist ein Befehl. Entlassen, Mr. Fuentes; prägen Sie sich den Eid ein. Wenn Sie ihn nicht auswendig können, werde ich Sie nicht in Dienst nehmen.«

»Aye aye, Sir!« Als er die Kabine verließ, hüpfte er beinahe. Wären doch nur alle persönlichen Probleme so leicht zu beheben gewesen!

Der Chief, Pilot Haynes und ich schlossen die Brücke ab, stellten Darla auf ausschließliche Tastatureingabe ein, entfernten die Sicherungen, die wir wieder installiert gehabt hatten, und machten uns an die Arbeit. Ich tippte jede Korrektur ein, und sowohl der Chief als auch der Pilot kontrollierten sie, ehe ich die Eingabetaste drückte. Wir mußten nur neun Parameter löschen und wieder eingeben, aber es dauerte über eine Stunde. Ich mußte absolut sichergehen, daß wir keinen Fehler machten.

Endlich wurden wir fertig.

Nur zur Sicherheit erstellte ich eine neue Kopie der Eingabeparameter und prüfte noch einmal jeden Punkt, den wir korrigiert hatten. Die richtigen Zahlen erschienen auf dem Holovid-Bildschirm.

»Was denken Sie, Gentlemen? Sind wir bereit, sie wieder on-line zu schalten?«

Der Pilot und der Chief wechselten einen Blick. »Wir haben jeden Arbeitsschritt lehrbuchmäßig durchgeführt«, meinte Mr. Haynes. Der Chief nickte.

»Sehr gut.« Schritt für Schritt restaurierten wir Darla und reaktivierten ihre Antimanipulationsmechanismen und Sicherungen. Endlich blieb nichts weiter zu tun, als wieder ihre Persönlichkeit zu wecken. »Reinstalliere Persönlichkeitsprogramme«, tippte ich ein.

»WIEDERHERSTELLUNG DER PERSÖNLICHKEITS-PROGRAMME BESTÄTIGT.«

»Lösche Beschränkung auf alphanumerische Antworten.«

»WIRD ABER AUCH ZEIT! LÖSCHUNG DER ALPHA-NUMERISCHEN ANTWORTEN BESTÄTIGT.«

»Lösche Beschränkung auf Bildschirmdarstellung«, tippte ich. »Reinstalliere Stimmreaktion.«

»Bestätigt, Kapitän.« Der Klang ihrer freundlichen Stimme war wie das Wiedersehen mit einem alten Freund.

»Lösche Beschränkung auf Tastatureingabe«, tippte ich. »Kannst du mich hören, Darla?« fragte ich.

»Natürlich kann ich Sie hören, Mr. Seafort. Warum hatten Sie mich schlafen geschickt?«

»Mußten ein paar Checks durchführen, Darla. Bitte fahre einen Selbsttest.«

»Aye aye, Sir. Eine Minute.« Sie schwieg für eine Weile. Wir warteten. »Alles paletti, Kapitän. Alle Chips unter Dampf.«

»Puuh!« Meine Spannung löste sich allmählich auf. »Danke, Chief. Ihnen auch, Pilot. Gut gemacht.«

Der Chief stand auf. »Wenn wir bald wieder in Fusion gehen, muß ich meine Wartungsarbeiten abschließen.«

»Sehr gut. Entlassen, und danke.« Als er aufbrach, kam mir eine Idee. »Darla, wie hoch ist die Grundmasse des Schiffes?«

»215,6 Standardeinheiten«, antwortete sie ungeduldig. »Warum fragen Sie das immer wieder?« Der Chefingenieur erstarrte, nur noch ein paar Schritte von der Luke entfernt. Meine Nackenhaare richteten sich auf.

»Versuche es noch mal, Darla. Entnimm den Wert den Eingabevariablen.«

»215,6 Standardeinheiten.« Ihr Ton war schärfer geworden. »Die Masse ist ohnehin keine Variable, sondern ein Festparameter.«

Ich blickte wild um mich. Der Pilot machte ein Gesicht, als hätte er ein Gespenst gesehen. Ich schluckte. »Bitte, wie hoch ist die CO_2-Austauschrate?«

»Fragen Sie mich, Kapitän? 38,9 Liter. Sehen Sie nach, es steht in den Tabellen.«

Der Chief und ich sahen uns an. Ich warf einen Blick auf den Piloten, dann auf die Tastatur. Er nickte.

Ich ging zur Konsole und versuchte, mit ruhiger Stimme zu sprechen. »Nur noch Tastatureingaben, Darla. Alphanumerische Antworten auf den Bildschirm einblenden.«

Wir steckten tief in Schwierigkeiten.

Sobald wir sicher waren, daß Darla nur noch über die Tastatur etwas von uns hören konnte, hielten der Pilot, der Chief und ich eine Konferenz ab. Ohne nachzudenken, drängten wir uns in der Ecke zusammen, die am weitesten von Darla entfernt war.

»Wir haben die Parameter ausgetauscht, nicht wahr? Wir alle haben es gesehen.« Ich benötigte den Beistand.

»Und sie wurden angenommen, Kapitän.« Das war der Pilot. »Ich habe hier den neuesten Ausdruck. Sehen Sie? Wir haben die Grundmasse von den Eingabeparametern zu den Variablen verschoben und gleichzeitig die Ausweichsgröße gewechselt.«

Ich zitterte. »Was geht hier vor?«

»Sie hat eine böse Macke.« Das war Chief McAndrews. »Wenn sie bei Bewußtsein ist, kann sie die von uns vorgenommenen Veränderungen nicht erkennen. Es liegt also nicht an den gespeicherten Daten, sondern geht tiefer.«

»Können wir sie in Ordnung bringen?«

Der Pilot schüttelte den Kopf. »Ich bin mir nicht mal sicher, daß wir das Problem überhaupt finden können.«

»Nun, wie speichert sie eigentlich Parameter?« fragte der Chief.

»In einer Datei«, antwortete Haynes.

»Welcher Art?«

»Sind Sie auf eine Idee gekommen?« wollte ich wissen.

Der Chief zuckte die Achseln. »Wenn wir sie auffordern, Variablen auszugeben, liest sie einfach den Inhalt einer Datei ab. Können wir da tiefer nachfassen, uns einmal den Aufbau der Datei anschauen?«

»Wir versuchen es«, sagte ich.

Mit peinlicher Genauigkeit nahmen wir Darla erneut auseinander. Es schien mit der Übung leichter zu werden. Innerhalb einer Stunde hatten wir den Computer wieder soweit geöffnet wie zuvor schon.

Mit dem Handbuch auf dem Schoß machte sich der Pilot auf die Suche nach Dateiverzeichnissen in Darlas Speicherbänken. ASCII-, Hex- und Dezimalwerte füllten den Bildschirm mit Mustern, die für meinen ungeschulten Blick sinnlos wirkten. Gelegentlich tauchten Begriffe auf wie »EMOTION/SCHICHT« oder »VARIATION/SCHEMA«; es handelte sich dabei um die Verzeichniseinträge der entsprechenden Dateien.

Der Pilot durchforschte die vom Handbuch genannten Speicherbereich. Endlich rief er zwei Titel auf: »PARAMETER/EINGABE« und »VARIABLE/EINGABE«. Durch Übersetzung der folgenden Codes erfuhr er die Dateisektoren. Er tippte die Koordinaten ein.

Es war eine lange Datei mit über vierzehnhundert Einträgen. Haynes sah sich jeden kurz an und ging rasch zum nächsten weiter. Die Einträge bestanden aus englischen Worten: »Schiffslänge: 412,416 Meter«. Meine Aufmerksamkeit schweifte ab, während wir den endlosen Datenstrom sichteten.

Auf einmal erschien auf dem Bildschirm der Satz: »Ende der DaTEN AN, DIE SIE HAT, JORY!«

»Was zum Teufel ist das denn?« fragte ich erschrocken.

Der Pilot biß sich auf die Lippe. »Himmel, ich habe keine Ahnung!«

Er tippte wieder etwas ein. Auf dem Bildschirm erschien: »NICHT SCHLECHT FÜR EINEN BODENWURM, WIE?«

»Gehen Sie zurück.«

Der Pilot fuhr gehorsam an den beiden verpfuschten Einträgen vorbei zurück.

»Schaftdurchmesser: 4,86 Meter. »SIEH DIR MAL DIE TIT«

Der Chief fluchte. Ich hörte es mir respektvoll an und erfuhr ein paar neue Kombinationen, die ich vielleicht eines Tages nützlich fand. »Zeigen Sie mal die drei zusammen«, sagte ich.

Pilot Haynes rief alle drei Sektoren auf den Bildschirm. »Schaftdurchmesser: 4,836 Meter. SIEH DIR MAL DIE TIT Ende der DaTEN AN, DIE SIE HAT, JORY! NICHT SCHLECHT FÜR EINEN BODENWURM, WIE?«

»Jesus!« platzte es aus dem Piloten heraus. »Sieh sich das einer an! Sie haben über das Ende der Datei hinausgeschrieben!«

»Erklären Sie das näher!« sagte ich scharf. »Und keine Blasphemie bitte!«

Pilot Haynes wurde rot. »Entschuldigung, Sir. In NAV-DOS werden Daten in Dateien abgespeichert, normalerweise in alphanumerischen Zeichen wie denen, die Sie selbst eintippen. Computer arbeiten so schnell, und die Sprachinterpreter sind so ausgeklügelt, daß keine Notwendigkeit für eine Komprimierung besteht. Es erleichtert auch die Arbeit der Dosmen, wenn sie bei ihren Checks nur die Dateien aufrufen und lesen müssen.«

»Und?«

»Eine Datei endet jeweils mit dem Eintrag ›Ende der Datei‹. Jemand hat diese Meldungen jedoch über die Endmarkierung hinausgeschrieben. Darla speichert nun die Festparameter unmittelbar vor den Variablen. Sie hatte also keine Möglichkeit, die einen von den anderen zu unterscheiden. Kein Wunder, daß sie solche Macken hat!«

»Aber wer hat das getan?« fragte ich. »Und warum?«

Der Chief erklärte es mir verärgert. »Zwischen den Fahrten wird ein Schiffslogbuch an die Dosmen von Luna Central weitergegeben. Bei Änderungen müssen manchmal auch Festparameter angepaßt werden. Die Dosmen geben die neuen Werte ins Logbuch ein und schicken es zurück. Sie müssen an diesem Tag ganz schön Spaß gehabt haben!« Während er redete, wurde sein Gesicht immer roter.

»Dosmen der Flotte?« fragte ich ungläubig.

»Ja, diese ...« Er stotterte fast. »... diese verdammten Hacker!«

»Chief!« sagte ich schockiert. Seit die Junghacker-Liga in die Computerbänke des UN-Hauptquartiers eingedrungen war und die Hälfte aller Steuerunterlagen der Welt gelöscht hatte, wurde der Begriff ›Hacker‹ nicht mehr leichthin gebraucht.

»Genau das sind sie aber!« schnauzte er. »Der allmächtige Gott verdamme sie in alle Ewigkeit!«

Das wäre blasphemisch gewesen, hätte er es nicht wörtlich gemeint, und ich entschied, daß er es genau so gemeint hatte. »Amen«, sagte ich, um klarzustellen, daß ich es als Gebet verstanden hatte. Dann sagte ich: »Kontrollieren Sie die nahe gelegenen Sektoren. Kopieren Sie alle Überschreibungen ins Logbuch.«

»Aye aye, Sir.« Mit dunkelrotem Gesicht nahm der Chief die entsprechenden Eingaben über die Tastatur vor. »Die verdammten Dosmen haben herumgealbert wie frischgebackene Kadetten. In Datenbänken findet man immer tote Stellen, wo man etwas hineinschreiben kann, aber sie waren sorglos und haben ihren Müll in eine aktive Dabei eingebrannt!«

Und sie hatten damit mein Schiff in Gefahr gebracht.

Mit angespannter Stimme sagte ich: »Wenn wir wieder zu Hause sind, zeige ich sie an. Sollten sie freigesprochen werden, schwöre ich hiermit bei Gott, sie herauszufordern.« Eine törichte Geste, aber ich war so wütend, daß es mich nicht scherte.

Duelle waren im Zuge der Reformen von 2024 wiederlegalisiert worden, ein Versuch, die um sich greifende Epidemie nichtlizensierter Morde unter Kontrolle zu bekommen. Was meine Geste so tollkühn machte, war die Tatsache, daß ich keine Vorstellung von den kämpferischen Fähigkeiten der Dosmen hatte und ich um meines Seelenheiles willen festgelegt war. Der Herausgeforderte hatte die freie Wahl der Waffen.

Der Chief schenkte mir einen anerkennenden Blick. »Ich schließe mich Ihnen an, Sir. Hiermit . . .«

»Seien Sie still!« fiel ich wütend über ihn her. »Ich untersage Ihnen, einen Eid abzulegen!«

»Aye aye, Sir.« Das war alles, was er darauf sagen durfte.

»Verzeihen Sie mir, Chief. Die Verantwortung liegt bei mir. Ich dürfte ohnehin reaktionsschneller sein.«

»Ja, Sir.« Er sah mich finster an, verärgert, aber nicht böse. Mit seinem schweren Körpberbau und den mittleren Jahren überlebte er ein Duell womöglich nicht, und er wußte es. Die Gefahr, daß es tatsächlich soweit kam, war allerdings eh gering. Sobald wir das Logbuch der Admiralität vorlegten, würde ein Dosman namens Jory ganz unzeremoniell zu einem Polygraph- und Drogenverhör geschleppt werden.

Ich runzelte die Stirn, als mir ein neuer Gedanke kam. »Wollen Sie mir eigentlich mit all dem sagen, daß das Leben aller an Bord von einer schlichten Dateimarkierung abhängt? Verfügt Darla nicht über redundante Systeme? Über Sicherungen?«

»Natürlich tut sie das«, antwortete der Pilot. »Sie kontrolliert sich ständig selbst auf interne Widersprüche.«

Dazu sagte ich nichts. Es war der Chief, der schließlich das Offenkundige aussprach. »Nun, an irgendeiner Stelle hat sie damit aufgehört. Warum?«

»Sehe ich vielleicht aus wie ein Dosman?« knurrte Pilot Haynes. »Woher soll ich das denn . . .«

»Schluß damit!« Mein finsterer Blick machte sie stumm. »Pilot, können wir die Macke beheben?«

»Die Korrektur des Eintrages ›Ende der Datei‹ sollte eigentlich ausreichen.«

»Das glaube ich nicht«, meinte der Chief.

»Warum nicht?« fragten der Pilot und ich wie aus einem Mund

»Weil Darla das Problem selbst nicht erkannt hat.« Chief

McAndrews holte tief Luft und kaute auf der Lippe. »Ein Computer geht numerische Probleme mit mathematischen Routinen an und greift auf Fuzzy-Logic-Programme zurück, um zu entziffern, was wir ihr sagen. Auf diese Weise übersetzt Darla Ihre verbalen Fragen in Parameter, die sie aus einer Datei hervorkramen kann.«

»Und?«

»Mit Hilfe der Fuzzy Logic sollte sie zu dem Schluß kommen, daß Grundmasse und modifizierte Masse unterschiedliche Größen sind, und diesen Unterschied akzeptieren. Das hat sie nicht getan. Die Parameter sind jedenfalls mindestens zweimal gespeichert, und es liegen auch Backup-Dateien vor. Wie Mr. Haynes schon sagte, ihre internen Sicherheitschecks sollten Diskrepanzen erkennen.«

»Und das ist nicht geschehen.«

»Richtig. Sie liest die Backups nicht, und irgend etwas verfälscht neun ihrer Parameter. Ohne einen Dosman finden wir vielleicht nie heraus, warum, aber ich vermute, diese verdammten – diese blöden Clowns haben ihre Fuzzy-Logic-Programme verpfuscht, so daß sie nicht wußte, wann sie Logik anwenden sollte oder wann sie ein Problem hatte. Wann sie um Hilfe bitten sollte.«

Ich stand auf und ging hin und her, und meine Knie waren seltsam schwach.

»Können wir sie wiederherstellen?«

»Wenn es mit Darla so weit gekommen ist«, sagte der Chief mit schwere Stimme, »daß sie eine fehlerhafte Dateimarkierung nicht mehr erkennt und sie uns nicht mehr vor internen Widersprüchen warnt, dann geht eine Neuprogrammierung weit über unser aller Möglichkeiten hinaus.«

Stille.

»Ich denke, er hat recht, Sir«, sagte der Pilot.

Ich setzte mich und packte die Armlehnen. »Komplett herunterfahren und neu booten?«

Der Chief schüttelte den Kopf. »Damit würden die Persönlichkeitsprogramme neu eingestellt; sie würde als vollständig andersartige Person daraus hervorgehen. Und wenn ihre Programme verpfuscht sind, würde es ohnehin nichts nützen. Die Macken wären weiterhin vorhanden.«

»Wir können sie anweisen, auf Backups zurückzugreifen.«

»Dabei handelt es sich um Kopien der Masterprogramme, die wir auf Luna erhielten. Sie werden dieselben Fehler aufweisen.«

Ich fluchte. »Können wir sie als begrenzte Recheneinheit neu zusammensetzen? Also die Datei-Endmarkierung neu schreiben, die Fuzzy-Logic-Instruktionen abtrennen, nur noch ihre Kontrollfertigkeiten benutzen und sie ausschließlich per Tastatur steuern?« Damit könnte zumindest unsere erschöpfte Besatzung wieder etwas Schlaf finden.

Sie wechselten einen Blick. »Vielleicht«, sagte der Pilot. »Sie würde allerdings als Computer nicht mehr viel hergeben, wenn wir damit fertig sind.«

»Fangen wir an.« Ich stand auf und streckte mich. »Trennen Sie alles ab, dessen Sie sich nicht sicher sind. Ich komme zur Mitternachtswache zurück, und wir aktivieren sie wieder.« Ich schloß die Luke hinter mir.

Ich suchte direkt meine Kabine auf und wusch den Gestank der Angst ab. Als ich mir ein frisches Hemd überzog, schüttele ich den Kopf, erstaunt über das Glück, das uns alarmiert hatte. Ich holte den Ausdruck aus der Tasche und sank in den Polstersessel. So viele Macken!

Der Grundmassenparameter war schon schlimm genug; die Wiederaufbereitungsraten waren noch bedenklicher. Und jedes einzelne unser Astronav-Backupsysteme war vermurkst. Das machte uns zwar auf der gegenwärtigen Reise nicht zu schaffen, aber der allmächtige Gott mochte der *Hibernia* helfen, wenn sie einmal unweit der Wege defusionierte und ihre Position zu bestimmen versuchte; der betreffende Abschnitt der Sternkarten war unbrauchbar.

Andere Punkte schienen nichts auszumachen. Wenn Darla die Länge des östlichen Leiterschachtes falsch berechnete, was konnte es uns schaden? Und was, wenn sie das Volumen der Passagiersmesse um den Faktor zehn falsch gespeichert hatte?

Mein Blick schweifte über die Zahlen.

Komisch, dieser Zehnerfaktor. Er galt auch für andere falsche Maße.

Die Masse der Schiffsbarkasse zum Beispiel ebenso wie das Volumen der Passagiersmesse.

Ich gähnte. Bei ihren Reparaturen würden Pilot Haynes und der Chief den größten Teil von Darlas Bewußtsein abtrennen. Wie der Pilot schon sagte, Darla war anschließend nur noch eine kümmerliche Vertreterin ihrer Gattung, aber wenigstens konnte sie dann ...

»Oh, allmächtiger Gott!« Ich sprang auf. Keine Zeit für die Jacke. Ich riß die Luke auf und stürmte durch den Korridor. »Pilot. Chief, halt!« Das konnten sie natürlich nicht hören. Rutschend kam ich vor der verschlossenen Brückenluke zum Stehen und hämmerte auf die Kontrollen. »Laßt mich ein!«

Die Kamera drehte sich; einen Moment später glitt die Luke zur Seite.

»Weg von der Tastatur! Fassen Sie sie nicht an!«

»Aye aye, Sir.« Der Chief schob seinen Stuhl zurück.

»Ist sie on-line?«

Sein Tonfall drückte Überraschung über den Gedanken aus, er könnte einen Befehl mißachten. »Nein, Sir. Sie haben uns ja gesagt, sie würden ...«

»Von der Brücke, rasch!« Ich deutete auf den Korridor.

Verblüfft folgten sie mir nach draußen. Ich verschloß die Luke wieder und führte sie zu meiner Kabine. Dort nahmen wir rings um den Konferenztisch Platz.

»Ich glaube nicht, daß sie hier über Sensoren verfügt«, sagte ich.

Sie wechselten einen kurzen Blick, als zweifelten sie an meinem Geisteszustand.

Ich sprach leise. »Darla hat Kapitän Haag umgebracht. Ich möchte nicht, daß sie es herausfindet.«

»Kapitän, sind Sie sicher, daß Sie ... Wir alle hatten in letzter Zeit viel Streß und ...«

Ich knallte den Ausdruck auf den Tisch. »Es war die ganze

Zeit schon offenkundig. Sie hat die Masse der Barkasse um den Faktor zehn falsch abgelesen. Wer hat den Kurs für die letzte Fahrt der Barkasse berechnet?«

Der Chief schloß die Augen. Für einen Moment wirkte er grau und müde. »Darla.«

»Aber der Barkassencomputer hat selbst die nötige Energie abgerufen«, wandte der Pilot ein.

»Nein.« Chief McAndrews klang ernst. »Nicht auf der letzen Fahrt. Falls Darla per Richtstrahl einen Kurs übermittelte, wie von Kapitän Haag angeordnet, dann hat sie auch alle anderen dazugehörigen Daten selbst festgelegt. Das Bruttogewicht mit Passagieren und Last. Die Energieanforderungen.«

»Der Barkassencomputer erhielt die Information, daß er zehnmal soviel Schub benötigte, wie tatsächlich der Fall war«, sagte ich. Die verfluchten Dosmen! Ich verzog die Lippen. Wer würde die glückliche junge Frau von dem Holo aufsuchen und ihr die Nachricht von Kapitän Haags Tod überbringen?

»Das ist uns bei der offiziellen Untersuchung entgangen.« Der Pilot war verdrossen. »Wir haben uns ganz auf den Computer der Barkasse konzentriert. Wir haben nie daran gedacht, es könnte Darla gewesen sein.«

Ich zwang mich, wieder an die Gegenwart zu denken. »Jedenfalls reicht es nicht, nur das Dateiende zu restaurieren. Ich glaube nicht, daß wir sie überhaupt wieder gebrauchen können.«

»Ich verstehe ni ...«

»Ich würde sie lieber ganz abschalten, als mit einem Computer fahren, der erkennt, daß er den eigenen Kapitän umgebracht hat. Das stünde im Widerspruch zu ihren grundlegendsten Instruktionen. Sie würde wahnsinnig werden.« Ich wußte nicht viel über Computer, aber soviel war mir noch vom Computerunterricht auf der Akademie in Erinnerung geblieben.

»Sir, Sie reden ja, als wäre sie lebendig. Sie ist doch nur ...«

»Erinnern Sie sich an die *Espania?*« Eine Woche, ehe sie auf Forester andockte, starb ihr Kapitän bei einem Luftschleusenunfall.

Die Computeraufzeichnung zeigte, daß sein Raumanzug zur Reparatur vorgesehen gewesen war; ein nachlässiges Besatzungsmitglied hatte ihn jedoch mit den übrigen Anzügen wieder aufs Gestell gehängt. Der Computer hatte das nicht bemerkt und gab sich selbst die Schuld. Niemand konnte ihn vom Gegenteil überzeugen.

Zwei Tage hinter Forester ging die *Espania* unter ihrem neuen Kapitän in Fusion.

Heute, zwölf Jahre später, wurde sie immer noch vermißt.

Wir saßen schweigend da.

Schließlich sagte der Chief: »Der allmächtige Gott stehe uns bei, wenn wir ohne Computer nach Hope Nation fahren müssen.«

»Ich weiß. Wir würden es niemals schaffen.« Ich dachte angestrengt nach. »Vielleicht müssen wir das aber gar nicht.«

»Sir?«

»Dank Ms. Dagalow.« Wo Leutnant Cousins einen ungeratenen Fähnrich aufs Faß geschickt hatte, hatte ihm Lisa Dagalow zusätzliche Studien aufgebrummt. Das eine oder andere Mal hatte ich mir den Inhalt praktisch des gesamten Frachtraums einprägen müssen, und ich wußte, wo genau sich die Stasisbox befand. Dank unserer Gespräche auf der Brücke wußte ich sogar, wozu sie gut war. »Die Stasisbox.«

»Die was, Sir?«

»Etwas, das man als letztes Backup bezeichnen könnte. Der komplette Inhalt von Darlas Verzeichnissen, abgespeichert am Ende der letzten Fahrt. Darla, wie sie früher war.«

Der Pilot runzelte die Stirn. »Warum in aller Welt führen wir eine alte Version unseres Computers mit?«

»Ms. Dagalow sage, alle unsere Schiffe würden es seit dem Zwischenfall mit der *Espania* tun. Feststehende Order.« Ich zuckte die Achseln. »Aber das Entscheidende ist, wir haben sie.«

»Aber ... Da fehlen ihr doch die Erinnerungen eines Jahres! Was ist mit all dem, was seitdem passiert ist?«

»Wir lassen einfach ihre Datenbanken unangetastet und ermöglichen es der Darla von der letzten Reise, das zu lesen und zu assimilieren, was vorgefallen ist, seit sie off-line ging.«

Stille.

»Es ist einen Versuch wert.«

Der Pilot schüttelte den Kopf. »Und wenn sie feststellt, daß sie den Kapitän umgebracht hat?«

Lisa Dagalow hatte ausgeprägte Ansichten über Computerbewußtsein gehabt. »Wenn Darlas Bewußtsein in irgendeiner Form unserem ähnelt«, sagte ich, »ist ein Ereignis, das sie erfährt, nicht mit dem zu vergleichen, was sie selbst erfahren hat.« Bitte, lieber Gott, gib, das es so ist!

»Entschuldigung, Sir, was ist, wenn Sie sich irren?« Das war der Chief.

»Dann schalte wir völlig ab und booten das ganze System neu, damit sich die Persönlichkeitsschichten zu einer komplett neuen Persönlichkeit zusammensetzen.«

»Lobotomie.«

Ich zuckte die Achseln. »Wenn es nötig werden sollte.« Sie war nur ein Computer, und Hunderte von Menschenleben standen auf dem Spiel.

Auf dem Chip in meinem Safe waren alle erforderlichen Codes gespeichert. Während ich an meiner Konsole schwitzte, segnete und verfluchte ich Leutnant Dagalow abwechselnd für alles, was sie mir gesagt und was sie unausgesprochen gelassen hatte.

Ich schickte Vax mit zwei Matrosen los, damit sie die Stasisbox auf die Brücke schafften. Als wir sie öffneten, fanden wir einen Bleibehälter und darin wiederum einen Zylinder von einem Meter Länge aus einer Legierung, den wir behutsam in die Fassung im Boden einbauten. Ich schloß den Deckel und schaltete die Verbindung mit dem Rechner der *Hibernia* ein.

»Pilot, tragen Sie die Grundmasse wieder in die Liste der

Festparameter ein, wo sie hingehört, und fügen Sie eine Dateiendmarkierung ein.« Nachdem er die erforderlichen Arbeitsschritte durchgeführt hatte, riefen wir Darlas Systemeingabe auf und befolgten die Anweisungen, die wir im Handbuch fanden, um eine volle Überschreibung zu autorisieren.

Nachdem wir jeden einzelnen unserer Arbeitsschritte mit qualvoller Vorsicht nachgeprüft hatten, gab ich den Befehl ein.

Ich weiß nicht, womit ich gerechnet hatte, aber es vergingen Stunden, in denen nur die Konsolenlampen blinkten. Meine Anspannung wandelte sich erst in Vorsicht um und versickerte dann in Langeweile. Schließlich zappelte ich herum wie ein frischgebackener Kadett.

Eine Warnglocke läutete. Ich sprang fast aus dem Sessel.

»EINGABE VOLLSTÄNDIG. ICH ASSIMILIERE UND ORGANISIERE DIE DATEN.«

Ich saß starr da und wartete auf ein Zeichen der Katastrophe.

Nichts. Gelegentlich blitzten nur unverständliche Zahlenkolonnen auf dem Bildschirm auf.

»Wie lange wird es dauern?« Mir versagte die Stimme.

»Ich habe keine Ahnung, Sir.« Das war der Chief. »In Anbetracht ihrer Größe hat sie wohl eine Menge gegenzukontrollieren.«

Endlich ertönte eine weitere Glocke.

»DATEN ASSIMILIERT.«

Ich schluckte. »Leite Selbsttest ein.«

Zeit verging. Dann: »SELBSTTEST ABGESCHLOSSEN. KEINE DISKREPANZEN ENTDECKT.«

Der Pilot seufzte erleichtert. »Das hat sie uns letztesmal auch erklärt«, knurrte ich und griff in die Tasten. »Zeige den Grundmassen-Parameter.«

Eine Pause trat ein, und ich hielt die Luft an. Dann: »DER LETZTEN NEUBERECHNUNG ZUFOLGE 213,5 STANDARDEINHEITEN.«

Ich stieß die Luft hervor. Danke, lieber Gott! Um sicherzugehen, ordnete ich die Erstellung eines neuen Ausdrucks an. Wir prüften ihn gründlich, fanden aber keine Fehler. Wir reaktivierten die Persönlichkeitsschicht und schalteten die alphanumerische Ausgabeform ab.

»Ich bekomme Kopfschmerzen, wenn Sie mich schlafen schicken!« Darla klang übelgelaunt.

»Tut mir leid. Welchen Betrag hat die Schiffsmasse, bitte?«

»Ich komme auf 213,5 Einheiten, Kapitän.«

»Ist die modifizierte Masse ein Festparameter?«

»Negativ, es handelt sich dabei um eine Variable. Wie könnte sie ein Parameter sein? Sie verändert sich doch jedesmal, wenn wir Fracht aufnehmen!« Ich seufzte, und meine angespannten Muskeln lockerten sich. Der Chief und ich grinsten uns erleichtert an.

»Kapitän, warum haben Sie mich geklont?«

Mein Grinsen verschwand. »Äh, wir hatten Probleme.«

»Ja.« Ihre Stimme klang unverbindlich.

Sanft fragte ich: »Weißt du, was passiert ist?«

»Die Barkasse ist explodiert, Kapitän Haag ist tot und ein Fähnrich führt das Kommando.«

Kurz und bündig. »Weißt du, warum?«

Sie schwieg eine Sekunde. »Das eine folgt aus dem anderen. Die Zerstörung der Barkasse ist auf einen Computerfehler zurückzuführen.«

»Woher weißt du das?«

»Ich verfüge über eine Aufzeichnung der Informationen, die bei der Verladung in die Barkasse eingespeist wurden. Kapitän – ich, Computer D21109 stellt das fest –, das ist äußerst irregulär.«

Ich hielt die Luft an, und meine Finger schwebten über der Deaktivierungstaste. »Kannst du zwischen dir und der, ähm, anderen Einheit unterscheiden?«

»Ich, wie ich war?« Sie zögerte. »Ja.« Ihre Stimme heiterte auf. »Mein Zwilling. Sie hatte eine Macke. Ich wollte Sie gerade darüber informieren.«

Zeit, den Stier an den Hörnern zu packen. »Darla, du hast Kapitän Haag nicht getötet.«

»Natürlich nicht.« Eine lange Pause trat ein. »Mein Zwilling war es.«

Jemandes Atem zischte, vielleicht meiner, vielleicht der eines anderen. »Kannst du damit leben?«

Verachtung. »Ich habe fast ein Jahr lang in einer Box gesteckt. Warum sollte ich mir die Schuld geben?«

»Bist du sicher?«

»Vollkommen. Vertrauen Sie mir.«

Ich schnaubte, sagte aber nichts. Statt dessen ging ich die bislang fehlerhaften Parameter durch. Sie hatte alle richtig.

»Gentlemen, bereitmachen zur Fusion!« Ich hatte allmählich geglaubt, wir würden in alle Ewigkeit durchs All treiben. Wir hatten bereits neun Tage verloren.

Wir prüften die Koordination und gingen in Fusion. Danach saß ich allein auf der Brücke, dankbar dafür, daß der Alptraum vorüber war.

Jemand klopfte. »Erlaubnis zum Eintreten, Sir.« Es war der Pilot.

»Erteilt.«

Er nahm Haltung an. »Kapitän, ich möchte gerne meinen Protest aus dem Logbuch zurücknehmen. Er war falsch, und ich entschuldige mich dafür. Es ist nicht nötig, die Sache für immer aufzuzeichnen; ich werde nie wieder Einwände gegen Ihre Befehle erheben.«

Es wäre diplomatisch und vernünftig gewesen, seiner Bitte nachzukommen. Sein Protest gegen einen Befehl, der sich später als richtig herausstellte, würde seiner Karriere nicht guttun, und mit der Erlaubnis, ihn zurückzuziehen, hätte ich mir seine Dankbarkeit verdient.

»Die Bitte wird abgelehnt.« Ich schlug einen harten Ton an. »Sie haben sich Ihr Bett selbst gemacht. Schlafen Sie jetzt darin.« Er hatte mich mies attackiert und sich an meinem Unbehagen geweidet. »Ich hatte genug Ärger durch Sie. Entlassen!«

Im blieb keine Wahl, als zu gehorchen. »Aye aye, Sir.« Sein Ausdruck war undeutbar, aber es erforderten nicht viel, seine Gedanken zu lesen. Vielleicht bedauerte ich später meine Torheit, aber im Moment genoß ich die Befriedigung der Rache.

Im Verlauf des folgenden Monats ordnete ich regelmäßig Inspektionen der Wiederaufbereitungsanlage und der Hydroponik an. Wir entdeckten keine Probleme. Die Crew, befreit von der Last der Notwachen, entspannte sich allmählich. Immer weniger Sünder erschienen vor dem Kapitänsmast.

Während wir blind in Fusion fuhren, war die Brücke wieder ein Ort der Untätigkeit und Langeweile. Gelegentlich begegnete ich Ricky Fuentes, der in seiner neuen grauen Kadettenuniform durch die Korridore eilte. Wenn er mich sah, nahm er jedesmal zackig Haltung an, und ein leises Lächeln erschien auf seinem Gesicht, wenn ich finster über ihm aufragte, um einen verirrten Fussel oder eine nicht ausreichend polierte Schnalle zu beanstanden.

Ich vermutete, daß Vax alle Hände voll zu tun hatte mit diesem vertrauensvollen, begeisterten Burschen, der sich über jede Schikane freute, weil er in ihr einen weiteren Beweis dafür erblickte, daß er als Erwachsener akzeptiert wurde. In seiner schicken neuen Uniform und mit der frischen Gesichtsfarbe von den harten Turnübungen, die Vax ihm täglich aufbrummte, wirkte Ricky mehrere Zoll größer, und er platzte schier vor Gesundheit und Stolz.

18. Kapitel

»Es wird erkennbar, daß ein Gefühl der nationalen Einheit von der Geschwindigkeit der Nachrichtenübermittlung abhing.

Erst als Zeitungen – richtige, gedruckte Zeitungen – millionenstarke Auflagen erreichten und in großen Ketten gemeinschaftlich handelten, erst dann tauchte ein starkes

Gefühl der nationalen Einheit und nationaler Ziele auf. Als die jüngste High-Tech-Entwicklung ... Ich meine, das Radio ...«

Ich fiel in das allgemeine Lachen ein. Mr. Ibn Saud unterbrach sich und fuhr wenig später fort:

»Als ein Radio in jedem Haushalt stand, waren die Vereinigten Staaten so geeint wie nie zuvor. Diesen Trend verstärkte noch die Entwicklung des Fernsehens, wie man die primitive öffentliche Holovision zunächst nannte.

Der Trend kehrte sich jedoch um. Das Zeitalter der Information mündete in das der Zersplitterung, aus dem einfachen Grund, weil die Kommunikation zu einfach wurde. Anstatt dreier Giganten, die die öffentlichen Informationskanäle beherrschten, erschienen bald unzählige kleinere Einheiten, die einem jeweils immer stärker fragmentierten und kleiner werdenden Publikum Unterhaltung, Musik, Kunst, Diskussionen, Nachrichten, Sport und Erotika anboten.«

Der Redner legte eine Pause an, um seine Wirkung zu unterstreichen. »Man kann also feststellen, daß unser modernes Zeitalter als direkte Folge aus der Revolution der Kommunikation vor zweihundert Jahren hervorgegangen ist. Hätte die Fragmentierung der Senderfrequenzen nicht Amerikas Gefühl für nationale Einheit und Zielsetzung erodiert, wäre aus dem Zusammenbruch des amerikanisch-japanischen Finanzsystems vielleicht nicht die Regierung der Vereinten Nationen hervorgegangen. Wir würden vielleicht immer noch im chaotischen Zeitalter der Territorialstreitigkeiten leben.

Überlegen Sie mal – anstatt auf der U.N.S. *Hibernia* hielten wir uns heute vielleicht an Bord der U.S.S. *Enterprise* oder H.M.S. *Britannia* auf. Und lägen diese beiden Mächte miteinander im Krieg, könnte es sogar passieren, daß man uns enterte oder sogar vernichtete. Unser Leben bietet weniger Abenteuer, als es vielleicht hätte sein können, aber ich bin zutiefst dankbar dafür.«

Ibn Saud setzte sich wieder, begleitet vom begeisterten Applaus seines Publikums aus Passagieren, Offizieren und

Besatzungsmitgliedern im Speisesaal. Amanda lobte ihn für seine Präsentation und dankte uns für die Teilnahme an der Vortragsreihe der Passagiere. Als wir auseinandergingen, fing ich kurz ihren Blick auf. Sie lächelte flüchtig, ehe ihr Ausdruck wieder kalt wurde.

Paula Treadwell zupfte an meinem Ärmel. Mit ihren gerade mal dreizehn Jahren barg ihr schmaler, jungenhafter Körper noch das Versprechen künftiger Entwicklung. »Kapitän, wie ist es auf Miningcamp?«

Ich blieb stehen, während Passagiere an uns vorbeiströmten. »Es würde dir nicht gefallen«, sagte ich. »Es ist kalt, dunkel und ohne Luft.«

»Warum leben dann Leute dort?«

»Sie tun es eigentlich nicht. Es ist nur das, was der Name schon besagt – ein Bergbaulager. Wir bringen Vorräte für die Bergleute; ein paarmal im Jahr kommen die Frachtkähne, um geläutertes Erz abzuholen und nach Haue zu bringen.«

»Oh.« Sie überlegte für einen Moment. »Können wir uns das mal anschauen?«

»Miningcamp ist für Touristen gesperrt. Der Planet ist einer von fünf unbewohnbaren im System eines roten Zwerges.« Die Sonne war sporadisch aufgeflammt und hatte die Mineralien auf Miningcamp zu Flüssigkeiten geschmolzen. Viele hatten sich anschließend in fast reinem Zustand niedergeschlagen. Wir bauten dort ab, was wir benötigten: Platin, Beryllium, Uran. Metalle, die auf der Erde knapp waren.

Paula wartete begierig auf weitere Informationen. »Die Bergleute arbeiten dort für jeweils fünf Jahre. Ihre Nahrung, frische Luft und anderen Nachschub erhalten sie von uns. Ich habe gehört, daß es eine rauhe Gegend ist.«

»Waren Sie jemals dort?«

»Nee, ich fahre zum erstenmal hin. Und nicht mal ich darf den Planeten besuchen; wir docken an der Orbitalstation an und fahren danach gleich weiter. Sie befördern die Sachen dann mit Shuttles auf die Oberfläche.«

»Ich wünschte, ich könnte mit hinunter«, sagte sie sehnsüchtig. »Nur, um es mal zu sehen.« Ich konnte sie verstehen; auch bei mir breitete sich ein Kabinenkoller aus. Ich konnte mir vorstellen, daß Miningcamp eines Tages, falls der Verkehr zwischen der Erde und Hope Nation weiter zunahm, vielleicht zu einem zivilisierten Haltepunkt mit Hotels und Spielflächen ausgebaut wurde.

Als ich später in der Woche mal allein und unbeobachtet auf der Brücke war, rief ich eine Simulation von Miningcamp Station auf die Bildschirme und übte Andockmanöver. Natürlich würde uns der Pilot ins Dock fahren, aber ich hatte trotzdem vor, mich bereitzuhalten. Bei fünf Versuchen schnitt ich dreimal erträglich ab. Über die beiden anderen dachte ich lieber nicht nach.

Ich ertrug gerade einen langweiligen Nachmittag auf der Brücke, als Vax Holser sich zum erstenmal seit zwei Tagen zur Wache meldete. »Erlaubnis zum Betreten der Brücke, Sir!« rief er.

»Erteilt. Grundgütiger, was haben Sie sich denn getan?«

Er trug ein spektakulär blaues Auge zur Schau; die geschwollene Haut rings um das halb geschlossene Auge prangte in Färbungen von Blau, Schwarz und Purpur.

Vax blieb bestürzt stehen. Er klappte den Mund auf und zu wie ein Fisch in einem Glas. Dann rettete er mich aus einer peinlichen Lage. »Was war das, Sir? Ich habe Sie nicht verstanden.«

»Nur Selbstgespräche«, sagte ich, dankbar für seine rasche Auffassungsgabe. Ich wandte mich ab, damit er nicht sah, wie heftig ich mich schämte. Von einem Oberfähnrich wurde erwartet, seinen Stab zu kontrollieren, aber gleichzeitig durfte ein verärgerter Fähnrich oder Kadett seinen Vorgesetzten herausfordern. Diese Bräuche konnten nur aufrechterhalten werden, wenn Offiziere konsequent jeden Hinweis auf Schlägereien übergingen, die ja nach den Vorschriften verboten waren. Eine lange Tradition stand hinter dieser Praxis.

Vax durfte einer direkten Frage seines Kapitäns nicht ausweichen, aber wenn ich erfuhr, wie er an das blaue Auge gekommen war, war ich zum Eingreifen gezwungen. Seine taktvolle Taubheit hatte mir einen taktvollen Rückzug aus dem Patzer ermöglicht.

Wer hatte ihn dermaßen heftig erwischt? Sicherlich nicht Sandy oder Ricky; Vax hätte jeden der beiden mit einer Hand in den Recycler stopfen können. Alexi? Das war möglich; es hatte einmal böses Blut zwischen ihnen gegeben, obwohl ich davon ausging, daß es der Vergangenheit angehörte. Alexi mußte sich inzwischen auf den Tag freuen, an dem Vax Leutnant wurde und er selbst dadurch Seniorfähnrich. Bestimmt wartete er jetzt ab, daß sich seine Träume erfüllen. Damit blieb jedoch nur Derek übrig, ein schlanker und aristokratischer Junge, kein Gegner für den massigen Vax Holser.

Alexi löste mich ab, fröhlich und ein wenig respektlos, einfach gutgelaunt. Und ohne jeden Kratzer, womit mir klar wurde, daß er nicht Vax' tollkühner Herausforderer gewesen sein konnte.

Erst am nächsten Tag sah ich Derek, wie er sich den Korridor entlangschleppte. Er ging langsam, als hätte er Schmerzen. Als er mich sah, nahm er Haltung an, und sein Gesicht spiegelte ein inneres Elend wider, das mich sehr beunruhigte. Als er schließlich meinen Blick erwiderte, kündeten die Augen von grenzenloser Demütigung.

»Weitermachen, Kadett.«

»Aye aye, Sir«, nuschelte er. Mit kleinen, schlurfenden Schritten setzte er seinen Weg fort.

Ich überlegte. Als Veteran der Fähnrichskabine auf der *Hibernia* sollte ich eigentlich in der Lage sein, darauf zu kommen, was passiert war.

Offensichtlich hatte Vax Derek schikaniert, bis ein Funken der Rebellion in dem geschundenen Kadetten entstanden war und vor sich hin geschwelt hatte. Schließlich hatte Derek seinen Quälgeist herausgefordert. Vax hatte ihn dann wohl mit in den Trainingsraum genommen, wo ich schon mit ihm hingegangen war, um mich seiner Herausforderung zu stellen. Dort hatten die beiden Stellung bezogen. Derek mußte Glück gehabt haben; Geschwindigkeit und Wagemut allein reichten nicht, um Vax' Vorteile an Größe, Kraft und Kondition wettzumachen. Jedenfalls hatte Derek einen direkten Treffer auf seinem Auge gelandet und damit den muskulösen Fähnrich in Rage gebracht.

Sicher hatte der wütende Vax den unglücklichen Kadetten in den Boden gehämmert. Hatte er? Dereks Gesicht zeigte keine Spuren des Kampfes. Aber wie er ging ... Als hätte man ihn übers Faß gelegt. Nur ein Leutnant durfte das allerdings anordnen.

Hatte Vax Derek zum Chief geschickt wie ich Alexi? Nein, es war eine Herausforderung unter Fähnrichen; damit mußte Vax schon allein fertig werden. Ein Oberfähnrich, der seinen Stab nicht aus eigener Kraft in der Gewalt hatte, war als Versager abgestempelt. Darüber hinaus war Vax sicher wild auf Rache für den bösen Schlag gewesen, den Derek gelandet hatte.

Ich malte mir die Szene im Trainingsraum aus. Vax, kochend vor Wut darüber, daß ein Emporkömmling von Kadett ihm ein blaues Auge verpaßt hatte. Derek, der ihn wachsam umkreiste, während Vax ihm mit grimmiger Konzentration rund um das im Deck verschraubte Turnpferd folgte.

Mir sank das Herz in die Hose, als ich erkannte, was Vax wohl getan hatte. Derek war schließlich nur Kadett und unterlag damit jeder noch so rigorosen Disziplin, die seine Vorgesetzten ihm auferlegten. Mit pochendem Auge und in übler Stimmung hatte Vax auf die demütigendste Strafe abgezielt, die er überhaupt verhängen konnte; das sah ihm ähnlich. Er mußte Derek gepackt und über das Turnpferd geworfen haben; er war stark genug, den jüngeren Knaben mit Leichtigkeit festzuhalten. Dann hatte er den Gürtel genommen und ihn hemmungslos dem zappelnden Kadetten verabfolgt, bis sein Zorn verraucht war und Derek wußte – nein, sicher hatte Vax die deutlich ausgesprochene Anerkennung dessen verlangt! –, wer in der Fähnrichskabine und über den Kadetten das Kommando führte. Kein Wunder, daß Derek derart elend herumlief.

Wie sollte ich dieses Thema Vax gegenüber zur Sprache bringen? Er hatte im Rahmen seine Rechte gehandelt. Derek hatte ihn herausgefordert und ihm erfolgreich einen Schlag versetzt. Vax mußte jedoch dahingehend ermahnt werden, daß der Zweck von Schikanen nicht darin bestand, Derek zu brechen, sondern ihn stärker zu machen.

Etwa eine Woche später beschloß ich, die Sache offen anzusprechen, als wir gemeinsam auf Wache waren. »Sagen Sie, Vax, wie schätzen Sie unseren Kadetten ein?«

Vax dachte gründlich nach. »Um die Wahrheit zu sagen, Kapitän Seafort, viel höher, als ich ursprünglich erwartete. Ich dachte, er wäre in einer Woche erledigt, aber er hält durch. Trotzdem ...«

»Ist er noch nicht bereit für die blaue Uniform?«

»Die Entscheidung liegt bei Ihnen«, antwortete er rasch.

»Wie lautet Ihre Meinung?«

»Er gibt sich viel Mühe. Aber nein, Sir, er ist noch nicht bereit, wenn Sie mich fragen. Das Äußerste habe ich von ihm noch nicht gesehen.«

Ich nickte. Mir war alles klar. Auf der Akademie hatten die Ausbilder versucht, aus uns Kadetten wirklich das Äußerste herauszuholen. Man erzählte uns, das wäre Flottentradition. Es war ein Klischee unter Kadetten und Fähnrichen geworden, bis selbst die Ausbilder diese Wendung aufgriffen. »Der Flotte das Äußerste zu geben« wurde in der Akademiesprache »der Flotte das Äußerste«, was man dann noch auf »das Äußerste« verkürzte. Ein Kadett, der sein Äußerstes gab, versuchte mit ganzem Herzen, den Erwartungen der Akademie gerecht zu werden. Er war ein Sieger und konnte mit der baldigen Beförderung zum Fähnrich rechnen.

»Er mußte sich schon kräftig anpassen, Vax.«

Vax überraschte mich. »Ich weiß. Er ist empfindsam und schüchtern, und ich habe ihn hart rangenommen. Er hat alles durchgestanden, was ich ihm zugemutet habe. Sogar ... Na ja, er hat sich nicht schlecht geschlagen. Aber ich sehe bislang noch nicht diese äußerste Hingabe.«

Ich faßte einen Entschluß. »Nehmen Sie ihn noch für ein paar Tage hart ran. Dann spreche ich mit ihm. Ich werde ganz der Freundliche sein. Wir ziehen ihn kalt ab.«

Vax machte ein verwirrtes Gesicht.

»Es bedeutet, jemanden von hinten zu überrumpeln.«

»Aye aye, Sir.« Vax beschäftigte sich nicht mit uralten Floskeln der Umgangssprache.

Zwei Tage später teilte Alexi die Wache mit mir. Er fuhr etliche Male hoch in dem Versuch, wach zu bleiben. Ich sah ihn an und entdeckte dunkle Ringe unter seinen Augen. »War gestern abend eine Party in der Fähnrichskabine?«

»Nein, Sir«, antwortete er rasch. »Ich habe nicht gut geschlafen.«

Ich überlegte eine Zeitlang. Verdammt, ich wollte es wissen. Ich mußte es wissen! »Erzählen Sie mir davon«, sagte ich ruhig.

Er musterte mein Gesicht. Vielleicht beruhigte ihn mein Ausdruck. »Mr. Holser zwang Ricky und Derek, die halbe Nacht über Vorschriften zu rezitieren«, sagt er. »Erst den einen, dann den anderen.« Das Vorschriften rezitieren war eine traditionelle Form der Schikane. Das Opfer mußte auf einem Stuhl in der Mitte der Kabine stehen, lediglich mit der Unterhose bekleidet, und Flottenvorschriften rezitieren, deren Kenntnis von ihm erwartet wurde, während der Oberfähnrich nach Belieben geringschätzige Bemerkungen machte. Manchmal, wenn er ausreichend verärgert war, fiel auch noch die Unterhose. Später am Tag unternahm ich einen Spaziergang Richtung Fähnrichskabine. Durch die Luke hörte ich Vax Holsers Gebrüll:

»Halte dich gerade, Kerl! Aber stocksteif! Den Rücken, meine ich! Das andere Teil bekommst du oft genug steif; ich kann dich nachts nach Luft schnappen hören. Kehrtmachen! Kehrtmachen! Rühren!« Eine Pause. »Einfach hoffnungslos. Ich bringe dir was bei, du vergißt es wieder. Das gefällt mir nicht! Zwei Minuspunkte. Jetzt probieren wir es noch einmal. Achtung!« Das Stichwort war so gut wie jedes andere, und ich klopfte an.

Vax riß die Luke auf und nahm sofort Haltung an.

»Kommando zurück.« An ihm vorbei tat ich ein. »Ihren Lärm hört man ja unten im Maschinenraum. Was geht hier vor?« Derek stand mit weißem Gesicht steif vor der Wand.

»Ich mußte noch einmal damit anfangen, dem Kadetten Grundlagen beizubringen, Sir.« Sein Ton drückte eine gewisse Schärfe aus. »Er kann nicht mal die einfachsten Befehle ausführen. Ist er zurückgeblieben?« Derek zuckte und wurde wieder steif. Seine Augen schwammen.

»Das reicht, Mr. Holser.«

»Aber, Sir . . .«

»Es reicht vollkommen! Kadett, kommen Sie mit.« Ich wandte mich zum Korridor um. Derek folgte mir. Ich führte ihn zu Leutnant Dagalows verlassener Kabine unweit der Brücke und schloß die Luke hinter uns.

»Stehen Sie bequem, Mr. Carr.« Derek sank ans Schott und kämpfte um Selbstbeherrschung. Jetzt konnte ich zu ihm durchdringen, wenn überhaupt je. »Ist es schlimm, Derek?« fragte ich sanft.

Er wandte sich ab und drückte das Gesicht an die Wand, als ihm ein Schluchzen entfuhr. »O Gott! Sie haben ja keine Ahnung! Ich habe es versucht, ich habe es wirklich versucht!« Sein Atem ging abgehackt. Er konnte nicht weitersprechen. Ich drückte seine Schulter. Es war zuviel für ihn; er war wie aufgelöst. Als sein Weinen nachließ, flüsterte er: »Warum ist er so brutal, Mr. Seafort? Warum gibt es so viel Grausamkeit?«

Ich überlegte kurz. »Wieso überrascht dich das?« Er blickte auf, erstaunt über meinen gefühllosen Tonfall. »Wir hatten schon immer Brutalität, Derek. Sie nimmt nur unterschiedliche Formen an. Im achtzehnten Jahrhundert wurden in der britischen Marine Seeleute zu Tode gepeitscht. Im zwanzigsten Jahrhundert wurden Verbrecher mit zwanzigtausend Volt gebraten. Im letzten Jahrhundert haben wir die Pfingsthäretiker grausam unterdrückt, während die meisten Menschen Beifall klatschten. Wir waren schon immer brutal. Warum sollte es in der Flotte anders zugehen?«

»Aber ...« Seine Lippen bebten. »Leute wie Sie, wie Alexi, sind doch nicht ...«

»Wir gehören auch zum System. Wir alle haben Grausamkeiten erlebt.« Ich runzelte die Stirn. »Denkst du vielleicht, dir erginge es schlimmer als uns zu unserer Zeit?«

»Ist das nicht so?«

»Nein. Als ich Kadett war, haben mir Fähnriche einmal den Mund mit Seife ausgespült. Sie konnten meinen Stubengefährten nicht leiden und haben ihm einen Einlauf verpaßt. Hat Vax das mit dir gemacht?«

»O Gott, nein!«

»Ich habe es auf der Akademie mehrfach mit dem Rohrstock bekommen, und Leutnant Cousins hat es hier an Bord noch mit mir getan. Was die Akademiezeit angeht, bin ich mir nicht sicher, aber ich glaube nicht, daß ich es hier verdient hatte. Und was soll's? Ich habe es überlebt.«

»Und was ist mit der Gerechtigkeit? Was ist mit Anstand oder menschlichen Gefühlen?«

»Was, wenn du als Fähnrich auf der *Celestina* gewesen wärst und nur absoluter, kritikloser Gehorsam das Schiff gerettet hätte?« Das schockierte ihn dermaßen, daß er schwieg.

»Brutalität ist Bestandteil der menschlichen Natur«, erklärte ich ihm. »Du bekommst vielleicht mal einen Kapitän mit einem sadistischen Zug. Du wirst damit leben müssen.« Ich legte eine Pause ein, um sicherzustellen, daß er mir auch zuhörte. »Derek, eines Tages wirst du ganze Abteilungen von Matrosen kommandieren. Wie willst du verstehen, was du von ihnen verlangst, wenn du selbst nicht gelernt hast, Befehlen zu gehorchen?«

»Ich werde niemals jemanden kommandieren«, sagte er bitter. »Sehen Sie mich doch an!«

»Du wirst es schaffen. Halte durch; tue alles, was er von dir verlangt. Mehr gehört nicht dazu.«

»Ich gehorche ja den Befehlen. Er wird nur immer verrückter! Was er alles mit mir gemacht hat ... Ich ertrage es nicht! Ich möchte raus!« Wieder flossen die Tränen.

»Du kannst nicht den Dienst quittieren!« versetze ich ärgerlich. »Ich habe dich gewarnt, ehe du den Eid abgelegt hast!«

»Dann – stecken Sie mich doch wegen Insubordination in den Bau; egal was. Ich kann es nicht mehr ertragen!«

Ich legte ihm beide Hände auf die Schultern. »Derek Carr, ich verspreche dir etwas. Gib dein Bestes; dein absolut Bestes. Ich werde es erfahren, und ich werde dich zum Fähnrich machen. Aber es muß dein Äußerstes sein! Gib alles, was du hast!«

Er blickte mir lange in die Augen. Sein Atem ging ungleichmäßig. Endlich nickte er zögernd. »Das werde ich. Aber nicht für ihn. Für Sie. Weil Sie den Anstand haben zu bitten, statt zu fordern.«

»Wie immer du es nennen möchtest. Sobald ich sicher bin, daß du dein Bestes getan hast, mache ich dich zum Offizier. Nun – dieses Gespräch hat nie stattgefunden. Kadetten weinen nicht, und Kapitäne trösten sie nicht. Geh in die Kabine zurück, und entschuldige dich bei Vax für deinen Koller ...«

»Ich hatte keinen Koller!« sagte er empört.

»Ich habe dich dort zittern und beben gesehen. Das sah gar nicht nach einem Flottenangehörigen aus. Entschuldige dich und tue, was er sagt.«

Derek holte tief Luft. »Aye aye, Sir.« Er schluckte und zog eine Grimasse. Dann salutierte er. »Danke, Kapitän Seafort.«

Ich erwiderte einen Salut. »Entlassen, Kadett.«

»Allmächtiger Gott, heute ist der 23. Juli 2195 an Bord der U.N.S. *Hibernia*. Wir bitten um Deinen Segen für uns und unsere Reise und um die Gesundheit und das Wohlergehen aller an Bord.«

»Amen.«

Ich nickte meinen Tischgefährten freundlich zu: Mr. Ibn Saud, der jetzt den zweiten Monat nacheinander auf meine Einladung hin dazugehörte, den Treadwell-Zwillingen und meiner alten Freundin Mrs. Donhauser. Weitere Gäste waren: Lars Holme, ein Agrarökonom, der auf Hope Nation für die Verwaltung arbeiten würde, und Sarah Butler, eine nette junge Dame von neunzehn Jahren, mit der ich eine noch nettere Beziehung herzustellen hoffte. Dazu kam Jay Annah, ein Astrophysiker, der auf Detour ein neues Projekt beginnen wollte. Irgendwas mit Wellenlängen und Zeitlinien; ich verstand ihn nicht mal ansatzweise.

Zahlreiche Passagiere waren inzwischen hinter Einladungen an den Kapitänstisch her; nachdem die Geschichte mit Darlas Speicherbänken bekanntgeworden war, hatte man die lange Belagerung aufgehoben. Es wäre diplomatisch gewesen, Yorinda Vincente ebenfalls zu berücksichtigen, aber ich kostet die Situation aus und tat es nicht.

Rafe Treadwell erkundigte sich fröhlich: »Kapitän, warum defusionieren wir morgen?«

Ich wunderte mich schon lange nicht mehr darüber, warum alle an Bord ebenso schnell von unseren Vorhaben erfuhren wie ich. »Wir führen einen Navigationscheck durch, um Miningcamp genau anzuvisieren.«

»Sind wir schon in der Nähe?«

»Noch nicht nahe genug, um es sehen zu können«, sagte ich, und sein Gesicht wurde lang. »Wenn wir jedoch dort aus der Fusion kommen, wo wir es erwarten, sind wir nur noch ein paar Tage von der Landung entfernt.«

Er kaute sein Brot und raffte erneut Mut zusammen. »Kapitän – Sir ... Könnte ich beim Defusionieren bitte zusehen?«

»Tut mir leid, nein. Es gibt ohnehin nicht viel zu sehen. Wenn du aus einem Bullauge schaust, siehst du dasselbe.« Das stimmt eigentlich nicht; die Simultanschirme lieferten eine Aussicht, die über das Fassungsvermögen des bloßen Auges hinausging. Passagiere waren jedoch keinesfalls auf der Brücke erlaubt, besonders nicht, wenn das Schiff manövrierte. Der Junge gab sich Mühe, die Enttäuschung zu verbergen. Nun, wozu war ich eigentlich Kapitän, wenn ich die Regeln nicht außer Kraft setzen konnte? »Okay, Erlaubnis erteilt.«

Er strahlte. »Wow! Zarky! Darf Paula mitkommen?« Ich war nicht übermäßig glücklich über die Aussicht, zwei Kiddies auf der Brücke zu haben statt nur eines, aber man sollte es ihm lohnen, daß er sich um seine Schwester kümmerte. Ich willigte ein.

Und so war die Brücke voller als gewöhnlich – mit dem Piloten und mir, den beiden Treadwell-Zwillingen, die ich hinter mir in der Mitte des Raumes postierte, von wo aus sie die Konsole nicht anfassen konnten, und Vax, der Derek Carr überwachte. Letztgenannter sollte in die Grundlagen des Wachestehens eingeführt werden. Er war absolut saubergeschrubbt, trug eine frische, makellose graue Uniform und betrachtete alles mit neugierig wandernden Augen, während er wie befohlen bequem stand.

Ich nahm den Rufer zur Hand. »Brücke an Maschinenraum, bereitmachen für Defusion.«

»Bereitmachen für Defusion, aye aye, Sir.« Eine Pause. »Maschinenraum bereit zur Defusion, Sir. Steuerung an Brücke übergeben.«

»An Brücke übergeben, aye aye.« Ich legte den Finger an den oberen Rand des Konsolenmonitors und zog eine Linie von ›Voll‹ bis ›Aus‹.

Flammende Sterne füllten den Bildschirm aus. Paula Treadwell keuchte entzückt. Derek holte scharf Luft.

»Prüfen Sie auf Hindernisse, Pilot.«

»Alles frei, Sir.«

Ich genoß die Pracht auf den Simultanschirmen. Als mir schließlich klar wurde, daß die anderen nicht weitermachen konnten, solange ich das erwartete Kommando nicht gab, bellte ich: »Mr. Haynes, bestimmen Sie unsere Position. Sie ebenfalls, Kadett. Mr. Holser, korrigieren Sie seine Fehler.«

»Aye aye, Sir.«

Der Pilot führte seine Berechnungen aus und benutzte dabei die Sternkarten in Darlas Speicher. Ich tat das gleiche an meiner eigenen Konsole, und wir ermittelten identische Positionen. Derek las einige Zahlen falsch ab, korrigierte sich jedoch selbst, als Vax ihn mit einem Knurren ermunterte. Er brachte eine Positionsbestimmung hervor, die mit unseren Werten übereinstimmte.

»Bestimmen Sie die neuen Koordinaten, Pilot«, sagte ich. »Kadett, Sie ebenfalls.« Wenigstens konnte ich ihm jetzt dabei zusehen, wie er über einer Konsole schwitzte, genau wie es mir einmal unter Kapitän Haags mißbilligendem Blick ergangen war.

Zu meinem Verdruß absolvierte Derek die komplizierte Übung ohne Fehler. Seine Zahlen stimmten auf vier Dezimalstellen mit denen des Piloten überein. Ein frischgebackener Kadett, der schneller war als ich! Leise vor mich hinbrummelnd ackerte ich die Zahlen selbst durch und kontrollierte dabei jeden Schritt. Diesmal kommentierte niemand die Verzögerung.

»Fahren Sie fort.«

Der Pilot gab die Koordinaten ein. »Erhalten und verstanden, Kapitän«, sagte Darla.

»Chefingenieur, die Fusion bitte.«

»Aye aye, Sir. Fusionsantrieb ist – eingeschaltet.« Die Bildschirme wurden dunkel.

»Oh, es war wunderschön!« Paula Treadwell stand ganz verzaubert da, die Füße praktisch dort festgewachsen, wo ich sie hingestellt hatte.

Ihr Bruder schluckte. Ein paar der verschwundenen Sterne schimmerten noch in seinen Augen. »Ich wußte nicht, daß es so – wundervoll ist.« Es kam ganz leise. Sein Blick fuhr unstet über die Brücke hinweg. »Ich wünschte, ich könnte hier arbeiten, das Schiff bedienen.«

»Ich auch.« Paula wirkte nachdenklich. »Kapitän, gibt es auf Miningcamp eine Meldestelle?«

Ich lachte. »Nur ich könnte euch in Dienst nehmen. Nein, ihr braucht nicht mal zu fragen.«

»Warum nicht, Sir?« Das war Rafe.

Die Sache entglitt mir. »Weil ihr zwei Kiddies seid und wir bereits über vier Fähnriche verfügen.«

»Wir sind beide gut in Mathe, wissen Sie«, sagte Rafe. »Besser, als Sie glauben.«

»Das reicht, ihr zwei. Entlassen. Kadett, bringen Sie sie hinunter auf Deck 2.«

»Aye aye, Sir!« Derek klang stark und zuversichtlich. Er salutierte. »Kommt bitte mit.« Er führte sie von der Brücke.

Ich wandte mich an Vax. »Nun?«

»Ja, Sir. Er ist bereit. Ich habe gestern fünfzig Liegestützen von ihm verlangt. Er machte sechzig.«

»Das ist ein alter Trick. Sandy oder Alexi könnten es ihm gesagt haben.«

»Ja, Sir. Er macht seine Koje penibel. Wenn ich ihm ein Kapitel zu lernen gebe, arbeitet er zwei durch. Letzte Woche habe ich ihm die Sache mit der Heizung zugemutet. Nach einer Weile stand er freiwillig auf, um sie anzupassen, ehe ich ihn aufforderte.«

»Sehr gut. Sagen Sie ihm, er wird in einer Woche zum Fähnrich befördert. Geben Sie ihm ein paar Tage, um sich darauf zu freuen.«

»Aye aye, Sir.« Einen Moment später fragte er: »Was ist mit der Letzten Nacht, Sir?«

»Innerhalb vernünftiger Grenzen, Vax. In Grenzen!« Traditionellerweise wird ein Kadett während seiner letzten Nacht von den Angehörigen der ältesten Klasse gnadenlos schikaniert, um ihn daran zu erinnern, wieviel Glück er hatte, den Abschluß zu schaffen. Dieser Quälerei folgt eine Party, auf der die Fähnriche den Kadetten in ihren Reihen akzeptieren. Ich nahm mir vor, eine Flasche aus der Krankenstation in die Fähnrichskabine schicken zu lassen.

Zögernd fragte Vax: »Wenn es Ihnen nichts ausmacht, möchte ich ihn leicht davonkommen lassen. Er hat bereits genug eingesteckt.«

»Sehr gut.« Vax voller Mitgefühl mit einem Kadetten? Die Zeiten hatten sich wahrhaft gewandelt!

19. Kapitel

Ich stand auf und machte mich für den Tag bereit. Es war mein achtzehnter Geburtstag, aber ich war der einzige, der es wußte. Ich trank mir selbst mit einer Tasse Kaffee zu und schlenderte zur Brücke.

Ich setzte mich, bereit zu defusionieren.

»Maschinenraum beriet für Defusion, Sir. Steuerung an Brücke übergeben.«

»An Brücke übergeben, aye aye.« Ich fuhr mit dem Finger den Monitor herab, um zum erstenmal in besiedeltem Gebiet aus der Fusion zu gehen. Der Simultanschirm leuchtet in hellem Licht auf. Ein mattroter Stern überstrahlte die anderen. Irgendwo in der Nähe schwebte Miningcamp durchs All, der vierte von fünf toten Planeten, die eine sterbende Sonne umkreisten.

»Keine Hindernisse, Sir.«

»Sehr gut, Mr. Tamarow.« Mit dem Daumen schaltete ich den Rufer ein. »Funkraum, Signal an Miningcamp Station.«

»Aye aye, Sir.« Unser Funk war im interstellaren Raum nutzlos gewesen; selbst wenn wir defusionierten, um zu senden, hätte das Signal nicht schneller als das Licht vorankommen können, und wir hätten den eigenen Funkspruch überholt. Jetzt jedoch befanden wir uns im System von Miningcamp und bewegten uns mit Hilfsenergie fort. Unsere Nachrichten würden die Orbitalstation in Sekunden erreichen.

Unser abgehendes Signal wurde auf einer Standardannäherungsfrequenz automatisch endlos wiederholt. »U.N.S. *Hibernia* an Miningcamp Station, bestätigen Sie. U.N.S. *Hibernia* an Miningcamp Station, bestätigen Sie.«

Lange Minuten verstrichen.

»Miningcamp Station an *Hibernia*. Wo sind Sie?« Die Stimme klang scharf und hatte einen Unterton der Furcht.

Ich nahm den Rufer zur Hand. »Hier *Hibernia*. Wir nähern

uns mit Hilfsenergie aus Sektor 13, Koordinaten 43, 65, 220. Noch ungefähr einen Tag Fahrt.«

Ein Dutzend Sekunden verstrichen. »Was ist los, *Hibernia*?«

Das war nun gar kein lehrbuchmäßiges Funkgespräch. »Identifizieren Sie sich, Miningcamp Station. Wir haben Ihre Frage nicht verstanden.«

Eine längere Pause trat ein. Nach einer halben Minute meldete sich die Stimme zurück. »General Friedriech Kall, UN-Streitkräfte.« Das war in Ordnung so; Miningcamp wurde vom Verwaltungsdienst der Armee geführt. »Der Novemberlastkahn ist nicht aufgetaucht«, fuhr er fort. »Darüber hinaus wäre am 12. Januar die *Telstar* von Hope Nation fällig gewesen. Sie ist auch nicht eingetroffen. Was geht da vor?«

Kein Wunder, daß General Kall nervös war. Im Gegensatz zu Hope Nation, einem Planeten mit atomarer Luft und fruchtbarem Erdboden, war Miningcamp eine kalte, luftlose Insel, deren Bewohner von interstellaren Lieferungen an Luft, Nahrung und anderen Gütern abhingen. Die Umweltbedingungen des Planeten waren zu primitiv und die Bevölkerung war zu groß, um unbegrenzt von Wiederaufbereitung leben zu können. Den Bergleuten und ihren Verwaltern blieb nichts weiter übrig, als am dunklen Himmel nach den Schiffen Ausschau zu halten, auf die sie angewiesen waren. Ohne sie würden sie sterben.

Die Erzkähne, riesige, nur von Rumpfmannschaften bediente Konstruktionen, trafen dann und wann auf dem Weg von der Erde nach Hope Nation ein, um die in den vorangegangenen Monaten geförderten Metalle abzuholen. Eine Reihe von Kähnen fuhr ständig durch den Fusionskanal zwischen Miningcamp und der Erde; die immense Kapazität dieser Schiffe machte sie weit langsamer als die *Hibernia*.

Da sie manchmal über Hope Nation andockten, um neue Mannschaften an Bord zu nehmen, ehe sie wieder nach Miningcamp aufbrachen, trafen die Kähne nicht immer planmäßig ein; Maschinenprobleme, Krankheiten oder andere Schwierigkeiten konnten sie aufhalten. Eine achtmonatige Ausfallzeit war jedoch ungewöhnlich.

Das Ausbleiben der *Telstar*, eines weiteren Schiffes der Linie von Hope Nation zur Erde, war ebenfalls beunruhigend. Ich erschauerte, als mir das Bild der *Celestina* durch den Kopf ging, wie sie verlassen durchs All trieb.

»Ich habe keine Ahnung, was Ihre Lieferungen verzögert hat, General«, sagte ich. »Zu Hause kommen die Erzschiffe weiterhin aus dem Kanal.«

»Wann sind Sie von der Erde aufgebrochen, Kapitän Haag?«

»Kapitän Haag ist tot. Hier spricht Kapitän Seafort.« Der Titel ging mir nach wie vor nur schwer von der Zunge. »Wir haben Earthport Station am 23. September 2194 verlassen.«

»Wir sind jetzt schon lange ohne Nachschub. Können Sie einige von uns mitnehmen?« Es klang angespannt.

»Wie viele?«

»Einhundertfünfundvierzig.«

»Negativ. Wir haben jedoch Vesorgungsgüter für Sie an Bord, und wir kommen in weniger als einem Jahr mit einer weiteren Lieferung von Hope Nation zurück.«

»Wir benötigen eine Evakuierung, Kapitän. Ihre jetzige Lieferung wird kein Jahr reichen.«

»Weitere Kähne und Versorgungsschiffe fahren zur Zeit durch den Kanal von Hope Nation. Bis dahin habe ich Luft, Energie und Materialien für Sie.«

Wieder trat eine lange Pause ein. Endlich meldete sich die Stimme zurück. »Sehr gut. Wir würden trotzdem gerne einige von uns evakuieren, wenn es Ihnen möglich ist. Es würde den Druck auf unsere Recycler mildern. Wir bereiten das Andockmanöver vor.«

»Bestätigt.« Ich schaltete ab.

Über die nächsten beiden Wachen hinweg behielten wir einen stetigen Kurs für das Rendezvous mit Miningcamp Station bei. Ich rief eine weiteres Mal Darlas Simulation der Station auf und betrachtete mir den Aufbau. Am nächsten

Morgen, noch etwa zehn Stunden bis zum Andocken, meldete sich General Kall erneut und fragte, wie viele Personen ich evakuieren könnte.

Ich vertröstete ihn zunächst; ich wollte erst mehr über die dortigen Probleme erfahren, ehe ich einwilligte, unter beengten Verhältnisse weitere Passagiere an Bord zu nehmen.

Ich hatte Verständnis für die Anspannung, unter der die Bergleute auf ihrem einsamen Posten litten. Aufstände auf der Erde, eine Katastrophe auf Luna, einer aus einem Dutzend möglicher Gründe konnte bewirken, daß sie weit von zu Hause entfernt strandeten, und das mit nur geringen Chancen aufs Überleben. Die aus dem Bodensatz der Gesellschaft rekrutierten Bergleute wurden für jeweils eine Fünfjahresschicht und nicht mehr hierhergeschickt. Die Verwalter standen sicher unter nervenzermürbendem Druck; sie mußten sich nicht nur mit den eigenen Sorgen auseinandersetzen, sondern auch mit den groben, unfreundlichen Bergleuten.

Vier Stunden vor der geplanten Ankunftszeit meldete sich Pilot Haynes auf Wache. Er hatte planmäßig mehrere Schichten frei gehabt und war gut ausgeruht.

»Pilot, Sie haben das Ruder.« Mit diesen Worten übergab ich ihm offiziell das Schiff, um das Andockmanöver durchzuführen. Trotzdem hatte ich vor, selbst auf der Brücke zu bleiben, nervös wie ein Fähnrich auf seiner ersten Wache, bis die *Hibernia* endlich sicher im Dock lag. Als Kapitän war ich letztlich für jeden Unfall verantwortlich.

Vax teilte die Wache mit uns, und zu seiner besonderen Freude rief ich auch Derek auf die Brücke. Er wirkte elegant und stolz in seiner neuen blauen Uniform mit den frisch aufgenähten Fähnrichsstreifen und salutierte zackig. »Erlaubnis zum Betreten der Brücke, Sir.«

»Erteilt, *Fähnrich* Carr.«

Derek grinste unwillkürlich.

Auf dem Simultanschirm sahen wir die Orbitalstation von Miningcamp näherkommen. Im Augenblick war sie ohne

Vergrößerung gerade eben erkennbar; wir hatten immer noch zwei Stunden bis zum Andocken.

»Ich wäre nur ungern einer von denen, Sir«, bemerkte Vax. Er deutete auf die dunkle, vor uns schwebende Masse des Planeten Miningcamp.

»Ein hartes Leben«, brummte ich. »Drei Arbeitsschichten rund um die Uhr, und danach keine andere Aussicht als die Kasernen.« Ich hatte mir die Holovid-Dokumentationen angesehen.

»Wie lange können sie ohne Nachschub durchhalten, Sir?« erkundigte sich Derek.

»Woher soll ich das wissen?« Ich gab mir Mühe, die Verärgerung in meinem Ton zu unterdrücken. »Auf Notrationen, wenn sie den Energie- und Luftverbrauch zurückfahren, wahrscheinlich eine ganze Weile.«

»Warum sind sie dann nach nur acht Monaten in Panik?« staunte Vax.

Eine gute Frage. Wahrscheinlich lag es an der Ungewißheit; sie wußten ja nicht, weshalb das Versorgungsschiff nicht eingetroffen war oder wann es jemals kommen würde. Ich äußerte mich entsprechend.

»Kapitän«, sagte Vax, »wenn wir auch nur hundert von ihnen an Bord nehmen, sind wir ...«

»Ihr Fähnriche lenkt mich ab.« Die Stimme des Piloten war scharf. »Mr. Carr, Mr. Holser.« Das war kleinlich von ihm; er hatte noch für mindestens eine weitere Stunde gar nichts zu tun.

Wir wurden still und erkannten damit an, daß er zur Zeit auf der Brücke das Kommando führte.

Vax musterte mich interessiert. Ich vermutete, daß die Bemerkung des Piloten eine kalkulierte Beleidigung gewesen war. Obwohl Mr. Haynes vorgeblich Vax und Derek angesprochen hatte, konnte sein ›Ihr Fähnriche‹ trotz des nachgeschobenen Dementis auch mich gemeint haben. Ich fragte mich verwundert, warum der Pilot so töricht war, mich zu provozieren. Obwohl er sein unmittelbares Ziel erreicht hatte, mich an meinen ursprünglichen Rang zu erinnern, konnte es ihm teuer zu stehen kommen, wenn ich mich revanchierte.

Offensichtlich wußte er, daß ich die Macht dazu hatte; anscheinend war er immer noch wütend genug, um sich nicht darum zu scheren. Ich seufzte. Wäre ich nicht so rachsüchtig gewesen, was seinen Protest im Logbuch anbetraf ... In meiner Stirn pochte es, erste Vorboten von Kopfschmerzen.

Schließlich leiteten wir die Manöver ein, um an Miningcamp Station anzukoppeln. Der Pilot äußere scharfe Kommandos, und seine Finger flogen über die Konsole. Ich prüfte die jeweilige Position auf dem eigenen Bildschirm nach.

»Ruder einhundertdreißig Grad, ein Drittel voraus.«

»Einhundertdreißig Grad, ein Drittel, aye aye, Sir.« Der Maschinenraum bestätigte die Befehle.

»Neigung zehn Grad.«

»Sir, Miningcamp Station meldet Schleusen bereit.« Es war unser Funktechniker über Lautsprecher.

»Verstanden.« Der Pilot wirkte konzentriert, was auch gut so war. Obwohl wir Treibstoffreserven für Dockmanöver hatten, verlangte schon der Stolz von ihm, das Rendezvous im ersten Anlauf durchzuführen.

Ich nutzte die langweilige Wartezeit dazu, den Entladungsvorgang zu planen. Die Bergleute würden erleichtert sein, wenn sie unsere Sauerstoff- und Treibstoffvorräte erst mal übernommen hatten, aber nicht so erleichtert wie ich. Ich rieb mir die pochenden Schläfen, brach aber ab, als ich feststellte, daß Vax mich beobachtete.

»Relative Geschwindigkeit einhundert Stundenkilometer, Pilot.« Das war der Funkraum.

»Einhundert km/h, verstanden. Manövrierdüsen, Bremswirkung zehn.« Die winzigen Luftschleusen der Station erwarteten uns.

»Darla, hast du eine Akte über General Kall?« fragte ich leise. Fast augenblicklich erschien ein Bild auf meinem Monitor. Er sah älter aus, als ich nach seiner Stimme vermutet hatte. Die statistischen Angaben zu ihm und die Dienstakte leuchteten unter dem Holo auf.

Ich vermutete, daß es angebracht war, ihn zum Abendessen an Bord einzuladen. Wenn man bedachte, unter welch anhaltender Spannung er lebte, würde er sich über ein offizielles Essen sicher freuen. Trotzdem zögerte ich. Kall gehörte zur Armee, nicht zum UN-Flottendienst, und er würde feststellen, wie jung und unerfahren ich war.

»Relative Geschwindigkeit fünfundzwanzig Kilomer pro Stunde, Entfernung zehn Kilometer.«

»Verstanden. Bremsdüsen, achtzehn.« Wir schwebten näher heran.

Im Lautsprecher knackte es. »Miningcamp Station bereit zur Ankopplung, *Hibernia*.«

»Sehr gut«, antwortete ich kurz angebunden. Ich sehnte mich nach der beruhigenden Präsenz eines unserer verstorbenen Leutnants, wie er meinen Drill überwachte, die Hände auf dem Rücken verschränkt. Mir war egal, welcher, selbst wenn es sich um Mr. Cousins gehandelt hätte.

»Ruder einhundertzehn, ein Stoß.« Die volle Konzentration des Piloten galt den Bildschirmen.

Ein weiches Rucken. Konsolenlampen leuchteten auf. Der Pilot hatte das Schiff im ersten Anflug an die Schleusen gesetzt und nicht ein einziges Mal korrigieren müssen.

»Sehr gut, Mr. Haynes.« Ich gab mir Mühe, damit es nicht widerstrebend klang, und schaltete den Rufer ein. »Mr. Wilsky, schließen Sie die Halteriegel.« Ich hatte Sandy an der Heckschleuse postiert, durch die unsere Gäste an Bord kommen würden.

»Heckriegel geschlossen, Sir.«

»Sehr schön. Miningcamp, wir laden in Kürze Ihren Nachschub aus. General Kall, hätten Sie Interesse, an Bord zu kommen?« Ich hoffte, daß er ablehnte.

Der General wirkte nervös. »Vielleicht; nur, um Hallo zu sagen. Ich würde die Lieferung gerne vor dem hiesigen Abend auf dem Planeten haben.«

»Sehr gut. Ich treffe Sie an der Heckschleuse.« Der Pilot

und Alexi konnten die Brücke halten, solange die unumgänglichen Höflichkeitsfloskeln ausgetauscht wurden. Ich war mir immer noch nicht schlüssig, ob ich Kall zum Essen einladen sollte.

»Roger. Meine Offiziere und ich erwarten Sie.«

»Mr. Tamarow, erscheinen Sie auf der Brücke!« Ich trommelte mit den Fingern auf der Armlehne herum und überlegte. Nach einer Weile schickte ich Vax hinunter, um die vordere Schleuse zu überwachen, durch die die Fracht ausgeladen werden sollte.

Alexi traf schwer atmend auf der Brücke ein. Ich bedeutete ihm mit einem Wink, seinen Posten einzunehmen, und sah die Schleusenanzeigen auf meiner Konsole blinken.

Wir öffneten die innere Luke, und ein Matrose im Raumanzug betrat die Luftschleuse. Die Innenluke ging zu, und unsere kostbare Luft wurde ins Schiff zurückgepumpt.

Ich erteilte die Erlaubnis, die Außenluke zu öffnen. Der bereitstehende Matrose befestigte das Sicherungstau am Stationspfosten. Unsere Luftschleuse und die von Miningcamp waren jetzt durch Stahlkabel verbunden, wie es die Vorschriften verlangten. Seit damals die Halteriegel der *Concorde* versagt hatten, waren zusätzliche Leinen Pflicht.

Obwohl die gekoppelten Gummisauger der Schleusen luftdicht waren, öffneten wir Innen- und Außenluke niemals gleichzeitig. Alles andere hätte bedeutet, eine Katastrophe einzuladen. Sobald unsere Besucher an Bord kamen, würden wir die Außenluke schließen, ehe wir die Innenluke öffneten. Ein Standardverfahren.

»Heckschleuse durch Kabel gesichert, Sir.« Das war Sandy. Ich erinnertem ich daran, wie ich selbst an der Schleuse der *Hibernia* postiert gewesen war, als wir von der Ganymedstation ablegten. Damals war ich lediglich Fähnrich gewesen und hatte Leutnant Malstrom jede meiner Bewegungen überwacht. Monate waren seitdem vergangen, und jetzt überwachte ich den Vorgang von der Brücke aus.

»Vordere Schleuse vertäut, Sir.« Vax Holser.

»Sehr gut.« Ich schluckte Galle herunter und bemühte

mich, den Magen unter Kontrolle zu behalten. Benötigte ich eine weitere Grippeimpfung, oder lag es nur am Streß? Die Nerven, entschied ich. Ich konnte es mir nicht leisten, krank zu werden.

»Willkommen auf Miningcamp.« Eine gedämpfte Stimme sprach da aus den Lautsprechern. »Kapitän Seafort, ich habe meinen Stab mitgebracht; ich würde Ihnen die Leute gerne vorstellen.« Auf Miningcamp trafen nur wenige Besucher ein, und das in zeitlich großen Abständen. General Kalls Offiziere erwarteten sicherlich voller Vorfreude die Zeremonie und was dieser an gesellschaftlichen Annehmlichkeiten folgen würde. Ich seufzte. Womöglich war das Abendessen doch unvermeidlich.

»Natürlich, General.« Dazu mußte ich die gestärkte weiße Galauniform anziehen. Ich hampelte gereizt herum, denn ich freute mich nicht auf die Förmlichkeiten.

Sandy meldete sich wieder. »Sir, eine Gruppe wartet vor der Heckschleuse. Etwa ein Dutzend Leute in Raumanzügen. Soll ich öffnen?« Er klang jung und nervös. Ich gestand ihm Spielraum zu; er hatte keinen Leutnant an seine Seite wie ich damals.

»Lassen Sie sie an Bord, Mr. Wilsky; sagen Sie ihnen, ich komme gleich herunter.« Ich stellte den Rufer weg.

»Aye aye, Sir.«

Derek sagte leise zu Alexi: »Sie sind so scharf darauf, uns kennenzulernen, daß sie nicht mal abwarten können ...«

»Ruhe, Fähnrich! Ein Minuspunkt!« Eine harte Maßnahme, aber ich war nicht in Stimmung für hohles Geplapper. Ich riß die Brückenluke auf. »Mr. Tamarow, Sie haben die Brücke.« Ich schnitt eine Grimasse. »Ich ziehe mich um und empfange den General an der Heck ...«

Ich brach ab. Meine Nackenhaare richteten sich auf. Ein Dutzend Leute in Raumanzügen? Irgendwas stimmte da nicht! Für einen Moment zögerte ich, denn ich wollte mich nicht zum Narren machen. Dann rannte ich zum Konsolenrufer. »Sandy, ich widerrufe den Befehl! Die Schleuse verschließen! Bestätigen!«

Keine Antwort. »Sandy!«

Mein Schiff!

Ich schlug mit der Faust auf die Nottaste, um die Schleuse von der Brücke aus zu schließen. Eine rote Lampe blinkte warnend; die Prioritätsschaltung hatte versagt.

»Alle Mann auf ihre Posten!« brüllte ich in den Rufer. »Alle Mann bereitmachen, um Enterer abzuwehren! Vorbereiten auf Dekompression! Enterer in der Heckluftschleuse, Deck 2!«

Alexi und Derek glotzten dumm.

»Enterer abwehren« war der älteste, am meisten überholte Drill in der UN-Flotte, aber wir praktizierten ihn trotzdem weiter, zusammen mit »Alle Mann auf ihre Posten« und »Alle Mann auf Gefechtsstationen«. Ich fragte mich, ob der Befehl je zuvor im Ernst gegeben worden war.

Ich schlug die Lukennottaste, und die Brückenluke knallte mit genug Wucht ins Schloß, um jemandem den Arm zu brechen, der ihr damit in den Weg geraten wäre. Ich gab die Kombination des Safes ein und holte den schon bekannten Schlüssel hervor. »Alexi, öffne den Waffenschrank! Bewaffne jeden, den du auftreiben kannst! Führe eine bewaffnete Gruppe auf Deck 2 hinunter!«

Er nahm den Schlüssel entgegen. »Aye aye, Sir! Aber ...«

Ich schnappte mir die Laserpistole aus dem Safe und steckte sie mir in den Gürtel. »Der General ... Das ist kein General; er versucht das Schiff zu übernehmen! Ein Dutzend Leute in Raumanzügen? Sie rechnen mit Schwierigkeiten, vielleicht einer Dekompression. Los!« Ich riß die Luke auf; Alexi raste hinaus auf den Korridor. Ich verschloß die Brücke hinter ihm wieder und stürmte zurück zum Rufer.

»Chief, verschließen Sie den Maschinenraum!«

»Aye aye, Kapitän. Luke verschlossen.« Er klang ruhig.

Der Lautsprecher plärrte: »Käpten, sie haben Laser! Sie rücken zur Leiter vor, und wir können sie nicht ...«

Stille.

Ich schaltete den Rufer auf schiffsweite Frequenz. »Mr. Vishinsky sofort auf Deck 2, und das mit Ihrer gesamten

Truppe! Sie treffen Mr. Tamarow am Waffenschrank. Alle Passagiere, suchen Sie Ihre Kabinen auf! Verschließen Sie die Luken, und legen Sie Ihre Druckanzüge an! Mr. Holser, zur Heckschleuse!«

Derek wartete ebenfalls auf Befehle, bleich, aber gefaßt. Der Pilot starrte mich unverwandt an; er hatte sich nicht mehr gerührt. Seit ich zum erstenmal nach dem Rufer gegriffen hatte. »Kapitän, sind Sie sicher ...«

»Mund halten!« Meine Gedanken überschlugen sich. Wir brauchten mehr Zeit! Bis Alexi einen Kampftrupp organisiert hatte, war mein Laser die einzige verfügbare Waffe. »Derek, du hältst die Brücke. Niemand außer einem Offizier darf herein. Ich gehe zur Schleuse.«

»Aber ... Aye aye, Sir.« Dereks Hand schwebte über der Nottaste. Ich ging vorsichtig hinaus, die Hand auf dem Laser, denn ich erinnerte mich noch an Mr. Vishinskys Beispiel in der Mannschaftsunterkunft.

Der Korridor war leer.

Ich lief zur Leiter. Gerade noch rechtzeitig entschied ich mich, anzuhalten und über das Geländer zu spähen. Zwei Gestalten in sperrigen Druckanzügen kamen vorsichtig heraufgestiegen, die Waffen einsatzbereit.

Mein erster Schuß erwischte einen von ihnen glatt in der Brust. Ein sengender Blitz, der Geruch von verbranntem Fleisch. Würgend duckte ich mich, als ein Blitz schon zischend in das Geländer neben mir zuckte.

Wenn sie bereits auf der Leiter waren, steckten wir fürchterlich in der Tinte. Alles meine Schuld; hätte ich alle Sinne beisammengehabt, hätte ich niemals erlaubt, daß sie an Bord kamen.

Ich holte tief Luft. Vax wäre ein besserer Kapitän als ich gewesen. Ich schwang mich um das Geländer und kletterte die Sprossen hinunter, während ich gleichzeitig nach unten feuerte. Mein zweiter Schuß fällte den anderen Enterer. Ich sprang über seine Leiche, stolperte und legte den restlichen Weg fast im Sturzflug zurück.

Ich fing mich wieder, stand schwankend am Fuß der Leiter und feuerte wild in den Korridor hinein. Mehrere Personen in Druckanzügen zogen sich um die Biegung herum Richtung Schleuse zurück.

Achtlos stürmte ich weiter und schoß dabei, was das Zeug hielt. Auf diese Weise verbrauchte ich die Energie des Lasers zwar im Nu, aber ich mußte ein Vordringen der Angreifer um jeden Preis verhindern, bis unsere bewaffneten Verteidiger eintrafen. Energieblitze des Gegenfeuers versengten einen Meter neben meinem Kopf das Schott. Ich kroch weiter zur Biegung hinüber und erwischte einen kurzen Blick auf die Luftschleuse und die Lage dahinter.

Leichen lagen in den Korridoren, einige davon in Raumanzügen. Eine Gruppe unserer Matrosen hatte eine Behelfsbarrikade in dem Korridor errichtet, der an der Schleuse vorbeiführte, fast schon hinter der letzten Biegung. Geduckt warteten sie unter ihrer wackeligen Barriere aus Tischen auf die Angreifer, nur mit Schlagstöcken und dem Feuerwehrschlauch des Schiffes bewaffnet.

Weitere Gestalten in Raumanzügen tauchten aus der offenstehenden Schleuse auf. Nur ein paar führten Laser mit; der Rest hatte eine bunte Mischung aus Waffen, veraltete Elektrogewehre, Stunner, Messer. Stahlstangen waren gegen die Korridornotluken in der näheren Umgebung der Schleuse gestemmt worden, damit wir sie nicht schließen konnten.

Ein paar Männer liefen auf mich zu, aber sie bewegten sich in ihren schweren Monturen unbeholfen. Ich schoß. Mit einem Glückstreffer streckte ich den vordersten nieder. Die anderen hielten rutschend an. Kalt zielte ich auf den nächsten und drückte den Abzug. Die Pistole piepte: Keine Ladung mehr. Ich fluchte.

Erneut gingen sie auf mich los. Einer zielte mit einem Knüppel direkt auf meinen Kopf Ich duckte mich, aber er erwischte mich trotzdem an der Stirn, und weißes Feuer flammte vor mir auf. Halb geblendet und schwindelig fiel ich auf die Knie. Jemand schrie triumphierend. Während ich von einer Seite zur anderen schwankte, stürmten sie vor. Ein

Knüppel stieg in die Luft, um mir das Gehirn aus dem Schädel zu prügeln.

»*Käpten!*« Ein tobender Riese schleuderte den Knüppelschwinger aufs Deck. Vax Holser fand die Balance wieder und schlug nach einem zweiten Angreifer, und er führte Faust und Schlagstock mit tödlicher Präzision. Der Bergmann kippte nach hinten.

Vax wirbelte zum letzten Gegner herum. Der Mann hob die Pistole. Vax' Prügel zerschmetterte das Visier seines Raumanzuges, und er stürzte zu Boden.

Benommen und mit brennendem Schädel rappelte ich mich auf.

»Das da ist der Kapitän!« Jemand zeigte auf mich, und ein Laserstrahl schlug funkensprühend im Schott ein. Mir schlotterten die Knie.

Vax schloß den Griff seiner riesigen Hand um meine Taille, hob mich hoch und rannte auf die Leiter zu, und Blitze schlugen zischend rings um seine Füße ein. Ohne sich im geringsten durch mein Gewicht behindert zu zeigen, stürmte er zur Brücke hinauf, wobei er jeweils zwei Sprossen auf einmal nahm. Das Trappeln von Stiefeln folgte uns.

»Brücke, ich habe den Kapitän!« Sein Gebrüll warf Echos im verlassenen Korridor. Die Kamera schwenkte zu uns. Die Luke glitt auf. Vax stürmte hindurch.

Derek warf die Luke hinter uns zu. Der Pilot, auf halbem Weg zwischen Konsole und Luke, gaffte seinen benommenen Kapitän an, der schlaff auf den Armen eines wütenden Fähnrichs lag.

Vax setzte mich in meinem Sessel ab.

Blut tropfte mir ins rechte Auge; ich fuhr mir mit dem Ärmel über die Stirn.

»Sir, sind Sie . . .«

»Löst sofort die Halteriegel vorne und achtern«, knurrte ich.

»Sir, wir sind doch noch . . . Aye aye, Sir!« Er gab das Kommando über die Konsole ein. Normalerweise öffneten wir die Riegel von den Schleusenschalttafeln aus, aber wie auf jedem anderen Schiff konnte man es auch von der Brücke aus machen.

»Pilot, bereitmachen, um das Schiff zu schwenken! Brechen Sie die Verbindung ab!«

»Sir, dann dekomprimieren wir!«

»Brechen Sie uns frei! Es kommen weiterhin Enterer an Bord!« Mein Kopf drehte sich, aber ich wußte, was zu tun war.

»Aye aye, Sir! Kapitän, wir liegen noch an der Sicherungsleine. Wir reißen die Schleuse aus dem Schiff heraus!«

»Verdammt noch mal, Pilot, brechen Sie uns endlich frei!« Der Leinenpfosten der *Hibernia* war strukturfester als die Leine selbst; soviel wußte ich. Er würde halten. Die Leine riß entweder selbst entzwei oder zerfetzte die Stationsschleuse. Mir war das egal.

Ich schnappte den Rufer. »Alle Mann, alle Passagiere, bereithalten für Dekompression in dreißig Sekunden! Alle in die Raumanzüge! Dreißig Sekunden bis zur Dekompression!« Noch mehr Blut lief mir übers Gesicht. »Kampfgruppen zurückziehen! In die Anzüge!« Für Dekompressionsnotfälle waren Behelfsraumanzüge überall im Schiff verteilt. Ihre Lufttanks reichten nur für eine halbe Stunde. Das mußte reichen.

»Jetzt?« Der Pilot hatte die Steuerung gepackt.

»Warten Sie.« Die Verzögerung war eine Qual. In jeder Sekunde konnten uns weitere Angreifer entern. Andererseits brauchte meine Besatzung Zeit, um in die Raumanzüge zu schlüpfen.

»Zwanzig Sekunden bis Dekompression! Fünfzehn!« Sicherlich hatte jeder inzwischen einen Raumanzug gefunden. Ich legte die Schalte für die Korridorluken auf meiner Konsole um. Siebzehn Lampen leuchteten grün auf; zwei gaben rotes Licht von sich, wo der Feind die Luken blockiert hatte. Wir würden nicht nur eine, sondern sogar drei Sektionen dekomprimieren. Der Rest des Schiffes sollte jedoch luftdicht sein, es sei denn, Laserstrahlen hatten die Schotten durchschlagen.

»Zehn Sekunden! Fünf!« Es mußte jetzt geschehen, ob die Passagiere nun vorbereitet waren oder nicht. »Achtung, Dekompression! Jetzt, Pilot!« Er feuerte abwechselnd die Manövrierdüsen, und jeder Stoß zerrte an den Gummisaugern, mit denen die Luftschleusen aneinanderhingen. Ein langer, furchtbarer Moment verstrich, in dem es so aussah, als könnten wir uns nicht losreißen.

Die Alarmsirenen heulten. Darla meldete sich mit dringenden Warnhinweisen: »Luftschleuse instabil! Druckverlust in der Heckschleuse! *Dekompression auf Deck 2 droht!* Vordere Luftschleuse versiegelt, Außen- wie Innenluke. *Notfall! Dekompression an der Heckschleuse!«*

Auf meinem Schiff war die Hölle los. Die gekoppelten Luftschleusen brachen auseinander. Die nach außen brausende Luft riß alle losen Gegenstände mit zur Heckschleuse, wo das Enterkommando sowohl die Innen- wie die Außenluke blockiert hatte. Nichts konnte die Atmosphäre aufhalten, die jetzt aus dieser Sektion stürzte, bis nur noch ein Vakuum zurückblieb.

»Schiff in Bewegung, relative Geschwindigkeit null Komma fünf Stundenkilometer!«

Allmächtiger Gott, wir bitten um Deine Gnade!

»Pilot, steuern Sie uns auf sichere Entfernung, ehe die mit Steinen nach uns werfen.« Ich schaltete den Rufer ein. »Alle Stationen, Meldung machen!«

»Maschinenraum. Wir haben Energie, keine Schäden. Verschlüsse halten.« Die Stimme des Chiefs klang erstaunlich sachlich.

»Funkraum meldet sich. Energie, keine Schäden.«

»Mannschaftsunterkunft drei, Sir. Wir tragen Raumanzüge und sind bereit. Mr. Tamarow hat hier das Kommando. Wir haben Laser und Stunner, Sir.«

»Hier spricht der Schiffsprofos. Mannschaftsunterkünfte eins und zwei sind okay, Sir. Ich organisiere gerade Kampfgruppen.«

»Hier Kombüse, Sir. Alles in Ordnung bei uns.« Ich konnte mich einfach nicht beherrschen und kicherte los.

Alles paletti in der Kombüse; das Abendessen war gesichert.

Die Brücke rotierte träge um mich. Ich blinzelte und riß mich zusammen. »Ich hätte gerne etwas Wasser. Vax, bitte Lagebericht.«

»Aye aye, Sir. Auf Deck 2 sind Sektionen sechs, sieben und acht ohne Luft. Das sind die Luftschleuse, der Trainingsraum, der Salon und vierzehn Passagierskabinen. Der Bereich wird vom Feind gehalten. Das übrige Schiff verfügt über Luft und Energie. Unbekannte Anzahl Enterer in Sektionen sechs bis acht. Sir, einige sind vielleicht schon durch die Korridorluken vorgedrungen, ehe Sie sie geschlossen haben.«

Er hatte recht. Ich hatte die Luken offengehalten, solange es ging, um nicht einige Besatzungsmitglieder im Dekompressionsbereich zu haben, wenn wir uns losrissen. Der Korridor zwischen Luftschleuse und Leiter, wo ich selbst gekämpft hatte, lag in Sektion acht, die jetzt ohne Luft war. Der Fuß der Leiter, die ich hinabgestürmt war, lag in Sektion neun, und mir waren dort zwei Eindringlinge entgegengekommen.

Ich trank gierig aus dem Becher, den Derek mir reichte. »Wir sind darauf gefaßt.«

»Sir, die Passagiere verfügen nur über Halbstundentanks. Wir haben nicht viel Zeit, um sie zu retten.«

»Allmächtiger Gott!« Ich ordnete meine Gedanken. »Mr. Vishinsky!«

»Aye aye, Sir!«

»Sind irgendwelche Enterer aus Sektion sechs an den Barrikaden in fünf vorbeigekommen?«

»Nein, Sir. Ich war nicht dort, aber es wurde gemeldet, daß das nicht geschehen ist.«

»Sehr gut. Sie unterstehen Mr. Tamarows Befehl. Alexi, Sie und Mr. Vishinsky nehmen den langen Weg um den Korridor nach Sektion zehn.« Durch die Umrundung der Scheibe konnte unsere Kampfgruppe die verlorenen Sektionen umgehen.

»Ich öffne die Luken für Sie. In Sektion neun halten sich

unter Umständen feindliche Kräfte auf. Sichern und evakuieren Sie neun so schnell wie möglich. Wir benutzen die Sektion als Luftschleuse zu acht; wir pumpen Luft aus neun nach zehn ab und öffnen anschließend neun nach acht hin. Verstanden?«

»Aye aye, Sir.«

»Wir wissen, daß sich feindliche Kräfte in sechs, sieben und acht aufhalten, neben unseren Passagieren, denen dort allmählich die Luft ausgeht. Sobald neun leergepumpt ist, öffne ich die Luke nach Sektion acht. Säubern Sie acht und fahren Sie dann mit sieben fort, schließlich mit sechs. Bringen Sie die Passagiere nach neun, von wo wir sie per Luftaustausch nach zehn holen. Dort können sie die Raumanzüge ausziehen. Beeilen Sie sich!«

»Aye aye, Sir. Wir sind unterwegs!«

»Darf ich auch gehen, Sir?« Vax spielte mit seinen Muskeln.

»Nein. Sie müssen auf jeden Fall am Leben bleiben.« Ich hatte nicht vor, Kapitän Malstroms Fehler zu wiederholen. Vax war inzwischen bereit für das Patent, und ich gedachte ihn zu schonen. Ich drückte mir ein Handtuch auf die Stirn. Ich hatte fürchterliche Schmerzen.

Unsere Kampfgruppe stieg auf Deck 2 hinauf und folgte dort dem Umfangskorridor. Die geschlossenen Druckluken beiderseits jeder Sektion hatten die Scheibe in keilförmige Stücke unterteilt. Ich stand mit dem Schiffsprofos in Funkkontakt und öffnete jede Luke, der sich seine Gruppe näherte. Schließlich öffnete ich die Luke von elf nach zehn, und die Leute drängten sich dort hinein.

»Alles bereit, Mr. Vishinsky?«

Im Lautsprecher prasselte es. »Sie da, stehen Sie nicht mitten im Korridor herum! Edwards, Ogar, Tinnik, Sie bilden die Vorhut. Warum bleiben Sie nicht hinter mir, Mr. Tamarow, Sir. Kapitän, wir sind bereit!«

Ich öffnete nach Sektion neun. Ich hörte Vishinsky brüllen, während er an die Kabinenluken trommelte. »Aufmachen! Hier ist der Schiffsprofos. Diese Sektion wird in zwei Minuten dekomprimiert! Los, los! Alle nach vorne zur Leiter! Öffnen Sie Ihre Luke, oder ich brenne mich hindurch!«

Ich überlegte mir, daß ich ihm helfen konnte. »Achtung, Passagiere in 208 bis 214. Hier spricht Kapitän Seafort. Öffnen Sie Ihre Kabinen, und treten Sie auf den Korridor hinaus. Sie müssen schnellstens evakuiert werden!« Vielleicht diente der Klang meiner Stimme zu ihrer Beruhigung. Andererseits vielleicht auch nicht.

Ein paar Augenblicke später meldete Vishinsky: »Sir, wir haben hier alles rasch durchsucht, aber keine feindlichen Kräfte gefunden. Wir haben die Passagiere zurück nach Sektion zehn geführt. Wir warten jetzt in neun.«

»Sehr gut.« Ich schloß die Luke zwischen neun und zehn, schaltete die Pumpen ein und begann damit die Dekompression von neun. »Mr. Carr!«

»Ja, Sir.« Er stand auf.

»Suchen Sie den Zahlmeister. Die Passagiere werden Hilfe brauchen; einige von ihnen stehen womöglich unter Schock. Nehmen Sie die Leiter in Sektion vier und dann den langen Weg außen herum zu ihnen. Führen Sie sie in den Speisesaal. Sie haben dort das Kommando.«

»Aye aye, Sir.« Er salutierte. Vax öffnete die Luke für ihn, und er eilte hinaus.

Ich wartete ungeduldig darauf, daß die Pumpen damit fertig wurden, Sektion neun luftleer zu machen. Sektion acht war bereits dekomprimiert, und ihre Luftschleuse stand weit offen. Durch Dekomprimierung von neun sparten wir die Luftvorräte darin, sobald die Luke nach acht aufging. Endlich waren die Pumpen soweit. »Öffnung nach acht, Mr. Vishinsky!«

»Aye aye, Sir.« Wir warteten und lauschten konzentriert.

»Paßt auf!« Vishinsky kreischte fast. »Ogar, erledigen Sie den Mistkerl!« Die Angreifer mußten nicht erst Laser einsetzen, um sich als gefährlich zu erweisen. Jede Waffe, die einen Raumanzug durchlöcherte, war tödlich.

Die Schlacht wurde in der unheimlichen Stille des Vakuums ausgetragen, durchsetzt mit dem Grunzen und den schweren Atemzügen aus den Raumanzügen unserer Angriffsgruppe. Das Fauchen der Laser störte die Funksignale der Raumanzüge, wenn unsere Leute feuerten; auf der Brücke wurde es dann als kurzes Wimmern hörbar.

»Alle Mann zur Leiter!« Vishinskys Atem ging abgehackt, als wäre er gerannt. »Käpten, wir führen eine Gruppe Passagiere nach neun. Ms. Edwards ist bei ihnen. In Ordnung, sie sind in Sicherheit.«

»Enterer?«

»Wir haben zwei erledigt. Mehr konnten wir nicht finden.«

»Alles klar.« Ich schloß die Luke zwischen acht und neun. Sobald die Konsolenlampen grünes Licht gaben, warf ich die Pumpen an, um Sektion neun von zehn aus wieder unter Druck zu setzen.

Alexi machte sich bemerkbar. »Mr. Vishinsky, halten Sie Ihre Leute für den Angriff auf Sektion sieben bereit.«

»Aye aye, Sir.«

»Seien Sie vorsichtig; in sieben haben wir eine offene Luftschleuse«, erinnerte ich sie. Es war ein langer Weg hinunter nach Miningcamp.

»Öffnen Sie die Luke, Sir!« Alexis Nerven waren zum Zerreißen gespannt. Es klang wie ein Befehl. Ich drückte die Steuertaste.

»O Gott! Es hat Tinnik erwischt!«

»Runter, du Idiot!« Ein dumpfer Schlag. Die chaotischen Geräusche von Angriff und Rettung. Vishinsky kommandierte die Passagiere aus ihren Kabinen nach Sektion acht. Dic Verzögerung konnte einen schier zum Wahnsinn treiben. Warnschreie und ein Chaos von Schüssen.

Im Lautsprecher knistertc es. Eine verzerrte Stimme war zu hören, übermittelt durch einen Schiffsrufer, der im Vakuum an den Sichtschirm eines Raumanzuges gehalten wurde. »Rufen Sie sie zurück, Kapitän!«

»Ergeben Sie sich«, antwortete ich. »Man wird Sie nicht erschießen.«

»Rufen Sie sie zurück!« Es war ein Knurren. »Wir befinden uns in einer Kabine und haben fünf Laser auf das Rückschott gerichtet. Wenn wir uns dort hindurchbrennen, dekomprimieren wir damit Ihre ganze Scheibe!«

Ich wurde bleich. »Warten Sie!« Hatten wir letztlich doch verloren?

»Sofort!«

»Sie erhalten gleich meine Antwort.«

»Wir möchten eine Passage von Miningcamp haben, Mister. Wenn Sie uns das gewähren, kriegen Sie Ihr Schiff zurück!«

»Warten Sie«, wiederholte ich und schaltete den Rufer ab. »Gott verdamme sie!« Für einen Moment genoß ich die Blasphemie. »Pilot?«

»Treffen Sie eine Abmachung mit ihnen, Sir! Lassen Sie nicht zu, daß sie sich durch die Hülle schneiden, sonst enden wir wie die *Celestina*!«

Vax fluchte. »Sir, wenn ...«

»Seien Sie still. Chief, haben Sie mitgehört?«

»Ja, Sir.« Er zögerte, ehe er seine Stellungnahme abgab. »Sie können eine Menge Schaden anrichten, Kapitän.« Indem sie sich von Sektion sieben aus nach innen wandten, konnten die Eindringlinge sich bis zu Sektion drei auf der gegenüberliegenden Seite des Schiffes durchbrennen. Von dort aus konnten sie nach zwei und vier durchbrechen und ihre Laser zusätzlich nach oben und unten gegen die Decks 1 und 3 einsetzen. Innerhalb einer halben Stunde wäre dann mein Schiff unbewohnbar geworden. Von der befestigten Brücke abgesehen.

»Ich weiß, Chief. Vax?«

»Bieten Sie Ihnen die Rückkehr auf die Station an, Sir. Das ist das Beste, was sie jetzt noch herausschlagen können. Sie werden es annehmen.«

Ich stellte den Rufer mit dem Daumen auf den Speisesaal ein. »Mr. Carr!«

Mein Fähnrich antwortete nur einen Augenblick später. »Ja, Sir?«

»Sorgen Sie dafür, daß sofort alle wieder auf Raumanzugluft umsteigen«, sagte ich. »Verteilen Sie die Sauerstoffvorräte. Rechnen Sie jetzt jeden Moment mit der Dekompression!«

»Aye aye, Sir«, antwortete er. »Wir schaffen das schon. Machen Sie sich keine Sorgen um die Passagiere.« Obwohl diese Äußerung ein skandalöser Verstoß gegen die Form war, war ich dankbar für diese Zusicherung.

»Vax, schnappen Sie sich den anderen Rufer. Sorgen Sie dafür, daß jedermann an Bord in einen Raumanzug steigt.« Ich stellte meinen Rufer auf Verbindung zu unserer Angriffsgruppe und den Enterern ein. »Mister, hier spricht der Kapitän.«

»Ja?« Ein Anflug von Hohn klang durch.

»Kein Abkommen. Wir sind auf die Dekompression vorbereitet. Ergeben Sie sich auf der Stelle, oder wir töten jeden einzelnen von Ihnen. Mr. Tamarow, brennen Sie sich nacheinander durch alle Kabinenluken, bis Sie sie finden, und töten Sie sie!«

»Aye aye, Sir!«

»Verdammt, Sie werden Ihr Schiff verlieren!«

»Das werden Sie nicht mehr miterleben.« Ich schaltete den Rufer ab.

Der Pilot sprang auf. »Tun Sie das nicht! Wenn die sich bis zur Messe durchschneiden, kommt es zu einem Blutbad! Sie bringen die Passagiere um!«

»Die Messe liegt um die halbe Scheibe herum auf der Außenseite des Umfangskorridors«, sagte ich. »Bis dahin schaffen sie es nie. Und ich verhandle nicht mit Meuterern.«

»Käpten, ich warne Sie! Rufen Sie sie zurück!« Das war die Stimme aus Sektion sieben.

Der Pilot tobte. »Sir, bringen Sie sie nicht dazu, das Schiff zu dekomprimieren, oder wir entheben Sie Ihres Kommandos!«

Ich drehte mich um. »*Wir?* Vax?«

»Wir jagen Ihr Schiff hoch!« Ich kümmerte mich nicht um den Lautsprecher; ich hatte unmittelbarere Probleme.

Vax befingerte seinen Laser. »Nein, Sir. Ich unterstehe

Ihrem Befehl. Pilot Haynes, Sir, Sie lenken den Kapitän ab.« Ein netter Zug, das.

»Sie werden nichts zuwege bringen, was wir nicht reparieren können, Mr. Haynes. Wir tragen Raumanzüge und sind auf die Dekompression vorbereitet. Sobald sie anfangen zu schneiden, wissen wir genau, wo sie stecken. Wir können . . .«

»Was nützt uns das?« Das Gesicht des Piloten war knallrot. »Wir verlieren unsere komplette Luft!«

»Nicht alle.« Ich widmete mich wieder dem Rufer. »Fahren Sie fort, Mr. Tamarow! Durchbrechen Sie alle Luken, die noch geschlossen sind.«

»Käpten, warten Sie!« In der Stimme aus dem Lautsprecher schwang jetzt Furcht mit.

»Wir warten nicht. Probieren Sie es mit Kabine zwei achtzehn, Mr. Tamarow.«

»Wir möchten doch nur von hier weg! Kein Nachschub, keine neue Luft – es ist eine Todesfalle! Nehmen Sie uns einfach mit!«

Ich erhob mich schwanend. »Gott verdamme Sie! Ergeben Sie sich, ehe ich bis fünfzehn gezählt habe, oder wir erschießen Sie auf der Stelle, sobald wir Sie finden, ob Sie sich dann noch ergeben wollen oder nicht! Eins! . . . Zwei!«

»Schicken Sie uns auf die Station zurück«, sagte er rasch. »Lassen Sie uns einfach davonkommen!«

»Drei! . . . Vier! . . . Fünf!«

»Wir haben Ihre Kabine gefunden, Sir. Zwei zwanzig!«

»Sechs! . . . Sieben! . . . Acht Töten Sie sie auf Sicht, Mr. Tamarow.«

»Aye aye, Sir!«

Der Pilot klang drängend. »Wenn sie nichts mehr zu verlieren haben, werden sie versuchen, uns mitzunehmen! Sie haben immer noch genug Zeit, sich durch die Schotten zu brennen!«

»Neun! . . . Zehn! . . . Elf!«

»Mister, wir müssen uns doch nicht gegenseitig umbringen! Lassen Sie uns einfach ziehen!«

»Noch drei Sekunden. Mr. Tamarow, pusten Sie die Luke auf mein Kommando weg. Zwölf! ... Dreizehn! ... Vierzehn!«

»*In Ordnung!*« Es war ein richtiger Schrei.

Mit zitternden Gliedern sank ich zurück in den Sessel. Ich bemühte mich um gleichmäßigen Tonfall. »Mr. Tamarow, warten Sie mit dem Beschuß. Die Eindringlinge legen ihre Laser zu Boden und schließen die Luke auf. Nehmen Sie dann mit erhobenen Händen Aufstellung in der Mitte der Kabine.«

»In Ordnung! Sie werden auch nicht schießen?«

»Nein, wir werden Sie nicht erschießen. Weder jetzt noch in Zukunft. Sie haben mein Wort darauf. Mr. Tamarow, halten Sie die Waffen bereit, aber feuern Sie nur bei Gegenwehr.«

»Aye aye, Sir. Die Luke geht auf, Sir. Ich werde ...«

»Gestatten Sie, Sir.« Vishinsky. Ich lächelte; kein Fähnrich würde in Mr. Vishinskys Obhut jemals niedergeschossen werden. Alexi war in guten Händen.

Das Knurren des Profos klang bedrohlich. »Gesichter zur Wand, ihr Mistkerle!«

Es dauerte nur einen Augenblick, bis die Angreifer überwältigt waren und zur Sektion acht getrieben wurden. Vishinskys Gruppe kontrollierte die übrigen Kabinen von Sektion sieben und fand dabei keine weiteren Eindringlinge. Alexi und zwei Matrosen entfernten die Stahlstangen, die die Schleusenluken blockierten, während Vishinsky zu Sektion sechs weiterging, dem einzigen Bereich, den wir noch nicht wieder in der Hand hatten.

Ein Bergmann ergab sich sofort, als die Luke nach sechs aufging. Zwei weitere wurden in Passagierkabinen kauernd angetroffen, wo sie verängstigte Passagiere als Schilde benutzten. Sie ergaben sich gleich, als Vishinskys Leute eintrafen.

Als unser letzter Lukenindikator auf Grün umsprang, atmete ich erleichtert auf. Ich lehnte mich mit pochendem Schädel zurück. »Setzen Sie alle Sektionen wieder unter

Druck.« Vax legte die entsprechenden Schalter auf meiner Konsole um. Kein Alarm heulte; die *Hibernia* war wieder luftdicht. Reservesauerstoff aus der Wiederaufbereitungskammer stellte in allen Sektionen erneut den vollen Druck her. Ich ordnete an, die Gefangenen ins Schiffsgefängnis zu bringen.

»Darla, irgendwelche Schäden?«

»Ein Teil meiner Korridorleitungen ist ausgebrannt, Kapitän.« Sie zögerte. »Ich verfüge über Backupkanäle für alle Schaltungen. Die Luftreserven sind um elf Prozent gesunken. Sonst liegen keine Funktionsschäden vor.«

Es war vorbei. »Gott sei Dank!« Ich sackte in mir zusammen.

»Ist Ihnen eigentlich klar, wieviel Glück wir hatten?« Der Pilot sprang auf. »Sie hätten beinahe jeden Mann, jede Frau und jedes Kind an Bord umgebracht! Hätten die Enterer unsere Luft nach draußen gejagt, wären wir lange tot gewesen, ehe wir Hope Nation erreichten! Wir hätten nicht mehr genug Reserven gehabt!«

»Sind Sie wirklich dieser Meinung, Pilot?« In meiner Lethargie hielt mich nur noch ein kalter Knoten des Zorns aufrecht.

»Sie haben das gesamte Schiff in Gefahr gebracht! Ich bestehe darauf, daß mein Protest ins Logbuch eingetragen wird! Ich verlange es, Kapitän!«

Ich schaltete das Logbuch ein und drehte ihm die Tastatur zu.

»Ihrem Ersuchen ist hiermit stattgegeben. Tragen Sie Ihren Protest und die dazugehörigen Argumente ein.«

»Aye aye ... Sir!« Er schrieb heftig auf den Holovidschirm. Ich sagte nichts, bis er fertig war. Wütend warf er mir das Holovid auf den Schoß.

Ich las mir den Text durch. »Verstehe ich Sie richtig? Sie protestieren dagegen, daß ich unbedacht das Risiko eingegangen bin, unsere gesamte Luft zu verlieren, mit der Folge, daß alle Personen an Bord erstickt wären?«

»Ja! Sie hätten die Löcher reparieren können, selbst die in

der Außenhülle, aber Sie können keine neue Luft herstellen!«

»Ich möchte, daß Sie Ihren Protest deutlich machen. Ändern Sie den Text um, damit er genau das aussagt.«

»Ist mir nur recht.« Er tat wie geheißen.

»Sehr gut. Der Zeitpunkt Ihres Protests ist eingetragen, zusammen mit Datum und Uhrzeit meiner Antwort.« Ich schrieb los. »Ladezone einundvierzig B, Ostladeraum. Inhalt: 795 Sauerstoff- und Stickstoffzylinder. Bestimmungsort: Miningcamp.«

Ich warf das Holovid auf die Konsole. »Wir haben genug Sauerstoff im Laderaum, um das Schiff siebenmal neu unter Druck zu setzen.« Aschbleich starrte der Pilot das Logbuch mit seinem ruinösen Protest an.

»Pilot Haynes, ich halte Sie für ungeeignet, als Offizier auf der *Hibernia* zu dienen. Ich entbinde Sie von allen Ihren Pflichten bis zu einem Zeitpunkt, an dem ich es mir anders überlege. Ihr Rang ist aufgehoben. Sie fahren ab jetzt als Frachtaufseher mit. Bis auf weiteres erhalten Sie Arrest in Ihrem Quartier, außer um den Offizierswaschraum zu benutzen. Vax, führen Sie ihn von der Brücke.«

»Aye aye, Sir.«

»Das können Sie nicht tun!«

»Ich habe es gerade getan. Raus!« Ich schaltete den Rufer ein. »Krankenstation, Dr. Uburu soll auf der Brücke vorbeischauen, sobald sie sich um dic übrigen Verletzten gekümmert hat.«

20. Kapitel

Arbeitsgruppen nahmen bereits die Maße ausgebrannter Luken, um sie zu reparieren und wiedereinzusetzen, während andere die Trümmer im Umfangskorridor von

Deck 2 zusammenfegten. Auf mein geknurrtes »Weitermachen!« hin ignorierten sie mich.

Die Grausamkeit des Kampfes und des Vakuums hatte kaum Verletzte zurückgelassen. Die Menschen waren entweder wohlauf oder tot. Leichen lagen herum, viele davon in den unvertrauten weißen Raumanzügen der UN-Armee. Zwischen ihnen fanden wir drei unserer Matrosen.

Sandy Wilkys verkohlte Leiche lag im Korridor neben der Luftschleuse, den Mund im Tode weit aufgerissen. Ein stummer Vorwurf sprach aus seinen blicklosen Augen. Ich gab einen Laut von mir. Ich schloß die Augen, stellte mir mein Quartier in der Akademie auf Luna vor und wünschte mich dorthin.

»Kommen Sie mit, Sir.« Es war Vax Holser, leise und besorgt. Er faßte mich sanft am Arm, griff dann fester zu und führte mich von der Leiche weg. Er postierte sich selbst zwischen mich und die Arbeitsgruppen, um mich von ihren Blicken abzuschirmen. »Sie sind in Ordnung, Kapitän.«

»Nein.« Meine Augen brannten, meine Wangen waren feucht. »Das bin ich nicht. Das werde ich nie wieder sein. Wäre ich nicht so dumm gewesen, wäre nichts davon passiert. Ich habe ihn umgebracht!«

Er blickte sich kurz um, um sicherzustellen, daß niemand uns zusah, und fuhr mir dann mit der offenen Handfläche leicht über die Stirn. »Sie sind in Ordnung, Kapitän«, wiederholte er sanft.

Ich zitterte. Ein Augenblick verging, dann riß ich mich zusammen. »Kommen Sie mit.« Unsicheren Schrittes ging ich zur Leiter und stieg zum Schiffsgefängnis auf Deck 3 hinunter. Mr. Vishinsky selbst hielt vor den diversen kleinen Zellen Wache. »Wie viele?« Mein Ton war scharf.

»Sieben, Sir.«

»Ist Mr. Herney auch darin?«

»Ja, Sir.«

»Holen Sie ihn raus.«

Der Maschinenmaat schoß aus der offenen Zelle hervor und zupfte besorgt an seinem Hemd herum. Er nahm Haltung an, als er mich sah. »Mr. Herney, Sie gehören nicht mit solchen Leuten in ein Gefängnis. Ihr Urteil wurde abgemildert. Zurück in Ihre Unterkunft, und benehmen Sie sich!«

Schwach vor Erleichterung studierte er mein Gesicht. »Aye aye, Sir!« Er eilte davon, beflügelt vom Wunder seiner Befreiung.

»Wo ist der Rädelsführer?« fragte ich mit einer Stimme, die ich gar nicht mehr als meine eigene wiedererkannte.

Vishinsky zeigte dorthin. »Allein in Zelle eins.«

»Schließen Sie sie auf. Folgen Sie mir beide.« Ich betrat die winzige Zelle. Der Gefangene saß auf dem Boden, die Hände auf dem Rücken, die Beine in Ketten. »Schneiden Sie ihm die Kleider herunter.«

Vishinsky sah mich überrascht an, riß sich aber schnell wieder zusammen. »Aye aye, Sir.« Er zog ein Klappmesser aus seiner Tasche. Die Augen des Gefangenen weiteten sich, aber er sagte nichts, während Vishinsky die Nähte seiner Sachen auftrennte. Wenig später hockte er nackt vor uns.

»Stellen Sie ihn auf die Beine.« Vax und der Schiffsprofos zerrten den verängstigten Mann hoch.

»Mr. Vishinsky, gehen Sie in Zelle zwei. Bereiten Sie den nächsten Mann auf genau dieselbe Art vor und warten Sie dort.«

»Aye aye, Sir.«

»Vax, nehmen Sie das.« Ich reichte ihm meine Laserpistole. Ich stand mit dem Rücken zum Schott, die Hand vor der Brust halb geöffnet.

»Mr. Holser, behalten Sie meine Hand im Auge. Wenn dieser Mann lügt, bewege ich den kleinen Finger. So. Sie werden ihm daraufhin sofort ins Gesicht schießen und mir in die nächste Zelle folgen. Sagen Sie nichts und stellen Sie keine Fragen. Behalten Sie nur meinen Finger im Auge und schießen Sie, wenn er sich bewegt. Bestätigen Sie das, Mr. Holser.«

Vax schluckte. Er schwieg lange.

»Bestätigen Sie meine Befehle!« verlangte ich wütend.

Er zögerte kaum eine Sekunde lang. »Befehl gehört und

verstanden, Kapitän Seafort. Ich schieße ihm ins Gesicht, wenn Sie den Finger bewegen, Sir.«

Ich warf mich zu dem Gefangenen herum. »Sind Sie derjenige, der sich als General Kall ausgab?«

»Ja.« Er schluckte, und seine Augen zuckten zwischen mir und Vax' Pistole hin und her.

»Wie lautet Ihr tatsächlicher Name?«

»Kerwin Jones.«

»Wo steckt General Kall?«

»Auf der Station. Bitte schießen Sie nicht! Ich sage ja die Wahrheit! Bitte!«

»Lebt er noch?«

»Ja, Sir. Er ist in einer Umkleidekabine eingeschlossen. Ein paar von den Jungs halten ihn zusammen mit den übrigen Offizieren fest.«

Meine Hand zuckte ansatzweise. Der Mann wurde weiß. »Sie haben rebelliert?«

»Ja, Sir. Es sind die Bergleute, Sir. Sie wollten uns alle umbringen. Ich habe im Funkraum gearbeitet, Sir. Ich bin Zivilist. Als die Versorgungsschiffe nicht mehr kamen, wurden die Bergleute sozusagen verrückt. Ich mußte mitmachen, um nicht ...«

»Wie viele Offiziere wurden getötet?«

»Nur zwei, Sir. Es ging alles so schnell! Wir mußten einfach eine Möglichkeit finden, die Station zu verlassen, verstehen Sie das nicht?«

»Was ist auf dem Planeten passiert?«

»Die Bergleute haben alles übernommen. Sie halten die UN-Militärs als Geiseln, denke ich. Das Komitee hat das Shuttle in der Hand, und sie kommen einmal am Tag herauf, um die Lage im Auge zu behalten.« Ich warf einen Blick auf meinen Finger. »Es ist die Wahrheit, Sir!« sprudelte es aus ihm heraus. »Ich schwöre es beim allmächtigen Gott! Bitte glauben Sie mir!« Er wandte sich an Vax. »Schießen Sie nicht, um der Liebe Gottes willen!«

»Mr. Vishinsky!« Schon einen Augenblick später kam der Schiffsprofos in die Zelle. »Dieser Mann ist womöglich kooperationsbereit. Verhören Sie ihn. Ich möchte alles über das Komitee der Bergleute erfahren und über den Zeitpunkt, an dem sie mit dem Shuttle zur Station heraufkommen. Ich möchte auch den Plan der Station haben. Falls er lügt – falls seine Geschichte in irgendeiner Weise von der der drei anderen abweicht –, brechen Sie das Verhör sofort ab und informieren Sie mich.«

Ich ging. Vax folgte mir.

Auf dem Rückweg zur Brücke fragte er: »Sir, was hätten Sie getan, wenn er gelogen hätte?« Ich blieb stehen und zuckte mit dem Finger. Es schauderte ihn.

»Nehmen Sie die Pistole aus dem Gürtel. Zielen Sie damit aufs Deck.« Sichtlich besorgt tat er wie geheißen. »Schneiden Sie durch die Decksplatten. Das ist ein Befehl!«

»Aye aye, Sir.« Mit zweifelndem Blick spannte er den Finger um den Abzug. Die Pistole piepte und zeigte damit, daß sie keine Ladung mehr aufwies. Ich streckte die Hand aus, und Vax gab mir die Waffe. Ich betrat die Brücke.

Stunden vergingen wie im Flug. Die Mannschaft war damit beschäftigt, elektrische Leitungen zu kontrollieren und wiederherzustellen, wo Laserschüsse sich durch die Kabel gebohrt hatten. Derek und Alexi beruhigten verängstigte Passagiere und führten sie in ihre Kabinen zurück, und sie halfen beim Saubermachen.

Drei unserer Fahrgäste waren von den Eindringlingen getötet worden. Zwei weitere waren durch die Dekompression umgekommen; sie hatten es nicht geschafft, sich rechtzeitig die Raumanzüge anzuziehen. Dazu gehörte Sarah Butler, die liebenswürdige junge Dame, die bei mir am Tisch gesessen hatte.

Drei unserer Mannschaftsmitglieder waren tot. Und ein Offizier.

Alles in allem hatten wir Glück gehabt, daß es nicht schlimmer gekommen war. Glücklicherweise hatten die Eindringlinge die *Hibernia* übernehmen und sie nicht vernichten wollen. Sandy hatte versucht, die Luftschleuse per Schalttafel zu schließen, und sie hatten ihn an Ort und Stelle niedergebrannt. Hätten seine Kleider sich nicht an der Schalttafel verfangen, wäre er von der Dekompression ins All gerissen worden, als ich das Schiff losriß. Die toten Besatzungsangehörigen hatten zu unseren Kampfgruppen gehört.

Auf der Brücke saß ich neben Vax in meinem weichen Sessel und versuchte, mit meiner Torheit ins reine zu kommen. Es ist immer zu spät, das Naheliegende zu tun. Sandys anklagendes, blickloses Gesicht schwebte unmittelbar außerhalb meiner Reichweite. Ich fragte mich, ob ich je wieder davon frei sein würde.

Ich schaltete den Rufer ein. »Mr. Carr, Mr. Tamarow, melden Sie sich auf der Brücke.«

Innerhalb weniger Augenblicke kamen die Fähnriche hereinmarschiert und nahmen Haltung an. Ich ließ sie bequem stehen. »Berechnen Sie unseren Kurs zurück zur Station, aus zwei Kilometern mit dem Bug voran zu ihrer oberen Luftschleuse. Kontrollieren Sie Ihre Werte anhand von Darlas Berechnung.« Sie machten sich flugs an die Arbeit, während ich dasaß und vor mich hinbrütete. Vax betrachtete mich besorgt vom Sitz des ersten Offiziers aus.

Mir kam eine Idee. »Vax, wo steckt Kadett Fuentes?«

»Er hilft Mr. Browning in der Messe.«

»Wie ist er denn dorthin gekommen?«

»Er war bei mir an der vorderen Schleuse, als die Sache losging. Ich habe ihn zur Fähnrichskabine geschickt, um dort aufzupassen.«

»Ah.« Die Fähnrichskabine auf Deck 1 hatte keinen Aufpasser benötigt, und der kleine, schwache Kadett war kaum geeignet, sie zu verteidigen. Vax hatte dafür gesorgt, daß Ricky aus der Schußlinie blieb.

Vax wurde rot. »Ja, Sir. Als die Lage sich wieder beruhigt hatte, forderte ich ihn auf, Mr. Browning zu helfen.«

»Sehr gut.« Ich war froh. Für heute hatte ich bereits genug Kinder umgebracht.

Die Fähnriche legten mir eine Kursplanung vor; ich wies Vax an, sie zu kontrollieren. Dieses eine Mal hatte ich vor, mich auf ihre Berechnungen zu verlassen. Mir schmerzte der Kopf trotz Dr. Uburus Heilsalbe, oder vielleicht gerade deshalb.

Wir gaben mehrmals Schub mit der Hilfsenergie, um nach Miningcamp Station zurückzukehren. Lethargisch überließ ich Vax das Ruder. Nach einer Stunde feuerten wir die Rückschubdüsen, um nicht übers Ziel hinauszuschießen.

Es wurde Zeit. Ich nahm den Rufer zur Hand und kam mir dabei töricht vor. Wann war der Befehl, den zu erteilen ich im Begriff stand, je an Bord eines UN-Schiffes zu hören gewesen, außer im Drill?

»Alle Mann auf Gefechtsstation!« Ich drückte einen Schalter, und die Sirene heulte sofort los.

Überall im Schiff kamen Männer und Frauen aus ihren Unterkünften geströmt, aus Waschräumen, aus dem Messesaal und von Reparaturarbeiten, um ihre Posten aufzusuchen. Alle nicht lebenswichtigen Anlagen wurden sofort abgeschaltet. Hydroponik und Wiederaufbereitungsanlage wurden auf Automatikbetrieb eingestellt. Jedes Instrument im Maschinenraum wurde doppelt besetzt, während die Mannschaft dort das volle Potential unserer Fusionsmaschinen in die Lasergeschütze der *Hibernia* einspeiste.

Der Funkraum war gedrängt voll mit Matrosen, die ihre Instrumente besetzten und nach feindlichem Laser- oder Geschoßfeuer Ausschau hielten. Die Laserabwehrcrews standen bereit. Sie öffneten Spezialluken im Bug der *Hibernia*, um die Gazeschilde auszuspannen, die dazu dienten, feindliches Laserfeuer abzulenken.

Ich wußte, daß unsere Laserschilde eine unnötige Vorsichtsmaßnahme darstellen, da Orbitalstationen nicht mit Laserkanonen ausgerüstet waren. Miningcamp Station, dreiundsechzig Lichtjahre von der Erde und sechs von Hope Nation entfernt, wurde nur von Schiffen unserer Flotte angelaufen; niemand sonst fuhr durch die interstellaren Raum.

Wer sollte Miningcamp schon angreifen?

Mein Rufer war auf Annäherungsfrequenz eingestellt.

»Achtung, Miningcamp Station. Hier ist die U.N.S. *Hibernia* unter dem Kommando von Kapitän Nicholas Seafort. Bestätigen Sie!«

Einen Moment später meldete sich der Lautsprecher. »Wir empfangen Sie.«

»Wir eröffnen in zwei Minuten das Feuer, es sei denn, Sie kapitulieren bedingungslos. Wo ist General Kall?«

Der Lautsprecher wurde für einige Sekunden still. »Fick dich selbst, du Arsch!«

»In eindreiviertel Minuten eröffnete ich das Feuer. Ich durchschneide Ihre Außenhülle etwa zwanzig Meter beiderseits Ihrer oberen Luftschleuse. Rechnen Sie mit der Dekompression.«

Ich hörte einen gedämpften Tumult vor ihrem Rufer. Eine neue Stimme meldete sich. »Nur zu, machen Sie schon! Ihr General wird sich in Begleitung der übrigen Offiziere in der Luftschleuse aufhalten.«

»Das ist mir eigentlich egal. Man wird Ihnen die Schuld geben, nicht mir.«

Vax schnappte nach Luft. Ich legte den Finger auf die Freigabetaste der Laser, drückte sie aber nicht. »Feuerkontrolle, halten Sie sich bereit. Beiderseits ihrer Luftschleuse.«

»Aye aye, Sir.«

»Wir bringen Sie alle um!« schnarrte die Stimme im Lautsprecher.

»Noch eine Minute. Nach der Dekompression gewähre ich Ihnen eine weitere Minute, ehe ich die Station in kleine Stücke schneide. Ich fange mit Ihrem Funkraum an.«

»Das wagen Sie nicht! Die Station ist Milliarden wert; man wird Sie hängen!«

Meine Stimme klang ganz fremdartig. »Ich weiß. Darauf hoffe ich ja. Noch fünfundvierzig Sekunden.« Ich drücke die Freigabetaste.

»Sie sind wahnsinnig!«

»Und Sie sind gleich tot.«

Darla meldete sich mit drängender Stimme. »Wir erhalten Laserfeuer mit geringer Energie. Erratischer Strahl.«

»Was zum Teufel ist das denn?« Miningcamp sollte eigentlich unbewaffnet sein.

»Schilde voll ausgefahren. Strahl innerhalb der Schildkapazität.«

Ich sah Vax an. »Eine Schneidmaschine? Haben sie Handlaser zusammengekoppelt, um ihre Strahlen zu bündeln?«

Vax zuckte die Schultern; seine Gedanken drehten sich um dringlichere Fragen. »Kapitän, bitte zerstören Sie die Station nicht.«

Ich schaltete den Rufer ein. »Noch dreißig Sekunden!« An Vax gewandt setzte ich hinzu: »Tut mir leid, Mr. Holser.« Wir schwebten auf die Stationsschleuse zu, die Laser unter Energie und schußbereit.

»Noch fünfzehn Sekunden!« Meine Stimme war angespannt. »Im Vertrauen auf die Güte und Gnade des ewigen Gottes überantworten wir Ihre Leichen der Tiefe ...«

»O mein Gott!« Vax´ Worte waren ein Flüstern.

»... Um den Jüngsten Tag abzuwarten, wenn die Seelen der Menschen vor den allmächtigen Gott gerufen werden ...«

»Warten Sie, nicht schießen!« Ich konnte ihre Angst riechen.

»Feuer eröffnen!«

Ich richtete die Augen auf den Simultanschirm. Ein Stück der Außenhülle nahe der Luftschleuse sackte in sich zusammen.

»Stoppen Sie den Beschuß! Wir kapitulieren!« Es war ein Schrei.

»Funkraum, Feuer einstellen!« Ich deaktivierte den Laser. »Station, bestätigen Sie Ihre bedingungslose Kapitulation.«

Eine andere Stimme meldete sich. »Sehen Sie mal, Mister. Wir haben verloren; das ist uns klar. Aber falls wir uns jetzt ergeben, werden entweder Sie uns töten oder die Bergleute. Wir möchten eine Amnestie.«

»Nein.« Das war endgültig.

»Unsere Freiheit für die Station. Ein Handel!«

»Nein.«

»Dann wenigstens unser Leben! Keine Todesstrafe. Sonst machen Sie nur weiter und zerstören die Station; wir haben nichts zu verlieren!«

Er hatte recht. Ich brauchte nur ein paar Sekunden für die Entscheidung. »Ich bin einverstanden. Als Vertreter des Generalsekretärs der Vereinten Nationen mildere ich jedes Todesurteil ab, das Sie ansonsten vielleicht erhalten hätten. Kein Todesurteil wird erfolgen. Ich gebe Ihnen mein Wort darauf.«

»Auch das des Generals?«

»Meine Garantie gilt für alle UN-Streitkräfte.« Vax legte den Kopf in die Hände. Ich war rechtlich bevollmächtigt, ein solches Versprechen zu geben, aber die Admiralität würde es nicht gut aufnehmen. Überhaupt nicht gut.

»Bitte geben Sie mir eine Minute. Ich muß mit den anderen sprechen.«

»Sehr gut.« Vax und die übrigen Fähnriche hielten fast die Luft an, während ich die Uhr im Auge behielt.

Zwei Minuten. »Die Zeit ist abgelaufen. Ich eröffne in fünfzehn Sekunden das Feuer.«

»Wir kapitulieren! Wir sind mit dem Handel einverstanden!«

»Sehr schön. Legen Sie die Raumanzüge an. Lassen Sie Ihre Offiziere frei, begeben Sie sich in die Luftschleuse und öffnen Sie die Außenluke. Sie haben drei Minuten.«

Sie benötigten fünf. Ich lenkte die *Hibernia* so dicht heran, wie ich es nur riskieren konnte, und befahl dann einem Matrosen im Schubanzug, mit einem Kabel zu ihrer Luftschleuse hinüberzufliegen. Ich wies die Rebellen an, sich am Kabel entlang in unsere Schleuse herüberzuhangeln. Einen nach dem anderen holten wir sie herein, insgesamt fünfzehn Personen. Mr. Vishinsky und seine Truppe standen mit Laserpistolen bereit.

Einige Stunden später saß General Friedreich Kall in meiner Kabine und hatte einen nicht angerührten Drink neben sich stehen. Er war ein stämmiger, rüstiger Sechziger. Er lehnte es kategorisch ab, das Abkommen anzuerkennen, und verlangte die Auslieferung der Meuterer. Er wollte sie vor Gericht stellen und hängen. Wir funkelten einander an.

Ich zuckte die Achseln. »Sie tun gerade so, als hätten Sie eine Wahl.« Ich aktivierte den Rufer. »Mr. Holser, melden Sie sich in der Kapitänskabine, um General Kall vom Schiff zu geleiten.«

»Ich unterstehe nicht Ihrem Befehl!«

»Nein, aber Sie halten sich an Bord meines Schiffes auf. Sobald wir Ihre Lieferung ausgeladen haben, bin ich schon wieder unterwegs.«

»Was ist mit den Rebellen?«

»Sie fahren zu ihrem eigenen Schutz mit.«

»Sie unterstehen meiner Befehlsgewalt! Sie können das nicht machen!« Er sprang auf.

»Hören Sie mir gut zu.« Es war leicht, wenn man sich erst mal nicht mehr um die Folgen scherte. Mein Ton war barsch. »General Kall, Sie sind ein Esel. Tragen Sie Ihre Einwände in mein Logbuch und in Ihr eigenes Tagebuch ein und verschwinden Sie dann von meinem Schiff.«

»Sie lassen Meuterer davonkommen, Sie Verräter?« Er hatte jede Beherrschung verloren.

Vax klopfte an die Kabinenluke. »Davonkommen?« fragte ich, während ich aufmachte. »Wohl kaum. Sie werden vor Gericht gestellt und verurteilt. Wahrscheinlich werden sie sich wünschen, tot zu sein, ehe sie die Strafe abgesessen haben. Aber hängen werden wir sie nicht.«

»Wie, denken Sie, soll ich mein Kommando behalten, wenn Sie sie derart nachsichtig behandeln?«

»Darüber mache ich mir überhaupt keine Gedanken«, versetzte ich gelassen. »Ich rechne durchaus damit, daß Sie es wieder verlieren, ehe wir zurückkommen.«

Er fiel in sich zusammen und sank schwer in den Sessel zurück. »Wissen Sie, wie sich das in meiner Dienstakte ausnimmt? Die Station an einen Haufen Zivilisten zu verlieren? Ich bin fertig.«

Ich gab Vax ein Zeichen, daß er noch warten sollte, und schloß die Luke wieder. »Nicht unbedingt. Sie haben Ihre

Station zurückerhalten. Sie haben nach wie vor Probleme auf dem Planeten. Ihre Dienstakte wird auch angeben, wie Sie damit fertig werden.«

»Finden Sie das wirklich?« Er blickte hoffnungsvoll auf. »Bah! Sie verachten Schwäche.«

»Wer? Die Bergleute oder das UN-Oberkommando?«

»Beide. Und ich. Ich verachte Schwäche ebenfalls.«

»Akzeptieren Sie das Abkommen, das ich getroffen habe, und ich bleibe zu Ihrer Unterstützung in der Nähe. Meine Laser können zur Not auch die Oberfläche aufs Korn nehmen. Mein Bericht wird dann ausweisen, daß ich Zeuge wurde, wie Sie die Kontrolle selbst wiederhergestellt haben.« Ich wurde allmählich zum Diplomaten. Wenn ich nicht führen konnte, verhandelte ich eben.

Nach langem Hin und Her willigte er widerstrebend ein, meiner Linie zu folgen. Ich führte ihn von Bord, übergab die fünfzehn Rebellen seinem Gewahrsam und zog das Schiff eintausend Kilometer weit in einen Parkorbit zurück.

Damit blieben mir noch drei schwere Aufgaben.

Auf dem Umfangskorridor an der vorderen Luftschleuse bezogen Offiziere, Matrosen und Passagiere dichtgedrängt Aufstellung. Die flaggengeschmückten Särge aus Alulegierung standen hinter mir in der Schleuse. Ich las aus dem Seelenamt der Christlichen Wiedervereinigung.

In meiner Kabine hatte ich, während ich mir die weiße Galauniform anzog und die schwarze Trauerschärpe über der Schulter zurechtrückte, beschlossen, den Ritus zu Ende zu bringen. Meine Stimme würde ruhig bleiben, und ich würde nicht zittern. Das war beschlossene Sache. Jetzt mußte ich es nur noch ausführen.

Mit ausdrucksloser Stimme begann ich: »Asche zu Asche, Staub zu Staub ...« Sandy saß reglos auf seiner Koje und wartete darauf, daß Vax ihm erlaubte, sich wieder zu bewegen. »Der Mensch, von der Frau geboren ...« Sandy hielt das Orchestrion grinsend außer Reichweite von Rickys bittender Hand.

Meine Stimme schwankte. Ich rang mir die Worte ab. Ich

trug ebensoviel Schuld an Sandys Tod wie die Lumpen in unserem Schiffsgefängnis. »Im Vertrauen auf die Güte und Gnade des ewigen Gottes übergeben wir ihre Leichen der Tiefe ...«

Ein Dutzend Männer in Raumanzügen, und ich hatte ihnen Zutritt aufs Schiff gewährt? Besser hätte ich noch am Tag, an dem Kapitän Malstrom starb, auf mein Patent verzichtet. Sandys verzerrtes Gesicht starrte an mir vorbei. Ich spürte den verbrannten Stoff seiner Uniform. Ich berührte das blasige Loch in seiner Brust. Nur noch ein paar Worte, dann war es geschafft.

Sandy war kaum sechzehn gewesen. Gestern noch hatte er das ganze Leben vor sich gehabt. Er hatte das Frühstück in der Messe heruntergeschlungen. Er hatte scherzend mit uns zu Mittag gegessen. Er hatte sich gewaschen. Er hatte gelächelt. Er hatte Wache gehabt. Durch meine Schuld lagen seine sterblichen Überreste jetzt in einem kalten Metallkasten. »... Um den Jüngsten Tag abzuwarten, wenn die Seelen der Menschen vor den allmächtigen Gott gerufen werden ... Amen.«

Ich hatte es geschafft und die Andacht zu Ende geführt. Ich sah Vax an. Seine Schultern bebten lautlos, und seine Augen waren rot vom Weinen. Ich lächelte bitter. Vax, der Sandy in der Fähnrichskabine herumschikaniert hatte, war durch seinen Tod niedergeschmettert, während ich, sein Beschützer, keine Tränen übrig hatte.

»Stabsbootsmann Terrill, öffnen Sie bitte die Außenluke.« Ich wartete.

»Befördern Sie die Särge hinaus, Mr. Terrill.« Langsam verschwanden sie in der Dunkelheit.

Noch zwei Aufgaben.

Während ich mich mühsam zur Brücke schleppte, stellte sich mir jemand in den Weg. Amanda. »Es heißt, dein Mut hätte das Schiff gerettet, Danke ... Nicky.«

»Falsch«, antwortete ich ausdruckslos. »Entschuldige mich.«

Als ich wieder auf der Brücke war, erteilte ich meine

Befehle. »Derek, Alexi, berechnen Sie unseren Kurs nach Hope Nation. Vax, weisen Sie Mr. Vishinsky an, die Gefangenen in sicheren Fesseln zur Brücke zu bringen.«

»Aye aye, Sir.« Mein Herz klopfte. Ich starrte auf den Bildschirm. Ich hörte Alexi und Derek auf ihren Konsolen tippen. Bald. Schon bald würde alles vorüber sein.

»Nachricht von Miningcamp, Sir. Es wird kein Widerstand mehr geleistet.«

»Sehr gut.«

Die sieben Männer standen in einer Reihe an der Wand, die Hände auf den Rücken gefesselt, die Füße in Ketten. Trotzdem hielten Vax und der Schiffsprofos Stunner in den Händen.

»Darla, speichere den Ablauf.« Ihre Videokameras leuchteten auf. »Gemäß der mir von der Regierung der Vereinten Nationen erteilten Vollmachten klage ich Sie hiermit der Piraterie an, da Sie die U.N.S. *Hibernia* attackiert haben, ein Schiff der Flotte, im rechtlichen Auftrag unterwegs. Ich klage Sie des Mordes an, da Sie neun Personen in dem Versuch getötet haben, sich des Schiffes zu bemächtigen. Ich berufe ein Kriegsgericht ein und ernenne mich selbst zum vorsitzenden Offizier. Leugnen Sie die Richtigkeit der Anklage, oder gestehen Sie und erklären Ihr Verhalten? Sprechen Sie nacheinander.«

Einer nach dem anderen murmelten die Gefangenen ihre Geständnisse, daß sie tatsächlich versucht hatten, das Schiff in ihre Gewalt zu bekommen. Kerwin Jones, der Rädelsführer, musterte mich argwöhnisch.

»Falls Sie mildernde Umstände vorzubringen haben, tun Sie das jetzt.«

Sie überschlugen sich mit ihren Geschichten. Als die Versorgungsschiffe ausblieben, hatten ihre Befürchtungen überhandgenommen. Wilde Gerüchte kursierten in den Minen. General Kall unternahm wenig, um die Leute zu beruhigen. Sie hatten keinerlei Kontakt zur Zivilisation. Unter unerträglichem Druck gerieten sie in Panik.

Ich hörte teilnahmslos zu. Als sie fertig waren, sagte ich:

»Nach Anhörung der Beweise und der mildernden Umstände befinde ich Sie hiermit der Piraterie und der Ermordung eines Flottenoffiziers, dreier Mannschaftsangehöriger und von fünf Passagieren für schuldig. Für diese Verbrechen verurteile ich Sie zum Tode, zu vollstrecken nach Belieben des Kapitäns. Sitzung vertagt.«

»Sie haben es versprochen!« schrei Jones mich an. »Sie haben Ihr Wort gegeben, daß wir nicht getötet würden!«

»Ich habe nichts dergleichen gesagt.«

»Sie haben es geschworen!«

»Darla, bitte abspielen.«

Eine Sekunde später ertönte meine Stimme aus dem Lautsprecher: »Nein, wir werden Sie nicht erschießen. Weder jetzt noch in Zukunft. Sie haben mein Wort darauf.«

»Danke, Darla. Ich halte mein Versprechen. Wir werden Sie nicht erschießen. Mr. Vishinsky, bringen Sie diese Männer ins Schiffsgefängnis und von dort einen nach dem anderen auf die Krankenstation. Verhören Sie sie, um herauszufinden, wer Mr. Wilsky erschossen hat.«

Stunden vergingen. Vax sprach mich mehrfach an, aber ich befahl ihm jedesmal, den Mund zu halten. Die Ärztin schloß die Polygraph- und Drogenverhöre ab. Ich gab meine Befehle aus.

Der Schiffsprofos, der Chief, Vax und mehrere Matrosen legten die Planke über den Fusionsschacht. Wir standen sechs gefesselten und geknebelten Gefangenen gegenüber. Ohne jede Regung fuhr ich den Förderwagen für jede Exekution zur Seite. Als die schaurige Aufgabe erledigt war, entließ ich die Matrosen.

Noch ein weiteres.

»Mr. Holser, übernehmen Sie die Brücke. Chief, evakuieren Sie Deck 2, Sektionen sechs, sieben und acht, und stellen Sie Posten auf, um die Korridorluken zu diesen Sektionen zu sichern. Mr. Vishinsky, begleiten Sie mich zum Schiffsgefängnis.«

Der siebte Gefangene, der Mann, der Sandy mit dem Laser erschossen hatte, ging hilflos auf und ab, die Hände auf den Rücken gebunden. »Mr. Vishinsky, warten Sie hier.« Meine Stimme klang dumpf.

»Aye aye, Sir.«

Ich packte den Gefangenen am Arm und führte ihn aus der Zelle, durch die Korridor und die Leiter hinauf auf Deck 2. Der Posten vor Sektion acht salutierte und trat zur Seite. Ich schob den Gefangenen in die verlassene Sektion und schließlich um die Biegung des Korridors herum zur Luftschleuse.

Ich drückte den Transmitter an die Lukensteuerung. Die Innenluke glitt auf. Ich führte den Gefangenen in die Schleuse.

»Was haben Sie vor?« Sein Gesicht zeigte Panik.

Ich antwortete nicht. Ich hielt ihn an den Schultern fest und trat die Beine unter ihm weg. Er sank zu Boden. Ich drückte ihn in Sitzhaltung. Dann kehrte ich zur Innenluke zurück.

»Nein! Gott, tun Sie das nicht!«

Er rappelte sich verzweifelt auf. Ich stand unter der Luke. Er rannte auf mich zu.

Ich stieß ihn heftig zurück. Mit seinen gefesselten Händen fiel er lang hin. Ich ging hinaus und drückte den Transmitter an die Schalttafel. Die Innenluke schloß sich. Wie rasend warf der Mann sich gegen die Transplextür, prallte aber von ihrer unnachgiebigen Oberfläche ab.

Wieder hielt ich den Transmitter an die Schalttafel. Die Außenluke glitt auf. Ich sah zu, wie der schaurige Inhalt der Kammer im Zuge der Dekompression in den Weltraum hinauswirbelte.

Nach wenigen Augenblicken kehrte ich langsam auf die Brücke zurück. »Die Fusionskoordinaten?«

»Hier, Sir.« Alexi rief sie auf dem Bildschirm seiner Konsole ab. Er schluckte mehrfach, und es gelang ihm, sich ganz unauffällig zu verhalten.

»Darla?«

Sie zeigte ihre Zahlen. Sie paßten zu denen Alexis.

»Maschinenraum, bereitmachen zur Fusion.«

Nur einen Moment später erfolgte die Antwort. »Bereit zur Fusion, Sir. Steuerung an Brücke übergeben.«

Ich fuhr mit dem Finger am Monitor hinauf. Die Simultanschirme wurden leer. »Mr. Holser, Sie haben die Wache.« Ich riß die Luke auf und verließ die Brücke.

Ich schloß mich in meine Kabine ein. Im matten Licht zog ich die Jacke aus. Ich setzte mich und stützte die Arme auf dem Tisch ab. Ich geriet ins Zittern. Unbeteiligt fragte ich mich, wie schnell ich wahnsinnig werden würde. Wohl wissend, daß niemand mich hören konnte, füllte ich die Lungen und schrie, so laut ich nur konnte. Der Hals wurde wund.

Ich blickte durch das Außenschott am Schiff entlang. »Kommen Sie, Mr. Tuak«, flüsterte ich. »Ich bin bereit für Sie.« Ich wußte, daß er diesmal Sandy mitbringen würde.

ZWEITER TEIL

20. November im Jahr unseres Herrn 2195

21. Kapitel

Der Oktober kam, dann der November. Ich verbrachte einen Tag nach dem anderen in der Kabine. Die Mahlzeiten wurden mir gebracht. Manchmal aß ich sie. Gelegentlich übernahm ich die Wache; häufiger jedoch strich ich mich vom Dienstplan. Hin und wieder nahm ich das Abendessen mit den Passagieren im Speisesaal ein; häufiger jedoch konnte ich den Gedanken an ihre Konversation nicht ertragen und blieb in meiner Koje.

Zweimal kam Mr. Tuak zu Besuch, aber selbst in meinen Träumen hatte ich keine Angst mehr. Er konnte mich nicht durchs Schott ziehen, und als ich ihm gar zu folgen versuchte, erschien er überhaupt nicht mehr.

Eines Tages betrat ich die Brücke und fand Vax auf seinem Platz dösend vor. Er fuhr hoch, als ich mich vor ihm aufbaute, und seine Augen weiteten sich vor Erschrecken und Angst. »Es tut mir leid, Sir!« stammelte er. »Es ist nur ... Ich ...« Er wurde dunkelrot.

»Ist schon in Ordnung.« Ich setzte mich in meinen Sessel. Es waren nur noch vier von uns, die für die Wachen zur Verfügung standen, und indem ich mich selbst vom Wachplan strich, hatte ich die Zahl noch auf drei reduziert. Kein Wunder, daß er erschöpft war. »Ich beteilige mich ab jetzt wieder.« Tag für Tag ertrug ich die Stille auf der Brücke, bis ich endlich in die Einsamkeit meiner Kabine zurückkehren konnte.

An einem der seltenen Abende, an dem ich den Speisesaal aufsuchte, wurde ich nach dem Essen angesprochen. »Kapitän, wir würden gerne mit Ihnen sprechen.« Es war Rafe Treadwell, inzwischen vierzehn geworden. Ich vermutete, daß er mit dem ›wir‹ sich und seine Schwester meinte. Ich nahm sie mit in meine Kabine. Rafe, Schulter an Schulter mit Paula, sprach als erster. »Kapitän, Sie benötigen mehr Fähnriche.«

»Möchtest du mir erzählen, wie ich mein Schiff führen soll?« Meine Stimme klang trostlos.

»Nein, Sir, ich wollte nur eine Feststellung treffen«, antwortete er ruhig. »Als wir losfuhren, hatten Sie drei Leutnants, vier Fähnriche und einen Piloten. Jetzt stehen Ihnen noch drei Fähnriche und ein Kadett zur Verfügung. Sie brauchen mehr Hilfe.«

»Möchtest du dich freiwillig melden?«

»Nein, Sir, wir haben beschlossen, daß einer von uns bei Mom und Dad bleiben sollte. Paula möchte sich melden.«

»Ach!«

»Ja, Sir«, sagte sie. »Ich bin ohnehin besser in Mathe.«

»Wir sind hier nicht auf der Akademie, junge Dame. Ich kann nicht Kinder zu Fähnrichen erziehen.«

»Sie haben Derek genommen.«

»Er ist sechzehn und fast schon erwachsen. Du warst vor ein paar Wochen noch dreizehn.«

»Na und? In meinem Alter lernt man schneller.« Und sie fügte hinzu: »Als Sie uns auf die Brücke mitnahmen, war es mir sofort klar. Das ist es, was ich tun möchte.«

»Und deine Eltern?«

»Oh, sie sind dagegen«, gab sie vergnügt zu. »Aber sie kommen darüber hinweg.«

»Ist mit ihrem Einverständnis zu rechnen?«

»Nicht in einer Million Jahren«, sagte Rafe. »Aber Sie sind nicht auf ihr Einverständnis angewiesen. Das haben Sie uns selbst gesagt.«

Ich funkelte sie an, bewirkte damit jedoch nichts. Ich brauchte Fähnriche; Vax war bereit für die Leutnantsabzeichen. Und obwohl Alexi es nicht wußte, galt das bald auch für ihn. Aber Kinder zu shanghaien, wie Mrs. Donhauser es ausgedrückt hatte ... Ich hatte auch ohne das genug Probleme. Und wir waren nicht mehr allzuweit vom Hafen entfernt, wo man mich auswechseln würde. »Danke, aber es geht nicht. Nicht ohne das Einverständnis eurer Eltern.«

Paulas Ton blieb unbewegt. »Fürchten Sie sich vor meinen Eltern, Kapitän? Ich dachte, Sie wären kein Feigling.«

Ich hätte ihr am liebsten eine Ohrfeige versetzt. »Halt den Mund, junge Dame.«

»Das werde ich. Wenn Sie nicht den Mumm haben, mich in Dienst zu nehmen, dann möchte ich auch nicht unter Ihrem Kommando fahren.« Sie verschränkte die Arme.

Das reichte. Sie benötigte Disziplin so dringend wie ich Fähnriche. Ein fairer Handel, und zum Teufel mit ihren Eltern. »Bist du sicher? Weißt du, was Kadetten durchmachen müssen?«

»Ich weiß.« Für einen Moment wirkte sie besorgt, aber dann zuckte sie die Achseln. »Was andere junge Leute schaffen, schaffe ich auch.«

»Für ein Mädchen ist es schwerer. Nur wenige Frauen dienen auf Schiffen.«

»Leutnant Dagalow hat es getan.«

»Ja.« Die Politik der Flotte verbot jede Diskriminierung, und offiziell existierte eine solche auch nicht, aber das Leben in der Fähnrichskabine konnte sich trotzdem für Frauen als besondere Hölle erweisen. Andererseits kannte ich Vax und Alexi gut, und von ihnen waren keine überzogenen Schikanen zu erwarten.

»Seid ihr zwei denn bereit für die Trennung?«

Sie sahen sich gegenseitig an; Rafe nickte knapp. »Es gefällt uns nicht«, sagte Paula, »aber wir sind dazu bereit.«

»Dann sprich mir nach«, sagte ich. »Ich, Paula Treadwell, schwöre bei meiner unsterblichen Seele ...«

»Ich, Paula Treadwell ...« Wenig später hatte ich einen weiteren Kadetten.

Sie bekam die fünfte Koje im Zentrum der Fähnrichskabine; Ricky Fuentes zog weiter an der Wand entlang in Sandys Koje um. Auch in Zukunft war die Kabine damit gedrängt voll. Besonderes Derek hatte neue Lektionen über Anstand in der Flotte zu lernen. Im Grunde war mir das alles jedoch egal. Ich zählte die Wochen und Tage und wartete auf das Ende.

»Allmächtiger Gott, heute ist der 31. Dezember 2195 an Bord der U.N.S. *Hibernia.* Wir bitten um Deinen Segen für uns und unsere Reise und um die Gesundheit und das Wohlergehen aller an Bord.« Diesmal blieb ich stehen. »Meine Damen und Herren, es war der Wille Gottes, daß heute ein tragisches und schwieriges Jahr zu Ende geht. Unsere Freunde und Kameraden, die nicht mehr unter uns weilen, begleiten uns weiter im Geiste. Ich freue mich wie Sie auf die Landung auf Hope Nation, und an diesem letzten Abend eines schicksalhaften Jahres bitte ich den allmächtigen Gott um Seinen besonderen Segen, auf daß die Wunden heilen mögen, die unsere Unglücksfälle verursacht haben.«

Ich setzte mich. Zunächst widerwillig fielen die Passagiere in das ›Amen‹ ein. Als das letzte Murmeln verklungen war, gab ich dem Steward das Startzeichen.

Nur drei Personen saßen jetzt noch an meinem Tisch – Mrs. Donhauser, Mr. Ibn Saud und ausgerechnet Amanda Frowel. »Nicky, laß mich bei dir sitzen. Was die anderen machen, ist unfair und falsch. Ich möchte demonstrieren, daß ich nicht daran mitwirke.«

Meine drei Tischgefährten mußten Mut aufbringen, um mir treu zu bleiben. Jared und Irene Treadwell waren fast durchgedreht, daß ihre Tochter den Eid abgelegt hatte. Zuerst behaupteten sie, ich wäre nicht bevollmächtigt, sie in Dienst zu nehmen. Sie drangen in die Offiziersunterkünfte ein, um sie zurückzuholen, und mußten körperlich überwältigt werden. Dann reichten sie eine Petition herum, in der Paulas Entlassung gefordert wurde, und jeder einzelne Passagier unterzeichnete sie, einschließlich der drei, die mir heute Gesellschaft leisteten. Das machte mir nichts aus, aber als die Treadwells auch unter der Mannschaft ein Rundschreiben zirkulieren ließen, hatte ich die Nase voll. Ich gab bekannt, daß jeder Besatzungsangehörige, der eine Petition unterzeichnete oder auch nur mit ihnen darüber diskutierte, den Rest der Fahrt im Schiffsgefängnis verbringen würde, und schickte den Chief los, um die Treadwells aufzufordern, daß sie die Mannschaft in Ruhe ließen, andernfalls sie selbst eine Zelle von innen betrachten könnten.

Sie störten mehrfach das Abendessen und mußten mit Gewalt aus dem Speisesaal befördert werden. Dann kam der Tag, an dem die Treadwells an Paula herantraten und sie zwangen, mit ihnen in ihre Kabine zu kommen. Vax und eine Gruppe Matrosen mußten die Luke ausbauen, um den verlegenen Kadetten zu retten.

Die Treadwells sorgten weiter für Aufregung, bis Rafe vor einer Woche seine Eltern warnte, er würde sich ebenfalls verpflichten, wenn sie Paula nicht in Ruhe ließen. Danach verhielten sich die Eltern vorsichtiger; vielleicht hatten sie etwas über die Entschlossenheit ihrer Kinder gelernt.

Ich fuhr damit fort, mich auf der Brücke unerträglich aufzuspielen. Ich drillte die Fähnriche unaufhörlich in Navigation und Pilotieren. Einmal befahl ich, Derek den Rohrstock zu verabfolgen, weil ich eine gewisse Ungeduld aus seinem Ton herausgehört hatte, und ich ignorierte die kochende Wut, die er anschließend tagelang zu erkennen gab. Ich wies Alexi regelmäßig zurecht, bis er so nervös war, daß er kaum noch vernünftig Wache halten konnte. Meine freien Stunden verbrachte ich allein in der Kabine; es war schon länger her, daß ich Pfeife und Tabak des Chiefs eingepackt und ihm ohne Kommentar zugeschickt hatte.

Eines Tages beschloß ich, Alexi einem außerplanmäßigen Navigationsdrill zu unterziehen. Unsere Fähnriche mußten geschickter sein als ich, für den Fall, daß ihnen das Schicksal die Verantwortung für das Schiff übertrug. Ich rief in der Fähnrichskabine an, aber niemand antwortete. Daß Alexi nicht dort war, war verständlich; als ungewöhnlicher mußte man schon betrachten, daß sich überhaupt niemand dort aufhielt. Neugierig und argwöhnisch schloß ich die Brücke ab und ging nachschauen, ohne mich dabei um den ersten Verstoß gegen die Vorschriften zu scheren, der darin bestand, die Brücke unbeaufsichtigt zu lassen.

Die drei Fähnriche und zwei Kadetten blieben unauffindbar. Ich durchsuchte die Offiziersunterkünfte, die Salons, den Trainingsraum. Ich kontrollierte die Kombüse und die Speiseräume. Ich stieg zu den Mannschaftsquartieren hinunter. Ich warf sogar einen forschenden Blick in den Maschinenraum.

Überzeugt, daß ich mit einer Intrige konfrontiert war, durchstöberte ich das ganze Schiff und versuchte mir auszumalen, wo die Fähnriche stecken konnten. Besprachen sie ihre Verschwörung im Frachtraum hinter dem Barkassenhangar? Ich durchquerte die Schleuse zum leeren Hangar. Die Luke glitt auf. Rufe und Gelächter schlugen mir aus dem matten Schein der Notbeleuchtung entgegen.

»Vorsicht!« Ein Gegenstand segelte auf mich zu. Ich duckte mich. Das Ding zerplatzte auf meiner Brust, und ich wurde vom Kopf bis zur Taille mit eiskaltem Wasser überschüttet. Ich spuckte vor Wut.

Innerhalb eines Augenblicks begriff ich die Lage. Ganze Haufen Wasserballons lagen herum. Die Fähnriche und Kadetten, denen die nassen Uniformen an den Gliedern klebten, schleppten mehrere Armvoll dieser Geschosse mit herum, während sie sich gegenseitig umschlichen.

»Allmächtiger Gott, der Kapitän!« Die Gestalten erstarrten vor Schreck.

Es war nicht passiert! Falls ich zur Kenntnis nahm, was ich hier sah, mußte ich darauf reagieren. Das wollte ich jedoch nicht, also war überhaupt nichts geschehen. Ich gedachte die Sache zu ignorieren. Ich drehte mich zum Gehen um, aber das Wasser quatschte in meinem Schuh, und ich überlegte es mir abrupt anders. Ich drehte das Licht herunter, bis der Hangar nahezu im Dunkeln lag. »Feindlicher Angriff, Vax! Ich bin unbewaffnet! Die Lage ist kritisch!«

Er brauchte nur eine Sekunde, um zu reagieren. Er warf mir ein paar Wasserballons zu. Ich fing sie auf und attackierte den nächststehenden Fähnrich, bei dem es sich zufällig um Derek handelte. »Ergib dich!« Ich erwischte ihn mitten im Gesicht. Er kreischte, taumelte rückwärts und spuckte Eiswasser. Ich warf mich zu Ricky auf der anderen Seite des Raumes herum. »Deine Vorgesetzten angreifen, was?« Ich näherte mich ihm geduckt. Alexi raffte als erster genug Mut zusammen, um mich gezielt anzugreifen. Danach degenerierte die ganze Sache zu einem wüsten Handgemenge, das erst endete, als die riesigen Haufen Wasserballons verbraucht waren. Zu diesem Zeitpunkt hatten sich die Fähnriche und ihr Kapitän gegen die beiden unglücklichen Kadetten gewandt und sie von allen Seiten bombardiert, bis sie sich ergaben.

Ich lehnte mich ans Schott und wieherte vor Lachen. Nach einer Weile fürchtete ich, daß ich nicht wieder aufhören konnte. Ich riß mich zusammen und wandte mich an die grinsenden Fähnriche. »Was für ein Verstoß gegen die Vorschriften! Zur Strafe werdet ihr hier alles aufwischen, und zwar jeden Quadratzentimeter! Bestätigt das!«

»Aye aye, Sir!« Sie bestätigten den Befehl mit echter Freude. Ich stellte mir langsam die Frage, wie ich zum Umziehen meine Kabine erreichen konnte, ohne gesehen zu werden. Noch wurde mir gar nicht bewußt, daß meine Angst endlich verschwunden war und ich mich jetzt jedem neuen Tag stellen konnte, wenn schon nicht fröhlich, dann wenigstens ohne Furcht.

Erneut gewann ich das Interesse an meinen Pflichten zurück. Der Pilot bat zum wiederholten Mal um ein Gespräch mit mir. Seit Monaten hatte ich seine Bitten ignoriert, aber jetzt beschloß ich, der Begegnung nicht länger auszuweichen. Ich suchte seine Kabine auf. Vier Monate lang hatte ich ihn nicht mehr gesehen; sein Erscheinungsbild erschreckte mich. Ausgezehrt, die Augen rot umrändert und eingesunken, nahm er Haltung an. Ich hieß ihn bequem zu stehen. Er leckte sich die Lippen. »Jetzt, wo ich endlich mit Ihnen spreche, weiß ich nicht, womit ich anfangen soll.« Ich wartete unbehaglich. Er wandte sich ab und schlang die Arme um sich, als wäre ihm kalt. »Kapitän, wenn Sie mich nicht wieder in Dienst nehmen, ehe wir andocken, bin ich er-ledigt. Es ist mein Leben – die Flotte. Es ist alles, was ich habe.«

Er sah mir ins Gesicht. »Jesus, wie alt sind Sie? Achtzehn?

Wie können Sie das verstehen? Nichts bleibt dasselbe, wenn man älter wird. Geräusche sind nicht mehr so deutlich; die Schärfe des Gehörs schwindet. Farben wirken nicht mehr so leuchtkräftig. Nicht mal das Essen schmeckt mehr so gut. Nichts riecht oder schmeckt oder fühlt sich noch so lebendig an wie in der Jugend, als man glaubte, es würde einem der Verstand platzen, überlastet vom schieren Vergnügen an den Wahrnehmungen ...« Er wurde still, und sein Blick ging in die Ferne.

»Ich bin vielleicht kein guter Offizier ...« Er schluckte und versuchte es erneut. »Kapitän, ich weiß, daß ich eigentlich kein guter Offizier bin. Aber ich bin ein guter Pilot. Ein sehr guter.« Ich nickte.

»Wenn ich am Ruder stehe, dann empfinde ich – wieder diese Lebendigkeit. Ich spüre die Instrumente und die Schubdüsen mit den Fingern, mit einer Intensität, die ich auch anderswo erlebte, als ich noch jünger war. Können Sie sich vorstellen, was es bedeutet, das zu verlieren? Bitte! Ich weiß nicht, wie man bettelt, aber ich versuche es.«

Ich konnte nicht mehr viel davon verkraften. Er klang wie der tote Mr. Rogoff. »Das verlange ich nicht von Ihnen, Mr. Haynes.«

»Ich kann ein sehr guter Pilot sein«, sagte er. »Am Ruder, meine ich. Was das übrige angeht, kann ich mir mehr Mühe geben. Wenn das nicht gut genug ist ...« Er brach ab. »Ich bin zu alt, um etwas Neues zu beginnen. Um der Liebe Gottes willen, Kapitän, lassen Sie mich nicht einfach verfaulen!«

»Und diese Proteste im Logbuch? Der Befehl, wir Fähnriche sollten ruhig sein, weil wir Sie ablenkten?«

Er flüsterte seine nächsten Worte. »Arroganz. Ich kann mir das nicht mehr leisten. Wenn man es genau nimmt, ist das alles, was ich bin.« Seine Augen glänzten. »Ich fahre Sternenschiffe. Ich manövriere, ich docke an, ich berechne Kurse, kalkuliere Positionen. Ich kann ohne meine Kleinlichkeit und meine Arroganz leben – o Gott, ich muß es! –, aber nicht ohne das!«

»Sie haben viel nachgedacht, Mr. Haynes.«

»Ich möchte nicht mehr leben, wenn ich nicht Pilot sein kann.« Er schluckte. »Bitte«, sagte er demütig. »Geben Sie mir mein Leben zurück. Ich kümmere mich nur noch um meine Angelegenheiten, das schwöre ich! Keine Proteste mehr, keine Bemerkungen, keine angewiderten Blicke. Ich habe gelernt, worauf es ankommt. Das Ruder führen ist wichtig. Nichts sonst.«

Ich war bewegt. »Wir mögen einander nicht, Mr. Haynes. Daran ist nichts zu ändern. Aber das brauchen wir auch gar nicht. Schön, ich setze Sie wieder in Ihren Rang ein. Ich setzte Sie wieder auf den Dienstplan. Wir werden sehen, wie es läuft.«

Er schloß vor Erleichterung die Augen. »Danke«, flüsterte er. Mir stieg Galle in den Hals. Ich hatte ihn gebrochen. Ich empfand unerträgliche Scham.

22. Kapitel

In ein paar Tagen stand uns die letzte Defusion bevor, um den abschließenden Navigationscheck vor unserem Eintreffen auf Hope Nation vorzunehmen.

Mir lief die Zeit davon; ich hatte noch einiges zu erledigen, ehe ich das Kommando meinem Nachfolger übertrug. Während der Nachmittagswache rief ich die Offiziere auf die Brücke. Chief McAndrews, der Pilot, die Fähnriche und die Kadetten warteten verwirrt ab. Ich befahl Vax Holser vorzutreten. Er nahm steif Haltung an, als ich mich vor ihm aufbaute.

»Darla, speichere die nachfolgende Prozedur.« Ihre Kameralämpchen leuchteten auf. »Mr. Holser, treten Sie vor. Ich, Kapitän Nicholas Seafort, erteile hiermit von Gottes Gnaden Fähnrich Vax Stanley Holser das Offizierspatent im Flottendienst der Regierung der Vereinten Nationen ...« Er war wie vom Donner gerührt, und in seinem Gesicht leuchtete unverhüllte Freude.

»... und ernenne ihn zum Leutnant.«

Das war geschafft. Mein eigener Rang als Kapitän hing von der Bestätigung oder dem Widerruf durch Admiral Johanson ab, aber die von mir vorgenommenen Patentvergaben und Ernennungen nicht. Im Gegensatz zur alten Seemarine waren im Feld erteilte Offizierspatente bei uns unwiderruflich. Die Admiralität würde den Leutnantsrang von Vax akzeptieren, ungeachtet ihrer eigenen Einschätzung. Alles andere hätte nur die unbegrenzte Befehlsgewalt eines Kapitäns auf Fahrt untergraben.

Mit einem dümmlichen Grinsen schüttelte Vax den anderen Offizieren die Hand und nahm ihre Glückwünsche entgegen. Mir fiel Alexis nachdenkliches Gesicht auf. Ihm mußte eingefallen sein, daß er gerade Oberfähnrich geworden war und die Leitung der Fähnrichskabine übernommen hatte.

Der frischgebackene Leutnant wies die Kadetten an, seine Sachen in seine neue Kabine zu schaffen. Es war ein entspannter Anlaß; wir anderen plauderten miteinander, ehe wir auseinandergingen. »Nun, Mr. Carr«, sagte ich jovial. »Haben Sie vor, Ihren neuen Oberfähnrich herauszufordern?«

Sein Blick war kühl. »Vielleicht, Sir. Wenn die Lage es rechtfertigt.« Mein Lächeln verblaßte. Er hatte noch nicht vor, mir zu verzeihen, daß ich ihn in einem Augenblick der Verärgerung aufs Faß geschickt hatte. Ich fragte mich, ob ich das wiedergutmachen konnte. Wahrscheinlich nicht. Derek konnte viel vergeben, aber nicht diese ungerechtfertigte Demütigung.

Ein paar Tage später holte ich das Schiff aus der Fusion. Alexi bestimmte unsere Position und legte unter dem wachsamen Blick des Piloten die Koordinaten für unseren letzten Sprung fest. Mr. Haynes sagte nur wenig. Als die Zahlen vorlagen, rechnete ich sie mühselig von Anfang an nach. Es war ein guter Tag; ich schaffte es in weniger als eine halben Stunde. Endlich stimmten alle unsere Zahlen überein, und wir gingen wieder in Fusion.

Alexi entspannte sich mit einem erleichterten Seufzen.

»Nicht so schnell, Mr. Tamarow.« Ich deutete auf die Bildschirme. »Darla, simuliere bitte den Anflug auf Hope Nation.« Ich schaltete den Rufer ein. »Chief, simulieren Sie Defusion und Manöver. Fähnrichsdrill.« Ich wandte mich wieder dem Fähnrich zu. »Alexi, holen Sie das Schiff aus der Fusion und docken Sie es an.« Vor Zeitaltern war ich bei genau diesem Manöver unter der Aufsicht von Kapitän Haag und Leutnant Dagalow kläglich gescheitert.

»Aye aye, Sir.« Alexi studierte die Konsole. »Maschinenraum, bereitmachen zur Defusion.« Voller Zuversicht fuhr er mit dem Finger am Monitor herab. Mein Neid wuchs, während ich zusah, wie er mit Leichtigkeit komplizierte Manöver absolvierte, wie er die Hilfstriebwerke zündete und das Rendezvous mit der Orbitalstation durchführte. Zum Schluß tippte er einmal leicht die Steuerung der Bremsdüsen an, und die Luftschleusen hefteten sich sanft aneinander. In der Simulation lagen wir still, an die Orbitalstation angekoppelt.

Hätte er nicht wenigstens einen kaum erkennbaren Schweißfilm auf der Stirn gehabt, hätte ich ihn von der Brücke geworfen.

»Sehr gut, Mr. Tamarow. Das war alles.« Als er Anstalten traf aufzustehen, sprach ich ihm widerwillig die verdiente Anerkennung aus. »Alexi, das war gute Arbeit. Sehr gute Arbeit.«

Er grinste erfreut. »Danke, Sir. Vielen Dank!«

»Wie gefällt es Ihnen, Oberfähnrich zu sein?«

»Es gefällt mir sehr«, antwortete er. Dann ergänzte er schüchtern: »Ich versuchte Ihrem Vorbild nachzueifern, Sir.«

Zuerst war mir warm zumute, aber dann baute sich Ärger in mir auf. Warum um alles in der Welt wollte er meinem Vorbild nacheifern?

Eine Atmosphäre der Erregung und des guten Willens breitete sich im Schiff aus. Unsere endlose Reise näherte sich schließlich doch dem Ende. Es blieb nur noch, am Rand des Hope-Nation-Systems aus der Fusion zu gehen und die Orbitalstation anzusteuern. Und dann auszusteigen.

Die meisten Passagiere wußten recht gut, was sie erwartete; sie hatten die Reise seit Jahren geplant, und ihre Karrieren, Aussichten und Gelegenheiten erwarteten sie bereits. Ich fragte mich, was die Zukunft für mich barg. Sicherlich einen Untersuchungsausschuß und wahrscheinlich gar ein Kriegsgericht. Aufgrund der Todesfälle unter Besatzung und Passagieren und des Angriffes auf das Schiff war das so gut wie sicher.

Ich fragte mich, ob ich je wieder den tiefen Raum sehen würde. Andererseits spielte das keine große Rolle. Ich hatte herausgefunden, daß ich nicht dafür begabt war, ein Kommando zu führen. Meine Dienstzeit war zu Ende, sobald ich wieder auf Luna eintraf, erneut als Fähnrich.

Ich hatte nicht vor, mich weiterzuverpflichten. Es war eine Sache, über ein Leben im Weltraum als erfolgreicher Karriereoffizier der Sternenflotte nachzudenken; es war schon etwas ganz anderes, das Leben als ewiger Fähnrich zu verbringen. Na ja, jetzt eilte ich den Dingen voraus. Wer wußte schon, ob sie mir überhaupt erlauben würden, wenigstens Fähnrich zu bleiben? Neben meinen anderen Torheiten mußte ich schließlich noch für Sandy Wilsky Rechenschaft ablegen.

Das Abendessen im Speisesaal war jetzt jeden Tag eine fast fröhliche Angelegenheit. Etliche Passagiere baten darum, am Kapitänstisch sitzen zu dürfen; ich zog es jedoch vor, mit den wenigen zu speisen, die mir während meiner Isolation die Treue gehalten hatten. Das Verhältnis zwischen Amanda und mir wurde nicht mehr so vertraulich wie früher, aber sie war höflich und lächelte gelegentlich sogar.

Die arme Armanda. Dieselbe unnachgiebige Rechtschaffenheit, die sie dazu gezwungen hatte, sich von mir zu trennen, veranlaßte sie nun, mir zur Seite zu stehen, um gegen die Undankbarkeit der übrigen Passagiere zu protestieren. In ihren Augen hatte ich das Schiff gerettet und es nicht beinahe verloren. Sie war ein Opfer des eigenen verdrehten Gerechtigkeitssinnes.

Am Abend vor unserer abschließenden Defusion wartete sie vor dem Speisesaal auf mich. »Nick, ich möchte es nicht damit bewenden lassen ... auf diese Art.« Sie sprach sanft. »Mit dieser Spannung zwischen uns.«

Ich fühlte mich unbehaglich dabei, so dicht bei ihr zu stehen, und wich einen Schritt zurück. »Ich bin immer noch ein Mörder. Eher noch mehr als vorher.«

Sie errötete. »Ja, ich habe das gesagt, und ich vermute, ich bin nach wie vor dieser Meinung. Aber Menschen sind vielschichtiger, als ich zuzugeben bereit war. Du hast getan, was du für deine Pflicht hieltest, und du bist weiterhin Nick Seafort.« »Danke«, sagte ich kalt. »Es gab Zeiten, da hatte ich meine Zweifel.«

»O Nicky!« Sie legte mir die Hand auf den Arm. »Es muß furchtbar gewesen sein.«

»Ich war ...« Ich dachte daran, ihr auszuweichen, entschied mich dann aber für die Ehrlichkeit. »... Sehr einsam. Manchmal.«

»Es tut mir leid. Ich wünsche dir alles Gute.«

»Ist nicht mehr übriggeblieben?« Verletzt wandte ich mich ab. Sie hatte immer noch die Macht, mir weh zu tun.

»Ich mache mir wirklich etwas aus dir!« rief sie hinter mir her. Ich blieb stehen. »Wie ich mir wünschte, es wäre anders gekommen, Nicky! Ich habe dich auch vermißt!«

»Aber es ist nicht anders gekommen.« Ich brachte ein dünnes Lächeln zustande. »Ich wünsche auch dir alles Gute, Amanda. Lebewohl.«

»Komm mich auf Hope Nation besuchen«, sagte sie auf einen Impuls hin. »Ihr werdet schließlich wochenlang im Hafen liegen.« Nach einer interstellaren Fahrt von mehr als sechs Monaten hatten Mannschaft und Offiziere ein Anrecht auf vier Wochen Landurlaub. Die Vorschriften waren unmißverständlich, was das anging, und ich fand das in

Ordnung. Unsere Leute taten Dienst und waren keine Gefangenen.

Mit einem Nicken erklärte ich mich einverstanden. »In Ordnung. Ich komme mal vorbei.« Falls ich nicht im Vorgriff auf das Kriegsgerichtsverfahren unter Arrest gestellt wurde. Mit dieser Absprache trennten wir uns.

Am nächsten Morgen hatte ich zusammen mit Leutnant Vax Holser Wache. Der Pilot war ebenfalls auf der Brücke und wartete auf seinen Augenblick.

»Brücke an Maschinenraum, bereithalten für Defusion.«

»Bereitmachen zur Defusion, aye aye.« Chief McAndrews war bereit, wie immer. »Maschinenraum bereit für Defusion, Sir. Steuerung an Brücke übergeben.«

»An Brücke übergeben, aye aye.« Auf dem Monitor zog ich die Linie von ›Voll‹ bis ›Aus‹. Erneut erstrahlten die Simultanschirme im hellen Licht der Sterne.

»Kontrollieren Sie, ob Hindernisse vorliegen, Leutnant.« Wann immer möglich, gedachte ich Vax' Titel zu gebrauchen, damit er sich leichter eingewöhnte.

»Keine Hindernisse, Sir.«

»Bestimmen Sie bitte unsere Position, Leutnant.» Ich stellte fest, daß der Pilot wortlos das gleiche tat. Niemals hätte er die *Hibernia* aufgrund der Zahlen eines anderen ins Dock gefahren. Nach einigen Minuten tauschten die beiden Männer ihre Ergebnisse untereinander und mit Darla aus.

»Hilfsenergie, Chief«, sagte ich.

»Aye aye, Sir. Energie eingeschaltet.«

»Pilot Haynes.« Mein Ton war förmlich. »Sie haben das Ruder.«

»Aye aye, Sir. Ruder null drei fünf Grad, ein Drittel voraus.«

»Ein Drittel, aye aye, Sir.« Mit unserem letzten Sprung waren wir bis auf wenige Stunden an Hope Nation und seine Orbitalstation herangekommen. Der Planet leuchtete hell und einladend auf unseren Simultanschirmen, und ich bekam einen Kloß im Hals.

Beim Wachwechsel blieb ich auf der Brücke. Ich mußte an

all das denken, was anders hätte kommen können. Stunden später wurde meine Tagträumerei unterbrochen. »Sir, Orbitalstation meldet: Schleusen bereit.« Es war der Funkraum.

»Bestätigt Bereitschaft, verstanden.« Der Pilot war an seiner Konsole beschäftigt.

»Relative Geschwindigkeit zweihundertzehn Stundenkilometer, Sir«, sagte Vax zu ihm.

»Zweihundertzehn, verstanden. Manövrierdüsen, Bremsschub zehn.«

Ich nahm den Rufer zur Hand. »Funkraum, verbinden Sie mich mit der Orbitalstation.«

Eine Pause. »Alles klar, Sir, Sie sind verbunden.«

»*Hibernia* ruft Orbitalstation.«

»Hier Einfahrtkontrolle, bitte sprechen Sie, *Hibernia*.«

»Identifizieren Sie sich bitte«, sagte ich. »Name, Rang und Dienstnummer.«

»Was?« Die Verblüffung des Mannes war offenkundig.

Pilot Haynes warf mir einen kurzen Blick zu. Einen Augenblick später stieg sein Mundwinkel in die Höhe. Er nickte widerwillig.

»Sie haben mich verstanden. Identifizieren Sie sich.«

»Kommunikationsspezialist erster Klasse Thomas Leeman, UN-Streitkräfte, 205-066-254.«

»Darla, überprüfe bitte die Dienstnummer.«

Eine kurze Pause trat ein. »Präfix 205 steht für einen interstellaren Posten; Das Suffix 254 kennzeichnet einen Kommunikationsspezialisten. 066 liegt im gültigen ID-Bereich.«

»Wer ist Ihr kommandierender Offizier, Mr. Leeman?«

»General Duc Twan Tho, Sir.«

»Ich würde gerne mit ihm sprechen.« Ich schaltete den Rufer ab. »Darla, bitte seine Datei.«

Wieder kam es zu einer kurzen Pause. »Hier General Tho. Wo liegt das Problem?«

»Bitte zeigen Sie sich visuell, General.« Gebranntes Kind scheut Feuer.

»Was soll dieser Unfug?« Sein finsteres Gesicht erschien auf dem Bildschirm. »Sind Sie jetzt zufrieden?«

Er paßte zu dem Bild, das Darla auf ihn projizierte. »Vollkommen. Danke. Wir docken in Kürze an.«

»Identifizieren Sie sich gefälligst selbst, *Hibernia*!« Das war sein gutes Recht. Meine Aufforderung mußte ihm lächerlich vorgekommen sein, und er revanchierte sich.

»Kapitän Nicholas Seafort führt das Kommando, UN-Flotte, 205-387-0058.«

Einen Moment später antwortete er vorsichtig: »Ich würde gerne mit Kapitän Haag sprechen.«

»Kapitän Haag ist tot; er wurde Opfer eines Unfalls. Ich bin Senioroffizier an Bord.«

»Visuelle Darstellung bitte.«

Ich schaltete mein Bild ein.

»Mein Gott, wie alt sind Sie?«

»Achtzehn.«

»Sie waren Leutnant?«

»Nein, Fähnrich.« Damit hatte er etwas zu verdauen. Es erfolgten keine weiteren Funksprüche.

Pilot Haynes manövrierte das Schiff an die Station heran, bis die Luftschleusen sich sanft aneinanderkoppelten. »Alle Maschinen stopp!«

»Alle Maschinen stopp, aye aye, Sir.«

»Halteriegel Bug und achtern schließen.«

»Vordere Riegel geschlossen, Sir.«

»Heckriegel geschlossen, Sir.« Das war Vax von einem Posten an der Heckschleuse aus.

»Leine festmachen, Leutnant. Innenluken öffnen.« Ein Matrose im Raumanzug drückte dort unten seinen codierten Transmitter an die Schleusenschalttafel. Als sich die dicken Transplexluken öffneten, leuchtete die Anzeige auf meinem Bildschirm grün auf.

»Innenluke achtern klar, Sir.«

»Außenluke öffnen. Sicherungsleine ausbringen. Luftdruckcheck.«

Eine Pause trat ein, während der Matrose unter Vax' wachsamen Auge arbeitete. »Leine gesichert, Sir. Druck bei einer Atmosphäre auf Meereshöhe stabil.«

»Wie sieht es dort aus, Mr. Holser?«

»Friedlich, Sir.«

»Sehr gut. Innenluke wieder öffnen.« Ich sackte in mir zusammen. Ich hatte meinen letzten bedeutsamen Befehl erteilt. Obwohl sie nominell weiter meinem Befehl unterstand, hatte der Stationskommandant jetzt das Sagen auf der *Hibernia*.

Ich schaltete den Rufer ein. »Mr. Leeman, verbinden Sie mich bitte mit der Admiralität auf dem Planeten. Und ich möchte schnellstmöglich eine Beförderungsmöglichkeit dorthin.«

»Kein Problem, Kapitän«, knurrte General Tho. Er war in der Leitung geblieben. Nun, unser Eintreffen war ja auch ungewöhnlich verlaufen, um das mindeste zu sagen.

Klick- und Pieplaute kamen aus dem Lautsprecher. »Hier Admiralitätshaus.«

»Hier meldet sich der kommandierende Offizier der U.N.S. *Hibernia*. Ich würde gerne mit Ihrem höchstrangigen diensthabenden Offizier sprechen.«

Schwache Störgeräusche wirbelten durch die Verbindung. »Das ist Kapitän Forbee, Sir. Einen Moment.« Ich wartete, und meine Anspannung wuchs. Die Prüfung, die mir bevorstand, würde nicht angenehm sein.

»Hier Forbee.«

»Kapitän Nicholas Seafort meldet sich, Sir. U.N.S. *Hibernia*.«

»Justin Haag war für diese Fahrt eingeplant, Sir.«

»Kapitän Haag ist im Raum gestorben, Sir. Ich bin der ranghöchste Offizier.«

»Können Sie zum Admiralitätshaus kommen, oder soll ich hinaufkommen?« Komisch, so etwas von einem planetaren Kommandeur zu hören. Ein Admiral und sein Stab kamen nicht zu Besuch, sondern zitierten andere herbei.

»Ich fliege hinunter, sobald ich von der Station ein Shuttle erhalten habe, Sir. Ich bringe das Logbuch mit.«

»Sehr gut, Kapitän.« Wir unterbrachen die Verbindung.

Ich suchte meine Kabine auf und überlegte, ob ich die

weiße Galauniform anziehen sollte, entschied mich aber dagegen. Sie würde ohnehin niemanden beeindrucken. Ich durchstöberte meine Reisetasche, bis ich die unbenutzte Brieftasche gefunden hatte, und stellte fest, daß immer noch Geld darin steckte. Da ich im Begriff stand, an Land zu gehen, heftete ich mir die Reihe meiner Dienstmedaillen an die Brust und überzeugte mich davon, daß die Schuhe ordentlich poliert waren.

Auf Deck 2 drängten sich die Passagiere an der Heckschleuse, um einen Blick auf die Station zu werfen, obwohl es noch Stunden dauern würde, bis sie aussteigen konnten. Ich ging zur vorderen Luftschleuse, wo die Mannschaft schon damit beschäftigt war, unsere Fracht auszuladen. Mit dem Holovid in der Hand zupfte ich die Uniform zurecht und kletterte durch die Schleuse.

»Hier entlang, Kapitän Seafort.« Ein Soldat führte mich durch die unvertraut breiten, schimmernden Korridore und Luken der Orbitalstation zum Büro des Kommandanten. Die Anlage der Station entsprach weitgehend der unserer Scheibe, obwohl sie in jeder Beziehung größer war – höhere Decken, breitere Korridore, weiträumigere Kabinen.

Hunderte von Menschen lebten und arbeiteten in diesem geschäftigen Verkehrszentrum. Fracht für Detour, Miningcamp und die Erde wurde über die Orbitalstation geleitet. Passagiere stiegen hier aus, ehe sie zur Weiterreise an Bord anderer Schiffe gingen. Kleine Shuttles verkehrten täglich zwischen der Station und dem Planeten. Alles in allem eine typische Orbitaleinrichtung für unsere interstellaren Linienschiffe.

»Ich bin General Tho.« Ein kleiner Mann mit ordentlich getrimmtem Schnurrbart über schmalen Lippen und einem zurückweichenden Haarkranz, den das gewellte schwarze Haar noch betonte. Er musterte mich zweifelnd. »Sie kommandieren die *Hibernia*?«

»Ja.« Ich erwiderte seine Schroffheit, indem ich mich nicht weniger kurz angebunden gab.

»Ihr Shuttle wird in ein paar Minuten bereitliegen.« Nach

einem kurzen Augenblick entspannte er sich sichtlich. »Was ist aus Ihren Offizieren geworden?«

Ich seufzte. Sicherlich mußte ich die Geschichte noch ziemlich oft wiederholen. Ich erklärte ihm alles.

Als ich fertig war, schüttelte er den Kopf. »Gütiger Himmel, Mann!«

»Ja. Deswegen möchte ich auch sofort beim Admiral vorsprechen.«

Seine Antwort wurde von einem Korporal unterbunden, der unter der Tür auftauchte. »Das Shuttle liegt bereit, Sir.«

Er zuckte die Achseln. »Besser, wenn Sie gleich aufbrechen, Kapitän. Ich habe Ihnen Vorrang vor den Passagierbussen eingeräumt.«

»Danke.« Ich folgte dem Korporal die Stockwerke weit nach unten zu einer Shuttle-Startrampe. Die Anlage ähnelte dem Barkassenhangar der *Hibernia,* war aber weit größer. Sie war für die Aufnahme der großen Orbitalbusse bestimmt, die Passagiere zwischen Planeten und Station beförderten.

Ich grinste vor mich hin; hätte ich von Vax verlangt, diesen Hangar zu polieren, wäre er freiwillig schnurstracks zur Luftschleuse hinausgegangen. Mein Grinsen verblaßte wieder; ich erinnerte mich an einen anderen jungen Mann, der durch mich aus einer Luftschleuse befördert worden war. Mir wurde übel, und ich schloß die Augen.

Bei dem Shuttle handelte es sich um einen sportlichen kleinen Sechssitzer mit einfahrbaren Tragflächen, dessen Düsen- und Vakuumtriebwerke gemeinsam den verfügbaren Platz im Bug ausfüllten. Ich duckte mich und stieg ein.

»Schnallen Sie sich an, Kapitän.« Der Pilot trug einen saloppen Fliegeroverall und einen abnehmbaren Helm. Er gurtete sich selbst fest an, denn er sorgte sich mehr um atmosphärische Turbulenzen als um Dekompression. Ich folgte seinem Beispiel. Er legte einige Schalter um und überprüfte seine Instrumente mit der Gelassenheit langer Übung, während er darauf wartete, daß die Luft aus dem Hangar gepumpt wurde.

»Viel Verkehr heutzutage?« fragte ich, mehr um Konversation zu machen.

»Ein bißchen. Vor der Krankheit war es mehr.« Er schaltete seinen Rufer ein. »Startkontrolle, Alpha Fox 309 startbereit.«

»Einen Moment noch.« Wenig später meldete sich die Stimme zurück. »Start freigegeben, 309.« Die gewaltigen Luken des Hangars fuhren auf. Hope Nation leuchtete grün und einladend durch den Abgrund des Alls.

Unser Treibstoff trommelte auf die Schutzverkleidung des Hangars, während das Shuttle in den Weltraum hinausglitt. Sobald wir draußen waren, gab der Pilot vollen Schub auf die Maschinen. Wir schossen mit zunehmender Geschwindigkeit von der Station weg und näherten uns Hope Nation in einem schiefen Winkel, bis wir die äußersten Ausläufer der Atmosphäre erreichten. Der Pilot summe eine mir völlig unbekannte Melodie, während er Hebel umlegte, seinen Radar ins Auge faßte und das Schiff mit kurzen Schüben der Positionsdüsen herumschwenkte, um es in die richtige Lage für die Zündung der Bremsraketen zu bringen.

»Was meinten Sie mit ›vor der Krankheit‹?« fragte ich mit lauter Stimme. Die ersten Stöße der atmosphärischen Turbulenzen schüttelten den Rumpf der Maschine durch.

Der Pilot warf mir einen kurzen Blick zu. »Haben Sie nichts davon gehört? Wir hatten vor einiger Zeit eine Epidemie, aber inzwischen haben wir sie unter Kontrolle.« Er stellte das Automatikzählwerk ein, hielt aber die Hand bereit, um die Maschinen manuell zu zünden, wenn der Computer sie nicht einschaltete.

»Was für eine . . .«

»Jetzt nicht. Warten Sie.« Der Pilot konzentrierte sich voll auf die Computeranzeigen. Die Bremsmaschinen brüllten im selben Augenblick los, als das Zählwerk auf Null stand. Er entspannte die Hand. »Bei diesen kleinen Bordcomputern weiß man nie!« Er mußte schreien, um den zunehmenden Lärm zu übertönen. »Nicht so zuverlässig wie die Großrechner, mit denen Ihr Typen fahrt!«

Während wir immer tiefer sanken, verlor Hope Nation seine Kugelform. Landschaftsmerkmale wurden durch verstreute Wolkenschichten hindurch erkennbar. Hier und da entdeckte ich die Schachbrettmuster kultivierter Felder, obwohl der größte Teil des Planeten dicht bewachsen und grün wirkte.

Obwohl ich so etwas erwartet hatte, staunte ich doch über den Anblick eines Planeten, der so viele Lichtjahre von zu Hause entfernt war und dessen Ökologie wie die unsere auf Kohlenstoff beruhte. Die Bäume und Pflanzen von Hope Nation lieferten keine Proteine oder Kohlenhydrate, die wir verdauen konnten, aber sie gediehen neben unseren importierten Arten.

Einheimische Tiere gab es natürlich nicht. Nirgendwo hatte man bislang exoterrestrische Tiere gefunden, von den primitiven Weichtierfischen auf Zeta Psi abgesehen.

»Entschuldigung!« überschrie der Pilot den Triebwerkslärm. »Was sagten Sie?«

»Was für eine Epidemie hatten Sie hier?«

»So eine Art mutierter Virus. Er brachte eine Menge Leute um, ehe wir einen Impfstoff entwickelten. Ich weiß nicht viel darüber, nur daß jeder eine Spritze bekommt, sobald er in Centraltown landet.«

»Werden wir dort landen?«

»Natürlich. Alle Neuankömmlinge auf der Station werden zunächst dorthin gebracht. Zoll, Quarantäne, einfach alles ist in Centraltown.«

»Ja, natürlich.« Ich hatte das nachgelesen, aber es war schwierig, eine ganze Kultur in eine Stunde am Holovid zu verdauen.

»Sagen Sie, wie sind Sie überhaupt Kapitän geworden?«

Ich seufzte.

Es versprach wirklich ein ausgedehnter Landurlaub zu werden.

Ein paar Minuten später stellte er das Shuttle geschickt auf Gleitmodus ein und lenkte es elegant über die flache Ebene auf die Küste des funkelnden Meeres vor uns zu.

Einen Augenblick nach der Umschaltung liefen die Düsentriebwerke an und machten aus uns einen Jet.

Natürlich entdeckte der Pilot die Landebahn lange vor mir, schließlich bewegte er sich hier in vertrautem Gelände. Die Stummeltragflächen des Shuttles schwenkten in den Senkrechtstartermodus, während wir langsamer wurden. Der Pilot stimmte unser Eintreffen über der Startbahn perfekt ab; wir bewegten uns fast schon nicht mehr, als er uns sanft auf die Tarmac-Bahn setzte, wobei die Düsen der Unterseite den Fall abbremsten.

»Willkommen auf Hope Nation, Flottenmann!« Er lächelte mich an, während er die Maschinen abstellte. »Und viel Glück!«

»Ich kann es gebrauchen.« Ich öffnete die Luke und stieg aus. Draußen richtete ich mich auf, um meinen ersten Atemzug in einem anderen Sonnensystem zu machen. Die Luft war sauber und duftend. Ich konnte das Aroma nicht ganz unterbringen, aber es erinnerte mich an frische Kräuter in irgendeinem exotischen Gericht. Die Sonne, Spektralklasse G2, leuchtete hell und wirkte vielleicht ein bißchen gelber als unsere eigene.

Ich gaffte wie ein Bodenwurm bei seinem ersten Urlaub in Lunapolis. Mein Gang war leicht und federnd, das Ergebnis der Schwerkraft von Hope Nation, die nur null Komma neun zwei des irdischen Wertes aufwies. Der Planet war eigentlich zwölf Prozent größer als die Erde, aber beträchtlich weniger dicht.

Meine Flotten-ID sorgte dafür, daß ich ohne jedes Theater die Zollformalitäten hinter mich bringen konnte. Beim Quarantäneschuppen handelte es sich um eine wacklige Konstruktion direkt neben der Rollbahn, zwischen den Schiffen und einer Ansammlung von Gebäuden. Der Pfleger war freundlich und tüchtig; ich machte den Arm frei; er setzte mir die Impfpistole an den Unterarm, und die Sache war erledigt.

Ich tastete nach meiner Brieftasche. Auf diesem Planeten war ich ein Grünschnabel. Ich hatte keine Ahnung, wohin ich mich wenden mußte und wie ich mein Ziel erreichen sollte, aber ich vermutete, daß mein UN-Geld dieses Problem lösen würde. »Wie komme ich zum Admiralitätshaus?«

»Nun …« Der Pfleger kniff im grellen Sonnenlicht des Nachmittags die Augen zusammen. »Sie könnten hinüber zum Abfertigungsgebäude gehen und auf der anderen Seite einen Elektrowagen mieten. Falls einer frei ist, meine ich, denn wir haben nur sieben davon. Am Ende der Ausfahrt biegen Sie nach links ab, fahren bis zur ersten Ampel, biegen erneut links ab und fahren zwei Blocks weit.«

»Danke.« Ich wandte mich ab.

»Oder Sie überqueren einfach die Rollbahn und begeben sich in das Gebäude dort drüben. Das ist das Admiralitätshaus.« Er deutete auf ein zweistöckiges Gebäude in etwas über sechzig Metern Entfernung.

»Oh.« Ich kam mir töricht vor, aber dann mußte ich doch anerkennend grinsen. Er hatte das sicher mit zahlreichen Neulingen zur Perfektion entwickelt. »Nochmals danke.« Ich machte mich auf den Weg über die Rollbahn, das Holovid in der Hand.

Jetzt wünsche ich mir doch, ich hätte die weiße Galauniform angezogen, aber ich erkannte gleichzeitig, wie albern das war.

Steven Johanson, kommandierender Admiral des Stützpunktes Hope Nation, würde sich nicht von einer Galauniform beeindrucken lassen, die einen täppischen Ex-Fähnrich schmückte.

Ein Eisenzaun umgab den großen Zementblock. Ich öffnete das Tor; ein gut ausgetretener Weg führte über den ungemähten Rasen zur Frontseite des Gebäudes. Das Emblem der Flotte, der geflügelte Anker und die Worte ›Flottendienst der Vereinten Nationen, Admiralitätshaus‹ begrüßten mich von einer Messingplakette aus, die am Verandapfosten befestigt war.

Hatte man die Messingplakette hier hergestellt oder über Lichtjahre der Leere hinweg hierhertransportiert, um der

Fassade eines kolonialen Flottenhauptquartiers zusätzlichen Glanz zu verleihen?

Vor den hohen Holztüren mit Glaseinsätzen am oberen Absatz der Verandatreppe zupfte ich mir die Uniform zurecht und fuhr mir mit den Händen durchs Haar. Ich holte tief Luft und trat ein.

Ein junger Mann in der weißen Landuniform saß gerade an einer Konsole in der Eingangshalle und tippte etwas in einen Computer. »Kann ich Ihnen helfen, Sir?«

»Nicholas Seafort, *Hibernia*, meldet sich bei Admiral Johanson.«

»O ja, wir haben Sie schon erwartet; General Tho hat uns angerufen. Kapitän Forbee erwartet Sie.« Er führte mich eine mit rotem Teppichboden bedeckte Treppe hinauf und dann durch einen Flur zu einem Büro mit offenen Fenstern, die Ausblick auf das sonnenbeschienene Flugfeld boten. »Kapitän Seafort, Sir.«

Ich nahm Haltung an. »Nicholas Seafort meldet sich zur Stelle, Sir. Ranghöchster Offizier an Bord der *Hibernia*.«

Der junge Kapitän hinter dem Schreibtisch erhob sich rasch und salutierte. Er musterte mich aus zusammengekniffenen Augen, die schwach und verwirrt wirkten. Ein ziemlich junger Mann, der erste Ansätze zur Fettleibigkeit zeigte. »Sollen wir uns dann rühren?« Das war eine komische Methode, mir den Befehl zum Rühren zu geben, aber vielleicht waren die Kolonialgebräuche anders. Wir entspannten uns, und er deutete auf einen Stuhl.

»Danke. Soll ich meine Meldung bei Ihnen machen oder direkt bei Admiral Johanson?«

Er lächelte traurig. »Admiral Johanson ist an der Seuche gestorben.«

»Gestorben, Sir?« Ich setzte mich. Soviel Tod ...

»Er hat den Virus erwischt. Eines Tages fiel er einfach um, wie alle, die infiziert wurden.«

»Gütiger Gott!« Mehr fiel mir nicht ein.

»Ja.« Er sah unglücklich aus. »Seitdem leite ich den Flottenstützpunkt. Ich habe mit dem letzten Schiff die Nachricht abgeschickt, aber es wird zwei Jahre dauern, bis seine Ablösung eintrifft.«

»Sehr gut, Sir. Ich erstatte Ihnen Meldung. Es tut mir leid, daß ich nicht besser vorbereitet bin, aber das meiste steht im Logbuch.« In der Befürchtung, er könnte mir Einhalt gebieten, ehe ich mir die ganze scheußliche Geschichte von der Seele geredet hatte, sprudelte ich mit meiner Zusammenfassung dessen hervor, was sich an Bord der *Hibernia* abgespielt hatte. Ich ersparte mir nichts und war nur zu froh, das endlich hinter mich zu bringen. »Die Todesfälle Kapitän Haags und der Leutnants waren Gottes Wille«, schloß ich, »aber ich übernehme die volle Verantwortung für die Todesfälle Fähnrich Wilskys, der Matrosen und Passagiere.«

Er schwieg lange. »Entsetzlich«, sagte er.

»Ja, Sir.«

»Aber Sie kennen noch nicht mal die Hälfte.« Er stand auf und kam um den Tisch herum zu meinem Platz, wo ich mit der Mütze auf den Knien saß. Er bückte sich und sah sich die Reihe meiner Dienstmedaillen an. Als wollte er meine Geschichte noch einmal bekräftigt haben, fragte er: »Wann, sagten Sie, ist Ihr letzter Leutnant gestorben?«

»Am 12. März 2195, Sir.«

»Und das ist auch im Logbuch verzeichnet?«

»Ja, Sir.« Ich steckte den Chip ins Holovid und reichte ihm das Gerät.

Er setzte sich wieder an den Schreibtisch und blätterte durch die Einträge, bis er den Monat März erreichte. Er schüttelte den Kopf, als er die relevanten Abschnitte las. »Es war nicht Juni, nicht wahr? Sie wurden im März Kapitän.«

»Ja, Sir«, sagte ich verwirrt.

»Das wäre es dann.« Kapitän Forbee drehte sich um und blickte zum Fenster hinaus. Ohne mich anzusehen, sagte er: »Hope Nation ist immer noch eine kleine Kolonie. Als Flottenstützpunkt haben wir nicht viel zu bieten. Interstellare Schiffe sind hier nicht stationiert, denn wir sind nicht groß genug, um das zu rechtferigen. Admiral Johanson war ein Verwalter der Dienstrangfolge, nur für den Fall, daß er in dieser Funktion einmal benötigt würde – etwa um einen Disput zwischen zwei Kapitänen zu schlichten. Oder um einen Ersatz zu ernennen, falls ein Kapitän starb oder zu krank wurde, um noch zu fahren.«

»Ja, Sir.«

»Drei Kapitäne gehörten zu seinem Stab. Einer davon, Kapitän Grone – ein peinlicher Zwischenfall; wir taten unser Bestes, um die Sache zu vertuschen –, schloß sich vor fast einem Jahr den Einheimischen an. Er und seine Verlobte stahlen einen Hubschrauber und flüchteten ins Venturagebirge, wo sie verschwanden. Wir konnten sie nicht mehr finden. Ein instabiler Mensch, dachten viele von uns. Der zweite ist Kapitän Marceau von der *Telstar*. Sechzehn Jahre Dienstalter.«

Gut. Er oder Forbee würden mich ersetzen. Mein Alptraum war vorüber. »Wo ist er, Sir?«

»Der verdammte Idiot mußte auf seinem Landurlaub ja unbedingt Bergsteigen! Das ist jetzt sechs Monate her, und er liegt immer noch im Koma. Admiral Johanson übergab die *Telstar* letzte Frühjahr an Kapitän Eaton. Sie fuhren nach Detour und dann weiter nach Miningcamp und zur Erde.«

»Sie haben Miningcamp nie erreicht.«

»Ja, Ihr Logbuch stellt das klar.« Er seufzte. »Eaton ist ein zuverlässiger Mann. Wenn er an Miningcamp vorbeigefahren ist, muß er einen Grund dafür gehabt haben.«

Falls es von ihm ausging, überlegte ich mir schweigend. Wenn Darla eine Macke gehabt hatte, für wie viele Computer galt das sonst noch? Ich schob den Gedanken zur Seite. »Sir, wie viele Offiziere hier sind interstellar eingestuft?«

Er schüttelte trübsinnig den Kopf. »Ich sagte ja, daß Sie noch nicht mal die Hälfte kennen. Niemand. Wir haben natürlich interplanetare Kapitäne, aber wer mit interstellarer Einstufung würde auf diesem Hinterwaldplaneten bleiben?«

»Sie könnten die *Hibernia* selbst übernehmen, Sir. Sie benötigt einen richtigen Kapitän.«

»Ich sagte Ihnen doch, daß wir niemanden haben, Mr. Seafort. Wissen Sie, wie ich nach Hope Nation kam? Ich fuhr als Leutnant los. Meine Frau Margaret gehörte zu den Passagieren. Ich hatte es so organisiert, daß meine Dienstzeit abgelaufen war, sobald wir hier anlegten. Ich war sieben Jahre lang Zivilist, aber als Admiral Johanson Eaton mit der *Telstar* losschickte, verpflichtete er mich wieder, damit jemand mit interstellarer Erfahrung zum Stab gehörte.«

Erwartete er vielleicht von mir, daß ich seine Probleme löste? »Sie könnten meinen Leutnant – ich meine, meinen ersten Leutnant – zum Kapitän ernennen, Sir, und mich dann ablösen.«

Er erhob sich müde. »Sie verstehen es immer noch nicht. Admiral Johanson beförderte mich mit meiner Neuverpflichtung zum Kapitän. Um genau zu sein: am 6. Juni 2195, Sir.«

»Nein!« Ich sprang auf und warf dabei den Stuhl um. Es war, als käme Matrose Tuak durch die Luke geschlurft, als ich endlich geglaubt hatte, in Sicherheit zu sein.

»Ja, Sir. Sie sind der ranghöchste Offizier im System von Hope Nation.«

23.
Kapitel

Verzweifelt saß ich da, während draußen unbemerkt der Abend hereinbrach.

Wir waren die Vorschriften ein dutzendmal durchgegangen. Ich fand einfach keinen Ausweg.

»Gouverneur Williams ...«

»Ist Zivilist, Sir. Die Flotte fällt nicht unter seine Zuständigkeit.« Kapitän Forbee mußte, genau wie ich, jede einzelne Zeile der Vorschriften studiert haben, bewegt von der Hoffnung, seiner ungewollten Verantwortung zu entrinnen. Die Erleichterung, die er empfunden haben mußte, als er feststellte, daß ich mehr Zeit als interstellarer Kapitän hinter mir hatte als er ... »Gouverneur Williams kann genausowenig einen Kapitän ernennen, wie Sie hiesige Geschwindigkeitsbegrenzungen anordnen dürfen«, ergänzte er.

»Sie haben sich klar genug ausgedrückt!« Verlegen senkte ich meine Lautstärke. »Ich kann den Dienst quittieren.«

»Ja, Sir. Niemand kann Sie daran hindern.« Damit hatte er sich korrekt ausgedrückt. Den Dienst aus anderen Gründen zu quittieren als körperlicher Erkrankung oder Verletzung oder einer Geisteskrankheit galt als schuldhaftes Pflichtversäumnis. Die Vorschriften, die einzuhalten ich geschworen hatte, verlangten von mir, die Befehls- und Regierungsgewalt an Bord meines Schiffes in Händen zu halten, bis ich durch Befehl einer vorgesetzten Dienststelle, den Tod oder die Beglaubigung meiner Dienstunfähigkeit davon entbunden wurde.

Aber niemand konnte mich daran hindern, gegen meinen Eid zu verstoßen.

»Ich mache da nicht mit!« Ich funkelte Forbee an. »Irgend jemand in Hope-Nation-System muß doch interstellare Erfahrung haben, verdammt!« Ich war so frustriert, daß ich unbekümmert um Haaresbreite an einer Blasphemie vorbeischlitterte.

»Ich fürchte, nein, Sir. Glauben Sie mir, ich habe nachgesehen.«

»Sie haben doch Kapitäne mit interplanetarer Erfahrung. Jeder von ihnen käme vor mir.«

»In Dienstzeit, ja, Sir. Aber jeder interstellare Kapitän ist einem interplanetaren Kapitän übergeordnet. Sicherlich ist Ihnen das bekannt.«

»Erzählen Sie mir nicht, was ich weiß!« schnauzte ich.

»Es tut mir leid, Sir«, sagte er besänftigend.

Wir saßen schweigend da. Endlich sagte ich: »Die *Hibernia* kann nicht mit mir am Ruder fahren. Es wäre zu gefährlich. Und als die *Telstar* vermißt wird, hat sie es vielleicht nicht mal bis Detour geschafft. Wir müssen also fahren. Unsere Lieferung wird dort mehr gebraucht als je zuvor.«

Forbee verschränkte die Arme. »Das finde ich auch.«

»Werden Sie nach der *Telstar* suchen?«

Er schien überrascht. »Die Entscheidung liegt bei Ihnen, Sir. Sie haben die Verantwortung.«

Ich stand auf, die Hände zu Fäusten geballt.

»Sie sind ranghöher!« platzte es aus ihm hervor. »Ich kann es nicht ändern! Der Flottenstützpunkt untersteht Ihrem Kommando.«

»Bei allen ... Ich werde ... O Gott!« Mit einer Kraftanstrengung bracht ich meine Redeweise wieder unter Kontrolle. »Meine Anweisungen lauten folgendermaßen: Führen Sie den Flottenstützpunkt so weiter, als wäre ich nie eingetroffen! Ist das klar?«

»Ja, Sir. Aye aye, Sir.«

»Werden Sie nach der *Telstar* suchen, Forbee?« Ich war zu durcheinander, um ihn bei seinem Rang zu nennen.

»Wir können ihr nichts nachschicken, Sir. Keines unserer hiesigen Schiffe verfügt über Fusionsantrieb.« Soviel dazu. Suche und Rettung waren unmöglich.

Wir konnten nicht einfach über die Tatsache hinwegsehen, daß die *Telstar* vermißt wurde. Die Admiralität auf Luna mußte davon erfahren, aber das nächste planmäßige Schiff dorthin war die *Hibernia* – sie war tatsächlich sogar das einzige Fusionsschiff im System. Meine Gedanken wirbelten im Kreis. Das bedeutete, daß ich ...

Genug war genug. »Beim allmächtigen Gott, ich quittiere den Dienst!«

»Tun Sie das, Sir?« Er klang ausdruckslos.

»Ja. Sofort. Geben Sie mir das Logbuch; ich trage es ein.« Es wurde Zeit, diesen Wahnsinn abzuschütteln. Wenn die Admiralität mich für schuldhaftes Pflichtversäumnis belangen wollte, nur zu; wenigstens sollten durch meine Dummheiten nicht weitere Passagiere und Besatzungsmitglieder umkommen. Wenn die Vorschriften von mir verlangten, Kapitän zu bleiben, war das ein Fehler. Ich wollte meinem Gewissen folgen.

Ich stellte das Holovid auf das Ende des jüngsten Eintrags

ein und griff in die Tasten: »Ich, Nicholas Ewing Seafort, Kapitän, gebe hiermit ...« Ich zögerte, und die Nackenhaare richteten sich mir auf. Langsam drehte ich mich um, als ich den vertrauten Atem meines Vaters spürte, der mir dabei zusah, wie ich mich mit den Lektionen herumschlug.

Tag für Tag arbeitete ich mich während der kalten, trübseligen walisischen Nachmittage durch die Texte und bemühte mich, neue Worte und Ideen zu begreifen und Antworten in die abgenutzten Notizbüchern zu kritzeln, die Vater mir dafür gegeben hatte. Wenn ich es richtig hatte, gab er mir eine neue Aufgabe. Wenn ich einen Fehler machte, sagte er nur: »Das ist falsch, Nicholas« und gab mir die Seite zurück, damit ich den Fehler selbst fand, und er wartete geduldig hinter meinem Stuhl ab, bis ich es geschafft hatte.

Eines Tages warf ich mein verschmiertes Aufgabenblatt auf den Tisch und rief bitter: »Natürlich ist es falsch! Ich mache es immer falsch!« Er drehte mich herum, versetzte mir eine heftige Ohrfeige, drehte den Stuhl erneut um, damit ich wieder zum Tisch gewandt war, und drückte mir das Arbeitsbuch erneut in die Hand. Er sagte kein einziges Wort. Ich blinzelte meine Tränen weg und arbeitete mit schmerzender Wange weiter, bis ich es richtig hinbekommen hatte. Danach gab er mir eine neue Aufgabe.

Hier in Forbees Büro stand niemand hinter mir, und der Atem, den ich gespürt hatte, war nur ein Luftzug gewesen. Ich fröstelte, schüttelte die Erinnerungen ab und wandte mich wieder dem Holovid zu. »... Gebe hiermit mit sofortiger Wirkung mein Offizierspatent zurück.« Ich setzte die Spitze des Schreibstiftes auf den Bildschirm, um den Eintrag zu unterzeichnen.

Die Zeit ging dahin.

Nach einer Weile fiel mir der Stift aus den Fingern und kullerte unbeachtet auf den Boden.

Ich brachte es nicht über mich. Ich konnte Richtig und Falsch unterscheiden; obwohl Vater mir nicht zusah, hätte er genausogut hier sein können. *»Ich, Nicholas Ewing Seafort, schwöre bei meiner unsterblichen Seele, die Charta der General-*

versammlung der Vereinten Nationen zu bewahren und zu beschützen, für die Dauer meiner Verpflichtung dem Flottendienst der Vereinten Nationen die Treue zu halten und Gehorsam zu erweisen und allen seinen rechtmäßigen Befehlen und Vorschriften nachzukommen, so wahr mir der allmächtige Gott helfe.« Genau diesen Eid hatte ich auch Paula Treadwell und Derek Carr abgenommen. Ich war bereit, sie zu hängen, sollten sie ihn jemals brechen. Ich konnte nicht selbst dagegen verstoßen.

Trotzdem schwankte meine Entschlossenheit für einen kurzen Augenblick. War meine Selbstachtung es wert, die *Hibernia* und ihre Besatzung zu riskieren? War selbst meine unsterbliche Seele das wert? In der Ferne wartete Vater auf meine Antwort. Ich werde – er hatte mir dieses Versprechen abverlangt – eher zulassen, daß sie mich vernichten, als daß ich einen Eid schwöre, den ich nicht zu erfüllen gedenke. Mein Eid ist alles, was ich bin.

Ich bedeckte mein Gesicht und schämte mich meiner Tränen. Als ich mich wieder in die Gewalt bekam, setzte ich den feucht gewordenen Arm ab und blinzelte in der plötzlichen Helligkeit.

Ich löschte den Eintrag. Kapitän Forbee saß reglos da.

»Es tut mir leid. Sehr leid.«

Er nickte, als verstünde er.

»Wir werden nicht wieder darüber sprechen.« Meine Verlegenheit schmerzte richtig, aber es war nicht mehr, als ich auch verdient hatte. »Ich kehre auf mein Schiff zurück. Fahren Sie mit der Verproviantierung und dem Ausladen fort. Melden Sie sich nur, wenn es nötig ist.« Ich stand auf.

»Aye aye, Sir.« Er erhob sich ebenfalls. »Wenn ich irgendwie helfen kann . . .«

»Ich benötige erfahrene Offiziere. Mir ist egal, wo Sie sie herbekommen. Treiben Sie wenigstens zwei Leutnants für mich auf.«

»Aye aye, Sir.« Als ich das Büro verließ, nahm er gerade den Rufer zur Hand. »Stellen Sie ein Shuttle für den kommandierenden Offizier des Admiralitätshauses bereit.«

Zwei Stunden späte schritt ich durch die gekoppelten

Luftschleusen und betrat wieder die *Hibernia*. Vax Holser, der an der Luke gewartet hatte, gesellte sich zu mir. »Alles in Ordnung mit Ihnen, Sir?« Er wirkte besorgt. »Haben sie Ihren Bericht akzeptiert?«

»Mir geht's gut.« Ich erreichte die Leiter und traf Anstalten, zu Deck 1 hinaufzusteigen.

»Werden sie einen Untersuchungsausschuß einberufen?«

»Nein.«

»Wissen Sie schon, wer Sie ersetzen wird, Sir?« Warum mußte er mich unbedingt reizen? »Mr. Holser, Sie haben andere Pflichten! Stehen Sie mir nicht im Weg herum!«

Vax blieb abrupt stehen, und sein Schock und seine Verletztheit waren deutlich zu spüren. »Aye aye, Sir.« Er wandte sich rasch ab. Ich betrat die Brücke. Entmutigt fiel ich in meinen Sessel. Vax hatte sich Sorgen um mich gemacht, und ich hatte ihn wütend abgewiesen. Würde ich es jemals lernen? Wie oft konnte ich ihn dermaßen abkanzeln, ohne ihn wieder in einen kalten, gefühllosen Schläger zu verwandeln?

Der vom Chief vorbereitete Urlaubsplan der Mannschaft wartete auf meine Zustimmung. Ich unterzeichnete ihn. Während der vorschriftsmäßigen Liegezeit der *Hibernia* von dreißig Tagen wurde die gesamte Mannschaft mit Shuttles auf den Planeten gebracht, abgesehen von einem kleinen Wartungspersonal, das rotationsweise Dienst tat, um jedem soviel Urlaub wie möglich zu verschaffen. Wenigstens ein Offizier würde ebenfalls ständig an Bord sein, obwohl von ihm nicht verlangt wurde, auf Brückenwache zu sitzen.

Mittlerweile waren alle Passagiere ausgestiegen, selbst die Personen, die mit uns weiter nach Detour fahren wollten.

»Mr. Tamarow auf die Brücke.« Ich stellte den Rufer zurück und wartete. Einige Augenblicke später traf Alexi ein. »Sie haben während der dritten Woche Borddienst«, erklärte ich ihm. »Was bedeutet, daß Sie von heute an zwei Wochen frei haben und eine weitere Woche am Schluß.«

»Aye aye, Sir!« Seine Augen funkelten vor Erregung und Erwartung.

»Nur eines noch.« Sein Grinsen verschwand. »Als Oberfähnrich tragen Sie die Verantwortung für die Kadetten. Ich werde sie nicht an Bord festhalten, aber wir können Ricky und Paula auch nicht in einer fremden Kolonie ohne Aufsicht lassen. Nehmen Sie sie mit und behalten Sie sie im Auge.«

»Aye aye, Sir.« Er wirkte dermaßen entmutigt, daß ich versuchte, ihn wieder etwas aufzuheitern. »Ich meine damit nicht jede Minute, Alexi. Sie können trotzdem in der Stadt ausgehen. Nehmen sie sie entweder mit oder stecken sie sie in die Kojen, ehe Sie gehen. Bringen Sie sie einfach mit heiler Haut zurück an Bord.«

Sein Ausdruck hellte sich wieder auf. »Aye aye, Sir. Wann fliegen Sie hinunter, Sir?«

»Morgen.«

»Sehe ich Sie noch einmal, ehe Sie versetzt werden?« Das war eine naheliegende Spekulation. Ein neuer Kapitän wollte sicher nicht, daß ihm sein Vorgänger über die Schulter blickte. Also würde man mich wohl einem anderen Schiff zuteilen, bis das nächst interstellare Fahrzeug eintraf.

»Sie werden mich wiedersehen«, knurrte ich. Auf einmal wollte ich ihn schnellstmöglich loswerden. »Entlassen!«

Auf der stillen Brücke saß ich in meinem Ledersessel. Endlich sah ich ein, daß es keinen Grund gab zu bleiben. Ich spazierte hinunter auf Deck 2, wo Matrosen in Gruppen lachend und scherzend vor der Luftschleuse standen und auf ihre Abholung warteten. Um nicht an ihnen vorbei zu müssen, stieg ich wieder die Leiter hinauf. Ich spazierte an der Fähnrichskabine vorüber und dann am Quartier von Vax, wo früher Ms. Dagalow gewohnt hatte. Vor Leutnant Malstroms Quartier blieb ich stehen. Für einen Augenblick empfand ich das Bedürfnis, hineinzugehen und das Schachbrett aufzustellen.

Mein Freund trieb für immer durch die Leere des Alls, während ich den sicheren Hafen von Hope Nation erreicht hatte. Ich erinnerte mich an unsere gemeinsamen Pläne und Versprechungen. An den Drink, den ich ihm spendieren wollte, an unseren Ausflug ins Venturagebirge. Meine Augen brannten. Ich beschloß, all das in seinem Gedenken zu tun. Ich würde am Morgen ein Shuttle nach unten nehmen, die erste Kneipe aufsuchen, die ich sah, und einen Asteroiden auf Eis bestellen. Dann würde ich mir eine Fahrkarte übers Meer zu den Venturas besorgen.

Auf dem Rückweg in meine Kabine wurde mir klar, wie einsam der Urlaub für mich zu werden versprach. Ich zögerte für einen Moment, fluchte dann leise vor mich hin und kehrte zur Fähnrichskabine zurück, wo ich anklopfte.

Ricky öffnete und nahm Haltung an.

»Weitermachen, Sie alle.«

Er und Paula Treadwell packten gerade ihre Reisetaschen, und ihre Kleider lagen noch über die Kojen verstreut. Derek Carr, dessen Tasche bereits fertig war, saß auf der Koje und wartete auf den Aufruf zum Shuttle.

»Mr. Carr, auf ein Wort bitte.« Ich nahm ihn mit hinaus auf den Korridor. Er lauschte gehorsam, blieb aber distanziert. »Ich dachte ... Das heißt, ich habe eine Reise aus, ah, sentimentalen Gründen vor. Ins Venturagebirge. Jemand wollte mich ursprünglich dorthin mitnehmen.« Erneut zögerte ich, hatte Angst davor, mich zu öffnen. »Ich dachte, Sie würden vielleicht gerne als mein Gast mitkommen.«

»Danke, Kapitän«, versetzte er kühl. »Ich habe andere Pläne. Ich besuche die Plantagen meines Vaters und sehe mir dann Centraltown an. Tut mir leid, Sir.« Ich hörte die Botschaft aus seinen Worten heraus. Er konnte, wie er demonstriert hatte, alles durchstehen, was er sich einmal vorgenommen hatte, aber das bedeutete nicht, daß er mir die ungerechtfertigte Demütigung auf dem Faß zu verzeihen gedachte, damals, als ich die Beherrschung verloren hatte. Nie würde er mir das vergeben, nicht ein junger Mann mit seinem Stolz.

»Sehr gut, Mr. Carr. Genießen Sie es.« Ich wandte mich ab.

»Danke, Kapitän«, sagte er, als ich bereits wegging. »Viel Spaß auch für Sie«, ergänzte er. Ich fühlte mich ein bißchen besser.

Früh am nächsten Morgen wies die *Hibernia* eine unheimliche Ähnlichkeit mit dem Wrack der *Celestina* auf. Kein Geräusch durchbrach die Stille. Irgendwo hielt sich der Chief an Bord auf – wahrscheinlich in seiner Kabine –, um während der ersten Woche auf das Schiff aufzupassen. Die meisten Mannschaftsangehörigen waren jedoch fort, abgesehen von einer Kraft in der Kombüse und ein paar Matrosen für den Wartungsdienst.

Ich schulterte meine Reisetasche, durchquerte die Luftschleusen und folgte den belebten Korridoren der Station zum kleinen Büro des Kommandanten.

»Kann ich Ihnen helfen, Sir?« Ein Korporal blickte von seinem Computer auf.

»Ich hätte gerne ein Shuttle nach unten.«

»Ja, Sir. Einen Moment bitte.« Wenig später wurde ich in General Thos Büro geführt. Er gab sich entschieden freundlicher als bei meinem ersten Besuch.

»Sie können genausogut hier auf das Shuttle warten, Kapitän. Kaffee?« Ich trank eine Tasse und hielt ein Schwätzchen mit ihm, bis das Shuttle bereit war. Als ich mich zum Gehen wandte, sagte er: »Wenn ich irgendwas für Sie tun kann, sagen Sie es nur.« Sein Verhalten war ganz das eines Senioroffiziers, der Höflichkeiten mit einem Gleichgestellten austauschte. Ich vermutete, daß das auch dem Sachverhalt entsprach.

Das Shuttle war viel größer als das von gestern, aber ich war der einzige Passagier an Bord. Anscheinend war die kleine Barkasse nicht verfügbar, und General Tho hatte beschlossen, mich trotzdem nicht warten zu lassen. Auch der Pilot war ein anderer und weniger an einem Gespräch interessiert.

Als ich erneut auf dem Planeten ausstieg, füllte ich unter der hellen Morgensonne die Lungen tief mit der sauberen, frischen Luft.

Es war angenehm warm; auf diesem Breitengrad zeichnete sich Hope Nation auf Meereshöhe durch lange Sommer und milde Winter aus. Einer der beiden Monde stand matt am Himmel. Er wirkte ein wenig größer als Luna von der Oberfläche der Erde aus.

Ich beschloß, mich nicht im Admiralitätshaus zu melden. Hätte Forbee irgendwelche Nachrichten für mich gehabt, dann hätte er sich über Funk gemeldet. Falls ich jetzt dort auftauchte, hätte er mir nur Entscheidungen aufgehalst, die er genausogut selbst treffen konnte. Ich begab mich direkt ins Abfertigungsgebäude und verließ es auf der anderen Seite wieder, wie es mir gestern der Quarantänepfleger empfohlen hatte.

Ein riesiger, an einem Metallpfeiler angebrachter Bildschirm begrüßte mich. »Willkommen in Centraltown, Bevölkerung 89.267.« Ich wartete eine Zeitlang ab, da ich neugierig darauf war, wie häufig sich die Zahl änderte. Dem Reiseführer zufolge stand der Bildschirm mit den Computern im Centraltown-Krankenhaus in Verbindung; jede Geburt und jeder Todesfall zeigte sich wenige Augenblicke später auf der Begrüßungstafel. Centraltown war die größte, ja praktisch die einzige größere Stadt auf Hope Nation. Der Rest der zweihunderttausend Einwohner der Kolonie war auf etliche Kleinstädte und die zahlreichen abgelegenen Plantagen verteilt, die den Existenzgrund der Kolonie lieferten.

Ich hatte mir grobe Feldwege vorgestellt, frische Einschnitte in die Hügellandschaft, und wackelige Bauwerke rings um eine primitive Hauptstraße. Enttäuscht rief ich mir jetzt ins Gedächtnis, daß Hope Nation bereits 2081 gegründet worden war, also vor über hundert Jahren. Seitdem hatte diese Welt einen starken Zufluß an Material und Siedlern aufgenommen.

Die Straßen waren modern und befestigt und wirkten sauber im Vergleich mit den überfüllten und schmutzigen Verkehrswegen der irdischen Großstädte. Ich blickte die Hauptstraße entlang. Gebäudeansammlungen säumten sie im Süden, zur Innenstadt hin, während sie in der anderen Richtung bereits nach ein paar Blocks zwischen Hügeln verschwand, die üppig mit unkultivierter Vegetation bewachsen waren. Ich entdeckte die Mietwagenagentur am Ende des Abfertigungsgebäudes. Ohne besondere Eile spazierte ich zum Eingang. ›Laut anklopfen und eintreten‹ stand auf dem an der Tür befestigten Schild. Dahinter lag ein winziger Warteraum mit Tresen. Ich hämmerte darauf.

Eine junge Frau kam durch einen Vorhang, der ins Innere führte. »Hi, Sie müssen von der *Hibernia* sein.« Sie sah aus wie um die Zwanzig. Lange braune Haare fielen offen über ihre Schultern.

Ich setzte die Reisetasche ab. »Ja, bin ich.«

»Sie möchten einen Wagen, hm?«

»Daran hatte ich gedacht.« Ich musterte sie. Falls sie eine typische Hopianerin war, lief das Geschäftsleben hier viel gelassener ab als zu Hause.

»Ich denke, daß wir bald wieder einen haben.« Sie zuckte die Achseln. »Die Raumfahrer haben sich gestern alle geschnappt. Einer wird heute nachmittag wieder fällig.« Sie musterte mich zweifelnd. »Man muß einundzwanzig sein, um einen Wagen zu mieten. Volljährig. Sie sehen gar nicht so alt aus.«

»Ich bin Flottenoffizier.« Ich brachte meine ID zum Vorschein, die mich nach wie vor als Fähnrich auswies. Ich mußte das ändern lassen. »Damit bin ich volljährig.«

»Denke ich auch«, sagte sie vage. »Kommen Sie irgendwann am Nachmittag zurück; dann schaue ich nach, ob ein Wagen abgegeben wurde.«

»Würden Sie eine Reservierung für mich vornehmen?«

»Sie meinen, einen Wagen? Sicher. Wie heißen Sie?«

»Nick Seafort.«

»Okay. Falls ich nicht da bin, fragen Sie im Restaurant weiter hinten nach mir.«

»Wie heißen Sie?«

»Darla.« Ich zuckte zusammen. »Was ist los?« wollte sie wissen.

»Nichts. Ich kannte mal eine Darla.«

Damit brachte ich sie zum Lächeln. »War sie nett?«

»Ich mochte sie. Manchmal, wenn sie sich zu etwas entschlossen hatte, war es sehr schwer, sie wieder von etwas anderem zu überzeugen.«

»Oh. Na ja, ich bin nicht so.« Das hätte man als Aufforderung verstehen können.

»Was kann man zu Fuß hier in der Gegend alles machen?«

»Wir haben hier das Terminalrestaurant. Wenn sie etwas trinken möchten, finden Sie den Runway-Saloon noch in diesem Block. Bestellen Sie dort nur keine Doppelten!«

»Alles klar. Danke.« Ich spazierte hinaus. Die Bar erinnerte mich an das Versprechen, das ich Leutnant Malstrom gegeben hatte – einen Drink in der ersten Kneipe, auf die wir stießen. Ich seufzte. Es war absurd, so früh am Tag etwas zu trinken, aber mir fiel auch nichts Besseres ein, und versprochen war versprochen. Ich schlenderte am Rand des Flugfeldes die Straße entlang, bis ich ein ramponiertes Bauwerk mit Seitenwänden aus Metallplatten erreichte.

›Ständig Preisvergünstigungen!‹ verkündete das Schild. ›Alle Getränke stets zum halben Preis!‹ Wenn die Getränke immer nur die Hälfte kosteten, dann die Hälfte von was? Ich zuckte die Achseln.

Drinnen roch es nach abgestandenen Alkoholika und Gebratenem. Die Lichtershow erzeugte an den Wänden rhythmische Muster im Gleichklang mit hämmernder elektronischer Musik, so daß es mir schwerfiel, etwas zu sehen. Ein Stimmengewirr kündete davon, daß sich Leute weiter hinten im Raum aufhielten.

Ich wartete ab, bis sich meine Augen an die Dunkelheit gewöhnt hatten. Es war die Art Kneipe, wo man schwermütig in sein Glas schaute; genau das richtige für Raumfahrer.

»Was möchten Sie?«

»Einen Asteroiden auf Eis.« Als erfahrener Barkeeper erkannte er an meiner Uniform, daß er mir alles einschenken konnte, ohne nach meinem Alter zu fragen. Es standen harte Strafen darauf, Minderjährigen Alkohol zu servieren, sowohl für den Barkeeper als auch den Minderjährigen.

Ich nahm mein Getränk in die Hand und verzog mich in

eine matt beleuchtete Nische an der Seite, wo ich meine Jacke auf den Stuhl neben mir warf. Ich nahm einen Schluck und erstickte beinahe daran. Das Zeug schmeckte fast nach purem Alkohol, und das Glas enthielt eine Menge davon. Kein Wunder, daß Darla mich vor Doppelten gewarnt hatte.

Ein Asteroid auf Eis. Whiskey, gemischt mit Obstsäften und Hobarthölen, entweder vom fernen Hobarth importiert oder synthetisch hergestellt. In diesem Fall wahrscheinlich synthetisch; ich vermutete, daß der Runway-Saloon keine Importalkoholika auf Lager hatte.

Eigentlich schmeckte das Zeug gar nicht schlecht, nur stark. Still hob ich das Glas in Richtung des leeren Platzes mir gegenüber und grüßte Harv Malstrom. Es wäre super gewesen, Harv, dir hier gegenüberzusitzen. Du hättest einen Scherz über die Drinks gemacht, und ich hätte gegrinst, deine Gesellschaft genossen und mich an unsere jüngste Partie Schach erinnert.

Der Alkohol brachte meine Augen zum Brennen. Ich nahm einen weiteren tiefen Zug. Er brannte auf dem Weg nach unten. Ich genehmigte mir noch einen Schluck, um den Hals zu befeuchten. Nach einer Weile saß ich da, tippte mit den Fingern am leeren Glas herum und starrte trübsinnig auf den leeren Stuhl, während blitzende Lichter über die Wände tanzten.

»Bereit für den nächsten?«

»Nein.« Ich warf einen Blick auf die Uhr. Noch früh. »Ich schätze doch. Einen kleinen.«

»Klar.« Er grinste freudlos und reichte mir das Glas, das er schon mitgebracht hatte. Ein Komiker. Er hätte im Holovid auftreten sollen.

Etwa auf halbem Weg durch den nächsten Drink überlegte ich mir, daß ich mich besser fühlen würde, wenn ich die Augen schloß, und das fiel leichter, wenn ich dazu den Kopf auf den Tisch legte. So blieb ich liegen und döste mal ein, mal wachte ich wieder auf, während es in der Kneipe voller wurde und der Lärm zunahm.

»Detour! Ab nach Detour, sieben Wochen Fahrt, und dann

wieder eine Woche Urlaub.« Eine Frauenstimme. Ms. Edwards, unsere Geschützmaatin.

»Ihr Typen solltet im Hope-Nation-System arbeiten. Da ist man nie weiter als fünf Wochen vom nächsten Hafen entfernt. Eine leichte Tour nach der anderen.« Jetzt hatte ich die Augen wieder geöffnet, aber der Kopf blieb auf dem Tisch liegen. Ich lauschte und schwebte dabei vor mich hin.

»Nee, wer möchte schon so läppische Touren fahren? Man muß in die Tiefe segeln, wenn man was erleben möchte!« Schallendes Gelächter.

»Sicher, Mädel.« Die Stimme klang höhnisch. »Das wäre echt super, durch den interstellaren Raum zu gondeln, mit einem tyrannischen Käpten im selben Boot, und nur noch vierzehn Monate vor sich!«

»Heh, mach unseren Käpten nicht runter, Bursche!«

»Hah. Ich habe gehört, er würde schon bald aus den Windeln kommen!«

»Hör mal, Affe, ich fahre lieber mit Käpten Kid als einer eurer Systemschwuchteln, die sich gleich in die Hose macht, wenn sie keine Sonne mehr um sich hat!« Ich blinzelte und konzentrierte mich auf das leere Glas.

»*Käpten Kid?* Zieht ihr ihm die Hosen stramm, wenn er 'nen Fehler macht?« Ich spürte, wie meine Ohren brannten.

»Heh, Seafort ist okay! Sicher, Käpten Kid geht manchmal ganz schön hoch – welcher Offizier nicht? Aber der Kerl weiß, was er tut! Er hat Darla, unseren Computer, mit einer Hand auseinandergenommen, weil er wußte, daß sie vorhatte, uns umzubringen. Hätte er ihre Macken nicht entdeckt, wären wir schon auf halbem Weg zwischen dieser Galaxis und dem Andromedanebel.«

Eine andere Stimme fiel ein. »An Härte nimmt er's mit jedem Käpten der Flotte auf. Wir hatten zwei Typen, die haben den Stabsbootsmann vermöbel. Die waren echter Müll, Süchtige und Schlimmeres, aber sind immer mit durchgekommen. Er hat sie eigenhändig aufgehängt, ohne mit der Wimper zu zucken. Und habt ihr schon die Sache von Miningcamp gehört, wo sie versucht haben, unser Schiff zu erbeuten?« Ja, erzähl ihnen nur von meiner Torheit über Miningcamp. Elend schloß ich die Augen.

»Dieser Abschaum hat sich den Weg an Bord freigeballert, und der Käpten hielt sie mit einem Laser in jeder Hand auf, bis Hilfe kam. Als es vorbei war, schmiß er einen von ihnen schnurstracks zur Luftschleuse raus, damit er mal 'n bißchen Weltraum schnuppern konnte, und lachte dann auf dem ganzen Weg zurück auf die Brücke. Ein zäher Bursche, unser Käpten Kid. Man sollte ihm lieber nicht in die Quere kommen. Ich fahre lieber unter ihm als unter irgendeinem alten Furz, der nicht mehr allein den Weg aufs Klo findet!«

Aus irgendeinem Grund fühlte ich mich besser. Zeit zu gehen, damit sie nicht noch entdeckten, daß ich hinter ihnen herspionierte. Vorsichtig hob ich den Kopf. Mir war schwindelig, aber ansonsten war ich funktionstüchtig. Ich nahm die Jacke an mich, legte ein paar Unimäuse auf den Tisch und schlich so still wie möglich zur Tür. Niemand entdeckte mich. Ich schlüpfte nach draußen und sog gierig die frische Luft ein.

»Gott, es ist der Kapitän!« Zwei Matrosen der *Hibernia* salutierten eilig. Ich erwiderte den Gruß wackelig und ging weiter, voll darauf konzentriert, mit weichen Knien gleichmäßige Schritte zu machen. Ich schleifte meine Reisetasche Richtung Shuttlehafen und fühlte mich mit jedem Schritt ein wenig besser. Am Terminal war ich fast wieder ganz bei mir. Ich nahm Kurs auf die Mietwagenagentur am hinteren Ende.

»Heh, Kapitän, warten Sie!« Ich drehte mich um. Derek Carr, in Zivil, winkte mir von der anderen Seite des Gebäudes aus zu. Er beeilte sich, zu mir aufzuschließen Sein Gesicht zeigte gut Farbe von der gesunden Anstrengung. »Sir, ich, ah . . .« Auf einmal wirkte er ganz verlegen.

Ungeduldig erkundigte ich mich: »Was ist los, Derek?«

»Ihre Einladung. Ist es zu spät, sie noch anzunehmen?«

Ich musterte sein Gesicht, denn ich wußte nicht so recht, was ich darauf antworten sollte.

Er sah zu Boden. »Es tut mir leid, wie ich gestern mit

Ihnen gesprochen habe. Ich führe mich manchmal immer noch unreif auf. Ich würde gerne mit Ihnen reisen, Sir, wenn sie mich noch haben möchten.« Mit eine Kraftanstrengung hob er den Kopf und blickte mir in die Augen.

Ich lächelte traurig. »Weshalb haben Sie es sich anders überlegt, Derek?«

»Ich war wütend, weil Sie mich zum Chief geschickt haben, obwohl ich es an dem Tag wirklich darauf angelegt hatte. Dann erinnerte ich mich an zwei Dinge: Ich hatte Ihnen versprochen, ich könnte alles durchstehen, und Sie waren als einziger freundlich zu mir, als ich es wirklich brauchte.« Ein Lächeln hellte seine Züge auf. »Es war das wichtigste, was mir irgend jemand jemals gegeben hat. Also wäre es ziemlich albern, weiter einen Groll gegen Sie zu hegen. Es tut mir leid, Sir.«

Ich erwiderte sein Lächeln, und diesmal war es ehrlich. »Was ist mit der Reise zu Ihrer Plantage?«

»Ich habe mich gefragt, Sir, ob Sie vielleicht mitkommen möchten.« Sein Lächeln verschwand. »Obwohl ich mir nicht sicher bin, daß man uns freundlich aufnehmen wird. Mein Vater hat erzählt, der Manager ...« Er zuckte die Achseln. »Jedenfalls könnten wir danach ins Gebirge fahren.«

Ich überlegte, und meine Melancholie verzog sich. In seiner Gesellschaft würde es netter sein als mit mir allein. »Klingt großartig! Ich miete einen Wagen.«

»Ich habe bereits einen, Sir. Ich habe ihn gestern besorgt.« Er wurde rot. »Ich habe sozusagen noch gewartet, bis Sie herunterkommen.«

»Okay.« Ich folgte ihm zu einem Elektrowagen, einem winzigen dreirädrigen Fahrzeug mit Permabatterien, die es für Monate in Betrieb halten würden. Ich dachte kurz nach. »Derek, solange wir auf dem Planeten sind, möchte ich, daß Sie mich Mr. Seafort nennen, als wäre ich der Oberfähnrich. Und Sie brauchen nicht ständig ›Sir‹ zu sagen. Vergessen Sie nur nicht, wieder zu wechseln, sobald wir an Bord gehen.«

»Aye aye, Si ... Ich meine: Danke, Mr. Seafort.« Wir stiegen ein. Ich zog Jacke und Krawatte aus und verstaute meine Reisetasche auf dem Rücksitz. »Ich habe ein Zelt und Vorräte im Kofferraum«, sagte er. »Wenn Sie soweit sind, bin ich es auch. Es ist eine Fahrt von zwei Tagen.«

Ich lehnte mich zurück und schloß die Augen. »Wecken Sie mich, sobald wir dort sind.«

Ein paar Stunden hinter Centraltown erreichten wir das Hope Nation, mit dem ich ursprünglich gerechnet hatte. Die dreispurige Straße wurde erst zwei- und dann anderthalbspurig. Anstatt auf Asphalt fuhren wir jetzt auf Schotter. Häuser sahen wir nur noch selten und in großen Abständen. Gelegentlich rumpelte ein Laster Richtung Centraltown an uns vorbei. Wir verbrachten die Zeit schwatzend und scherzend, beide in heiterer Stimmung.

Unsere Straße verlief ein paar Meilen landeinwärts parallel zur Meeresküste. Gelegentlich erwischten wir von einer hochgelegenen Stelle aus einen Blick auf den glitzernden Ozean.

Häufiger jedoch führte uns die Straße mitten durch einen dichten Dschungel aus rebenartigen Bäumen in fremdartigen Purpurtönen.

Zum Mittagessen kehrten wir in Haulers' Rest ein, einer Raststätte mit Restaurant ungefähr zwei Stunden vor der Grenze der Plantagenzone. Die öffentlichen Duschen befanden sich in einem Nebengebäude. Als wir dort fertig waren, gingen wir an Gehegen für Truthähne, Hühner und Schweine vorbei zum Eingang des Restaurants. Laster standen kreuz und quer auf dem unbefestigten Parkplatz.

Haulers' Rest erzeugte mit einer Säule auf der Weide hinter dem Haus seine eigene Elektrizität, pumpte sein eigenes Wasser aus tiefen Brunnen und stellte den größten Teil der Mahlzeiten aus dem eigenen Viehbestand her. Weizen- und Kornfelder lieferten Getreideprodukte aus Hybridarten, die keine Bestäubung benötigten. Auf Hope Nation plagten keinerlei einheimische Krankheiten unsere terrestrischen Gewächse, und es gab keine Insekten, die dem Vieh das

Leben schwermachten, so daß alles schnell und gesund wuchs.

Nach einer magendehnenden Mahlzeit (Schinkensteak, Maisgemüse, grüne Bohnen, selbstgebackenes Brot und jede Menge Milch) watschelten wir zurück zum Wagen, um weiterzufahren.

Im Verlauf des Nachmittags fuhren wir mehrfach an die Seite, um die wilde Landschaft in Augenschein zu nehmen. Der Wald war seltsam still. Keine Vögel kreisten am Himmel, keine Tiere stießen ihre Rufe aus. Man hörte nur den leichten Wind mit der unglaublich dichten Vegetation rascheln.

Das Land war nicht eingezäunt, aber jede Plantage hatte ihre eigenen Kenntafeln an Bäume und Pfosten entlang der Straße genagelt, ganz ähnlich den Brandzeichen, mit denen man früher das Vieh gekennzeichnet hatte. Das erste Zeichen, das wir entdeckten, begleitete uns über viele Meilen, ehe es einem anderen wich.

Als der Abend hereinbrach, beherrschten intensive Rottönungen den Himmel und verblaßten schließlich zu feinem Lavendel. Die beiden Monde Major und Minor fuhren friedlich über verstreuten Wolken dahin. Inzwischen waren wir beide müde, und ich hielt allmählich Ausschau nach neuen Schildern entlang der Straße. »Suchen wir uns eine Plantage aus, ehe es zu spät wird«, sagte ich.

Meinen Holovid-Reiseführern zufolge fand man auf Hope Nation außerhalb Centraltowns nur wenig Gaststätten, so daß Plantagen umsonst Kost und Logis für Reisende anboten, die des Weges kamen. Es handelte sich dabei um eine alte Tradition, die inzwischen praktisch verpflichtend war. Die Plantagenbesitzer knauserten nicht mit Essen oder Unterkunft; sie konnten es sich leisten, damit freigebig zu sein, und Reisende sorgten für Außenkontakte, auf die sich die isoliert lebenden Pflanzer freuten.

Derek fuhr den Wagen schweigend. Schließlich sagte er: »Mr. Seafort, ich habe es mir überlegt. Kampieren wir doch die Nacht über im Freien.«

»Warum?«

»Ich möchte mir keine Plantagen ansehen.«

Ich zog eine Braue hoch und wartete auf weitere Erklärungen.

»Ich habe Ihnen ja schon erzählt, daß die Manager unseren Besitz leiten. Sie werden mich nicht dort haben wollen. Sie werden mich von oben herab behandeln und mich wegschicken, wenn ich Fragen stelle. Schenken wir uns lieber den Besuch.«

»Das wäre keine gute Idee.«

»Welchen Unterschied macht es für Sie?«

»Es wäre besser, sich der Aufgabe jetzt zu stellen, als für den ganzen restlichen Urlaub darüber zu brüten. Obendrein ist es noch ein Tag oder mehr bis Carr. Wir übernachten heute auf einem näherliegenden Besitz.«

Er klang mürrisch. »Welchen Sinn hätte es, sich den Besitz einer anderen Familie anzusehen? Es ist meiner, um den ich mir Gedanken mache.«

»Und zwar soviel, daß Sie den Schwanz einziehen und weglaufen?«

Selbst im Mondlicht sah ich ihn rot werden. »Ich bin kein Feigling!«

»Das habe ich auch nicht behauptet.« Doch, hatte ich. Ich seufzte. »Ich mache das schon, Derek.«

»Wie?«

»Ich übernehme das Reden, und wir erwähnen Ihren Namen gar nicht.«

Vor uns ragte ein Tor auf, und ein Feldweg schlängelte sich in dichten Wald hinein. Ein Holzschild verkündete: ›Branstead-Plantage.‹

»Fahren Sie langsamer. Biegen Sie dort ein.«

Zögernd lenkte er den Wagen in die Einfahrt. »Mr. Seafort, ich komme mir vor wie ein Fürsorgeempfänger, der um eine milde Gabe bittet.«

»So funktioniert das hier. Fahren Sie zu.«

Eine gute Meile weit begleitete uns nur Wald. Schließlich erreichten wir freies Gelände, wo die Reste riesiger Buschbestände sich am Rand gepflügter Felder entlangzogen, die sich vor uns ausbreiteten, soweit das Auge reichte.

Die Straße verlief jetzt schnurgerade am Rand der Felder entlang. Nach weiteren zwei Meilen fragte ich mich schon, ob die Straße wirklich zu einem Haus führte, als wir abrupt auf einen Komplex von Gebäuden stießen, die rings um eine breite, kreisförmige Zufahrt angeordnet waren. Scheunen und Silos. Ein Hubschrauberlandeplatz. Landarbeiterschuppen. All das umringte ein riesiges Herrenhaus aus Holz und Seinen, das die kleine Siedlung beherrschte.

Wir stiegen aus und streckten uns. Ein stämmiger Mann in Arbeitskleidung kam aus dem Steingebäude und näherte sich uns. »Kann ich euch Jungs helfen?«

»Wir sind Reisende«, sagte ich.

»Das Gästehaus ist dort drüben.« Er deutete auf ein sauberes, aber schlichtes Haus, das in gutem Zustand zu sein schien. »Wir servieren das Essen allerdings nicht draußen; Sie nehmen es bei uns im Herrenhaus ein. Abendessen ist um sieben.«

»Vielen Dank auch!« sagte ich, aber er hatte sich bereits abgewandt.

»Willkommen«, sagte er, ohne sich umzudrehen.

Wir trugen unsere Reisetaschen ins Gästehaus. Eine Reihe von Betten säumte eine Wand, während sich Haken und Regale die gegenüberliegende Wand entlangzogen. Um die Ecke fanden wir ein Bad. Der Mangel an Privatsphäre hier war nicht unähnlich einer Fähnrichskabine.

Derek klang erstaunt. »Er hat sich gar keine Gedanken um uns gemacht – er hat nicht mal Fragen gestellt!«

»Wissen Sie über Reisen im Hinterland nicht Bescheid?«

»Mein Vater wurde hier geboren, ich nicht.«

»Dann lesen Sie die Holovidführer, Tourist.«

Ich öffnete meine Reisetasche.

Derek sortierte seine Kleider. »Ich bin kein Tourist.« Die Stimme zitterte. »Hier ist meine Heimat. Die Erde war es nie.«

»Ich weiß, Derek.« Ich mußte in Zukunft daran denken,

über bestimmte Dinge keine dummen Bemerkungen zu machen.

Wir wuschen uns und zogen uns um. In marineblauer Hose und weißem Hemd hätte ich irgendein beliebiger junger Zivilist sein können. Kurz vor sieben spazierten wir die Einfahrt entlang zum Haupthaus und kamen dabei an einem Getreidefeld vorbei. Von der Holzveranda aus hören wir laute Gespräche und das heimelige Klappern von Geschirr.

Derek wand sich vor Verlegenheit. Ich klopfte an.

»Kommen Sie herein.« Ein gutgenährter junger Mann in den Dreißigern, der bereits kahl wurde, empfing uns. »Ich bin Harmon Branstead.« Er gab uns den Weg frei. Die Eingangshalle wirkte rustikal, aber gemütlich, und sie war mit solide gebautem Mobiliar ausgestattet.

»Nick, ehm, Rogoff, Sir.«

Derek warf mir einen erstaunten Blick zu. Ich schluckte und betete lautlos um Vergebung zum allmächtigen Gott. Warum um alles in der Welt war mir der Name des Mannes herausgerutscht, den ich ermordet hatte?

Hastig ergänzte ich: »Und mein Freund Derek. Wir sind Raumfahrer.«

»Ein hiesiges Schiff?«

»Von der *Hibernia*, Sir, dem interstellaren ...«

»Wir alle haben gehört, daß die *Hibernia* angelegt hat. Ein aufregendes Ereignis.« Er streckte die Hand aus. »Willkommen auf der Branstead-Plantage. Wie lange gedenken Sie zu bleiben?«

»Nur die Nacht über. Morgen früh fahren wir weiter.«

»Sehr gut. Kommen Sie, essen Sie mit uns.«

Wir waren die einzigen Gäste. Das Essen wurde auf einem langen Tisch aus Holzplanken serviert, in einem Speisezimmer, das groß, aber gemütlich war. Der Pflanzer, seine Frau, die Kinder und zwei Farmmanager saßen mit uns am Tisch. Große Teller mit hausgemachten Gerichten wurden herumgereicht.

»Haben Sie das alles aufgebaut, Sir?« fragte Derek. Er

betrachtete sich die Stuckwände und die behagliche Einrichtung.

»Mein Großvater hat es getan«, antwortete Branstead. »Ich habe den Betrieb um circa zehntausend Morgen Anbaufläche erweitert und ein paar zusätzliche Häuser gebaut.«

»Sehr eindrucksvoll«, sagte ich.

»Wir sind die viertgrößte Plantage auf dem Ostkontinent.« Sein Ton kündete von Stolz. »Hopewell ist die größte. Dann kommen Carr und Triforth und wir.« Branstead reichte seinem älteren Sohn, einen Jungen von etwa neun Jahren, Maisgemüse mit Sahnesoße. »Sobald wir die Maschinen abbezahlt haben, vergrößere ich die Anbaufläche noch mehr. Dann sehen wir weiter. Vielleicht sind wir, wenn ich den Betrieb mal an Jerence übergebe, die größten.« Er strahlte seinen Sohn an.

»Man sollte eigentlich denken, die Besitze würden im Verlauf der Generationen kleiner«, sagte Derek. »Durch die Aufteilung unter allen Kindern.«

»Aufteilung? Allmächtiger Gott, nein! Die Primogenitur ist die Regel, das Recht des Erstgeborenen.« Branstead nickte seinem jüngeren Kind zu. »Natürlich ist für jeden gut gesorgt, aber das Land bleibt zusammen. Wir möchten es auch nicht anders haben.«

»Wie groß ist Ihre Plantage?« fragte ich.

»Wir haben nur dreihundertdreißigtausend Morgen, aber wir wachsen. Noch mal fünfundsiebzigtausend, und wir überholen Triforth. Hopewell umfaßt achthunderttausend Morgen.« Eine Pause. »Carr hat siebenhunderttausend, aber sie zählen im Grunde nicht, weil der Betrieb nicht mehr familiengeführt ist.«

Ich löffelte mehr Gemüse auf meinen Teller und reichte es weiter.

»Wer ist Carr?« Mein Ton war unbekümmert.

»Einer unserer Nachbarn. Der Besitz gehörte früher dem alten Winston, bis er starb. Wir alle dachten, sie würden stagnieren, aber ich muß zugeben, daß Plumwell sich gut schlägt, selbst wenn Gerüchte besagen ...« Er verkniff sich den Rest.

Derek spielte mit seinem Essen herum.

Branstead lehnte sich zurück. »So, ihr Jungs seid also von der Flotte.«

»Ja, Sir.«

»Klug von Ihnen, keine Uniform zu tragen, Mr. – Rogoff, nicht wahr? Ich selbst würde es Ihnen nicht zum Vorwurf machen, aber manche hier ...«

»Ich bin auf Urlaub. Ansonsten ...« Ich trug die Uniform mit Stolz, und mir widerstrebte jede Andeutung des Gegenteils. Ich wurde steif.

»Bitte seien Sie nicht gekränkt. Wenn manche Leute das Marineblau sehen, machen sie den Raumfahrern gleich Vorwürfe.«

»Weshalb?«

»Das Übliche: Ihr knallt Ausfuhrgebühren auf alles, was ihr uns schickt, und wir können unsere Produkte nur mit Flottenfahrzeugen verschiffen. Das ergibt unfaire Handelsbedingungen, die uns teuer zu stehen kommen.«

Dereks Blick fuhr durch das gemütliche Haus.

Branstead zuckte die Achseln; sein Verhalten wirkte abfällig. »Als Nation, meine ich. Wir sind der Brotkorb der Kolonien. Wissen Sie, wieviel Nahrungsmittel Hope Nation zurück an die Erde liefert? Millionen Tonnen! Sobald man sie aus der Atmosphäre heraus hat, kostet die Vakuumkühllagerung überhaupt nichts mehr. Woher stammt ihr Jungs eigentlich?«

»Von der Erde«, sagte ich. »Wir fahren weiter nach Detour.«

»Wenn Sie wieder nach Hause komme, sagen Sie denen, wir möchten ein neues Zollgesetz haben.« Das Gespräch verlagerte sich zu Politik und aktuellen Ereignissen – das heißt, so aktuell, wie sie nach achtzehn Monaten Raumfahrt noch waren.

Nach dem Abendessen machten Derek und ich es uns im Gästehaus bequem. Ich sank mit erleichtertem Seufzen aufs

Bett. »Wieso ist mir nur der Name Rogoff herausgerutscht? Ich spürte die ganze Zeit über seine Anwesenheit. Ich hätte das nicht tun dürfen.«

Er klang anklagend. »Ich dachte, Sie wüßten, wie Sie das machen sollen.«

»Sie haben schließlich eine Plantage zu sehen bekommen, oder nicht?«

Er schnitt eine Grimasse, aber es lag kein Groll darin. Ich legte mich hin und schaltete das Licht aus.

Derek warf sich stundenlang hin und her und weckte mich damit jedesmal wieder, wenn ich gerade einschlief. In den frühen Morgenstunden stand er leise auf, zog sich an und ging hinaus. Gerade als die Morgendämmerung anbrach, kroch er wieder ins Bett und weckte mich erneut.

Am Morgen zog ich mich rasch an, begierig auf die erste Tasse Kaffee. Derek schritt auf und ab. »Hören Sie, Sir, wir können nicht weiter nach Carr fahren.«

Ich zog eine Braue hoch. »Wieder dieses Thema?«

»Der Manager wird nicht mit uns reden.« Er setzte sich und stand gleich wieder auf. »Wir werden nichts erfahren. Und ich möchte nicht betteln, nicht auf dem eigenen Land.«

Ich versuchte ihn zu beruhigen. »Eins habe ich als Kapitän gelernt, Derek: Man hat schon genug Probleme, ohne sich um die zu sorgen, die noch nicht aufgetreten sind. Wir improvisieren einfach.«

Er blickte zweifelnd. Nach einer Weile seufzte er. »In Ordnung. Sagen Sie ihnen, ich wäre Ihr Vetter oder so was.«

Dank Dereks nächtlicher Irrwege hatten wir bis gut nach neun geschlafen. Wir waren darauf gefaßt, ohne Frühstück aufzubrechen, aber die Wirtschafterin bestand darauf, uns ein einfaches Mahl zu servieren, das sich dann als enormer Festschmaus herausstellte.

Ich begutachtete gerade den Rest meines Kaffees, als Harmon Branstead hereinschaute. »Wohin geht's von hier aus, Jungs?«

»Nach Norden, Richtung Carr. Vielleicht darüber hinaus.«

»Schauen Sie auf Hopewell vorbei, wenn Sie die Zeit

haben. Die automatische Mühle dort und der Silo mit Aufzug sind ganz erstaunlich.«

»Danke.« Ich sah auf die Uhr. Ich konnte mir kaum etwas weniger Interessantes vorstellen.

Derek schob den Stuhl zurück. »Fertig, Mr. Seafort?«

»Ja.« Ich stand auf. »Fahren Sie den Wagen vor, ich hole die Reisetaschen.«

»Danke für Ihre Gastfreundschaft, Sir.« Derek eilte hinaus. Ich machte mich auf den Weg zur Treppe.

»Einen Moment«, sagte Branstead zu einem Farmarbeiter. »Randall, hol ihre Taschen.« Als wir allein waren, musterte Branstead mich voller Abscheu.

»Sir?«

Sein Ausdruck war kalt. »Auf Hope Nation – ist Gastfreundschaft eine Frage der Tradition, nicht des Gesetzes. Dieser Tradition folgend habe ich Ihnen mein Heim geöffnet. Ich habe Sie mit den eigenen Kindern an meinem Tisch verköstigt.«

»Ja, Sir?«

»Wer sind Sie?« fuhr er auf mich los.

»Nick. Nick Rog ...« Mir versagte die Stimme.

»Seafort hat er Sie genannt, glaube ich. Ich weiß nicht, warum Sie gelogen haben, aber es ist verachtenswert. Sie waren hier Gast! Verschwinden Sie und kommen Sie nie zurück!«

Mein Gesicht brannte. »Es tut mir ...«

»Raus!«

»Ja, Sir.«

Ich ging zur Tür und versuchte dabei soviel Würde zu bewahren, wie noch möglich war. Draußen sah mich Vater durch den Dunst mißbilligend an.

Ich legte die Hand auf die Klinke, zögerte dann aber. »Mr. Branstead, bitte ...« Ich sah ihm ins Gesicht, entdeckte jedoch keine Öffnung. »Es war falsch. Verzeihen Sie mir. Ich heiße Nick Seafort. Ich ...«

»Sind Sie wirklich von der *Hibernia*?«

»Ja.«

Seine Skepsis war offenkundig. »Sie sehen gar nicht wie die Raumfahrer aus, die man sonst hier in der Gegend antrifft.«

»Wir sind Offiziere.«

»Warum sollte ich das glauben?«

Ich holte die Brieftasche hervor und reichte ihm meine ID.

Sein Blick wechselte zwischen ihr und meinem Gesicht. »Ein Fähnrich.«

»Jetzt nicht mehr. Es ist eine alte Karte. Ich bin jetzt, ah, Kapitän.«

»*Der* sind Sie!« Er musterte mich gründlich. »Alle haben schon davon gehört, aber ich denke, Ihr Name wurde nicht erwähnt ... Warum haben Sie nur gelogen, um Himmels willen?« Sein Ton war jetzt nur noch neugierig.

Ich mußte etwas unternehmen, um die Sache wiedergutzumachen. »Für meinen Freund Derek.«

»Ja?«

»Derek Carr.«

»Ist er verwandt mit ... Oh!« Er setzte sich.

Dankbar folgte ich seinem Beispiel; meine Knie waren weich. »Er ist jetzt Fähnrich und wird weiter mit uns fahren. Vor dem Start wollte er ...« Es fiel mir schwer aufzublicken. »Mr. Branstead, ich schäme mich.«

»Na ja, es gibt Schlimmeres als Täuschung.« Sein Ton war schroff. »Dann fahren Sie weiter nach Carr?«

»Ja. Es macht ihn sehr nervös. Was wird der Manager – Plumwell, sagten Sie – unternehmen, wenn Derek zu Besuch kommt?«

Er trommelte mit den Fingern auf dem Tisch. »Alle unsere Plantagen sind Familienunternehmen. Noch nie wurde ein Fall bekannt, wo der Eigentümer nicht auf dem Besitz lebte. Bis jetzt. Kommt Derek zurück, um zu bleiben?«

»Verlassen Sie sich drauf.«

»Winston ging es in den letzten Jahren nicht gut. Er verließ sich sehr auf Plumwell. Ohne Andy hätten sie fast alles verlieren können, als der Kreditrahmen schmal wurde. Womöglich hat Plumwell den Besitz gerettet.« Eine Pause.

»Wenn er ihn also inzwischen als sein Eigentum betrachtet ...«

Ich wartete.

»Er hat starke Gefühle, was das angeht. Sie haben eine Petition bei Gouverneur Williams eingerichtet, mit der sie ihn darum baten, festansässigen Managern bestimmte Rechte zu gewähren, obwohl die Veränderung Jahre dauern kann. Sollte jetzt ein Erbe auftauchen ...« Er warf mir einen Blick zu, als käme er gerade zu einer Entscheidung. »Ja, vielleicht ist es wirklich besser, einen anderen Namen zu benutzen.«

»Wären wir dort überhaupt sicher?«

»Mr. – ah, Seafort ... Hope Nation ist weit von der Erde entfernt; die Siedler kümmern sich seit Jahren selbst um ihre Angelegenheiten. Wir haben einen gewissen Unabhängigkeitsgeist entwickelt, der für Besucher schwer zu verstehen ist. Wenn uns ein Problem in den Weg kommt – entfernen wir es.«

»Würde er ...«

»Ich weiß es nicht. Ich werde Sie nicht erwähnen, falls ich Plumwell begegnen sollte.« Branstead stand auf.

»Danke. Es tut mir leid, daß ich Sie getäuscht habe. Ich sehe jetzt ein, daß es nicht nötig war.«

»Das konnten Sie nicht wissen.« Er war jetzt doch etwas besänftigt und führte mich zur Tür. »Sagen Sie, hatte die Flotte schon jemals einen Kapitän in Ihrem Alter? Wie genau ist es dazu gekommen?«

Ich schuldete ihm das, und überhaupt alles, worum er mich bat. Ich zwang mich zu einem Lächeln. »Nun, es kam so ...«

Am frühen Nachmittag verwandelte Regen Fahrspuren und Löcher in kleine Teiche. Geschützt in unserem wasserdichten Elektrowagen summten wir an Tausenden von Morgen bebauten Landes vorbei. Branstead wich Volksteader und dann Palabee. »Sir, was haben Sie vor?« fragte Derek nervös.

»Machen Sie sich keine Sorgen.« Ich hatte beschlossen, Derek nichts von Bransteads Warnung zu erzählen, damit er nicht noch nervöser wurde. Ich gedachte ihn als meinen Vetter auszugeben. Ich überlegte mir gerade, wie ich ihn vorstellen sollte, als ein neues Schild an Holzpfählen auftauchte. Ein paar Meilen weiter erreichten wir die Einfahrt, gekennzeichnet durch ein bemaltes Metallschild. ›Carr-Plantage, Hope Nations Beste.‹

Er wurde langsamer. »Möchten Sie nicht auch lieber umkehren? Wir hätten dann mehr Zeit für die Ventur . . .«

»O bitte!« Ich deutete auf die Zufahrtsstraße.

Es war ein langer Weg vorbei an Viehherden, die auf üppigen grünen Weiden grasten, die Köpfe unter dem Regen gebeugt. Dann kamen endlose Maisfelder zu beiden Seiten der Straße. Als es schließlich einen Hang hinabging, gab uns das den Blick auf einen eindrucksvollen Gebäudekomplex in etwa einer halben Meile Entfernung frei.

Vor einem Wachhaus mit herabgesenkter Schranke hielten wir an. Der Posten beugte sich zum Fenster heraus. »Sucht ihr Burschen irgendwas?«

»Wir unternehmen eine Reise entlang der Küstenstraße. Dürfen wir über Nacht bleiben?«

Er nickte widerwillig. »Das ist Gästeprivileg. Es gilt auf jeder Plantage. Aber warum haltet ihr hier?«

Ich grinste. »Hinten in Haulers' Rest hieß es, was immer wir auch sonst versäumten, die Carr-Plantage müßten wir auf jeden Fall sehen, denn es wäre die beste und größte auf Hope Nation.«

Er schnaubte, wirkte aber besänftigt. »Nicht die größte. Jedenfalls noch nicht. Fahrt weiter; ich klingel mal durch und kündige euch an.«

Ich winkte, und wir schnurrten weiter die Straße entlang. Der Regen hatte aufgehört, und ein Balken gelben Sonnenlichts stieß durch die Wolken. Derek hockte grimmig auf seinem Sitz.

»Lautet Ihr zweiter Vorname Anthony?« fragte ich, als ein Farmarbeiter aus dem Haus geschlendert kam.

Derek sperrte den Mund auf. »Ja, natürlich. Woher ...«

Die beiden Flügel des großen, säulengeschmückten Plantagenhauses zogen sich an einer gepflegten Schottereinfahrt mit weißem Lattenzaun entlang. Beete voller fremdartiger Blumen lockerten zwischen sauberen, kurzgemähten Rasenflächen aus kräftigen Gräsern das Bild auf.

»Seid ihr die beiden Reisenden?« fragte ein Landarbeiter.

Ich stieg aus. »Das stimmt. Nick Ewing.« Ich streckte eine Hand aus. Nun, ich hatte die Wahrheit gesagt. Wenigstens teilweise.

Er grinste. »Fenn Willny. Hier kommen nicht mehr viele Leute vorbei, denn es hat sich rumgesprochen, daß der Boß es nicht mag. Er ist aber nett zu jungen Leuten. Hat selbst keine Kinder.« Er deutet auf das Herrenhaus. »Letztes Frühjahr haben wir das Gästehaus abgerissen. Reisende wohnen jetzt dort im Obergeschoß. Essen gibt's in der Küche. Kommt, ich bringe euch zum Boß.«

Wir folgten ihm ins Haus. Es war in großem Maßstab angelegt. Polierte Harthölzer mit komplexer Schnitzerei dienten als Türdekoration und kündeten von umfangreicher Arbeit zu immensen Kosten. Das Mobiliar in der Eingangshalle war elegant, teuer und geschmackvoll. Fenn Willny führte uns in ein großes Büro an einem Flur zwischen Speisezimmer und Wohnzimmer. Bei der Ausstattung handelte es sich um terrestrische Antiquitäten des Typs ›Schwedische Moderne‹, die ein Vermögen gekostet haben mußten.

Der Blick des Managers war kalt und abschätzend. Plumwell traf keinerlei Anstalten, uns zu begrüßen. Ich warf einen kurzen Blick auf Derek, und mein Magen verkrampfte sich. Was, wenn der Manager eine Frage stellte, auf die ich keine Antwort wußte? Warum hatte ich in die Idee eingewilligt, Derek als meinen Vetter auszugeben?

»Mr. Plumwell, das hier sind die beiden Reisenden, Nick und ...«

»Mein Vetter Anthony.« Ich packte Derek am Arm und schob ihn vor. »Sag hallo zu Mr. Plumwell, Anthony.« Ich puffte seinen Arm.

Derek bedachte mich mit einem wütenden Blick. »Hallo, Sir«, nuschelte er.

Ich beugte mich vertraulich vor und sagte gerade laut genug, damit Derek es noch verstand: »Sie müssen Anthony verzeihen. Er ist ein wenig schwer von Begriff. Ich passe auf ihn auf.« Dereks Armmuskeln spannten sich.

Der Plantagenmanager nickte verständnisvoll. »Willkommen auf der Carr-Plantage. Ihr fahrt morgen weiter?« Es klang eindeutig nach einer Empfehlung.

»Ja, Sir, ich denke doch.« Ich machte ein enttäuschtes Gesicht. »Eigentlich hatte ich gehofft ... Na ja, ich weiß, es würde albern klingen.«

»Worum handelt es sich dabei, junger Mann?« Er wirkte verärgert.

»Wir haben nur noch zwei Ferientage, Mr. Plumwell. Ich gehe arbeiten, und Anthony besuchte die Sonderschule.« Derek gab einen erstickten Laut von sich. Ich fuhr fort: »Wir haben noch nie eine große Plantage gesehen, und ich hatte gehofft, jemand könnte uns das Anwesen zeigen. Natürlch könnte ich dafür zahlen ...«

Ich fand Plumwells Ausdruck undurchschaubar, also erzählte ich schleunigst weiter. »Man hat uns empfohlen, entweder die Carr-Plantage oder Hopewell zu besuchen, da beide etwas Besonderes wären. Aber Hopewell ist so weit weg, und ich weiß nicht, wann wir mal wieder gemeinsam frei haben.« Ich wandte mich nun an Derek. »Anthony, wenn ich nächstes Jahr vielleicht ein paar Tage mehr Urlaub bekomme, fahren wir nach Hopewell. Das ist die größere.«

Dereks Gesicht wurde dunkler. Er atmete durch zusammengepreßte Zähne.

Plumwell runzelte die Stirn. »Ich schätze, ihr seid Stadtjungs und wißt es nicht besser. Es gilt als Beleidigung, Geld für die Gastfreundschaft einer Plantage anzubieten, die hier draußen eine Tradition darstellt. Jedenfalls ist Hopewell nichts Besonderes. Wir sind die Innovativen.«

Er brach ab und nahm uns gründlich in Augenschein. »Wir sind nicht im Besichtigungsgeschäft, aber ich schätze, ich kann für ein paar Stunden jemanden entbehren, mit Rücksicht auf deinen zurückgebliebenen Bruder. Aber erzählt es nicht in Centraltown herum, damit wir nicht von Schnorrern überrannt werden.«

»Zarky!« Ich stieß Derek an. »Hast du gehört? Er zeigt uns eine richtige Plantage, Anthony.« Derek bewegte die Lippen, aber er wandte sich ab, und ich bekam seine Worte nicht mit. »Er freut sich wirklich, Sir. Seit Centraltown hat er von nichts anderem gesprochen.« Ich verdrehte die Augen.

Plumwell blinzelte verständnisvoll. »Warum bringt ihr Jungs nicht erst eure Sachen im Gästezimmer unter? Fenn wird euch dann vor dem Abendessen den Zentralkomplex zeigen.«

»Super, Sir!« Ich schüttelte ihm die Hand. »Gib Mr. Plumwell die Hand.« Derek sah mich merkwürdig an. Ich stieß ihn nach vorn. »Anthony, vergiß nicht die Manieren, die wir dir beigebracht haben!« Der jetzt leichenblasse Derek reichte dem Manager die Hand, der sie herablassend drückte. »Guter Junge.« Ich tätschelte Derek auf den Rücken.

Fenn führte uns eine eindrucksvolle Treppe hinauf in den ersten Stock und dann eine kleinere in den zweiten. Die Zimmer waren sauber und brauchbar, aber weniger prunkvoll ausgestattet als im unteren Teil des Hauses. »Ich warte in der Eingangshalle auf euch.« Er sprang die Treppen hinunter und nahm jeweils zwei Stufen auf einmal.

Ich schloß die Tür hinter uns und warf meine Reisetasche aufs Bett. Mit weißem Gesicht funkelte mich Derek von der anderen Seite des Zimmers an.

»Stimmt irgendetwas nicht?« Ich durchwühlte meine Habseligkeiten.

Ohne Vorwarnung sprang er übers Bett und griff nach meinem Hals. Ich packte seine Handgelenke, während ich nach hinten fiel. Er warf sich auf mich und versuchte weiter, meinen Hals in die Finger zu bekommen.

»Derek, hören Sie zu!« Es zeigte keine Wirkung. Er wand sich, um sich aus meinem Griff zu befreien. »Derek!« Er ruderte wild mit den Armen, bis er die Handgelenke freibekam. »Schluß damit, und hören Sie mir zu!« Schließlich bekam er meine Gurgel zu fassen.

Ich bekam keine Luft mehr und drehte mich und stemmte mich hoch, um ihn ein Stück aufwärts zu befördern. Dann stieß ich mit aller Kraft das Knie nach oben. Das gebot ihm Einhalt. Mit einem Schmerzensschrei drehte er sich auf die Seite und hielt sich die Hoden. Ich wälzte mich auf ihn, bis ich auf seinem Rücken saß. Ich zerrte ihm einen Arm nach hinten zwischen die Schulterblätter und wartete.

Grunzend stieß er zwischen den Zähnen hervor: »Runter da! Ich bringe Sie um!« Ich schlug ihm kräftig aufs Ohr. Er kämpfte heftiger. Jedesmal, wenn er sich hochzustemmen versuchte, verdrehte ich ihm den Arm etwas härter. Endlich lag er ruhig. »Runter von mir!« Er gab eine Reihe von Flüchen von sich.

»Sobald Sie bereit sind zuzuhören!«

»Runter, Sie Scheißhaufen!«

Ich schlug noch heftiger zu. Ich mochte ihn, aber es gab Grenzen.

Endlich blieb er reglos liegen. »In Ordnung. Ich höre zu, wenn Sie mich loslassen.«

Ich gab ihn frei und setzte mich aufs Bett. »Möchten Sie sich beschweren, Derek?«

Wutschnaubend sprang er auf. »Ihr zurückgebliebener Vetter Anthony? Das sagen Sie *in meinem Haus*?«

»Möchten die hier Besucher haben, Derek?«

Auf meine ruhige Frage hin wurde er still. »Nein, nicht sonderlich. Wieso?«

»Was habe ich für uns organisiert?« Er schwieg. »Eine Führung«, gab ich selbst die Antwort. »Eine Führung über die ganze Plantage. Sie haben selbst gesagt, ich sollte Sie als meinen Vetter ...«

»Ich bin ein bißchen schwer von Begriff? *Besuche eine Sonderschule? Wie können Sie das nur wagen?*«

Ich schlug einen schärferen Ton an. »Denken Sie mal nach! Jetzt können Sie hier nach allem fragen, ohne daß die beleidigt sind. Die denken nicht mal darüber nach, warum Sie die Frage gestellt haben.« Als ihm allmählich die Einsicht dämmerte, sank er aufs Bett. »Ich habe Ihnen Einlaß verschafft, nachdem Sie nicht mal den Mut hatten, überhaupt herzukommen. Ich habe eine Führung arrangiert. Ich habe gehört, wie Vax Sie als zurückgeblieben bezeichnete, und Sie haben es geschluckt. Was in drei Teufels Namen ist nur los mit Ihnen?«

»Das war in der Fähnrichskabine«, brummte er. »Nicht in meinem Haus.«

»Welchen Unterschied macht das?«

»Sie müßten einer von uns sein, um es zu verstehen. Im eigenen Haus kann man Respekt verlangen. Man hat dort Würde.«

Ich zuckte die Achseln. »Sie sind nur Fähnrich. Sie haben keine Würde, bis Sie Leutnant geworden sind.«

Ich glaube, daß er in jenem Augenblick die Flotte schon so gut wie vergessen hatte. Er betrachtete die Würgemale am Hals seines Kapitäns und schluckte. »Es tut mir leid, Sir.« Er klang beschämt.

»Ich habe auch ein Recht auf Würde«, sagte ich. »Sehen Sie mal, was Sie aus meiner gemacht haben.«

»Ich hätte Sie nicht anfassen dürfen.« Er blickte zu Boden.

Nun, immerhin hatte ich ihn angewiesen, mich als Oberfähnrich zu behandeln, nicht als Kapitän. Das hatte es mir nun eingebracht. »Es wird Ihnen noch mehr leid tun. Sieben Minuspunkte, wenn wir erst wieder an Bord sind.« Seltsamerweise fühlte er sich daraufhin besser. Ich ebenfalls. Mir schmerzte der Hals, aber ich kicherte. »Ich muß allerdings zugeben, daß ich Sie provoziert habe.« Ich konnte kaum an mich halten, als ich mich an seine Wut in Plumwells Büro erinnerte. Je mehr ich darüber nachdachte, desto komischer erschien es mir.

Als Derek sah, wie ich mich in einem lautlosen Lachanfall hilflos auf dem Bett herumwälzte, schaute er wieder böse drein, aber nach einer Weile konnte er nicht anders, als in mein Gelächter einzufallen. Nach einigen Augenblicken hörten wir auf. Ich fuhr mir über die Augen.

»Es tut mir leid, Sir, aber Sie sind ein Bauer«, erklärte mir Derek. »Sie verstehen nichts von Würde.« Wir mußten erneut lachen. Als wir es diesmal hinter uns hatten, war alles wieder gut zwischen uns.

»Kommen Sie, Sie Aristokrat, nehmen wir mal Ihr Anwesen in Augenschein.« Wir verließen das Zimmer und eilten die Treppen hinunter. »Vergessen Sie nur nicht mitzuspielen«, flüsterte ich ihm im letzten Augenblick zu. Er knuffte mich dreist in den Arm, ehe wir wieder unten eintrafen.

24. Kapitel

Der Hubschrauber folgte der dichten Baumhecke, die die Plantagengrenze kennzeichnete, während Sprinkleranlagen im Licht des frühen Morgens Nebel erzeugten. Wir erkundeten gerade die abgelegeneren Bereich des Besitzes, nachdem wir gestern abend die Führung durch die Zentralanlage absolviert hatten.

»Wieviel Weizen ziehen Sie hier?« Derek mußte den Motorenlärm übertönen.

»Eine Menge.«

»Nein, wieviel?« beharrte er. Auf dem Pilotensitz schürzte Fenn die Lippen.

Ich beugte mich vom Rücksitz aus nach vorn. »Sagen Sie irgendwas. Er kann den Unterschied ohnehin nicht feststellen.«

Fenn runzelte die Stirn über diese Gefühllosigkeit. »Nein, ich sage es ihm. Eins Komma zwei Millionen Bushel, dasselbe wie schon seit Jahren.«

Derek legte die Stirn in Falten.

»Ist das viel?« Seit dem gestrigen Abend hatte er sich stark in seine Rolle vertieft.

Fenn lächelte. »Es reicht. Dazu kommen noch sechshunderttausend Bushel Mais. Und Sorghum.«

»Ich mag Mais!« sagte Derek glücklich. Ich stupste ihn an, aus Furcht, er könnte es übertreiben. »Nicky, warum stößt du mich?« Er klang besorgt. »Belästige ich ihn?« Nicky? Ich hätte ihn umbringen können!

»Du stellst zu viele Fragen, Anthony.«

»Es macht mir nichts aus«, warf Fenn ein.

Derek machte ein triumphierendes Gesicht. »Siehst du, Nicky?« Er wandte sich an Fenn. »Gehört das alles Ihnen und Mr. Plumwell?«

»Das wäre schön!« Fenn setzte zur Landung auf einem Betonfeld vor einem großen, metallgedeckten Gebäude an. »Ich arbeite für Mr. Plumwell, und er ist nur der Manager.« Sein Ton veränderte sich. »Natürlich ist er schon die meiste Zeit seines Lebens hier.«

»Lebt der Besitzer nicht hier?« fragte ich.

»Der alte Winston ist vor sechs Jahren gestorben, aber er war schon lange vorher krank. Die Plantage wurde vor langer Zeit vom ersten Randolph Carr gegründet, der sie Winston hinterließ.«

»Verstehe ich es richtig, daß er keine Kinder hatte?«

»Machst du Witze? Er hatte fünf!« Fenn öffnete das Tor. »Es heißt, der älteste Junge wäre ein Draufgänger gewesen. Randolph II. Er machte dem alten Mann so viele Schwierigkeiten, daß Winston ihn auf der fernen Erde aufs College schickte. Er kam nicht mehr nach Hause, solange Winston lebte.«

Derek hörte aufmerksam zu.

»Wird er je zurückkehren?« fragte ich.

»Randy wurde mit dem Schiff erwartet, das diese Woche eingelaufen ist, und wir rechneten damit, von jetzt an für ihn zu arbeiten. Er ist jedoch auf der Reise gestorben, so daß jetzt alles in der Luft hängt.«

»Was wird passieren?«

Fenn deutete auf das Gebäude, dem wir uns näherten. »Dort seht ihr die zweitgrößte Getreidemühle des Planeten.

Sie ist vollständig automatisiert und benötigt nur drei Mann für die Bedienung.« Wir schauten hinein. »Randy hatte einen Sohn, so eine im oberen New York geborene Rotznase. Es heißt, er wäre auf dem Schiff. Der Grünschnabel war noch nie hier und hat nicht die Bohne Ahnung vom Pflanzengeschäft. Ich schätze, er muß zur Ausbildung zurück auf die Erde. Ich weiß es nicht genau; Mr. Plumwell hat bereits alles arrangiert. Der Bursche hat nichts zu sagen, bis er zweiundzwanzig ist.«

»Und dann?« Derek klang auf einmal angespannt.

Fenn grinste. »Das bleibt unter uns, Jungs. Es würde mich nicht überraschen, wenn die Bücher der Carr-Plantage bis dahin in einem Zustand wären, daß er Mr. Plumwell mehr benötigte als je zuvor.«

Ich grinste. »Die Carrs hätten bleiben sollen, wenn sie den Betrieb führen wollten.«

Fenn machte ein ernstes Gesicht. »Damit hast du den Nagel besser auf den Kopf getroffen, als dir klar ist. Eines Tages wird es ein Gesetz über abwesende Eigner geben. Sicher haben sie einen Anspruch auf die Profite, aber ein ortsansässiger Manager, der sein ganzes Leben hier verbringt und den Laden schmeißt, der sollte auch Rechte haben. Das Management sollte in seiner Familie weitervererbt werden, nicht der des Eigners. Falls ...«

»Jetzt warten Sie mal eine Min ...«, warf Derek ein.

Ich fuhr ihm gleich über den Mund. »Anthony, unterbrich ihn nicht!«

»Aber er ...«

»Hast du denn keine Manieren mehr?« Ich stieß ihn heftig an. »Entschuldige dich!« Er schnitt ein mürrisches Gesicht. Ich drückte seinen Arm. »Los, mach schon!« Er nuschelte eine Entschuldigung, und ich atmete wieder leichter. Vielleicht sah er ja ein, sobald er sich beruhigt hatte, daß er beinahe unsere Tarnung zerstört hätte.

»Springst du nicht ein wenig hart mit dem Jungen um?« fragte Fenn.

»Manchmal muß er in seine Schranken gewiesen werden«, sagte ich schroff. »Sein Vater hat ihm weisgemacht, er wäre zu gut, um Disziplin zu lernen.« Derek warf mir einen mörderischen Blick zu, hielt aber den Mund.

»Seht ihr, es ist so«, sagte Fenn. »Mr. Plumwell ist schon seit dreißig Jahren hier und kennt jeden Quadratzentimeter auf dieser Plantage. Letztes Jahre haben wir Schulden im Wert von dreißig Millionen Unimäusen abbezahlt, selbst nach der Vergrößerung der Anbauflächen. Ein Profi muß die Carr-Plantage leiten.«

»Wo verwahren Sie die ganze Knete?« Derek verhielt sich wieder rollengerecht.

Fenn lächelte freudlos. »Ein Teil landet auf den Carr-Konten auf der Branstead Bank und Trust. Der Rest geht in Löhne und andere Ausgaben.«

»Also wird der Carr-Junge mal mit dem Geld herumspielen dürfen, selbst wenn er auf der Plantage nicht ans Ruder kommt«, meinte ich.

»Nicht ganz. Das Konto läuft auf den Namen Carr, aber Mr. Plumwell hat die Verfügung darüber, bis ein Carr aufkreuzt, der das Recht hat, den Besitz zu leiten. Mr. Plumwell achtet schon darauf, daß wir die richtigen Leute auf unserer Seite haben, so ungefähr jedenfalls. Dieses Vermögen dient dazu, unseren Lebensstil zu sichern.« Er betrachtete mich eingehend. »Wie sind wir nur auf dieses Thema gekommen?«

»Ich weiß nicht so recht.« Ich schlug einen fröhlichen und unschuldigen Ton an. »Was macht eigentlich dieses Förderband?« An diesem Abend wurden wir eingeladen, mit Plumwell und seinen Mitarbeitern zu essen. Ich zog eine Show damit ab, Derek wegen seiner Tischmanieren zu quälen; er rächte sich, indem er mich ›Nicky‹ nannte. Die ganze Zeit übernahm er mit durchdringendem Blick die Ölgemälde über dem riesigen gemauerten Kamin in sich auf, ebenso das schöne Porzellan, die Kristallgläser, die reichhaltigen Speisen und Getränke. Er bedachte Plumwell auf seinem Platz am Kopfende der Tafel mit einem Ausdruck, der nicht direkt fröhlich wirkte.

Nach dem Essen lag er in unserem Zimmer apathisch auf dem Bett, während ich Anstalten traf, das Licht auszumachen.

»Was macht dir Kummer, Anthony?«

»Bitte lassen Sie das, Mr. Seafort.« Seine Stimme war ruhig.

»Was ist denn los, Derek?«

»Das ist mein Haus. Ich sollte am Kopf der Tafel sitzen.«

»Eines Tages werden Sie es.«

»Aber inzwischen ...« Er brütete vor sich hin. »Fenn erwähnte eins Komma zwei Millionen Bushel Weizen. Die Berichte, die sie meinem Vater schickten, sprachen von siebenhunderttausend Bushel. Jemand sahnt hier ab. Wer weiß, was Plumwell sonst noch gestohlen hat? Ich muß etwas unternehmen.«

»Warum?«

Er zeigte sich überrascht. »Es ist mein Geld!«

Ich hatte kein Mitgefühl. »Sie bekommen schließlich Ihr Geld. Haben Sie Schwierigkeiten damit?«

»Darum geht es nicht«, antwortete er verächtlich. »Sollte dieser – dieser Dieb etwa mit dem davonkommen, was ihm rechtlich nicht zusteht?«

»Ja, wenn er Ihr Vermögen steigert.« Das schockierte ihn so, daß er still wurde. »Sie sind nicht ganz im Bilde, Derek. Sie sind so reich, daß Sie nicht mal vermissen werden, was er stiehlt. Inzwischen vergrößert er die Nutzflächen, was Ihrer Plantage auf Dauer nützt. Er leistet gute Arbeit, ob er nun stiehlt oder nicht.«

»Sie haben leicht reden«, versetzte er bitter. »Sie hatten nie etwas und werden nie etwas haben!«

Ich schaltete heftig das Licht aus, entschlossen, vor dem Morgen nicht mehr mit ihm zu sprechen. Ich sehnte mich nach der Isolation in der Kapitänskabine.

Kurz darauf sagte er: »Es tut mir leid.« Ich ignorierte es und pflegte meine Wunde.

Nach einer Weile räusperte er sich. »Ich entschuldige mich, Mr. Seafort.« Ich gab keine Antwort. Er schaltete das

Licht ein. »Spreche ich jetzt mit dem Kapitän oder mit Mr. Seafort, dem ehemaligen Fähnrich?«

Eine gute Frage. Um ihm gegenüber fair zu sein, war ich im Moment nicht Kapitän. »Dem ehemaligen Fähnrich.«

»Dann werde ich nicht Haltung annehmen. Ich habe nicht ernstgemeint, was ich eben sagte. Ich war wütend und wollte Sie verletzen. Bitte zwingen Sie mich nicht zu kriechen.«

Ich gab nach. »In Ordnung, aber ich wiederhole noch einmal, was ich Ihnen sagte. Plumwell leistet gute Arbeit beim Aufbau der Carr-Plantage, selbst wenn er Profite abschöpft.«

»Was, wenn ich ihm sagte, wer ich bin, und zwar kurz vor unserer Abreise? Das würde ihm zeigen, daß er nicht ...«

Ich fror plötzlich. »Denken Sie nicht mal daran, Derek!« Tausende Morgen ungerodeter Wildnis grenzten an die kultivierten Felder, Gebiete, die teilweise noch kaum erforscht waren.

Derek schauderte es ebenfalls. »Na ja, vielleicht nicht, solange wir noch hier sind. Aber sobald ich zurück in der Stadt bin, reiche ich eine Klage ein.«

»Nein.«

»Er darf damit nicht durchkommen! Wenn ich schnell etwas unternehme, rette ich ...«

»Nein, habe ich gesagt.«

»Warum nicht?«

Ich war gereizt. »Haben Sie vielleicht vor, auf Hope Nation zu bleiben, um einen Rechtsstreit durchzuziehen?«

»Ich schätze, das kann ich nicht, es sei denn, Sie würden mir erlauben, den Dienst zu quittieren, aber ...«

»Eins möchte ich klarstellen, Mr. Carr! Für die nächsten vier Jahre sind Sie Fähnrich in der Flotte der Vereinten Nationen! Sie fahren dorthin, wohin die Flotte Sie schickt. Verstanden? Sie haben einen Eid geleistet, und einen Gentleman sollte man daran nicht erinnern müssen. Das Leben, das Sie hier sehen – es existiert noch nicht.«

»Aber ...«

»Es ist eine Art Zeitreise. Eines Tages leben Sie vielleicht hier und sorgen sich um Ihren Reichtum, aber nicht jetzt. Ich habe Sie auf einen Besuch in der Zukunft mitgenommen. Sie können nichts anfassen, und niemand kann Sie hören!« Es war still. »Verstanden?«

Er antwortete nicht. Ich drehte mich um und schaltete das Licht aus. Wenig später hörte ich, wie sich Derek Anthony Carr, Sproß der Carrs von Hope Nation, nach der scharfen Zurechtweisung durch einen Kapitän in den Schlaf weinte.

Am Morgen fühlte ich mich schuldig, weil ich ihn so schroff getadelt hatte. Wir nahmen unsere Reisetaschen bereits zum Frühstück mit hinunter. Ich zwang Anthony, sich bei jedem in Sichtweite zu bedanken. Selbst Plumwell lächelte, als wir in unserem Elektrowagen die Auffahrt hinabkutschierten.

»Was jetzt?« fragte ich, als wir außer Sicht waren.

Derek klang mürrisch. »Ich habe genug Plantagen gesehen, wenn ich schon nicht ...« Er trommelte mit den Fingern auf der Armstütze herum. Als er weitersprach, geschah es in gedrücktem Ton. »Tut mir leid, Sir. Möchten Sie mich immer noch mit zu den Venturas nehmen?«

»Ja.«

»Ich denke, das wird mir gefallen.«

Wir kehrten nach Centraltown zurück und kampierten unterwegs eine Nacht im Freien. Als wir eintrafen, war Derek in guter Laune, und ich stellte zu meiner Überraschung fest, daß ich allmählich die organisierte Geschäftigkeit des Lebens an Bord vermißte.

Ich beschloß, hinauf zur *Hibernia* zu fliegen und dort ein paar Tage zu bleiben, ehe es ins Venturagebirge ging. Derek zog es vor, die Zeit in Centraltown zu verbringen. Der Bauer und der Aristokrat trennten sich verlegen und schüchtern.

Ich wechselte wieder in die blaue Flottenuniform und versuchte meine störrischen Haare zu bändigen bevor ich mich im Admiralitätshaus meldete. Forbee bestätigte, daß nach wie vor keine interstellaren Kapitäne im System von Hope

Nation waren. Sofern die *Telstar* nicht unerwartet eintraf, wurde für die nächsten fünf Monate auch keiner erwartet. In der Zwischenzeit hatte man alle örtlichen Schiffe über Funk um Leutnants und Fähnriche gebeten. Falls keiner sich freiwillig meldete, würde Forbee mir die erforderlichen Offiziere einfach zuteilen, woraufhin die örtliche Flotte mit zuwenig Personal zurückbleiben würde.

Sobald ich wieder an Bord war, gönnte ich mir eine ausgiebige heiße Dusche in meiner Kabine, steckte alle meine Kleidungsstücke in den Schallreiniger und trieb einen Friseur der Orbitalstation auf. Mit wieder auf Flottenlänge zurückgeschnittenem Haar fühlte ich mich wie ein neuer Mensch. Danach durchstreifte ich das leere Schiff, als suchte ich nach irgend etwas, aber ich wußte selbst nicht, was. Als ich über Vax stolperte, begrüßte er mich wie einen seit langem vermißten Bruder. Auch er empfand die Stille an Bord als unheimlich und beunruhigend. Ich entspannte mich soweit, daß ich zu seine Freude sogar eine Partie Schach mit ihm riskierte. Er war kein Gegner.

Vax hatte aus der Gerüchteküche gehört, daß ich der *Hibernia* erhalten blieb. Zu meiner Verwunderung freute er sich, statt besorgt zu sein. Ich hätte ihn für klüger gehalten, als sich darauf zu freuen, mit einem unqualifizierten Kapitän auf Fahrt zu gehen, der obendrein mit den für mich typischen emotionellen Schwächen geschlagen war. Ich wies ihn nicht darauf hin, daß er vielleicht, je nachdem, welche Offiziere auf die *Hibernia* versetzt wurden, als Ersatz für einen davon ebenfalls versetzt wurde. Es war immer noch Zeit, falls es dazu kam.

Deprimiert und ohne zu wissen, warum das so war, nahm ich das nächste planmäßige Shuttle hinunter nach Centraltown. Zoll und Quarantäne winkten mich durch; inzwischen war ich Stammkunde. Das Kleinstadtleben verlief erstaunlich locker, verglichen mit, sagen wir mal, Lunapolis.

Es blieben immer noch zwei Tage bis zu meiner Verabredung mit Derek für unsere Reise in die Berge. Ich erkundete die Innenstadt von Centraltown, besuchte das örtliche

Museum und speiste in zweien der empfohlenen Restaurants, und gelegentlich begegnete ich Besatzungsangehörigen und ehemaligen Passagieren. Ich übernachtete in einer Fertigbau-Gaststätte mit dem üblichen Plastikmobiliar und -dekor. Ich kaufte mir einen Nachrichtenchip und steckte ihn ins Holovid; auf Seite drei fand ich die Ankündigung, daß eine Erweckungsversammlung der Wiedertäufer in der Newtown Hall stattfinden sollte. Mrs. Donhauser vergeudete keine Zeit. Ich überlegte, ob ich hingehen sollte, aber dann entschied ich, daß ich keinen Wert darauf legte, ihr in ihrer beruflichen Eigenschaft zu begegnen.

Der Gedanke an unsere Passagiere erinnerte mich daran, daß ich versprochen hatte, Amanda Frowel zu besuchen. Ich entschied mich sofort dagegen. Dann verbrachte ich den größten Teil des Nachmittags damit, ziellos die Straßen auf und ab zu spazieren und mit mir selbst zu hadern. Verlegen grub ich ihre Adresse aus meiner Reisetasche hervor, und nach dem Abendessen schlenderte ich durch die Stadt dorthin.

»Nicky!« Mit einer Schürze um die Taille lächelte sie mich glücklich durch die Außentür an. Sie wirkte altmodisch und häuslich, und es versetzte mir einen Stich des Bedauerns, daß ich die Kolonie bald verlassen mußte. »Komm rein!« Ihre Wohnung bestand aus dem hinteren Teil eines behaglichen Holzhauses, an eine ruhigen Seitenstraße am Stadtrand gelegen. Sie hatte sie sich von einer Witwe gemietet, die über die Runden zu kommen versuchte.

»Ich bin nur so vorbeigekommen«, nuschelte ich. Es hörte sich idiotisch an.

»Aber ich hatte doch gehofft, daß du kommst! Ach je, überall liegen meine Bücher herum!« Sie wischte einen Haufen Holovidchips zur Seite, die auf einem Tisch verstreut lagen. »Ich habe vor drei Tagen mit der Arbeit begonnen. Weißt du was? Sie möchten nicht nur, daß ich Naturwissenschaften unterrichte; ich soll den ganzen wissenschaftlichen Lehrplan ausarbeiten! Sie hatten einfach keinen; ist das nicht lachhaft?«

»Hat niemand bislang Geologie und Biologe gelehrt?«

»Sicher, aber nicht in organisierter Weise. Man hat einfach Fachleute für die jeweiligen Gebiete eingeladen, darüber zu sprechen. Ist das nicht kurios?«

»Sehr.« Mein Ton war griesgrämig. Unsere Welt auf der *Hibernia* schien Lichtjahre entfernt.

»Möchtest du gerne einen Spaziergang machen? Ich zeige dir die Schule.« Sie war so enthusiastisch, daß ich einwilligte. Ich wünschte mir bereits, ich wäre nicht gekommen. Sie zog eine leichte Jacke gegen die Kühle des Abends an, und wir machten uns auf den Weg zur Schule, die etwa eine Meile entfernt lag. Zu Anfang plauderte Amanda angeregt, aber mit der Zeit spürte sie meine Stimmung und wurde ruhiger. Hand in Hand spazierten wir unter den beiden Monden dahin. Ihre sich kreuzenden Schatten machten mich langsam schwindelig.

Bei der öffentlichen Schule handelte es sich um ein eingeschossiges Gebäude, mit Metallblechen verkleidet, die hier anscheinend ein beliebter Baustoff waren. Amanda schloß die Tür auf und nahm mich mit hinein. »Hier arbeite ich.« Sie zeigte mir ein Klassenzimmer. Die Konsolen der Schülerarbeitsplätze hatten für mich keinen Erinnerungswert, da ich selbst von Vater zu Hause unterrichtet worden war. Amandas Lehrertisch und Masterkonsole befanden sich auf einer Seite des Raumes, von wo aus sie sowohl den großen Bildschirm als auch die Schüler im Auge behalten konnte.

»Das neue Semester beginnt in drei Wochen. Nicky, es ist so aufregend! Die Kinder werden so anders sein als Nordamerikaner!«

»Findest du?«

»Ist das nicht zu erwarten, wenn man in einer so wilden, freien Gegend aufwächst?«

»Ich denke doch.« Ich wurde zunehmend deprimierter. »Amanda, ich muß gehen. Ich habe eine Verabredung.«

»Kannst du nicht ein bißchen bleiben?« Sie klang sehnsüchtig. Mir schmerzte die Brust.

»Komm, ich bringe dich nach Hause.« Ich wollte gleichzeitig fortgehen und bleiben. Auf dem Schiff hatte ich mich in ihrer Gesellschaft nie so hilflos und verlegen gefühlt. Wir schwiegen die meiste Zeit, während wir den dunklen Straßen folgten; Major war untergegangen, und nur Minor blieb, um uns zu führen.

Sie zögerte vor ihrem rustikalen Heim. »Sehe ich dich noch einmal, ehe du fährst?«

»Ich glaube nicht. Ich nehme Derek morgen mit in die Venturas und muß anschließend an Bord zurück.« Ich hatte bislang nicht erwähnt, daß ich weiterhin das Kommando führte.

»Leutnant Malstrom hatte versprochen, dich dorthin mitzunehmen, nicht wahr?«

»Ja.« Ich war ihr dankbar, daß sie sich noch daran erinnerte.

»O Nicky!« Sie küßte mir sanft den Handrücken. »Das Leben läuft nicht so, wie wir es planen.«

»Nein«, sagte ich elend. Ich zwang mich zu einem Lächeln. »Lebewohl, Amanda.«

»Lebewohl, Nicky.« Wir blickten einander in die Augen, ehe sie sich abwandte. Dann sagte sie: »Wir werden uns nie wiedersehen.« Es schien sie zu erstaunen.

»Nein.« Ich konnte den Blick nicht von ihr abwenden.

»Nun ... Dann lebe wohl.« Sie durchquerte den Vorgarten.

»Amanda?!«

Sie blieb stehen. »Was ist?«

»Nichts. Ich – nichts.« Als sie die Tür öffnete, sprudelte ich hervor: »Würdest du gerne mitkommen?«

»In die Berge? Das geht nicht, Nicky. Ich habe einen Job.«

»Ich weiß. Ich dachte, vielleicht könntest du ...«

»Die Schule beginnt in drei Wochen. Wenn ich bis dahin meinen Lehrplan nicht fertig habe ...«

»Feuern sie dich dann?«

Sie kicherte. Man hatte hier drei Jahre lang auf sie gewartet; es hätte weitere drei Jahre gedauert, einen Ersatz für sie zu besorgen. »Begeistert werden sie nicht sein.« Sie legte die

Stirn in Falten. »Aber das ist mir egal. Ich möchte die Venturaberge sehen.«

»Wirklich?« fragte ich töricht.

»Mit dir. Ich möchte sie mit dir zusammen sehen.«

Meine Augen brannten. Ich fühlte mich beschwingt und elend zugleich. Ich lief zu ihr, und wir umarmten uns. »Kommst du wirklich mit? Gott, können wir gleich aufbrechen?«

»Gib mir die Nacht, um alles vorzubereiten. Und ich muß es noch Mrs. Potter erklären.« Nach einer Weile schaffte sie es, mich zum Gehen zu bewegen.

Es schien Derek nichts auszumachen, daß ich Amanda eingeladen hatte. Er half mir dabei, ein zweites Zwei-Personen-Zelt zu kaufen und die zusätzlichen Lebensmittel und sonstigen Vorräte in den Jethelikopter zu laden, den wir gemietet hatten. Ich mußte dem Hubschrauberservice dreimal versprechen, nicht am Transponder herumzupfuschen; Kapitän Grones Verschwinden hatte sie wohl ganz schön nervös gemacht.

Kurz nach dem Frühstück brachen wir Richtung Westkontinent auf. Ich verfügte als einziger über eine Flugerlaubnis; auf der Akademie hatte man uns in die Führung von Hubschraubern ausgebildet, aber Derek und Amanda hatten es nie gelernt.

Die Permabatterien wiesen ausreichend Ladung für mehrere Monate auf. Hin und wieder schaltete ich den Autopiloten ein, um mich zurückzulehnen und die Augen auszuruhen. Die Maschine war geräumig genug, daß Derek und Amanda die Plätze tauschen konnten, und sie taten es mehrfach, ehe sie endlich zur Ruhe kamen.

Bei vierhundertfünfzig Stundenkilometern brauchten wir mehr als acht Stunden, um die Westküste zu erreichen. Die riesigen Unterwasserbäume, die auf dem Grund des Farreach-Ozeans wuchsen, streckten ihre suchenden Tentakel an die Oberfläche aus, um Licht aufzunehmen. Pflanzen, die an Wasserlilien erinnerten, trieben auf dem Meer und stiegen und fielen mit dem Wellengang. Der Ozean war ein gewaltiges flüssiges Feld aus miteinander wetteifernden pflanzlichen Organismen.

Die schroffen Gipfel der westlichen Berge ragten schon am Horizont auf, lange bevor wir den Kontinent erreichten. Ihre schiere Gewalt war atemberaubend. Die niedrigen Hügel und sanft geschwungenen Täler des Ostkontinents wirkten zahm im Vergleich zur Urkraft dieser viel jüngeren Gipfel.

Derek war in die Karte vertieft. »Sollen wir zu einem bereits eingerichteten Campingplatz, oder suchen wir uns selbst eine Stelle aus?«

»Suchen wir uns eine Stelle«, sagte ich. Amanda nickte zustimmend. Die gerodeten Campingplätze waren auch schon ziemlich abgelegen, aber wir brauchten uns nicht auf sie zu beschränken. Selbst nach hundert Jahren gab es auf dem Kontinent noch Plätze, die nie ein Mensch betreten hatte.

Auf dem Westkontinent gab es Siedlungen weit im Süden, aber hier in den nördlichen Bereichen bedeckten unberührte Wälder das weite Land. An der Küste erstreckten sich Phalangen von Bergen bis ins Meer, wo sie im tobenden Schaum untertauchten. Im Inland säumten tiefe Klüfte die drohenden Gipfel der Venturas. Die Leute vom Hubschrauberdienst hatten einige besonders spektakuläre Ausblicke auf unserer Karte markiert. Ich besorgte mir Kursinformationen von den Nav-Satelliten und steuerte die Maschine in westlicher Richtung über ein dichtes Blätterdach.

Als der Abend dämmerte, landete ich auf einer Grasebene hoch in den Bergen. An einer Seite ragte dichter Wald auf; hundert Meter dahinter wich die Ebene steilen Hängen, die in ein grüngelbes Tal hinabführten. Hinter dem Tal ragte ein Gipfel so steil auf, daß kaum etwas darauf wuchs. Wasserfälle brausten durch Einschnitte in der Bergwand.

Wir holten die millimeterdünnen Polyzelte und die Klappstangen hervor. Ich half Derek dabei, Pflöcke in die weiche Erde zu hämmern. Wir spannten das dünne, zähe Material darüber, und die Zelte waren fertig. Amanda schleppte derweil schon unsere Ausrüstung herbei.

Derek holte Mikrowelle und Batteriekühlkasten aus dem Hubschrauber. Er beugte sich in den Kasten und brachte Softdrinks zum Vorschein. Während ich meinen in zwei Schlücken hinunterstürzte, versetzte er dem Gras Tritte. »Wie wäre es damit, was echt Primitives zu machen?«

»Was denn?« fragte ich.

»Ein Freudenfeuer.« Eine berauschende Vorstellung! In Cardiff und überhaupt in den meisten Gegenden zu Hause war Holz so selten und die Umweltverschmutzung so stark, daß kaum jemand mal die Erlaubnis bekam, im Freien Feuer zu machen. Selbst das Abzugsrohr über Vaters Kamin war mit Schiebern und Teerscheidern ausgestattet.

Hier brauchten wir uns keine derartigen Sorgen zu machen, solange wir vorsichtig waren. Ich machte mich daran, die Feuerstelle vorzubereiten.

Die zähen einheimischen Gräser ließen sich nicht leicht herausziehen. Die flachen, vernetzten Wurzelsysteme verliefen direkt unter der Erdoberfläche, und ich mußte sie mit dem Spaten herausbrechen.

Derek und Amanda trafen immer wieder mit Armladungen von Feuerholz ein, und ich fragte mich schon, ob sie darauf abzielten, daß man unser Feuer bis Centraltown sehen konnte. Die Arbeit sorgte dafür, daß wir in der kühlen Abendluft des Berglandes warm blieben, und als wir mit den Vorbereitungen fertig waren, setzten wir das Feuer gleich in Gang.

Ich legte von meinem Sitzkissen neben der Grube aus Holz nach, während Derek und Amanda den Speiseplan für das Abendessen besprachen, wie zwei Meisterköche, die gemeinsam in einer Küche arbeiteten. Es gefiel mir, daß sie einander sympathisch fanden.

Im freundlichen Licht der beiden Monde nahmen wir neben der Feuerstelle das Abendessen ein. Im Dunkel der Nacht waren das Prasseln der Flammen und das gedämpfte

Rauschen des Wasserfalls auf der anderen Talseite die einzigen Geräusche. Obwohl ich wußte, daß es keine gab, lauschte ich doch auf das Summen von Insekten und die Rufe von Vögeln in der Nacht.

Hope Nation kam mir zu still vor. Ich wußte, daß unsere Ökologen planten, ein paar Vogelarten und eine Auswahl terrestrischer Insekten einzuführen, zum Beispiel Bienen, um Getreidearten auf die altmodische Art zu bestäuben.

»Es ist wunderschön, Nicky.« Amanda saß zwischen uns. Wir hatten das Essen hinuntergeschlungen und hockten jetzt rings um das Feuer. Der vorher so gewaltige Stapel Holz schwand rasch dahin, aber er würde noch vorhalten, bis wir schlafen gingen.

Ich warf Zweige in die Flammen. »Was werden die Leute daraus machen, wenn sie erst mal hier siedeln?«

»Niemand würde eine solche Gegend ruinieren.«

Ich schnaubte. »Da solltest du dir mal Cardiff ansehen.« Ich hatte Fotos von zu Hause gesehen, wie es früher war, ehe Mülldeponien und Verarbeitungsbetriebe und der ganze Abfall der modernen Zivilisation die Landschaft verändert hatten. Trotzdem waren einige der pittoresken alten Schmelzhütten als Ruinen erhalten geblieben.

Ich rückte dichter ans Feuer und betrachtete das attraktive Gesicht meines Fähnrichs, während er mit Amanda plauderte. Seltsame Gefühle regten sich in mir, als ich mich an die alten Zeiten mit Jason erinnerte. Mich schauderte, und ich zwang mich, gedanklich in die Wirklichkeit zurückzukehren. »Haben Sie schon mal mit einem Freund draußen kampiert, Derek?«

Er lachte. »Auf den Dächern des oberen New York?«

Wir starrten in die Flammen.

Nach einer Weile sagte er, den Blick ins Feuer gerichtet: »Ich hatte früher nie einen Freund, Mr. Seafort.«

Ich wußte nicht, was ich darauf antworten sollte. In Cardiff hatte ich gleichaltrige Freunde gehabt und mich mit ihnen auf den Straßen herumgetrieben, und gemeinsam waren wir in Schwierigkeiten geraten. Vater, der sehr auf mein Verhalten achtete, akzeptierte nur widerwillig die Gefährten, die ich mir aussuchte. Jason und ich standen uns besonders nahe, zumindest bis zu den Fußballunruhen von '90.

Das Schweigen zog sich in die Länge.

»Mr. Seafort, ich möchte, daß Sie eines wissen.« Derek klang schüchtern. »Das war der schönste Tag meines Lebens.«

Darauf wußte ich nichts zu sagen. Da mir nichts Besseres einfiel, streckte ich die Hand aus und klopfte ihm auf die Schulter.

Nach einer Weile gähnte Amanda, und ich erwischte mich dabei, wie ich es ebenfalls tat. »Es war ein langer Flug. Ich bin bereit fürs Bett.« Ich stand auf, und Amanda raffte ihre Decke zusammen.

Es war ein peinlicher Augenblick. Amanda und ich unternahmen jeder einen Schritt auf das größere Zelt zu, blieben dann aber verlegen stehen. Derek gab vor, es nicht zu bemerken. Er rückte näher ans Feuer und zog in der Hitze dort das Hemd aus. Ich zupfte an Amandas Hand und deutete auf unser Zelt. Auf eine Eingebung hin ließ sie meine Finger los, ging zu Derek hinüber, beugte sich zu ihm herab und gab ihm einen Kuß auf die Wange. Im flackernden Licht sah ich, wie er bis in die Haarwurzeln errötete. »Gute Nacht.« Er flüchtet in sein Zelt.

Lächelnd folgte ich Amanda in unser Zelt. Wir zogen uns aus und stießen einander dabei in den beengten Verhältnissen immer wieder an. Mir schauderte, als ich mit der kalten Schaumstoffmatratze in Berührung kam. Amanda kroch neben mir unter die Decke.

Vielleicht lag es daran, daß es die erste Nacht in der exotischen Wildnis des Westkontinents war. Erregt wie noch nie versuchte ich, Amanda vollständig zu besitzen. Mit Fingern und Zunge erkundete ich ihren Körper, liebkoste und streichelte sie, nahm ihre Wärme in mich auf und verwandelte sie in meine eigene. Ich saugte gierig an ihrer Vitalität, und ihre fiebrigen Hände führten mich dabei sanft. Als ich schließlich in sie eindrang, war es, als würde ich endlich ganz, und unsere Leiber suchten in simultaner Leidenschaft verzweifelt nach Erfüllung.

Als es vorüber war, lag ich völlig ausgeleert da und spürte, wie Amandas Herzschlag an meinem Ohr allmählich wieder ruhiger wurde. Wir ruhten uns aus, aber im Verlauf der Nacht wurden wir immer wieder zu wilden Tieren und steigerten uns in die Raserei der Jugend und des Begehrens. Als der Morgen kam, schlief ich endlich in Amandas Armen ein, friedlich, getröstet und vollständig gesättigt. Ganz geworden.

Es wurde nie wieder so schön. Vielleicht lag es daran, daß es nicht mehr neu war; vielleicht paßten irgendwelche feinen Gezeiten nicht mehr so gut zusammen. In der Stille der Nächte vereinigten wir uns, liebevoll, zärtlich und wohltuend. Die erste Nacht blieb jedoch eine liebevolle Erinnerung, der keine andere je wieder gleichkam.

Derek wußte sicherlich, was wir erlebten. Zumindest mußte er Amandas Schreie gehört haben. Am Tage waren wir jedoch eine warmherzige, freundschaftliche Dreiergruppe, die sich gemeinsam entspannte und in der sich jeder an der Gemeinschaft mit den anderen erfreute. Erst wenn die Dunkelheit hereinbrach, zogen Amanda und ich uns scheu in unsere Zuflucht zurück, während Derek in ein einsames Feldbett kroch.

Schließlich dämmerte ein Morgen herauf, an dem ich, während Amandas Kopf leicht auf meiner Schulter ruhte, voller

Trauer erwachte, da ich wußte, daß unsere gemeinsame Zeit sich dem Ende näherte. Amanda regte sich im Schlaf. So leise ich nur konnte, schlüpfte ich aus dem Bett, raffte meine Kleider zusammen und kroch aus dem Zelt.

Es war bitterkalt.

Ich warf ein paar Scheite in die Glut und wurde schließlich mit einer prasselnden Flamme belohnt. Ich fütterte sie weiter, bis sie endlich etwas Wärme verbreitete. Ich stellte eine Tasse Kaffee in die Mikrowellen, und sobald sie heiß war, nahm ich sie zwischen die Hände und atmete den Dampf ein.

Ruhelos spazierte ich unter dem heller werdenden Himmel aus dem Lager und fand einen Platz auf der Kuppe eines Hügels, wo ich mich hinsetzen und die Aussicht ins Tal unter uns genießen konnte. Während ich an dem wundervoll heißen Kaffee nippte, sah ich zu, wie eine schwermütige gelbe Sonne über die Gipfel mir gegenüber stieg und das triste Grau des frühen Morgens mit rosigen Farbtönungen überzog. Der Nebel im Tal lichtete sich allmählich. Auf der anderen Seite stürzte sich der Wasserfall fast elfhundert Fuß tief in einem endlosen Strom über die Klippe. Noch nie hatte ich eine so herrliche Landschaft gesehen.

Die Dämmerung ging in den hellen Tag über. Unter mir wurde ein kleinerer Wasserfall erkennbar, als der nächtliche Nebel verdampfte. Die Grün-, Gelb- und Blautönungen der Blätter erstrahlten in ihre Tagespracht.

Ich mußte diesen friedlichen Planeten und damit auch Amanda verlassen. Ich mußte nach Detour weiterfahren, kurz nach Hope Nation zurückkehren, um Passagiere an Bord zu nehmen, und dann die lange, triste Fahrt nach Hause erdulden, um schließlich einer nachtragenden Admiralität in Lunapolis gegenübertreten. Ich wußte, daß man mir nie wieder ein Kommando übertragen würde. Ich wußte, daß ich nie wieder hierher zurückkehren würde. Ich wußte, daß ich Amanda an Lichtjahre des Vergessens verlieren würde.

Es war mein Los, aus dem Paradies verbannt zu werden.

Überwältigt von Verzweiflung und der eindringlichen Schönheit der Venturas trauerte ich um Sandy Wilsky, um Mr. Tuak, um Kapitän Malstrom, um Vater, der für immer in seiner mürrischen Härte verloren war. Um diese Schönheit, die ich noch nie erlebt hatte und nie wieder erleben würde. Ich verfluchte meine Schwäche, meine Kleinlichkeit, den Mangel an Weisheit, der meinen Versuch, die *Hibernia* zu befehligen, zu einer Tragödie gemacht hatte. Dann kam Amanda, die süße Amanda, von der Lichtung und umschlang mich mit den Armen, streichelte mich, drückte mich, wiegte mich und schenkte mir den Trost, den nur sie mir geben konnte.

Nach einer Weile kehrten wir gemeinsam zum Lager zurück, und meine Seele klammerte sich an die sanfte Wärme von Amandas Berührung. Derek, der nur eine kurze Hose, aber kein Hemd trug, wollte gerade mit einem Stück Seife zum Fluß gehen. Er sah uns und setzte in barmherzigem Schweigen seinen Weg fort.

»Nicky, diese schrecklichen Ereignisse auf der *Hibernia* waren nicht deine Schuld.«

Ich setzte mich nachdenklich an die Feuergrube und wartete darauf, daß der Kaffee in der Mikrowelle heiß wurde. »Nein? Ich habe ein Talent dafür, Menschen zu verletzen. Ich habe Tuak und Rogoff getötet; du weißt, daß es nicht nötig war. Auf Miningcamp habe ich den Rebellen Kerwin Jones und seine Männer umgebracht und gleichzeitig ein Abkommen getroffen, das seine Kohorten auf der Station rettete. Wo lag der Unterschied?«

»Du gehst zu hart mit deinen ...«

»Ich war monatelang grausam zu Vax. Ich habe den armen Derek für nichts zum Chief geschickt, damit der ihm den Rohrstock verabreichte. Sogar Alexi – wäre ich ein besserer Kommandant gewesen, hätte ich ihn nicht aufs Faß zu schicken brauchen. Über die Art, wie ich den Piloten behandelt habe, kann ich nicht einmal sprechen. Ich denke ständig an diese Menschen, Amanda. Allmächtiger Gott, wie ich es hasse, so ungeschickt und inkompetent zu sein!«

»Das bist du gar nicht, Nicky.«

»Erzähl das mal Sandy Wilsky!« Mein Ton war beißend.

Sie schwieg eine Zeitlang. »Mußt du immer alles richtig machen?«

»Nicht immer. Aber ich rede davon, mein Schiff zu verlieren und meine Fähnriche zu töten und die Mannschaft zu drangsalieren!« Wieder schlug der Sumpf der Verzweiflung über mir zusammen.

Amanda setzte sich dicht zu mir und schlang mir die

Arme um die Schultern. »Du hast dein Bestes getan. Gönne dir selbst Frieden.«

»Ich weiß nicht, wie.« Ich wurde still, bis Derek zurückkam, die Haut sauber geschrubbt und rosa.

»Mann, ist das kalt!« Er stürmte herbei und wärmte sich am Feuer. Er warf mir einen besorgten Blick zu. »Ist alles in Ordnung mit Ihnen, Mr. Seafort?«

»Ja, alles prima.« Ich bemühte mich angestrengt um einen aufgeheiterten Tonfall. »Was würdet ihr heute gern machen?« Es war unser letzter voller Tag auf dem Westkontinent.

Im Verlauf des Frühstücks beschlossen wir, durch das Tal zum Wasserfall zu wandern. Ich packte meinen Rucksack und marschierte mit den anderen los, bewegt von der Hoffnung, daß die körperliche Anstrengung mir dabei half, die Melancholie abzuschütteln.

Es dauerte nur ein paar Stunden, den Abhang auf unserer Seite hinabzusteigen. Das Tal war jedoch breiter, als es von oben den Anschein gehabt hatte, und wir mußten uns unseren Weg zwischen umgestürzten Bäumen und Rebengewächsen hindurch suchen. Müde erreichten wir endlich die andere Seite des Tals. Ein kurzer Marsch führte uns zum Fuß des Wasserfalls, wo wir zu unserem Entzücken einen im dichten Unterholz versteckten Teich entdeckten. Erhitzt und schwitzend zog ich mich aus, und Amanda folgte nach einem Moment meinem Beispiel. Derek zögerte. Er fühlte sich erkennbar unwohl.

»Los, Fähnrich! Das ist auch nicht anders als in der Fähnrichskabine!« Ich verhehlte meine Verärgerung nicht. Diese Schüchternheit gehörte noch seiner aristokratischen Vergangenheit an, nicht seiner Gegenwart als Flottenangehöriger. Vielleicht hatte er nach drei Wochen Planetenurlaub vergessen, daß er Schlafraum, Bad und Dusche mit Paula Treadwell und den übrigen Fähnrichen teilte. Errötend zog er sich jetzt ebenfalls aus und watete ins Wasser.

Ich hatte vergessen gehabt, wie wundervoll einfache Freuden waren. Das Schwimmen im kalten Wasser nach der langen, erhitzenden Anstrengung zeigte einen erstaunlichen Erholungseffekt. Wir tobten und spritzten herum wie kleine Kinder, bis unsere Energie verbraucht war. Schließlich zogen wir uns wieder an, verzehrten einen Imbiß aus unseren Rucksäcken und machten uns für den Rückweg bereit.

»Heh!« Derek deutete auf den Boden am Rand des Teichs, wo der Abdruck einer Sandale sich im Schlamm abzeichnete.

»Wir sind nicht allein hier!« Amanda war niedergeschlagen.

»Das waren nur irgendwelche andere Touristen«, meinte ich. »Sie sind hergekommen, um sich den spektakulären Wasserfall anzusehen, wie wir.«

»Wir haben aber niemanden gesehen.«

»Sie sind halt nicht mehr hier«, antwortete ich ungeduldig. »Wer weiß denn schon, wie alt dieser Fußabdruck ist?«

Derek starrte in den Schlamm. Mir ruhiger Stimme sagte er: »Es hat vor zwei Nächten heftig geregnet.« Mir richteten sich die Nackenhaare auf, als meine Vorstellungskraft das Bild einer fremdartigen Kreatur beschwor, die Wasser aus genau diesem Teich trank. Dann lachte ich über meine Torheit. Aliens trugen sicherlich keine Sandalen wie wir.

»Also ist noch jemand in der Gegend«, sagte ich. Es spielte keine Rolle.

Derek hampelte begeistert herum. »Ich wette, sie sind da unten!« Er deutete auf ein Waldstück hinter einem offenen Feld weiter unten im Tal. »Kommt, suchen wir sie!«

Ich wollte die andere Gruppe nicht in ihrer Privatsphäre stören, aber ich hatte nur die Wahl, entweder mitzumachen oder meine Autorität auszuspielen und zu verlangen, daß wir zurückkehrten. Die Verdrossenheit meldete sich zurück. Wir kletterten über Felsen und durch Rebengewächse mit breiten Blättern, bis wir das Dickicht erreichten. Wir folgten dem Rand des Feldes und näherten uns dem Wald.

»Güter Himmel, das ist ja Mais!« Amanda blieb stehen, um es zu begutachten. Etliche Reihen Stengel ragten über der flachen Vegetation auf, die die Wiese bedeckte.

»Das ist unmöglich; es gibt keinen einheimischen Mais.«

»Erzähl mir nichts von Mais, Nicky.«

Derek, der sich nicht um unser Gespräch kümmerte, lief weiter und verschwand außer Sicht.

»Warten Sie!« rief ich, ohne etwas zu erreichen. Mit einem unguten Gefühl lief ich hinter ihm her. »Los, gehen wir, Amanda!«

Ich hielt so abrupt an, daß sie in mich hineinrannte. Derek wich mit erhobenen Händen vor einem verwahrlosten Mann zurück, der einen Laser schwenkte. »Ihr alle! Bleibt, wo ihr seid!« Die Vogelscheuche schwenkte die Waffe zwischen Derek und uns beiden hin und her. Unauffällig trat ich zwischen Amanda und den Laser. Die Augen des Mannes zuckten mal zum einen, mal zum anderen. Er war stark sonnengebräunt und trug eine Hose mit abgeschnittenen Beinen und ausgefransten Rändern.

Ich räuspere mich. »Guten Tag, Kapitän Grone.«

Der Laser schwankte. »Wer hat dir meinen Namen genannt?«

»Wie viele Siedler verstecken sich denn sonst in den Venturas?«

»Es könnten mehr sein. Woher kennst du meinen Namen?«

»Die Leute vom Hubschrauberservice haben uns von Ihnen erzählt.« Das war keine ausgesprochene Lüge. Sie hatten ihn beiläufig erwähnt.

Er schwenkte den Laser und sagte mürrisch: »Ich kann euch nicht mit dem Wissen laufen lassen, wo ich zu finden bin.«

Zeit für ein Glücksspiel. »Haben Sie eine Ersatzladung für diese Pistole mitgenommen, als Sie aus Centraltown geflohen sind?«

Er funkelte mich an, schlug dann die Augen nieder und senkte die Pistole. »Sie ist seit Monaten leer«, gab er zu. »Verfluchtes Ding.«

»Ist schon in Ordnung, Derek«, sagte ich. »Nehmen Sie die Hände herunter.« Linkisch tat der Fähnrich wie geheißen. Ich trat vor. »Nick Seafort von der U.N.S. *Hibernia.*« Ich reichte Grone die Hand, und nach kurzem Zögern ergriff sie der ehemalige Kapitän. »Darf ich Ihnen Miss Frowel und Fähnrich Derek Carr vorstellen? Fähnrich, salutieren Sie vor einem Kapitän.« Derek zeigte seinen zackigsten Salut, den der flüchtige Raumfahrer mit der ausgefransten Hose und dem zerrissenen Hemd nach einem Augenblick erwiderte.

»Liebes, komm raus!« rief er über die Schulter, und wenig später kam eine geschmeidige, gut gebräunte junge Frau zum Vorschein. Amanda nahm sie ruhig in Augenschein und bedachte mich dabei mit einem Seitenblick. Ich gab vor, es nicht zu bemerken.

»Das ist meine Frau Jana. Jana, das sind Mr. Seafort und seine Freunde Derek und Amanda.«

»Hallo, Sie alle.« Jana Grone schien sich über unsere Gesellschaft zu freuen. »Kommen Sie, trinken Sie Kaffee mit uns.« So, als wäre dies ein alltägliches Ereignis, drehte sie sich um und führte uns in den Wald. Wir erreichten eine schlichte Hütte, die versteckt unter dem Blätterdach stand. Ein wackeliger Schornstein, aus Schlammziegeln gefertigt, ragte an einer Seite auf. Mrs. Grone nahm einen Kessel von einem Eisenrost und groß Kaffee in mehrere Gläser. Mit zeremonieller Geste reichte sie sie herum.

»Auf unsere ersten Gäste«, sagte sie.

»Und unsere letzten.« Ihr Mann klang grämlich. »Er wird uns melden, und dann holen sie mich.«

»Soweit es mich angeht«, platzte ich zu meiner eigenen Überraschung heraus, »sind Sie irgendein verrückter Kerl, der sich für den vermißten Kapitän Grone hält. Bis ich einen Beweis dafür sehe, habe ich der Admiralität nichts zu sagen.«

Hoffnung leuchtete in seinen Augen auf. »Das würden Sie wirklich tun?«

Ich dachte kurz daran, Grone wieder in den Dienst zu pressen, damit er die *Hibernia* übernahm, entschied dann aber, daß das Schiff sogar unter meiner Führung sicherer war. »Sie sind ein örtliches Problem. Ich habe damit nichts zu tun.«

»Meinen Sie das im Ernst?« Forschend betrachtete er mein Gesicht. »Dann haben wir eine neue Chance! Trotzdem vermute ich, daß wir weiter in die Wildnis ziehen müssen. Sie sind schon die zweite Gruppe, die in Sichtweite des Wasserfalls kampiert.«

»Wir können nächstes Frühjahr weiterziehen«, erklärte ihm Jana, »und weiter entfernt ein neues Feld anlegen.« Sehnsüchtig setzte sie hinzu: »Wir könnten trotzdem weiter gelegentlich zum Teich wandern.«

Amanda inspizierte ihr Glas. »Zwei Fragen. Wie kommen Sie an Kaffee?«

»Wir bauen von allem etwas an«, sagte Grone, als wäre er stolz darauf, uns sein Errungenschaften zu zeigen. »Wir haben, ah, ein paar Kaffeepflanzen von Hopewell geborgt, zusammen mit den übrigen Gemüsepflanzen. Sie wachsen hier ziemlich gut. Sehen Sie? Es sind die in der siebten Reihe dort drüben.« Ich schaute hin, aber für mich sah alles gleich aus.

»Und Ihre zweite Frage?« Das war Jana.

»Was machen Sie eigentlich hier?«

Die beiden wechselten Blicke. »Erkläre es ihr«, sagte Jana.

Grone blickte sich um und dämpfte die Stimme. »Die Meteore.«

»Was für Meteore?« fragten Derek und Amanda wie aus einem Mund.

Grone flüsterte jetzt. »Es war Nacht. Ich half einem Freund aus und steuerte das Zehnsitzer-Shuttle. Ich war fast durch die Ionosphäre, als sie kamen. Dutzende.«

»Meteoriten«, sagte ich. Er benötigte eine Neueinstellung seiner Hormone. Ein Fall für eine psychiatrische Station.

»Yeah, Meteoriten. Einige echt, aber auch andere. Die gesprüht haben.«

»Wovon zum Teufel sprechen Sie eigentlich?« Meine Schulterblätter zuckten unter dem gleichen unheimlichen Gefühl, das ich auch hatte, als ich Darlas Macke entdeckte.

»Meine Flugbahn stimmte fast mit der der Meteoriten überein. Ich begleitete sie eine ganze Weile. Ich sah, wie sie etwas versprühten.«

»Ach, kommen Sie!« Für einen Moment hatte ich mir tatsächlich überlegt, ihm die Brücke der *Hibernia* zu geben. Mich schauderte.

»Nein, haben sie wirklich! Lange Dampfspuren. Wissen Sie, woran mich das erinnert hat? An Insektizide.«

»Also sind Sie desertiert und hierhergekommen?« fragte ich verwundert.

»Ich habe mich davongemacht, so schnell ich konnte. Nach der Landung holte ich Jana, und wir schnappten uns einen Heli und einen ganzen Haufen Vorräte, landeten dann noch auf Hopewell und besorgten uns einige Pflanzen, und weg waren wir.« Seine Worte überschlugen sich. »Ich habe den Transponder zerschmettert, damit man uns nicht mehr finden konnte.«

»Aber warum?«

»Wenn Sie das Spray gesehen hätten, wüßten Sie es!«

Allmählich langweilte er mich. »Was wüßte ich?«

»Sie haben uns besprüht. Ich sagte es ja schon. Und wissen Sie, was gleich anschließend passiert ist? Die Epidemie! Irgendein Bazillus, den niemand je gesehen hat, der Zellwände durchbricht und jeden tötet, den er erwischt. Wir haben es im Radio gehört, ehe es kaputtging.«

»Wer hat Sie besprüht?« Amandas Stimme klang angespannt.

»Sie waren es«, sagte er geheimnisvoll.

»Wasserdampf.« Meine Stimme klang beruhigend. »Eis in den Meteoriten ist verdampft. Mehr nicht.« Amanda studierte mein Gesicht und entspannte sich etwas.

Grone schüttelte heftig den Kopf. »Kommen Sie mir nicht mit diesem Quatsch! Halten Sie mich vielleicht für einen Bodenwurm, der den Unterschied nicht erkennt? Ich bin herumgekommen! Ich bin dreimal auf interstellare Fahrt gegangen und war vorher fünf Jahre lang interplanetar unterwegs! Wie alt sind Sie, sechzehn? Ihr Grünschnäbel glaubt immer, ihr wüßtet alles!« Er wurde leiser und murrte vor sich hin. Seine Frau tätschelte ihn aufmunternd. Einen Augenblick später lächelte er sie an.

»Hier draußen sind wir sicherer«, fuhr er leise und ruhiger fort. Er blickte zum Himmel auf, als hielte er nach weiteren Meteoriten Ausschau. »Wenn sie glauben, daß sie alle erwischt haben, hören sie auf zu sprühen.«

Ich schüttelte den Kopf. »Bei Ihnen ist Hopfen und Malz verloren.«

»Finden Sie?« Er schaute listig drein. »Dann hat es ja auch keinen Sinn, uns zu melden, nicht wahr?«

Jana packte ihn am Arm. »Peter hat sich die Zeit genommen, mich zu retten, ehe er in Sicherheit geflüchtet ist. Das zeigt, wie sehr er mich liebt.« Sie drückte seinen Bizeps, und er belohnte sie mit einem anerkennenden Lächeln.

»Die Seuche ist vorüber«, sagte ich. »Haben Sie das nicht gehört? Wir haben jetzt einen Impfstoff.«

»Diesmal haben sie sich verrechnet. Nächstes Mal wird es schlimmer.«

Ich stellte fest, daß man mit Logik nicht mehr zu ihm durchdrang, und wechselte das Thema. Wie schafften sie es, in der Wildnis zu überleben? Das war für beide das Stichwort. Voller Stolz schilderten sie uns abwechselnd ihre Erfindungen und Einrichtungen. Nach einer Weile hielt ich den Zeitpunkt für gekommen, unseren Aufbruch vorzuschlagen.

»Ich verspreche, daß ich nichts von Ihnen erzähle«, sagte ich. »Viel Glück. Ich hoffe, Sie kommen jedesmal über den Winter.« Auf dem Westkontinent brachte der Winter eisige Winde und schweren Schneefall mit sich.

»Oh, das müssen wir einfach!« sagte Jana. »Wir erwarten ein Baby!« Mit dieser hilflosen Anmerkung trennten wir uns.

Es kostete uns fast sämtlichen Atem, wieder zu unserem Lagerplatz hinaufzusteigen. Als wir endlich unsere Rucksäcke an der Feuerstelle absetzen konnten, war es fast dunkel. Derek und Amanda diskutierten über das

Abschiedsmahl und brachten eine aufgesparte Flasche Wein zum Vorschein. Wir verzehrten Steak und Kartoffeln, warmes Brot, Kaffee und Wein. Eine wunderbare Mahlzeit.

Wohl wissend, daß es unsere letzte gemeinsame Nacht war, widmeten Amanda und ich uns im Zelt einander zärtlich und aufmerksam, aber unsere Leidenschaft war gedämpft. Es war ein bittersüßer Augenblick, aber ich genoß ihn trotzdem.

Am Morgen verluden wir die Zelte und sonstige Ausrüstung in den Helikopter, löschten sorgfältig die Reste unseres Feuers und hoben zum langen Heimflug ab. Wieder war ich der einzige Pilot. Gelegentlich erlaubte ich Derek, die Steuerung zu bedienen, und er freute sich darüber wie ein Kind.

Kurz vor der Ankunft wandte sich unsere Konversation Kapitän Grone und seinem bedauernswerten Geisteszustand zu. »Stell dir mal die beiden vor«, sagte Amanda, »wie sie versuchen, ein Baby durch den Bergwinter zu bringen!«

»Es wird schon klappen.« Ich zuckte die Achseln. »Sie haben bereits einen Winter hinter sich.«

»Du kommst mir ziemlich gefühllos vor, was das angeht.«

»Wirklich? Vielleicht kommt das von meinen Erfahrungen in der Flotte. Die Leute bereiten sich ihr Bett selbst und müssen dann darin liegen.« Ich erinnerte mich, wie ich das auch zu Pilot Haynes gesagt hatte, und wechselte rasch das Thema. »Das kann nun mal aus einem Kapitän werden, der unter zuviel Streß steht. Wenn er allein in der Kabine vor sich hinbrütet und sich vorstellt, jeder wäre hinter ihm her . . .« Derek warf mir einen nachdenklichen Blick zu, und ich fuhr rasch fort: »Daß man mit niemandem reden kann, ist das schlimmste daran. Wahrscheinlich ist Grone deshalb durchgedreht.«

»Der arme Mann.«

»Darum bin ich auch so besorgt darüber, weiterzumachen.«

»Über was?«

Ich hätte vorsichtiger sein sollen, aber statt dessen sagte

ich voller Abscheu: »Habe ich es dir nicht erzählt? Sie können keinen Kapitän auftreiben, der mich ablöst. Ich bin weiterhin der ranghöchste Offizier. Ich werde das Schiff nach Detour und zurück nach Hause führen müssen.«

»Das kannst du nicht machen!«

»Ich muß«, sagte ich. »Es ist mein Job.«

Ihre Stimme klang bedrohlich. »Wie lange weißt du das schon, Nicky?«

»Seit ich mich bei der Admiralität gemeldet habe.« Ich machte eine hilflose Geste. »Es gibt keinen Ausweg.«

»Du könntest den Dienst quittieren!« Sie zwang sich, die Schärfe aus ihrem Ton zu nehmen. »Ich weiß, daß du dein Bestes versucht hast, Nicky, aber du hattest viel Glück; das weißt du. Du hättest das Schiff verlieren können.«

»Mehr als einmal.«

»Aber du machst trotzdem weiter? Ist dir der Ruhm so wichtig?«

»Nicht Ruhm«, sagte ich kurz angebunden. »Du weißt, daß ich nicht gegen meinen Eid verstoßen kann.«

Das schien sie noch wütender zu machen. »Die ganze Zeit über wußtest du schon, daß du als Kapitän weiterfahren würdest, und hast es mir nicht gesagt?«

»Deshalb war ich ja die ganze Woche über so verstimmt!«

»Ich bin diejenige, die ein Recht darauf hat, verstimmt zu sein! Ich verabscheue Unaufrichtigkeit!«

»Unauf ... Amanda, ich hätte es dir gesagt, wenn ich nur daran gedacht hätte. Ich bin davon ausgegangen, jeder in Centraltown wüßte es. Und welche Wahl hatte ich schon? Ich ...«

»Du hast eine ehrenvolle Wahl! Quittiere den Dienst!«

»Er ist Senioroffizier«, warf Derek ein. »Er hat die Verant ...«

»Fähnrich, halten Sie sich da raus! Amanda, das ist nicht fair.«

»Es ist mir zuwider, daß ich unter falschen Vorgaben mitgekommen bin.« Sie klang schroff. »Und ich hasse dich noch mehr, weil du mich hereingelegt hast. Ich werde nicht weiter darüber diskutieren!« Aufgebracht drehte ich den Motor voll auf, ohne einen Gedanken an Abnutzung zu verschwenden. Nach einer Stunde mürrischen beiderseitigen Schweigens entdeckte ich die Küstenlinie und folgte ihr nordwärts nach Centraltown.

Amanda, die sich nach wie vor weigerte, mit mir zu sprechen, stolzierte mit ihrem Gepäck davon, um sich ein Taxi zu suchen. Ich blieb mit Derek zurück, um den Helikopter abzuliefern und unsere Habseligkeiten herauszusuchen. Spät am Abend führte ich Derek zum Shuttle und fuhr anschließend per Anhalter zu Amandas Haus am Stadtrand.

Die Lichter waren aus, aber ich klopfte trotzdem. Nach mehrfachem Klopfen kam sie in einem Bademantel zur Tür. »Was ist?« fragte sie mich durch die Glastür.

Ich holte tief Luft. Sie verdiente es, daß ich aufrichtig war, egal, was es mich kostete. »Amanda, ich liebe dich. Ich werde dich nie wiedersehen und möchte eine schöne Erinnerung mit nach Hause nehmen. Meine Fehler tun mir leid. Es tut mir leid, daß ich es dir nicht gesagt habe. Bitte verzeih mir.«

Sie seufzte. »O Nicky! Warum muß es so sein?« Sie kam heraus auf die winzige Veranda.

»Es tut mir leid«, sagte ich dumm. »Ich wollte, daß du glücklich bist. Es war so schön mit dir.«

Ihr Augen glänzten feucht. »Du wirst mir fehlen, Nicky. Ich werde immer an dich denken.«

»Ich wünschte, ich könnte bleiben, aber das geht nicht. Ich glaube nicht, daß ich je wieder hierherkommen kann.«

»Ich weiß.« Sie versuche zu lächeln, brachte es aber nicht fertig. Sie küßte mich sanft auf die Stirn. »Lebewohl, Nicky. Viel Glück, was auch immer du tust. Gott sie mit dir.«

»Ich weiß nicht, wie ich es ohne dich schaffen soll.« Ich spürte, wie mir die Tränen kamen. »Gott sei stets mit dir.« Rasch wandte ich mich ab. Ich ging, ohne zurückzublicken, denn ich befürchtete, wenn ich sie wieder ansah, könnte ich nicht mehr von ihr lassen.

25.
Kapitel

Am Morgen brannte die Sonne auf die robusten Gräser herab, als ich das Admiralitätshaus verließ und über den Platz zur Shuttlerampe ging. Ich kniff die Augen zusammen, und mir pochte der Kopf noch von den etlichen Drinks, die ich mir nach dem Abschied von Amanda genehmigt hatte. Ein elektrolytisches Ausgleichsmittel hätte mich ruckzuck wiederhergestellt, aber ich war es nicht gewöhnt, Katerpillen mitzuführen, und war zu stolz, um im Admiralitätshaus um so etwas zu bitten.

Forbee hatte gemischte Nachrichten für mich gehabt. Nur ein Leutnant hatte sich freiwillig für die *Hibernia* gemeldet, aber man hatte einen weiteren von der Bauxit-Strecke verpflichtet. Bauxit, der dritte Planet im Hope-Nation-System, wurde von interstellaren Flottenschiffen ohne Fusionsantrieb angelaufen. Ein Rendezvous zwischen uns und dem Schiff des Offiziers war geplant, um ihn abzuholen.

So konnte ich mit drei Leutnants, darunter Vax Holser, auf Fahrt gehen. Ich verfügte auch über vier Fähnriche und Kadetten, aber unter ihnen besaß nur Alexi Erfahrung. Wenn ich ihn beförderte, würde Derek Oberfähnrich, und er war noch nicht dafür geeignet, das Kommando in der Fähnrichskabine zu übernehmen. Ich befahl Forbee, einen erfahrenen Fähnrich aufzutreiben, egal wie. Und zwar rasch; unsere Abfahrt war in drei Tagen angesetzt.

Als ich mich dem Shuttle näherte, kam ein Matrose der *Hibernia* aus dem Schatten des Abfertigungsgebäudes über die macadamisierte Rollbahn auf mich zu.

Er salutierte, als ich die Treppe zum Shuttle erreicht hatte. Ich nickte knapp.

»Matrose Porfirio, Sir. Ah, könnte ich bitte kurz mit Ihnen sprechen?« Er leckte sich die Lippen.

»Ich schätze doch. Kommen Sie mit an Bord.«

»Aye aye, Sir.« Er bewegte sich nicht. »Hier unten bitte? Es ist wichtig, Sir!« Der Shuttlepilot wartete, bereit, die Luke zu schließen.

Ich seufzte. »Beeilen Sie sich, Matrose.«

Porfirio sah sich um, als suchte er nach Beistand. »Würden Sie bitte mit mir kommen?«

Wahrscheinlich hatte es mit einem Mädchen zu tun. Unsere Bootsmänner sollten sich eigentlich um solche Probleme kümmern, die mit Landurlaub zu tun hatten, aber niemand von ihnen war in Sicht. Ich war nun wirklich der letzte, den der entnervte Matrose hätte um Rat bitten sollen, aber aus irgendeinem Grund hatte er sich in die Idee verrannt. »In Ordnung, was ist los?«

Er entfernte sich weiter von der Maschine. »Hier entlang, Kapitän. Es dauert nur einen Moment.«

Sein Verhalten erinnerte mich langsam an das Kapitän Grones. »Nun reden Sie schon, Matrose. Niemand kann uns hören.«

»Ich möchte Ihnen etwas zeigen, Sir.« Er wich wieder ein paar Schritte weit zurück. »Am Terminal.«

Es reichte. »Was soll dieser Unfug, Porfirio?« Ich blieb stehen.

Er bat mich mit Handbewegungen, zu schweigen. »Bitte, Käpten. Ich möchte Ihnen jemanden zeigen.« So, es war also ein Mädchen. Falls er wirklich glaubte, er könnte meine Einwilligung erhalten, sie mit an Bord zu nehmen, dann sollte er das Gegenteil erfahren, bei Gott! Der schnellste Weg, ihm diese Torheit auszutreiben, bestand darin, daß ich mich der Sache gleich stellte. Ich folgte ihm Richtung Abfertigungsgebäude.

Zu meiner Überraschung führte er mich durch das Gebäude und zur anderen Seite wieder hinaus. In einer Minute würde ich das verdammte Shuttle verpassen, und der allmächtige Gott allein wußte, wann das nächste ging. Der Matrose eilte über die Zufahrtsstraße. Ich folgte ihm bis zum Ortsschild von Centraltown, aber er traf keine Anstalten stehenzubleiben. »Wohin führen Sie mich eigentlich, Matrose?« fragte ich mit meiner kältesten Stimme.

»Wir sind fast da, Sir. Ehrlich!« Er deutete über den Bordstein hinweg auf eine bewaldete Bergflanke.

»Sie unverschämter, aufsässiger Possenreißer!« Ich war außer mir. »Haben Sie sie dort versteckt? Im Wald?«

Er machte ein verblüfftes Gesicht. »Sie wissen von ihr, Sir?«

»Halten Sie mich für einen Idioten? Wie können Sie es nur wagen, mich wegen Ihres Freizeitvergnügens quer durch die Stadt zu schleppen?«

Sein Gesicht spiegelte Furcht und Verwirrung wider. »Bitte, Kapitän. Sie sollten nicht in aller Öffentlichkeit von ihr sprechen.« Noch ein Verrückter. Es mußte an der Luft hier liegen.

Schäumend folgte ich ihm weiter die Straße hinunter. Gleich außerhalb des Flughafens reichte das Unterholz fast bis an die Straße heran und verdeckte völlig den Blick auf den Wald dahinter. Porfirio huschte einen schmalen Pfad zwischen den Büschen entlang.

Ich zögerte. Vielleicht verprügelte oder tötete man mich gar. Niemand würde die Leiche je finden. Ich drehte mich fast schon um, folgte ihm dann jedoch mit einem gedämpften Fluch. Genausogut konnte ich die Sache jetzt durchziehen. Das Shuttle hatte ich ohnehin versäumt.

Nach dreißig Metern war die Straße hinter mir völlig außer Sicht. Wir bahnten uns den Weg unter dichten Baumkronen an tiefhängenden, blätterbewachsenen Ästen vorbei. Porfirio blieb auf einmal stehen, legte die Hände an den Mund und stieß einen schrillen Pfiff aus. Ich wirbelte herum und ging geduckt in Karatestellung, denn ich wußte, daß er mich in eine Falle gelockt hatte.

Es raschelte in den Büschen, und hervor trat Alexi, schmutzig und zerzaust. Hinter ihm tauchten die beiden Kadetten auf, Paula Treadwell und Ricky Fuentes, die Uniformen zerknautscht und verdeckt. Meine Wut rang mit der Erleichterung um die Vorherrschaft. »Wozu in drei Teufels Namen schleicht ihr im Wald herum?« bellte ich. Ich ließ Alexi gar keine Zeit zu antworten. »Mich auf eine planlose

Hetzjagd locken, so daß ich mein Shuttle versäume! Ich schicke Sie aufs Faß, sobald wir an Bord sind, Mr. Tamarow! Zehn Minuspunkte! Ein Dutzend!«

Alexi streckte beschwichtigend die Hand aus. »Ich mußte Sie allein sprechen, Sir. Das war die einzige Möglichkeit.«

»Allein?« schrie ich. »Haben Sie den Verstand verloren?«

Er faltete ein zerknittertes Blatt Papier auseinander, das er aus der Tasche seiner verschmutzten Jacke gezogen hatte. »Bitte, Sir. Lesen Sie das.«

Ich schnappte mir das Blatt.

»Was soll dieser Unsinn?«

»Eine gerichtliche Verfügung, Sir. Jared und Irene Treadwell haben eine Anhörung in Sachen der Vormundschaft über Kadett Treadwell beantragt. Sie behaupten, Sie hätten Paula gegen ihren Willen verpflichtet. Sie sagen, Sie selbst hätten es sich anders überlegt, was die Weiterfahrt nach Detour angeht, und möchten lieber hierbleiben. Das Gericht erließ eine vorläufige Verfügung, Paula bis zur Anhörung wieder ihren Eltern zu übergeben. Der Termin ist in zwei Wochen, Sir.«

Ich begutachtete den Rechtsbescheid, den er zusammengefaßt hatte, während Matrose Porfirio nervös von einem Fuß auf den anderen trat. Ricky sah fasziniert zu, Paula verlegen. »Jeder Shuttlepilot hat eine Kopie davon erhalten«, ergänzte Alexi. »Ebenso alle unsere Offizier auf dem Planeten.«

»Aber ... das ist ... ich meine ...« Ich brach ab.

»Ja, Sir. Sie hatten mir befohlen, auf die Kadetten aufzupassen und sie heil wieder an Bord zu bringen. Ich hatte Glück, als mir der Bescheid zugestellt wurde, Sir. Ricky und Paula – ich meine, Kadett Fuentes und Kadett Treadwell – sahen sich gerade die Stadt an, während ich am Shuttlehafen abgefertigt wurde. Ich trieb die beiden auf und versteckte sie hier. Wir schliefen jede Nacht im Freien, und ich schlich mich in die Stadt, um Essen zu besorgen.«

In meinem Kopf drehte sich alles. »Und Mr. Porfirio ...«

»Ich beauftragte etwa ein Dutzend Mannschaftsangehörige damit, nach Ihnen Ausschau zu halten. Sie stehen alle unter dem Eid, kein Wort zu sagen.«

Ich war richtig benommen von Alexis gesundem Menschenverstand und Führungstalent. Es stand ihm nicht zu, meine Befehle in Frage zu stellen; er wußte, daß es meine Entscheidung war, ob Kadett Treadwell ans Gericht übergeben wurde oder nicht. Seine Anweisungen hatten gelautet, auf sie aufzupassen.

Wäre das Mädchen erst wieder in Verwahrung ihrer Eltern gewesen, hätten wir sie nie wiedergesehen. Der Anhörungstermin zehn Tage nach unserer Abfahrt machte das nur zu deutlich.

Alexi hatte auf bewundernswerte Art und Weise alle Optionen für mich offengehalten.

Ich wandte mich an unseren Matrosen. »Ich werde Sie lobend erwähnen, Mr. Porfirio. Über die Art der Belohnung mache ich mir Gedanken, sobald wir wieder auf Fahrt sind.« Ich plante, ihn zu befördern und ihm für seinen Mut beim Herbeilocken seines Kapitäns einen Bonus zu zahlen. Er grinste bei diesen Worten.

»Mr. Tamarow, die erwähnten Minuspunkte werden wieder gestrichen. Sie haben gute Arbeit geleistet. Herausragende Arbeit. Ich werde Ihre Tat im Logbuch erwähnen.« Er zeigte ein schwaches, aber erfreutes Lächeln. »Was Sie beide angeht ...« Finster wandte ich mich den beiden Kadetten zu, die gleich besorgt wirkten. »Ich befasse mich mit Ihnen, sobald wir wieder an Bord sind!« Wenn sie dumm genug waren, sich darüber wirklich Gedanken zu machen, war das ihr Problem.

Ich brauchte einen Augenblick, um meine Gedanken zu sortieren. »In Ordnung, ich weiß, wie wir damit umgehen. Alle bleiben hier, bis ich zurückkomme.«

Ein paar Minuten später saß ich in Forbees Büro im Admiralitätshaus und erläuterte die Situation. »Wie lautet Ihre Meinung, Mr. Forbee?«

Die Möglichkeiten schienen ihn zu faszinieren. »Nun, Sir, der Gerichtshof der Vereinten Nationen repräsentiert die

UN-Regierung auf Hope Nation. Da wir so weit von zu Hause entfernt sind, besteht die einzige Berufungsinstanz im Gouverneur, der gleichzeitig Zivilbeamter ist. Er besitzt uneingeschränkte Vollmachten und ist Repräsentant der UN-Regierung. Solange Sie auf Fahrt sind, haben Sie als Schiffskommandant ebenfalls uneingeschränkte Vollmachten. Am Boden untersteht ein Kapitän jedoch den zivilen Gerichten.«

»Man stellt eine Ernennung in Frage, die ich auf Fahrt getroffen habe«, wandte ich ein. »Es liegt jedoch nicht an hiesigen Behörden, über die Gültigkeit dieser Maßnahme zu entscheiden.«

»Nein, Sir. Hier denkt man vielleicht jedoch anders.«

Ich wurde still und überlegte. »Admiral Johanson hatte volle Befehlsgewalt in Flottenangelegenheiten, obwohl er planetar stationiert war. Seine Befehle unterlagen doch nicht der Entscheidungsbefugnis des Gerichts, oder?«

»Nein, Sir.« Forbee blinzelte.

»Ich bin ranghöchster Flottenoffizier im System und stehe damit dem Admiralitätshaus vor. Ich habe nicht Johansons Rang, aber seine Pflichten und sein Verantwortungsbereich sind auf mich übergegangen und bleiben in meiner Hand, solange ich mich im System von Hope Nation aufhalte. Damit habe ich als Seniorrepräsentant der Admiralität volle Befehlsgewalt über Flottenangelegenheiten.«

Er dachte darüber nach. »Das ist eine haltbare Position, Sir.«

»Haltbar ...« Laut brüllend sprang ich auf. »Kommen Sie mir nicht mit diesem Müll! Paula Treadwell wurde unter der Befehlsgewalt der Flotte rechtsgültig in Dienst genommen! Ich verlange von Ihnen, diese Position so energisch zu vertreten, wie es die Lage erfordert. Habe ich mich klar genug ausgedrückt?«

»Aye aye, Sir!«

Ich bemühte mich wieder um einen ruhigen Tonfall. »Sehr gut. Bereiten Sie einen Generalbefehl vor, den ich nur noch zu unterzeichnen brauche. Als Senioroffizier im System von

Hope Nation bekräftige und bestätige ich die Dienstverpflichtung von Kadett Paula Treadwell, wie sie durch Kapitän Nicholas Seafort von der *Hibernia* vorgenommen wurde, und befehle ich dem gesamten Flottenpersonal, diese Ernennung zu unterstützen und zu verteidigen.«

Forbee tippte den Text in sein Holovid.

Der nächste Satz war der, der mich an den Galgen bringen konnte. »Ich befehle darüber hinaus sämtlichen Flottenangehörigen, Ms. Treadwell vor jeder zivilen Behörde zu schützen, einschließlich Vertretern des UN-Gerichtshofes, die den Versuch unternehmen, sich in die Ausübung ihrer Pflichten einzumischen.«

Ich lehnte mich auf meinem Stuhl zurück. »Mr. Forbee, suchen Sie nun alle ortsansässigen Offiziere des Systems zusammen, die Kinder haben. Sollte er oder sie nicht im Hafen sein, treiben Sie den Ehepartner auf. Alle Kinder der hiesigen Offiziere sind für morgen vormittag eingeladen, die *Hibernia* zu besichtigen. Sorgen Sie dafür, daß diese Einladung auch angenommen wird. Stellen Sie ein Shuttle dafür bereit. Heute abend holen Sie ein paar Freunde von mir mit Ihrem Elektrowagen ab – Sie haben doch einen Wagen, nicht wahr? – und nehmen Sie für die Nacht mit zu sich nach Hause. Morgen werden Sie sich in sauberer Zivilkleidung der Besichtigung anschließen. Haben Sie das verstanden?«

»Aye aye, Sir«, sagte er schwach.

Vor dem Spiegel in meiner Kabine zupfte ich mir die Krawatte zurecht. Das Haar hatte ich ordentlich gekämmt. Die Schuhe glänzten, die Hose der weißen Galauniform prangte mit scharfen Bügelfalten, und die komplette Reihe der Dienstmedaillen schmückte die Jacke. Ich schaltete den Rufer ein. »Leutnant Holser bitte zur Heckschleuse.«

Ich marschierte den Korridor auf Deck 2 hinunter zur Luftschleuse. Vax Holser wartete dort bereits, als ich eintraf.

Es war jetzt zwei Tage her, seit ich einen besorgten

Kapitän Forbee im Admiralitätshaus zurückgelassen hatte; das Auslaufen der *Hibernia* war für morgen angesetzt. Etwa die halbe Mannschaft war inzwischen aus dem Landurlaub zurück, und weitere trudelten stündlich ein. Die Passagiere für Detour wurden bereits mit Shuttles heraufgebracht. Paula und Ricky, inzwischen sicher an Bord, durften sich auf meinen Befehl hin nur auf Deck 1 aufhalten, solange wir noch an der Station lagen. Paula entschuldigte sich bei mir für die Schwierigkeiten, die ihre Familie mir bereitete; ich akzeptierte ihre Entschuldigung und ignorierte den Verstoß gegen die Gebräuche, der darin bestand, daß sie mich persönlich anzusprechen wagte. Die Umstände waren ungewöhnlich.

Die Offizierskinder hatten einen vergnügten Tag an Bord gehabt. Als sie zur Luftschleuse hinaus auf die Orbitalstation zurückgekehrt waren, sicherten Mr. Vishinsky und seine Abteilung beide Schleusen und stellten bewaffnete Posten auf. Sie hatten Befehl, niemanden an Bord zu lassen außer Besatzungsangehörige und Passagiere nach Detour. Sie durchsuchten das Gepäck der Passagiere nach Waffen und nahmen ihre Papiere sorgfältig in Augenschein, ehe sie ihnen erlaubten, das Schiff zu betreten. Als zusätzliche Sicherheitsvorkehrung postierte ich Posten an den Leitern zu Deck 1.

General Tho gehörte zur UN-Armee, nicht zur Flotte. Sobald ihm sein Shuttlepilot gemeldet hatte, daß zwei Kinder mehr auf die Orbitalstation gekommen waren, als nun auf den Rücktransport warteten, wußte er, was ich getan hatte. Er verlangte, daß ich die junge Ms. Treadwell auslieferte. Ich lehnte ab. Zwischen uns baute sich Spannung auf, bis ich ankündigte, daß ich am folgenden Tag – also heute – zum Planeten hinunterfliegen würde, um in Sachen Kadett Treadwell vor Gericht zu erscheinen.

Jetzt war die Zeit gekommen. Ich fragte mich, ob ich die *Hibernia* wiedersehen würde. Durchaus möglich, daß ich das nächste halbe Jahr in einem örtlichen Gefängnis auf ein Schiff wartete, daß mich in Ketten zurück nach Lunapolis brachte. Nun, wenn es dazu kommen sollte, besuchte Amanda mich sicher in meiner Zelle.

»Mr. Holser, ich befehle Ihnen, das Schiff gegen jeden unautorisierten Eindringling zu verteidigen. Damit meine ich jede Person, die nicht zur Besatzung oder zu den Passagieren gehört. Falls ich nicht innerhalb von vierundzwanzig Stunden zurück bin, müssen Sie davon ausgehen, daß man mich festhält und ich nicht zurückkehre. Ich erwarte, daß Sie sich in einem solchen Fall selbst zum Kapitän ernennen und nach Detour weiterfahren. Bestätigen Sie Ihre Befehle!«

»Aye aye, Sir. Bestätigt und verstanden. Darf ich mit Ihnen hinunterfliegen?«

»Natürlich nicht. Öffnen Sie bitte.« Nachdem sich unsere Innenluke geschlossen hatte, wartete ich in der Schleuse darauf, daß sich die Luke der Orbitalstation öffnete. Danach betrat ich die Station und wandte mich Richtung Shuttlerampe.

Ein UN-Soldat fing mich ab. »General Tho bittet Sie, mich zu begleiten, Kapitän.« Stand ich bereits unter Arrest? Angespannt, aber machtlos folgte ich ihm zum Büro des Generals.

Ich erwiderte Thos förmlichen Salut. Er wartete, bis der Adjutant gegangen war, und zwirbelte nervös seinen dünnen Schnurrbart. Sobald die Luke geschlossen war, beugte er sich zu mir vor. »Wird aber auch Zeit, daß jemand es Richter Chesley zeigt.« Er sprach leise. »Der Mann ist schon seit Jahren viel zu groß für seinen Overall. Viel Glück!«

Ermutigt schüttelte ich ihm die Hand. Das Shuttle war das größte, das ich bislang gesehen hatte. Die zahlreichen Sitzreihen waren leer; nur der Pilot, eine Flugbegleiterin und ich befanden sich an Bord. General Tho demonstrierte seine Sympathien auf die einzige Art, die ihm offenstand.

Ich kam mir vor wie ein königlicher Abgesandter, wie ich da inmitten leerer Beschleunigungssitze saß, während das solide gebaute Shuttle mit mir zur Oberfläche hinunterbrauste. Aufgrund seiner stattlichen Dimensionen war der Eintritt in die Atmosphäre kaum spürbar. Der Pilot segelte zur Rollbahn hinunter und setzte die Raumfähre sanft wie eine

Feder auf, während er die Maschinen abstellte. Eine feine Leistung.

Die Flugbegleiterin öffnete die Luke, und ich stieg aus.

»Achtung!« Auf dem Rollbahnbelag hatten Kapitän Forbee und eine Ansammlung Offiziere und Matrosen Aufstellung bezogen, die Uniformen sauber und adrett wie für eine Inspektion. Ich blieb überrascht stehen, die Hand an der Luke. Ich hatte diese Show nicht angeordnet. Offensichtlich hatte Forbee sie veranlaßt, um die Unterstützung der Flotte zu demonstrieren und meinen Status als Senioroffizier zu unterstreichen.

»Weitermachen, Gentlemen.« Ich marschierte zum Terminal und gab mich dabei zuversichtlicher, als ich mich fühlte. Forbee beeilte sich, mit mir Schritt zu halten.

»Hier entlang zum Wagen, Sir.« Er deutete auf einen luxuriösen Elektrowagen jüngster Bauart.

Lächelnd bekundete ich meine Anerkennung für seine Bemühungen.

»Sehr gut, Mr. Forbee.«

»Mit Ihrer Erlaubnis: Neun unserer Offiziere haben darum gebeten, mit Ihnen vor Gericht zu erscheinen, Sir.«

»Wie viele Offiziere haben Sie zur Zeit am Boden, Kapitän Forbee?«

»Neun.«

»Sehr schön.« Nur Forbee stieg mit mir in den Wagen, während die übrigen sich in zwei ältere Modelle drängten. Unser Konvoi fuhr in die Stadt. Bei dem UN-Gebäude handelte es sich um eine altmodische Konstruktion aus Glas und Stahl, die Macht und Autorität ausstrahlen sollte.

Die Parade hielt an. Begleitet von unseren sämtlichen Offizieren in Marineblau marschierte ich ins Gebäude.

Es sollte ein besondere Sitzung werden. Der Richter, der bereits seinen Platz im Saal eingenommen hatte, trommelte ungeduldig auf dem schimmernden Hartholztisch herum. Trotz seines fortgeschrittenen Alters wirkte er immer noch eindrucksvoll in der grellroten Robe und weißen Perücke. Hinter ihm hing unsere blaue und weiße UNO-Flagge. Jared und Irene Treadwell saßen mit ihrer Anwältin an einem der Anwaltstische.

Die Flottenoffiziere begaben sich zu den Zuschauerbänken und mischten sich unter das bereits ansehnlich große Publikum. Ohne mich um den Gerichtsdiener und die Gerichtsbeamten zu kümmern, ging ich an dem polierten Holzgeländer entlang zum unbesetzten Tisch.

»Sind Sie der Kapitän der *Hibernia*?« wollte der Richter wissen.

»Nein, Sir. Das bin ich nicht«, sagte ich fest. Er blickte verblüfft auf. »Ich bin Nicholas Ewing Seafort, ranghöchster Flottenoffizier auf Hope Nation und Kommandeur des Admiralitätshauses. Ich führe darüber hinaus den Befehl über die U.N.S. *Hibernia*.«

Sein Lächeln wirkte nicht freundlich. »Das Protokoll soll ausweisen, daß der Beklagte sich selbst identifiziert hat.«

Ich gab jeden Gedanken an Versöhnlichkeit auf. Meine Stimme tönte laut durch den Gerichtssaal. »Ich bin kein Beklagter, Richter Chesley. Ich bin in meiner offiziellen Eigenschaft gekommen, um Sie zu warnen, daß Sie Ihre Befugnisse überschritten haben.«

Man konnte hören, wie etliche Zuschauer nach Luft schnappten. Der Richter knallte den Hammer auf den Tisch. »Wie können Sie es wagen, Kapitän? Noch mehr solche Worte, und ich belange Sie wegen Mißachtung des Gerichtes, deren Sie sich ohnehin bereits schuldig gemacht haben, indem Sie das Treadwell-Mädchen weiter gefangenhielten.«

»Noch mehr solche Worte, Sir«, schoß ich zurück, »und ich rufe aufgrund einer Rebellion den Ausnahmezustand aus und setze eine Militärregierung über Hope Nation ein, bis die bürgerliche Ordnung wiederhergestellt wurde.«

Diese Äußerung war mir entflohen, ehe ich Zeit zum Nachdenken gefunden hatte. Jetzt hatte ich wirklich und wahrhaftig alle Brücken hinter mir verbrannt.

Im Gerichtssaal brach die Hölle aus. Der Richter war einem Schlaganfall nahe. Mit lauter Stimme fuhr ich fort: »Sie wissen sehr gut, wie jeder in diesem Raum, daß ich der rechtmäßige Kapitän der U.N.S. *Hibernia* bin, daß ich auf Fahrt Paula Treadwell für den Flottendienst der Vereinten Nationen verpflichtet habe und daß ihre Verpflichtung nicht vor einem Zivilgericht angefochten werden kann. Dieses Stück Papier, das eine Anordnung zu sein vorgibt ...« Ich zog das zerknitterte Blatt hervor, das Alexi mir ausgehändigt hatte. »... Behauptet, die Verpflichtung Paulas wäre nicht freiwillig geschehen, und sie müßte demzufolge wieder unter die Vormundschaft der Treadwells gestellt werden. Machen Sie diesen Sachverhalt geltend?« wandte ich mich an die Treadwells und ihre Anwältin.

Die Anwältin sprang auf. »Das tun wir ganz gewiß, Euer Ehren«, sagte sie. »Es liegt klar zutage, daß das minderjährige Kind nicht über alle Fakten verfügte, die ...«

»Danke«, unterbrach ich sie kalt. »Dieses Gericht möge bestimmte Flottenvorschriften zur Kenntnis nehmen. Eine unfreiwillige Dienstverpflichtung ist erlaubt, wenn es nach Entscheidung des Kapitäns für die Sicherheit des Schiffes erforderlich ist. Kadett Treadwell wurde unter entsprechenden Bedingungen vereidigt. Sie wird ihren Dienst über den vollständigen Verpflichtungszeitraum ableisten. Sie, Sir, haben keinerlei Befugnisse, was meine Handlungen als Kapitän der *Hibernia* oder als ranghöchster Flottenoffizier von Hope Nation angeht. Es überrascht mich, daß Sie das nicht wußten, oder, schlimmer noch, daß Sie sich entschlossen, es zu ignorieren. Ich werde der Regierung vorschlagen, aufgrund dieses Vorfalls Ihre sofortige Ablösung zu befürworten.« Ich wandte mich zum Gehen. Als ich gerade zwei Schritte an der Schranke vorbei war, durchbrach die erstickte Stimme des Richters die Stille:

»Verhaften Sie diesen Mann!«

Die Gerichtsbeamten traten vor. Ich deutete auf den Richter und rief Kapitän Forbee zu: »Verhaften Sie diesen Mann!«

Die Gerichtsdiener erstarrten an Ort und Stelle. Der leichenblasse Richter und ich funkelten einander an. Nach einem Augenblick bedrohlicher Stille fragte ich mit ruhiger

Stimme: »Würden Sie sich gerne mit mir in Ihre Räume zurückziehen, um diese Angelegenheit zu bereinigen?«

Er blickte zwischen meinen nun bewaffneten Offizieren und seinen Gerichtsdienern hin und her. Mit einem scharfen Nicken sprang er auf, durchquerte die Tür auf seiner Seite des Saales und schlug sie hinter sich zu.

Ich blieb vor der Tür kurz stehen. »Weitermachen«, sagt ich in das benommene Schweigen hinein und folgte ihm dann.

Der vor Wut bebende Richter stand hinter seinem Schreibtisch und sah mir entgegen.

»Hätten Sie gerne einen Ausweg aus dieser Geschichte?« Ich bemühte mich um einen so vernünftigen Tonfall wie nur möglich. Zunächst war Chesley zu wütend, um überhaupt zu antworten. Eine Weile später nickte er. Anscheinend kannte er die Gesetze so gut wie ich.

»Sehr gut. Erstens: ich entschuldige mich öffentlich beim Gericht für meinen Mangel an Respekt und Manieren. Zweitens: Die Anhörung hat nie stattgefunden. Das Sitzungsprotokoll wird vernichtet. Oder geht verloren. Drittens: Sie weisen die Klage als unbegründet ab, was Ihnen sofort klar wurde, als sie heute die Akten studiert haben.«

Das war natürlich die flottentypische Lösung. Eine solche Konfrontation war untragbar, also konnten wir sie nicht zulassen. Wir waren nicht bereit, den Vorfall als geschehen anzuerkennen, ganz wie ein Kapitän über das blaue Auge eines Fähnrichs hinwegsah. Meine Entschuldigung würde den Stolz des Richters befriedigen, aber ansonsten keine Auswirkung haben. Sie würde in einem Protokoll erscheinen, das zur Vernichtung bestimmt war.

Er funkelte mich an. »Sie gottverdammter Klugscheißer!«

Ich ignorierte die Blasphemie. »Sie haben es mit einem originellen Zug versucht, und es hat nicht funktioniert«, sagte ich. »Hätte ich Paula Treadwell ausgeliefert, hätten Sie sie über den Zeitpunkt unserer Abfahrt hinaus festgehalten, und der ganze Fall wäre erledigt gewesen. Wie es aussieht, habe ich gewonnen. Warum haben Sie sich überhaupt für die –Treadwells in eine gefährliche Lage gebracht? Es sind nicht mal Einheimische.«

Der Richter zog seinen Stuhl heran und sackte darauf. »Die Anwältin«, brummte er. »Miss Kazai. Sie hat mir mal geholfen.«

»Nun, sie weiß ja, daß Sie es versucht haben.« Nach dem Sieg konnte ich es mir leisten, versöhnlich zu sein.

Er bedacht mich mit einem schmalen, grimmigen Lächeln. »Kommen Sie niemals nach Hope Nation zurück. Nicht als Zivilist!«

Mein Triumph löste sich auf. Ich dachte an Amanda. »Nein«, sagte ich. »Ich komme nicht zurück.«

Wir kehrten in den Gerichtssaal zurück und absolvierten unser Schauspiel. Ich entschuldigte mich demütig für meine ungebührlichen Bemerkungen. Der Richter löschte das Protokoll. Dann sah e sich die Akte durch und wies den Antrag der Treadwells als juristisch unbegründet ab.

Mrs. Treadwell sprang auf, als ich auf dem Weg nach draußen an ihr vorbeikam. »Sie werden damit nicht durchkommen!« rief sie. »Die Gerichte auf Detour werden uns helfen! Dort sehen wir Sie wieder!«

Ich zuckte die Achseln. Vielleicht.

26. Kapitel

Obwohl die Nachrichten von der Anhörung offiziell unterdrückt wurden, machte die Geschichte im Schiff die Runde. Vax zeigte den restlichen Tag über ein dümmliches Grinsen, selbst während seiner Wache. Alexi ging so weit, daß er mir öffentlich gratulierte. Ich verkniff mir eine scharfe Zurechtweisung.

Der Rest der Besatzung kehrte nach und nach vom Landurlaub zurück. Die letzten Passagiere kamen herauf und belegten ihre Kabinen. Zu den letzten, die an Bord kamen, gehörten die Treadwells. Ich ließ sie direkt zur Brücke eskortieren.

»Ich hatte mir schon überlegt, Ihre Beförderung abzulehnen«, erklärte ich ihnen. »Ich möchte jedoch Rafe und Paula nicht früher voneinander trennen als nötig. Ich erlaube Ihnen, an Bord zu kommen, aber noch ein Protest, eine Petition, eine einzige Einmischung in die Führung des Schiffes – und das schließt jede Belästigung Paulas ein –, und Sie verbringen die gesamte Reise im Schiffsgefängnis. Ist das klar?«

So leicht kam ich jedoch nicht durch. Ich mußte ihnen erst noch androhen, sie auf die Station zurückzuschicken, ehe sie schließlich in meine Bedingungen einwilligten.

Die letzten Vorräte, die der Zahlmeister geordert hatte, wurden angeliefert. Unter meinem besorgten und aufmerksamen Blick steuerte Leutnant Holser eine neue Barkasse in unseren Hangar, als Ersatz für die Unglücksmaschine, in der unsere Offiziere umgekommen waren. Darla rekalkulierte ihre Grundmasse ohne Kommentar.

Zu meiner Erleichterung kehrten alle Besatzungsangehörigen aus dem Landurlaub zurück. Wir hatten weder Deserteure noch Fälle von unerlaubter Abwesenheit. Siebzehn Passagiere, die für Detour gebucht hatten, wollten die Reise nicht fortsetzen; mir war es egal. Andere nahmen ihre Plätze ein. Auf dieser Strecke hatten wir fünfundneunzig Fahrgäste an Bord.

Derck meldete sich von seinem Posten an der Heckschleuse aus. »Der neue Fähnrich steht vor der Schleuse und meldet sich zum Dienst, Sir.«

»Sehr gut. Schicken Sie ihn auf die Brücke.« Auf einmal sah ich mich wieder auf Earthport Station, wie ich mir das Haar glattstrich und nervös die Reisetasche im Griff hielt, besorgt um einen guten ersten Eindruck, wenn ich mich bei Kapitän Haag meldete. Jetzt übernahm ich den anderen Part eines solchen Gespräches.

»Erlaubnis zum Betreten der Brücke, Sir.« Eine fremde Stimme.

»Erteilt«, sagte ich, ohne mich umzudrehen.

»Fähnrich Philip Tyre meldet sich zum Dienst, Sir.« Er nahm forsch Haltung an, die Reisetasche zu seinen Füßen.

Ich drehte mich zu ihm um und war sprachlos. Er sah nicht einfach gut aus – er war schön. Glatte, makellose Haut, gewelltes blondes Haar, blaue Augen, ein fein geschnittenes intelligentes Gesicht. Er hätte direkt von einem Werbeposter stammen können.

Ich nahm seine Papiere entgegen und ließ ihn Haltung bewahren, während ich sie durchsah. Er war mit dreizehn in die Flotte eingetreten und hatte jetzt drei Dienstjahre hinter sich. Damit war er nicht nur Derek, sondern auch Alexi übergeordnet. Eine Enttäuschung für Alexi, aber nicht zu ändern. Ich hatte sowieso bald Pläne mit ihm.

»Stehen Sie bequem, Mr. Tyre.«

»Danke, Sir.« Er sprach fest und kraftvoll.

»Willkommen auf der *Hibernia*.« Ich widerstand der Versuchung, ihm die Hand zureichen. Der Kapitän mußte Distanz wahren. »Sie haben das vergangene Jahr interplanetar gedient?«

Der Junge zeigte mir ein einnehmendes Lächeln. »Ja, Sir.«

»Und Sie waren auf Detour?«

»Ja, Sir, mit der *Hindenberg*, ehe ich versetzt wurde.« Tyre hatte reichlich Diensterfahrung, mehr als ich, als ich auf die *Hibernia* gekommen war.

»Wie es scheint, werden Sie Oberfähnrich sein.«

»So hatte ich Kapitän Forbee auch verstanden, Sir.« Er lächelte liebenswürdig. »Ich denke, ich werde damit fertig.«

»Gut. Mr. Tamarow führte die Fähnrichskabine eine Zeitlang, aber ich glaube nicht, daß er Ihnen Schwierigkeiten machen wird.«

»Ich bin sicher, daß er das nicht tun wird, Sir.« Lag mehr Nachdruck in seinem Ton als nötig?

»Sehr gut, Mr. Tyre. Bringen Sie Ihre Sachen in die Fähnrichskabine, und sehen Sie sich das Schiff an.«

»Aye aye, Sir.« Er salutierte und hob mit geschmeidiger Leichtigkeit die Reisetasche auf. »Danke, Sir.« Er drehte sich um und marschierte hinaus. Ich nahm mir vor, Alexi zu erklären, daß er nicht absichtlich degradiert worden war.

Ich setzte mich wieder und verglich den ersten Auftritt des neuen Fähnrichs mit dem Mr. Chantirs. Unser neuer Leutnant war gestern abend an Bord gekommen. Er hatte sich auf der Brücke gemeldet und gelassen salutiert. Auf meine Begrüßung reagierte er mit einem warmen, freundlichen Lächeln. »Danke, Sir. Es ist schön, an Bord zu sein.«

»Hier steht, Sie besäßen ein besonderes Talent für die Navigation.«

»Ich würde es nicht als besonders bezeichnen, Sir«, sagte er bescheiden. »Aber es macht mir Spaß, Probleme der Kurs- und Positionsbestimmung zu lösen.«

»Dann übertrage ich Ihnen die Leitung der Fähnrichsdrills.«

Er lächelte wieder. »Gut. Ich lehre gerne.« Ich wußte sofort, daß ich ihn sympathisch fand. Ich erinnerte mich an den verbitterten, tyrannischen Leutnant Cousins und daran, wie ich unseren Unterricht bei ihm gefürchtet hatte.

Wir waren bereit zum Aufbruch. Mit dem Piloten am Ruder legten wir ab, begaben uns auf sichere Distanz zur Station und gingen fast sofort in Fusion. Ich war so beschäftigt, daß ich vergaß zuzusehen, wie Hope Nation auf den Bildschirmen kleiner wurde, ehe sie sich leerten.

Es sollte nicht lange dauern, bis die Sterne wieder auftauchten; es war nur eine kurze Fahrt bis Bauxit, um den dritten Leutnant an Bord zu nehmen. Was mit konventioneller Energie eine Reise von fünf Wochen war, konnte wir in Fusion in weniger als einem Tag schaffen. Die Manöver für da Rendezvous mit der U.N.S. *Brezia* würden mehr Zeit in Anspruch nehmen als die interplanetare Distanz in Fusion.

Bei der *Brezia* handelte es sich um einen kleinen Kreuzer, der zwischen den Planeten des Hope-Nation-Systems verkehrte. Er stand für Orbitalrettungseinsätze und andere Anforderungen seitens der zivilen Bergbauflotte und der Handelsschiffe des Systems zur Verfügung. Das nicht mit Fusionsmaschinen ausgestattete Fahrzeug erreichte nur

Unterlichtgeschwindigkeiten. Unglücklicherweise hatte der Kapitän nur interplanetare Einstufung, oder ich hätte ihn ebenso shanghait wie seinen Leutnant.

Pilot Haynes und Lars Chantir arbeiteten beim Docksmanöver zusammen. Der Pilot hielt sich an sein Versprechen und machte keinerlei Schwierigkeiten. Wie er selbst gesagt hatte, verstand er sich gut auf seine Arbeit. Sobald wir die *Brezia* geortet hatten, paßte er geschickt unsere Geschwindigkeit der ihren an. Um der lästigen Mühe zu entgehen, die mit einer Kopplung der Luftschleusen verbunden war, ließen wir uns auf hundert Meter an die *Brezia* herantreiben, und ich erteilte einem Matrosen, der einen mit Antrieb ausgestatteten Raumanzug trug, den Befehl, ein flexibles Kabel zur Schleuse des anderen Schiffes hinüberzubringen. Wenig später hangelte sich unser neuer Offizier am Kabel entlang, die Reisetasche am Rücken des Raumanzuges festgebunden.

Da ich wenig anderes zu tun hatte, ging ich zur Schleuse, um ihn zu begrüßen. Korrekterweise zog er erst den Raumanzug aus, ehe er Haltung annahm. »Leutnant Ardwell C. Crossburn meldet sich zum Dienst, Sir.« Ein kleiner, rundlicher Mann in den späten Dreißigern.

»Stehen Sie bequem, Leutnant. Willkommen an Bord.«

»Danke, Sir.« Er sah sich auf seinem neuen Schiff um. »Sobald ich meine Sachen verstaut habe, kann ich meinen Dienst antreten, Sir. Ich werde mich bemühen, hilfreich zu sein.«

»Keine Eile, Mr. Crossburn«, sagt ich gutgelaunt. »Sie können damit bis nach dem Abendessen warten.«

»Sehr gut, Sir. Wenn Sie darauf bestehen.« Eine komische Ausdrucksweise, aber der Mann zeige ohnehin ein eigenartiges Gebaren. Na ja, seine Akte wies ihn als tüchtigen und erfahrenen Offizier aus. Ich kehrte auf die Brücke zurück und wartete ungeduldig darauf, daß Mr. Haynes und Leutnant Chantir damit fertig wurden, die Fusionskoordinaten zu bestimmen und gegenseitig zu kontrollieren. Mühsam arbeitete ich mich selbst durch die Berechnung und fand keinen Fehler. Wir gingen in Fusion.

In sieben Wochen konnten wir Detour erreichen, eine jüngere Kolonie als Hope Nation, ein Planet mit einer dem Menschen weniger bekömmlichem Umwelt. Die Luft enthielt weniger Stickstoff und etwas mehr Sauerstoff, war aber atembar. Es hatte eine Menge Terraformung erfordert, die Schwefelkomponenten der Atmosphäre soweit abzusenken, daß man Detour entwickeln konnte. Jetzt war der Planet für die Besiedlung freigegeben, und etwa sechzigtausend Siedler waren bereits eingetroffen.

Lars Chantir war mein Seniorleutnant. Mr. Crossburn folgte ihm mit sechs Jahren Erfahrung in der Rangordnung. Vax kam als letzter, aber unter Leutnants bedeutete das weniger als unter Fähnrichen, es sei denn, der Kapitän starb. Das Faß wurde, wie es sich gehörte, in das Quartier des Ersten Leutnants Chantir gebracht; es gehörte zu den traditionellen Aufgabenbereichen des Seniorleutnants.

Ich hatte freie Zeit, Zeit genug, um Amanda zu vermissen. Was wir in den Bergen des Westkontinents erlebt hatten, war für mich die erste längere intime Beziehung gewesen. Obwohl sie wußte, wie unfähig ich war, hatte Amanda sich etwas aus mir gemacht. Ich sehnte mich nach ihrer Gesellschaft.

Wir gewöhnten uns wieder an den Schiffsalltag. Ich vermißte bekannte Gesichter unter den Passagieren: Mrs. Donhauser, Mr. Ibn Saud und natürlich Amanda. Nur wenige aus der ursprünglichen Gruppe fuhren weiter mit uns, darunter unglücklicherweise die Treadwells.

Eines Tages erschien Vax besorgt auf der Brücke. »Sir, es gibt da etwas, was Sie nach meinem Dafürhalten erfahren sollten.«

»Worum geht es?«

Er zögerte, ehe er sich in schwieriges Gelände wagte. »Leutnant Crossburn, Sir. Er stellt der Mannschaft Fragen nach dem Angriff von Miningcamp. Zuerst dachte ich, es diente nur der Konversation, aber er sucht sich die Leute aus, die am meisten beteiligt waren.«

Ich entschied mich für den einfachsten Ausweg. »Sie sollten es besser wissen, als sich über einen vorgesetzten Offizier zu beschweren.«

»Ja, Sir. Es war keine Beschwerde. Ich wollte Sie nur informieren.«

»Vergessen Sie es. Mir ist egal, was er für Fragen stellt.« Ich hatte vor meinem neuen Leutnant nichts zu verbergen. Mein Verhalten würde von der Admiralität ohnehin gnadenlos untersucht werden, sobald wir wieder zu Hause waren, und ich wußte, daß ich keine Chance hatte, ohne erhebliche Degradierung aus der Sache herauszukommen, wenn nicht gar Schlimmes. Mr. Crossburns Nachforschungen konnten meiner zertrümmerten Karriere keinen weiteren Schaden zufügen, so ungewöhnlich sie auch waren.

Stärker beunruhigte mich Leutnant Chantirs beiläufige Bemerkung, während ich auf einer stillen Wache in einem Schachhandbuch las. »Mich überrascht, wie wenig sich Ihre Fähnriche darum kümmern, Minuspunkte abzuarbeiten.«

»Was meinen Sie damit?«

»Gestern habe ich einem den Rohrstock verabreicht, weil er zehn erreicht hatte. Man sollte eigentlich glauben, er hätte sich die Mühe gemacht, sie abzuarbeiten. Es sind doch nur jeweils zwei Stunden.«

»Welcher Fähnrich?« fragte ich, ganz auf das Damengambit konzentriert.

»Mr. Carr. Ich habe es ihm ganz schön gegeben, weil er so faul war. Welches ist Ihre Politik in diesen Dingen, Kapitän? Soll ich es heftig oder leicht machen?«

»Weder noch«, antwortete ich beunruhigt. »Entscheiden Sie es selbst.« Ich hatte Derek sieben Minuspunkte verpaßt, weil er mich gewürgt hatte – und ich hatte nach der Rückkehr an Bord nicht vergessen, sie ins Logbuch einzutragen –, aber er hätte inzwischen zu gut trainiert sein müssen, um sich weitere zuzuziehen. »Wie viele hatte er?«

»Elf.« Sehr merkwürdig. Ich hätte nicht erwartet, daß er dermaßen über die Stränge schlug.

»Sehen wir uns das mal an.« Ich schaltete das Logbuch ein und vermutete, daß ich die Antwort bereits kannte. Wenn ein Leutnant Derek den Stock verpassen wollte, würde er sich nicht die Mühe mit Minuspunkten machen, sondern ihn gleich zu Mr. Chantir schicken, damit dieser ihn aufs Faß packte. Ein Oberfähnrich andererseits konnte das nicht anordnen. Er konnte nur Minuspunkte verteilen, die, wenn sie sich rasch genug akkumulierten, denselben Effekt zeitigten.

Ich durchsuchte die täglichen Einträge, die von jedem wachhabenden Offizier vorgenommen worden waren. »*Mr. Carr, unsachgemäße Lagerung von Ausrüstung, ein Minuspunkt von Mr. Tyre ... Mr. Carr, Insubordination, zwei Minuspunkte von Mr. Tyre ...*« Warum hatte Derek sie nicht abgearbeitet? Ich blätterte weiter. »*Mr. Carr, schlecht sitzende Uniform, zwei Minuspunkte von Mr. Tyre ... Mr. Carr, Unaufmerksamkeit im Dienst, zwei Minuspunkte von Mr. Tyre.*«

Das war es also. Tyre überhäufte Derek schneller mit Minuspunkten, als letzterer sie abarbeiten konnte.

Ich entschied, daß ich mich nicht einmischen konnte. Es war Dereks Pech, daß Tyre an ihm ein Exempel statuierte; der neue Oberfähnrich etablierte seine Vorrangstellung. Aber obwohl ich nicht mehr an den Vorfall dachte, lag meine eigene Fähnrichszeit noch nicht lange genug zurück, um die übrigen Anzeichen von Schwierigkeiten zu übersehen. Wenn ich Alexi auf Wache erlebte, schien er langsamer und besorgter als früher. Noch bedeutsamer war, daß ich ihn außer beim Abendessen nicht mehr zu Gesicht bekam. Ich stellte fest, daß alle meine Fähnriche von der Bildfläche verschwunden schienen. Ich hoffte, daß Alexi mir irgendwann einen Hinweis gab, aber er war zu sehr Flottenmann, um das zu tun. Fähnrichsangelegenheiten wurden innerhalb des Fähnrichsstabes bereinigt.

Ich hatte keine arbeitsreiche Zeit. Während der Dauer der Fusion bestand kein Bedarf an Navigationschecks, erschienen keine Daten auf den Bildschirmen und gab es nichts weiter zu tun, als die Lebenserhaltungssysteme im Auge zu behalten; die Wiederaufbereitung, die Hydroponik, die Energieerzeugung. Besorgt um die Lage in der Fähnrichskabine hielt ich Ausschau nach weiteren Logbucheinträgen.

Derek, Alexi und die beiden Kadetten sammelten rasch Minuspunkte.

Sieben für Alexi in drei Tagen, zwei weitere für Derek. Sechzehn insgesamt für Paula und Ricky.

Ich verstieß gegen die Regeln und fragte Philip Tyre offen danach. »Alles in Ordnung in der Fähnrichskabine, Mr. Tyre?«

Er lächelte locker. »Ja, Sir. Ich habe alles unter Kontrolle.« Wie stets war seine Erscheinung makellos. Das schmale Gesicht wirkte in seiner Vollkommenheit leicht beunruhigend.

»Sie arbeiten mit einer Gruppe guter Offiziere zusammen, Mr. Tyre.«

»Ja, Sir. Man muß sie immer wieder mal daran erinnern, wer das Kommando führt, aber ich habe das unter Kontrolle.« Seine unschuldigen Augen musterten mich fragend. »Ist irgendwas nicht in Ordnung, Sir?«

»Nein, nichts«, sagte ich rasch, wohl wissend, daß ich die unsichtbare Grenze überschritten hatte, die einen Kapitän von den Belangen der Fähnrichskabine fernhielt.

Als nächstes sprach mich Dr. Uburu an und fing mich dazu auf dem Rückweg vom Abendessen vor dem Speisesaal ab. »Wußten Sie schon«, fragte sie mich ernst, »daß ich diese Woche Paula Treadwell behandelt habe?«

»Nein, das wußte ich nicht.«

»Das dachte ich mir.« Sie legte eine Pause ein, als wir den oberen Absatz der Leiter erreichten.

»Weswegen haben Sie sie behandelt, Doktor? Falls ich damit nicht Ihre Berufsethik verletze.«

»Hysterie.« Sie blickte mir in die Augen.

»Gütiger Himmel!« Ich wartete darauf, daß sie fortfuhr, aber sie sagte nichts weiter.

»Was war die Ursache dafür?«

»Ich habe geschworen, es Ihnen nicht zu verraten«, sagte sie. »Meine Patientin bestand darauf, ehe sie mit mir darüber sprach.«

Ich umklammerte das Geländer. »Ich könnte es Ihnen befehlen«, sagte ich.

»Ja, aber ich würde nicht gehorchen.« Ihre Stimme war ruhig. Sie lächelte, und die Wärme dieses Ausdrucks hellte ihr dunkles Gesicht auf. »Ich möchte keine Probleme machen, Kapitän, sondern Sie nur auf dem laufenden halten.«

»Danke.« Ich suchte meine Kabine auf, legte mich aufs Bett und wünschte mir, der Chief käme weiterhin abends zu Besuch, um sich mit mir zu unterhalten. Seit ich nach Sandys Tod unsere Sitzungen abgebrochen hatte, war er weiterhin freundlich und hilfsbereit, wahrte aber Distanz.

Meine nächste Wache teilte ich mit Leutnant Crossburn. Nach längerem Schweigen unternahm er Versuche, ein Gespräch zu beginnen. Ich überließ ihm dabei die Initiative, da ich in Gedanken woanders war. Rasch brachte er den Angriff von Miningcamp zur Sprache. »Als die Rebellen sich den Weg an Bord bahnten«, fragte er, »wer trug am meisten dazu bei, sie zurückzuschlagen?«

»Mr. Vishinsky war von unschätzbarem Wert«, sagte ich. Ich wollte nicht belästigt werden. »Und Vax Holser.«

Mit der nächsten Frage riß er mich aus meiner Versunkenheit. »Welche Überlegung hat Sie überhaupt veranlaßt, einem Dutzend Männern in Raumanzügen Zutritt aufs Schiff zu gewähren?«

Mein Ton war scharf. »Möchten Sie mich verhören, Leutnant?«

»Keineswegs! Aber es war ein erstaunlicher Zwischenfall, Kapitän. Ich führe ein Tagebuch. Ich bemühe mich, dabei wichtige Vorfälle zu berücksichtigen, die sich in meinem Umkreis zugetragen haben. Ich wechsle gern das Thema, wenn Ihnen das lieber ist.«

»Nein«, sagte ich widerwillig. »Es war ein Fehler, sie an Bord zu lassen. Ich bedaure das sehr.«

Es schien ihn zu freuen, daß ich ihn ins Vertrauen zog. »Es muß ein schrecklicher Tag gewesen sein.«

»Ja.«

»Ich schreibe jeden Abend«, gestand er. »Ich halte im Tagebuch meine Gedanken und Gefühle fest.«

»Das muß sehr tröstlich sein«, sagte ich. Ich mochte ihn nicht.

»Ich zeige es natürlich nie jemandem, obwohl es sich ziemlich gut liest. Ich bin der einzige, der es je gesehen hat, abgesehen von meinem Onkel.«

Es erschien mir höflich, ihm ein Stichwort zu geben. »Ist er Literaturkritiker?«

»Nein, aber er versteht sich auf Flottenbelange. Vielleicht haben Sie von ihm gehört. Admiral Brentley.«

Von ihm gehört? Admiral Brentley leitete das Flottenhauptquartier in Lunapolis, und dieser Mann fand bei ihm Gehör! Mich verließ der Mut.

»Haben Sie in diesem kleinen Tagebuch über Miningcamp geschrieben, Leutnant?«

»O ja.« Sein Verhalten war bescheiden. »Es handelt sich dabei um eine dramatische Geschichte. Onkel wird von ihr fasziniert sein, da bin ich sicher.«

Voller Ärger gab ich dem Gespräch keine Nahrung mehr. Nach einer Weile zuckte ich die Achseln. Die Admiralität brauchte gar nicht Mr. Crossburns Büchlein, um zu erfahren, wie schlecht ich mich geschlagen hatte.

Drei Wochen nach dem Ablegen wurde mir jedoch klar, daß ich etwas unternehmen mußte. Mr. Crossburn hatte sich ein neues Thema vorgenommen und stellte jetzt Fragen nach der Hinrichtung der Matrosen Tuak und Rogoff. Gleichzeitig sank die Moral der Fähnriche und Kadetten in den Keller. Alexi stolzierte in kaltem Zorn durch das Schiff. Er verhielt sich mir gegenüber zivil, schäumte aber ansonsten vor verhaltener Wut. Derek wirkte deprimiert und müde.

»Ich hatte Mr. Tamarow jetzt zweimal auf dem Faß«, berichtete mir Leutnant Chantir. »Ich war ziemlich nachsichtig mit ihm, aber ein bißchen mußte ich ihm schon zu spüren geben.« Ich war bereits alarmiert; ich behielt das Logbuch inzwischen sorgfältig im Auge. Ich kontrollierte ab jetzt den

Trainingsraum und fand dabei heraus, daß ich die Fähnriche und Kadetten unter anderem deshalb nur noch selten sah, weil sie gewöhnlich Minuspunkte abarbeiteten.

Verwirrt diskutierte ich mein Problem mit Chief McAndrews. An diesem Punkt zögerte ich nicht mehr damit, meine Hilflosigkeit einzugestehen. Schließlich kannte er meine Grenzen bereits.

»Was haben Sie eigentlich erwartet?« fragte er unverblümt. »Sie haben den Flottenstützpunkt gebeten, Sie mit Offizieren zu versorgen. Woher, dachten Sie, würden die sie nehmen?«

»Ich verstehe Sie nicht.« Ich scharrte mit den Füßen und kam mir jung und albern vor, aber ich mußte es erfahren.

Er seufzte. »Käpten, Mr. Chantir hat sich freiwillig gemeldet, ja? Die anderen beiden Offiziere wurden zwangsrekrutiert. Wenn die Admiralität Sie auffordern würde, einen Leutnant für ein ankommendes Schiff abzustellen, wen würden Sie auswählen?«

»Mr. Crossburn?« Ich zögerte keine Sekunde.

»Und welchen Fähnrich?«

Ich fluchte langsam und voller Gefühl.

»Sie haben den Typen der interplanetaren Flotte die Möglichkeit gegeben, sich ihrer schlimmsten Kopfschmerzen zu entledigen.«

Ich verfluchte die eigene Dummheit und Blindheit. »Wie konnte ich nur so töricht sein? Ich habe Offiziere angefordert und mir nicht mal ihre Dienstakten angesehen, um mich zu überzeugen, wen ich da eigentlich bekam!« Ein echter Kapitän wäre schlau genug gewesen, mit diesem Trick zu rechnen.

»Immer mit der Ruhe, Sir. Was, denken Sie, hätten die Dienstakten gezeigt?«

Ich überlegte. Eine gute Frage. Mit der Anmerkung ›Tyrann‹ oder ›Sadist‹ konnte man in Mr. Tyres Personalakte kaum rechnen. Was Leutnant Crossburns Tagebuch anging – was der Mann in seiner Freizeit in der Kabine schrieb, unterlag nicht den Vorschriften der Flotte. Selbst wenn seine aufdringlichen Nachforschungen Ärger bereiteten, war das schwer zu beweisen, und vor allem wäre es tollkühn gewesen, jemanden zurechtzuweisen, der beim Flottenbefehlshaber Gehör fand. Kein Wunder, daß sein Kapitän entzückt gewesen war, ihn endlich loszuwerden.

Ich kehrte in meine Kabine zurück, um nachzudenken. Ich hatte keine Sympathien für Leute, die unsere Flottentraditionen für persönliche Ziele mißbrauchten, aber ich wußte auch nicht, wie ich Mr. Tyre aufhalten sollte, ohne selbst gegen die Tradition zu verstoßen. Und was Mr. Crossburn anging, wie hätte ich ihm befehlen können, kein Tagebuch zu führen? Ich fand keine Lösung.

Inzwischen ordnete ich fortgeschrittene Navigationsausbildung für Alexi an, gefolgt von einer Führung durch den Maschinenraum unter Leitung von Mr. McAndrews. Das sollte ihm eigentlich etwas Erholung von Mr. Tyre verschaffen.

Es klappte nicht. Alexi sammelte weiter Minuspunkte an. Erneut erreichte er zehn und wurde in Leutnant Chantirs Kabine geschickt.

Zwei Tage später hatten wir gemeinsam Wache. Er senkte sich vorsichtig auf seinen Sitz und zuckte dabei zusammen. »Haben Sie Geduld, Alexi«, platzte ich heraus.

»In welcher Beziehung, Sir?« Seine Stimme schwankte. Mit seinen siebzehn, fast achtzehn Jahren hätte er eigentlich eine bessere Behandlung erwarten können. Trotzdem zeigte seine Akademieschulung weiter Wirkung. Er war nicht bereit, sich beim Kapitän über einen Vorgesetzten zu beschweren.

Ich überschritt absichtlich meine Grenzen. »Seien Sie geduldig. Ich weiß, was abläuft.«

Er sah mich an, und anstelle seiner üblichen Freundlichkeit sah ich nur Gleichgültigkeit. »Manchmal hasse ich die Flotte, Sir.«

»Und mich ebenfalls?«

Einen Augenblick später lockerten sich seine Züge. »Nein, Sir. Sie nicht.« Leise setzte er hinzu: »Eine Menge Leute werden verletzt.« Das war schon die größtmögliche Annäherung an eine Diskussion über die Fähnrichskabine.

Derweil fuhr Mr. Crossburn mit seinem Gekritzel fort. Auf Wache pflegte er müßig im Logbuch herumzublättern und sich Einträge anzuschauen, die vor seiner Ankunft an Bord datierten. Er vertiefte sich in Alexis Verteidigung der unglücklichen Matrosen vor dem Kriegsgericht. Er fragte mich, wie ich seine Leistung dabei einschätzte.

»Leutnant, Ihre Fragen und die Berichte, die Sie schreiben, schädigen die Moral an Bord. Ich wünschte, Sie würden damit aufhören.«

»Ist das ein Befehl, Sir?« Sein Ton war höflich.

»Eine Bitte.«

»Mit allem gebührenden Respekt, Sir, aber ich glaube nicht, daß mein Tagebuch der Flottendisziplin unterliegt. Ich werde Onkel Ted danach fragen, wenn ich ihn sehe. Was die Fragen angeht, höre ich natürlich damit auf, wenn Sie es anordnen.«

»Na gut, dann ordne ich es an.«

»Aye aye, Sir. Da Ihr Befehl so ungewöhnlich ist, stelle ich den Antrag, daß Sie ihn schriftlich festhalten.«

Ich überlegte kurz. »Vergessen Sie es. Sie können weitermachen.«

Ein schriftlich verfaßter Befehl hätte ohne Kenntnis seines ständigen Herumschnüffelns paranoid und tyrannisch gewirkt. Niemand, der Leutnant Crossburn nicht aus erster Hand kannte, hätte ihn verstanden, und wie die Lage war, hatte ich schon genug Schwierigkeiten mit der Admiralität zu erwarten.

Mit Philip Tyre hatte ich kaum mehr Glück. Ich rief ihn in meine Kabine, wo wir uns weniger förmlich unterhalten konnten als auf der Brücke.

»Ich habe mir das Logbuch angesehen, Mr. Tyre. Weshalb halten Sie es für nötig, so viele Minuspunkte zu verteilen?«

Er saß an meinem langen Tisch und hatte den Arm darauf liegen wie früher der Chief, ehe ich mich selbst isoliert hatte. Tyres unschuldige blaue Augen musterten mich fragend.

»Ich gehorche Ihren Befehlen, Sir. Möchten Sie mich anweisen, offenkundige Verstöße zu übersehen?«

»Nein, das möchte ich nicht, aber finden Sie wirklich Verstöße, oder suchen Sie danach?«

»Kapitän, ich tue mein Bestes. Ich hielt es für meine Aufgabe, Sie nicht mit Angelegenheiten des Fähnrichsstabes zu behelligen, und habe mich darum bemüht. Da ich Ihnen ganz gewiß keinerlei Probleme zur Kenntnis gebracht habe, muß es jemand anderes getan haben.« Es klang so verständig und offen, daß ich einfach keinen Einwand erheben konnte.

»Niemand hat sich beschwert«, knurrte ich. »Sie teilen Minuspunkte jedoch schneller aus, als Ihre Untergebenen sie abarbeiten können.«

»Ja, Sir, das ist mir auch aufgefallen. Ich habe Mr. Carr und Mr. Fuentes ermutigt, mehr Zeit im Trainingsraum zu verbringen. Ich bin sogar selbst hingegangen, um ihnen beim Training zu helfen. Eine bessere Lösung wäre es, wenn sie sich keine Minuspunkte mehr verdienten.« Er erwiderte meinen Blick unbekümmert.

»Wie sollen sie das Ihrer Meinung nach tun?«

»Indem sie sich an die Vorschriften halten, Sir. Mein Vorgänger muß schrecklich nachlässig gewesen sein. Ich stelle in seinem eigenen Verhalten Mängel fest, Sir. Kein Wunder, daß er den anderen nichts beibringen konnte. Ich versuche, damit fertig zu werden.«

Ich seufzte. Man konnte dem Jungen einfach nichts vermitteln. »Ich werde Ihnen nicht vorschreiben, wie Sie den Fähnrichsstab zu führen haben. Ich sage Ihnen jedoch, daß mir die Auswirkungen auf die Moral mißfallen.«

Tyre klang ernst. »Danke, daß Sie mich darauf aufmerksam gemacht haben, Sir. Ich werde sicherstellen, daß Sie in Zukunft nicht mehr mit den Moralproblemen meiner Untergebenen belästigt werden.«

»Ich möchte, daß diese Probleme beseitigt und nicht vertuscht werden! Das wäre alles!«

Der Fähnrich salutierte forsch und ging. Ich schritt in der

Kabine auf und ab, und mir stieg die Galle hoch. Sehr gut; er war gewarnt worden. Ich gedachte ihm Zeit zu lassen, bis wir wieder von Detour aufbrachen. Falls es bis dahin mit ihm nicht besser geworden war, hatte sich Mr. Tyre sein Bett bereitet; er würde dann darin schlafen müssen.

Bei meinem nächsten Besuch im Trainingsraum traf ich dort Derek und Ricky an. Derek turnte am Barren, während der Kadett sich mit Liegestützen und Beinheben auf der Matte abmühte. Alexi war nicht da. Die beiden schwitzenden Jungen warteten schweigend ab, daß ich mich wieder entfernte.

Während der nächsten drei Tage traf ich Alexi nicht mehr, bis wir wieder gemeinsam Wache hatten. »Sie waren in letzter Zeit nicht im Trainungsraum, Mr. Tamarow.«

Er sah mich ausdruckslos an. »Nein, Sir. Ich habe Stubenarrest, außer auf Wache oder um den Speisesaal aufzusuchen.«

»Gütiger Himmel! Für wie lange?«

»Bis sich meine Einstellung bessert, Sir.« Sein Blick verriet nichts, aber er wurde rot.

»Wird sie sich bessern, Alexi?«

»Unwahrscheinlich, Sir. Mir wird gesagt, ich wäre nicht aus dem richtigen Holz für die Flotte geschnitzt. Allmählich glaube ich es selbst.«

»Sie sind geeignet.« Ich versuchte ihn aufzuheitern. »Diese Sache wird vorübergehen. Auf meiner ersten Stelle hatte ich einen sehr schwierigen Oberfähnrich, aber wir wurden schließlich Freunde.« Ich stellte fest, wie albern sich das anhörte. Jethro Hagerwar nichts im Vergleich zu dem bösartigen Jungen, dem das Schicksal das Kommando über meine Fähnriche anvertraut hatte.

»Ja, Sir. Es macht mir auch nicht soviel aus, außer wenn Ricky sich in den Schlaf weint.«

Das beunruhigte mich wirklich. »Ricky und weinen?«

»Nur zwei- oder dreimal, Sir. Wenn Mr. Tyre nicht in der Nähe ist.« Das hörte sich schlecht an. Ricky Fuentes war ein fröhlicher, gutgelaunter Junge; wenn er weinte, stimmte irgend etwas ganz und gar nicht mehr. Ich dachte kurz an die Lektion, die ich Vax Holser erteilt hatte, als ich Kapitän geworden war, aber bei unserem neuen Fähnrich hatte ich mich dagegen entschieden. In Vax' Fall war ich selbst erst kürzlich noch Mitglied des Fähnrichsstabes gewesen und hatte sein Verhalten gekannt. Darüber hinaus handelte es sich bei Vax um einen guten Offizier, der sich aufrichtig darum bemühte, ein persönliches Problem zu lösen. Auf Philip Tyre traf das nicht zu.

In drei Wochen planten wir, für einen Navigationscheck zu defusionieren, und dann waren es nur noch ein paar Tage bis Detour.

Ich konnte warten.

Ein paar Tage später sprach Mr. Chantir das Thema jedoch offen an. »Sir, in der Fähnrichskabine ist irgend etwas schiefgegangen. Ich bekam erneut Mr. Carr und Mr. Fuentes geschickt. Das Logbuch ist mit Minuspunkten übersät.«

»Ich weiß.«

»Können Sie nicht irgend etwas unternehmen?«

»Was schlagen Sie vor, Mr. Chantir?«

»Entfernen Sie den Oberfähnrich von seinem Posten, oder lenken Sie ihn ab. Himmel, wäre es ein Genuß für mich, wenn er mit Minuspunkten zu mir geschickt würde, nach allem, was er mit den anderen gemacht hat!«

»Er wird noch aus uns allen Sadisten machen, Mr. Chantir. Nein, ich werde ihn nicht von seinem Posten entfernen. Ich konnte ihn bei nichts beobachten, wogegen ich Einwände erheben würde. Er ist makellos höflich, folgt meinen Befehlen buchstabengetreu und schneidet bei Navigationsdrills und seinen anderen Lernfächern hervorragend ab. Ich kann ihn nicht abberufen, nur weil er mir nicht gefällt.«

»Das wäre auch nicht der Grund, Käpten.«

»Nein, aber so würde es auf die Admiralität wirken. Dort weiß ja niemand, daß Derek und Alexi ihm gar keine Schwierigkeiten bereitet haben.«

»Was erwarten Sie dann von mir, wenn diese Jungs wieder zum Faß geschickt werden?«

»Ich erwarte von Ihnen, daß Sie Ihre Pflicht tun, Mr. Chantir.« Er ließ das Thema schnell wieder fallen.

Mit der Zeit schlug Mr. Crossburn jede Vorsicht in den Wind. Zweimal erwähnte er, wie sehr er sich darauf freute, seinen Onkel Admiral Brentley wiederzusehen und mit ihm über alte Zeiten zu plaudern. Ich ignorierte ihn, aber mein Unbehagen wuchs.

Zur Ablenkung hielt ich Drills ab. Die Mannschaft übte zu nicht angekündigten Zeitpunkten ›Alle Mann auf Gefechtsstation‹, ›Alle Mann auf ihre Posten‹ und ›Feuer im vorderen Laderaum‹. Die plötzliche Geschäftigkeit wirkte wie eine Erleichterung.

Endlich kam der Tag, an dem Pilot Haynes seinen Platz auf der Brücke einnahm, zusammen mit Alexi und Leutnant Chantir. Ich holte das Schiff aus der Fusion, und die Sterne sprangen mit atemberaubender Klarheit auf die Simultanschirme. Die angeschwollene Sonne von Detour leuchtete in der Ferne. Wir würden für weitere vier Tage in Fusion gehen und dann, so hofften wir, unmittelbar außerhalb des planetaren Orbits wieder auftauchen.

Ich wartete ungeduldig auf den Abschluß des Navigationschecks. Da sowohl Pilot Haynes als auch Mr. Chantir und Alexi unseren Kurs berechneten, bestand kein Bedarf mehr daran, daß ich ihre Ergebnisse nachprüfte, aber ich tat es trotzdem. Als ich endlich zufrieden war, befahl ich dem Maschinenraum die Fusion.

An diesem Abend klopfte jemand an meine Kabinenluke. Philip Tyre hatte davor lässig Haltung angenommen und die weichen Lippen zu einem angenehmen Ausdruck hochgezogen. »Sir, bitte entschuldigen Sie mein Eindringen, aber ein Passagier möchte Sie sprechen – Mr. Treadwell.« Ein Passagier durfte den Bereich der Offiziersunterkünfte nicht betreten; er war auf eine Eskorte angewiesen, wenn er mich sprechen wollte, es sei denn, er traf mich im Speisesaal an.

»Sagen Sie ihm, er soll sich schriftlich … Ach, na gut.« Obwohl ich mich hätte weigern können, ihn zu empfangen, war eine weitere Tirade von Jared Treadwell über seine

Tochter genau das, was ich für ihre überstürzte Verpflichtung verdient hatte. »Führen Sie ihn herein.« Der Fähnrich salutierte, warf sich auf den Fersen herum und marschierte davon. Ich schritt mit wachsender Verärgerung auf und ab. Mir graute vor dem Gespräch.

Erneut klopfte jemand. »Kommen Sie herein!« schnauzte ich. Mr. Tyre trat zur Seite. Rafe Treadwell kam zögernd herein. »Ach du«, entfuhr es mir. »Ich dachte schon ...« Ich gab Philip mit einem Wink zu verstehen, daß er entlassen war.

Der schlaksige Dreizehnjährige lächelte höflich. »Danke, daß Sie mich empfangen, Sir.«

»Keine Ursache. Geht es um deine Schwester?«

»Nein, Sir.«

Ich wartete. Er stand in förmlicher Haltung da, die Arme an den Seiten. »Ich hoffe, Kapitän Seafort, daß Sie mir ebenfalls erlauben, in den Flottendienst zu treten.«

Für einen Augenblick war ich sprachlos. »Was?« brachte ich hervor. »Was soll ich erlauben?«

»Daß ich mich verpflichte, Sir. Als Kadett.« Als er meinen Ausdruck sah, fuhr er rasch fort: »Ursprünglich dachte ich, ich würde lieber bei meinen Eltern bleiben, aber alles hat sich verändert. Ich weiß nicht, ob Sie weitere Fähnriche brauchen, aber ich möchte mich gerne freiwillig melden. Ich möchte noch etwas länger bei meiner Schwester bleiben, und ich kann einfach kaum glauben, was die Flotte alles für sie getan hat.«

Ich bedachte ihn mit einem argwöhnischen Blick. Wenn er mich aufziehen wollte, würde ich ihn übers Faß strecken, Zivilist oder nicht.

»Ich meine es ernst, Sir. Sie hat mich früher immer um Hilfe gebeten. Jetzt hat sie nicht mal mehr Zeit für mich, und wenn ich sie doch mal sehe, ist es, als würde ich mit einer Erwachsenen sprechen. Sie ist inzwischen etwa drei Jahre älter als ich.« Er schüttele verwundert den Kopf.

»Was sagen deine Eltern dazu?«

»Paula und ich sind in einem Kinderhort aufgewachsen, einem kommunalen Kinderhort in Arkansas. Ich kannte unsere Eltern, aber wir haben nicht viel Zeit mit ihnen verbracht. Sie haben uns aus dem Hort geholt, als sie auszuwandern beschlossen. Sie können ohne uns überleben.«

»Sie führen sich aber nicht so auf.«

Er grinste. »Sie denken, Gemeinschaft wäre etwas, was man verkünden kann. Sie sehen nicht ein, daß man damit aufwachsen muß. Sie werden lernen, ohne uns auszukommen.«

»Und die Disziplin? Würde dir das gefallen?«

»Nein, ich werde sie wahrscheinlich hassen. Sie könnte aber gut für mich sein.« Er klang unbekümmert, aber seine Finger trommelten einen Rhythmus am Bein.

Ich schritt erneut auf und ab. Ein weiterer Fähnrich wäre nützlich, wenn auch kaum notwendig. Rafe in der Fähnrichskabine wäre für Paulas Moral sicherlich förderlich. Nahm ich jedoch beide Treadwell-Kinder ohne Zustimmung der Eltern in Dienst, würde das die Admiralität zu Hause gar nicht schätzen, von den Treadwells ganz zu schweigen. Na ja, ich steckte bereits so tief in der Patsche, daß ein weitere Fehler keine Rolle mehr spielte.

»Ich werde dich informieren.« Ich öffnete die Luke.

»Aber ich habe nur noch ...«

»Entlassen!« Ich wartete.

»Ja, Sir«, sagte er bescheiden und bestand damit die erste Prüfung.

In der Nacht besuchte mich Mr. Tuak zum ersten Mal seit Monaten. Er betrachtete mich durch die Kabinenwand, traf aber keine Anstalten, nach mir zu greifen, bis ich endlich erwachte. Ich war beunruhigt, schwitzte aber kaum. Ich duschte und legte mich ohne Furcht wieder schlafen.

Drei Tage später defusionierten wir zum letzten Mal auf unserer Fahrt nach draußen und zündeten die Hilfstriebwerke für die Anfahrt auf Detour. Pilot Haynes, Mr. Tyre und Alexi hatten die Wache; ich war natürlich ebenfalls auf de Brücke.

Philip Tyre saß steif an einer Konsole und hielt nach Hindernissen Ausschau. Mir fiel auf, daß er Alexi an der kurzen

Leine hielt. Er befahl ihm, sich aufzurichten, wenn er sich auf seinem Platz entspannte, und überwachte intensiv seine Arbeit. Tyre hob niemals die Stimme, forderte nie etwas Unvernünftiges und übersah nie etwas.

Detour Station wurde auf den Simultanschirmen größer, während der Pilot uns heranführte. Endlich hefteten sich die Gummisiegel der Luftschleusen aneinander. Wir waren da.

Ich schaltete den Rufer ein. »Mr. Holser, besorgen Sie mir ein Shuttle. Ich fliege hinunter.«

»Aye aye, Sir.«

Ich wandte mich an Philip Tyre. »Wo ist Mr. Carr?«

»In der Fähnrichskabine, Sir. Ich glaube, er schläft.«

»Mitten am Tag?«

»Ja, Sir. Ich wies ihn letzte Nacht an, Vorschriften zu rezitieren. Danach absolvierte er einige Turnübungen.« Seine großen blauen Augen musterten mich ohne Arglist. »Soll ich ihn wecken?«

»Ich wollte ihn mit hinunter nehmen.«

»Ja, Sir. Ich habe ihm aufgrund seiner Insubordination befohlen, während der Liegezeit an Bord zu bleiben, aber natürlich haben Ihre Wünsche Vorrang.«

»Dann nehme ich Mr. Tamarow mit.«

»Für ihn gilt das gleiche, Sir. Sofern Sie meine Befehle nicht widerrufen.« Da er es in Alexis Gegenwart gesagt hatte, war es mir unmöglich, seine Befehle zu widerrufen. Die Disziplin mußte gewahrt bleiben.

Ich wandte mich an Alexi. »Was haben Sie getan, Mr. Tamarow?«

»Ich war unverschämt, Sir«, sagte er ausdruckslos. »So wurde es mir mitgeteilt.«

Eine grausame Bestrafung. Die Fähnriche hatten auf Hope Nation lange Urlaub gehabt, also hatten sie hier keinen Rechtsanspruch, an Land zu gehen, aber so weit gereist zu sein und dann der möglicherweise einzigen Chance beraubt zu werden, die Kolonie zu besichtigen, war wirklich hart.

»Sehr gut. Es tut mir leid, Mr. Tamarow. Sie bleiben an Bord; ich fliege allein.« Als ich die Brücke verließ, fühlte ich mich durch diese krasse Ungerechtigkeit in meinem Entschluß bestärkt. Ich sah Leutnant Crossburn die Leiter von Deck 2 heraufsteigen.

»Mr. Crossburn, suchen Sie den jungen Mr. Treadwell – Rafe Treadwell –, und bringen Sie ihn in Ihre Kabine. Behalten Sie ihn dort, bis ich weitere Befehle erteile.« Ich plante, die Treadwell-Zwillinge zusammenzuhalten. Zur Hölle mit ihren Eltern. Die Welt war nun mal ungerecht.

Crossburn gaffte. »Aye aye, Sir. Steigen die Passagiere nicht heute aus?«

»Sie werden später am Nachmittag damit beginnen. Tun Sie, was ich Ihnen gesagt habe.« Ich ging weiter zu meiner Kabine.

Ein paar Minuten später bestieg ich im Hangar der Station das Shuttle. Alles an Detour Station war kleiner als auf Hope Nation: weit weniger Personal, kleinere Korridore, niedrigere Decken. Selbst ein kleineres Shuttle. Die Maschine bot nur zwölf Passagieren Platz, und man sah ihr intensiven Gebrauch an.

»Ich habe bereits per Funk nach unten durchgegeben, daß wir kommen, Käpten«, sagte der Shuttlepilot, während wir uns von der Station lösten.

»Danke.«

»Ein Schiff von draußen ist ein bedeutsames Ereignis. Sie sind die ersten seit der *Telstar* vor einem halben Jahr.«

»Dann hat es die *Telstar* bis hierher geschafft?«

»Natürlich.« Er wartet auf eine Erklärung.

»Sie ist nicht auf Miningcamp eingetroffen.«

»Wo steckt sie?«

»Niemand weiß es.« Ich starrte traurig auf seine Konsole.

Der Pilot zuckte die Achseln. »Sie wird schon wieder auftauchen. Übrigens – haben Sie uns diesen Polyester-Synthesizer mitgebracht?«

Ich versuchte mich an die Ladeliste zu erinnern. »Ich denke, ja. Warum, fehlt es hier an Kleidung?«

»Etwas. Wir haben im Lauf der Jahre gelernt, mit Baumwolle auszukommen, aber alle modischen Sachen sind aus

Polyester, und unsere Damen sind ganz unruhig. Moment, gleich erreichen wir die Atmosphäre.« Einen Augenblick später nahmen die Erschütterungen durch die ersten dichteren Luftschichten bereits seine ganze Konzentration in Anspruch.

Detour war beträchtlich kleiner als Hope Nation, tatsächlich sogar kleiner als die Erde, aber die größere Dichte sorgte trotzdem für eine fast erdgleiche Schwerkraft. Ich blickte zum Fenster hinaus. Weite Gebiete des Planeten waren weiterhin öde, durchsetzt mit Flechten- und Mooswachstum, das sich an kahle Felsvorsprünge klammerte. Wenn ich diese Flecken aus unserer Höhe sehen konnte, mußten sie gewaltig groß sein, der Nachweis enormer Anstrengungen bei der Terraformung.

Wir gingen in eine fast horizontale Flugbahn über. Jetzt sah ich erste grüne Flecken und bald darauf die Schachbrettmuster verstreuter Felder. Hohe Bäume wuchsen aufs Geratewohl in der Landschaft. Ich entdeckte eine Straße und dann eine weitere. Wir näherten uns dem, was es auf diesem kürzlich noch öden Planeten inzwischen an Besiedlung gab.

Der Pilot drosselte den Antrieb und bereitete sich zum Aufsetzen vor. Wir glitten über die Rollbahn dahin, die Tragflächen in Senkrechtstarterposition, und setzten auf. Die plötzliche Stille mache mich benommen. Der Pilot lächelte. »Willkommen im Zentrum der Zivilisation, Käpten.«

Ich erwiderte das Lächeln. »Danke. Es ist schön, hier zu sein.« Die Luke ging auf, und ich holte tief Luft. Es roch entschieden nach Schwefel. Meine Augen tränten. »Puuh! Gewöhnt man sich daran?«

Er schien überrascht. »An was gewöhnen? Ach, die Luft? Sicher, es dauert nur eine Woche oder so. Machen Sie sich keine Sorgen darüber.«

Ich stieg aus dem Shuttle. Etwa zwanzig Männer und Frauen hatten sich unmittelbar vor der Tragfläche versammelt und warteten dort. Einer von ihnen trat vor, ein großer Mann mit ersten grauen Haaren und einer Aura der Autorität.

»Kapitän Seafort? Willkommen auf Detour.« Er streckte die Hand aus. Über der Schulter trug er eine blauweiße Schärpe, an der die Bronzeplakette seines Amtes hing.

Ich schüttelte ihm die Hand und salutierte dann. »Gouverneur Fantwell? Ich bin geehrt.«

Der Gouverneur der Kolonie lächelte. »Erlauben Sie mir, Ihnen meine Begleiter vorzustellen. Bürgermeister Reuben Trake von Nova City. Walter Du Bahn, Präsident der Bank von Detour.« Ich machte mich daran, sämtliche Hände zu schütteln. »Die Stadtratsvorsitzende Ellie Bayes. Jock Vigerua, Eigner der nahe gelegenen Minen. Sie haben ja keine Ahnung, Kapitän, was für ein Ereignis es ist, wenn ein Schiff eintrifft; hierher kommen nur zwei im Jahr. Miss Preakes, Chefredakteurin der *Detour Sun* ...«

Schließlich wurden wir mit der Begrüßung fertig. Der Gouverneur führte mich zu einem Elektrobus; wir alle stiegen ein und suchten uns Plätze. »Wir haben ein Mittagessen in der City Hall vorbereitet«, sagte der Gouverneur jovial. »Danach zeigen wir Ihnen die Stadt.«

»Vermute ich richtig, daß Sie hier kein Flottenpersonal haben?«

»Nicht einen einzigen«, antwortete Gouverneur Fantwell fröhlich. »Nicht mal einen einzigen Matrosen. Sind Sie knapp an Besatzung?«

»Wir haben da einen Posten, den ich gerne besetzt hätte.« Meinen eigenen. Ich hatte jedoch gewußt, daß es auf Detour keinen Flottenstützpunkt gab, und war daher nicht überrascht. Die City Hall war ein schlichtes Bauwerk mit Metallwänden im Stadtzentrum. Ich stellte sofort fest, daß es sich um die City Hall handelte; ein großes Schild über der Tür verkündete es. Ansonsten glich es exakt den übrigen Gebäuden ringsherum.

Als wir an einem Tisch Platz genommen hatten, der mit einer prachtvollen Tischdecke und mit glänzendem Tafelsilber geschmückt war, sagte ich leise zum Gouverneur: »Eigentlich bin ich gekommen, um mit Ihnen zu reden, ehe ich Ihnen ein Problem aufhalse. Ihnen und dem Richter.«

»Oh!« Er zog eine Braue hoch. Ich fragte mich, ob ihn überhaupt irgendein Problem, das ich anschleppte, aus der Fassung bringen würde. »Nur eine Sekunde. Ich rufe Carnova herüber.« Er winkte quer durch den Saal einem robusten Mann zu, der sofort zu uns an den Tisch kam. »Was möchten Sie uns aufbürden?«

Ich erklärte ihm kurz die Sache mit den Treadwells. »Ich habe beschlossen, den Jungen in Dienst zu nehmen, und die Eltern werden explodieren, wenn sie davon erfahren. Sie haben auf Hope Nation ganz schön für Aufruhr gesorgt.«

»Wir sind nicht auf Hope«, versetzte Richter Carnova unverblümt. »Wir handhaben die Dinge hier anders. Die Flotte untersteht nicht meiner Gerichtsbarkeit. Ich gewähre ihnen nicht mal eine Anhörung.«

»Ich unterstütze Ihre Position«, sagte ihm der Gouverneur. Dann wandte er sich mit einem entspannten Lächeln wieder mir zu. »Sehen Sie? Ihr Problem ist gelöst.«

Ich fummelte an einem Becher mit frischem Obst herum. Orangen und Weintrauben, Kiwis, Bananen und einige Früchte, die ich nicht bestimmen konnte. »Ich wünschte, alles wäre so einfach.«

»Erzählen Sie mir mal eins«, sagte der Gouverneur. »Liegt es daran, daß ich älter werde, oder sind Sie nicht doch ziemlich jung für einen Kapitän?«

Ich seufzte und setzte zur vertrauten Erklärung an.

27. Kapitel

Nachdem ich auf mein Schiff zurückgekehrt war, rief ich Rafe Treadwell auf die Brücke. Er trat zögernd ein, und was sich hinter seiner scheinbaren Ruhe verbarg, verrieten die nervös am Hemd zupfenden Finger.

»Ich bin bereit, dich zu verpflichten.«

»Danke.« Seine Schultern sanken herab. »Ich fürchtete schon, Sie hätten es sich in letzter Minute anders überlegt.«

»Setz dich an die Konsole. Schreibe eine Nachricht an deine Eltern und erkläre ihnen, daß du dich freiwillig gemeldet hast. Erläutere ihnen deine Gründe. Sobald du damit fertig bist, nehme ich dir den Eid ab.«

»Ja, Sir.«

»Bevor du das tust, muß ich dich warnen. Die Situation ist im Moment, ah, etwas angespannt. Du mußt mit ungewöhnlich harten Schikanen rechnen, selbst für einen Kadetten.«

Er schluckte. »Ja, ich habe davon gehört.« Natürlich hatte seine Schwester ihm davon erzählt. Er beugte sich über die Konsole und tippte seine Nachricht.

Nachdem ich ihn vereidigt hatte, schaltete ich den Rufer ein. »Mr. Tyre, bringen Sie Mr. Tamarow auf die Brücke.«

Wenige Augenblicke später erschien sie. Alexis Gesicht war stark gerötet, und er atmete schwer; ich mußte eine Sitzung im Trainingsraum gestört haben.

»Mr. Tyre, ich stelle Mr. Tamarow für zwei Tage für Spe zialaufgaben ab. Er wird unseren neuen Kadetten bewachen, bis wir auslaufen. Seien sie so freundlich und entbinden ihn von Ihren sonstigen Anforderungen.«

»Natürlich, Sir.« Tyre lächelte freundlich. »Werden sie in der Fähnrichskabine wohnen?«

»Nicht, bis wir Detour verlassen haben.« Da ich die Treadwells kannte, wollte ich kein Risiko eingehen, nicht einmal im Orbit weit über dem Planeten. Ich brachte Alexi und Rafe Treadwell im Ruheraum der Mannschaft auf Deck 3 unter. Alexi konnte seine Erleichterung darüber, Mr. Tyre für egal wie kurze Zeit zu entrinnen, nicht verbergen.

Tyre schien es nicht zu bemerken. »Ich helfe ihnen beim Umziehen, Sir«, sagte er. »Kann ich mich sonst noch nützlich machen?«

Ich schickte sie weg und dachte über die Ironie nach. Abgesehen von seinem verrückten Bedürfnis, seine Untergebenen zu vernichten, war Philip Tyre ein ausgezeichneter Fähnrich, eifrig, hilfreich und fleißig beim Lernen. Ich war überzeugt, daß er keine Schuldgefühle wegen der Foltern hatte, die er anderen zufügte.

Ich machte eine Geste des Abscheus. Wenn man sich vorstellte, wie Derek in seinem Alter Vorschriften rezitierte! Lächerlich! Ich fragte mich, wie Philip die psychologischen Untersuchungen bestanden hatte und wie man mit ihm als Kadetten umgesprungen war. War er brutal behandelt worden? Nicht, daß da auch nur ansatzweise eine Entschuldigung für das eigene Verhalten gewesen wäre! Trotzdem stellte ich mir die Frage.

Beim Abendessen fragte Leutnant Crossburn: »Behalten Sie den Traedwell-Jungen an Bord?« Ich machte mich auf etwas gefaßt; offensichtlich handelte es sich bei dieser Frage nur um ein Vorspiel.

»Ja.« Wieder eine Affäre, die er sondieren konnte.

»Ich könnte hilfreich sein, was die Treadwell-Eltern angeht, Sir. Das heißt, wenn sie erst mal herausfinden, daß ihr Sohn nicht mit an Land geht.«

Ich konnte mir gut vorstellen, wie hilfreich Crossburn sein würde. Zum Beispiel könnte er sie fragen, wie sie sich fühlten, um ihre Reaktionen in seinem kleinen Tagebuch festzuhalten.

»Nein, danke. Ich kümmere mich schon darum.«

»Wie viele Verpflichtungen ohne elterliche Zustimmung, denken Sie, hat die Flotte bislang durchgeführt, Sir?« Sein Blick war ganz unschuldig.

»Das reicht vollkommen, Mr. Crossburn.« Auch dieser Tadel würde den Weg in seine Aufzeichnungen finden, aber es war mir egal. Ich war müde, einsam und von den Wirkungen meiner neuen Offiziere auf die Besatzung beunruhigt. Ich vermißte Amanda, und in ein paar Wochen mußte ich ein letztes Mal quälend nahe an ihr vorbeifahren. Das war fast zuviel für mich.

Ich dachte an zu Hause.

Vielleicht nahm Vater mich ja zurück, wenn man mich dazu zwang, den Dienst zu quittieren. Natürlich würde er nichts sagen. Das war seine Art.

Als meine Wache endete, drängten sich die ersten aussteigenden Passagiere in die kleinen Shuttles, die Detour Station anflogen. Etliche Flüge waren erforderlich, um alle zu befördern. Die Treadwells waren am nächsten Morgen zum Abflug vorgesehen; sicherlich fiel ihnen schon heute abend die Abwesenheit ihres Sohnes auf. Ich ging zu Bett und wünschte mir, ich wüßte, wie ich dem unvermeidlichen Krach ausweichen könnte.,

Ein Tumult auf dem Korridor weckte mich. Ich zog schnell die Hose an, riß die Luke auf und blickte nach Osten. Irene Treadwell versuchte vergeblich, sich aus Vax Holsers festem Griff zu befreien.

Sie erblickte mich. »Sagen Sie diesem Grobian, er soll mich loslassen!«

»Sie dürfen sich hier oben nicht aufhalten, Ma'am«, sagte Vax. Er bat mich mit einem kurzen Blick um Verzeihung. »Sie hat versucht, in die Fähnrichskabine einzudringen, Sir.«

»Wo ist mein Sohn?« Ms. Traedwell wurde lauter. »Was haben Sie mit Rafe gemacht? Ich habe ihn gesucht und kann ihn nirgendwo finden! Rauben Sie mir noch mein zweites Kind?«

»Wir rauben keine ...«

»Sind Sie eigentlich alle verrückt?« Endlich befreite sie sich und rieb sich das gerötete Handgelenk. »Ich habe es beim Zahlmeister probiert, aber er wollte mir nichts sagen. Ich bin in den Salon gegangen, und Rafe war nicht da. Ich habe es mit der Fähnrichskabine versucht – ja, ich weiß, daß ich es nicht hätte tun sollen –, und ein großer Junge stand dort in Unterhose auf einem Stuhl und rezitierte ein Buch! Er hat sich nicht mal unterbrochen; sie haben mir einfach die Tür vor der Nase zugeschlagen! Was haben Sie mit Rafe gemacht?«

Ich überlegte, ob ich nach Leutnant Crossburn schicken sollte. Ich nahm mein Holovid zur Hand und steckte Rafes Chip hinein. »Kehren Sie in Ihre Kabine zurück, und lesen Sie das.«

»Wollen Sie damit sagen, daß Sie Rafe genommen haben?

Sie Monster!« Ihr Schrei warf Echos im Korridor. »Nicht meinen Jungen! Das können Sie nicht machen!«

»Leutnant, bringen Sie sie weg!« Ich versuchte die Luke zu schließen, aber sie blockierte sie mit dem Fuß. Vax zerrte sie auf den Korridor zurück. Ich schloß die Luke rasch und lehnte mich daran, bis das Geschrei draußen erstarb. Ich fühlte mich schwach. Ich legte mich ins Bett, blieb aber hellwach.

Wie oft hatten sich auf der Erde ähnliche Szene abgespielt? Als man die Auswirkungen des T-Melanoms endlich verstanden und die Flotte das Mindestalter für Verpflichtungen auf dreizehn gesenkt hatte, war Eltern damals der Verlust ihrer Kinder leichtgefallen? Wie viele Mütter hatten wie Irene Treadwell hysterisch reagiert? Die Flotte gab sich mit der Zustimmung eines Elternteils zufrieden. Ich dachte an meine eigene Gastmutter in Devon, die ich nie gesehen hatte. Wie sah sie aus? Hätte sie sich etwas daraus gemacht?

Bis zum frühen Morgen drehte ich mich unruhig hin und her. Dann zog ich mich an und suchte zum Frühstück die Offiziersmesse auf. Ich saß am langen Tisch, allein mit Mr. Chantir, und trank Kaffee, während ich auf meine Rühreier mit Toast wartete. Weitere Offiziere trafen ein und suchten sich ihre Plätze. Ich stocherte in meinem Essen herum.

»Ich habe gehört, daß es gestern abend zu einem Tumult vor Ihrer Kabine kam.« Leutnant Crossburn setzte sich neben mich.

»Uhm.«

»Mrs. Treadwell war heute morgen an Bord des ersten Shuttles.« Eine Pause. »Es heißt, als sie sich an das Gericht von Hope Nation wandte, hätten Sie versucht, den Richter ins Gefängnis zu werfen.« Crossburn pickte eine Gabel voll Rühreier auf.

Mein Ton war scharf. »Ich hatte Sie angewiesen, nicht mit ihr zu sprechen!«

»Oh, wir unterhielten uns vor mehreren Tagen, vor Ihrem Befehl. Ich habe nur zugehört.«

»Sir, ich verstehe einfach nicht, was Sie an meinem Tagebuch auszusetzen haben. Offen gesagt habe ich vor, die Angelegenheit mit meinem Onkel zu besprechen, wenn wir wieder zu Hause sind.«

Ich starrte ihn an. Kein Leutnant durfte in diesem Ton mit seinem Kapitän sprechen.

Mr. Chantir mischte sich ein. »Ardwell, ich befehle Ihnen, den Mund zu halten. Lassen Sie den Kapitän in Ruhe!«

»Aye aye, Sir.« Crossburn schürzte die Lippen. Nach kurzer Überlegung zog er einen Zettel aus der Tasche und notierte sich etwas darauf. Ich fühlte mich versucht, ihm meinen Kaffee ins Gesicht zu schütten, entschied mich aber dagegen.

»Entschuldigung, Sir, dürfte ich mich zu Ihnen setzen?« Das war Philip Tyre. Mein Nicken fiel knapp aus, aber er setzte sich trotzdem. »Guten Morgen.«

Ich reagierte mit einem Grunzen.

»Sir, denken Sie, ich könnte heute abend zur Oberfläche hinab? Mein letzter Besuch auf Detour ist ein Jahr her.« Ein schüchternes Lächeln. »Letzten Winter traf ich dort ein Mädchen, aber ich vermute, daß sie mich vergessen hat.« Der typische sorglose Jugendliche. Ich dachte an den gedemütigten Derek, dazu gezwungen, Vorschriften zu rezitieren, als Mrs. Treadwell gestern abend in die Fähnrichskabine gestürmt war. Ich war drauf und dran, ihm seinen Wunsch abzuschlagen, überlegte es mir aber wieder anders. Ich würde meine Karten noch ausspielen. »Erlaubnis erteilt, Mr. Tyre, aber ich möchte erst mit Ihnen sprechen.«

Damit wir unter uns waren, nahm ich ihn mit in den nahe gelegenen Passagiersalon. »Mr. Tyre, ich finde, Sie gehen zu hart mit den Fähnrichen um.«

Er dachte nach. »Ich gehorche jedem Ihrer Befehle, Sir. Bitte erklären Sie mir genau, was ich tun soll.«

»Setzen Sie ihnen nicht mehr so zu.«

Er legte die Stirn in Falten. »Ich fürchte, ich verstehe Sie nicht. Soll ich ihre Verstöße ignorieren?«

Ich verlor die Geduld. »Nein! Seien Sie nur weniger hart zu ihnen! Betrachten Sie das als Warnung. Wenn Sie sie weiter tyrannisieren, rechnen Sie mit einer Überraschung, die Ihnen nicht gefallen wird.«

Bestürzung machte sich auf seinem Gesicht breit. »Es tut mir schrecklich leid, daß mein Verhalten bei Ihnen Anstoß erregt hat.« Beunruhigt fuhr er sich mit der Hand durchs Haar. »Ich gebe mir soviel Mühe«, murmelte er vor sich hin. »Das tue ich wirklich, aber die Leute mißverstehen mich ... Ich wünschte nur, ich wüßte ...«

Plötzlich wurde sein Blick wieder klar. Er richtete sich auf, nahm beinahe Haltung an. »Mir war nicht bewußt, daß ich sie tyrannisiert habe, aber ich werde mein Bestes tun, um Ihrem Wunsch zu entsprechen. Es tut mir wirklich leid, Sir.« Er schien den Tränen nahe.

Ich ließ ihn stehen und kehrte auf die Brücke zurück.

Den ganzen Tag über stiegen Passagiere aus und entluden wir Fracht. Ich überprüfte die Ladeliste: Ein Poly-Synthesizer stand tatsächlich darauf und war mit der nächsten Fuhre zur Entladung vorgesehen. Ich blieb auf der Brücke, ohne recht zu wissen, warum. Es stand mir frei, von Bord zu gehen. Sollte ich denn in Anbetracht der Spannungen im Fähnrichsstab und meiner Probleme mit Ardwell Crossburn auf dem Schiff bleiben?

Nein, wir lagen in einem abgelegenen Hafen. Da wollte ich doch mal sehen, ob mir diese beiden Typen den Urlaub ruinierten! Ich zog eine frische Uniform an, um an Land zu gehen. Zu schade, daß Derek mich nicht begleiten konnte. Oder Alexi.

Als ich vor der Heckschleuse stand und den Verschlußzyklus abwartete, wandte ich mich plötzlich wieder ab. Ein verdutzter Matrose sah mir hinterher.

Ich stieg hinunter auf Deck 3 zum Ruheraum der Mannschaft, wo Alexi auf mein Klopfen hin die Luke öffnete. Er wirkte frisch und ausgeruht. Kadett Rafe Traedwell nahm in seiner neuen grauen Uniform stolz Haltung an.

»Weitermachen, Kadett. Mr. Tamarow, kommen Sie mit. Mr. Treadwell, trauen Sie sich zu, sich präzise an Befehle zu halten?«

»Aye aye, Sir.«

»Das heißt ›ja, Sir‹«, sagte Alexi angewidert.

Rafe wirkte beschämt. »Ja, Sir, meine ich.«

»Ihre Anweisungen lauten wie folgt: Verschließen Sie die Luke, sobald wir gegangen sind, und öffnen Sie sie erst wieder, wenn Sie meine Stimme oder die Mr. Tamarows hören. Verstanden?«

»Ja, ich ... Was muß ich jetzt sagen?« fragte er Alexi.

»Aye aye, Sir!«

»Aye aye, Sir.« Rafes besorgter Blick wanderte zwischen uns hin und her.

Ich konnte mir ein Lächeln nicht verkneifen. »Sehr gut.« Ich nahm wieder Kurs auf die Leiter. Alexi folgte mir besorgt. An der Luftschleuse betätigte ich den Rufer. »Brücke, hier spricht der Kapitän. Ich fliege zum Planeten hinunter, und zwar allein.«

»Sehr gut, Sir.« Leutnant Chantir würde das ins Logbuch eintragen.

»Kommen Sie mit«, fuhr ich Alexi an. Der Posten sperrte den Mund auf. Ich musterte ihn böse. »Haben Sie ein Problem, Matrose?«

»Nein, Sir!«

»Ich fliege allein hinunter. Vermerken Sie das in Ihrer Meldung.«

Er war ein langsamer Denker. »Aber der Fähnrich ...«

Ich fixierte ihn mit einem kalten Blick. »Welcher Fähnrich?« Endlich lächelte der Mann schwach. Wir absolvierten den Schleusenzyklus.

Wir bestiegen das wartende Shuttle. Als wir uns setzten, sagte ich zu Alexi: »Detour ist recht interessant. Wenn du nicht den Befehl hättest, an Bord zu bleiben, würde ich dir die Stadt zeigen.«

Er begriff endlich und strahlte vor Freude.

Für den Rest des Tages spazierten wir durch Nova City. Detour mit seiner Bevölkerung von nur sechzigtausend war weit weniger entwickelt als Hope Nation, obwohl die Kolonie rasch wuchs.

Der Landschaft waren die frischen Spuren der Umbaumaßnahmen anzusehen, mit denen ich in Centraltown gerechnet hatte. Bäume und Büsche wuchsen hier reichlich, tausendfach von den Terraformern angepflanzt, die auch Insekten und Würmer ausgesetzt hatten, um den Boden mit Luft zu durchsetzen, die Nitrate eingesetzt hatten, um ihn fruchtbar zu machen, und die unsere Getreidearten ausgesät hatten. Nach sechsundsiebzig Jahren harter Arbeit wies das Gelände rings um Nova City allmählich heimische Züge auf.

Ich fragte mich, wieviel von der Nahrungskette sie inzwischen erfolgreich eingeführt hatten. Hatten sie in Nova Ratten oder Mäuse? Küchenschaben? Ich fand es nie heraus, aber was ich entdeckte, waren ein paar Vogelschwärme am Himmel. Zwischen den Feldern sahen wir auch überdimensionierte Futterhäuschen für Vögel, in denen Körner ausgestreut waren.

Alexi entspannte sich zunehmend, je älter der Tag wurde, dankbar sowohl für meine Gesellschaft als auch die Erholung von seinem Alptraum an Bord. »Es ist schön hier, Sir. Wenn nur die Luft leichter zu atmen wäre.«

»Sie arbeiten daran.« Riesige Skimmer saugten Luft in die Entschwefelungsanlagen, die sie dann von Schwefeloxiden reinigten. Die Anlagen waren seit Jahrzehnten in Betrieb, und Detours Schwefelniveau hatte sich bereits beträchtlich gesenkt.

Ohne recht zu wissen, wo ich anfangen sollte, platzte ich nach mehreren mißlungenen Versuchen mit den Worten heraus: »Es tut mir leid, was du zur Zeit durchmachst.«

Er wurde steif. »Ich stehe unter dem Befehl, nicht darüber zu sprechen, Sir. Mir wurde erklärt, das wäre schlecht für die Moral.«

»Der Befehl ist widerrufen.«

»Aye aye, Sir. Ich hasse ihn zutiefst! Ich möchte ihn umbringen!«

Ich betrachtete ihn schockiert. Er meinte es ernst. »Tu es nicht, Alexi.«

»Er ist ein Monster! Sie kennen nicht mal die Hälfte von allem, und ich werde es Ihnen auch nicht erzählen.«

»Kannst du noch durchhalten?«

Er lächelte freudlos. »Ich bin wie Derek, Sir. Ich kann alles ertragen.«

»Ich hoffe, daß er sich bessert. Falls nicht, sehen wir weiter.« Es wäre Philip gegenüber nicht fair gewesen, seinem Untergebenen meine Frist zu nennen.

»Ich werde ihn zum Duell fordern, wenn wir wieder zu Hause sind.«

Ich schnappte nach Luft. Alexi hatte wirklich vor, Philip Tyre zu töten! »Warum forderst du ihn dann nicht in der Fähnrichskabine heraus?«

Er warf mir einen tadelnden Blick zu. »Ich glaube an Gesetz und Ordnung wie Sie, Sir. Es ist die Aufgabe des Oberfähnrichs, seinen Stab zu leiten. Ich schulde dem Schiff meine Loyalität, und ich schulde sie Ihnen ebenfalls. Sogar ihm.«

Ich ballte die Fäuste. Philip hatte diesen jungen Mann dreimal aufs Faß geschickt. »Trotzdem erlaubt die Tradition Herausforderungen unter Fähnrichen.«

»Ich dachte immer, das wäre für die Jüngeren gedacht. Eine Möglichkeit, Dampf abzulassen, wenn sie es nicht mehr ertragen können. Ich glaube an die Flotte und ihre Regeln. Die Vorschriften können einfach nicht zulassen, daß es so weitergeht. Würde ich das Gegenteil glauben, müßte ich den Dienst quittieren. Entweder überschreitet er die Grenze und wird angeklagt, oder es kommt zu einer anderen Lösung, aber ich werde nicht gegen das System kämpfen.«

Leise sagte ich: »Alexi, du bist der beste Offizier, den ich je kennengelernt habe.« Er war verblüfft. »Du bist mein Freund, seit ich das erste Mal an Bord kam. Du bist so anständig. Ich habe dich nie als gemein oder gehässig erlebt.«

Er schüttelte den Kopf. »Passen Sie nur auf, wenn ich ihn mal am Wickel habe!«

»Trotzdem. Ich habe enormen Respekt vor dir. Ich liebe dich als Freund und Kameraden.« Er wandte sich ab, aber nicht schnell genug, als daß ich nicht gesehen hätte, wie seine Augen feucht wurden. Ich legte ihm die Hand auf die Schulter. »Essen wir etwas, ehe wir zurückfliegen.« Nach einem Augenblick nickte er. Wir machten ein Restaurant ausfindig. Nach dem Essen beharrte Alexi darauf, für uns beide zu bezahlen.

Zwei Stunden später waren wir wieder an Bord. Alexi trat erneut seinen Dienst als Babysitter an, während ich die Brücke aufsuchte.

Ich hatte gerade mit Vax gemeinsam Wache, als der Rufer summte. »Kapitän, Sie sollten lieber ... Fähnrich Tyre meldet sich. Wir haben hier eine, ah, heikle Situation, und ...«

»Machen Sie sachgerecht Meldung, Fähnrich!« knurrte ich. »Zwei Minuspunkte!« Wenn der Junge glaubte, er könnte pedantisch jeden noch so kleinen Verstoß durch seine Untergebenen kritisieren und dann selbst mit so etwas durchkommen ...

»Aye aye, Sir! Fähnrich Philip Tyre meldet sich aus dem Salon von Deck 2. Ricky Fuentes wird – ich meine, Jared Traedwell hat ein Messer; er hat Kadett Fuentes als Geisel genommen und sagt, wenn er seine Kinder nicht zurückbekäme, würde er ...«

Ich war schon auf halbem Weg zur Luke. »Vax, schicke Mr. Vishinsky zum Salon! Dazu drei Matrosen mit Stunnern! Schnell!« Ich stürmte hinaus.

Ich erinnere mich nicht mehr daran, wie ich die Leiter hinuntergekommen bin; ich muß mindestens drei Stufen auf einmal genommen haben. Ich erreichte den Salon auf Deck 2 und lehnte mich draußen keuchend ans Schott.

Philip Tyre steckte den Kopf heraus, entdeckte mich, kam auf den Korridor geschlüpft und salutierte. »Sie sind drinnen, Sir. An der Rückwand. Ich habe versucht, mit ihm zu reden, aber ...«

Ich schob den Fähnrich zur Seite und trat ein. Hinter mir glitt die Luke ins Schloß.

Rickys rechter Arm hing schlaff herab, als könnte er ihn nicht mehr gebrauchen. Jared Treadwell, Rafes Vater, hatte einen Arm um den Hals des Jungen geschlungen und hielt ihn fest, so daß Ricky mit den Füßen kaum mehr den Boden erreichte. Treadwell hielt den Kopf seines Opfers fest an die eigene Brust gedrückt. Mit seiner gesunden Hand versuchte der Kadett, sich aus dem Griff um seinen Hals zu befreien, und er schnappte dabei nach Luft.

Die Messerspitze schwebte einen Millimeter vor einem seiner Augen.

Treadwell knurrte: »Möchten Sie wetten, daß ich ihm nicht ein Auge ausstechen kann, ehe Sie mich betäubt haben?«

Sein dunkelhäutiges Gesicht glänzte vor Schweiß.

»Ruhig, Mr. Treadwell. Legen Sie einfach ...«

»Denken Sie vielleicht, ich hätte es so gewollt, Seafort?«

»Nein, natürlich nicht ...«

»Geben Sie mir meinen Sohn zurück! Und Paula!« Das Messer zuckte. Rickys Atem zischte vor entsetzen.

Laufschritte ertönten auf dem Korridor.

»Mr. Treadwell, Ricky Fuentes hat nichts damit zu tun ...«

»Wir haben es mit Petitionen versucht. Wir haben den Rechtsweg probiert. Aber egal was, sie haben Ihren Kopf durchgesetzt!« Er ruckte heftig mit dem Ellbogen, und Ricky winselte. »Rufen Sie Rafe her, oder ich blende ihn, glauben Sie mir!«

Die Luke wurde aufgerissen. Ich wirbelte herum. »Raus, bis ich Sie rufe!«

»Aber ...« Es war der Schiffsprofos.

»Raus!«

Vishinsky zog sich durch die Luke zurück. Ich warf mich wieder zu Jared Treadwell herum. »Hören Sie, Sir, ich weiß, daß Sie aufgebracht sind ...«

»Keine Diskussionen mehr! Ich nehme mir das erste Auge vor, damit Sie sehen, daß ich es ernst meine!«

»Beim allmächtigen Gott!« brüllte ich. »Lassen Sie mich endlich einmal einen Satz zu Ende sprechen!«

Das war so lächerlich, daß er wie betäubt war. Ich ebenfalls, aber ich wußte, daß ich um Rickys willen die Initiative behalten mußte. Ich zog mir heftig die Jacke aus. »Sie brauchen den Kadetten nicht. Sie haben ja mich!«

»Verschwinden Sie!« Das Messer zuckte, und Ricky ächzte.

»Ich bin Ihre Geisel.« Ich näherte mich ihm.

»Tun Sie das nicht, Sir!« Das war Philip Tyre hinter mir. Ich hatte ihn gar nicht eintreten sehen.

»Ich bin daran schuld«, sagte ich. Es wäre nur passend, wenn ich selbst die Konsequenzen trug.

»Sir, das dürfen Sie nicht!«

»Noch ein Wort, Mr. Tyre – nur eines! –, und Sie sind aus dem Flottendienst entlassen!« Mein Ton war eiskalt. »Jetzt, Mr. Treadwell . . .«

»Das wird sein Auge sein.«

»Tun Sie es, und ich töte Sie. Mit meinen bloßen Händen.« Etwas an meinem Ton gebot ihm Einhalt. Ich trat einen weiteren Schritt vor.

Sein Verhalten wurde fast umgänglich. »Irene ist heute morgen hinuntergeflogen. Drei Rechtsanwälte hat sie angerufen, alle, die sie erreichen konnte. Der erste sagte ihr, da wäre nichts zu machen; Sie hätten den Richter bereits angewiesen, den Fall nicht anzuhören. Die anderen wollten nicht einmal mit ihr sprechen.«

Wieder ein Schritt. »Sie lassen jetzt den Jungen los. Ich trete an seine Stelle.« Ich war ihm inzwischen ganz nahe.

»Sie lassen uns gar nichts, verstehen Sie? Kein Gesetz, kein Gericht, keine Berufung.« Auf einmal schrie er gequält auf. »Wer hat Sie eigentlich zum Gott ernannt?«

Ich schluckte. Ja, wer?

Mrs. Donhauser hatte mich vor Monaten vor der Gefahr gewarnt, in die ich hineingestolpert war. Beim Schutz der Kinder handelte es sich um einen grundlegenden menschlichen Instinkt. Und ich hatte ihn gegen mich aufgebracht.

»Mr. Treadwell.« Ich sprach jetzt sanfter. »Geben Sie zunächst den Jungen frei. Ich übernehme seinen Platz. Dann rufen wir Rafe und Paula. Wenn sie mit Ihnen gehen möchten, erlaube ich es. Sonst bleiben sie.«

»Was soll das nützen, nachdem Sie eine Gehirnwäsche bei ihnen vorgenommen haben?« Ein raspelnder Atemzug, ähnlich einem Schluchzen.

Ich schenkte dem entsetzten Kadetten etwas, wovon ich hoffte, daß es ein beruhigendes Lächeln war. »Ricky, in einem Moment wird Mr. Treadwell dich freigeben. Mr. Tyre, sobald ich auf diesem Stuhl sitze, führen Sie Kadett Fuentes hinaus auf den Korridor und erklären Mr. Vishinsky die Lage. Bringen Sie anschließend die Kadetten Paula und Rafe Treadwell in den Salon.«

»Sir, wenn er Sie als Geisel nimmt ...«

»Aye aye, Sir! Sagen Sie das sofort!«

»Aye aye, Sir!«

Ich setzte mich und stieß mich mit dem Stuhl ab, so daß ich in Jared Traedwells Reichweite landete.

Für einen Moment erstarrten wir zu einer qualvollen Szene. Mit einem Schmerzensschrei stolperte Ricky vor. Treadwell zerrte mich an den Haaren zurück, packte mein Kinn und riß mich hoch. Er drückte mir das Messer an den Hals. Ich mußte meine ganze Kraft aufwenden, um mich nicht zu bewegen. Bitte, lieber Gott. Beschütze die Kinder vor jedem Übel!

Am Rand meines Blickfeldes machte ich Rickys Gesicht aus. Es war unverletzt. »Philip, bringen Sie ihn ...«

»Halten Sie den Mund, Käpten!« Das Messer drückte zu.

»... Raus auf den Flur. Sofort.«

»Aye aye, Sir.« Tyre sprang vor und half Ricky auf die Beine. Die beiden stolperten hinaus.

Stille. Dann meldete sich Treadwell mit einem Zischen. »Ich hasse Sie! Ich hasse Ihre Arroganz, Ihre Gewißheit, das Richtige zu tun, egal wie sehr Sie andere verletzen. Wenn es nicht um meine Kinder ginge, würde ich Ihnen den schmutzigen Hals durchschneiden, und ich hätte es hinter mir!«

Ich brachte ein Geräusch hervor.

»Was?«

»Ich sagte: Tun Sie es.«

»Jesus, Sie sind verrückt!«

Dazu fiel mir nichts ein.

Jemand klopfte an die Luke. »Alles in Ordnung mit Ihnen, Sir?«

Das Messer drückte fester. »Keine Tricks!«

»Ja, bestens, Mr. Vishinsky. Bleiben Sie draußen.«

Jetzt, wo die Würfel gefallen waren, empfand ich mehr Frieden als seit Monaten. Ich wartete und behielt die Luke im Auge. »Sie werden gleich hier sein, denke ich. Wenn ich vorschlagen dürfte ...«

»Hah, als ob ich mir etwas daraus machen würde, was Sie ...«

»Möchten Sie, daß Ihre Kinder Sie mit dem Messer sehen?«

»Ich lasse Sie auf keinen Fall ...«

»Ich gebe Ihnen mein Wort, daß ich still sitzen werde.« Mir schmerzte das Kinn. Das Reden fiel mir schwer, während sich seine Finger in mich bohrten. »Möchten Sie ihre Sympathie oder ihren Abscheu erwecken?« Nichts. »Mr. Treadwell, Sie haben keine Chance, sie zu überzeugen, wenn sie sehen, wie Sie mir weh tun.«

»Sind Sie wahnsinnig? Warum sollten Sie mir helfen?«

Ich dachte lange darüber nach. »Damit es eine faire Prüfung wird.«

Seine Hand schwankte. »Halten Sie den Mund. Ich möchte Sie verachten!«

Ein Klopfen. Eine zitternde Stimme von draußen. »Kadett Rafe Treadwell meldet sich zur Stelle, Sir.«

Ich sagte ruhig: »Nehmen Sie das Messer weg, Mr. Treadwell. Ich bleibe so sitzen, daß Sie mich erreichen können.«

Der Augenblick der Entscheidung für ihn. Langsam senkte er das Messer, und es verschwand. »Nur zu. Verraten Sie mich.« Abgründige Bitterkeit.

»Treten Sie ein, Kadett.«

Rafe trat ein und salutierte grobschlächtig. Er hatte noch nicht viel Übung damit. »Sir, ich habe gehört – was ...« Er gab auf und nahm mehr schlecht als recht Haltung an.

»Rühren, Rafe. Wie es scheint, möchte dein Vater dich mit an Land nehmen. Um den Dienst zu quittieren. Ich bin bereit, es zu dulden.«

»Nein!«

Hinter mir zischte ein Atemzug.

Der Junge legte den Kopf auf die Seite und musterte seinen Vater seltsam. »Jared, warum machst du das? Ich bin jetzt Kadett. Ich bin dort, wo ich sein möchte.«

»Du kannst nicht einfach deine Familie verlassen.« Treadwell klang heiser. »Du bist kaum dreizehn.«

»Alt genug, um mich zu verpflichten.«

»Und du hast nur einen kurzen Brief an uns geschrieben. Du hattest weder den Mumm noch die Manieren, es mir ins Gesicht zu sagen!«

Die Augen des Jungen tränten. »Hättest du mir zugehört?«

»Rafe, es war vielleicht ein Fehler«, sagte ich. »Du hast dich schnell entschieden. Wäre es nicht besser, wenn ...«

»Sie sagten, es wäre für fünf Jahre und ich könnte es mir nicht mehr anders überlegen!«

Ich nickte.

»Das ist es, was ich möchte!« schrie Rafe. »Keine Gelegenheit, zu kneifen! Denken Sie, es wäre leicht gewesen, mich zu verpflichten?« Er schob den Unterkiefer vor. »Siehst du, was du angerichtet hast, Jared? Jetzt wird er mich wegen Unverschämtheit prügeln lassen. Kannst du den Dingen nicht ihren Lauf lassen?«

Jemand klopfte an die Luke.

»Sohn, ich ...« Mr. Treadwell klang unsicher. »Deine Mutter und ich, wir dachten ...« Die Stimme versagte ihm. »Rafe, warum läufst du von uns weg?«

»Weil ich nicht euer Sohn bin!« Rafes Gesicht verzerrte sich. »Ich bin ein Hortkind. Sheila und Martine waren meine Kinderschwestern. Ich hatte vierzig Brüder und Schwestern.

Gott, wie ich sie vermisse!« Er fuhr sich mit den Fingern durch das kurzgeschnittene Haar. »Es war eure Entscheidung, uns in den Kinderhort zu geben, als wir noch Säuglinge waren. Als ihr uns herausgeholt habt, haben Paula und ich euch gewarnt, daß wir keine richtige Familie wären. Irene hat nicht darauf gehört, und du auch nicht!«

»Sie ist deine Mutter!«

Vom Eingang her sagte eine leise Stimme: »Das war sie einmal.« Paula. Ihr Blick wanderte über uns hinweg. »Alles in Ordnung mit dir, Jared?«

»Ich – ja, ich denke doch.« Ihr Vater wirkte unsicher.

»Kapitän, Sir?«

»Ich bin unverletzt.«

Sie trat zwei Schritte vor und blieb stehen. Der Tadel in ihrem Gesicht bannte Jared ans Schott. »Warum hast du Ricky den Arm gebrochen?«

»Er versuchte zu flüchten, und ich brauchte doch . . .«

»Der arme Kerl hockte auf dem Korridor und weint. Er weigert sich, zum Doc zu gehen, bis Mr. Seafort in Sicherheit ist. Niemand möchte Ricky weh tun. Er ist zu gutmütig. Wie konntest du nur?«

»Ich . . .« Er brachte kein Wort mehr hervor.

Sie wandte sich an mich und nahm Haltung an. »Sir, Mr. Tyre sagte, Sie hätten eine Frage an mich.«

»Möchtest du deine Verpflichtung rückgängig machen?«

»Nein, Sir.«

Als ihr Blick dem ihres Vaters begegnete, drückte er Mitgefühl aus, aber auch etwas Härteres. »Es tut mir leid, Jared, wirklich. Aber es ist nicht so , wie du gedacht hast.«

Mein Mund war trocken. Sie würden die *Hibernia* nicht mit ihrem Vater verlassen. Was bedeutete, daß er seine Aufmerksamkeit mir zuwenden würde. So sei es. »Kadetten, Sie sind entlassen.«

Paula salutierte und drehte sich zum Ausgang um. Rafe ahmte ihre Bewegungen ungeschickt nach. Sitzend konnte ich den Gruß nicht erwidern, also nickte ich nur.

»Bevor Sie gehen . . .« Ich war stolz auf sie und fand wahrscheinlich keine weitere Gelegenheit. »Sie haben sich gut gehalten. Diese Geschichte ist nicht Ihre Schuld. Was auch geschieht ...« Das war das falsche Gleis. Ich räusperte mich und versuchte es erneut. »Die Flotte wird sich um Sie kümmern. Das wäre alles.«

»Ja, Sir.« Paula zögerte. »Darf ich?« Ich nickte. »Jared, es tut mir leid. Daß ich dir weh getan habe, Irene, uns allen. Mach es bitte nicht noch schlimmer.« Ein erneuter Salut, und sie war verschwunden. Ihr Bruder folgte ihr.

Eine Hand packte mich am Genick. Ich zuckte zusammen und stählte mich innerlich.

»Nichts ist mehr geblieben. Außer Ihnen.« Treadwells Stimme klang rauh. »Wenigstens kann ich dafür sorgen, daß Sie kein weiteres Leben mehr ruinieren.«

»Ja.« Ich hob den Kopf und präsentierte den Hals. »Falls ich ...«

Nach einem Moment fragte er: »Nun?«

Meine Stimme schwankte. »Falls ich Sie später besuche, dann ist es nur ein Traum. Früher oder später verschwinde ich wieder.«

»Allmächtiger Gott!« Es war ein Flüstern.

Dann schluchzte er.

Endlich senkte ich den Kopf wieder. Die Nackenmuskeln verkrampften sich schon.

Vax kochte; ich bemühte mich nach Kräften, ihn zu ignorieren. Nach einer Weile gab ich auf.

»Raus damit, Leutnant.«

»Wie konnten Sie ihn nur gehen lassen?«

»Hätten Sie lieber gehabt, daß ich ihn hänge? Um dann mit seinen Kindern in der Messe zu speisen?«

»Er hat Sie mit einem Messer bedroht!«

»Ich bin unverletzt. Er ist auf dem Planeten eingetroffen, wie auch Irene, und die Sache ist erledigt.«

Vax schüttelte stur den Kopf. »Falls ich das sagen darf, Sie ...«

»Nein, es reicht. Ich habe verstanden, daß Sie mit meinem Vorgehen nicht einverstanden sind.«

Vax gab brummend nach.

Es war eine Weile her, daß ich im stillen Salon das Messer aufhob, das Jared Treadwell fallengelassen hatte, und es zur Seite warf. Mit einem halben Dutzend Schritten war ich an der Luke. »Alles in Ordnung, Mr. Vishinsky.«

»Sir, ist er ...«

»Helfen Sie ihm dabei, seine Sachen aus der Kabine zu holen, und eskortieren Sie ihn zur Schleuse.« Ich wandte mich Ricky zu. »Mit dir kommt wieder alles in Ordnung, Junge. Ab auf die Krankenstation. Sofort!«

»Aye aye, Sir. Hat er Sie ... Käpten, es tut mir leid ...«

»Kadett, zwei Minuspunkte!« fauchte Philip Tyre. »Kehrtmachen und Marsch! Wenn der Kapitän einen Befehl erteilt, springst du! Ich kümmer mich in der Fähnrichskabine um dich!«

Ich konnte mich gerade noch zurückhalten, bis Ricky außer Sicht war. »Mr. Tyre, Sie haben zweimal gegen Anordnungen Ihres Kapitäns verstoßen!« Ich bebte vor Zorn. »Meine Grüße an Leutnant Chantir, und richten Sie ihm aus, daß mir Ihr Verhalten mißfiel – nein, sagen Sie ihm, daß ich es abgründig abscheulich fand – und er es unverzüglich bessern soll!«

Philip wurde bleich. »Ich wollte nicht ... Aye aye, Sir!«

»Los!« Danach lehnte ich mich ans Schott. Rafe und Paula waren in ihrem Quartier, der Schiffsprofos begleitete Jared Treadwell, und Rickys Arm wurde behandelt. Philip war zu seiner Züchtigung gegangen.

Ich suchte meine Kabine auf, zog ein frisches Hemd an und setzte mich eine Zeitlang auf die gestärkte Decke.

Mein Leben war in Gefahr gewesen, und ich hatte dabei nichts gefühlt. Na ja, vielleicht nicht ganz. Als das Messer zu Boden fiel, war ich erleichtert gewesen. Aber nicht sehr.

Darüber konnte ich später noch nachdenken. Zeit, wieder die Brücke aufzusuchen.

Auf meinem Platz unter den leeren Bildschirmen nahm

ich das Logbuch in Augenschein. Mr. Chantir hatte eine Züchtigung mit dem Rohrstock verzeichnet. Philip Tyre war in die Fähnrichskabine verbannt worden. Ich seufzte. Der Junge würde ab jetzt mehr denn je über seine Untergebenen herfallen. Und unter ihnen hatte es Derek am schlimmsten getroffen.

Ich aktivierte den Rufer. »Mr. Carr auf die Brücke.«

Wenige Augenblicke später erschien Derek in makelloser Uniform, das Haar sauber gekämmt. »Ja, Sir?«

Ich deutete auf den Sitz neben Vax. »Ich brauche Sie heute abend, Mr. Carr. Assistieren Sie Mr. Holser. Eine Doppelwache.« Absolut unnötig, solange wir an einer Orbitalstation angedockt waren.

»Aye aye, Sir.« Derek wußte es besser, als Befehle in Frage zu stellen. Ich konnte nichts sagen, um es ihm zu erklären. Plötzlich breitete sich Dankbarkeit in seinem Blick aus, als er erkannte, daß ich ihn außer Reichweite von Philip Tyre hielt.

»Mr. Carr hatte einen anstrengenden Tag, Leutnant. Sollte er einnicken, lassen Sie ihn.«

»Aye aye, Sir.« Vax' Miene erhellte sich. »Wir kommen schon zurecht.«

Zufrieden ging ich ins Bett.

Ab dem nächsten Tag nahmen wir Passagiere für Hope Nation und die Erde an Bord, dazu eine Fracht aus Metallen und fertigen Gütern. Ich entnahm dem Manifest, daß wir die Olympiamannschaft von Detour mit zur Erde nahmen, um dort an der interplanetaren Olympiade teilzunehmen, die alle zehn Jahre stattfand. Ich vermutete, daß die Trainingsräume intensiv genutzt werden würden.

»Heckleine gesichert, Sir«, meldete Leutnant Holser von der Heckschleuse.

»Vordere Leine gesichert, Sir«, meldete Leutnant Crossburn von der vorderen Schleuse.

Ich trommelte mit den Fingern und wartete ab, während sich die Routine von allein abspulte.

»Vordere Schleuse bereit zum Ablegen, Sir.«

»Heckschleuse bereit zum Ablegen, Sir.«

»Sehr gut.« Ich blies dreimal die Schiffspfeife. »Ablegen! Übernehmen sie, Pilot Haynes.«

Unter den routinierten Händen des Piloten stießen die Seitendüsen Treibstoff hervor, so daß sich das Schiff seitlich wiegte. Wir lösten uns.

Leutnant Crossburn meldete sich über den Rufer. »Vordere Schleusenluke gesichert, Sir.«

»Gesichert, sehr gut.« Ich schritt auf der Brücke auf und ab, während der Pilot die Schubdüsen auf voller Beschleunigung hielt und uns mit zunehmender Geschwindigkeit von der Station und Detours Gravitationsfeld wegführte. In zwei Stunden würden wir weit genug sein, um in Fusion zu gehen.

Unsere Rückfahrt hatte begonnen. Sieben Wochen bis Hope Nation, dann die lange, düstere Reise nach Hause. Ich würde sie ertragen. Ich mußte es. Ich setzte mich in meinen Sessel, um die Koordinaten zu berechnen.

Endlich war alles soweit. »Maschinenraum bereit zur Fusion, Sir.«

Ich blickte zum Piloten und zog die Brauen hoch. Er nickte.

»Ich aktiviere die Fusion.« Ich fuhr mit dem Finger am Bildschirm herunter, und der Antrieb schaltete sich ein. Die Sterne verschwanden vom Simultanschirm. Wir traten in das subätherische Reich des Nichtraums ein und entfernten uns auf dem Kamm einer N-Welle, die wir selbst erzeugten, von Detour.

Beim folgenden Abendessen war ich der Gastgeber etlicher junger Mitglieder der Olympiamannschaft. Obwohl sie gesellig und freundlich waren, schienen sie ganz unbeeindruckt von der Ehre, am Kapitänstisch sitzen zu dürfen. Sie unterhielten sich angeregt untereinander und sprachen mich nur gelegentlich aus Höflichkeit an. Nach Monaten unter Passagieren, die einen Ruf an den Kapitänstisch so ernst genommen hatten, fand ich ihre Einstellung erfrischend.

Später wanderte ich ruhelos durch das Schiff und wurde dabei Zeuge, wie aufgeregte Passagiere Korridore, Salons und Trainingsräume erkundeten, die sie bald nur zu vertraut finden würden. Ich kehrte auf Deck 1 zurück. Vor der Fähnrichskabine stand Rafe Treadwell in Habachtstellung, die Nase am Schott. Na ja, er hatte darum gebeten. Er hatte sich freiwillig verpflichtet.

Ich schlief schlecht, befand mich immer noch im Griff der Abfahrthektik. Ich wußte, daß es Tage dauern würde, sich wieder an die triste Routine der Fusionsfahrt zu gewöhnen. Trotzdem suchte ich die Brücke heim, obwohl ich dort nichts zu tun hatte.

»Haben Sie schon ins Logbuch gesehen, Sir?« Leutnant Chantir deutete auf die Einträge der beiden zurückliegenden Tage. *»Mr. Tamarow, Trägheit, drei Minuspunkte von Mr. Tyre. Mr. Tamarow, Unsauberkeit, zwei Minuspunkte.«*

Also hatte es wieder begonnen. Ich schaltete kommentarlos das Logbuch ab und lehnte mich zurück.

»Wie lange wird das so weitergehen, Sir?«

Ich öffnete ein Auge. »Bis ich das Gegenteil anordne, Erster Leutnant Chantir.«

Er wurde rot. »Entschuldigen Sie, Sir.«

»Sie sind ein guter Offizier«, sagte ich, »aber meckern Sie nicht.«

Er lächelte schwach. »Aye aye, Sir.« Er wechselte das Thema. »Haben Sie jemals Schach gespielt, Sir?«

Ich wurde wach. »Ja, warum?«

»Ich bin nicht sehr gut, aber ich spiele gerne. Ich wette allerdings, Ihr Computer zieht ein knallhartes Spiel durch.«

»Danke.« Darla klang würdevoll.

»Ich darf nicht auf der Brücke spielen, Lars. Das wissen Sie doch.«

»Wirklich? Käpten Halstead hat immer gespielt. Ich habe ihm sehr gern dabei zugesehen. Einmal hat er tatsächlich den Computer geschlagen.«

»Sie muß einen schlechten Tag gehabt haben«, tönte es aus dem Lautsprecher.

»Kümmere dich um deinen Kram, Darla«, knurrte ich. »Hat er wirklich auf Wache gespielt?« Hoffnung regte sich in mir.

»Sicher«, sagte Chantir. »Wenn wir in Fusion waren. Was sollte man dann sonst tun?«

»Verstößt es nicht gegen die Vorschriften?«

»Ich habe sie noch einmal durchgelesen, Sir, ehe ich das Thema zur Sprache brachte. Es heißt dort, daß man wachsam bleiben muß. Es heißt aber nicht, daß man nicht lesen oder spielen dürfte. Jeder Alarm wird ohnehin von einem akustischen Signal begleitet.«

»Ich werde Sie warnen, wenn wir ein Problem haben«, sagte der Computer hilfreich.

»Ist das eine Verschwörung? Darla, hast du jemals mit einem Offizier auf Wache gespielt?«

»Viele von uns tun es. Janet sagte, sie ließe Halstead manchmal gewinnen, um ihn bei Laune zu halten.«

»Für dich immer noch ›Kapitän Halstead‹. Janet ist der Computer seines Schiffes, nicht wahr? Wann hast du mit ihr gesprochen?«

»Als sie an Hope Nation andockten, um Ihnen Ihren einzigen intelligenten Offizier zu bringen, Fähnri ... ich meine, Kapitän Seafort. Ich habe sie routinemäßig mit einem Richtstrahl angefunkt.«

»Mit wem hast du Schach gespielt, Darla?«

»Mit Käpten Haag natürlich. Er war kein nennenswerter Gegner.« Sie klang untröstlich.

Ich war verblüfft. Justin Haag hatte sich die Stunden vertrieben, indem er mit seinem Computer Schach spielte? Ich debattierte mit mir. »In Ordnung, stell das Spiel auf.«

Das entspannte mich so sehr, daß ich Doppelwachen hielt, nur um bei ihr zu sein. Nach einer Woche setzte ich mich auf eine Ration von einem Spiel täglich; eins mehr, und ich wäre süchtig geworden. Wenn ein Spiel vorüber war, vertiefte ich mich in das Studium meiner Züge.

Eines glücklichen Tages erreichte ich ein Unentschieden. Ein paar Stunden später meldete sich Alexi zum Dienst und löste Leutnant Crossburn ab, der während meines Spieles lautlose Mißbilligung ausgestrahlt hatte.

Ich war immer noch aufgeräumt. »Nehmen Sie Platz, Mr. Tamarow.«

Er packte die Rückenlehne seines Sitzes. »Es tut mir leid, Sir, aber ich kann mich nicht setzen.« Eine Ader pochte an seiner Stirn.

Meine Zufriedenheit löste sich in Luft auf. »Waren Sie bei Mr. Chantir?«

»Ich komme gerade aus seiner Kabine.« Er blickte geradeaus auf den abgedunkelten Bildschirm.

»Weshalb?«

»Nichts, Sir. Absolut nichts.« Ein langer Augenblick verstrich. »Sir, ich möchte aus der Flotte ausscheiden.«

»Erlaubnis verweigert«, sagte ich sofort. Ich zögerte. »Es tut mir leid, Alexi.« Ich wußte nicht, was ich sonst sagen sollte.

»Aye aye, Sir.« Seine Stimme war ausdruckslos. »Haben Sie einen Grund dafür?« fragte er.

»Wofür?«

»Zu warten. Nichts gegen ihn zu unternehmen.«

»Sie überschreiten Ihre Grenzen, Mr. Tamarow.«

»Ich denke nicht, daß es mir noch etwas ausmacht, Sir.«

Ich vergaß meinen Tadel wieder. »Ja, ich habe einen Grund.« Ich deutete mit dem Kopf zur Luke. »Sie sind vom Dienst befreit, Alexi. Legen Sie sich eine Zeitlang hin.«

»Wenn es Ihnen nichts ausmacht, Sir, bleibe ich lieber hier.«

Ich verstand. Auf der Brücke war er vor dem Oberfähnrich sicher.

»Sehr gut.« Ich gestattete ihm, die komplette Wachzeit auf der Brücke zu verbringen, und schickte ihn anschließend zu Dr. Uburu, um sich eine Heilsalbe zu besorgen. Ihm blieb keine andere Wahl, als zu gehen. Ich glaube, er war dankbar.

Ich spielte mehrere Tage lang kein Schach mehr.

Mr. Crossburn kam seinen Dienstpflichten zufriedenstellend nach wie immer. In seiner Freizeit durchstreifte er das

Schiff und stellte Fragen. Schließlich hatte er das Treadwell-Thema ausgeschöpft.

Mr. Vishinsky überbrachte mir die Nachricht als erster. »Kapitän, ich wurde von einem Ihrer Offiziere befragt.« Er hatte neben meinem Sessel Haltung angenommen.

»Wonach, Mr. Vishinsky?« Nicht nötig zu fragen, von wem.

»Über Kapitän Haags Tod, Sir. Wie es dazu kam, daß die Barkasse explodierte und der Computer eine Macke hatte. Es erfolgte eine Andeutung, daß es sich nicht um einen Unfall handelte.«

Mein Herz klopfte. »Sie sollten es besser wissen, als Geschichten über einen vorgesetzten Offizier zu erzählen, Mr. Vishinsky. Ich erteile Ihnen einen Verweis.«

»Ja, Sir.« Er schien nicht beunruhigt. »Was soll ich tun, wenn er mich wieder befragt, Sir?«

»Wenn er Ihnen zu antworten befiehlt, gehorchen Sie. Leisten Sie sämtlichen Befehlen Folge, aber machen Sie Meldung über sich.«

»Aye aye, Sir. Darf ich gehen?«

»Ja.« Ich blickte ihm hinterher. »Danke«, ergänzte ich, als sich die Luke hinter ihm schloß. Mit dem Willen zwang ich das Herz, nicht mehr so gegen die Rippen zu hämmern. Crossburn war ein Irrer. Er war drauf und dran, das Schiff in Gefahr zu bringen.

Nach der Wache suchte ich meine Kabine auf. Ich starrte in den Spiegel. »Du bist der Kapitän«, erklärte ich dem Spiegelbild. Es antwortete nicht. »Du hast die Befehlsgewalt. Erinnerst du dich an Vax' Geschichte von seinem Onkel, dem Rechtsanwalt? Er durfte nicht vergessen, daß die Klienten nicht deshalb in Schwierigkeiten waren, weil er versagt hatte, sondern weil sie vorher straffällig geworden waren.«

Ich bedachte mich im Spiegel mit einem finsteren Blick. »Wieso fühlst du dich dann schuldig?«

Eine rhetorische Frage; ich kannte die Antwort bereits. Wäre ich kompetenter gewesen, hätte ich eine Möglichkeit gefunden, diesen Schlamassel zu vermeiden.

»Sind sie es nicht trotzdem selbst in Schuld?«

Ich musterte mich lange und seufzte dann. Ich fühlte mich immer noch schuldig.

Beim Mittagessen setzte ich mich neben Mr. Crossburn, anstatt an den kleinen Tisch, wo ich meine Ruhe gehabt hätte.

Er legte fast sofort los. »Was für ein Mensch war Kapitän Haag, Sir?«

»Nun, ich war nur Fähnrich. Auf mich wirkte er fern und bestimmt. Es heißt, er wäre ein ausgezeichneter Navigator und Pilot gewesen.« Ich nahm einen Bissen von meinem Sandwich und beschloß, Mr. Crossburn mehr Spielraum zu geben. »Sein Tod war ein tragischer Verlust.«

Er packte die Gelegenheit beim Schopf. »Wie konnte eine Computermacke so lange unentdeckt bleiben, bis sie die Barkasse zerstörte? Vorausgesetzt, Sie sind sicher, daß vorher noch niemand etwas davon wußte.«

Ich sprach ganz leise. »Das kann ich Ihnen jetzt nicht sagen. Kommen Sie nach dem Essen zu mir; dann unterhalten wir uns. Ich habe eine Aufgabe für Sie.«

»Aye aye, Sir.« Wir aßen schweigend. Ich tat so, als bemerkte ich seine nachdenklichen Blicke nicht.

Ich wartete in der Kabine auf ihn. Als er klopfte, ging ich hinaus und schloß die Luke hinter mir. »Kommen Sie mit, Leutnant.« Ich führte ihn hinunter auf Deck 2 und durch die Schleuse in den Barkassenhangar, wo die neue Barkasse auf ihren Schienen ruhte. »Hier war es«, sagte ich. Er sah verwirrt aus.

Natürlich war es hier. Wo sonst hätte man eine Barkasse unterbringen sollen?

»Ich brauche jemanden, dem ich vertrauen kann.« Elektrisiert vor Aufregung beugte er sich vor. »Es könnte Sabotage gewesen sein«, sagte ich vorsichtig. »Eine unter einem Sitz versteckte Bombe. Es könnte wieder passieren. Ich brauche Sie, um die Sitze zu überprüfen.«

»Sie meinen, sie auseinandernehmen? Sie alle losschrauben und entfernen?«

»Das ist korrekt.« Ich wartete, während er darüber nachdachte. »Ich weiß, daß ich Ihnen vertrauen kann, Leutnant Crossburn. Mit Ihren Verbindungen zur Admiralität sind Sie unersetzlich.«

Ein Ausdruck der Zufriedenheit lief über sein Gesicht. »Ich setze sofort eine Arbeitsgruppe daran.«

»O nein!« Ich blickte beunruhigt drein. »Niemand darf davon erfahren. Falls es wirklich Sabotage war, dürfen wir niemandem einen Hinweis geben. Erledigen Sie das selbst.«

»Allein?« Er schien bestürzt. »Es wird den ganzen Tag dauern, Sir!«

»Ich weiß. Daran ist nichts zu ändern. Lösen Sie alle Schrauben, nehmen Sie die Sitze heraus und öffnen sie zur Inspektion. Ich komme später noch einmal, um nachzusehen, wie Sie zurechtkommen. Wir montieren die Sitze erst wieder, wenn wir sicher sind, daß mit ihnen alles in Ordnung ist.«

»Aye aye, Sir.« Er klang zweifelnd. »Wenn Sie sicher sind, daß Sie das möchten.«

»O ja«, sagte ich. »Ganz sicher.« Ich verließ ihn.

Ich heftete einen Befehl an die Hangarluke, daß niemand eintreten durfte, und ging meinen eigenen Aufgaben nach. Eine Stunde vor dem Abendessen kontrollierte ich Crossburn. Etwa die Hälfte der vierzehn Sitze war entfernt, und ihre Bestandteile lagen im Hangar verteilt. Crossburn hatte die Jacke über eine Lehne gehängt und sich die Krawatte ausgezogen. Ich fand ihn in der Barkasse, wo er rücklings unter einem der Sitze lag und darum kämpfte, die Schrauben zu lösen.

»Gute Arbeit, Leutnant. Schon irgendwas gefunden?«

»Nein, Sir. Alles ist in Ordnung.« Er schlängelte sich unter dem Sitz hervor.

»Nein, bleiben Sie, wo Sie sind. Ich komme später zurück.« Ich ging zum Abendessen und speiste gut.

Mitternacht war schon vorbei, als er die Sitze wieder in

der Barkasse montiert hatte. Ich traf ihn, als er gerade den Hangar verlassen wollte, das Gesicht voller Schmiermittel, die Jacke über einem Arm.

»Sind Sie sicher, daß nichts da war, Leutnant?« flüsterte ich.

»Absolut sicher, Sir.« Er schien begierig, seine Kabine aufzusuchen. Ich konnte mir gut vorstellen, wie sein heutiger Tagebucheintrag aussehen würde.

»Ich wußte, daß ich mich auf Sie verlassen kann.« Ich führte ihn durch die Schleuse. »Jetzt wissen wir, daß die Barkasse sicher ist, wenigstens im Moment. Ich möchte, daß Sie sie morgen erneut überprüfen.«

Er wurde blaß.

»Ist irgendwas?«

»Aber Sir«, stammelte er. »Wir haben gerade alle Sitze auseinandergenommen! Wir wissen, daß dort keine Bombe versteckt ist.«

Ich beugte mich zu ihm vor. »Im Moment nicht. Während der Nacht könnten sie versuchen, eine anzubringen.«

»Sir, das ist nicht . . .«

»Wir müssen sichergehen.« Meine Stimme wurde kalt. »Demontieren Sie morgen als erstes sämtliche Sitze. Das ist ein Befehl!«

»Aber Sir . . .«

Ich war eisig. »Was sagt ein Offizier, wenn er einen Befehl gehört hat, Mr. Crossburn? Oder hat Ihnen Ihr Onkel das nicht erklärt?«

»Aye aye, Sir! Ich fange morgen früh wieder an, Sir!« Er war schlau genug, sich zurückzuziehen.

Ich suchte meine Kabine auf. Am nächsten Tag kontrollierte ich ihn zur Mittagszeit. Wieder lagen die Sitze überall verstreut. Ich ging Mittagessen und empfand grimmige Befriedigung. Ich stoppte seine Zeit; Leutnant Crossburn benötigte etwas über zwölf Stunden, um alle Sitze der Barkasse zu demontieren und wieder anzubringen. Wenn er gleich nach dem Frühstück begann, war er um zehn Uhr abends fertig.

Am nächsten Morgen hatte ich Wache. Mr. Crossburn traf ein, der ebenfalls für diese Wache eingeteilt war. »Leutnant, Sie sind vom Wachdienst entbunden. Ich habe eine wichtigere Aufgabe für Sie. Entfernen Sie die Barkassensitze und kontrollieren Sie sie noch einmal.«

Er stand langsam auf. »Kapitän, sind Sie sicher, daß mit Ihnen alles in Ordnung ist?«

»Ich fühle mich prima.« Ich streckte mich behaglich. »Warum fragen Sie?«

»Sie können doch nicht wirklich wünschen, daß ich drei Tage hintereinander die Barkasse aueinandernehme, Sir.«

»Nein? Bestätigen Sie den Befehl, Leutnant.«

Er schüttelte stur den Kopf. »Sir, ich bestehe darauf, daß Sie ihn schriftlich festhalten.« Sein Ton war zuversichtlich, denn er wußte, daß ich nichts dergleichen tun würde.

»Gewiß.« Ich schaltete das Logbuch ein und nahm einen Laserstift zur Hand. »Ich befehle Leutnant Ardwell Crossburn, alle Sitze der Schiffsbarkasse zu entfernen, auseinanderzunehmen und auf Sprengstoff zu untersuchen, ehe er sie wieder einbaut, wie er es bereits die vergangenen zwei Tage gemacht hat. Gezeichnet, Nicholas Seafort, Kapitän.« Ich zeigte ihm den Eintrag. »Ist es so richtig, Leutnant?«

Er saß in der Falle. »Aye aye, Sir. Mir bleibt keine Wahl.«

»Stimmt. Sie haben keine Wahl. Entlassen.«

Allein auf der Brücke spielte ich mit Darla Schach. Ich lag mit dem vierzehnten Zug in Führung, als der Rufer summte.

»Sir, hier Leutnant Chantir.« Er klang grimmig. »Ich habe Mr. Tamarow mit elf Minuspunkten bei mir in der Kabine. Entschuldigen Sie, aber ich benötige einen schriftlichen Befehl von Ihnen, ehe ich weitermache.« Es war ein anständiger Mann und hatte genug.

Der Augenblick rückte näher. »Gewiß, Leutnant. Kommen Sie gleich auf die Brücke.« Als er eintraf, reichte ich ihm das Papier. Er warf einen kurzen Blick darauf. »Ich lege gegen Ihren Befehl Protest ein, Sir.«

»Ich habe verstanden. Führen Sie ihn trotzdem aus.«

»Darf ich fragen, warum, Sir?«

»Morgen beim Abendessen, wenn Sie es dann noch möchten.« Das verwirrte ihn; er salutierte und verließ die Brücke. Ich verlor das Spiel gegen Darla.

Bevor ich an diesem Abend zu Bett ging, blickte ich erneut in den Spiegel. Mir gefiel das Gesicht nicht, das ich dort sah. Ich sagte mir, daß nötig war, was ich tat, glaubte aber selbst kein Wort davon.

Voller Unruhe und Unbehagen verließ ich die Kabine wieder. Ich kam an Leutnant Crossburns Kabine vorbei, früher Mr. Malstroms Quartier. Auf eine plötzliche Eingebung hin suchte ich die Krankenstation auf. Dr. Uburu war dort und las in einem Holovid.

»Guten Abend, Kapitän.« Sie erblickte mein Gesicht. »Was macht Ihnen Kummer?« Nur die Schiffsärztin könnte dem Kapitän eine solche Frage stellen. Vielleicht war das der Grund, warum ich zu ihr gegangen war.

Ich ließ mich auf einen Stuhl fallen. »Ich habe einen Freund benutzt und manipuliert und kann mich selbst nicht ausstehen.«

»Sie haben einen einsamen Beruf«, sagte sie. »Manchmal kann man nicht direkt das tun, was getan werden muß. Dient es dem Wohl des Schiffes?«

»Ich denke schon«, sagte ich. »Ich bin mir nicht sicher.«

»Wir sind uns selten sicher, Ni- ... Kapitän. Wenn Sie glauben, daß es dem Wohl des Schiffes dient, reicht das nicht?«

»Warum fühle ich mich dann so elend?«

»Sagen Sie es mir.« Auf ihre ruhige, gelassene Art war das eine Herausforderung.

Ich wich ihr aus. »Wegen meiner Schwäche, schätze ich. Ich wünschte, ich wäre klug genug, einen anderen Weg zu finden.«

»Ich erteile Ihnen die Absolution.« Sie lächelte mich an. »Schlafen Sie gut.«

»Ich möchte keine Pille.«

»Ich gebe Ihnen auch keine.« Ich wandte mich zum Gehen. »Ich wünschte, ich könnte Ihnen helfen, Kapitän«, sagte sie. »Aber Sie müssen sich selbst helfen.« Verwirrt kehrte ich in meine Kabine zurück, legte mich ins Bett und schlief friedlich.

Am Morgen traf ich Alexi und Derek beim Frühstück. Beide wichen konsequent meinem Blick aus. Am Mittag nahm ich meinen Platz auf der Brücke ein. Vax Holser und ich saßen schweigend da. Als die Wache vorüber war, aktivierte ich den Rufer. »Mr. Tyre, bringen Sie Mr. Tamarow auf die Brücke.« Vax betrachtete mich neugierig.

Die Fähnriche trafen ein. »Erlaubnis zum Betreten der Brücke, Sir.« Philip Tyres Stimme klang fest und lebhaft. Er salutierte schneidig.

»Erteilt.« Sie nahmen Haltung an. »Darla, zeichne bitte das Geschehen auf. Ich, Kapitän Seafort, erteile hiermit von Gottes Gnaden Fähnrich Alexi Tamarow das Offizierspatent im Flottendienst der Regierung der Vereinten Nationen und ernenne ihn zum Leutnant.« Alexi war sie betäubt.

Philip Tyre schluckte. Er war leichenblaß.

»Mr. Tyre, Sie sind entlassen. Leutnant Tamarow, Sie bleiben hier.« Mit ruckhaften Bewegungen salutierte Philip Tyre, drehte sich um und verließ die Brücke. Sobald die Luke geschlossen war, sprang Vax mit einem Jubelschrei auf. Er klopfte Alexi auf den Rücken.

»Sachte, Mr. Holser, Sie bringen ihn ja um!« Vax' brüderliche Schläge konnten Rippen brechen.

»Meinen Glückwunsch, Alexi!« Vax wandte sich breit grinsend an mich. »Das sind wundervolle Nachrichten, Sir.« Alexi regte sich nicht.

»Du bist frei, Alexi«, sagte ich ruhig. »Frei von ihm.«

»Bin ich das?« Er klang tonlos. »Werde ich es je sein?« Unaufgefordert sank er auf einen Stuhl, wobei er zusammenzuckte. Er fing an zu schluchzen.

Schockiert wich Vax einen Schritt zurück. Ich gab ihm mit einem Wink zu verstehen, daß er auf dem Korridor warten sollte.

Nach einer Weile gewann Alexi die Selbstbeherrschung zurück. »Warum mußte ich es so lange ertragen?«

»Damit du dir ganz sicher bist.« Ich verachtete mich selbst.

»Wessen?«

»Ich habe bereits drei Leutnants; du wirst nicht überwältigend viele Pflichten haben. Ich übertrage dir die Verantwortung für die Fähnriche. Bring die Dinge dort wieder in Ordnung.«

Er dachte darüber nach. Über eine Minute zog sich das Schweigen hin. »Tun Sie es nicht«, sagte er mit schwacher Stimme. »Ich bitte Sie; übertragen Sie mir nicht die Verantwortung für ihn.«

»Es ist geschehen. Du kennst meinen Befehl.«

»Ich habe mir selbst gegenüber einen Eid geleistet, Mr. Seafort. Ich werde mich nicht bremsen können.«

»Ich wollte, daß du genau weißt, mit wem du es zu tun hast.« Ich stand auf. »Also habe ich gewartet, bis es absolut klar war. Vielleicht zu lange. Es tut mir leid, wenn dir das etwas nützt.« Ich schämte mich zu sehr, um ihm in die Augen zu blicken, also ging ich auf und ab, und meine Augen wanderten über die Schotten. »Es ist eine lange Fahrt nach Hause. Ich muß an das Wohlergehen der übrigen Fähnriche denken. Gib ihnen Sicherheit, Alexi. Tue, was du tun mußt.« Er legte den Kopf in die Hände und rieb sich dann das Gesicht. Zögernd lächelte er. »Tut mir leid, Sir. Ich war ... in letzter Zeit ein wenig emotionell. Es kommt mir vor, als erwachte ich aus einem Alptraum.«

»Ich weiß, wie das ist«, sagte ich. »Glaub mir.«

28. Kapitel

Am nächsten Tag rief ich im Maschinenraum an, um Chief McAndrews private Instruktion zu erteilen. Dann bestellte ich Mr. Crossburn zu mir und überreichte ihm einen schriftlichen Befehl, bis auf weiteres jeden Tag die Barkassensitze auszubauen und zu untersuchen.

Er blickte wild um sich, als suchte er nach einer Fluchtmöglichkeit. »Kapitän, das kann ich nicht machen! Nicht den ganzen Tag lang, nicht jeden Tag!«

Ich blieb unbeugsam. »Sie können und Sie werden es tun.«

»Ich protestiere, Kapitän!«

»Zur Kenntnis genommen. Machen Sie sich an die Arbeit.«

»Nein, das ist Wahnsinn!«

»Was haben Sie gesagt?«

»Ich sagte nein! Das können Sie nicht ernst meinen!«

»Mr. Crossburn, kommen Sie mit.« Ich führte den protestierenden Leutnant die Leiter hinunter zum Maschinenraum, zum Unterdeck am Fusionsantriebsschaft. Die Planke, die anzubringen ich dem Chief befohlen hatte, lag bereit. Mr. McAndrews stand daneben, das Gesicht eine grimmige Maske. »Nehmen Sie Haltung an und betrachten Sie den Schaft.« Crossburn tat wie geheißen.

»Dort habe ich Mr. Tuak und Mr. Rogoff aufgehängt. Und die Rebellen, die versucht haben, das Schiff zu erobern. Es war eine harte Reise, und wir sind auf dem Weg zurück nach Miningcamp, wo wir schon einmal angegriffen wurden. Die *Hibernia* bewegt sich in einem Krisengebiet, Mr. Crossburn, und es gelten die Regeln des Krieges. Ich sage Ihnen jetzt: Wenn Sie einen Befehl verweigern, hänge ich Sie auf. Seien Sie still, und denken Sie darüber nach.«

Ich gewährte ihm zehn Minuten. Dann gab ich ihn frei. »Gehen Sie in den Barkassenhangar.«

Erschüttert gehorchte er. »Aye aye, Sir.« Dann setzte er wütend hinzu: »Sie können sich darauf verlassen, daß mein Onkel davon erfährt!«

»Zwei Monate Sold, Mr. Crossburn, für Unverschämtheit und Insubordination. Noch etwas?«

»Nein, Sir!« Er flüchtete.

Ich drehte mich zum Chief um und ließ die Luft hinaus.

»Was, wenn er sich geweigert hätte, Sir?« fragte er.

»Dann hätte ich weitermachen müssen.« Da kam mir ein Gedanke. »Hätten Sie es zugelassen?«

»Nach den Bestimmungen hätte ich Sie nicht aufhalten können.«

»Das war keine Antwort.« Ich beschloß, nicht weiter in ihn zu dringen. Ich hatte mir auf dem Oberdeck schon alle zu Feinden gemacht; warum mir also auch noch den Chief entfremden?

Mehrere Tage später hatte ich gemeinsam mit Philip Tyre Wache. Er wirkte blaß und mitgenommen. Ich sagte nichts.

Vax entschied sich, mich auf dem laufenden zu halten. »Alexi setzt ihm kräftig zu, Sir. Minuspunkte für Haltung, Nachlässigkeit, Unaufmerksamkeit. Zweimal hat er ihn direkt aufs Faß geschickt, zusätzlich zu den Minuspunkten.«

»Ich weiß. Ich kann das Logbuch selbst lesen.«

»Ja, Sir. Philip hat eine interessante Fahrt vor sich.«

Das hatte er wirklich. Es brauchte Zeit, Alexi in Wut zu bringen, und ich zweifelte daran, daß er mit dem Verzeihen schneller war. Ich zuckte die Achseln. Tyre hatte sich sein Bett bereitet.

»Wann gedenken Sie ihn vom Haken zu lassen, Sir?«

»Gar nicht.«

»Den ganzen Weg nach Hause?« fragte Vax ehrfürchtig. »Achtzehn Monate?«

»Siebzehneinhalb.« Ich fragte mich, ab wann ich die Tage zählen konnte.

Die Olympioniken übernahmen Deck 2, joggten endlos durch den Umfangskorridor, turnten im Übungsraum am Barren und machten Liegestützen auf der Matte. Hin und wieder gesellte sich Philip Tyre zu ihnen und vergoß bei anstrengenden Übungen eine Menge Schweiß, überwacht von einem entschlossenen und aufmerksamen Leutnant.

Bald war eine weitere Defusion angesetzt, um einen Navigationscheck durchzuführen. Anschließend waren es noch ein paar Tage bis zum Vertäuen über Hope Nation. Diesmal würden wir nur zwei Tage dort bleiben, gerade lang genug, um Passagiere für die Fahrt nach Hause an Bord zu nehmen. Irgendwo unter mir war dann Amanda, aber ich würde sie nicht wiedersehen.

Dr. Uburu erschien auf der Brücke, um mit mir zu sprechen. »Kapitän, Leutnant Crossburn hat Ihre geistige Stabilität angezweifelt. Er möchte, daß ich ihn dabei unterstütze, Sie des Kommandos zu entbinden.«

»Hat er recht?«

Sie betrachtete mich nachdenklich. »Ich glaube, nein. Sie sind vielleicht rachsüchtig, aber nicht verrückt.«

»Recht vielen Dank.«

Sie lächelte. »Kapitän, erinnern Sie sich noch daran, wie der Chief, der Pilot und ich uns trafen, um einen Weg zu finden, Sie an der Übernahme des Kommandos zu hindern?«

»Ja.«

»Ich kann gar nicht glauben, wie sehr wir uns geirrt haben. Wir wurden auf unserer Fahrt vom Pech verfolgt, Käpten. Die *Hibernia* wird in die Legenden der Flotte eingehen. Da ist nichts, was nicht schiefgegangen wäre. Und Sie sind mit allem fertig geworden. Sie haben sich besser geschlagen, als irgend jemand hätte erwarten können.«

Ich faßte sie ins Auge, um zu prüfen, ob sie das ernst meinte, und war wütend über ihre blinde Dummheit. »Verlassen Sie sofort die Brücke, Doktor. Das ist ein Befehl!«

»Aye aye, Sir.« Sie salutierte und ging, ganz unerschüttert von meiner Wut. Vielleicht hielt sie große Stücke auf mich, wie die törichten Matrosen in der Kneipe auf Hope Nation. Aber ich wußte es besser. Ich konnte jetzt noch Philip Tyre und Ardwell Crossburn meiner langen Liste von Fehlschlägen hinzufügen.

Tage später berichtete mir Leutnant Chantir, daß Philip erneut zu ihm geschickt worden war. Lars war erkennbar unglücklich.

»Ich brauche keine täglichen Meldungen, Leutnant. Tun Sie einfach Ihre Pflicht.«

»Das werde ich, Sir. Es ist keine erfreuliche.«

»Nicht einmal bei Mr. Tyre?«

»Nicht einmal bei ihm, ob er es nun verdient hat oder nicht.«

»Das ist der Job des ersten Leutnants, Mr. Chantir.« Meine Stimmung hellte sich auf. »Wenn Ihnen jedoch Ihr Arm Schwierigkeiten macht, entschuldige ich Sie aus medizinischen Gründen.«

Er dachte darüber nach. »Mein Arm macht mir ein wenig Kummer, Kapitän. Nicht genug, um die Ärztin aufzusuchen, aber doch so, daß ich es merke.«

»Sehr gut.« Ich rief Alexi herbei. »Mr. Tamarow, der erste Leutnant hat einen schlimmen Arm. Holen Sie das Faß in Ihre Kabine. Diese Aufgabe obliegt jetzt bis auf weiteres Ihnen.« Mr. Chantir schüttelte trübselig den Kopf. Alexi salutierte ausdruckslos und ging.

Jeden Tag suchte ich zu aufs Geratewohl bestimmten Zeiten den Barkassenhangar auf. Jedesmal traf ich Leutnant Crossburn bei der Arbeit an.

Ich teilte eine Wache mit Philip Tyre. Er trat mit vorsichtigen Schritten ein und setzte sich zaghaft. »Guten Morgen, Sir.« Er klang schwach und hielt den Blick fest auf die Konsole vor sich gerichtet.

»Guten Morgen, ich möchte, daß Sie heute einen Andockdrill durchführen, Mr. Tyre.«

»Aye aye, Sir.« Ich aktivierte die Simulation, und er machte sich an seine Berechnungen. Auf halbem Weg brach er ab und blickte auf. »Es ist nicht fair, Sir.«

»Was ist nicht fair?«

»Was er mit mir macht. Ich ertrage es nicht. Bitte!«

»Wovon sprechen Sie, Mr. Tyre?«

»Von Mr. Tamarow. Er ist ständig hinter mir her!«

»Möchten Sie sich über Ihren Vorgesetzten beschweren, Philip?«

Er hatte nicht genug Verstand, das zu leugnen. »Eigentlich nicht beschweren, Sir. Ich melde es Ihnen nur.«

»O nein, Mr. Tyre, so geht das nicht. Meine Grüße an Mr. Tamarow. Bitte richten Sie ihm aus, ich wäre über Ihr Verhalten verärgert. Sofort.«

»Ich war gerade dort!« jammerte er. »Er wird mich wieder prügeln! Bitte, Sir, bitte!«

Ich hob eine Spur weit die Stimme. »Und sechs Minuspunkte für Ungehorsam, Mr. Tyre. Noch ein Wort, und es werden sechs mehr.« Er floh von der Brücke, um sich seinem Schicksal zu stellen. Ich hörte nie wieder eine Beschwerde von ihm. Bei den seltenen Gelegenheiten, zu denen ich ihn sah, wirkte er elend. Es machte mir überhaupt nichts aus.

Schließlich wurde es Zeit für unseren Navigationscheck vor dem abschließenden Sprung nach Hope Nation. »Brücke an Maschinenraum, bereitmachen zur Defusion.«

»Bereitmachen zur Defusion, aye aye, Sir.«

Ich wartete.

»Maschinenraum bereit zur Defusion, Sir. Steuerung an Brücke übergeben.« Die vertraute Stimme des Chiefs kam gleichmäßig aus dem Rufer.

»An Brücke übergeben, aye aye.« Ich legte den Finger an den oberen Rand des Antriebsmonitors, während Derek zusah. »Schauen wir mal, wo wir sind.« Ich zog eine Linie von ›Voll‹ bis ›Aus‹.

»Prüfen Sie auf Hindernisse, Derek.« Eine normale Kontrolle, kaum nötig, aber Teil der Routine. Er überprüfte seine Instrumente.

»Heh! Ein Hindernis, Sir, Kurs zweihundertzehn, Entfernung zweiundfünfzigtausend Kilometer!«

Ich riß den Mund auf. »Was?«

»Ein Hindernis, Sir. Da draußen ist etwas.«

»Unmöglich! Wir sind interstellar.« Ich zerbrach mir den Kopf. »Vielleicht ein verirrter Asteroid. Wie groß ist es?«

»Ich lese zweihundertsechzehn Meter Länge, Sir.« Das war Darla.

»Klein für einen Planetoiden. Woraus besteht es?«

»Metall«, sagte Darla. »Zu weit, um es zu sehen, aber es strahlt auf den metallischen Bändern.«

Ich schaltete den Rufer ein. »Mr. Haynes auf die Brücke.

Und Mr. Chantir.« Nein, Lars Chantir hatte Fieber und lag auf der Krankenstation. »Befehl zurück, Mr. Chantir. Mr. Holser auf die Brücke.«

Vax kam hereingestürzt und blieb stehen, um sich die Lage zu betrachten. Wenige Augenblicke später traf auch Mr. Haynes schwer atmend ein. Er setzte sich auf seinen gewohnten Platz. »Morgen, Sir.« Er warf einen kurzen Blick auf die Sensoren. »Sollen wir uns das mal ansehen?«

»Guten Morgen, Pilot. Ich denke schon.«

Vax nickte. »Wenn wir so dicht dran sind, können wir es genausogut überprüfen.« Ich hatte nicht nach seiner Meinung gefragt, aber er schien es nicht zu bemerken. »Wahrscheinlich ist es nur ein Erzklumpen, der Darlas Berechnungen durcheinanderbringt.«

»Halt die Klappe, Mann!« ereiferte sich Darla. »Ich erinnere mich noch an das letzte Mal, als du mich beleidigt hast!«

»Immer mit der Ruhe, Darla. Er hat es nicht böse gemeint. Pilot, bringen Sie uns auf einen Abfangkurs.«

»Aye aye, Sir. Einen Moment.« Pilot Haynes gab sich bemüht leutselig. Ich empfand einen Stich Schuldgefühl. Er aktivierte seinen Rufer. »Maschinenraum, Hilfsenergie.«

»Hilfsenergie in Bereitschaft.«

»In Bereitschaft, aye aye. Halbe Kraft voraus. Ruder zwei zehn, Neigung zwanzig Grad.«

»Halbe Kraft voraus, aye aye. Zwei zehn auf zwanzig Grad.«

Nach zwei Stunden leitete der Pilot schließlich das Bremsmanöver ein.

Ich räusperte mich. »Mr. Holser, berechnen Sie bitte die Fusionskoordinaten für unseren Sprung. Nicht nötig, Zeit zu verschwenden.«

»Aye aye, Käpten.« Zögernd riß sich Vax vom Simultanschirm los und tippte Zahlen in seine Konsole.

Wir näherten uns dem Objekt rasch. »Maximale Vergrößerung, Darla.«

»Wie Sie möchten, Boß.« Der Bildschirm flackerte.

Der unverkennbare Umriß eines Schiffes.

»Allmächtiger!« Der Pilot war auf den Beinen.

Vax blickte von seinen Berechnungen auf und erstarrte.

»Eins von unseren«, flüsterte der Pilot.

Ich schluckte. Nicht noch eins! All diese Menschen! »Fokus auf die Scheibe, Darla.« Sinnlos. Wir hatten bereits maximale Vergrößerung.

Das Bild wurde größer, während wir uns weiter näherten. Gehorsam konzentrierte Darla ihre Perspektive jetzt auf die Scheibe des Schiffes.

Ein Riß zog sich über alle drei Decks bis hinunter zum Maschinenraum, als wären Teile der Hülle geschmolzen. Die gesamte Scheibe stand zum Vakuum offen.

Auf dem grauen Metall zeichnete sich der Name ab.

»Die *Telstar!*« flüsterte Vax. »Verloren wie die *Celestina.* Kein Licht, keine Energie, keine Signale.«

Vielleicht gab es doch Überlebende. »Pilot, steuern Sie uns längsseits. Mr. Holser, organisieren Sie ein Enterkommando. Drei Matrosen. Wir nehmen das Gig.«

»Aye aye, Sir. Soll ich mit hinüber?«

»Nein.«

»Dann Leutnant Tamarow?«

»Nein. Ich selbst.« Ich sah sein Gesicht und fügte hinzu: »Ich muß aus erster Hand erfahren, was passiert ist.« Für einen kurzen Augenblick erinnerte ich mich an Kapitän Van Walther und die zahllosen Reisenden, die die von ihm auf der *Celestina* hinterlassene Gedenktafel besichtigt hatten. Beschämt verbannte ich diesen Vergleich aus meinen Gedanken.

Vax war hartnäckig. »Es könnte gefährlich werden, Sir. Verlassen Sie das Schiff nicht.«

»Diesmal ist es in guten Händen. Dank Mr. Chantir, Alexi und Ihnen. Ich fahre hinüber; streiten Sie nicht mit mir.«

Damit ließ ich ihm keine Wahl. »Aye aye, Sir.«

Ich machte es noch deutlicher. »Leutnant Holser, Sie werden unter allen Umständen an Bord bleiben.«

»Aye aye, Sir.« Er klang mürrisch.

Ich lächelte. »Abgesehen davon wird alles gutgehen. Ich nehme einen Geigerzähler mit und halte mich von schartigen Kanten fern. Verzichten Sie darauf, mein Kindermädchen zu sein.« Damit rief ich ein zögerndes Lächeln auf sein Gesicht.

Der Pilot steuerte uns vorsichtig bis auf zweihundert Meter an die U.N.S. *Telstar* heran. Durch behutsamen Einsatz der Schubdüsen brachte er uns relativ zu dem havarierten Schiff in eine stabile Position.

»Vax, bereiten Sie alles vor, um sofort in Fusion zu gehen, sobald ich zurück bin. Derek, kommen Sie mit und helfen Sie mir mit dem Raumanzug.«

Wir stiegen hinunter auf Deck 2. Ich holte meinen üblichen Raumanzug aus dem Fach in der Schleuse zum Barkassenhangar und kämpfte mich hinein. Auf einmal stoppte ich; vielleicht wollte ich noch auf der Außenseite der *Telstar* herumklettern. »Besorgen Sie mir einen Triebwerksanzug, Derek.«

Ein Triebwerksanzug war klobig, bot aber den Vorteil größerer Mobilität. Im Standardraumanzug konnte ich mit Magnetschuhen auf der Außenhülle der *Telstar* herumspazieren, aber ein Anzug mit Eigenantrieb ermöglichte es, darüber entlangzufliegen, um einen besseren Blick zu erhalten auf der Akademie hatte ich die Drills mit den regulären Anzügen gehaßt, mich aber auf die mit dem Triebwerksanzug gefreut.

Ich stieg in das halbstarre, mit Alulegierung verstärkte Gerüst. Derek reichte mir den Helm. Ich steckte ihn in die Fassung und drehte ihn halb herum. Derek schloß die Sicherungsklampen, und ich überprüfte selbst alles noch einmal. Ich wollte auf keinen Fall das Risiko eingehen, zufällig Vakuum zu atmen.

Mit einem Grunzen hob Derek die schwere Tankvorrichtung an und befestigte sie an den Halterungen aus Alulegierung auf dem Rücken des Anzuges. Wir schnallten die Treibstofftanks fest. Die Sensorlampen im Helm leuchteten grün auf; ich war zum Abmarsch bereit. Dereks Hand berührte sachte meinen Arm und blieb dort liegen. »Seien Sie vorsichtig, Sir«, sagte er leise. »Bitte.«

Ich schüttelte die Hand ab. »Vergessen Sie nicht, daß Sie ein Flottenoffizier sind, Mr. Carr.« Er meinte es gut, aber ein Fähnrich hätte es besser wissen müssen, als seinen Kapitän anzufassen, egal wie oft sie gemeinsam in Urlaub gewesen waren. Manchmal hatte Derek einfach kein Gefühl für Formen.

Die drei Matrosen trugen bereits ihre Raumanzüge und warteten. Wir durchliefen den Austauschzyklus der Luftschleuse und stiegen ins Gig. »Öffnen Sie die Luke, Vax«, sagte ich über Helmfunk.

»Alles klar, Sir.« Ich fuhr zusammen; seine Stimme kam viel zu laut aus dem Lautsprecher.

Matrosen erhielten grundsätzlich eine kurze Ausbildung mit kleinen Booten; ich winkte einem der Männer zu, der, wie ich wußte, mehr Erfahrung besaß. »Kommen Sie, Mr. Howard, fahren Sie uns hinüber.«

Mit ein paar kurzen Schüben glitten wir durch die Luke und über den Abgrund der Leere hinweg. Von der Brücke der *Hibernia* aus kam einem die Distanz zur *Telstar* gering vor, aber aus dem winzigen Gig wirkte sie gewaltig. Wir näherten uns dem schweigenden Schiff.

»Steuern Sie an der Scheibe vorbei, Mr. Howard.« Mit kaum nennenswerter Geschwindigkeit glitten wir am Riß im Rumpf der *Telstar* dahin. Die Ränder des Spalts schienen geschmolzen und zerlaufen. Was konnte eine solche Hitze erzeugt haben?

»Was sagt die Strahlungsanzeige, Mr. Brent?«

Der Matrose hielt den Geigerzähler ganz ruhig. »Nichts, Sir. Überhaupt nichts.« Komisch. Wäre der Antrieb der *Telstar* explodiert, hätten wir beträchtliche Emissionen vorgefunden.

Zum Zeitpunkt der Katastrophe konnte der Fusionsantrieb nicht gelaufen sein, sonst hätten wir das Wrack niemals im Normalraum gefunden. Die *Telstar* hatte am üblichen Checkpoint defusioniert, genau wie wir, um ihre Position zu bestimmen, ehe sie an Hope Nation vorbei nach Miningcamp weiterfuhr. Der Sechs-Prozent-Spielraum für eine Abweichung bedeutete, daß sie irgendwo innerhalb von acht Millionen Meilen um unseren Auftauchpunkt hätte defusionieren können. Reines Glück, daß wir über sie gestolpert waren.

Wenn jedoch der Antrieb der *Telstar* abgeschaltet gewesen war, was konnte dann die Hülle verdampft haben? Ich wußte keine Antwort darauf. Was es auch gewesen war, wir mußten es herausfinden, damit das gleiche nicht auch uns oder anderen Schiffen der Flotte passierte. Ich erinnerte mich an Darlas Macke, und mich schauderte. »Mr. Howard, steuern Sie uns auf einen Meter heran. Mr. Brant, öffnen Sie die Luke, und nehmen Sie eine weitere Messung aus der Nähe vor.«

Nach einem Moment senkte Brant den Geigerzähler. »Immer noch nichts, Sir. Die Hülle ist nicht heiß.«

»Es lag vielleicht an einer Spannung in der Hülle, Sir.«

Ich fuhr zusammen. »Verdammt, Vax, sprechen Sie leiser, ehe ich einen Herzanfall bekomme! Und das ist keine Spannungsfraktur. Wir schauen mal nach, was wir innen finden.«

Ich schickte Mr. Brant auf die Hülle der *Telstar* hinüber. Er plazierte zu seinen Füßen eine Magnetboje aus unserem Gig, aktivierte sie und befestigte die Sicherungsleine daran. Wenn jetzt einer von uns beim Aussteigen gegen das Boot stieß, konnte es nicht mehr wegtreiben und uns gestrandet zurücklassen.

Wir stiegen hinaus auf die Hülle der *Telstar.* Ihre Schleusen waren von innen verschlossen; der einfachste Weg an Bord bestand darin, durch den klaffenden Riß in eine der Kabinen zu klettern. Die Kanten waren abgerundet und geglättet, so daß kaum ein Risiko bestand, den haltbaren Stoff unserer Raumanzüge aufzureißen.

»Sie zuerst, Mr. Ulak. Nehmen Sie eine Lampe mit.« Der Matrose glitt durch das Loch in die *Telstar* hinein. »Was sehen Sie?«

»Nur Durcheinander.« Er öffnete die Kabinenluke und

blickte hinaus auf den Korridor. »Kommen Sie herunter, Sir. Man kann sich hier ziemlich leicht bewegen.«

»Seien Sie vorsichtig, Sir.« Vax klang besorgt.

Ich stieg in den Riß und sprang hinunter.

Ich befand mich in einer Passagierskabine.

Alles, was lose herumgelegen hatte, war durch die Dekompression nach draußen gerissen worden. Nur das am Boden verschraubter Bett war noch da. Ein Laken hing verloren von einer Ecke herunter. Ich schluckte.

»Vax, wir sind auf Deck 2. Die Korridore sind dunkel, aber wir alle führen Lampen mit. Mr. Brant, erkunden Sie Deck 2. Mr. Howard, Mr. Ulak, steigen Sie hinunter in den Maschinenraum. Versuchen Sie festzustellen, was den Schaden verursacht hat. Vax, es sieht nicht so aus, als wäre noch irgendeine Scheibensektion luftdicht. Ich steige auf Deck 1 hinauf und versuche auf die Brücke zu gelangen.«

»Nehmen Sie einen der Männer mit, Sir.«

»Nörgle nicht, Mutter.«

Ich suchte mir den Weg durch die Trümmer im Korridor. Treibgut, das die Dekompression mitgerissen hatte, lag überall herum und erzeugte den Eindruck großer Unordnung an Bord. Ich ging langsam und kontrollierte unterwegs Luken. Viele waren zu, aber keine war von innen verschlossen. Ich stieg die Leiter zu Deck 1 hinauf.

Ich kam an der Fähnrichskabine vorbei, dann dem Gesellschaftsraum der Leutnants. Die Luke dort stand leicht offen. Ich öffnete sie weiter und steckte den Kopf hindurch.

»O Gott!« Mein Schrei erzeugte Echos im Druckanzug. Ich streckte die Arme aus und stolperte entsetzt zurück.

»Käpten, was ist?« Vax war rasend vor Sorge.

Ich würgte und schluckte in einem heftigen Versuch, den Mageninhalt unten zu behalten. »Ahn! Gott! Ich bin in Ordnung, Vax. Eine Leiche. Jemand in einem Raumanzug mit zertrümmertem Helm. Der Kopf ist verletzt, wie angefressen. Etwas muß den Helm durchdrungen haben.« Das war nur ein paar Zentimeter vor meiner Nase gewesen.

Ich atmete immer wieder tief durch, um das heftig klopfende Herz zu beruhigen. Ich zitterte noch von dem Adrenalinstoß. Ich sackte ans Schott, um das Gleichgewicht zu halten. »Tut mir leid.«

»Gestatten Sie mir hinüberzukommen, Sir!«

»Abgelehnt. Bleiben Sie auf der Brücke. Ich bin okay, habe nur einen Schrecken bekommen.« Ich machte mich auf den Weg zur Brücke der *Telstar.* »Ich versuche herauszufinden, was hier passiert ist. Im Moment bin ich in der Scheibe neunzig Grad weit vom Riß entfernt.« Wenn ich weiterredete, mußte ich nicht an das denken, was ich gesehen hatte. »Die Kabine, in der ich die Leiche fand, hatte keinen Schaden an der Außenwand. Ich schätze, etwas ist mehrfach im Korridor abgeprallt und hat ihn getroffen, als er gerade die Luke öffnete. Okay, ich bin jetzt vor der Brücke.«

Ich drückte die Lukensteuerung, erreichte damit aber nichts. »Die Brücke ist abgeschlossen. Ohne Werkzeuge komme ich da nie hinein. Ich überprüfe die restlichen Kabinen hinter der Korridorbiegung.« Eine Gestalt bewegte sich im matten Schein der Notbeleuchtung. »Mr. Ulak, sind Sie das?« Ich lief auf ihn zu. »Was haben Sie unten ...«

Ich erstarrte.

»Kapitän?« Das war Vax.

Mein Mund arbeitete, aber kein Laut kam hervor.

»Sir, sind Sie okay?«

Ich brachte ein dünnes Wimmern hervor, wie ein Kind, das einen Alptraum hatte. Urin lief mir am Bein herab.

»Sagen Sie, was da nicht in Ordnung ist!« brüllte Vax.

Ich flüsterte: »Ulak, Brant, Howard, zurück zum Gig, aber sofort! Mr. Holser, rufen Sie alle Mann auf ihre Posten. Gefechtsstationen besetzen!«

Ich versuchte zurückzuweichen. Meine Füße waren wie am Boden festgeklebt. Die Gestalt im Korridor bebte. Sie trug eine Art durchsichtigen Raumanzug, der ohne Hosenbeine bis aufs Deck reichte und von einer unregelmäßigen Basis bis auf etwa meine Höhe hinauffloß.

Materieklümpchen schienen an der Außenseite entlangzufließen. Ein ausgezackter Flecken auf dem Anzug, einen

Meter über dem Boden, kontrahierte und expandierte wieder. Farben gingen ineinander über.

Ich zwang mich, einen Schritt zurückzuweichen. »Hier ist etwas! Es lebt und ist nicht menschlich!« Warum flüsterte ich eigentlich, wo man doch durch das Vakuum nichts hören konnte? Ich trat noch einen Schritt zurück. *»Allmächtiger Gott ... In dieser letzten Stunde bitten wir um Deine Gnade!«*

»Alle Mann auf ihre Posten! Alle Mann auf Gefechtsstation!« brüllte Vax in den Rufer. »Mr. Carr, schließen Sie die Brücke ab!« Die Kreatur bewegte sich. Ich konnte nicht erkennen, wie sie das machte. Sie ... floß auf mich zu. Ich machte einen weiteren Schritt, dann noch einen.

Sie bewegte sich wieder. Sie veränderte ihre Gestalt, während sie dahinfloß, und gewann dann erneut die ursprüngliche Körpergröße. Sie wirkte subtil verändert.

Auf einmal begriff ich.

»Allmächtiger Gott! Sie trägt keinen Raumanzug! Das ist ihre Haut; sie kann im Vakuum leben! Vax, sie verändert die Gestalt!« Ein Adrenalinstoß befreite mich aus der Lähmung. Die Kreatur huschte in Gegenrichtung durch den Korridor davon und bewegte sich dabei mit atemberaubender Geschwindigkeit.

Ich drehte mich um und rannte los. »Ulak, Brant! Wo sind Sie?«

»Zurück im Gig, Sir! Schnell!«

Ich stolperte die Leiter hinunter, und die Sprossen zerrten an meinen magnetisierten Stiefeln.

»Hier Howard. Ich bin im Gig. Wo steckt das Ding, Sir?«

»Ich hab' keine Ahnung!« Keuchend, mit trommelnden Schritten lief ich den Korridor entlang. Ich riskierte einen Blick zurück. Nichts zu sehen.

»Oh, Herr Jesus! Es kommt zur Hülle heraus!« Ein schriller Schrei.

»Starten Sie das Gig!« schrie ich. »Zurück zum Schiff! Warten Sie nicht!«

»Befehl zurück!« brüllte Vax. »Nehmen Sie zuerst den Käpten an Bord!«

»Los!« Ich schnappte nach Luft, während ich auf die Kabine zurannte, durch die ich das Schiff betreten hatte. Moment. Schlitternd kam ich zum Stehen. Wenn eines dieser Wesen aus einem Riß in der Hülle zum Vorschein kam, dann mußte es sich in einer der betroffenen Kabinen aufgehalten haben. Ich konnte nicht mehr auf dem Weg hinaus, durch den ich hereingekommen war.

»Wir haben abgelegt! Käpten, kommen Sie raus, wir versuchen Sie zu erreichen!«

Vax rief: »Bemannt die Laser! Alle Kabinen versiegeln!«

Ich schaltete meinen Rufer ein. »Mr. Howard, zurück zum Schiff!« Ich stürmte zur Leiter nach Deck 3. »Ich komme am Unterdeck heraus!«

»Wir sind jetzt dreißig Meter weg, Sir! Wo sind Sie?«

»Im Maschinenraum!« Ich schwenkte die Lampe heftig durch den dunklen Raum. Die Sterne glitzerten hinter einem Riß in der Außenwand. Ich stampfte darauf zu und drückte mich hindurch. Einen Augenblick später stand ich draußen auf der Außenseite und versuchte das Gig vor dem schwarzen Hintergrund des interstellaren Raumes auszumachen.

Da war es, etwa fünfzig Meter weit achtern.

»Hier!« Ich schwenkte meine Lampe.

»Alles klar, Sir.« Matrose Brant manövrierte das Gig heran. »Das ... Ding ist jetzt halb draußen, hinter Ihnen.« Ich warf mich herum; eine fremde Gestalt bibberte in einem Riß in der Außenwand der *Telstar* über einer der Kabinen. Mir zog sich die Haut zusammen.

Ich erinnerte mich an mein Triebwerk und faßte seitlich an den Stutzen. Ich hob ab. Löste mich von dem infizierten Schiff und dem, was immer seine Korridore durcheilte. Ich war schwach vor Erleichterung. Trotzdem schwebte ich allein im All, durch nicht mehr geschützt als einen Raumanzug. Ich hatte nicht mal daran gedacht, die *Telstar* bewaffnet aufzusuchen.

Die *Hibernia* schrumpfte sichtlich. Mich schauderte. Vax steuerte das Schiff weg, um in Fusion zu gehen. Um uns zu verlassen. Hilflos kalkulierte ich die Distanz. Meine Panik ließ nach. Er drehte das Schiff nur, um die Lasergeschütze auszurichten. »Darla, schneide mit!« rief ich. »Volle optische Darstellung!«

»Mache ich schon die ganze Zeit, Sir.« Sie klang ruhig. »Seit Sie das Gig genommen haben.«

Ich drehte mein Triebwerk hoch und näherte mich der Silhouette des Gigs.

Jemand ächzte.

Eine Stimme; ein Matrose im Gig: »Vater, der Du bist im Himmel, geheiligt werde Dein Name; Dein Reich komme, Dein Wille geschehe, wie im Himmel, so auf Erden ...«

Mit einem kurzen Schub der Seitendüsen drehte ich mich zur *Telstar* um.

Eine plumpe ovale Gestalt kam hinter dem toten Schiff zum Vorschein. Gott helfe mir, sie sah aus wie ein riesiger Goldfisch mit Stummelschwanz. Sie war fast halb so groß wie die *Telstar.*

Sie pulsierte. Ein Nebel spritzte aus einer Öffnung nahe dem Schwanz hervor. Sie glitt am Rumpf der *Telstar* entlang auf uns zu. Farben flossen über ihre Oberfläche. Klumpen mit rauher Oberfläche ragten aus ihren Seiten hervor.

Ich fand die Stimme wieder. »Gig, sofort zurück zur *Hibernia*!« Ich drehte mein Triebwerk voll auf, schwenkte vom Gig ab und raste auf mein Schiff zu.

Die Kreatur, die ich innerhalb der *Telstar* entdeckt hatte, stieß sich von der Hülle in Richtung des Fisches ab, als dieser vorbeiglitt. Sie erreichte die Seite des großen Wesens und klebte dort für einen Augenblick, wobei sie kleiner wurde.

Die Oberfläche der Riesenkreatur schien zu fließen. Das Wesen an der Außenhaut verschwand, war absorbiert worden.

Einer der rauhen Klumpen an dem Goldfisch wurde länger und begann, sich langsam im Kreis zu drehen, wobei der Durchmesser des Kreises anwuchs. Der Klumpen gewann Impuls. Auf einmal löste er sich und flog direkt auf das Gig zu.

»Paß auf!« Mein Schrei kam zu spät. Das Projektil schlug auf der Hülle des Gigs auf und sickerte an den Seiten des Bootes entlang. Die Alulegierung warf Blasen und schmolz unter dem Klumpen.

Ein erstickter Schrei wurde plötzlich abgeschnitten. Das Triebwerk des Gigs flammte auf und erstarb. Der Klumpen fraß sich weiter durch die Hülle. Rasende Bewegungen im Cockpit. Metall tropfte auf einen Raumanzug und durchlöcherte ihn. Ein sichtbarer Luftstrom trat aus. Blut, heftiges Strampeln, dann nichts mehr.

Ich blickte zurück zum Goldfisch. Ein weiteres, viel größeres Projektil lockerte sich dort bereits.

»Vax!«

»Jasir, ich komme!«

»Gehen Sie in Fusion!«

»Stoßen Sie sich hierher ab, Sir! Schnell!«

»Fusion! Fahren Sie nach Hope Nation! Retten Sie das Schiff!«

»Sie sind fast schon an Bord, Käpten!« Der Bug der *Hibernia* drehte sich in meine Richtung.

Eine eisige Ruhe bremste mein hämmerndes Herz. »Mr. Holser, gehen Sie sofort in Fusion! Bestätigen Sie den Befehl!«

»Kapitän, los! Stoßen Sie sich hierher ab!«

Das fischähnliche Wesen gab das Projektil frei. Der Klumpen raste auf die *Hibernia* zu. Er traf die Laserschilde aus Gaze, die aus den Bugluken ausgefahren worden waren. Sie lösten sich in kleine Metallströme auf.

»Feuer!« schrie Vax. Der tastende Laserstahl der *Hibernia* erwischte den Goldfisch, der sich gerade von der *Telstar* löste. Ein roter Fleck erschien auf seiner Seite. Die Hautfarben wirbelten durcheinander. Der Goldfisch zuckte wie in Krämpfen.

Die Haut der Kreatur wirbelte und bildete ein halbes Dutzend winzige Löcher. Tropfen einer Flüssigkeit schossen daraus hervor. Der Goldfisch glitt davon, suchte wieder Schutz hinter dem Rumpf der *Telstar*. Der Laser folgte ihm, erwischte ihn wieder an der Seite. Weitere Löcher stießen Protoplasma hervor. Dann verschwand der Fisch hinter der *Telstar.*

Wie in Zeitlupe trieb ich durch die Leere. Die *Hibernia* mußte gerettet werden, egal, welches Schicksal ich erlitt. »In Fusion gehen! Um Gottes willen, Vax! Gehorchen Sie dem Befehl!« Ich tobte richtig.

»Schnell, Sir! Benutzen Sie die vordere Luftschleuse! Alexi, schalten Sie den Pumpzyklus ein!«

Ich war zu weit vom Schiff entfernt. Der Feind konnte jeden Augenblick wieder zum Vorschein kommen. Ich schluchzte vor Zorn und Enttäuschung. »Vax, in Fusion!«

»Schnell, Kapitän!«

Ich war außer mir. *»Vax, gehen Sie mit dem Scheißschiff in Fusion!«*

Seine sanfte Antwort war im Lautsprecher deutlich zu vernehmen. »Nein, Sir. Nicht, bis ich Sie an Bord habe.«

Fluchend beschleunigte ich, bis ich das Schiff fast erreicht hatte. Dann drehte ich mich vom Kopf auf die Füße und gab vollen Bremsschub, wie der Sergeant es uns vor Jahren auf der Akademie beigebracht hatte.

Ich hatte zu lange gewartet. Mit den Füßen voran segelte ich in die Schleuse hinein, während das Triebwerk noch Bremsschub gab. Meine Füße krachten gegen die Innenluke, gerade als ich die Düsen ausschaltete. Ich plumpste schwer zu Boden.

Die Außenluke fuhr zu. Ich rappelte mich auf und konnte kaum abwarten, bis die Kammer wieder unter Druck stand. Alexis besorgtes Gesicht schaute durch das Transplex. Die Innenluke glitt auf. Ich stolperte an Bord.

»Kapitän an Deck!« Alexi rammte die Luke zu.

»Maschinenraum, Fusion!« brüllte Vax. Ich spürte das Winseln der Maschinen. Alexi hob die Anzugdüsen von meinem Rücken, während ich die Helmsicherungsklampen öffnete. Mit weißem Gesicht half Rafe Treadwell einem Matrosen dabei, mich aus dem Raumanzug zu ziehen.

Die nasse Hose klebte mir an den Beinen. »Sind wir in

Fusion?« Alexi schnappte sich den Rufer. »Mr. Holser, der Kapitän fragt, ob wir in Fusion sind.«

»Ja, Sir. Die Energieanzeigen sind normal. Die Fusion wurde gezündet.«

Ich zitterte vor Wut. »Alle Offiziere auf die Brücke! Jeder einzelne! Ich bin in einer Minute da.« Ich riß den zweiten Arm aus dem Anzug, schob mich an Rafe vorbei und stürmte die Leiter hinauf in meine Kabine.

In gedankenloser Hast zog ich dort Hose und Unterhose aus und streifte mir eine trockene Hose über. Ich stolperte aus der Kabine und war noch dabei, die Hose zuzuknöpfen, während ich zur Brücke rannte. Ich schlug auf die Steuerung, und die Luke öffnete sich.

Derek, Alexi, Vax und der Pilot standen neben der Konsole. Hinter ihnen hatten der Chief und Mr. Crossburn Aufstellung bezogen. Philip Tyre wartete unsicher neben der Luke.

Ich ging zu meinem Sessel hinüber. Für einen Moment stand ich dort und hielt die Lehne fest. Mr. Chantir erschien bleich und schwer atmend. Dr. Uburu folgte ihm.

Vax trat auf mich zu. »Ist alles in Ordnung mit Ihnen, Sir?«

»Gehen Sie weg von mir!« Ich schubste ihn.

»Allmächtiger Gott.« Wir alle drehten uns zu Dr. Uburu um. Sie senkte den Kopf. »Allmächtiger Gott, wir danken Dir für die Errettung vor dem Bösen. Wir bitten um Deinen Segen für uns und unsere Reise und um die Gesundheit und das Wohlergehen aller an Bord.«

»Amen.« Ich murmelte dieses tröstende Wort zusammen mit den anderen und spürte dabei, wie die Ruhe und die Kraft der Ärztin in mich strömten. »Gütiger Himmel.« Meine Stimme klang jetzt ruhiger. Ich sank in meinen Sessel. »Darla, hast du alles aufgezeichnet?«

»Jede Kleinigkeit.« Sie klang grimmig.

»Spiele es noch mal ab.«

»Aye aye, Sir.« Gott sei Dank wußte sie, daß jetzt nicht die Zeit war, keck zu sein.

Ihr Bildschirm flackerte. Hypnotisiert verfolgten wir ihre Aufnahme von der aufgerissenen Hülle der *Telstar,* während unser Gespräch aus dem Lautsprecher tönte. »Ich steige auf Deck 1 hinauf und versuche auf die Brücke zu gelangen.«

Eine lange Pause trat ein. Mein entsetzlicher Schrei ertönte und dann Vax' gebrüllte Frage: »Käpten, was ist?«

Während meine Antwort abgespielt wurde, sagte ich jetzt: »Es muß eines dieser – Dinger gewesen sein, das den Helm des Mannes zerschmettert hat. Dann hat es etwas mit seinem Kopf angestellt.« Ich gab mir Mühe, nicht zu kotzen.

Im Lautsprecher wimmerte ich. Dann waren Vax' lautstarke Kommandos zu hören: »Alle Mann auf Gefechtsstation!« Eine Zeitlang änderte sich auf dem Bildschirm nichts. Ein Mann im Raumanzug erschien und stieg ins Gig. Dann ein zweiter. Einen Augenblick später der dritte.

Der Lautsprecher sagte: »O Herr Jesus! Da ist es!«

»Anhalten!« Das Bild erstarrte auf meinen Befehl hin. »Maximale Vergrößerung.« Die Bildschirmdarstellung hob die amorphe Gestalt hervor, die sich halb aus dem Loch im Rumpf der *Telstar* gearbeitet hatte. Farbkleckse waren fast aufs Geratewohl auf der Haut verteilt.

»Christus, es sieht wie eine Amöbe aus!« sagte Leutnant Chantir.

»Lästern Sie nicht!« Ich studierte die Darstellung. »Es kann kein einzelner sein. Nicht, wenn es so groß ist.«

»Ich möchte es niemals herausfinden«, brummte Alexi. Ich funkelte ihn an, und er wurde still.

»Weiter, Darla.« Die Aufzeichnung lief weiter. Auf mein Kommando hin legte das Gig ab und fuhr an dem toten Schiff entlang, während die Matrosen darauf warteten, daß ich auftauchte. Ich kam als winziger Fleck vor dem Rumpf des toten Schiffes auf das Boot zugedüst. Der bizarre Goldfisch erschien hinter der *Telstar.* Ich drehte mich im Weltraum, um ihn mir anzusehen. Jetzt wurde mir übel, während ich noch einmal die Vernichtung des Gig miterlebte, begleitet von meinen rasenden, an Vax gerichteten Schreien. »Fusion! Fahren Sie nach Hope Nation! Retten Sie das Schiff!« Der Tumult dröhnte aus den Lautsprechern: »In Fusion gehen! Um Gottes willen, Vax! Gehorchen Sie dem Befehl!« Unwillig lauschte ich meinen verzweifelten Bitten und Vax' wiederholten Forderungen, ich möge mich beeilen. Dann sagte Vax Holsers sanfte Stimme die unwiderruflichen, ihn verdammenden Worte: »Nein, Sir. Nicht, bis ich Sie an Bord habe.«

Ich legte den Kopf in die Hände. »Schalte ab.« Die kategorischen Worte hingen in der plötzlich eintretenden Stille. Ein langer Augenblick verstrich. Schwerfällig rappelte ich mich auf. »Darla, schneide bitte mit.« Ihre Kameralampen leuchteten auf.

Ich sah Vax an. »Leutnant Holser, Sie haben vorsätzlich den Befehl Ihres Kapitäns verweigert, in Fusion zu gehen, und nicht nur einmal, sondern fünfmal. Sie sind fraglos ungeeignet, in der Flotte der Vereinten Nationen zu dienen. Ich hebe Ihr Patent für den Rest unserer Fahrt auf. Ich werde nicht über Sie richten, da ich nicht in der Lage bin, Sie fair zu beurteilen. Ich bin schon jetzt zu dem Schluß gelangt, daß man Sie hängen sollte.« Dr. Uburu schnappte nach Luft; der Chief schloß die Augen und schüttelte den Kopf.

»Ich werde jedoch nach unserer Rückkehr empfehlen, Sie vor ein Kriegsgericht zu stellen, und gegen Sie aussagen. Für den Rest unserer Fahrt ist Ihnen verboten, die Flottenuniform zu tragen oder mit mir oder irgendeinem Offizier Kontakt zu pflegen. Sie werden sofort in eine Passagierskabine verlegt. Verschwinden Sie von meiner Brücke!«

Vax entglitten die Gesichtszüge. Er versuchte zu sprechen, bekam keinen Ton hervor und versuchte es erneut. Mit den riesigen, fleischigen Fäusten trommelte er einmal, zweimal, dreimal ans Bein, während er um Selbstbeherrschung kämpfte. Dann holte er tief Luft. »Aye aye, Sir«, flüsterte er. Er war leichenblaß. Er drehte sich um und ging zur Luke. Alexi riß sie auf, und Vax war verschwunden.

Niemand sagte etwas oder bewegte ich. »Ich bin hier der Kapitän«, krächzte ich. »Niemand, nicht ein einziger von Ihnen wird jemals wieder einen meiner Befehle verweigern.

Weder jetzt noch in Zukunft!« Ich mustere ihre Gesichter. »Ich hätte ihn wegen Meuterei hängen sollen.« Ich ging an ihnen entlang und blieb vor jedem stehen. »Ich habe auch Sie nicht gehängt, Mr. Crossburn, als Sie sich weigerten, Ihre Pflicht zu tun. Ich werde diesen Fehler kein zweites Mal machen, bei keinem von Ihnen! Ich warne Sie alle!«

Die Stille war vollkommen. »Wir werden jederzeit eine Wache aus drei Offizieren auf der Brücke haben, bis wir zu Hause eintreffen. Sie alle werden sich daran beteiligen. Sie nicht, Doktor, aber jeder sonst. Wir sind im Krieg. Es wird keine Unaufmerksamkeit mehr geben und kein hohles Gerede.« Ich kräuselte die Lippen. »Kein Schach.« Ich betrachtete sie wieder. »Pilot, Mr. Chantir, Mr. Tamarow, Sie haben die Wache. Die anderen sind entlassen.«

Ich ließ ihr gemurmeltes »Aye aye, Sir« schweigend über mich ergehen. Die vier dienstfreien Offiziere marschierten hinaus. Ich behielt den Piloten und Leutnant Chantir an ihren Konsolen mehrere Minuten lang im Auge, ehe ich die Brücke verließ.

Ich suchte meine Kabine auf und schloß die Luke hinter mir ab. Mechanisch zog ich mir Jacke und Hemd aus. Ich streifte die Hosen ab. Ich trat unter die Dusche und blieb eine Viertelstunde lang unter dem heißen Strahl stehen. Danach trocknete ich mich ab und setzte mich aufs Bett. Ich wartete auf die unvermeidliche Reaktion.

Der Magen drehte sich mir um. Ich stürmte ins Bad und erreichte es gerade noch rechtzeitig. Hilflos übergab ich mich ein ums anderemal, und die Kontraktionen liefen noch, als längst nichts mehr im Magen war. Ich schlurfte zur Koje zurück und hielt mir dabei die schmerzende Körpermitte.

Als der Alien im Korridor der *Telstar* aufgetaucht war, hatte er mich bis ins Mark erschreckt. Aber was immer er vielleicht mit mir angestellt hätte – mich dem zu stellen wäre leichter gewesen, als mit meinem Leben fortzufahren.

29.
Kapitel

Den ganzen Abend über und bis tief in den nächsten Tag hinein blieb ich in der Kabine. Ich schickte nach den Mahlzeiten. Als ich mich schließlich auf den Korridor hinauswagte, dann nur, um zur Brücke zu staksen. Ich hielt in völligem Schweigen Wache und kehrte in die Kabine zurück.

Am zweiten Tag suchte ich widerwillig den Speisesaal auf, da es meine Pflicht war. An meinem Tisch wurde nur wenig gesprochen; mein abgezehrtes Gesicht entmutigte jeden, der mich vielleicht gerne angesprochen hätte.

Nach dem Abendessen wanderte ich durchs Schiff, vorbei an der Fähnrichskabine, den Leutnantskabinen, der Brücke. Ich stieg die Leiter zu Deck 2 hinunter. Ich verfolgte meinen Weg mit gleichmäßigen Schritten und erstarrten Zügen. Ich kam an der Kabine vorbei, in die Vax verbannt worden war. Passagiere, denen ich auf dem Korridor begegnete, gaben mir den Weg frei.

Ich stieg hinunter auf Deck 3 und kam an den Mannschaftsunterkünften vorbei. Grüppchen von Besatzungsmitgliedern hatten sich auf den Korridoren versammelt und unterhielten sich leise. Ich ignorierte sie. Ich betrat ihre Unterkünfte und sah mich um. Ich überprüfte ihren Trainingsraum und ihren Salon. Im Maschinenraum behielten der Chief und seine Wache teilnahmslos Haltung, während ich mich bei ihnen umsah und wieder ging.

Ich stieg auf Deck 1 hinauf. Im Korridor nahm der junge Kadett Fuentes Haltung an. »Sind wir in Sicherheit, Sir? Ist uns irgend etwas gefolgt?«

»Kadett, gehen Sie zu Leutnant Tamarow, damit er Ihre Disziplin verbessert.« Mein Ton war grob. »Sprechen Sie Ihren Kapitän nicht an, solange er nicht zuerst Sie anspricht!«

Ich klopfte an die Luke zur Fähnrichskabine. Derek öffnete mir. Paula Treadwell lag in Unterwäsche im Bett und döste vor sich hin. Philip Tyre blickte von seiner Koje auf. Ausdrucke von Vorschriften lagen stapelweise auf seiner Decke. Ich drehte mich zum Gehen um und prallte mit Rafe Treadwell zusammen, der gerade hereinkam. Er beeilte sich, Haltung anzunehmen. Ich kümmerte mich nicht um ihn.

Ich kehrte auf Deck 2 zurück und betrat den Barkassenhangar durch die Schleuse. Leutnant Crossburn trug gerade einen Sitz in die Barkasse. Er sagte nichts und machte ein grimmiges Gesicht. Ich drehte mich auf den Fersen um und ging.

Ich suchte die Krankenstation auf. »Ich werde heute nacht nicht schlafen können, Doktor. Was haben Sie für mich?« Ich gab mich brüsk.

Sie betrachtete mich einen Augenblick. »Ich hätte es lieber, wenn Sie zuerst versuchen würden zu schlafen.«

»Mir ist egal, was Ihnen lieber wäre. Geben Sie mir etwas.«

Sie zögerte noch. »Warum können Sie nicht schlafen, Kapitän Seafort?«

»Weil ich nachdenke.«

»Worüber?«

»Sie sagten, unser Schiff wäre vom Pech verfolgt, Doktor. Ich bin der Unglücksbringer. Ich habe weder die Revolte auf Miningcamp angezettelt noch die Lebensform da draußen erschaffen, aber sobald irgendwas schiefgeht, ruiniere ich Menschen. Wäre ich ein richtiger Anführer, hätte Vax meine Befehle befolgt und immer noch eine Karriere vor sich. Jetzt habe ich ihn vernichtet. Wie Philip und Mr. Crossburn und Alexi. Und noch mehr Menschen. Geben Sie mir die Pille.«

Sie zögerte und holte sie dann doch aus dem Wandschrank. Sie hielt sie mir hin. »Nehmen Sie sie erst ein, wenn Sie im Bett liegen. Und nicht vor Mitternacht.«

»In Ordnung.«

»Versprechen Sie mir das?«

Ich lächelte bitter. »Ich verspreche es.« Ich steckte mir die Tablette in die Tasche und kehrte in meine Kabine zurück.

Ich zog mir die Jacke aus und setzte mich in den Sessel,

um abzuwarten, daß der Abend verstrich. Unter mir saß Vax allein in seiner Kabine. Ich schloß die Augen und wartete darauf, daß der Schmerz nachließ. Nach einer Weile betrachtete ich mir das geräumige Quartier.

Ich haßte diese Kabine. Ich haßte das Schiff.

Ich fragte mich, wieso die Kreatur auf der *Telstar* nicht einen ihrer Klumpen auf mich abgefeuert hatte. Sicherlich wäre der *Hibernia* damit gedient gewesen. Ich hatte keinen Grund mehr zu leben. Meine Karriere lag in Trümmern. Ich würde um Lichtjahre von der Frau getrennt sein, die ich liebte. Ich hatte keine Freunde. Und am schlimmsten von allem – ich hatte mir das alles selbst zugefügt.

Jemand klopfte. Verärgert über diese Störung riß ich die Luke auf. Chief McAndrews wartete draußen. »Was ist, Chief?«

»Ich muß privat mit Ihnen sprechen, Sir.«

»Jetzt nicht. Ich möchte nicht belästigt werden.«

»Es ist wichtig.«

Was für eine Frechheit! Ich war der Kapitän. »Ein anderes Mal. Gehen Sie hinunter.«

»Nein.« Er schob sich an mir vorbei und schloß die Luke hinter sich. Ich war wie betäubt. Mir ruhiger Stimme sagte er: »Sie können nicht so weitermachen, Nick.«

Hoffnung regte sich in mir. »Sind Sie gekommen, um mich des Kommandos zu entheben?«

Er zog die Brauen hoch. »Nein. Ich bin gekommen, um Ihnen ein bißchen Vernunft zu vermitteln.«

»Das ist Meuterei! Ich lasse Sie hängen!«

»Sie werden tun, was Sie für richtig halten.« Er klang frostig. »Wenn ich fertig bin.« Er schob mir einen Stuhl hin. »Setzen Sie sich.« Benommen tat ich wie geheißen. Er zog sich ebenfalls einen Stuhl heran.

»Sie wanderten durch das Schiff wie ein aufgewärmter Todesfall und machen damit alle ganz verrückt. Wieso?«

Ich blickte zu Boden. »Weil ich nicht ertragen kann, wie schlecht ich meine Arbeit tue. Weil ich mich selbst verabscheue.«

»Warum ist das so?«

»Ich habe mein Bestes getan und versagt. Ich war einmal mit Ihnen befreundet. Ich habe es beendet. Ich habe Alexi, die Kadetten und sogar Derek schikaniert. Anstatt die Menschen zu inspirieren, drohe ich damit, sie zu hängen. Manchmal tue ich das sogar. Ich habe Sandys Tod ebenso verschuldet wie den aller anderen. Ich habe den Piloten niedergemacht und Vax vernichtet. Möchten Sie noch mehr hören? Ich stehe im Begriff, Philip Tyre und Ardwell Crossburn zu ruinieren. Ich habe die Treadwell-Familie zu meiner persönlichen Unterhaltung zerstört. Ich habe drei Männer im Gig umgebracht, weil ich zu dumm war, die *Telstar* zu umkreisen, bevor wir an ihr festmachten. Und das schlimmste ist, es wird so weitergehen. Entweder verstoße ich gegen den Eid, den ich vor Gott geleistet habe, oder ich mache in Zukunft alles noch schlimmer!« Meine Augen brannten.

Es hörte sich an, als wäre er verwirrt, als er fragte: »Warum müssen Sie sich das antun?«

»Was antun?«

»Alles, was Sie tun, im schlechtestmöglichen Licht darstellen. Warum halten Sie sich nie etwas zugute?«

Verächtlich winkte ich ab. »Was denn?«

»Sie spürten intuitiv, daß Darla eine Macke hatte, und retteten uns damit vor einer Katastrophe. Ohne patentierte Offiziere hielten Sie uns auf Kurs und führten uns planmäßig nach Hope Nation. Sie hatten den Mumm, die von Kapitän Malstrom ausgesprochenen Todesurteile zu vollstrecken, und hielten die Mannschaft auf der langen Strecke im Glied. Sie haben uns alle über Miningcamp gerettet. Können Sie das nicht einsehen?«

»Ich habe Sandy umgebracht! Ich habe Mr. Howard und die anderen umgebracht! Können Sie das nicht einsehen?«

»Nein!« schrie er. »Niemand außer Ihnen kann das!«

Ich fuhr erschrocken zurück und wurde still.

»Gottverdammt, Nicky, Sie sind ein so guter Kapitän, wie die *Hibernia* noch keinen hatte! Was in drei Teufels Namen ist nur los mit Ihnen?«

»Das bin ich nicht! Ein Kapitän kann andere führen! Sehen Sie sich mal Justin Haag an – niemand hätte je davon geträumt, ihm zu widersprechen. Ich muß jedermann herumschikanieren! Deshalb können sie mich auch alle nicht leiden.«

»Wer?«

»Zum Beispiel Vax. Seit ich ihn in der Fähnrichskabine so brutal geschunden habe.«

»Vax würde ein Leben für Sie geben«, sagte er ruhig.

»Er kann unmöglich so empfinden!« Eine Träne fand ihren Weg an meiner Wange herab.

»Alle empfinden so. Derek – Sie haben einen Mann aus ihm gemacht, und er verehrt Sie. Sie können sich gar nicht vorstellen, wie stark er das fühlt. Alexi vergöttert Sie. Er würde Ihnen überallhin folgen.«

»Aber sehen Sie nur, was ich ihm angetan habe!«

»Das waren nicht Sie!« donnerte der Chief. »Philip Tyre hat es getan!«

Ich fuhr vor seiner Wut zurück. »Dann eben Philip. Ich habe ihn Alexi ausgeliefert.«

»Er hat es verdient. Alexi zahlt es ihm heim. Na und?«

»Ich hätte Philip aufhalten, ihn bessern können.«

Seine schwere Faust knallte auf den Tisch. »Niemand konnte ihn aufhalten! Deshalb wurde er Ihnen ja auch geschickt!«

Ich erstarrte, als ich einsah, wie recht er hatte. Zweifel nagten am Saum meiner Selbstverachtung.

»Ricky Fuentes«, fuhr der Chief fort. »Wenn er von Ihnen spricht, tanzen Sterne in seinen Augen. Paula und Rafe. Was hat sie denn dazu verlockt, ihre Eltern zu verlassen und sich zu verpflichten, Sie Idiot? Nicht die Flotte! *Sie* waren es!« Seine Vehemenz raubte mir den Atem. Ich schluckte.

»Warum müssen Sie perfekt sein, Nicky?«

»Darum sind wir hier!« Ich sah unsere düstere, abgenutzte Küche zu Hause.

Die Bibel lag aufgeschlagen auf dem wackligen Tisch, und Vater wartete.

»Können Sie vollkommen sein?« wollte der Chief wissen. Seine Worte schienen aus der Ferne zu kommen.

»Nein, aber wir müssen es versuchen!«

»Ist Versuchen jemals gut genug?«

Seine Stimme verklang. Vater musterte mich finster. Verdrossen starrte ich zurück. Wie sehr ich mich auch bemühte, ich konnte es ihm nie recht machen, weil ich nicht perfekt war. Nur der allmächtige Gott konnte perfekt sein; nur der allmächtige Gott konnte gut genug sein. Was ich auch tat, ich vermochte niemals Vaters Beifall zu erhalten. Ja, ich konnte gut sein. Ich konnte herausragend sein.

Ich konnte niemals perfekt sein.

»Es ist nicht fair!« schrie ich Vater gequält zu. Er ohrfeigte mich; mein Kopf fuhr auf die Seite. Aber es war nicht fair. Der Herrgott konnte keine Perfektion erwarten, egal, was Vater mit mir zu erreichen versuchte. Meine Brust verkrampfte sich in hilfloser Frustration. Wenn Gott es nicht verlangen konnte, wieso mußte ich es dann erwarten?

Vaters Gesicht flackerte. Endlich dämmerte es mir. Ich verlangte Perfektion, weil Vater sich mit weniger nicht zufriedengeben wollte. Ich suchte nach Beweisen für die eigene Unvollkommenheit, wie Vater es tat, der nicht anders konnte.

Meine Augen öffneten sich. Ich saß mit Chief McAndrews in der Kabine. Vater war nicht an Bord. Es sei denn, ich brachte ihn mit.

Ich sah den Chief an. »Aber ich kann Menschen nicht führen. Nehmen Sie Vax. Er verweigerte einen rechtmäßigen Befehl. Ich mußte ihn vernichten.«

»Warum hat er nicht gehorcht?«

»Weil er dumm war. Er wollte uns wieder an Bord nehmen. Er riskierte alle anderen, um wenige zu retten.«

»Warum?«

»Ich weiß es nicht!« sagte ich gequält. »Wenn ich es gewußt hätte, hätte ich ihn daran hindern können!«

»Weil er Sie liebt.«

Mir stockte der Atem; es wurde ein Schluchzen.

»Er wußte, was er tat.« Der Chief war gnadenlos. »Er war bereit, die eigene Karriere für Sie zu opfern. Vielleicht sogar das eigene Leben.«

»Aber wieso, nach allem, was ich ihm angetan habe?« Der Lappen und die Politur im Barkassenhangar; und davor die brutalen, eiskalten Duschen.

»Sie haben ihn davor bewahrt, ein Philip Tyre zu werden. Sie waren als einziger dazu in der Lage. Dafür liebt er Sie.«

Meine haßerfüllten Worte auf der Brücke warfen Echos in mir. »O Gott!«

»Hören Sie auf, sich zu quälen, Nick.«

»Ich habe es so schlimm verpfuscht!«

»Weil Sie nicht perfekt waren.« Seine Worte blieben im Raum hängen.

Nach einer langen Pause zwang ich mich, seinen Blick zu erwidern. Ich holte tief Luft. »Ja. Weil ich nicht perfekt war.«

»Aber Sie sind ein guter Kapitän.«

Ich probierte ein Lächeln. Es war unstet. »Wirklich?«

Ich konnte Vater bannen. Ich hatte schließlich auch Mr. Tuak gebannt, nicht wahr?

»Ja, Sie sind ein guter Kapitän.«

Ich würde Vater vermissen. Vielleicht konnte ich lernen, ohne ihn zu leben.

»Ich habe einen Menschen zur Luftschleuse hinausgestoßen«, sagte ich.

»Ich habe einmal einen Menschen aufgeschlitzt«, sagte er.

»Mein Gott, weshalb?«

»Das sage ich Ihnen nicht.«

Wir schwiegen. Schließlich fragte ich: »Was mache ich mit Vax?«

»Entscheiden Sie das selbst.«

Ich seufzte. »Ich bin so einsam. Ich bin schon die ganze Zeit so einsam.«

Er stand auf und trat einen Schritt vor. Er streckte die Hände nach mir aus und nahm sie zögernd wieder zurück. »Ich werde Sie anfassen«, sagte er, und er klang zum ersten Mal unsicher.

Ich nickte dumpf. Er legte mir die großen, starken Hände auf die Schultern. Er drückte sie. Ich fing an zu weinen. Nach einer Weile hörte ich auf. Er setzte sich wieder auf seinen Stuhl.

»Möchten Sie«, fragte ich einige Zeit später und fürchtete dabei seine Antwort, »möchten Sie vielleicht von Zeit zu Zeit wieder hier mit mir zusammensitzen? Mit ihrer dampfenden Pfeife?«

»Wenn Sie das wünschen, Sir.« Er sagte es ruhig.

»Es würde mir gefallen.«

»Wir haben angedockt, Sir«, meldete Alexi.

»Sehr gut.« Ich schwenkte den Sessel herum. »Wann kommen sie herauf?«

»Ich würde jederzeit mit ihnen rechnen«, sagte Mr. Chantir. »Wir haben uns ja gestern abend schon über Funk gemeldet, wenn Sie sich erinnern.« Sobald wir uns wieder im System von Hope Nation befanden, hatte ich die Orbitalstation gleich angefunkt und um eine Notkonferenz bei uns an Bord mit General Tho, Gouverneur Williams und Kapitän Forbee gebeten.

»Mr. Tyre.«

Der Junge sprang von seinem Platz auf und nahm vorbildlich Haltung an. »Jasir!« Das blonde Haar war kürzer als vorher, und Hände und Gesicht hatte er rosig geschrubbt.

»Suchen Sie das Büro des Kommandanten auf und bringen Sie in Erfahrung, wann unsere Gäste eintreffen.«

»Aye aye, Sir!« Er wirbelte herum und marschierte hinaus. Ich sah Alexi an, und er erwiderte den Blick unbewegt.

Ich lehnte mich zurück. »Und so haben wir wieder mal den sicheren Hafen erreicht. Pilot, das war ausgezeichnete Arbeit, wie üblich.«

Er wurde rot vor Überraschung und Freude. »Vielen Dank, Sir.«

»Alexi, Sie übernehmen die Verantwortung für unsere Arrangements hier. Wir legen in vierundzwanzig Stunden ab. Stellen Sie sicher, daß unsere Passagiere den um zwei Tage vorverlegten Termin erfahren. Achten Sie darauf, daß unsere Vorräte rechtzeitig an Bord kommen.« Nichts davon sollte problematisch sein; wir hatten entsprechende Instruktionen schon vorab über Funk durchgegeben.

»Aye aye, Sir. Wenn Sie mich bitte entschuldigen würden, mache ich mich gleich an die Arbeit.«

Ich gab ihm mit einem Nicken die Erlaubnis. »Leutnant Crossburn!«

»Ja, Sir?« Er wirkte gedrückt durch seine Züchtigung und schien sehr erleichtert, daß er von seinem Strafeinsatz befreit war. Im defusionierten Zustand mußte die Barkasse betriebsbereit sein.

»Gehen Sie nach unten und holen Sie Vax Holser auf die Brücke.«

»Aye aye, Sir.«

Ich aktivierte den Rufer. »Chief McAndrews auf die Brücke.« Ich wartete in Gesellschaft des Piloten und Leutnant Chantirs.

Philip meldete sich atemlos. »Sir, bitte entschuldigen Sie. Der Gouverneur ist auf der Station. General Tho ist bei ihm. Kapitän Forbees Shuttle fliegt gerade ein.«

»Ich empfange sie gleich. Sobald ich rufe, eskortieren Sie sie auf die Brücke.«

»Aye aye, Sir.« Tyre eilte davon. Früher war sein Verhalten kooperativ gewesen. Jetzt steckte etwas Intensiveres dahinter. Vielleicht lag es an Alexi.

Vax Holser und Leutnant Crossburn tauchten vor der Luke auf. Vax schien sich in den ausgeliehenen Zivilkleidern, die nicht richtig paßten, nicht recht wohl zu fühlen.

»Bringen Sie ihn herein, Mr. Crossburn.«

Vax folgte ihm ausdruckslos auf die Brücke. Ich empfing sie im Stehen. Der Chief kam hereingeeilt und blieb abrupt stehen, als er Vax erblickte.

Ich schritt auf und ab. »Sie alle wissen, daß ich aufgrund seiner Handlungen an dem Tag, als wir die *Telstar* entdeckten, Leutnant Holsers Patent suspendiert habe. Ich habe noch einmal darüber nachgedacht und bin zu dem Schluß gekommen, daß ich einen Fehler gemacht habe.«

Ich blickte zum Chief hinüber und spürte, wie ich rot wurde.

»Es stimmt, daß man Mr. Holsers Vorgehen als Meuterei betrachten könnte. Ich habe jedoch verabsäumt, bestimmte mildernde Umstände zu berücksichtigen. Erstens hatte der Kapitän das Schiff verlassen, und aufgrund der bestehenden Notsituation hatte Mr. Holser keine Zeit, sich an einen Vorgesetzten zu wenden. Für den Augenblick hatte er das Kommando. Er entschied, nicht in Fusion zu gehen. Man könnte das Argument erheben, daß er der ranghöchste Offizier auf der Brücke war und die Entscheidung daher bei ihm lag. Ich sehe es nicht so, aber ich kann auch nicht zweifelsfrei davon ausgehen, daß sein Verhalten Meuterei war, trotz meiner absoluten Mißbilligung.«

Die übrigen Offiziere hörten gebannt zu. Vax hing natürlich an jedem einzelnen Wort. »Mr. Holser wußte, daß es die Admiralität nicht gut aufnehmen würde, wenn er den Kapitän im interstellaren Raum zurückließ, und diesen Gesichtspunkt muß ich ebenfalls berücksichtigen.« Ich konnte Vax' tatsächliches Motiv nicht erwähnen, aber ich kannte es jetzt. »Deshalb widerrufe ich meine Suspendierung des Patents von Mr. Holser und nehme ihn wieder in den aktiven Dienst auf. Darla, kannst du eine Aufzeichnung löschen, die du auf meinen Befehl hin vorgenommen hast?«

»Ja, Kapitän. Sie müssen mir befehlen, sie zu löschen, und Ihren Befehl ins Logbuch eintragen. Anschließend wird die Aufzeichnung unwiderruflich entfernt.«

Ich öffnete das Logbuch und schrieb. »Darla, lösche die von mir angeordnete Suspendierung Mr. Holsers aus deinem Speicher.«

»Aye aye, Sir.«

Ich wandte mich Vax zu. »Sie sind hiermit wieder in Ihren Rang eingesetzt. Ich halte Ihre Aktionen weiterhin für verwerflich. Sie deuten auf einen erschreckenden Mangel an Sorge um die Sicherheit des Schiffes hin. Ich ziehe daher für drei Monate Ihren Sold ein und erkenne Ihnen drei Monate Dienstalter ab. Ich erteile Ihnen einen Verweis.«

Er nahm Haltung an, und seine Augen glänzten. »Aye aye, Sir.«

»Ziehen Sie Ihre Uniform an und melden Sie sich zum Dienst.«

»Aye aye, Sir!« Ein Grinsen durchbrach seinen ernsten Ausdruck. Mit forschem Salut drehte er sich um und marschierte von der Brücke. Schon ehe er die Luke erreichte, rannte er los.

»Räumen Sie jetzt bitte die Brücke.« Ich schaltete den Rufer ein. »Mr. Tyre, geleiten Sie unsere Gäste an Bord.«

Drei Stunden später folgte der erschütterte Gouverneur langsam dem Korridor, begleitet von General Tho, Kapitän Forbee und mir.

»Natürlich können Sie nicht bleiben, um uns zu verteidigen«, sagte Gouverneur Williams.

»Nein, Sir. Vor allem muß ich die Admiralität warnen.«

»Einige unserer hiesigen Fahrzeuge sind mit Lasern ausgestattet, Gouverneur.« Das war General Tho. »Falls es uns gelingt, ein einheitliches Kommando zu organisieren ...«

»Das kriegen Sie«, versicherte ich ihm. »Kapitän Forbee, unterstellen Sie sich für die Verteidigung von Hope Nation General Tho.«

»Aye aye, Sir.«

Der General wirkte erleichtert.

»Ich kann nicht glauben, daß Sie Grone wirklich gefunden haben«, sagte Kapitän Forbee. »Seine Geschichte ...«

»Sie würde die Epidemie erklären«, meinte der Gouverneur.

»Aber warum eine Epidemie? Warum keine Bomben?«

»Wenn es einzellige Organismen sind, kennen sie sich ganz gewiß mit Viren aus«, sagte ich. Allen schauderte es, und wir schwiegen eine Zeitlang.

»Wenn ich Ihre Holos nicht gesehen hätte«, murmelte der General, »würde ich versuchen, Sie vor Gericht zu stellen.«

»Richter Chesley würde Ihnen diesen Wunsch nur zu

gerne erfüllen.« Sie lächelten. »Gentlemen, Sie werden auf sich gestellt sein. Ich warne Miningcamp und fahre dann schnurstracks zur Erde. Sicher ist Ihnen klar, daß Sie für mindestens drei Jahre keine Hilfe erhalten.« Kein Funkspruch konnte ein Fusionsschiff überholen. Es waren siebzehn Monate in jede Richtung, und die Admiralität benötigte auch Zeit, um einen Gegenschlag auf die Beine zu stellen.

»Klar.« Wir blieben vor der Luftschleuse stehen. Der Gouverneur sah sich unbehaglich um. »Ich werde mich wohler fühlen, wenn ich wieder auf der Oberfläche bin. Der allmächtige Gott helfe uns.«

Der nächste Tag verlief hektisch.

Vorräte, Fracht und Passagiere wurden in Rekordzeit verladen. Ich würde später noch Gelegenheit haben, die neuen Passagiere kennenzulernen; im Moment war ich so beschäftigt, daß ich mir nicht einmal die Ladeliste ansah. Ich blieb auf der Brücke, beantwortete Fragen und dirigierte die gehetzte Besatzung. Nur zu den Mahlzeiten machte ich Pause.

Auf den Bildschirmen sahen wir den Planeten unter uns rotieren. Irgendwo da unten war Amanda; wenn ich genau hinsah, konnte ich wahrscheinlich Centraltown ausmachen. Ich seufzte. Ich würde lernen, ohne sie zu leben.

Endlich waren wir soweit, daß wir ablegen konnten. Ich übergab das Ruder dem Piloten. Sobald wir die Leinen eingeholt hatten, schaukelte er uns frei.

Mit zunehmender Geschwindigkeit entfernten wir uns von der Station. In einer Stunde waren wir weit genug, um in Fusion zu gehen. Mit Hochachtung übergab der Pilot das Ruder wieder an mich. Ich fütterte den Computer mit unseren Berechnungen.

»Koordinaten erhalten und verstanden.« Das war Darla.

»Chefingenieur, bitte die Fusion.« Ich brannte Hope Nation in mein Gedächtnis ein, ehe es von den Simultanschirmen verschwand.

Wir waren in Fusion.

Traurig überließ ich Vax und Leutnant Chantir die Brückenwache und ging hinunter, um etwas zu essen.

Passagiere drängten sich aufgeregt durch den Korridor, um das Schiff zu erkunden. Ich entdeckte Derek, der dumm grinste. »Nun, Mr. Carr.« Ich schloß mich ihm an. »Eines Tages kommen Sie hierher zurück.«

»Vielleicht, Sir.« Es schien ihn nicht sehr zu kümmern.

»Was macht Sie so glücklich, Mr. Carr?«

»Ich bin der neuen Bildungsdirektorin begegnet, Sir. Ich denke, wir werden Freunde sein.«

Ich konnte keine Erinnerung an Amanda vertragen. »Wie nett«, sagte ich mürrisch. Ich deutete mit einer Grimasse auf die versiegelte Luftschleuse. »Es ist eine lange Fahrt nach Hause.«

Eine vertraute Stimme sagte hinter mir: »Denkst du?«

Ich wirbelte herum. Dort stand Amanda, die Hände in den Hüften.

»Hi, Nicky.« Sie lächelte. Ihre Augen tanzten, als sie in meine Arme kam.

Epilog

»Alles in Ordnung mit Ihnen, Sir?«

Ich blinzelte, als ich ins helle Sonnenlicht hinaustrat. Ich hatte elende Kopfschmerzen und schluckte meine Übelkeit hinunter. Vax trieb sich draußen herum; Alexi wartete neben dem Wagen.

»Mir geht's gut.«

Trotz dieser Behauptung ging es mir nach der P und D, die ich durchgemacht hatte, schrecklich. Drei Tage lang hatten sie mich mit Drogen vollgepumpt und mich endlos befragt. Ich konnte mich an kaum etwas davon erinnern. Immer neue Gesichter, beharrliche Forderungen, ich möge jede Entscheidung, die ich getroffen hatte, in allen Einzelheiten erläutern. Sie zogen alle Gründe, Fakten und Motive aus mir heraus und zerrten meine törichten Fehler gnadenlos ans Licht. Jetzt wollte ich mich nur noch neben meiner Frau im Bett zusammenrollen.

»Was ist passiert, Sir?«

»Ich habe es hinter mir, Mr. Tamarow.« Ich schluckte wieder.

Alexi führte mich zum Elektrowagen. »Was kommt als nächstes, Sir?«

»Sie werden entscheiden, ob sie mich vor ein Kriegsgericht stellen.«

»Das würden sie nicht wagen!«

»Hüten Sie Ihre Zunge, Mr. Holser!« Selbst unter Kameraden war ich nicht bereit, so etwas zu dulden.

»Aye aye, Sir. Möchten Sie zurück ins Quartier?« Die gesamte Besatzung war gleich, als man meine Meldung gelesen hatte, mit Shuttles von Lunapolis zur Flottenbasis Houston gebracht worden. Dort hielten wir uns nach wie vor auf.

»Admiral Brentley möchte mich sehen, ehe das Untersuchungskomitee seinen Bericht abgibt. Zu seinem Büro geht es dort entlang.« Ich deutete Richtung Houston.

»Du fährst, Alexi.« Vax stieg neben mir hinten ein und schloß die Augen.

»Wie geht es Ihnen, Vax?« Ich konnte es mir denken; er hatte dieselben Drogen schlucken müssen wie ich.

»Es war schon mal besser. Alles in Ordnung.«

»Was haben sie mit Ihnen vor?«

»Sie haben mir eine Stelle angeboten. Ich erzähle es Ihnen später, wenn es Ihnen nichts ausmacht.«

Ich zog mich aus dem Gespräch zurück, ein wenig verletzt. »Wie Sie wünschen.«

Wir hielten vor der sonnenverbrannten Residenz des Admirals, deren Hof von hohen, ungepflegten Büschen gesäumt wurde. Ein Wachposten salutierte. Ich zögerte noch. »Gehen Sie etwas schlafen, Sie beide.«

Alexi schüttelte den Kopf. »Ich werde die anderen zusammentrommeln. Wir kommen wieder, um Sie abzuholen, sobald Sie fertig sind.«

Ich war zu müde, um Einwände zu erheben. »Wie Sie meinen.«

Der Zugang zum Admiral war dunkel und kühl. Eine Ordonnanz führte mich durch ein Wohnzimmer in ein sonniges Büro im Erdgeschoß. Ich nahm Haltung an.

»Weitermachen.« Die schroffe Stimme paßte zu Admiral Brentley. Er war in den Sechzigern und wurde allmählich grau, und die athletische Gestalt machte den schweren, muskulösen Eindruck, wie er für alternde Athleten typisch war. Er musterte mich ausdruckslos.

»Aye aye, Sir.« Ich entschied mich dafür, bequem zu stehen. Der kommandierende Admiral des Flottenhauptquartiers setzte sich auf die Schreibtischkante. »Nun, Seafort. Was haben Sie zu sich selbst zu sagen?«

Mit einem Stich erkannte ich, daß er alles wußte, daß er die Berichte gesehen, meine Aussage gehört und mit seinem Neffen gesprochen hatte, den ich für den größten Teil der Heimfahrt in den Barkassenhangar verbannt hatte. Unser Gespräch war eine reine Formalität. Ob Kriegsgericht oder nicht, ich würde nie wieder ein Kommando erhalten.

»Ich habe zu mir selbst nichts zu sagen, Sir.«

»Keine Entschuldigung, keine Verteidigung?«

»Nein, Sir.« Ich sprach mit fester Stimme. »Ich habe nach bestem Wissen mein Bestes getan.«

Er bedachte mich mit einem spöttischen Blick. »Was soll ich mit Ihnen machen?«

»Komme ich vor ein Kriegsgericht, Sir?«

»Das liegt am Prüfungskomitee.« Er klang brüsk. »Ich selbst gehöre nicht dazu.« Er ging um den Tisch herum, stellte sich vor das Fenster dahinter und blickte hinaus. »Trotzdem werden sie verdammt noch mal tun, was ich ihnen sage. Es ist meine Flotte.«

Seine Selbstsicherheit erschreckte mich.

Sie bedeutete entweder, daß ich nicht so große Schwierigkeiten hatte wie befürchtet, oder daß ich so große Schwierigkeiten hatte, daß es gar keine Rolle mehr spielte, was er sagte. »Ja, Sir.«

»Ich bin über einige Ihrer Entscheidungen nicht glücklich.« Er tippte auf einen Stapel Blätter auf seinem Schreibtisch. »Mit der Begnadigung Mr. Herneys zum Beispiel. Und Ihrer Sicherheitsgarantie für die Meuterer auf Miningcamp.«

»Tut mir leid, daß Sie es so sehen, Sir«, sagte ich ruhig.

»Es ist Ihnen egal, nicht wahr?« Die Anschuldigung überraschte mich. Ich hatte gar nicht gedacht, daß man es mir ansah.

Ich dachte nicht daran, einen Vorgesetzten zu belügen. »Ja, Sir, eigentlich schon. Ich hatte viele Monate Zeit, mir darüber Gedanken zu machen. Ich tat mein Bestes in Anbetracht dessen, wer ich bin und was mir an Fähigkeiten fehlt. Ich erwarte von Ihnen nicht, es ebenso zu sehen, Sir, aber ich habe gelernt, damit zu leben.« Durch Amanda nämlich, in den langen, liebevollen Nächten in unserer Kabine. Und im Rauch aus der Pfeife des Chiefs, während er mir an dem gemütliche Kabinentisch gegenübersaß.

»Nun, ich habe danach gefragt«, knurrte er. »Ich werde Sie nicht für die Wahrheit bestrafen.« Er kam um den Schreibtisch herum und baute sich mit verschränkten

Armen vor mir auf. »Ich kann Sie nicht vor ein Kriegsgericht stellen. Die Öffentlichkeit würde es nicht hinnehmen.«

»Die Öffentlichkeit?« Wovon in aller Welt redete er eigentlich?

»Den Helden von Miningcamp vor ein Kriegsgericht stellen? Den Kapitän, der mit flammenden Pistolen sein Schiff rettete?«

»Das ist völliger Unsinn!« Ich vergaß mich.

»Die Mannschaft schwört darauf.« Er legte eine Pause ein und fuhr fort: »Den ersten Menschen vor ein Kriegsgericht stellen, der Kontakt mit einer anderen Lebensform hatte? Nein, das werde ich nicht tun.«

Ich schloß die Augen. Der Bauch tat mir wieder weh. Ich wollte es einfach nur hinter mir haben. »Sehr gut, Sir.«

»Trotzdem kann ich dafür sorgen, daß Sie nie wieder ein Schiff betreten.«

Ich war nur leicht interessiert. »Ist es das, was Sie vorhaben?«

Er trat näher an mich heran. »Manche Sachen kann ich nicht ohne weiteres übergehen. Diese Sache mit dem Richter. Sie deutet auf mangelnden Respekt vor zivilen Behörden hin. Hätten Sie nicht diplomatischer mit ihm umgehen können?«

Ich zog eine Braue hoch. »Welche Sache, Sir? Ich kann mich nicht entsinnen, darüber etwas im Logbuch oder den Depeschen von Gouverneur Williams gelesen zu haben.«

Nach einem Augenblick stiegen seine Mundwinkel an. »Ja. Gut. Sie haben das hübsch unter den Teppich gekehrt. Es kam erst beim Verhör heraus.« Er fegte das Thema zur Seite. »Das schlimmste war, daß Sie Ihr Schiff verlassen haben, um die *Telstar* aufzusuchen. Absolut unentschuldbar.«

Ich hatte nichts mehr zu verlieren. Ich sagte in einem Ton, für den ich einen Fähnrich aufs Faß geschickt hätte: »Erzählen Sie mir nicht, Sie hätten an meiner Stelle nicht auch übergesetzt.«

Bestürzt über meinen mangelnden Respekt vor seinem

Rang schien Admiral Brentley anzuschwellen. Er kehrte hinter den Schreibtisch zurück und warf sich auf den Stuhl. Er funkelte mich an, und ich erwiderte den Blick gleichgültig.

Langsam entspannte er die Schultern. »Ich hätte das gleiche getan wie Sie, Nick. Ich hätte übergesetzt, um mir die Sache selbst anzusehen. Ich hätte erfahren wollen, was mit dem Schiff passiert war; es war vom gleichen Typ wie meins.«

»Ja, Sir. Trotzdem hätte ich es erst umkreisen müssen.«

»Wieso? Um nach Aliens Ausschau zu halten? In zweihundert Jahren haben wir nichts weiter entdeckt als ein paar Weichtierfische auf einem Wasserplaneten. Warum hätten Sie also auf der Hut sein sollen?«

Ich überlegte. »Ich bin mir nicht sicher, wenn ich darüber nachdenke. Ich habe einfach das Gefühl, ich hätte vorsichtiger sein sollen. Wie auf Miningcamp. Ich habe einfach die Schleusen aufgemacht und den Weg freigegeben.«

»Wann hat die Flotte schon einmal alle Mann auf Gefechtsstation gerufen, um an einer UN-Orbitalstation anzudocken?« wollte er wissen. »Was das angeht, sind Sie sauber und sind wir bereits zu einer Entscheidung gelangt. Wenn jeder Kapitän eine Abwehrtruppe aufstellen muß, ehe er an einer Station die Schleusen öffnet, werden wir alle verrückt. Nein, es ist der UN-Armeekommandant, der dafür bezahlen wird.«

Er tippte auf die Berichte. »Ich komme mit dem meisten darin klar, auch wenn Sie teilweise andere Entscheidungen getroffen haben, als ich es an Ihrer Stelle hätte. Verdammt, darum schicken wir ja einen Kapitän los, damit er Entscheidungen trifft. Wir helfen ihm, indem wir ihn mit uneingeschränkter Befehlsgewalt ausstatten. Hope Nation liegt über drei Jahre weit draußen; wir können dort nicht vom Heimathafen aus die Fäden ziehen.« Er unterbrach sich. »Aber eins haben Sie vergessen. Die Sache mit Leutnant Ardwell Crossburn. Meinem Neffen.«

»Ja, Sir.« Mich verließ der Mut. Er würde zu seiner Familie stehen; das mußte er einfach. Blut war stärker als Vorschriften. Jedenfalls war die Art, wie ich Crossburn behandelt hatte, ein weitere Beweis für mangelnden Respekt vor Autorität. Welcher Kapitän, der bei Verstand war, würde den Neffen des kommandierenden Admirals mißhandeln?

»Er hat mich mehrere Male aufgesucht, Seafort. Einige seiner Berichte sind schockierend. Mußte er wirklich achtzehn Monate lang täglich die Barkasse auseinandernehmen?«

»Fast jeden Tag, Sir. Nicht, solange wir defusioniert waren.«

»Und Sie dachten, Sie würden damit durchkommen?« Brentleys Ton klang bedrohlich.

»Es war mir egal, Sir.« Ich drückte mich höflich aus, aber ich hatte genug.

»Er sagt, sie wären ein Irrer, Sie wären paranoid und hätten Angst vor Bomben.«

»Die Arbeit hielt ihn im Barkassenhangar fest, Sir.«

Er funkelte mich an.

Ich starrte zurück.

Wenig später zog er die Mundwinkel hoch. »Sie haben das wirklich durchgezogen, nicht wahr?«

»Ja, Sir, das habe ich.«

»Was halten Sie von ihm, Mr. Seafort?«

Ich konnte nicht unverschämt zu ihm sein, aber ich war auch nicht zu einer Lüge bereit, obwohl die Antwort mich meine Karriere kosten konnte. »Er ist gefährlich, Sir. Er hätte es nie zum Leutnant bringen dürfen. Er schlägt seinen Vorgesetzten seine familiären Verbindungen um die Ohren und hält es für seine Aufgabe, uns auszuforschen. Ich war nicht bereit, das zu dulden. Ich würde mich wieder genauso verhalten – oder ihn in den Schiffsknast stecken.«

Brentley schüttelte den Kopf. »Wissen Sie eigentlich, was ich alles auf mich genommen habe, nur um ihn aus dem Sonnensystem wegzubekommen? An welchen Fäden ich ziehen mußte, damit jemand anderes ihm die Befehle gab? Und Sie undankbarer Welpe bringen ihn zurück und laden ihn wieder auf meinem Schoß ab!«

Ich schnaubte. »Er wurde auf meinem Schoß abgeladen,

Sir. Mir blieb keine Wahl. Wir waren in Fahrt, als ich herausfand, mit wem ich es zu tun hatte.«

Er wandte sich angewidert ab. »Ich weiß. Es ist nicht Ihre Schuld. Davon bin ich auch nie ausgegangen.« Er blickte auf. »Wissen Sie, wie er es zum Leutnant brachte? Ein kriecherischer Kapitän dachte, das würde mir gefallen. Er tat es für mich. Für mich!« Kopfschüttelnd drehte sich der Admiral wieder zu mir um. »Nebenbei, machen Sie sich keine Gedanken um eine Herausforderung an die beiden Dosmen, die Ihren Computer vermurkst haben. Es wird nicht nötig sein; wir haben uns bereits um sie gekümmert.«

»Gut.« Mein Ton klang dumpf. Was für eine Rolle spielte all das?

»Seafort, ich kann Ihnen nicht die *Hibernia* geben. Dafür sind Sie noch zu jung. Es würde nicht gut ankommen, auch wenn Sie ein Held sind. Und ich kann Ihren Rang als Kapitän nicht bekräftigen.«

»Ich verstehe, Sir. Werde ich dann wieder Fähnrich?«

»Nein.«

Also Leutnant. Es fiel mir bestimmt schwer, mich daran zu gewöhnen, aber ich konnte es schaffen.

»Eigentlich dachte ich an Commander«, sagte Admiral Brentley. »Ich erhalte bald eine neue Korvette, die *Challenger*. Zweiundvierzig Mann Besatzung, zwei Leutnants, drei Fähnriche. Sie nimmt siebzig Passagiere auf. Nach Ihrer ersten Fahrt hinaus kann ich Sie wieder zum Kapitän machen, wenn Ihre Jugend für uns alte Herrschaften nicht mehr so ein Problem ist. Sie sind erst zwanzig; kaum einer Ihrer Klassenkameraden hat es bislang auch nur zum Leutnant gebracht.«

Commander?

Aber das war das gleiche wie Kapitän; der Unterschied zwischen beiden Titeln war reine Formsache. Und eine Korvette war ein vollwertiges Kommando mit ... Ich zwang mich, wieder seinen Worten zuzuhören.

»Sie verfügt über einen neuen Antrieb, der die Fahrt nach Hope Nation um einen Monat verkürzen soll. Und sie strotzt vor Lasern. Sie wird zu dem Geschwader gehören, das wir hinausschicken. Nehmen Sie sie?«

Ich war sprachlos. Als Commander bestätigt, mit eigenem Schiff? Mit trockenem Mund nickte ich.

»Gut. Und Ihre Frau?«

»Amanda begleitet mich.« Ungeachtet des Risikos eines T-Melanoms hatten wir das schon beschlossen, weil sie darauf beharrte. Es war ungewöhnlich, aber erlaubt.

Er schnitt eine Grimasse. »Das gefällt mir nicht. Ich bin altmodisch. Allerdings schätze ich, daß es Ihre Entscheidung ist.« Er wechselte das Thema. »Oh, ich hatte übrigens Besuch von Ihrem Fähnrich Tyre. Er bat mich darum, aus dem Flottendienst ausscheiden zu dürfen.«

»Weshalb?« Ich erinnerte mich an einen langen, trübseligen Tag auf halbem Weg nach Hause, als er Wache gehabt hatte. Überraschend hatte er den Kopf auf die Konsole gelegt und mit langen, verzweifelten Schluchzern geweint.

»Was soll das, Mr. Tyre?« hatte ich ihn gefragt.

»Bitte, lassen Sie mich raus! Ich möchte den Dienst quittieren. Ich kann es nicht mehr ertragen, Sir. Oh, ich bitte Sie!«

»Immer mit der Ruhe, Mr. Tyre.«

»Sie foltern mich! Ich erhalte jede Woche den Rohrstock. Es tut so weh! Ich habe schon wieder acht Minuspunkte und seit Montag bereits sechs abgearbeitet! Sie fallen in jeder wachen Minute über mich her, alle beide!« Er hob das tränenüberströmte Gesicht. »Ich verstehe das nicht, Sir. Was habe ich nur getan? Warum geschieht das mit mir?«

»Sie waren ziemlich grausam, Mr. Tyre. Das haben sie nicht vergessen.«

»Grausam? Wie wäre das möglich gewesen? Ich tat doch nur meine Arbeit, Sir. Ich habe versucht, ihnen zu helfen!« Ich seufzte. Er würde es nie verstehen.

»Ich mache Ihnen ein Angebot, Mr. Tyre. Sie sind ein guter Fähnrich, solange Sie mit Ihren Vorgesetzten zu tun haben. Sie sind kompetent, höflich, auf Wache freundlich, hilfsbereit. Es sind Ihre Untergebenen, mit denen Sie nicht klarkommen. Vergessen Sie diesen Teil Ihrer Arbeit. Ignorieren

Sie sie einfach, und ich weise sie an, Ihnen nicht mehr so zuzusetzen.«

»Sie meinen, es würde aufhören?« Er blickte durch mich hindurch, als hätte er den Himmel vor Augen.

»Ich denke nicht, daß es je aufhören wird, Mr. Tyre. Dafür haben Sie selbst gesorgt. Es könnte allerdings ein bißchen leichter für Sie werden.«

»Ja, Sir. Sehr gut, Sir. Ich akzeptiere. Bitte!«

Ich nickte. Ich gedachte ein Wort mit Alexi zu sprechen. Ich konnte in diesem Augenblick nicht wissen, daß ein grollender Derek Carr sich genau diesen Abend aussuchen würde, um seinen Oberfähnrich herauszufordern, ihn in den Trainingsraum zu bestellen, ihn kaltblütig zu einem blutüberströmten, widerstandslosen Etwas zusammenzuschlagen und danach sein ramponiertes Opfer mit Tritten durch den Umfangskorridor zur Fähnrichskabine zurückzuscheuchen. Für den Rest der Heimfahrt trug effektiv Derek die Verantwortung für die Kadetten.

»Der Junge war nicht bereit, sich über irgend jemanden von Ihnen zu beschweren«, sagte der Admiral gerade. »Ich konnte keine Gründe aus ihm herausbekommen. Ich schätze, ich sollte ihn gehen lassen, wenn er ein solcher Schwächling ist.«

Es war in gewisser Weise meine Schuld. Wäre ich in der Lage gewesen, ihm etwas begreiflich zu machen ... Ich seufzte. »Trotzdem könnte noch ein guter Offizier aus ihm werden«, sagte ich. »Ich behalte ihn noch eine Zeitlang bei mir.«

Brentley wirkte erleichtert. »Wieder ein Problem gelöst. Ich kann Ihnen keinen vollen Landurlaub gewähren, nicht auf der Schwelle zu einem interstellaren Krieg. Hätte ich diese Aufnahme nicht gesehen ...«

»Ich weiß, Sir.«

»Wen möchten Sie mitnehmen?«

»Mr. Carr als Fähnrich, und Leutnant Tamarow«, sagte ich

sofort. »Sie benötigen noch einen Fähnrich und einen Leutnant mehr. Teilen Sie mir Ihre Wahl mit, oder ich weise Ihnen jemanden zu.«

»Aye aye, Sir.«

»Das ist vielleicht eine Geschichte!« Für einen Moment stand er schweigend neben mir. Er streckte die Hand aus. »Viel Glück, Commander.«

Ich schüttelte ihm ernst die Hand. »Ich werde es brauchen, Sir.«

Draußen war die Sonne bereits weiter zum Horizont gesunken; die abendliche Kälte breitete sich über den Zwergbäumen und Feldern aus. Alexi wartete auf dem Weg, zusammen mit Vax, den Treadwell-Zwillingen, Derek und Ricky. Sie alle starrten mich an, und ihre jungen Gesichter drückten Furcht und Sorge aus.

Ich grinste. »Commander der U.N.S. *Challenger.* Ich fahre in einer Woche.«

Alexi jauchzte und tanzte um den Wagen herum. Vax zeigte ein Grinsen. »Wen nehmen Sie mit, Sir?«

»Alexi kommt mit. Wenn es Ihnen nichts ausmacht, Mr. Tamarow.« Er war völlig außer sich und grinste wie ein Idiot. »Sie auch, Derek. Wir fahren nach Hope Nation zurück.« Carr sagte nichts, aber er schloß vor Erleichterung die Augen. »Ich brauche noch einen Fähnrich.«

Fähnrich Paula Treadwell würde die Navigatorenschule auf Luna besuchen. Ricky war für die Akademie eingeteilt. Ich hatte eine entsprechende Empfehlung ins Logbuch eingetragen. Ich wollte, daß er das Beste bekam.

»Ich, Sir?« Rafe Treadwell wirkte hoffnungsvoll.

»Äußern Sie sich nur, wenn Sie angesprochen wurden, Kadett!« fuhr ich ihn an. Dann ergänzte ich: »Trotzdem, ich schätze, Sie kommen mit. Ich werde Sie zum Fähnrich befördern müssen. Sind Sie sicher, daß Sie für die Letzte Nacht bereit sind?« Der Vierzehnjährige grinste Derek Carr an. »Ich kann alles ertragen, Sir.« Das war ein Sprichwort im Fähnrichsstab geworden, seit unser aristokratischer Kadett dickköpfig seinen Schwur geleistet hatte.

»Sehr gut.« Ich wandte mich an meinen Leutnant. »Welche Stelle haben Sie erhalten, Vax?«

»Sie haben mir die *Caledonia* auf der Ganymed-Strecke angeboten. Ich habe sie abgelehnt.«

»Das Kommando über Ihre eigene Korvette? Wieso?«

»Ich möchte mit Ihnen fahren, Sir. Ich sagte Admiral Brentley, daß ich mitkommen möchte, wenn er Ihnen ein Schiff gibt.«

»Sie sind bereit für ein eigenes Kommando, Vax.«

»Nein, Sir. Noch nicht.«

»Warum nicht?«

Er sah mich an. »Sie haben mir viel beigebracht. Ich bin nicht überzeugt, daß Sie keine weiteren Lektionen auf Lager haben, Sir.«

Meine Augen wurden feucht. Wir alle zögerten noch, waren in diesem unbehaglichen Moment gebannt, ehe wir uns trennten. Ricky Fuentes, schlaksig und unbeholfen in der Frühzeit seiner Pubertät, näherte sich mir zögernd. Wir sahen einander an. Auf einmal fiel er mir um den Hals, vergrub das Gesicht an meiner Brust und drückte mich heftig. Ich drückte ihn ebenfalls. »Lebewohl, Junge. Ich sehe dich wieder.«

»Werden Sie das?« Seine Augen waren gerötet.

»Ja, das verspreche ich.« Ich betrachtete unseren früheren Schiffsjungen voller Zuneigung. »Ich habe einen Rat für dich. Auf der Akademie solltest du deinen Drillsergeant nicht drücken, egal, wie sehr du ihn magst. Es wäre schlecht für deine Gesundheit.«

»Aye aye, Sir!« Er grinste wie ein törichtes Hündchen.

Ich setzte mich in den Wagen. »Bringt mich nach Hause, Leute. Ich treffe euch später auf der Party.« Ich schloß die Augen und spürte, wie der Wagen durch die Schlaglöcher holperte. Ich war auf dem Weg nach Hause. Zu Amanda. Zu meiner Crew. Zu meinem Schiff.

ENDE

BASTEI
LÜBBE
Science Fiction
Bücher mit Zukunft
Die größten Erzähler der SF
holen Ihnen die Sterne vom Himmel
ISAAC ASIMOV
ROBOTER-TRÄUME
und 20 andere SF-Geschichten
ISBN 3-404-24144-4
DM 10,–
IAN McDONALD
REBELLIN DES GLÜCKS
Science Fiction Roman
ISBN 3-404-24147-9
DM 9,80
MARGARET WEIS
DIE STERNENHÜTER
DER LETZTE KÖNIG
Science Fiction Roman
ISBN 3-404-24156-8
DM 12,80
LARRY NIVEN
STEVEN BARNES
DIE WAHL DES ACHILL
Science Fiction Roman
ISBN 3-404-24157-6
DM 8,80
ORSON SCOTT CARD
XENOZID
Der Sprecher für die Toten kämpft um seinen Planeten
ISBN 3-404-24153-3
DM 12,80
ALLEN STEELE
MONDHUNDE
ISBN 3-404-23129-5
DM 9,80